王度庐作品大系　言情卷

落絮飘香

上

王度廬著

王度庐·著／王芹·点校

山西出版传媒集团
北岳文艺出版社
·太原

图书在版编目（CIP）数据

落絮飘香 / 王度庐著．—太原：北岳文艺出版社，2018.1
（王度庐作品大系 / 王度庐主编）
ISBN 978-7-5378-5466-5

Ⅰ．①落… Ⅱ．①王… Ⅲ ①长篇小说—中国—当代 Ⅳ．① I247.5

中国版本图书馆 CIP 数据核字（2017）第 299819 号

书名：落絮飘香
著者：王度庐
点校：王　芹
策　　划：续小强
　　　　　刘文飞
责任编辑：史晋鸿
书籍设计：张永文
印装监制：巩　播

出版发行：山西出版传媒集团・北岳文艺出版社
地址：山西省太原市并州南路 57 号
邮编：030012
电话：0351-5628696（发行部）　0351-5628688（总编办）
传真：0351-5628680
网址：http://www.bywy.com　E-mail：bywycbs@163.com
经销商：新华书店　印刷装订：山西人民印刷有限责任公司

开本：890mm × 1240mm　1/32　总字数：530 千字
总印张：17.25　版次：2018 年 1 月第 1 版　印次：2018 年 1 月山西第 1 次印刷
书号：ISBN　978-7-5378-5466-5
总定价：68.00 元（全二册）

出版前言

王度庐（1909—1977），原名葆祥（后改葆翔），字霄羽，出生于北京下层旗人家庭。“度庐”是1938年启用的笔名。他是中国现代文学史上著名的武侠言情小说家，独创“悲剧侠情”一派，成为民国北方武侠巨擘之一，与还珠楼主、白羽（宫竹心）、郑证因、朱贞木并称为“北派五大家”。

20世纪20年代，王度庐开始在北京小报上发表连载小说，包括侦探、实事、惨情、社会、武侠等各种类型，并发表杂文多篇。20世纪30年代后期，因在青岛报纸上连载长篇武侠小说《宝剑金钗》《剑气珠光》《鹤惊昆仑》《卧虎藏龙》《铁骑银瓶》（合称“鹤-铁五部”）而蜚声全国；至1948年，他还创作了《风雨双龙剑》《洛阳豪客》《绣带银镖》《雍正与年羹尧》等十几部中篇武侠小说和《落絮飘香》《古城新月》《虞美人》等社会言情小说。

王度庐熟悉新文学和西方现代文化思潮，他的侠情小说多以性格、心理为重心，并在叙述时投入主观情绪，着重于“情”“义”“理”的演绎。“鹤-铁五部”既互有联系又相对独立，达到了通俗武侠文学抒写悲情的现代水平和相当的人性深度，具有“社会悲剧、命运悲剧、性格心理悲剧的综合美感”。他的社会言情小说的艺术感染力也很强，注重营造诗意的氛围，写婚姻恋爱问题，将金钱、地位与爱情构成冲突模式，表现普通人对个性解放、爱情自由和婚姻平等的追求与呼唤。这些作品注重写人，写人性，与“五四”以来“人的文学”思潮是互相呼应的。因此，王度庐也成为通俗文学史乃至整个中国现代文学史研究中绕不过去的作家，被写入不同类型的文学史。许多学者和专家将他及其作品列为重点研究对象。

王度庐所创造的“悲剧侠情”美学风格影响了港台“新派”武侠小说的创作，台湾著名学者叶洪生批校出版的《近代中国武侠小说名著大系》即收录了王度庐的七部作品，并称“他打破了既往‘江湖传奇’（如不肖生）、‘奇幻仙侠’（如还珠楼主）乃至‘武打综艺’（如白羽）各派武侠外在茧衣，而潜入英雄儿女的灵魂深处活动；以近乎白描的‘新文艺’笔法来描写侠骨、柔肠、英雄泪，乃自成‘悲剧侠情’一大家数。爱恨交织，扣人心弦！”台湾著名武侠小说作家古龙曾说，“到了我生命中某一个阶段中，我忽然发现我最喜爱的武侠小说作家竟然是王度庐”。大陆学者张赣生、徐斯年对王度庐的作品进行了大量的整理、发掘和研究工作，并给予了很高的评价。徐斯年称其为“言情圣手，武侠大家”，张赣生则在《王度庐武侠言情小说集》的序言中说：“从中国文学史的全局来看，他的武侠言情小说大大超过了前人所达到的水平”，“他创造了武侠言情小说的完善形态，在这方面，他是开山立派的一代宗师。”

此次出版的《王度庐作品大系》收录了王度庐在不同时期的代表作和有影响力的作品，还收录了至今尚未出版过的新发掘出的作品，包括他早期创作的杂文和小说。此外，为了满足不同领域的读者的需求，此版还附有张赣生先生的序言、已知王度庐小说目录和王度庐年表，以供研究者参考。这次出版得到了王度庐子女的大力支持和密切配合，王度庐之女王芹女士亲自对作品进行了点校。可以说，他们的支持使得《王度庐作品大系》成为王度庐作品最完善、最全面的一次呈现。在此，我们表达最诚挚的谢意。

在编辑过程中，我们依据上海励力出版社，参考报纸连载文本及其他出版社的原始版本，对作品中出现的语病和标点进行了订正；遵循《第一批异形词整理表》（GF1001-2001），对文中的字、词进行了统一校对；并参照《现代汉语大词典》《汉语方言大词典》《北京方言词典》《北京土语辞典》等工具书小心求证，力求保持作品语言的原汁原味。由于编辑水平和时间有限，难免有疏漏之处，敬请广大读者批评指正！

北岳文艺出版社

二〇一五年六月三十日

总 序

王度庐是位曾被遗忘的作家。许多人重新想起他或刚知道他的名字，都可归因于影片《卧虎藏龙》荣获奥斯卡奖的影响。但是，观赏影片替代不了阅读原著，不读小说《卧虎藏龙》（而且必须先看《宝剑金钗》），你就不会知道王度庐与李安的差别。而你若想了解王度庐的“全人”，那又必须尽可能多地阅读他的其他著作。北岳文艺出版社继《宫白羽武侠小说全集》《还珠楼主小说全集》之后推出这套《王度庐作品大系》（以下简称《大系》），对于通俗文学史的研究，可谓功德无量！

王度庐，原名王葆祥，字霄羽，1909年生于北京一个下层旗人家庭。幼年丧父，旧制高小毕业即步入社会，一边谋生，一边自学。十七岁始向《小小日报》投寄侦探小说，随即扩及社会小说、武侠小说。1930年在该报开辟个人专栏《谈天》，日发散文一篇；次年就任该报编辑。八年间，已知发表小说近三十部（篇）。1934年往西安与李丹荃结婚，曾任陕西省教育厅编审室办事员和西安《民意报》编辑。1936年返回北平，继续以卖稿为生，次年赴青岛。青岛沦陷后始用笔名“度庐”，在《青岛新民报》及南京《京报》发表武侠言情小说（同时继续撰写社会小说，署名则用“霄羽”）。十余年间，发表的武侠小说、社会小说达三十余部。1949年赴大连，任大连师范专科学校教员。1953年调到沈阳，任东北实验中学语文教员。“文革”时期，以退休人员身份随夫人“下放”昌图县农村。1977年卒于辽宁铁岭。

早在青年时代，王度庐就接受并阐释过“平民文学”的主张。他的文学思想虽与周作人不尽相同，但在“为人生”这一要点上，二者的观念是基本一致的。

从撰写《红绫枕》（1926年）开始，王度庐的社会小说（当时或又标为“惨情小说”“社会言情小说”）就把笔力集中于揭示社会的不公、人生的惨淡，以及受侮辱、受损害者命运的悲苦。

恋爱和婚姻是“五四”新文学的一大主题。那时新小说里追求婚恋自由的男女主人公面对的阻力主要来自封建家庭和封建礼教，作品多反映“父与子”的冲突——包括对男权的反抗，所以，易卜生笔下的娜拉尤被觉醒的女青年们视为楷模。到了王度庐的笔下，上述冲突转化成了“金钱与爱情”的矛盾。

正如鲁迅所说：娜拉冲出家庭之后，倘若不能自立，摆在面前的出路只有两条——或者堕落，或者“回家”。王度庐则在《虞美人》中写道：“人生”“青春”和“金钱”，“三者之间是相互联系着的”，而在当时的中国社会里，金钱又对一切起着主导性的作用。他所撰写的社会言情小说，深刻淋漓地描绘了“金钱”如何成为社会流行的最高价值观念和唯一价值标准，如何与传统的父权、男权结合而使它们更加无耻，如何导致社会的险恶和人性的异化。

王度庐特别关注女性的命运。他笔下的女主人公多曾追求自立，但是这条道路充满凶险。范菊英（《落絮飘香》）和田二玉（《晚香玉》）付出了生命的代价；虞婉兰（《虞美人》）终于发疯，生不如死。唯有白月梅（《古城新月》）初步实现了自立，但她的前途仍难预料；至于最具“娜拉性格”，而且也更加具备自立条件的祁丽雪，最终选择的出路却是“回家”。

这些故事，可用王度庐自己的两句话加以概括：“财色相欺，优柔自误”（《〈宝剑金钗〉序》）。金钱腐蚀、摧毁了爱情，也使人性发生扭曲。人是“社会关系的总和”，他的社会小说正是通过写人，而使社会的弊端暴露无遗。

在社会小说里，王度庐经常写及具有侠义精神的人物，他们扶弱抗强，甚至不惜舍生以取义。这些人物有的写得很好，如《风尘四杰》里的天桥四杰和《粉墨婵娟》里的方梦渔；有些粗豪角色则写得并不成功，流于概念化，如《红绫枕》里的熊屠户和《虞美人》里的秃头小三。

上述侠义角色与爱情故事里的男女主人公一样，也是现代社会中的弱者。作者不止一次地提示读者，这些侠义人物"应该"生活于古代。这种提示背后隐含着一个问题：现代爱情悲剧里的那些痴男怨女，如果变成身负绝顶武功的侠士和侠女，生活在快意恩仇的古代江湖，他们的故事和命运将会怎样？这个问题化为创作动机，便催生出了王度庐的侠情小说，这里也昭示着它们与作者所撰社会小说的内在联系。

《宝剑金钗》标志着王度庐开始自觉地把撰写社会言情小说的经验融入侠情小说的写作之中，也标志着他自觉创造"现代武侠悲情小说"这一全新样式的开端。此书属于厚积薄发的精品，所以一鸣惊人，奠定了作者成为中国现代武侠悲情小说开山宗师的地位。继而推出的《剑气珠光》《鹤惊昆仑》《卧虎藏龙》《铁骑银瓶》[①]（与《宝剑金钗》合称"鹤-铁五部"）以及《风雨双龙剑》《彩凤银蛇传》《洛阳豪客》《燕市侠伶》等，都可视为王氏现代武侠悲情小说的代表作或佳作。

作为这些爱情故事主人公的侠士、侠女，他们虽然武艺超群，却都是"人"，而不是"超人"。作者没有赋予他们保国救民那样的大任，只让他们为捍卫"爱的权利"而战；但是，"爱的责任"又令他们惶恐、纠结。他们驰骋江湖，所向无敌，必要时也敢以武犯禁，但是面对"庙堂"法制，他们又不得不有所顾忌；他们最终发现，最难战胜的"敌人"竟是"自己"。如果说王度庐的社会小说属于弱者的社会悲剧，那么他的武侠悲情小说则是强者的心灵悲剧。

王度庐是位悲剧意识极为强烈的作家。他说："美与缺陷原是一个东西。""向来'大团圆'的玩意儿总没有'缺陷美'令人留恋，而且人生本来是一杯苦酒，哪里来的那么些'完美'的事情？"（《关于鲁海娥之

---

①这里叙述的是发表次序。按故事时序，则《鹤惊昆仑》为第一部，以下依次为《宝剑金钗》《剑气珠光》《卧虎藏龙》《铁骑银瓶》。

死》)《鹤惊昆仑》和《彩凤银蛇传》里的“缺陷”是女主人公的死亡和男主人公的悲凉;《宝剑金钗》《卧虎藏龙》《铁骑银瓶》里的“缺陷”都不是男女主角的死亡,而是他们内心深处永难平复的创伤;《风雨双龙剑》和《洛阳豪客》则用一抹喜剧性的亮色,来反衬这种悲怆和内心伤痕。

王度庐把侠情小说提升到心理悲剧的境界,为中国武侠小说史做出了一大贡献。正如弗洛伊德所说:“这里,造成痛苦的斗争是在主角的心灵中进行着,这是一个不同冲动之间的斗争,这个斗争的结束绝不是主角的消逝,而是他的一个冲动的消逝。”①这个“冲动”虽因主角的“自我克制”而消逝了,但他(她)内心深处的波涛却在继续涌动,以致成为终身遗恨。

李慕白,是王度庐写得最为成功的一个男人。

有人说,李慕白是位集儒、释、道三家人格于一身的大侠;这是该评论者观赏电影《卧虎藏龙》的个人感受。至于小说《宝剑金钗》里的李慕白,他的头上绝无如此“高大上”的绚丽光环——古龙说得好:王度庐笔下的李慕白,无非是个“失意的男人”。

在《宝剑金钗》里,李慕白始终纠结于“情”和“义”的矛盾冲突之中,他最终选择了舍情取义,但所选的“义”中却又渗透着难以言说的“情”。手刃巨奸如囊中取物,李慕白做得非常轻易;但是他却主动伏法,付出的代价极其沉重。他做这些都是自愿的,又都是不自愿的。出发除奸之前,作者让他在安定门城墙下的草地上做了一番内心自剖,这段自剖深刻地展示着他的“失意”,这种心态可以概括为三个字——“不甘心”。

在本《大系》所收“早期小说与杂文”卷中,读者可以见到王度庐用笔名“柳今”所写的一篇杂文《憔悴》,其中有段文字,所写心态与上述李慕白的自剖如出一辙。读者还可见到,《红绫枕》里男主角戚雪桥为爱

---

①弗洛伊德:《戏剧中的精神变态人物》,张唤民译,载《二十世纪西方美学名著选》(上),复旦大学出版社,1987,第410页。

人营墓、祭扫时的一段内心独白，其心态又与柳今极其相似。于是，我们看到了王度庐、柳今、戚雪桥（还有一些其他角色，因相关作品残缺而未收入《大系》）与李慕白之间的联系——李慕白的故事，是戚雪桥们的白日梦；戚雪桥、李慕白们的故事，则是柳今、王度庐的白日梦。

不把李慕白这个大侠写成一位“高大上”的“完人”，而把他写成一个“失意的男人”，这是王度庐颠覆传统“侠义叙事”，为中国武侠小说史做出的又一贡献。

玉娇龙，是王度庐写得最为成功的一个女人。

玉娇龙的性格与《古城新月》里的祁丽雪有相似之处，但是她的叛逆精神更加决绝、更加彻底。为了自由的爱情，她舍弃了骨肉的亲情。同时，她也舍弃了贵胄生活，选择了荆棘江湖；舍弃了城市文明，选择了草莽蛮荒。

对玉娇龙来说，最难割舍的是亲情；最难获得的，是理想的婚姻。她发现自己选择罗小虎未免有点莽撞，所以又离开了他。她获得了自由的爱情，却在事实上拒绝了自由的婚姻。这与其说反映着“礼教观念残余”“贵族阶级局限”，不如说是对文化差异的正视。尽管如此，这位“古代娜拉”并未“回家”，而是毅然决然地踏上一条不归路。这条路是悲凉的，同时又是壮美的。

玉娇龙和李慕白都是“跨卷人物”。《剑气珠光》里的李慕白写得不好，因为背离了《宝剑金钗》中业已形成的性格逻辑。《铁骑银瓶》里的玉娇龙则写得很好，她青年时代的浪漫爱情，此时已经升华为伟大的、无私的母爱。她青年时代的梦想，终于在爱子和养女的身上得以成真，但是他们携手归隐时的心态，也与母亲一样充满遗憾。

王度庐的上述成就，都是源于对传统武侠叙事的扬弃，这也使他的武侠悲情小说拥有了现代精神。

王度庐又是一位京旗作家。

清朝定都北京之后，即将内城所居汉人一律迁出，由八旗分驻内城八区。王度庐家住地安门内的“后门里”，属于镶黄旗驻区，其父供职于内务府的上驷院。内务府是一个由满洲上三旗（镶黄、正黄、正白旗）内“从龙包衣”[①]组成的机构，专门管理皇家事务。由此可知，王氏当属编入满洲镶黄旗的“汉姓人”，这一族群不同于“汉人”“汉军”，满人把他们视为同族[②]。

满人崛起于白山黑水之间，性格刚毅尚武，自立自强，粗犷豪放。入关定鼎之后，宴安日久，八旗制度的内在弊端开始呈现，“八旗生计”问题日益突出，以致最终导致严重的存亡危机。王度庐出生时，恰逢取消“铁杆庄稼”（即旗人原本享受的“俸禄”），父亲又早逝，全家陷于接近赤贫的境地。他的早期杂文经常写到“经济的压迫”，“身世的漂泊，学业的荒芜”，疾病的“缠身”，始终无法摆脱“整天奔窝头”的境况。他的许多社会小说及其主人公的经历、心境，也都寄托着同样的身世之感和颓丧情绪。这种刻骨铭心的痛楚，蕴含着当时旗人不可避免的噩运，汉族读者是难以体会这种特殊的苦痛的。

同时，王度庐又十分景仰旗族优秀的民族精神。他的作品，明确书写旗人生活的有十多部；他所塑造的许多旗籍人物身上，都寄托着他对民族精神的追忆和期许。

从这个角度考察玉娇龙，首先令人想到满族的“尊女”传统。满族文史专家关纪新认为，这一传统的形成，至少有四点原因：一、对母系氏族社会的清晰记忆；二、以采集、渔猎为主的传统经济，决定了男女社会分工趋于平等；三、入关之前未经历很多封建化过程；四、旗族少女在理论上都有“选秀入宫”机会，所以家族内部皆以“小姑为大”。[③]玉娇龙那昂扬的生命力，正是满族少女普遍性格的文学升华。《宝刀飞》可能是第一部把入宫前的慈禧，作为一位纯真、浪漫而又不无“野心”的旗族姑娘加以描绘的小说。作者以“正笔”书写入宫前的她，用“侧笔”续写成为“西宫娘娘”之后的她，沉重的历史

---

①“包衣”，满语，意为“家里人”，在一定语境下也指“世仆”“仆役”；“从龙”，指从其祖先开始就归皇帝亲领。王度庐在一份手写的简历里说：父亲在清宫一个“管理车马的机构”任小职员，这个机构当即内务府所属之上驷院。

②按：“满人”专指满族；“旗人”这一概念则涵括满洲、蒙古、汉军三个八旗的所有成员，其内涵大于“满人”。

③参阅关纪新：《多元背景下的一种阅读——满族文学与文化论稿》，辽宁民族出版社，2013，第219页。

感里蕴含几分惋惜，情感上极具“旗族特色”。

在《宝剑金钗》和《卧虎藏龙》里，德啸峰虽非主人公，却可视为旗籍“贵胄之侠”的典型。他沉稳、老练，善于谋划，善于掌控全局，比李慕白更加“拿得起、放得下”。他的身上比较完整地体现着金启孮所说京城旗人游侠的三个特征：一、凌强而不欺下，一般人对他们没有什么恶感。二、多在八旗人居住的内城活动，没什么民族矛盾的辫子可抓。三、偶或触犯权势，但不具备“大逆不道”的证据，故多默默无闻。[1]铁贝勒、邱广超和《彩凤银蛇传》里的谢慰臣都属此类人物。

进入民国之后，由于政治、经济原因，京中旗人的精神状态呈现更趋萎靡甚至堕落之势（《晚香玉》里的田迂子即为典型），但是王度庐从闾巷之中找到了民族精神的正面传承。《风尘四杰》实际写了五个“闾巷之侠”——那位“有学有品而穷光蛋”[2]的“我”，也算一个“不武之侠”。作者清楚地认识到：虽然早非“侠的时代”，但是天桥“四杰”[3]身上那种捍卫正义，向善疾恶，刚健、豁达、坚韧、仗义、乐观的民族精神，却是值得弘扬光大的。这已不仅仅是对旗族的期许，更是对重振中华民族传统美德的期许。

凡是旗人，都无法回避对于清王朝的评价。王度庐在杂文里认为，“大清国歇业，溥掌柜回老家”[4]乃是历史的必然，人民期盼的是真正实现“五族共和”。他更在两部算不上杰作的小说中，以传奇笔法描绘了两位清朝“盛世圣君”的形象。《雍正与年羹尧》里的胤祯既胸怀雄才大略，又善施阴谋诡计。他利用“江南八侠”的“复明”活动实现自己夺嫡、登基的计划，又在目的达到之后断然剪除“八侠”势力。但是，他对汉族的“复明”意志及其能量日夜心怀惕惧，以至“留下密旨，劝他的儿子登基以后，要相机行事，而使全国

---

①参阅关纪新：《老舍与满族文化》，辽宁民族出版社，2008，第80页。

②语见王度庐早期杂文《中等人》，原载于北平《小小日报》1930年4月5日“谈天”栏，署名“柳今”。

③民国初年，“天坛附近的天桥大多数的女艺人、说书人、算命打卦者都是满人”。转引自关纪新：《老舍与满族文化》，辽宁民族出版社，2008，第122页。

④语见王度庐早期杂文《小算盘》，原载于《小小日报》1930年5月20日“谈天”栏，署名“柳今”。

恢复汉家的衣冠”。书中还有一位不起眼的小角色——跟着胤祯闯荡江湖的“小常随”，他与八侠相交甚密，又很忠于胤祯。“两边都要报恩”的尖锐矛盾，导致他最终撞墙而殉。作者展示的绝不限于“义气”，这里更加突出表现的是对汉族的负疚感和对民族杀伐史的深沉痛楚。王度庐对历史的反思已经出离于本民族的“兴亡得失”，上升为一种“超民族”的普世人文关怀。《金刚玉宝剑》中的乾隆，则被写成一个孤独落寞的衰朽老人，这一形象同样透露着作者的上述历史观。

满族入关后吸收汉族文化，“尚武”精神转向“重文”，涌现出了纳兰性德、曹雪芹、文康等杰出满族作家，其中对王度庐影响最大的是纳兰性德。“摇落后，清吹那堪听。淅沥暗飘金井叶，乍闻风定又钟声。”[①]纳兰词的凄美色调，融入北京城的扑面柳絮和戈壁滩的漫天风沙，形成了王度庐小说特有的悲怆风格。

旗人的生活文化是“雅”“俗”相融的，王度庐继承着旗族的两大爱好：鼓词（又称“子弟书”“落子”）和京剧。他十七岁时写的小说《红绫枕》，叙述的就是鼓姬命运，其中还插有自创的几首凄美鼓词。至于京剧，据不完全统计，仅在《落絮飘香》《古城新月》《晚香玉》《虞美人》《粉墨婵娟》《风尘四杰》《寒梅曲》七部小说中，写及的剧目已达九十六折[②]之多！作为小说叙事的有机内涵，王度庐写及昆曲、秦腔、梆子与京剧的关系，“京朝派”（即京派）与“外江派”（即海派）的异同，“京、海之争”和“京、海互补”，票社活动及其排场，非科班出身的伶人、票友如何学戏，戏班师傅和剧评家如何为新演员策划“打炮戏”，各色人等观剧时的移情心理和审美思维……他笔下的伶人、票友对京剧的热爱是超功利的，而她（他）们的社会角色和物质生活则是极功利的——唯美的精神追求与惨淡的现实生活构成鲜明反差，映射着

①纳兰性德：《忆江南》——当年王度庐与李丹荃相爱，曾赠以《纳兰词》一册，李丹荃女士七十余岁时犹能背诵这首词。

②由于现存《虞美人》和《寒梅曲》文本均不完整，所以这一数字是不完整的。而未列入统计对象的《宝剑金钗》《燕市侠伶》等作品中，也常含有京剧演出、观赏等情节，涉及剧目亦复不少。

人性的本真、复杂和异化。他又善于利用剧情渲染故事情节和人物情感，例如《粉墨婵娟》中，凭借《薛礼叹月》和《太真外传》两段唱词，抒发女主人公不同情境下的不同心绪，展示着“戏如人生、人生如戏”的微妙契合，极大地增强了小说的诗意。

入关以后，旗人皆认“京师”为故乡，京旗文学自以“京味儿”为特色。王度庐的小说描绘北京地理风貌极其准确，所述地名——包括城门、街衢、胡同、集市、苑囿、交通路线等等，几乎均可在相应时期的地图上得到印证。《宝剑金钗》《卧虎藏龙》主人公的活动空间广阔，书中展示清代中期北京的地理风貌相当宏观，又非常精细。玉娇龙之父为九门提督，府邸位置有据可查，作者由此设计出铁贝勒、德啸峰、邱广超府第位置，决定了以内城正黄旗、镶黄旗（兼及正红旗、正白旗）驻区为“贵胄之侠”的主要活动区域。李慕白等为江湖人，则决定了以“外城”即南城为其主要活动区域。两类侠者的行动则把上述区域连接起来，并且扩及全城和郊县。《落絮飘香》《古城新月》《晚香玉》《虞美人》等社会小说中，主人公的活动空间相对狭小，所以每部作品侧重展示的是民国时期北平城的某一局部区域：或以海淀—东单—宣内为主，或以西城丰盛地区—东单王府井地区为主，等等。拼合起来，也是一幅接近完整的“北平地图”。上述小说之间所写地域又常出现重合，而以鼓楼大街、地安门一带的重合率为最高。作者故居所在地“后门里”恰在这一区域，在不同的作品里，它被分别设置为丐头、暗娼等的住地。这里反映着作者内心深处存在一个“后门里情结”，他把此地写成天子脚下、富贵乡边的一个小小“贫困点”，既体现着平民主义的观念，又是一种带有幽默意味的自嘲。

王度庐小说里的“北京文化地图”，是“地景”与“时景”的融合，所以是立体的、动态的。这里的“时景”，指一定地域中人们的生活形态，包括节俗、风习。无论是妙峰山的香市、白云观的庙会、旗族的婚礼仪仗、富贵人家的大出丧、“残灯末庙”时的祭祖和年夜饭、北海中元节的“烧法船”，乃至京旗人家的衣食住行，王度庐都描写得有声有色，细致生动。这些“时景”与故事情节融为一体，成为展示人物性格、心理的重要手段；同时也颇具独立的民俗学价值。王度庐在小说里常将富贵繁华区的灯红酒绿与平民集市里的杂乱喧闹加以对比，而对后者的描绘和评论尤具特色。例如，《风尘四杰》里是这样介绍天桥的："天桥，的确景物很多，让你百看不厌。人乱而事杂，技艺丛集，藏龙卧虎，新旧并列。是时代的渣滓与生计的艰辛交织成了这个地方，在无情的大风里，秽土的弥漫中，令你啼笑皆非。"他笔下的天桥图景，喷发着故都世俗社会沸沸扬扬的活力和生机，嘈杂喧嚣而又暗藏同一的内在律动；它与内城里的"皇气""官气"保持着疏离，却又沾染着前者的几分闲散和慵懒。这又是一种十分浓厚、相当典型的"京味儿"！

"京味儿"当然离不开"京腔"。王度庐的语言大致是由两部分组成的：叙事以及文化程度较高角色的口语，用的是"标准变体"，即经过"标准化处理"的北京话，近似如今的"普通话"；底层人物的语言，则多用地道的北京土语，词汇、语法都有浓厚的地域特色，比一般的"京片儿"还要"土"。故在"拙""朴"方面，他比一些京派作家显得更加突出。

由于众所周知的原因，王度庐的作品散佚严重，这部《大系》编入了至今保存完整或相对完整的小说二十余种，另有一卷专收早期小说和杂文。

笔者认为，1949年前促使王度庐奋力写作的动力当有三种：一曰"舒愤懑"；二曰"为人生"；三曰"奔窝头"。三者结合得好，或前二者起主要作用时，写出来的作品质量都高或较高；而当"第三动力"起主要作用时，写出来的作品往往难免粗糙、随意。当然，写熟悉的题材时，质量一般也高或较高，否则，虽欲"舒愤懑""为人生"，也难以得到理想的效果。是否如此，还请读者评判、指正。

徐斯年

二〇一四年十一月于姑苏香滨水岸

凡 例

1.《落絮飘香》

1939 年 4 月至 1940 年 2 月连载于《青岛新民报》,署名“霄羽”。1948 年 9 月由上海励力出版社印行单行本,分为 4 册:《落絮飘香》《琼楼春情》《朝露相思》《翠陌归人》。本版恢复为一册,据单行本排印。

2.《古城新月》

1940 年 2 月至 1941 年 4 月连载于《青岛新民报》,署名“霄羽”。1948 年至 1950 年由上海励力出版社印行单行本,分为四册:《朱门绮梦》《小巷娇梅》《碧海狂涛》《古城新月》。本版恢复为一册,据单行本排印。

3.《海上虹霞》

1941 年 4 月至 8 月连载于《青岛新民报》,署名“霄羽”。1949 年由上海励力出版社印行单行本,分为两册:《海上虹霞》《灵魂之锁》。本版恢复为一册,据单行本排印。

4.《晚香玉》

1947 年 5 月至 1948 年 1 月连载于《青岛时报》,署名“绿芜”。1948 年由上海励力出版社印行单行本,分为两册:《绮市芳葩》《寒波玉蕊》。本版恢复原名,据单行本排印。

5.《粉墨婵娟》

1948年2月至7月连载于《青岛时报》,署名“绿芜”。1948年由上海元昌印书馆印行单行本,分为两册:《粉墨婵娟》《霞梦离魂》。本版恢复为一册,据单行本排印。

6.《风尘四杰·香山侠女》

《风尘四杰》,1948年2月起,连载于《岛声旬刊》,署名“佩侠”。1949年由上海励力出版社出版单行本。本版据单行本排印。

《香山侠女》,1949年由上海励力出版社出版单行本,未见连载。本版据单行本排印。

目录

第一回
作嫁何心华年压金线
遣愁无计锦字慰芳邻　○○一

第二回
小约名园游春偕女伴
初亲色笑摄影寄深情　○一二

第三回
双桨风横湖心听笑语
孤灯夜静枕畔拭啼痕　○二五

第四回
再递情笺深怜成挚爱
初尝世态娇泪泣穷途　○三八

第五回
恶语嚣声惊心听婚事
晓风朝露含泪叙相思　○四九

第六回
小室相谈求知怜同病
狂言自喜炫富诱芳心　○六三

第七回
柳絮才飞春光嫌泄露
罗衣初试城市赏繁荣　○七六

第八回
俭妆伤心自怜贫女态
崇楼顾影谁唤阿侬名　○九一

第九回　羡绮迷罗柔心拟水性　开樽劝酒妒意嗤人情　一〇六
第十回　灯光窗影人语费猜疑　绮梦柔情心弦生矛盾　一二一
第十一回　娇音笑语夸述女人经　杯酒菲肴故装长者态　一三四
第十二回　碧槛寻花幽情经撩动　朱门探母艰窘拙言辞　一四九
第十三回　绮市独行狂郎惊邂逅　华楼初上少女感痴迷　一六四
第十四回　掩泪惊啼春情初拒诱　怀金试履美物小遂心　一七九
第十五回　翠陌重归人犹洁似玉　馨情更绾语亦细如丝　一九四
第十六回　假寝难眠譬境闻醉语　含情毕露廊下订佳期　二〇九

第十七回　好梦难谐中宵疑惨变　香车往聘二度惹京尘　二二六
第十八回　新备衣冠追踪谈婚事　难禁苦痛佯病脱竹城　二四八
第十九回　舞榭歌台狂言欺弱女　名园丽景苦绪念慈亲　二五九
第二十回　绝路求生母女居篱下　柔情惊变血泪泣鸳分　二七六
第二十一回　礼厚情浓几番施故技　山高楼隐一霎变初心　二九二
第二十二回　骤雨心惊门庭来使者　回廊目断陌路是萧郎　三〇九
第二十三回　暗窥来鸿屈遭狂夫辱　重传别雁忍作负心人　三二六
第二十四回　路遇方车疑云生疑雨　家移僻巷秋扇怨秋风　三四六

第二十五回　泪洒西风苍茫寻薄倖
　　　　　　灯昏子夜惨痛失慈亲　三六二
第二十六回　目触心伤不堪翻旧影
　　　　　　鸟飞巢落何处觅新枝　三八七
第二十七回　路转峰回喜投新门径
　　　　　　天寒岁暮黯别旧家乡　四〇五
第二十八回　香飘孽海洒泪强学讴
　　　　　　人感前尘临妆羞顾影　四二三
第二十九回　一夜烟尘惊慌逃只影
　　　　　　经年沦落愁病损华年　四三七
第三十回　苦海方舟异乡承援救
　　　　　　夕阳旷野故里愧归来　四四九
第三十一回　旧雨倾谈人间惊俱变
　　　　　　名园养疾心底系相思　四六三
第三十二回　病骨羞颜欢欣来旧地
　　　　　　香飘絮落寂寞去残春　四七七

附录一
为《王度庐武侠言情小说集》而作　四九七
附录二
已知王度庐小说目录　四九九
附录三
王度庐年表　五〇二

第一回　作嫁何心华年压金线
遣愁无计锦字慰芳邻

春天的北京，像处女一般的妩媚，风儿也吹得很温柔，柳树都发了嫩芽，远望着像飘浮着一片绿云；河水清可见底，春风就在水面上画出流动的细纹，西山也仿佛更苍翠了。这时候，小小的海淀街上就显出来特别的热闹。

海淀，本是距离北京城不过十余里的一座镇市。在前清时，西太后修筑好了颐和园，每次游幸，必须从这里经过，有时还要在此歇息一会儿，所以这里的人迎銮送驾，颇当些阔差，都挣过不少的钱。可是自从清廷逊政，改为民国之后，这里便再也看不见了銮驾，早先当官差的人也就都失了业，家家的生活状况一天不如一天，因此，海淀街上也曾冷落过些时。

可是这个地方毕竟是靠近京城，又是从京城往颐和园、玉泉山、香山等名胜处所旅行的必经之路。尤其在这春天，每天都要有许多辆旅行的汽车，接连不断地往来着。坐车的多半是各校的学生，富家的眷属，和从外国来的旅行团，车上飘动着欢乐的歌声，车后挥发出幸福的汽油味；虽然在海淀街上不过是片刻的停留，可是已经给这里洒下不少的恩泽了。又因为离此不远开了一处大学校，校舍的建筑比宫殿还要巍峨壮丽，听说校里有几百位教授，数千名学生——而且都是十分有钱的学生；校中自然也要用着不少的茶役与工人，所以又给海淀的人增加了些谋生的道路。同时为了迎合那些有钱的大学生的需要，海淀街上也有了大百货店、书局、饭馆、公寓等等。

海淀街是一天一天地繁荣了，都市气也就越来越浓厚，早先这里连辫子也不肯剪，裤腿也不肯散开的姑娘们，现在居然有的也烫起头发，穿上高跟鞋了。就以范家的菊英来说吧，近来她的衣饰打扮，就很招人注目。

范家的菊英是在海淀生长的一个将将十六岁的姑娘，她虽是生在贫穷的人家，但是她样貌清秀，性情温柔，仿佛一切少女所特有的美点，都在她的身上很显著地表现着，所以女伴之中，要属她是最惹人怜爱的了。她的父亲早已死去了，母亲在城里的一家公馆里佣工。叔父范三是在大学里当听差，婶母就由公寓里揽些学生的衣服在家里缝洗。菊英也时常帮助她婶母操作，并做些零星的挑花、刺绣之类的手工，以得到很少的几个钱，或是贴补家用，或是自己做上一两件洋布的合心衣裳。

在这海淀街上，有一家福安公寓，名虽为公寓，其实就是一家小住户，把家里的几间房子隔成单间，分租给学生们居住。开公寓的人叫徐大，他的两个儿子就算是茶房。他的妻子徐大妈更是能干，除了帮助她丈夫开公寓之外，并常从城里的百货店和专卖结婚用品的商店，揽来些绣花的枕套、补花的被单、挑花的钱袋等等，分发给一些小家姑娘们去做，她从中得到佣钱。所以徐大妈的公寓，除了有大学生出入之外，并且时常有些十七八岁的大姑娘们来往，菊英就是跟徐大妈来往得最勤的一个。

这天，菊英把手下的几件活计做好了，打了一个小包裹。她对着镜子把头发梳了梳，拿着胭脂向腮边抹了抹，端详了许久，才向她婶母说了，然后夹着小包裹出门往徐大妈那里去。菊英走在街上并不各处张望，她只是低头瞧着自己的鞋尖，很轻快地走着，脑里却想着：自己这双仿照时兴样式自做的青帆布鞋，不至于太难看吧？蓝士林布的旗袍可惜稍稍肥了些，没有张家淑贞新做的那件合适……

这时，不知是谁这么向她叫了一声："菊姑娘，买东西去吗？"菊英扭头一看，是隔壁住的拉洋车的二秃子，他两手抄着车把，黑瘦的脸望着菊英，呲着黄牙板笑着。菊英因为二秃子是婶母的干儿子，不好意思不理他，就轻倩地一笑。这时，一辆大汽车呜呜地又往南飞跑去了，车上都是些分头洋服的男学生，还有几个跟男子也差不多的，穿着漂亮大衣的女学生们，菊英不禁向着那大汽车的后影投了个艳羡的目光，她就抛开了二秃子，走过了马路，到了福安公寓。

菊英才一进门，就见院里堆着许多东西，皮箱、网篮、铺盖、暖水壶，和一捆一捆的旧报纸。徐大妈手里拿着一把扫帚，正在着急，她一瞧见菊英来了，就不客气地指挥着说："菊姑娘，你快帮着拿拿东西吧！你大叔跟你大哥全都没在家，人家先生搬来啦。"说的时候，她的二儿子就搬起皮箱，徐大妈提着铺盖。菊英只好放下自己的小包裹，把那地下放着的轻便些的暖水壶和报纸等等，送到客人租下的屋子里去。

这时年轻的客人正在设计着哪里安设床铺，哪里摆桌子，忽然见一个年轻的而也相当时髦的姑娘，帮着给他往屋中送东西，立刻就很注意；他一双手插在西服的裤袋里，说："就放在这里，让我自己布置吧，多受累了！"这个大学生倒是很客气的，菊英不知应当答复什么才好，放下了东西就转身出去了。到了徐大妈的屋内，脸上就有点发热，她觉得心里很紧张，又有点抱歉似的，想着：人家跟你说客气话，你为什么一声也不响呢？又想着：那学生是一身浅灰色西服，咖啡色的领带……

此时徐大妈蓦然回到屋里来，嘴里抱怨着："你大叔一清早就进城去了，你大哥也不知上哪儿闯丧去啦，人家秦先生搬来了，都没有人伺候！"菊英才知道新搬来的这个大学生是姓秦。她顺手把带来的小包裹打开，取出里面的活计，交给徐大妈看。徐大妈本来觉得刚才人家姑娘帮着拿客人的东西，自己怪不好意思的，于是就拿起一对挑花枕套仔细地看着，口里笑着说："姑娘你的活计，真是越做越细了！"说时用手又拍着菊英的柔嫩肩膀，夸赞中带着惋惜地说："这么聪明的孩子，将来可不知道便宜谁！"

菊英玫瑰般的脸颊上立刻越发的红了，她推了徐大妈一把，说：

“大妈,您怎么净闹呢! ”徐大妈嘻嘻地笑着,就把活计收起来,向衣袋里摸了半天,才摸出两角钱来,说:“你先把这个拿回去吧! 一半天你再来一趟,还有客人的几件衣裳,要叫你婶娘给洗呢。”菊英答应着,就说:“大妈,我走啦。”她把那块包活计的布折叠起来,手拿着,走出了福安公寓,心灵上仿佛受了些扰乱,便很烦闷伤感地走回家去。

一进到屋里,同院住的比她还小两岁的淑玲,正在她的屋里闲玩,看见她回来,就像报告新闻似的说:“菊姐,菊姐,你没听说吗? 崔家的玉姑娘认得了一个学生,那学生常上她们家里去。”菊英一听她这话,脸又红起来,就假作生着气说:“这是什么话,你也跟我来说! ”淑玲天真烂漫地歪着脖子,只望着她笑。

这时菊英的婶母穿着件破褂子, 擦着两只胰子沫儿还没干的手,向菊英说:“你没见着徐大妈? 她没说还有什么要洗的吗? ”菊英说:“徐大妈说一半天叫我去,今天还没有要洗的衣裳。”说时把徐大妈给她的那两角钱交给她婶母。她又坐在床铺上,打开她的针线包儿,淑玲也坐在旁边帮着她整理丝线。

淑玲是在这院子住的刘厨子的女儿,虽然也有十四岁了,长得模样也相当的好,可是心眼总是很傻;早先跟菊英同在一处小学里读过书,菊英早就会写信看报了,可是淑玲连她自己的名字都不会写。辍学之后,也跟着菊英学过针黹,可是她笨极了,连很简单的活计都不会做。每天她辫子也梳不好,脸也洗不干净,就抱着她的小弟弟满处串门,有时能在大街上站一天。所以这海淀街上的人,没有一个不认得她,也没有一个不跟她说笑的,同时她也最爱管人家的闲事,打听与她毫无相干的新闻。

当下,这刘淑玲一边帮助菊英理线,一边嘴里就絮絮不断地说着,什么崔家姑娘跟着一个男学生逛颐和园,胡家的嫂子因为做新衣裳跟男人打架,街头巷尾的一些琐闻,她都津津有味地告诉了菊英;并且笑嘻嘻的,仿佛说了人家的事,就能使她自己很高兴似的。菊英却不大耐烦听,不过又不好意思把她赶开。

刘淑玲跟菊英说了半天, 她的母亲就把她叫回屋里看孩子去了。

这里菊英的心里更觉得烦乱，刚才淑玲跟她说的那些事，她又都一件一件的去研究；尤其是徐大妈公寓里新搬来的那个姓秦的学生，那种和蔼的态度，那身浅灰色的西服，咖啡色的领带，仿佛深深地印在她的脑里，消磨不去。她一面帮助婶娘做饭，一面失魂似的这样想着。后来，一种理智又告诉了她，这种内心的思想虽然没有人知道，但也是很不对的，于是她又有些羞愧、悲伤。

吃过饭之后，小屋里点上了暗淡的煤油灯，菊英找出早先读过的一本小学教科书，无聊地翻阅着，远处还有汽车的喇叭响声。又待了一会儿，菊英的叔父范三就回来了。范三在大学里当听差，一月才挣八块钱，可是他每天的酒账至少也得三角。今天他又喝得头红脸涨，嘴里吹着浓烈的酒气，一进屋就向他的老婆说："你猜今儿我遇见谁啦？"说话时带着惊羡和嫉妒的神气。他打了一个嗝儿，喷出一口又臭又辣的气味，熏得菊英赶紧皱着眉低下头去。

又听她叔父说："我碰见黄老九啦！呵！黄老九戴着礼帽，穿着哔叽大褂，也留了两撇小黑胡子，真像个老太爷啦！听说是他的女儿嫁了个做官的，所以他也跟着享上福啦！今天他到海淀来瞧他的姐姐，见了我，还算不错，倒还认得老街坊，把我拉到'广德居'，请我吃了一顿卤面，还喝了几两酒；他说事情忙，明天一早得进城，就不来看你们了。"说着，又歪着头嘿嘿地冷笑着，仿佛表示着瞧不起那黄老九。心里却想着：早先他跟自己住在一个院子里，穷得比自己还不如。可是人家的姑娘凤贞，长得也真不错，小学也毕了业，后来就搬到城里去住了，黄老九虽然找了个小差事，听说也挣不了多少钱；想不到他的女儿如今给了这么好的一个人家儿，居然就算是抖起来啦！

他心里这样带着妒意地羡慕人家，同时不免用那醉眼去看菊英。菊英正在灯旁翻阅那本书，眼皮下垂着，手儿一动一动的，那姿态真是文静清秀。范三的心里也不禁喜欢了，心说：菊英的模样儿虽说比不上美人儿，可是也有七八分的人才。假若打扮打扮，烫个飞机头，穿上件漂亮的大衣，丝袜子、高跟鞋，送到大学里，也不一定比不上什么皇后啦，校花啦！他眯着醉眼向菊英笑了笑，心里仿佛是说：黄老九你别美，过一二年你瞧我的吧,我们菊英嫁的人准比你的女儿还得阔！我范三,那时候就成了范三爷啦,天天喝好烧酒,什么事也不做……

这时,旁边正在刷洗饭碗的范三婶,听了她丈夫的这些话,就觉得很不入耳;因为范三婶的为人向来最安分,不羡慕别人家,她有信仰。她相信无论什么事都是由于命运,譬如说黄老九的女儿嫁给了有钱的人,那是人家的女儿命好,黄老九应该跟着女儿享福。而自己整天给人家洗衣裳,两只手叫肥皂水泡得永远是又红又肿;丈夫是个醉鬼,一月挣几块钱还不够他一个人喝酒的,这都是命。人就应当认命。于是范三婶就冷笑着,向她的丈夫说:“你瞧着人家眼热干什么？有能耐你也养一个好女儿！既然那辈子没修来,现在就得认命！”

范三心里刚有了一点希望，又被他老婆拿这命运的理论一批驳,他立刻心里又凉了。本来么,菊英又不是自己生养的,将来就是她嫁了督军,跟着享福的还是她的妈妈;自己就是能够赖上一碗饭吃,可是哪有黄老九那么吃的硬呀？心里一懊恼,他就不禁骂出声来了,说:“他妈的,据你这么一说,我们永远是穷命鬼！菊英也跟着我们家里,这么穷混一辈子吗？”

范三婶早就明白她丈夫心里想着些什么,一听提到了菊英,她更冷笑着说:“你说姑娘,姑娘有人家自己的命,也许明儿就说一个比黄凤贞还好的婆婆家,也许……”她刚要说“也许就跟我的命一样”,可是看见菊英的脸上,被灯光照得像胭脂一般的红,心里也想着,将来也许能够跟着侄女享福。

这时范三喷着浓烈的酒气,走到了菊英眼前,笑着说:“姑娘你可别骂你这个叔叔,我说的这话是实话。你今年也十六岁了,等你母亲回来,也得跟她商量商量了,假如有合适的人家来提说,我们是怎么答复人家。这些话,其实做叔叔的说不着,可是现在是维新的年头儿,许多大家的姑娘全都讲自由恋爱,所以这些话我也不能不跟你公开！”“公开”这两个字,是范三在大学里跟学生们学来的新名词,如今很得意地说出,仿佛表示着:我的脑子现在也新了！

菊英这时的脸上更觉得发热,头更是往下低,她那剪得齐齐的长发已然擦到了书页上；她的心里也不知是什么滋味，眼泪就像断了线的珠子一般，一颗一颗地向书上落，并发出微细的响声。范三斜楞着眼睛，咧着嘴，打着酒气熏人的嗝儿，还要往下发挥他的议论，范三婶却张着两只湿手过来，把她丈夫推开，说道："得啦！得啦！都是黄老九那暴发户儿，也不知请你喝了多少'烧刀子'，支使得你回到家里来胡说！"范三咧着嘴笑着，瞧了瞧低头垂泪的菊英，又望着老婆，假作着急地说："你瞧，这你也拦住我！我说的也都是好话呀！"说着，由桌上拿起茶壶来，就着嘴儿连气喝了几口，就一头躺在炕上；开始口里还低声哼哼着"二黄"，后来渐渐鼾声如雷，就像一条死狗似的睡去了，喷得满屋子酒气更是难闻。

范三婶刷完了家什，坐在小凳儿上抽她的半支烟卷，慰劳自己这一天工作的疲乏。菊英这时已把眼泪擦净，收起书本，又整理她那针线活计，但是心里却乱七八糟的，手里的针线也仿佛比什么都沉重。她又下意识地想起来白天所见的那浅灰色的西服，咖啡色的领带……才一想到这里，脸上又觉得发热，手也觉得发颤。

也不知过了多少时候，同院北房里张家的座钟，"当当"地打了九下。范三婶就铺开被褥，说："九点了，睡吧！"菊英收拾起针线，到外屋床铺上去拥被就寝。这时四下寂然，只有里屋她叔父范三呼噜呼噜的鼾声，越来越沉重。菊英躺在床铺上，脑里思绪纷纭。北房里的钟敲过了十下，十一下，十二下……猫儿在房上像鬼一般的嚎叫，淡青的月色已染上纸窗，菊英依旧没有睡着，不过，枕边却已被泪水浸湿了。

到了次日，再次日，光阴依旧那么呆板而苦闷地过去。不过有时出门，觉得街上是更热闹了，来来往往的汽车更多了。并且有许多穿着西服的男学生，和穿着各色毛绒衣，披着鲜艳围巾的女学生，全都骑着脚踏车，在那柏油路上，像燕子一般的轻快地"飞行"着。还有的男学生与女学生相互拉着手，骑着车并行，车后带着折下来的桃花和榆叶梅。菊英每逢看见这样快乐的男女青年，便要投一个羡慕的目光，同时心里就有无限的感慨，并且觉得自己这颗可怜的心是没有人知道的。

徐大妈的公寓里，她又去了两次。很巧，第一次才进门，就跟那秦先生走了个对面。秦先生穿着一件半新的蓝布褂子，夹着几本洋书；一看见菊英，他那淡黄的长脸就带着微笑，两只深深的眼睛也射出和蔼的光芒。“来啦？”秦先生点了点头，这样招呼菊英。菊英却脸上一红，把头一低，嫣然地笑了笑，什么话也没有说。秦先生皮鞋“咯咯”地走了，菊英的心里又是很惭愧，并且抱歉似的想着：人家很好意地招呼我，我为什么连一句客气话也不会说呀？叫人家想着我太不懂礼貌了！因此回到家里就想着，以后若是再遇见那秦先生，秦先生如果再招呼自己，自己应当怎样回答人家。

第二次是跟着淑玲去的。淑玲背着她的小弟弟，常到徐大妈的公寓里去玩，公寓里的学生她全很熟识；那个秦先生搬来不到一个礼拜，她就带着孩子往人家屋里去跑。这天她知道秦先生在家，也要拉着菊英到那屋里，菊英却不好意思进去。可是从此淑玲跟菊英说话的时候，她不提别的，就常提秦先生，她说：“秦先生的名字叫秦朴，是南方人，现在才进大学。”又说秦先生的性情多么好，有一次淑玲背着她的小弟弟到秦先生的屋里去玩，她的小弟弟把人家很漂亮的床单给尿湿了，秦先生的脸上一点也不变色，只说：“不要紧的。”淑玲是一个最没有心眼的人，她都因此觉得怪不好意思的了。

菊英听淑玲这样谈说着那位秦先生，她就觉得脸上又一阵一阵的发热，因为习惯告诉了她，两个年轻的姑娘，谈论一个陌生的男子，这是多么可羞的事呢？但是自己听起来，又觉得很有兴趣似的。淑玲一说起来，她是不管不顾，并且还不知道压下声音，除非菊英的婶母快要进屋来了，菊英向她使了眼色，她才把话打断；然而她并不明白，像这些话，为什么不能当着菊英的婶母说呢？

过了几天，天气更暖和了，菊英出门的时候，总要换上浅月白的旗袍，并且她看见街上走的女学生们，已有不少是露着腿穿着袜套。春风软软的，吹得人发懒，尤其是菊英在做针线活计的时候，身子总觉得疲倦。

这一天，在下午两点钟前后，范三婶在院子里迎着太阳洗衣裳，菊英一个人在屋里床铺上坐着，拿着一个十字布的套枕挑花。她心里怪烦闷的，两只手也觉得很重，便想要放下活计，躺下歇一歇，可又怕婶母进屋来说自己贪懒；正在勉强振作着精神，忽听窗外一阵咯咯的脚步声，是淑玲进来了。淑玲今天仿佛遇见了一件什么新奇的事，脸都紫了，胸脯一起一落的喘着气，可见她是才从外面跑来的。菊英瞪了她一眼，笑着说："傻丫头，什么事你这么忙？"

淑玲张着口又喘气又笑，并且掀开衣襟，从裤带下取出一个长方的纸包儿，拿过来悄悄对菊英说："菊姐，菊姐，徐大妈公寓住的那个秦先生，叫我给你带来了一封信！"

菊英吓得神经立刻紧张，脸上立刻觉得发热，她赶紧由淑玲手里接过那封信，一看，是个洋纸的信封，上面还有凸出的花儿，横写着两行蓝色的钢笔小字，是："范菊英小姐 秦缄"。菊英心里更紧张了，本来，这不是第一次有人以"小姐"两个字来叫她吗？信封里是硬硬的，不晓得包了些什么东西，她心里又是猜疑，又觉得不好意思收下。

菊英刚要把信扔还淑玲，想要骂她："你为什么随便就替一个男子向我传信呢？"这时她婶母忽然进屋来了，她赶紧就把那封信压在活计包儿的底下了。范三婶一点也没注意到，她开开破橱柜，也不知在找什么东西。菊英依旧低着头做针线，淑玲坐在菊英的对面，背着范三婶，不断地向菊英做鬼脸儿，菊英只作没有看见。

待了一会儿，淑玲的妈又叫她去看孩子，她大声地答应了一声，就跑出屋去了。范三婶在橱柜里找着了东西，又到院里洗衣裳去了。这时菊英才把一颗惊恐的心慢慢地放了下去，赶紧从活计包儿底下把那封信拿出来。她又把信封上的"范菊英小姐"重新看了一遍，就手颤颤地撕开了信封。取出里面的东西来一看，原来是三张风景照片，照的都是楼台建筑，和柳树边的小桥、春水上的游船。她想着，这大概都是万寿山或是北海公园的风景吧？另外还有一张印着花儿的洋信笺，也是用蓝色钢笔写得很整齐的小字，是：

菊英女士：几次见到你，都没得机会谈话，使我很是怅惘！近来因为听淑玲说，才知你是一位聪明淑雅的姑娘，并且因为环境的关系，现在的生活很是寂寞,我又不禁由羡慕之中对你产生一种同情的心。

前天同着几个朋友去逛颐和园,摄了几张相片,虽然摄影的技术太劣,但风景的本身确是优美的。现在挑选出几张比较清楚的送给你,作为春天的消遣品吧。祝你

平安!

秦朴

菊英虽然仅在小学读过几年书,但是这封信上没有什么艰深难解的字眼,所以大意她是明了了,她随手把信笺和照片装在封套里,不知为什么缘故,竟掉下几点眼泪来。她赶紧把信封藏在被底,拿手帕擦净了眼泪,心里又仿佛觉得,那位秦先生太有点孩子气了,这么三张破相片也算是礼物吗?但同时又想,人家这番意思是很值得感谢的,总算是关心我呀!人家信上并没说不规矩的话,可见人家是并没存着什么坏心……

正这样纷纭地想着,淑玲像一个贼似的又溜进屋来。她探着头悄声问说:"菊姐,你拆开看了吗?秦先生给你的那封信里,装着什么玩意?是洋画片吗?"菊英生着气说:"我不知道信里装的是什么,我给烧了!我还告诉你,以后你别这么偷偷摸摸地给我带信,倘或要叫人知道了,一定要胡说我!"淑玲鼓着嘴说:"你怎么给烧了呢?我眼看见秦先生装在信封里的,仿佛是几张洋画片,你若不要,给我也是好的呀!干什么给烧了呢?"

菊英见淑玲这样子,心里又过意不去,而且怕她回去把这话跟秦先生去说,那时秦先生一定要笑话自己不开通,把人家的好意当作坏意了;于是随手由被下又抽出了那封信,笑着说:"我冤你啦!这是三张相片,我不要,给你;信我留下,你可千万别跟旁人去说!"说话的时候,她脸上烧得很厉害,仿佛是在淑玲这傻丫头跟前做了什么颇低级的事似的。

淑玲接过那三张风景照片,脸上浮着很天真的笑容,说:"这不是万寿山的罗锅儿桥吗?"菊英使着眼色说:"快收起来,快收起来!"淑玲

笑着，把那三张相片装在衣袋里，说：“我得跟秦先生要去，秦先生一定还有好相片！”说着往外就跑。菊英却叫道：“淑玲！你回来！我告诉你一句话！”淑玲就一脚在门外，一脚在门内，斜着头问说：“还有什么事？”

第二回　小约名园游春偕女伴
初亲色笑摄影寄深情

菊英红着脸半天，她自己也不知要说什么，遂就向窗外指了指，又摆了摆手，那意思是："可别叫我的婶母知道！"也不知淑玲到底明白了她的意思没有。

那淑玲就傻样儿地笑了笑，又点了点头，把屋门随手一摔，撒腿就跑。一直跑到大街上，就有平常爱跟她说笑的人，把她拦住，笑着说："玲姑娘，你上哪儿去呀？别跑，留神叫汽车撞着！"淑玲随手把人推开，骂着说："撞着？撞了你们家的祖坟，也撞不了我呀！"

她跑得头发蓬乱，鼻子上满是汗珠，到了福安公寓，就怔闯进那秦先生的屋里。秦先生这时正趴在桌子上写字，淑玲一进屋，就把秦先生的胳臂揪住，她一面喘着，一面撒娇闹气地说："秦先生，您可好？有了好相片不给我，可偷偷摸摸地装在信封里，送给人家菊英，您真是偏心眼儿就得啦！"秦先生被她这么一磨，真是一点办法也没有，只得放下了笔，转过身来笑着说："真对不起你！我只有那三张相片，以后我照了好的再给你吧！"淑玲瞪着眼睛说："准吗？现在我先记上你一笔账，过几天您要不给我相片，您就提防着得了！"说毕，她又扑哧笑了。

秦先生也笑着，脸上略红了红，就低声问淑玲说："你把我那封信交给菊英没有？她说了什么？"淑玲哼了一声说："人家拆开信看了，直生气，说是这要叫外人知道，说起来是多么不好听呀！再说人家的婶母管得严，以后您别再给她写信了！”那秦先生听了这话，似乎很是失望。

这时淑玲又把桌上的书乱翻，仿佛要搜寻什么宝贝似的，秦先生就说：“你不用乱找，我这书里不会夹着什么相片！等过两天，我请你到颐和园玩玩去，在那里找个背景好的地方，我给你照几张。”

淑玲撇着嘴说：“逛颐和园倒还可以，我可不照相，我这模样儿不配一照！”

秦先生也不由笑了笑，便仔细看这淑玲，见她长得虽然不及菊英，可是也有几分女性美，不过都被她蓬乱的头发，和那身旧蓝布裤褂给湮没了，不细看是看不出来的。又想：听她这样说，菊英并不恼自己给她写信，不过是她的婶母管得严，又怕被别人知道了说什么闲话。

这秦先生的脑里正这样想着，又见淑玲似乎有点怨恨的样子，说：“颐和园，您别瞧离这儿不远，我活了这么大就去过一回，那还是前年我在小学里，校长带着我们去的。我真想再去那里玩一回，这时候花儿都开了，在草地上扑蝴蝶，有多么好呀！”

秦先生顺着她这句话，就说：“这很容易，这两天天气很好，我也没有什么课，明天我就请你逛颐和园去，好不好？把菊英也邀上。”淑玲一听，喜欢得跳起来，说：“真的吗？秦先生你准请我们逛去？我这就跟菊英说去！”说着，她转身就要走。

秦先生却笑着说：“你先别忙，你听我告诉你，你要这么直接跟菊英去说，她一定不肯去，因为她不明白我是什么意思。你应当告诉她，我是个外省人，来到这里也没有什么朋友，很是寂寞，同时我见你们两位姑娘又都是很聪明的……”淑玲听到这里，就撇嘴说：“得了吧！连我爸爸都叫我傻丫头！”嘴里说这话时，心里却很喜欢，认为是秦先生夸奖了她。

秦先生又笑着说：“据我看你是一点也不傻，总而言之，我是想跟你和菊英，我们像朋友一样地往来。明天若是下雨自然不能去，若是好天气，那么你跟菊英你们就早些吃完午饭，到颐和园里去；咱们在十七孔桥旁边见面，我带上照相匣子，给你们在园里照几张相片。”秦先生解释明白了他的动机，然后才说出约定的时间和地点，淑玲听完却笑着说:“这一大套话,可真麻烦死人!干脆吧,我这就跟菊英商量去,她要是愿意去,明天我们就在颐和园里见面;可是门票得由你买,我们可没有钱……”秦先生笑着点头说:“那是自然!”于是淑玲又跑出屋去,她比来的时候跑得还快,就回到家里。

这里菊英自淑玲去了,心里就仿佛恍恍惚惚的,针线都拿不起来,想着:那位秦先生到底是什么意思呢?他真是觉得我不错,才给我写信吗?或是安着什么不好的心呢?她正在低着头,拈着线,没头绪的猜想着,淑玲脚步咯咯地就跑回来了,一进屋就扒着她的耳朵,喳喳地说了一大篇话,说得菊英从耳朵到脸上满浮了红霞。淑玲述说完了,她就问:“到底你是答应人家不答应?现在园子里花儿正开着,再过几天可就都落了!”菊英闷闷不语了半天,心里想着:秦先生真是好意呀!同时他还能体贴自己的环境不自由,所以不与自己一同走,却各走各的,到园子里再见面,为是免得遇见熟人……

她心里虽然很是喜欢,但表面上却皱着眉,做出很为难的样子,说:“可是,咱们怎么跟家里的人说呢?”淑玲说:“那算什么的?就说人家秦先生请咱们逛颐和园,谁爱说闲话就叫他说去!”菊英揪了淑玲一下,说:“你小点声儿说话!”遂又凝目寻思了一会儿,说:“你就说刚才遇见咱们学校里的杨先生了,杨先生请咱们明天逛颐和园去。”杨先生是早先在小学教过淑玲的一位女教员,淑玲至今还忘不了她那一对豹子眼睛,她时常责罚淑玲。

现在淑玲因为急于要逛颐和园,随便编什么谎她也不反对,当下就在范三婶和淑玲的母亲跟前这样说了。范三婶觉得侄女天天做针线,也怪可怜的,明天要跟着女老师逛逛去,她自然不能加以拦阻;淑玲的母亲更是管不了她的女儿,所以她们明天这个约会就算是订妥了。

淑玲去回复了秦先生,就回来刷鞋洗袜子,又叫菊英给她剪头发;她今天也特别勤俭了,不似往日那么贪玩。菊英这时心里也紧张得很,针线自然是做不下去了,并且盼望着立刻就到明天才好。不过在这情急盼望之下,她还有两个疑虑,第一是想着:明天大概不至于下雨吧?

第二是想：明天这个时候，自己一定正跟着那秦先生在园子里玩呢，一个陌生的青年男子与自己同行同走，自己还真不习惯呢！可是还有淑玲跟着呢，秦先生也不能净追着自己吧……她想来想去，有些担心又有些羞涩，但是又故意矜持着，不叫婶母看出自己像是有心事的样子。

到了点灯的时候，菊英的叔父范三又由学校回来，今天大概是学校里大扫除，弄得他一身的土，一脸的泥。范三向来是越疲乏，喝的酒就越多，所以今天他一进门就睡了，呼哧呼哧地喷着臭辣的气味。范三婶依旧是坐在小凳上抽烟卷，并且有时叹着气，似乎在叹息她的命运。灯光淡淡的，因为煤油本来添的不多，无论怎样往起挑，也不会明亮；就像他们这家庭，除了菊英有一颗活跃的春心之外，其余全都是灰色的。

菊英闭着气，忍受着屋子里浓厚的酒臭气，手里没心绪地还在摆弄她的针线。待了一会儿，范三婶听见同院北房里的钟响了，就说："菊英，你不是明天还要上颐和园去吗？也早点睡吧！活计又不忙。"

菊英这时心里正幻想着：颐和园里桥边柳下，自己与灰色西服、咖啡色领带的秦先生并肩走着，忽然听她婶母也提到了颐和园，竟仿佛自己心坎里的秘密都被婶母看见了似的，立刻脸上一热。她赶紧斜转过脸去，就见那暗淡的灯光，把自己的影子印在了墙上，虽然不是十分清楚，但自己的头发、肩头和胸部的曲线是看得出来的，她又暗想：自己的身段、模样儿，也不算难看吧？这样一想，一丝伤感又撩了起来。她就拢了拢颊边的长发，揉了揉眼睛，表示自己是困倦了，遂就收拾起活计，到外间去关好了门，铺床就寝，里屋她的婶母也把灯熄了。

菊英此时恨不得立刻就睡着，一睁眼就是次日，因为有许多的美丽的新奇的希望，都在次日等待着她了。可是心里越急越睡不着，更加以她叔父沉重的鼾声，搅得她更是心乱，她想着白天秦先生给自己的那封信；又想着母亲在城中佣工，一天劳累得要死，两个月也未必回到家里一趟，所以自己就是有什么心事，也不能对母亲去说……一感到自己的可怜，眼泪又不禁往枕上去流。

春宵像是特别的愁人，天气又热，菊英穿着贴身的衣裳，只盖了一条棉被，还觉得身上发热，涔涔地出汗。她的心里急躁着，烦恼着，直到纸窗上露出了晓色，邻院养的鸡也鸣了，菊英的身子才觉得酸懒无力，头上微微发昏，一阵迷离。

也不知过了多少时候，就听耳畔有人叫她："菊姐！菊姐！你还不起来，都九点多钟了！"

菊英蓦然睁眼一看，却是淑玲。她今天的头发梳得很光亮，脸也洗干净了，并擦了些红胭脂，穿了一件肥袖子的竹布短衫，青布裙子；这还是她早先在小学时的制服。菊英看她这个样子，又不由得要笑。见婶母没在屋中，她就一面扶枕起来穿衣，一面笑着小声地向淑玲问说："你怎么这么早就打扮好啦？"

淑玲催着菊英，说："你快起来吧！我刚才到秦先生那儿去啦，秦先生说他十点多钟就去；难道咱们就任性儿磨烦着，叫人家在那儿傻等吗？"淑玲说话的时候声音很重，菊英赶紧扭头往窗外去看，恐怕被她婶母听见了要起疑惑；又生着气瞪了淑玲一眼，说："你要是这样嚷嚷，我就不去了！"淑玲这时候就怕菊英闹气不去，遂就赶紧央求着说："得啦，得啦，菊姐姐你就快起来吧，咱们吃点东西就去吧！"

菊英叫淑玲把门带严了些，她推被起床。淑玲就见菊英那一身洋布的、很干净的睡衣，紧箍着丰满的曲线，胳臂也柔润洁白。她坐在床沿上，把昨晚预备下的白麻纱袜套换上。淑玲的心里也不由有点羡慕，心说：我要像菊英长得这么好看，那可多好呀！但是这个想法，不多时就被她那傻脾气给推开了，她又想：咱就是这个样儿，谁爱瞧不瞧，比不了人家菊英！

菊英下了床，依旧穿她平常的那件月白旗袍，先支起小镜子来，拿着篦子拢头发，然后才把自己的床铺收拾好。淑玲就凑近菊英的身边，从衣袋里掏出三张花花绿绿的洋纸来，说："菊姐，秦先生刚才给了我三块钱，两块钱叫咱们买门票，一块钱叫咱们坐车。菊姐姐！咱们坐汽车去吧，我活了这么大，还没坐过汽车呢！"

菊英赶紧叫淑玲把那钱收起来，眼光故意不往那钞票上去洒，可是三块钱，这在她也不是太小的数目呀！菊英每天给人家刺绣、挑花，一个月所获得的劳力代价，也比这多不了什么，今天玩这一天，就要花去这么多的钱吗？

这时淑玲点了点那钞票，一张、两张、三张，一点也不错，她便谨谨慎慎地带在里面的衣裳口袋里，又隔着衣裳摸了摸，方才放心。菊英听着那钞票嗦嗦的声音，心里觉得很难过，花一个陌生男子的钱去逛颐和园，这不是一种羞辱吗？然而到了现在，她已不能够爽约不去了。同时，心里也仿佛很急切的，期待着去见那陌生的人。

待了一会儿，淑玲一只手按着她的衣袋，又跑出屋去了。菊英帮助她的婶母做完饭，因为心跳得很紧，所以菜饭也吃不下去；她也不晓得自己饱了没饱，就放下筷箸，自己要去刷洗家什。她婶母却好意地说："姑娘你不用管了！交我回头就刷了。你收拾收拾就去吧，别叫人家杨先生等急了！"菊英见婶母真相信今天是那姓杨的女先生请她们去玩，心里倒很惭愧，觉得有点对不起婶母似的。

这时淑玲又一边嚼着饭，一边走进屋来说："菊姐你吃完啦？快点换衣裳咱们走吧，这时候人家秦……"菊英一听吓得脸色都变了，幸亏淑玲因为嚼着饭，"秦"字没说清楚，范三婶根本也没有注意。但是菊英仍不住地偷眼去瞪淑玲，淑玲也后悔说漏了嘴，背着范三婶直吐舌头。

菊英重新洗脸、搽雪花膏，又叫淑玲拿着火剪到院中做饭的小炉子里去烧热，对着镜子把头发烫卷了，然后又擦胭脂。淑玲在旁抱怨着说："你真麻烦！"

直到十一点多钟，淑玲在旁催了有一百多回了，菊英才修饰完。她又另换上一件浅红色的，上面有黄色碎花儿的人造丝的短袖旗袍，露着腿，穿着白袜套，青礼服呢的高跟鞋。她对着镜子，站得远远地又端详了半天，就把一条印着牡丹花的小手绢绕在衣纽上，然后向她婶母说："我走啦！"她婶母又给了她四毛钱，菊英就出了屋子。这时在院中做饭的、洗衣裳的张大妈、刘二婶婶、李老太太，都笑着招呼说："菊姑娘出门儿呀？呵，真是个大美人儿似的！"菊英脸红着，笑着，低头瞧着自己的鞋尖，高跟鞋咯咯的，就往门外走去。

到了门外也是有不少的人注意地瞧她，又有人拦住淑玲，说："你逛山去呀？可给我掐几枝花儿来！”淑玲却说：“你妈的花儿！”菊英拦住淑玲，不叫她在街上跟人打闹，就说：“你要再这么泄气，我可就回去啦！”她一只手扶在淑玲的肩上，一只手不断地掀衣裳、掠头发。走到汽车站，淑玲就要等汽车，旁边又围上几辆洋车，全是这街上的熟人，其中还有二秃子。二秃子就说：“菊姑娘你坐上吧，我拉你去！”淑玲见菊英坐上了二秃子的车，她也就坐上一辆车，并且跟那拉车的小杜说：“你要是摔着我可不行！”

当下，二秃子和小杜拉着这海淀街上一个漂亮得出色，一个傻闹得著名的两位姑娘，他们就撒开了腿，在那平坦光洁如镜子一般的柏油路上往北跑去。二秃子的车在前，小杜的车在后。菊英在车上眼望着马路两旁碧参参的杨柳，青青的稻田，汩汩的小河沟里的流水，心里不禁蓬勃着快乐。柔和的春风吹得她才烫过的短发微微地飘动着，阳光的暖意透过她那浅红衫子浸入了肌肤，菊英不由回着头去，向淑玲笑了笑。这时淑玲也快乐得要死，一手扶着车沿，一手摸着衣袋里的钞票，眯缝着眼，张着嘴笑着。

少时前面的二秃子就说：“快到了。”淑玲一听就更是喜欢，她刚要说：“也不知道秦先生去了没有？”这时忽听呜的一声，一辆大汽车就从洋车旁边擦过去了，把她吓了一大跳；她刚要开口骂汽车，后面又一辆飞驰过来。菊英摘下手绢来捂着鼻子，避开那难闻的汽油味，同时看到汽车上都是穿月白褂的女学生们。二秃子看见了载学生的汽车，他才想起来，就说：“今儿是礼拜六呀！”

两个拉车的看见离着颐和园的宫门近了，他们脚下更是加紧，一前一后，像赛马似的；少时就到了颐和园的门前，同时把车放下，二秃子和小杜的头上全都流着汗珠。淑玲下了车，就说：“我们可不给钱啊！”菊英却不愿意在这热闹的园门前，跟拉车的人说笑，她就每人给了一毛钱。

两人下了车，就大模大样地装成逛公园的小姐样子，先走到售票处前。淑玲这时心里很是急躁，她恨不得由墙上跳过去，她拿出那花绿的钞票去购买“游园券”，又隔着小窗户跟人争执，说：“我才十二岁，难道不可以买半票吗？”菊英觉得她太泄气，用手把她拉开。淑玲的两块钱只换了两张白纸红字的游园券，她还一边笑着一边叨念着说：“也不知道秦先生来了没有？”收票员把两张票接过去剪了，同时向穿着浅红旗袍的菊英看了一眼；淑玲也翻着眼睛看了收票员一下，仿佛心里在说：你要不剪票多好，下回我还可以拿着这张票来……

走进园门，菊英就觉得胸头突突地乱跳，浑身的血液像是流得更快，两腿也仿佛发软；同时因为地下铺的砖都很平滑，自己的鞋跟又太高，恐怕滑倒了叫人家笑话，所以更迈着小步儿向前走。淑玲却两只眼像流星似的，东边瞧瞧，西边看看，连台阶都顾不得看，差点就摔了一跤。

她们虽说早先跟着学校来游玩过，但是园里的路径却一点也不熟。幸亏今天是礼拜六，天气又很晴和，所以游园来的男男女女，学生、小孩子们特别的多，菊英带着淑玲就跟着人家走，同时眼睛也四下张望着，寻找那秦先生。她的心里却矛盾着，虽然愿意立刻就与秦先生会面，看见他那深深的蕴含着一种诱惑的眼睛，聆听他那温和而动人的声调，接近他那宽厚的肩膀、挺拔的洋服，和颜色撩人的领带；但是同时她心里又发怯，甚至于想哭。

她们顺着廊子走过了几座广大的院落，就见那院子里摆着古铜的仙鹤，大厅里陈设着红木的器具，这还都是西太后游幸时所留下的。淑玲见着铜仙鹤就要用手去摸，走过大厅就要扒着玻璃往里看，走在廊子下她又来回地跳栏杆，下台阶时也总是三层五层地往下一蹦；她简直喜欢得没有一点老实气儿，菊英也拦不住她。这时来来往往的人更多，菊英除了注意游人中有无那位秦先生之外，并且留心看着别的妇女所穿的衣裳，和头发的样式、鞋跟的高低，相形之下，她意识到自己的衣饰打扮是太不如人家了。

淑玲两步并作一步地顺着廊子在前跑着，忽然她在一个小门前站住了，回首向菊英招呼说：“菊姐姐，菊姐姐，快来！看见昆明湖啦！”她一面招着手，一面喜欢得跳脚儿。菊英也轻步儿袅袅娜娜地快走了几步，到小门前往正面一看，呀！这不是颐和园的全景吗？广袤数百顷的昆明湖，躺在苍翠巍峨、楼台掩映的万寿山前，十七孔桥像是白玉凿成的长龙似的偃卧在水面；湖水浩浩荡荡的，清澈而波动着，把岸上的石桥、亭阁和绿莽莽千万条摇曳着的柳丝，点缀着几片白云的翠蓝色的天空，都很真切地印在水面上。由水面层层的细浪上，又吹过来带着芳香气息的春风，是那么软软的，仿佛在故意地迷人。

淑玲用手指着说："嘿，小船儿！"菊英随着淑玲的手指去看，可不是，远远的水面上有两只鱼一般的小划子，几个男女学生在那船上自己动手划着，双桨溅起了白雾一般的水花，水面上飘散过来悠扬断续的口琴声、歌声，菊英、淑玲两个人高兴得都笑了。

因为跟人家秦先生订的是在十七孔桥见面，所以两个人就沿着岸又往十七孔桥那方向去走。菊英因为要追着淑玲走，所以也走得很快，迎着面的春风吹起菊英的衣襟，抚摸到她那露出的腿部，越觉得发软发怯。淑玲穿着柳丝走着，手里折了一根柳枝，头发上也沾着柳叶。忽然她看见一个白色小蝴蝶，由草地上飞过，她赶紧摇着柳枝去扑。那小蝴蝶又展翅上飞，折回来，飞到了菊英的眼前，菊英也忍不住用小手帕扑了一下，也没打着。小蝴蝶仿佛嗅了一点菊英脸上的香气，它就满足了，两个小翅子翻飞着，又绕了一个弯儿；这里淑玲扑了几下没有扑着，就见一个小白点儿越飞越远，仿佛是顺着水流去了。

这时后面又传来了一阵清脆的喧笑声，菊英回头一看，见是六七个女学生，都跟自己的年岁差不多；一律的短头发，月白褂，青绸裙，平底皮鞋，有的领间绕着一条白纱巾，有的挂着照相匣子，都很欢乐活泼地往前走去了。看了人家，菊英未免有些自叹弗如，后悔今天不该穿了这件浅红色的旗袍和高跟鞋来，因为这样更显出自己是个旧式女子；心里这样一想，就仿佛无颜跟着那一群女学生去走了。

忽然看见面前，湖边柳外有一棵桃树，伸着纤弱可怜的枝干，上面还开着几十朵残留的花儿；那桃花的娇红颜色，似乎与自己的衫子差不多。菊英轻巧袅娜地走近了那棵桃树，她的手才一扶到树上，那枝头浮着的花瓣，就纷纷地落下，像红雨一般洒在了菊英的头发上、衫子上。菊英一面用手帕拍着花瓣，一面伤感、灰心地想着：像我这样的人，怎配跟一个在大学里的秦先生做朋友呢!

这时淑玲跑到湖边,蹲在一块石头上,拿着柳枝去搅水,并且惊讶地叫着菊英,说:“快来呀! 这水里有一群小鱼儿! ”菊英懒懒地走过湖边,也往那清澈的湖水里去看,真是有一群小鱼儿,身体都透明,像蚂蚁似的在水里游着。菊英低着头看了一会儿,眼睛被水的波动所搅乱,就觉得自己是站在船上了,山、水、桥、树都仿佛往后走,她就笑着说:“哎哟,我眼晕了! ”赶紧立定身子,凝目晕了半天,才觉得回到了原来的位置。

这时东面一阵很硬的风儿吹来,吹得柳丝拂在她的发上,桃花瓣也从她的脸旁飞过,纷纷落在水面上。菊英掠掠发,抖抖衣裳,向淑玲说:“咱们到别处去吧! ”这时淑玲捞了半天小鱼儿,也没捞上一条,倒弄了一袜子水,气得她把柳枝摔在水里,撇着嘴走了过来。菊英笑着说:“你真傻! 凭那一根柳枝,就能把鱼捞上来吗? ”遂手拉着淑玲的胳臂又要往前去。

这时忽见对面,顺着湖岸来了一个青年男子,淑玲一看见就赶紧迎着跑过去,叫着:“秦先生! ”

那秦先生秦朴,今天还是穿着那身浅灰色的法兰绒西服,不过领带换了一条,是紫底白斜纹的,背着一个方形的照相匣子,呢帽微斜的戴着。看见了她们,他就皮鞋咯咯的,迈着轻快的步子走来,脸上堆着和悦的微笑,两眼仿佛只向菊英看着。菊英这时心里很高兴,可是神经更是紧张,脸上的红霞又泛起,手脚都觉得扭扭捏捏的不知怎样才好。

秦朴走到近前,把帽檐掀了掀,带笑问说:“范小姐早来了吧? ”菊英把眼皮低下去,嫣然笑着说:“我们也是才来,秦先生,您一定等我们半天了吧? ”秦朴看见菊英这样娇羞妩媚的神态,仿佛也感到一种强烈的异性吸引力,他也不晓得怎样措辞,就点头说:“我倒是来了一会儿了,范小姐……”他跟菊英彼此望着,又相互笑了笑。

淑玲在秦先生的身旁就要动那照相匣子,秦朴向南边指了指,说:“桥那边没有什么意思,我们到对面石舫那边玩玩去吧? ”菊英倩笑着,轻轻应了一声:“好吧! ”说时抬眼看了秦朴一下,她的脸上又微红着,一手掠着头发，转身跟秦朴相并着走。淑玲这时是就等着看秦先生怎样照相，她仿佛也老实点了，就顺着柳岸往北去走。菊英时时低头看着自己的那双高跟鞋，与秦先生的那双乌亮的皮鞋，相距不过尺许，而且因为秦先生是故意慢着走，把脚步走得竟是那么齐整，菊英的心情更觉得紧张；本来，菊英今年十六岁，这还是第一回跟年轻的男子并肩走路呢！

秦朴倒是很大方的，挺着他英俊的身躯向前走着，同时侧着脸很和婉地跟菊英说话，他先说："昨天我给范小姐去的那封信，后来自觉得也很冒昧。"菊英听秦朴提到了昨天那封信，又是一阵脸红，就低头笑着说："那不要紧的。"秦朴也笑了笑。

又走了十几步，秦朴又仿佛很关心地问着："范小姐每天在家里也很忙吧？"菊英听秦先生这样问，更是觉得惭愧，心想着：自己家里的景况，淑玲一定都告诉他了，遂摇头说："不，在家里也没有多少事！"秦朴点了点头，皮鞋有节奏地响着，菊英也就默默地跟着他走。

淑玲就像七八岁的小孩子似的，依旧跑在前头，揪揪柳丝，扑扑蝴蝶；她又回过身来倒退着走，东指西指地喊着说："秦先生！您来瞧这个亭子好不好？要不就照这座山子石？菊姐姐你在石头上坐着，叫秦先生给你照一张，有多么好呢！"菊英抿嘴笑着，说了声："简直是傻子！"说时她斜着脸，微笑着瞧了瞧秦朴。秦朴一面走着，一面很和蔼地答复着淑玲说："这一带没有什么好的背景！北边好，那边玉兰花正开着。"淑玲一听那边有玉兰花，心想：我还没看过玉兰花呢，快看看去吧！遂就不顾别的了，只管抡着两只胳臂往前很快地走着。

这里菊英跟秦朴并着肩走，彼此谈着话。菊英这时心里也觉得轻松多了，不过神经上还是特别的敏感；秦朴那宽厚的动人的肩膀，偶尔不经意地挨近了一点，菊英都会立刻感受到一种惊恐的，可是也喜悦的刺激。她又想：人家问了自己许多话，自己却一句话也没问人家，显见是自己不会说话儿似的。于是默默地又往前走了一会儿，她就含着笑，用柔细声音向秦朴问说："秦先生，您来到北京有几年了？"说时斜眼看着秦先生的脸，抿着嘴儿一笑，在左脸上就现出一个很深的笑窝来。

秦朴听菊英这样问他，也赶紧笑着，回答说："没有，我来到北京才一个多月，可是我在两年前来过一趟，也没住多久。"菊英笑着，微微点了点头。又听秦朴说："北京的确是个好地方！像这样处处能表现中国建筑艺术的大园林，在旁处是绝找不到的。"他像赞叹似的这样说着，同时目光又向这阳春之下的名园丽景整个地巡视了一下，然后脸上带出一种舒畅的表情，又说："所以，人家都说北京是文化城，不但是这里有许多大建筑，而且这里的人也都是和蔼的，有礼貌的，北京话更是特别的好听。"他似乎还想说："北京的年轻姑娘们，也都是格外的秀丽温柔。"话虽没说出来，可是他那深湛湛的目光又向菊英掠了掠，遂又现出来笑色，问说："范小姐，您说是不是？"

菊英却连连摇头，说："我可没到外省去过，不过我听人说：北京的土太多，人仿佛也都守旧。"

秦朴笑着说："那是只就着一部分来说的，实际的北京城不全是那样，譬如说你由西直门到西山，这一条柏油路上，那还找得到一点土？人也是，有的人家自然很守旧，可是新的人家也并不少，就像范小姐……"

菊英听秦朴由人的维新与守旧又提到了自己，她就脸红着，等待接受秦朴的赞美，就见秦朴点头说："我看范小姐你就很好，虽然你现在没上学，可是我相信你的思想一定比她们还要进步！"

菊英低头笑着，觉着被人夸得怪不好意思的，心里对秦朴生出无限的感激，不过又暗自悲伤地想：虽然我本人并不像旧式女子似的那样死脑筋，可是我的环境太坏了！咳，秦先生你不会知道我心中的悲哀吧！

默然了一会儿，两人依旧相并往北走着。秦朴也看出范菊英的脸上忽然浮现出一种忧郁的神色，不知是为什么缘故，他就故意打起精神，高高兴兴地向菊英笑着，谈几句眼前的话，很快就走到了北边长廊前。

此时淑玲早跑到这里，她拉着秦朴的手说："秦先生你瞧！这廊下有多么干净，你在这儿给我菊姐照一张好不好？"秦朴看了看环境，就点头说:“这里确实不错。”他一面摘下相匣来,一面很尊重而且和婉地向菊英问说:“范小姐,你看这里好不好?我给你照一张好吗?”菊英低头笑着说:“好吧!”随手去掠头发,又揪了揪衣襟。

秦朴支开相匣,把镜头对准了菊英,一面看那反光镜上的缩小的丽影,又往后退着找好了距离,就说:“请范小姐抬起点头来!”菊英抿着嘴,斜眼望见淑玲站在栏杆上正逗她笑,就故意忍着笑,做出一种窈窕的身段来,心里刚想着:不知照得好不好?这时就见秦朴的手一动,收起了相匣,笑着说:“好了!”菊英这才笑了出来,向秦朴递了个温和的目光,脸上略红。

秦朴又过去把匣子对着淑玲,说:“刘小姐,我也给你照一张吧?”淑玲站在栏杆上不住地摇头摆脑,挤鼻弄眼的,连说:“我不照,我不照!”菊英就笑着揪住淑玲,向秦朴说:“秦先生,你快给她照!”秦朴就笑着,假装对着淑玲照了一张。淑玲却晃着身子说:“照也照不好!”菊英放开了淑玲,还在不住地笑,芳颊微红,笑靥嫣然。这时秦朴在反光镜上看得清清楚楚,他就趁着菊英不经意,“吧”地偷照了一张,遂就微笑着把这张卷起。

这时淑玲倒没看出来,她跳下这栏杆,又到湖边去看别人钓鱼了;菊英却立刻脸上带出不高兴的样子,她看了秦朴一眼,一句话也不说,转身就走。秦朴偷着照了一张相,心中正在得意,忽见菊英生气地走开了,他就惭愧得脸红,也就很没趣地跟着菊英走过去。

第三回　双桨风横湖心听笑语
孤灯夜静枕畔拭啼痕

秦朴很后悔自己太冒昧，唯恐菊英因此恼了，他就背上相匣跟了过去。此时菊英也走到湖边去看别人钓鱼，淑玲蹲在那里，指着一只竹篓说："菊姐你快看，人家钓的这鱼，多么大的一条儿呀！"菊英点了点头，但她并不去看那篓里的鱼，她只扶着白石栏杆，往那涟漪上去看，就仿佛受了什么委屈似的，心说：原来秦先生不是好人！他光明正大地给我照相本来没有什么，何必要一声不言语地偷偷给我照呢？他到底是什么意思呢？这么一想，她就委屈得要哭。

此时耳畔忽然有一股很热的气息，使她的心里又是突突乱跳，她赶紧回身躲开，一看是秦朴走过来了。秦朴的脸上，是很羞愧的样子，他勉强笑着说："我们到石舫边雇只船划一划，好吗？"说这话时眼光直视着菊英，像是请求饶恕似的。菊英倒心软了，自己反觉得很难为情，幸亏偷着照相的事彼此并没说出来；她也就抛开了不高兴，重新露出俏丽的笑容，点头说："也好！"

这时淑玲在旁也听见秦先生说要请她们去划船，她喜欢得跳起脚来，说："划船去！嘿，真好啊！秦先生我告诉您，您可别笑话我，长了这么大，我还没坐过一回船呢！"

当下淑玲就拉着菊英的手，跟着秦朴往西面走去，秦朴的两只深深的眼睛，依旧不住地去看菊英的神色。菊英也仿佛看出秦朴是怕得罪了自己，她就故意持重着，挺身飘洒地走着，并不再跟秦朴说笑。但是有时她又偷眼去看秦朴那张带着点懊恼的脸，心里不禁好笑，就想：人家好意的花了不少钱，请你们来逛颐和园；只为偷着照了一张相片，咱就跟人闹气，也未免太厉害点了吧？于是心情又缓和了一些，望着这个被窘的青年，仿佛也觉得很好玩，很可爱。

顺着廊子往西又走了少时，前面的淑玲一眼看见了上船的所在，她就喜欢得乱跳，招手说："你们两人快来吧！"秦朴、菊英两人走到近前，原来这里就是园中的胜景"石舫"；这是一座完全用汉白玉建成的，楼舫式的建筑物，雕琢得极为精美。现在，舫中是开了茶社，许多有钱的男女游客正在那里坐在藤椅上，喝着香茗，嗑着瓜子儿谈天，并领略外面的风景。石舫外是游船码头，数十只小划子像鱼一样的摆着尾巴，都泊在那里。有许多女学生们正在这里上船下船，说说笑笑，快乐得像一群仙女。

菊英这一件刺目的浅红衫子，实在很惹人注意，她的心里也有点羞惭，觉得不如人家那样朴素、活泼。但是因为有个穿西服挂着照相匣子的大学生陪着她，她的心里又有了一种骄傲，于是就故意做出笑容，并且紧紧挨着秦朴，仿佛特意要叫那些女学生知道，自己是穿西服的秦朴的朋友。

秦朴也站着看了看那些女学生，同时又注意地去看菊英，他觉得菊英今天的打扮虽然不像是女学生，但是她那一种秀丽、轻倩，似乎在那女学生群中也是不易找到。他便向菊英递着笑容，说："今天的人真多呀！"

雇好了一只划子，他先请菊英上船，菊英就笑着让了让秦朴，说："秦先生，您先上船吧！"同时眼睛看着水波又像有点发晕，便谨慎地撩着衣襟跳到了船上。淑玲喊着说："秦先生，快拉着我点！"她一只手揪着秦朴，才上了船，就觉得荡荡悠悠的，像要翻了似的，她就问："这水有多深呀？"

秦朴上了船，就笑着说："不要紧！只要你好好地坐着，这船不会出危险。"他把两支桨递给菊英一支，自己拿一支，就向水中去拨。菊英本来也是第一次划船，她吃力地拿着桨不知怎样去拨水，所以水波虽然哗哗地响，水珠溅到浅红的旗袍上，但船头却往横处去。淑玲两只手扶着船沿，觉得身子乱晃，但是很有趣；她见菊英也不会划，就说："菊姐，你把那根棍儿也交给秦先生，叫秦先生一个人给咱们划吧！"

菊英虽然不知怎样划，但却舍不得扔下这支桨，她又是羞惭又是着急，秦朴却很和蔼地对她说："范小姐，你把桨轻轻地往后拨，船自然就往前进了。"于是菊英依照秦朴说的方式去拨水，果然双桨悠然，船只冲开了细浪往湖心走去。低头望着湖面上返映着的碧蓝的天色，那天上的白云就像在船底下飘浮着，淑玲晕得几乎要躺在船上了，但她还是很喜欢，望着秦朴和菊英傻笑。

菊英一面划着船，一面偷眼窥着秦朴，见秦朴在船尾两只臂用力地划，但是眼睛却斜望着，似乎在想什么。由水面上传来别的船上的口琴声，是女学生们吹的，悠扬而婉转。菊英虽听不懂是什么曲调，但也觉得很好听，同时被这种音乐撩逗起了心中的幽思；她无力再去摇桨，并偷眼去看秦朴，只见秦朴依然是那么凝神驰思的样子，手里的桨慢慢地摇着，口中随着口琴声，哼哼地唱着歌。

淑玲听秦朴"哼哼"了半天，她一句也没听懂，就问说："秦先生您哼哼的是什么呀？"秦朴停住摇桨，就回答说："我唱的这是电影《梦里情人》上的曲子。"淑玲一听这个名字很新鲜，就问说："什么叫'梦里情人'呀？'情人'两个字怎么讲呀？"秦朴一听，不由扑哧笑了，同时用眼去看菊英；菊英又是脸红又是好笑，就瞪了淑玲一眼。淑玲仍然不大明白，口里不住叨念着："梦里情人，梦里情人……"又说："秦先生，明儿你请我们进城看电影儿去吧，我还没看见过会说话的电影儿呢！"

菊英觉得她太泄气了，就忍不住斥了她一声，说："得了吧！人家秦先生请咱们来玩，就花了不少的钱，你还要叫人带着你进城看电影去呢？人家秦先生每天还要上课，也没有那么多的工夫呀！"秦朴本来觉着菊英是个很沉默的，不怎样爱说话的女子，如今见菊英对淑玲这样娇嗔着，流利婉转地说了这些话，他更觉得心中生出一种快慰，便用那深湛而多情的目光注视着菊英；菊英却依旧划着船，不大看人。淑玲挨了菊英的说,气得她噘起很高的嘴小声叨念着,手里摆弄着秦朴的照相匣。

秦朴一面观赏着菊英那划船的娇姿,一面看着碧水青天、春风柳色,以及碧波上飘浮着的红粉缤纷的花瓣,他对这些都像是很有感慨,脸上现出淡淡的笑容,就说:“其实淑玲提说看电影的事,我也很赞成。人,本应当都有一些正当的娱乐,娱乐也跟吃饭一样的重要,比如今天我们在这里玩了半日,我相信足可以把我们多日的疲乏、烦恼都扫除了,换上新精神。我希望以后我们能常在一起玩,彼此不要客气。”

淑玲听秦先生说以后要常跟她一块儿玩,她就又高兴了,本来噘着的生气的嘴,又咧着笑了起来。忽然她又问:“秦先生,您为什么不把秦太太接来,跟咱们一块儿玩呢?”

淑玲问得也真不客气,菊英赶紧把那柔媚的目光转到秦朴的脸上,只见秦朴微笑着,脸上也似乎有点红,他就答复淑玲说:“哪里来的什么秦太太?我家里除了父亲、母亲,和一位寡嫂、两个侄儿之外,什么人也没有了!”

淑玲一听秦先生没有太太,她仿佛觉得这是件新鲜事,又笑着问说:“秦先生你怎么不娶媳妇呢?”

她这么一问,把菊英都逗得脸红了,斜低下头去咯咯地笑。秦朴也勉强笑着,像是有点烦恼的样子,摇头说:“我的婚姻问题一时是谈不到的,跟你说你也不会明白。”说时,又把目光转在菊英的身上,仿佛是对她说:“你总应当明白的!”

这时两支桨又击动着水声,小船摆了摆尾往西北方向浮去。远看着岸上林间的游人,仿佛比前更多,女学生们吹的口琴愈是悠扬缭绕。从花间飞来的蜂蝶,水里的小鱼儿,全都是活泼的,仿佛是为了春天而忙碌。可是在他们这只小船上,除了淑玲还高兴之外,秦朴与菊英两人都是默默的,一句话也不说了;但是两人的心弦在弹动着,仿佛与那桨声相应合,传递着他们的心曲。

良久,秦朴忽然看了看腕上的表,菊英知道这里的游船是按时收费的,她就说:“快到时候了吧?我们应该回去!”秦朴说:“这时才将将三点钟，我们多划一会儿船好不好？”淑玲却捧着脑袋，笑着说：“我晕得要死了！我想上岸去，我还要看那玉兰花去呢！”菊英望着淑玲，笑了笑，就向秦朴说：“秦先生，我也不想划船了！我们上岸去吧。”说着她停住桨，喘息着说：“敢情这也很累的！”秦朴说：“是，本来划船也是一种运动。”遂就把菊英手中的那支桨要了过去，他一个人摇着双桨，就往石舫那边去。淑玲又盼着快点到岸上去看玉兰花，并且摆弄着相匣子说：“秦先生，您才照了两张，您回头多照几张好不好？门口儿那铜仙鹤照出来一定好看！”她虽然这样说着，却没有人理她。

这时菊英一面用手绢拭着额前发底的微汗，一面偷眼去看秦朴，就见秦朴微黄的脸也累得发红了，两只宽肩膀摇动着，用力地划着船。这时，水面上的风渐渐紧了，吹得秦朴那条漂亮的领带都直飘动，菊英心里想着：秦先生确实是个老实人！刚才就为偷照了一张相片，自己就露出小气来，直到现在秦先生还像不甚高兴。因此就想等上岸之后，自己要快乐点，再跟秦先生游玩一会儿，也就该回家去了。

菊英心里这样泛想着，小船却仿佛比她的思想还快，少时又拢到了码头。秦朴扔下桨，先跳到岸上去，淑玲就停在那晃晃悠悠的船板上，张着手说：“秦先生您快拉我一把吧！”秦朴笑着把淑玲拉到岸上，说道：“你这个样子，以后还是不要坐船吧！”遂又要用手去拉菊英上岸，但是当他伸出手来的时候，心里却又想着：这回不要再冒失了！

此时菊英也在船上站起身来，一手撩起衣襟；她原想要不仗着别人的帮助，自己跳到岸上去，可是脚底下的船却乱摇乱动，菊英吓得“唷”了一声，赶紧又弯下身去。岸上有许多看着的人就都不住地笑，笑得菊英脸红，淑玲就站在岸上说：“菊姐，你也叫秦先生把你拉上来吧！”菊英没有法子，这才前仰后合的，羞涩涩地将自己纤秀的手，送在秦朴那有力的手中，这才上得岸来。但是她这时脸上热热的，心里突突地乱跳，那只被秦朴握过了的手，也仿佛有一种从未经过的感觉；旁边的人似乎都注意看着她，她就羞涩地低着头，见自己的衣襟和高跟鞋上，全都沾了水。

她拍了拍衣裳，掠了掠头发，刚要问：“秦先生，咱们还往哪里去呀？”这时，忽然有一对青年男女由石舫茶社中出来，那男子向秦朴招手说：“老秦，你什么时候来的？”这个男子的身材很高，穿着一身花呢的，烫得极为平展的簇新的西服，上身的小口袋里插着一块妃色的小绸帕；领带是大红色，带着极别致的小花儿，衣领上还有一个金别针，跟那背心扣子上挂着的金表链相映生色。这人也挂着相匣，呢帽歪戴着，口里含着很粗的雪茄烟。他高傲地向秦朴笑着，并给他身旁的女人介绍，说：“这是袁小姐。”秦朴掀着帽子向袁小姐点点头，袁小姐也微笑着点首。

这时这个穿着漂亮西装的男子，就把那一双贼亮的眼睛盯在菊英的身上，仿佛不怀好意地向秦朴笑着说：“这是你的……”秦朴似乎带着些惭愧的样子，赶紧给菊英向那男子介绍，说：“这位是章绍杰先生，这是范小姐！”菊英含羞地笑着，向那章绍杰鞠了一躬。章绍杰摘下帽子，露出他那油亮的大背头，向菊英含笑还礼，同时两眼由菊英的头上直扫到脚下；菊英被他这一看，更是害羞了。

秦朴又给菊英和那位袁小姐介绍，菊英自然是含羞带笑地向人家鞠了一个四十五度的躬。可是那位穿着一身漂亮女洋服的袁小姐，竟连笑容也没有，只看了菊英一眼，稍微点了一下头，就高跟鞋咯咯的，扭过身走去；她手里拿着一个小巧玲珑的相匣子，站在湖边去摄照水面上的游船。这时秦朴正跟那章绍杰谈话，没有注意菊英，可是菊英被窘得几乎要哭出来；本来当着这许多人，自己很客气地给人家鞠躬，人家却不大搭理自己，这是多么没有脸呀！她心中又羞又气，红着脸转身就走。

这时淑玲已经跑到远远的廊子旁去看丁香花，菊英便也走过去，坐在廊子的栏杆上，用手绢擦了擦眼睛，她既气愤又伤感，心里想着：那个什么袁小姐，怎么架子那么大？不用说，她一定是瞧着我穿的衣裳不好，怕辱没了她的西服，才不愿意理我……又想：我自己也不好，一点也不时髦，又不像个学生样子，正应该像淑玲一样，自己躲到一边去，何必向人家有钱的人巴结呀？受了人家的冷淡是自找！她越想越生气，越想越伤心，但勉强制止住眼泪。廊子外有五六棵紫丁香，都开得像朝霞一般的灿烂，菊英也无心去看。

旁边淑玲也看出菊英的脸上是带着生气的样子，她就过来问说：“菊姐，你是怎么啦？”菊英的眼里含着泪，摇头说：“没怎么着，你玩你的去玩吧！”淑玲一看这种情景，她也不禁发怔，又扭头去看秦先生。这时秦朴正跟那个高身材穿着西服的人谈得高兴，淑玲就想：一定是秦先生把菊英给气哭了，这个秦先生也可恨，你既请我们来玩，你可只跟别人说话，不理我们！淑玲这么一想，她也生气了，就跑过去几步，大声叫着：“秦先生！”并且小声儿叨念着说：“你死在那儿啦？跟那个人有什么可说的呀！”这边菊英就皱着眉回首说道：“咳！你叫人家干什么呀！”

这时秦朴听淑玲叫他，他才摘下帽子来向那章绍杰、袁小姐作别，一面向这边走着，一面还向那边回着头招手。淑玲气得脖子都歪了，跳起脚儿来撒娇说：“秦先生，您跟人家说话儿去吧！说到天黑，说到死，我跟菊姐我们可回去啦！”

秦朴走过来，就笑着说：“那是我一个最好的朋友，我们见面商量了一点事，对不起，叫你们着急。”淑玲斜着眼瞪了秦先生一下，鼻子里哼了一声。秦朴的脸上倒始终笑着，又过去向菊英道歉，说：“对不起！受等！受等！那位章先生是我的老同学，这次我到北京来，很蒙他处处帮忙，所以我不好意思不跟他应酬应酬！”说话时又低声下气地看着菊英的脸色。

菊英心里的气虽然消了，可是依旧矜持着，微微地冷笑着，点头说：“怪不得呢！”说完这话，马上把笑容收敛起来，眼睛去看别处。秦朴又被弄得很僵，他呆着发了会儿怔，就坐在菊英对面的栏杆上，见菊英咬着下唇，仿佛在生气，又像是在思索着什么。

淑玲走过来，靠近了秦朴，低声说：“你瞧你把菊姐姐给气的！”

秦朴觉得很窘，赶紧走过去，又向菊英笑着问说：“怎么？范小姐不高兴了？”菊英抬起头来，正眼看着秦朴，微微地摇了摇头，勉强笑着说：“我没有不高兴啊？”遂又去看淑玲，就见淑玲站在秦朴的身后笑着。秦朴又皱了皱眉，说：“我就怕遇见熟人，把我们的兴致都给打断了，偏偏章绍杰又跟我说上了没完！”

菊英冷笑着说:“那位章先生倒没有什么的，就是那位什么袁小姐,架子也太大点啦！”淑玲在旁拉着秦朴的胳臂,问说:“那个袁小姐是章先生的太太吗?”秦朴摇头笑着说:“不是,袁小姐是艺术学校的学生。”菊英一听,更冷笑着说:“怪不得那么大的架子呢！”

淑玲向远处看了看,见那个袁小姐还没有走,正跟那个章先生像是两口子似的,并肩立在湖畔,在那里照相,她就生气地说:“她架子大,咱们还不理她呢！”就一手拉起来菊英,一手拉着秦朴,说:“走！咱们上那边玩去,躲开他们远远的！叫他们在那儿站着吧,回头掉在河里咱们也不去救她！”说着,又向远处的那一对男女瞪了瞪眼,翘起鼻子来哼了一声,仿佛是给她菊姐报仇似的。菊英这时倒不禁扑哧笑了,眼泪都笑出来了;她一面用手绢去擦,一面抬起眼来看秦朴,只见秦朴的脸上十分不自在,但是也不得不笑着。

淑玲就像个小孩子似的,一手拉着一个,向前奔跑着。菊英颠着跑了几步，高跟鞋一滑差点要摔倒，她就笑着说:“哎呀！你快松手,我……”淑玲把菊英放了手,回过身来笑着说:“你要是摔倒了,我就叫秦先生乘势儿给你照一张相片！”秦朴见淑玲这样的活泼,他也不禁笑了。菊英却用手掠着头发,瞪了淑玲一眼,说:“你疯啦!”秦朴就笑指着廊子外的山坡下,说:“那边不是玉兰花吗?现在大概都开了,咱们过去看看吧！”淑玲听了秦朴这句话,她又顺着秦朴手指之处跑去,菊英就也跟着秦朴走了过去。

这时几树玉兰花已有残落,蜜蜂儿围绕着那娇艳的花朵,乱飞乱唱。菊英对此也并不感兴趣,心里却忘不了刚才在那袁小姐面前所受的侮辱,默默的一点笑容也没有。秦朴也像心里有什么不痛快的事,但他还是尽力遮掩着,装作很高兴,并且故意找出许多机会来与菊英谈话;可是菊英依然抑郁着,仿佛在精神上受了什么打击。

这时淑玲又爬上山去玩了,秦朴就问菊英说:“范小姐,我们也上山去,由山上转往谐趣园好不好?谐趣园那边有水榭,风景也很好。”菊英却摇着头,懒懒地说:“今天我不想去了！”又回身到廊子下去歇着,除了有时抬眼看看过往的人,便是微皱着眉,独自沉思。秦朴也猜不出菊英是怎样的脾气，他也不敢造次，就站在距离菊英两码之外，一手扶着廊柱，一手叉在腰际，发愁似的望着菊英；半天，彼此之间没有一句话说。菊英出了半天神，柔肠绞转了多时，她才蓦然觉出秦朴站在那里，正呆呆地瞧着自己，心里又觉得怪不好意思的，就嫣然地笑了笑；两人的目光对视了一下，但是彼此还是没有一句话。

此时阳光已转向西去，天际的云渐渐变成了橙红色，湖水也显得更深更清，风儿吹来已略有凉意。菊英那掩在浅红色旗袍下的两条腿，也受了这种凉意的抚摸，她觉得天不早了，就站起身来往山上看着，抱怨似的说："淑玲这孩子，怎么还玩不够？死在山上啦！"秦朴也笑着说："这位刘姑娘倒真是活泼！"菊英哼了一声，说："什么活泼？她是没心没肺！"秦朴听了这话，忽然苦笑着说："其实一个人若是没心没肺，倒真比我们还快乐吧！"秦朴说的这句话，仿佛触动了菊英的心，菊英立时深深地看了秦朴一眼，脸上现出一点悲哀之色，她赶紧转过脸去。

这里秦朴的脸色也像是很忧郁，他走近一步，想跟菊英谈几句切近一点的话，这时淑玲忽由山坡上跑了下来，手里拿着一枝娇红嫩绿的榆叶梅。秦朴赶紧跳过廊子栏杆，说："快扔下吧！这园子里的花都不许折！你拿着这个，要叫管园的人看见，一定要揪住你罚钱！"淑玲一听，才吓得把那枝榆叶梅远远地扔在了草地上。

这时廊子下站着的菊英，就叫着淑玲说："天不早啦，咱们也该回去啦！"淑玲说："再玩一会儿好不好？"菊英赌气似的说："你要不走，我可就一个人回去啦！"秦朴看了看手表，就说："现在才不过五点钟，可以再玩一会儿，忙什么的？"菊英摇头说："不，我回家还有点事呢！"遂就走近了两步，向秦朴柔媚地说："秦先生，您在这儿再玩一会儿吧？"秦朴还没答言，淑玲就说："对啦，你再找那两个人说话儿去吧，你就是由现在说到明儿早晨，我们也管不着啦！"

她拿刚才的事这么挖苦秦朴，秦朴立刻又脸红了，本来他很是着急，想要争辩争辩，可是又怕菊英再因此误会了，弄个不欢而散，只好装作没有听见。但是菊英看出来秦先生是已露出窘态来了，心里既觉得好笑，又怕秦先生真个急了，遂就赶紧向淑玲使个眼色，又向秦朴点了点头，微笑着说："秦先生，再见罢！我们回去啦！"说着，就顺着廊子往东去走。秦朴在后面跟着，说："我送你们到门首。"淑玲撇着嘴笑着说："不用您送，我们找得着门儿！"菊英又瞪了淑玲一眼，仿佛是说：你何必拿秦先生打耍个没有完呢？你没看出，他现在有点不高兴的样子吗？

当下菊英一手扶着淑玲的肩膀在前面走，身后听得秦朴的咯咯的皮鞋声。菊英的心里始终是难受着，这时更加上一点凄然的惜别之意，本想再回头跟秦朴说几句话，可是淑玲在前面又走得很快。少时就到了门首，菊英因为知道园门前那些拉车的，多半是海淀的，恐怕有认识自己和淑玲的，她就回过身来，向秦朴说："秦先生，你别送我们啦！"说时把目光投在秦朴的脸上，露出一种依恋不舍的样子。

菊英拉着淑玲的手，赶紧走出了颐和园门，果然就有海淀街上的几辆熟车，跑过来招呼她们。淑玲这时也疲乏了，她也顾不得再跟熟识的拉车的去说笑，两人就上了车。菊英在车上还不住地回头，为是看秦先生跟出园门来没有。这时由园门出来的人很多，尤其是那些女学生们，全都争着上了大汽车，车往城内开去，她们在车上还唱着歌；自行车、洋车也是一辆跟着一辆，却不知道那位秦先生是出来了没有。

菊英、淑玲这辆车顺着柏油路往海淀走去，沿路上夕阳晚霞映得柳树都成了红色。晚风透进了菊英身上的人造丝的旗袍，觉得很冷，乌鸦成群地在那碎锦一般的天空上乱叫着掠过。菊英此时倒很盼望快些回到家里，并不是因为她太疲乏了，却是因为她今天，第一次与青年男子偕游的今天，不独没得到什么快乐，反倒给了她许多的忧烦、气恼和悲哀，一件件的伤心的事像揉乱了的丝线一般理不出头绪，又像这路旁的柳丝无法数尽。她想要发誓，永远不跟那秦先生出来玩了！人家认得些有钱的，我算是什么人呢？可是心里又矛盾着：秦先生倒是个实心眼的人，今天有两三次都把人家欺负得怪可怜的。尤其忘不了的就是秦先生的那句话：人若是没心没肺倒好！菊英真觉得他说得对，说得令自己伤感；只恨是有淑玲跟着，又因园里的人多，要不然，自己一定要把心里的事，都向秦先生说出来。她这样来回地一想，又愿意此时秦朴也坐着车跟在后面，彼此再谈几句话；可是回头望了几次，都没有秦先生的影子，她的心里又很是怅惘。

不多的时候，两辆车就到了海淀街。在她们的家门首下了车，菊英给过了车钱，又压低着声儿嘱咐了淑玲几句话，然后才进门去。回到自己的屋内，就见她婶母一个人正在屋里吃饭。菊英叫了一声婶母，心里仿佛很羞愧似的，幸亏天色晚了，这小屋里已然昏暗，看不出菊英脸上的神色。

她婶母就说："你回来啦？人家没请你们在外边吃饭吧？你快换上衣裳吃吧，锅里还有面呢！"菊英坐在床上正在发怔，也没听明白她婶母问的是什么，她就一面答应着，一面换衣裳换鞋，同时依然神不守舍地在想着，那种种的忧烦、气恼、爱慕、悲哀，就都像蛇似的齐来咬她的心。旁边她婶母又说："你快点吃吧，要不然面可就凉啦。"

菊英这才把那件旗袍和高跟鞋珍重地收起来，然后走过去，拿了一只粗碗，蹲下身，由地下放着的面锅里去挑面；面是又粗又黑，稀泥似的面汤里沾着点儿菠菜叶子。其实，菊英就是每天吃这种粗劣的食品才长大了的，平日也并不怎样感觉不满足，可是今天，不知是为了什么缘故，这种粗劣的食品真叫她伤心，她仿佛第一次觉悟了自己原来是穷人家的女子！为什么在小学里不能往下读书，却把聪明和智慧全都消磨在那机械的针线活儿上？为什么今天跟着秦先生逛颐和园，自己觉得处处羞惭，看见别人都比自己强？又为什么在石舫上见了那袁小姐，人家会瞧不起自己？无论什么悲哀、气恼，仿佛都与这粗糙劣质的食品有着连带关系似的。

她又想：人家淑玲虽然也穷，可是尚有父母，自己却连父亲的容貌都记不清了；母亲呢，四十多岁的人，还在城中公馆里当老妈子。黄家的凤贞，早先家里也穷，可是现在她已搬往城里，与一个很有钱的人结婚了。只有自己最可怜，是谁也不如！菊英悲伤得几乎把眼泪掉在了面锅里，她勉强盛了半碗面，就混合着眼泪，痛苦地咽了下去。

范三婶这时也把碗放下，不能往下再吃了，她捂着左腮，长长地叹了一口气，说："真命苦！我左边的那个牙又疼起来了！"菊英看见婶母这个样子，她就赶紧过去，扒着她婶母的肩膀，殷勤地问说：“您觉得疼得厉害吗？我给您去问问药铺，买一点什么药吧！”范三婶一手捂着腮，摇头说：“不用，再说哪儿来的钱买药？该受的罪什么药也治不好！”她疼得吸了半天气，又说：“这都是你叔叔气得我！他挣了钱就知道往嘴里灌尿，一毛钱也不给我，这个日子，可叫我怎么过呀？”

菊英心里痛苦地想着，自己的婶母实是可怜！叔父一点也不体谅她。又想：我自己将来的终身大事怎么办呢？看这样子一定是由叔父和母亲做主了，将来若给了个又穷又没有知识的人，过上十几年，自己不是也跟婶母一样了吗？由是，一阵怜人伤己之情，又使她的眼泪一对一对地滴下，滴在她婶母那穿着补丁衣裳的肩上。

范三婶知道菊英哭了，她心里也很难受，就想：这姑娘也是命不好，跟着我们受这穷罪！遂就忍着牙痛，含着两泡眼泪，站起身要去收拾家什。菊英赶紧把她婶母拦住，说：“您歇一歇吧！让我刷洗吧！”范三婶一手捂着腮，一手还不愿把碗箸放下，说：“不要紧，还是让我刷吧！你累了一天啦。”菊英觉得很抱歉，就笑了笑说：“我不累！玩了一天，除了在船上，就是在廊子下坐着……”说到这里，她又回想着今天在颐和园里那种种事情，低着头慢慢地刷洗碗箸和面锅。

少时屋里黑了，菊英又把那盏暗淡的煤油灯点上，她婶母坐在小凳上，手依旧捂着腮，仿佛牙痛未止。菊英给她婶母倒了一碗茶，双手送过去，她婶母就说：“你歇着吧！”便一只手接过茶来，又侧耳听着，此时北房里的座钟已打了八下。

菊英在灯边坐了一会儿，虽然很无聊，但也没心绪再去整理活计，她就默默地坐着，心里想着：这时秦先生一定也回来啦，不知这时候他在公寓里做什么呢？大概是在灯下看书吧？她又想起在园里的种种事情，为了偷照一张相，自己跟人家秦先生生了半天气；初次在一块儿玩儿，就是这样，自己可也太不对了！这样一想，立刻觉得后悔，同时那秦先生今天受窘发愁的样子，仿佛又很真切地浮现在自己的眼前，觉得他也很可怜的。如此想得一出神，就差点扑哧笑出来。

这时范三婶的牙痛也像好些了，她坐在小凳上喝了一碗茶，又从破衣袋里摸出来烟卷,点着了吸着。她说:“淑玲那傻丫头也没过这屋来,大概也是逛累啦,回到家里就睡了。”菊英笑了笑,说:“可不是,她在园子里也闹极啦,简直没有一个人不瞧她的。”说时眼前又现出淑玲那天真烂漫的身影,同时想起秦先生说的,“没心没肺倒快乐”那句话,不由心里又是一软,就想:大概秦先生的环境也不大好,他未结婚,家里有父母和寡嫂,说来也是很可怜的;现在他来到北京念书,不定是怎样的困难了!

菊英斜坐在灯旁,一想到这里又要垂下泪来,她赶紧随手抽出一本教科书,假作低头看着,同时心中像忏悔似的在想着:以后决不再叫秦先生请着逛颐和园了!今天大概就花了六七块,人家哪有那么多的钱呀?并且,我以后再也不跟他闹小脾气儿了,因为他也是个可怜的人……她这么想着,心里就觉着辛酸,真愿意见着秦朴,一头扎在他的怀里,把这些话告诉他。

第四回　再递情笺深怜成挚爱
初尝世态娇泪泣穷途

此时范三婶已抽完了她那支烟卷，见她丈夫还不回来，就深深地叹了一声。她看了看趴在旁边桌上，头发低垂的菊英，就说："姑娘你睡吧，天不早啦！"

菊英的脸被头发遮着，她背着灯光，正在涔涔的流着眼泪；听婶母这样说，她赶紧背着灯光立起身来，去铺展自己的被褥。范三婶也站来身来，拿着碗去倒茶，菊英便乘着她婶母转身之际，赶紧掏出手绢来擦了擦泪水。范三婶又喝了两口茶，把屋门掩上，就拿着灯到里间去了。外屋一昏黑，菊英倒可以尽情地流泪了。她一面流着泪，一面脱去了衣裳，上床掩被，就一头趴在枕上；她的心里像针刺剪绞一般的痛楚，两眼热热的也不知流了多少泪，耳边也觉得嗡嗡的乱响，头也痛得发晕，不知不觉就昏沉沉地睡去。

菊英睡了一会儿，忽然被一种粗重的声音给惊醒，她翻了翻身，只觉枕畔尽湿，四下寂然，大概已是深夜了；可是又听见里屋有人说话，知道是她的叔父醉鬼范三回来了，酒臭的气味由里屋直散到外屋来。就听到她的叔父，短着舌头对她婶母说："……你就不管她吧！告诉你，她要是常这么逛，一定逛不出好事来，现在咱们这海淀街，净是他妈的拆白党！"

范三婶生气了，愤愤地说："明明人家菊英是跟着淑玲一块儿去的，你说菊英撒谎，难道淑玲那傻孩子她也会说假话吗？你一个做叔叔的老是怀着个脏心眼子，天天喝醉了跑到家里来胡说，这算是怎么回事呀？”因为范三婶婶的牙疼，所以说的话也不很清楚。

外屋的菊英听婶母替自己这样的出力辩护，反倒觉得有点惭愧似的，她一面心里难受着，一面又往里屋去听。只听她叔父“哼哼”冷笑了几声，接着又说：“你知道什么？你就知道在家里洗衣裳，你也没到大门口看看去。现在这是什么年头儿呀？男的女的在大街上吊着膀子搂着腰走道儿，你活这么大，瞧见过吗？崔家的玉姑娘在马路上练车，叫一个男学生给她扶着，嘿，他妈的那个劲儿，简直就短了抱着要乖乖啦！见着我，还装他妈的没瞧见；好在那不是咱们家里的德行，我也管不着人家。不过咱们家里的菊英，你可得留心，别叫她那么自由了！你不知道，人大心大，她又有点模样儿，就我知道，街上就有几个秃小子惦记着她啦……”往下还咕噜咕噜地说着，也不知道是说了些什么。这时范三婶也不言语了，仿佛叫她的丈夫给问住了，待了一会儿，就听到范三的呼噜呼噜的鼾声。

菊英心里明白，叔父范三就是将来自己婚姻上的一个障碍，于是就想：假定那秦先生跟自己越来越熟了，他忽然要向自己求婚，那可怎么办呢？这样一想，身上又觉得发热，心里又觉得乱跳。同时忆起今天在颐和园里秦先生说的那些话，以及他那种种情态，真仿佛有一条柔韧的丝，系在自己的心上，永远解不下来了；又像是一颗火印，烙在了自己的脑里，永远也消磨不去。

她翻过身来，睁开眼睛一看，窗上的月色澄清，就像在颐和园里看见的湖水一般的清。她心里似乎又理智些，就想：我别傻了！人家秦先生无论怎样也是大学生，哪能跟我这么一个小学没毕业的女子结婚呢？我瞎担心什么！于是又想起了白天在石舫上袁小姐的那一副冷面孔，就想：自己根本巴结不上人家，由明天起，还是安安分分地做自己的针线活计吧！当时她的心里就转为冷淡，感情也松弛了，眼望着纸窗月色，心里又幼稚地想着：这种颜色有多好呀！明儿做这样的一件衣裳……想了一会儿，就不知不觉地睡去；月色抚摸着纸窗，更由白纸窗的破洞探进去，抚摸着菊英那挂着泪珠的脸颊。

春夜是寂静的，连一个虫儿的叫声也没有；喧闹了一天，留下了游春的男女许多脚印的海淀街，这时也沉沉睡去了，只有马路两旁的柳丝和野地上的小草儿，还在月光里轻轻拂动着。多少人间的欢情和悲剧，这时是完全休止了。可是过了一些时间，月光就慢慢地暗了，东方的曙色也渐渐升起。海淀街上跑过两辆汽车，二秃子拉着车在街口歇着，醉鬼范三迷糊着睡眼又到大学里去上工，于是这里的戏剧又开始了。

此时菊英已然起来了，因为昨夜没有睡好觉，所以精神很不好，而且两眼微微有点疼。她照着镜子拢拢头发，看见两眼已然红肿，自己不由对着镜子又是笑又是伤心。她拿起了牙盂到屋外去漱口，正在刷牙，淑玲蓬头散发的也由屋里走出来，她望着菊英眯嘻地笑了笑，仿佛是说："昨儿咱们跟秦先生玩得有多么好呀？"菊英也含着笑瞪了她一眼，淑玲就跑到厕所里去了。

菊英进屋洗过脸，修饰了一会儿，就打开针线包儿，到窗前去做活；本来昨天就玩了一天，活计都耽误了，今天无论如何得把那一对枕套上的"荷花鸳鸯"挑出来。可是不知为了什么，心绪总是不宁，昨天游颐和园时的那些印象，又都在她脑里一一翻起，并且仿佛针尖上、线团上，都现出秦先生那和蔼的面孔，她就想着：这是为什么呢？昨儿夜里我不是都盘算好了吗？不再瞎担心，不再妄想，可是，可是现在到底是为什么呢？菊英烦恼得真要哭出来，真想要立刻去找秦先生，问问他这到底是什么理由，他为什么永远扰乱着自己的心？她拈着线，沉思了一会儿，眼泪又要往下掉；她就赶紧制止住，并且仿佛笑话自己似的，心说：你眼圈都红啦！还哭呢？这时她婶母又在院中洗衣服，哗哗的水声和洗衣板子的响声，又像是谁在那里用桨击着水划船呢！菊英索性把针线放下，凝目寻思着，眼前又幻出了颐和园的美景，和秦朴的笑容。

忽然窗外咯咯的一阵脚步声，接着门一开，淑玲又跳进来了。她此时仿佛有点生气，可是又笑着说："菊姐，你瞧秦先生，这么早也不知是哪儿去啦？叫我去碰了一个锁头！"菊英就笑着说："人家还得上学啦，哪能够老陪着咱们玩呢！”但是又想起：今天是礼拜日，秦先生也应当放假呀！

此时淑玲在屋里直转磨，像急不可耐似的，说：“我是要瞧瞧昨儿他给菊姐照的那两张相片！”菊英摇了摇头说：“恐怕这时还没有洗出来！不过他就是洗好了，送给我，我也还许不要呢！”淑玲听了，就偷偷地瞪了菊英一眼，心里说：人家秦先生跟你那么好，你却直跟人耍小脾气！她心里觉着不平，就靠近一点，问菊英说：“菊姐，你说秦先生那个人到底好不好？”

菊英依旧手里不停地做着针线，把眼睛微抬了抬，很冷淡地说：“秦先生好不好，咱们管得着人家吗？人家一个男的。”她又加着点严重的意思说：“没有像你这样儿的，永远谈论人家秦先生，你要瞧着秦先生好，你为什么不……”才说到这里，淑玲就揪住菊英，要向脖子下胳肢她，并且急着说：“你说什么？你要说什么？”菊英被她推得向后仰着身，一手捂着嘴笑。忽然她听见窗外仿佛有一点响声，就赶紧推了淑玲一把，向窗外努努嘴。淑玲也住了手，两人同时注视着窗外，但是待了半天也没有动静。菊英这才把眼瞪了淑玲一下，说：“你瞧！你把人家头发都弄乱了！”淑玲却捏着两个拳头，望着菊英笑，心说：你别瞧你比我大两岁，可是你打不过我！

正在这个时候，范三婶用她蓝布褂的大襟擦着手上的肥皂沫儿，进到屋里来，向淑玲说：“你妈叫你看孩子去呢！”淑玲一听叫她看孩子，她就烦气，努着嘴走出屋去了。这里范三婶又向着菊英说：“待一会儿那几件衣裳干了，你还得到徐大妈那儿去一趟，问问她还有什么要洗的没有，顺便再跟她借点钱。”菊英一听，婶母又叫她上徐大妈那儿去，她的心又不住地跳；本是希望着去，可是又仿佛不好意思再去，脸上微红了红，就点头答应。

范三婶又用手捂着脸，牙疼得直吸气，并且说：“明儿就得给房钱，面也没有了！你那没有脸的叔叔，不但一个钱也不给我，今儿早晨还要当了你的衣裳还酒账；叫我骂了几句，把他骂走啦！”

菊英听她婶母又提家中的经济困难，这使她很伤心，并且忧虑自己仅有的那两三件衣裳,恐怕早晚得叫叔叔给当完了;那时自己没有一件整齐的衣裳,还怎么出门去见人呢?因此心里忧烦得又要流泪,同时想着:像叔父范三这样的男人,多么没脸呀!而秦先生又是多么和蔼温顺,而且能干。想到这里,立刻对秦朴又生出无限的爱慕,心说:以后千万不要再跟秦先生犯脾气!他若是恼了,不理我了,那可真叫我伤心……

这时范三婶又出屋了,菊英手拿针线加紧地做着活儿,小屋里只有针线穿过十字布时的轻微的哧哧之声;她盼着赶紧把活计做好,就连同婶母洗的衣裳,一齐送到徐大妈的公寓里,好盼着跟秦先生见面。

过了一阵,淑玲背着她的小弟弟又进屋来,脸色像才同谁生过气似的。她把孩子扔在床上,就由衣袋里拿出一封信来,塞在菊英的手里,说:"菊姐,给你吧!这是秦先生给你照的相片,他连瞧都不让我瞧,就叫我给你送来。哼,其实我才不稀罕那相片呢!要不是昨儿他请咱们玩了一天,我就永远不理他啦!哼,真气人!"

菊英晓得淑玲刚才一定是跟秦朴闹了一场,心里就想:不过是一两张相片,秦先生为什么不叫他看,而且封得这么严呢?见信封上写着"烦交菊英小姐,秦谨缄。"菊英的心里又紧张了,脸上又羞红着。趁着婶母没在屋,她就把信封拆开,只见两三张相片和胶质的底板纷纷地落了下来。菊英和淑玲赶紧换着看那两张相片,就是昨天秦朴给菊英照的,一张是在廊子下,菊英亭亭玉立的,十分秀丽端重,像是一位富家的少奶奶;另一张就是秦朴偷着给菊英照的,神态是更显得自然,那笑靥嫣然的容貌,连菊英自己看着都惊讶,想着:我怎么这么美呀?

淑玲拿着两张胶质底板,迎着阳光去看那上面的小人儿,菊英就展开信笺,看那上面钢笔写的一大篇话,却是:

菊英小姐:昨天真对不起!本来是一个风轻日暖很快乐的日子,应该尽兴地游玩一天,可是因为我的行动不慎,竟弄得不欢而散;直到出园门时,我还看出你那抑郁的样子,真叫我懊悔极了!惭愧极了!

昨天最可厌的事，就是遇见那章袁二人，因为他们，打断了我们的兴致，他们那种由于财富而养成的骄傲态度，真叫人不愿接近。我是因为与章有着特殊的关系，是多年的同学，所以不得不对他略为应酬，可是因此反像对你俩冷淡了似的。还有，据我想最使你生气的事，就是因为我偷照了你一张相，这种举动对一位相识不久的女友，的确是很失礼。咳！我真悔恨！我也无颜再向你解释我那时是怎样的一种无意识的心理，并且也不敢再求你必须原谅我，我决定从今痛痛的忏悔自己。

昨天失眠了一夜，今天赶紧到校中，借洗相室亲自动手把这两张相片洗出来，连同胶片底板一并寄给你；我并不是跟你赌气，实在是想借此证明，我不会以你的相片再作别用。求你收了吧！并且不要因为我这个卑陋没有礼貌的人，再使你生气了！我内心上的自责已然够痛苦难受的了。

菊英小姐！今天的春光还是那么好，可是我的羞赧的容颜却不敢再见你了，借着这封信，我祝你快乐！并愿你幸福日增！

正在悔恨中的人——秦朴

菊英捧着这封信往下去看，她的面颜渐渐变得凄惨，两手不住地发抖，泪水浸满了眼珠，浑身也颤抖着，她又像惊讶又像生气地说："这可真是怪事！秦先生怎会怔说我恼了他！"说时眼泪簌簌地往下落。这封信真动了她的感情，她就像蒙受了极大的冤枉似的，小声哭泣着说："真的，什么想不到的事都有，秦先生那么大的人，原来是小心眼儿！"

旁边的淑玲见菊英手拿着那封信，哭得这样厉害，她以为是被秦先生给气的，遂就拉住菊英的手，像打不平似的说："秦先生真是可恶极了！他照得了相片，一张也不给我，又写了这么一封臭信来气你。菊姐你别哭，咱们找秦先生打架去！他现在正在家，我来的时候，他正躺在床上，两只手抠着脑袋在那儿发愁呢！"

菊英一听秦朴现在愁成这个样子，她又很不放心，觉得秦先生也很可怜，因此眼泪流得更多。淑玲一手拉着菊英，一手去背她的小弟弟，依着她要立刻就找秦先生打架去。菊英却甩开手，皱着眉说："你别拉我！咳，人家心里怪烦的。"

这时，淑玲的小弟弟坐在床上，揪了半天线团儿，又拿起菊英的相片往嘴里去咬，淑玲赶紧抢过来，说："喂，你别给人家咬坏了！你不知道这是人家秦先生的命根子吗！"菊英听淑玲说自己的相片是秦先生的命根子，又觉得这话有点刺心，脸上不禁绯红起来。她一面拭着眼泪，一面收藏起信纸、相片和胶板，然后向淑玲央求似的说："你把你的弟弟抱走吧！别叫他在这儿闹啦！"淑玲听了，就去抱她的小弟弟，那小弟弟因为手里的东西被他姐姐夺过去了，他就张着手要哭，淑玲骂了一声："作死鬼！"就把她小弟弟抱出去了。

这里菊英趁着屋子里没有人，又把秦朴的那封信看了一遍，眼泪又不禁往下流，想着：秦先生你也太多心了！昨天见你给我偷着照相的时候，我是有点不愿意，可是后来也就揭过去不提了；我昨天的忧烦气恼是另有原因的，哪里是为跟你生气呀？你就值得这么懊悔伤心吗？倘若你伤心病了，你在这里孤身一人，谁能够服侍呢？又想：你也不该这样冤枉我，你知道我是多么可怜呢！我的这颗没有人理会的心，正希望你来温慰它，你怎么可以反给我的心里增加痛苦呢……

菊英越想心里越觉得难受，几乎要哭出声儿来。因为恐怕婶母这时闯进屋来，所以她赶紧拭净了眼泪，拿起针线又加紧地做，为的是希望把这一对枕套快些做好，连同婶母洗的衣服，好一并送到徐大妈的公寓里，顺便见见秦先生；无论怎样，也要把自己心里的委屈向他说一说，请他以后不要再误会自己了，可是因为心中烦乱，越着急是越觉着做得慢。待了一会儿，她的婶母又叫她帮助做饭。饭后，才做了不几针，她婶母又把晒干了的衣服拿进屋里，她还要帮助用烙铁去给熨平。

此时她真是又急又伤心，尤其因为她婶母洗的这些衣裳，多半是男子的衬衣衬裤之类，菊英在熨的时候，心里仿佛感到是一种污辱似的，便不好好地给熨。她婶母看了，心里就不很高兴，把烙铁要过去，自己去动手，嘴里说着："给他们洗衣裳非要弄得平平展展的才行，那些个学生们专会挑剔，咳！挣他们这几毛钱，也真不容易！"说着，她弯着腰去熨衣裳，一面牙疼得直吸气。菊英见婶母这可怜的样子，又觉得一阵心软，便愁黯黯地走在一旁，依旧去挑那只"荷花鸳鸯"的枕套；她微微地叹着气，心中十分的凄恻。

又过了一个多钟头，范三婶将那几件衣裳熨好了，就催着菊英快给徐大妈送去，好去跟她要钱。菊英的心里也是另有她着急的事，所以不等将那枕套做完，连衣裳也顾不得换，她就拢拢头发，夹着那衣裳包裹走了。

出了门首，就觉得今天的天气比昨天还暖。并且因为是礼拜日，所以街上往来的汽车和行人也特别的多，菊英看见几个骑着自行车的女学生，简直连夏天的薄纱衣裳都穿出来了。菊英又后悔，出门时应该换件衣裳，现在身上的这件深色的竹布旗袍，颜色是太显得老苍了。这种心理在她的心头不过是一闪，可是她仿佛也很想使自己再美一些，再娇媚一些，以博得她所希求的爱怜。

她越紧走着越是心急，走到福安公寓时，她的心已在突突地紧跳，心里想着：不要秦先生又没在家吧？于是她一进门，就把眼光投向秦先生住的那间小屋。可是，太使她失望了！秦先生的那门分明是用一把洋锁在锁着；秦朴一定是在屋里愁烦了半天，没有人理他，他又出去了。菊英此时的心情立刻颓靡，真懒得再往里面走去，同时又疑虑秦朴也许走了就不再回来了吧？因此心里又很害怕、难过。

这时徐大妈由屋里出来，迎着菊英笑着说："呵！这么大的包裹，真够姑娘你拿的，来，交给我吧！"又说："你婶母的手也真快，前天拿去的衣裳，今儿就给洗得了。别的倒都不忙，就是里头有两件衬衫，人家秦先生等着穿呢。"菊英一听说这里头有秦先生的衬衫，她又后悔着想：早知道有他的衣裳，为什么刚才不想法儿挑拣出来，特别地给他弄平展了呢？

这时徐大妈把包裹接过去，就带着菊英进到屋里。徐大妈的大儿子正在炕上躺着，哼哼着鼓词儿，一见菊英进屋，他就赶紧爬起身来，把嘴唇耸到鼻头上，笑着说："菊姑娘，你吃过饭啦？"徐大妈申斥她儿子说："你哪有叫人家小名儿的，以后叫范大姑娘吧！"菊英低头笑着，仿佛很不好意思，就说："不要紧，我在小学念书时就叫菊英。"

徐大妈说："怎么小名儿叫菊英，学名也叫菊英呢？"说着自己又打嘴，笑着说："我怎么也把你的小名儿说出来了！"说时用手拍着菊英柔软的肩膀，又说："孩子，我真是眼瞧着你长大了的，你从小就聪明，就长得有人缘儿；就是穿一件小蓝布衫，也永远是干净的。可是，咳！孩子你就是命苦，现在若是有你爸爸活着，你们哪至于这样儿呀？"

徐大妈说话的时候仿佛带着深切的同情，可是又像是故意逗菊英难过似的。菊英一颗脆弱的心，哪禁得起徐大妈这么一说，立刻她的泪珠儿又从眼里迸出。徐大妈也擦了擦眼角，接着她又骂自己说："咳！我也是老昏君了！无故的又招你伤心。得啦！我的亲女儿，你别难受了，过些日子我一定给你找个好女婿，叫你离开你那个醉鬼叔叔和废物一般的婶子，跟人家享福去！"旁边徐大妈的大儿子，也直望着菊英那娇羞的挂着泪的脸儿，不住地嬉笑。

菊英用小手绢擦着泪，颊上绯红，她又像是生气的样子，跺着脚说："大妈你要再胡说，我当时就走，永远也不瞧你来了！"徐大妈笑着说："得啦，得啦，我不说啦！"菊英擦着眼泪，又含羞地笑着，其实心里是难过极了；她同时又注意着窗外，只要是有一点皮鞋的响声，她就猜着许是秦先生回来了。

待了一会儿，菊英就说："我婶母叫我跟徐大妈来说，叫徐大妈再借给我们两三块钱，因为明天就要给房钱，吃的也没有了。"其实徐大妈本欠着她们两块多钱的工资，可是菊英如今说起来，总有点不好意思，仿佛是跟人家乞钱似的。

徐大妈说完了那些话，心里正高兴着，一眼看着菊英，一眼看着她的大儿子，心里想着：把菊英给我作大儿媳才好呢！可是如今一听菊英跟她要钱，脸上立刻露出不悦的表情，她先咳了一声，说："你那个叔叔也太不要强，自己少喝两盅酒，也不至于叫媳妇、侄女为难啊！"说着她把手探到衣袋里掏了半天，就掏出一卷约有十几张的洋钱票，还有几张破烂的角票。

菊英心里想着，至少今天徐大妈得给她三块钱，不想徐大妈点了半天票子，又唉声叹气地说："我的钱现在也是周转不开！电灯费欠了两个月的啦，回头就许来要，再不交费，人家可就给掐电了！"说时，递给菊英一张一元的票子和几张角票，说："你先拿这一块六毛钱去吧！那几件挑花的活计快点做，我还可以给你支点钱。还有，回去告诉你婶母，洗完衣裳，千万给弄平了，学生们穿洋服讲究衬衣的领子，非得跟板儿似的才成；以后你婶母要是再不给弄平，那我可就叫别人洗去啦，我不能净听学生大爷们发脾气。再说，西边的祁大嫂子求我许多次了，叫我把洗的分给她点儿，我总想维持你们娘儿俩，不好意思又分给别人去洗……"

徐大妈说这些话时，是一半警告着菊英的婶母，以后要特别把她这里的衣裳好好地洗，一半也是表白自己对她们的情面。这样一来，吓得菊英也不敢再多要钱，只得含着眼泪把那一块六角钱收下。同时看着徐大妈的脸上也不像刚才那样的喜欢了；她那大儿子光着两只脚在炕头坐着，两只没出息的眼睛只管向自己盯，菊英虽然想在这里多坐一会儿，等那秦先生回来，如今也是不可能了，她就勉强地笑了笑，说："大妈！我走啦！"

徐大妈听说菊英要走，她才重新露出笑容来，又拍着菊英的柔软肩膀，说："姑娘你回去，千万把我的话告诉你婶母，叫她以后要留点心。你不知道，这年头儿挣钱是没有容易的，尤其是学生大爷们，顶难伺候啦！"

菊英轻声的答应着，到了院中，又望了望秦先生住的那间屋子，只见锁头依然在那里挂着。菊英心里微微作痛，她就赶紧往门外走，这时悲伤、怨恨、感喟，种种痛苦的情绪又压迫着她的心，她真要在街上就流下眼泪来了。

菊英恐怕被人看见她那红眼圈，就把头低着，眼睛瞧着鞋尖往前走着。才走了不远，就听见一阵猛烈的汽车喇叭声，菊英赶紧站住脚步，就见连着有五六辆大汽车飞驰而过，车上全都是衣着阔绰、欢容满面的男女学生。菊英仰着脸望着,腿都软得几乎走不动了,她心里说:人家怎么是那样的幸福呢?我怎么就这样的苦命呢?想到自己的苦命,又觉得她婶母那命运的说法似乎是很对的,同时心里也冷了,仿佛对于一切的事也绝望了;她真不愿拿着这一块六毛钱回去再看她婶母的愁容了,她愿意就在这里任凭汽车把自己撞死……

可是这时候,她忽然一抬头,看见对面来了一辆人力车,车上坐的正是那秦先生。秦先生那身浅灰的西服已迭了许多褶纹,领带也没有系,他无精打采的,仿佛病了似的,两手扶着车边坐着。菊英一看见秦朴,仿佛立刻又有了生机,她惊喜着几乎要喊出来:"秦……"但又觉得旁边有许多人正在看着她,就只是微微笑着。这时秦朴也看见菊英了,他那愁闷的黄脸上也转为红色,仿佛是想要下车跟菊英说话,可是又怕被街上的人注意似的,他只在车上望着菊英笑了笑,深湛的目光递给菊英无限的情意。菊英的芳颊微红着,深深的笑靥衬上刚才哭过的微肿的眼睛,更显得娇媚可怜。

两人相望着笑了笑,拉车的人就把秦朴拉走了,秦朴也仿佛不好意思再回头来望菊英。菊英呢,本想要追着秦朴回公寓去,可是又想:那样一来,他就许瞧不起我了,于是她反倒急急地走回家里。自然她的心情始终是紧张的,她婶母接过一块六毛钱时的叹息声,她也不甚关心了;刚才徐大妈那副忽热忽冷的面孔她也忘却了,她此时只记着秦朴在洋车上坐着,那种没有精神的样子,和他向自己表示的那微微的笑容。菊英又想:刚才我在街上遇见他虽然不必多说话,可是也应当招呼他一两声,也叫他明白我并不是恼了他,他也可以减去些忧愁;偏偏自己在当时并没想到这一点,竟一句话也没跟他说。他这次回去一定更是伤心,以为我真是不愿意理他了!一想到这里,她又恨不得赶紧再跑到福安公寓去安慰秦朴。

菊英独自坐在床铺上,发着怔在想着,这时就听院中一阵杂乱的脚步声儿,又听是她叔父范三的声音,没进屋来就喊着:"喂,你们瞧瞧是谁来啦!"这屋里正在发愁的范三婶,和正在发怔的菊英,就齐都站起身来。

第五回 恶语嚣声惊心听婚事 晓风朝露含泪叙相思

范三婶和菊英都在发怔,就见屋门一开,范三龇牙笑着,张着一只手,很客气地往屋里让客人,说:“九哥你请!你先请,你先请,这是到了我们家里啦!”那客人自然也谦逊了几句,才进到屋里。

客人是戴着灰色呢帽,身穿一件很整齐的灰色哔叽大褂,青缎皂鞋,留着两撇稀稀的小胡子。范三婶几乎不认识得他了,后来才想起来,原来这人就是早先在同院住的那个黄凤贞的爸爸黄老九。范三婶真想不到黄老九现在一走运,连模样儿也变了,她就赶紧请安,说:“你真把我给蒙住了,我说进来的这是谁呀?原来是黄九哥呀!”黄老九也微微地笑着,还了礼,说:“我这些日也没工夫,短来看三嫂子和姑娘。”这时旁边的菊英也给黄老九请安,叫了声“九叔”。

范三真像是招待贵客似的,赶紧让座,又向他老婆说:“快给九哥倒茶!”黄老九用手擦了擦凳子,才撩起哔叽大褂坐了,两只小眼睛不住地盯菊英的头上脚下。他那稀稀的小胡子下露出两个金牙,笑着说:“别客气,别张罗我,咱们都不是外人。”

范三婶弄了半天茶碗,才给黄老九倒过一碗茶来,又由衣袋摸烟卷。范三晓得老婆衣袋里的烟卷,黄老九现在绝抽不上口,就嚷嚷着说:“你那个烟卷儿哪儿成?快给菊英两毛钱叫她去买吧!”范三婶连几个烟屁股带两张破烂毛票全都掏出来,菊英接过了一毛钱往外就走,范三婶又嘱咐说:“买一盒‘大前门’!”菊英答应着,就在黄老九的眼光注视之下出屋去了,身后还仿佛听她叔父说:“九哥你瞧,我们姑娘出落得怎么样了?”又听黄老九回答说:“不错,不错!”菊英听了,不由就心里一动,脚步儿停顿了一下,却猜不出叔父今天把黄老九让到家里来,到底是什么意思。

及至她从外面小铺里买了一盒烟回来,这里黄老九已跟范三夫妇叙过了家常。范三先把烟接过来递给黄老九一支,并划了一根火柴给他去点。黄老九微欠着身把烟吸着,他一面从小胡子下金牙缝儿里喷出袅袅的烟雾,一面望着菊英,鉴赏似的笑着说:“菊姑娘今年也有十七岁了吧?”范三说:“没有,她才十六岁,三月的生日。”黄老九才似乎想起,说:“哦!她比我们凤贞小两岁。”范三婶点头说:“可不是,她管凤姑娘叫姐姐,前两年她们不是天天一块儿上学吗?可是人家凤姑娘的命比她好得多啦!”范三婶一提到“命”,菊英又是一阵伤心,就把头低了下去,黄老九的眼光又在菊英那玫瑰一般的脸儿上转了一转。范三也望了望菊英,也许因为他这时候没喝酒,所以菊英的娇容他看得更真切,心里又想着:烫个飞机头一定好看……

这时,黄老九又喷了两口烟雾,拿起来碗来看了看,范三赶紧说:“茶一定凉啦,我给你换一换吧!”黄老九一面说:“不用换了。”一面又向范三婶说:“今日因为是星期日,部里放假,凤贞陪着我们姑爷,小夫妇俩看程砚秋的戏去啦!要不然也就跟我来啦,她也很想她菊英妹妹的。”

菊英在旁一听凤贞要来看她,她也不禁笑了笑,心里却惭愧,想着:黄凤贞现在不定多么阔了,自己可怎么跟人家在一块比呀?又听黄老九说:“凤贞也常跟我们姑爷说,菊姑娘是跟她从小一块儿长大了的,又是同学,两人真跟亲姐妹一样。我们姑爷也说:既是这样,为什么不接菊英妹妹来城里玩几天呢?”黄老九还没说完,范三婶就说:“菊英没有像样儿的衣裳么!”范三瞪了他老婆一眼,认为她这话说得太泄气,菊英在旁也涨得脸通红。

又听黄老九说:“上回还有一件事,是我们姑爷的同事,胡主任;这人年纪轻,长的也体面,在部里一个月挣二百六十块钱,家里还是个财主,他打算在北京说一房……"说到这里,那范三就直着脖子翻着眼睛,注意的往下去听。菊英却觉得不好在旁听着了,她就转身,低着头走出屋去。到了院中,她靠着窗子一站,窗子里还听见黄老九慢条斯理的说话声,和叔父的谄笑声。菊英这时心里痛苦极了,她把头低着,看着地下由砖缝儿里长出来的小草儿,真觉得自己比这受尽了践踏的小草儿还要可怜;听刚才黄老九说的话里,看叔父的态度,不是要在自己的身上有什么打算吗?

这时,北屋里住的张大妈悄悄地跑过来,压着声儿问道:"你们屋里是谁来了?"菊英皱着眉,小声儿说:"是黄老九。"张大妈一听是黄老九,立刻把嘴撇了撇,说:"哼,是他呀!他的女儿给人家当了二房,他倒阔起来啦!"说完转身就走了。菊英才知道黄老九的女儿凤贞给的那阔人家原来是二房,因此又蓦然想起:哎呀!看来黄老九今天来一定有事,别是他们也要把我说给谁当……一想到这里,立刻又歪着头向窗子里去听。

这时屋里就送客了,就听范三直挽留黄老九,说:"九哥,你忙什么的?天还不晚,在我们这儿喝点酒再走,好不好?"黄老九却说:"不,不,我还得赶紧进城。今天我们姑爷跟姑娘听完了戏,自然是在外面下馆子啦,可是也许一高兴,又约上几个朋友招待招待。"范三说:"九哥可也真够忙的!"黄老九说:"可不是,我们姑爷他的应酬太多,家里的事我就得管管。"范三就笑着说:"你是岳老太爷嘛!"

黄老九也一面哈哈地笑着,就出了屋子,又把菊英仔细地打量了一番。他噘着胡子,呲着金牙,笑着说:"菊姑娘,过两天我接你进城逛逛去!"菊英也只好勉强地笑着答应了一声。范三婶也跟出屋来说:"九哥回家问姑爷好!问凤贞好!"黄老九退着身儿,赔笑说:"请回吧,不要送了!"范三说:"我送你到门口儿。"

黄老九推让了半天,刚要转身出门,这时忽然从门外跑进来一个女孩子,整个与黄老九撞了个满怀,黄老九那瘦弱的身子几乎被撞躺下。范三就斥着说:"你跑什么呀?"跑进来的这个女孩子正是淑玲,她一面喘吁吁的，一面鼓着嘴，不服气地说："我爱跑！谁也管不了我！"范三气得脸都白了，说："你瞧，你这个孩子怎么这样说话呀？我要告诉你妈去啦！"淑玲歪着头撇着嘴说："你告诉去呀！太爷不怕！"

黄老九拍了拍他的哔叽大褂，就向范三劝说："不要跟她小孩子一般见识！"又向淑玲笑说："这不是玲儿姑娘吗？呵，也长了这么高啦！"淑玲早先就恨这黄老九，在一个院子住的时候，淑玲常跟黄老九闹气。现在虽然黄老九对她这么和蔼地说话，可是淑玲连理也不理，又瞪了范三一眼，她就一只手摸着衣口袋，找菊英去了。

范三一肚皮懊悔气恼，把黄老九送走，进屋来就唉声叹气，直说："又丢了一个好机会，咱们住在海淀就不行嘛！人家就是有了什么好事儿，也找不到咱们的头上呀！"范三婶说："刚才我听黄老九说的那件事，那绝不成！咱们家里可是穷，也不能叫姑娘给人家当姨……"范三赶紧向他的老婆使了个生气的眼色，才把范三婶的话打回来，然后跟他老婆要了两毛钱，就又出去喝酒去了。

这时淑玲拉了菊英的衣襟一下，说："我上茅房去啦！"菊英一听，就知道淑玲一定是又带来关于秦先生的消息了，不由得脸上又红了红，心里直跳；她故意在屋里又待了一会儿，才慢慢地出屋，到厕所里去找淑玲。淑玲在厕所里一见菊英来了，她就喜欢得笑着说："刚才我又找秦先生去啦！"说着，从她的衣袋里取出两张画片，说："菊姐你看，这是秦先生在城里给我买的！秦先生因为给了你两张相片，没给我，他怕我生气，才特意买了这个送给我，菊姐你看，有多好！"

菊英一听提到了秦先生，她就不禁笑了，心里仿佛很宽慰似的；接过画片来看了看，这却是西洋的明信片，印着五彩的西洋美人儿。她把画片还给了淑玲，就似带着点羞涩，低声问着说："秦先生没跟你再说别的话吗？也没提到我吗？他现在还发愁着吗？"

淑玲摇头说："秦先生不发愁了，直跟我笑，他还问你生了他的气没有？"菊英赶紧问说："你是怎么说的？"淑玲却又说："秦先生叫我告诉你，他说他昨儿真对不起你，求你原谅他！菊姐，什么叫原谅呀？"菊英低头笑着，用小手帕捂着嘴，又听淑玲说："秦先生还叫我告诉你，说是明儿一清早，你要是有工夫，在他们大学的外面马路旁等着他，他有几句话要跟你说。”菊英略略凝目想了一想，就低声问淑玲说：“你回头再到秦先生那儿去一趟，你就说明儿早晨我一定去，并且……”菊英羞得趴在淑玲的肩膀上，低声告诉她说：“你就说我没生他的气，劝他别再发愁啦！”淑玲一听，扑哧的也笑了，连连地点头。菊英又嘱咐她说：“你千万别跟外人说！”淑玲又点头，并且鼓着嘴儿笑着说：“你以为我真是傻丫头呀？”菊英含羞地瞧着淑玲笑了笑。其实淑玲更聪明，她假装系着裤子就先走出茅房了。

菊英回到屋中后，对于秦朴那方面现在她是放了心，知道秦先生确实跟自己好。她就取出那未挑得的一对荷花鸳鸯的枕套，想着今晚无论如何也要把它赶做好了，明天一早好借着给徐大妈送活计为名，出去与秦先生见面。

当下她一面做着针线，一面想着秦先生那容貌神态，心里很是喜慰。做了几针，忽又想起刚才黄老九到这里来，不断地注意看自己，而且由婶母和叔父的说话之中也可以明白，大概是黄凤贞她丈夫有位同事，一月挣二百多块钱，想说一个二房；黄老九大概是想到了自己，可是没得便到海淀来跟叔父商量，现在是事后提及，所以叔父才说什么丢了一个好机会等等的话。一想到这里，菊英的心里又难受得要哭，她想：这怎么可以呢？不要说给人家当二房，就是现在有人来提亲，一夫一妻的，我也是不能答应！我死了都可以！我也决不……

这样想着，针线又做不下去了，她就趁着婶母出屋去做饭的时间，用小手帕擦着眼泪呆想了半天。她希望把这些话将来要对母亲说明，并且如若母亲不多疑的话，自己还要把跟秦朴做朋友的事告诉母亲。她的心就像她手中的线似的，穿来绕去地想着自己婚姻问题的解决办法，有时很难过，可有时又觉得很喜欢；那渺茫的将来自是不可预料，不过明天一早就可以与秦朴见面，这实在叫她喜欢。可是在喜欢之余也带着点悲戚，她又想：明天早晨见着他，我一定要向他解释清楚，昨天在颐和园我并未恼他，并告诉他以后要相信我，不要再胡乱猜疑，使我的心里难受了……

少时，范三婶把饭做好，娘儿俩就对坐着吃饭；菊英这时也不觉着饭食恶劣了，因为她脑子里不断地在想着事，并没理会自己吃的都是些什么。范三婶这时虽没有牙痛，可是又发愁着明天的房钱和买粮食的钱，现在还不够。菊英见婶母这愁烦的样子，心里实在是不忍，就很和婉地说："婶母你别着急！今天我把那对枕套儿赶做好了，明儿早晨我给徐大妈送去，再跟徐大妈借一两块钱。钱若是再不够，就把我那件红麻葛的衣裳和我那条裙子当了，反正现在我也不出门儿，有我那两件布衫儿也就够穿的啦！"

范三婶叹息了一声，说："咳，咱们家里现在净仗着你啦，你那个叔叔简直……"说到这里，范三婶又想起今天那不要脸的丈夫，把那个暴发户儿的黄老九给拉了来，在家里说了那些个混账的话；亏他们真有脸说出来，想叫菊英给人当二房！菊英这孩子就是命苦吧，可也不至于非给人当小婆子，就没有人要啊？因此，范三婶觉得怪对不起侄女的，看见菊英一边吃饭，一边低着头愁烦的样子，她心里更难受，就说："姑娘，你别理你那个叔父，他是穷疯啦！现在巴结着黄老九，要给你提人家儿。告诉你，你就放心吧！他们若再出什么混账主意，我先不能答应他们！"

刚说到这里，醉鬼范三就一边吃着花生米，一边走进屋来。一看见菊英低着头吃着饭，眼泪一对一对地往下掉，他就说："这是为什么，菊英怎么哭啦？"

范三婶把饭碗一摔，生着气说："我哪儿知道？不定哪个昏心的没脸的东西给人家气哭啦！"范三知道菊英是明白他今天跟黄老九说的那些话了，他就连声叹着气："咳！咳！"叹出来的气都带着酒臭味。范三婶这时一肚皮的委屈，也仿佛都要借此发挥，她就说："你还说什么？人家姑娘也不怨别的，就怨命苦就完了，谁叫人家的爸爸死得早呢！遇见你这个不要脸的……"

范三被老婆骂得心里真堵得慌，他想把她老婆的嘴堵上，就又拍桌子又跺脚，大声嚷嚷着说："你真行！你骂上我没完了？他妈的，我姓范的到底做了什么没有脸的事啦？你就这么胡说八道，还他妈的叫我姓范的在海淀街上混不混啦？”他借酒撒疯，揪住他老婆就要踢打。菊英哭着，赶紧过去劝她叔父。范三婶也掉着眼泪，她并不抵抗，只哭着说：“姑娘，你不用劝他，叫他打死我吧！打死我也省得我受罪！”

这时各屋里的街坊全都过来劝架，张大叔就把范三拉走，说：“老三你不对！三弟妹说一两句话也不要紧，你怎么能这样大打大闹的？叫侄女也笑话你呀！走，咱们上酒铺坐会儿去。”范三一听张大叔拉着他上酒铺，气立时就消了，两条腿不由得就跟着张大叔往门外走；他嘴里可还叹着气，运用着他那几个新名词说：“张大哥，你是不晓得，我这个人现在困难极了！等回头到酒铺儿，我一件一件地跟你公开。”

范三走后，屋里的范三婶在张大妈、李老太太相劝之下，她就呜呜地痛哭起来，并且絮絮叨叨地说：“我的命真苦呀……”菊英是叫淑玲的妈刘二婶给拉到她们的屋里，菊英坐在刘二婶的炕上还是不住哽咽，刘二婶就劝菊英说：“你理你那个叔父干什么？那还能算是个人吗？以后他要是在家，你就躲到我们屋里来，跟淑玲说说话儿。”菊英一面点头答应，一面擦眼泪。

菊英跟刘二婶说了几句话，淑玲才跑回来，一进屋，她母亲就拉住她，说：“你瞧你跑的这样儿，哪儿去啦？”淑玲也不言语，却趁着她母亲转身点灯之际，望着菊英笑了笑，并且点了点头儿。菊英瞪了她一眼，又低下头去，用小手帕拭了拭眼泪。

这时天色已黑了，这院子里的吵闹声、解劝声、哭嚎唠叨声，全都息止，只有远处的汽车还在呜呜地叫。菊英跟刘二婶母女又说了些闲话儿，她就回到自己的屋里去了。这时范三婶已把灯点上，她坐在小凳儿上，把白天特为黄老九买的那大前门香烟，拿出一支来吸着。

菊英一进屋，就要动手刷洗家什，范三婶却把她拉住，说：“姑娘你撂下，回头我就刷了。你赶紧把那对枕套做得，明儿一早好给徐大妈送去，好跟她再借点钱。”菊英答应一声，取出针线包儿来，在暗淡的煤油灯光旁去做那一对荷花鸳鸯，同时凄恻地想着：明天一早就可以与秦先生见面了，秦先生一定又向我赔不是，解释误会，但是那都不要紧，我现在这样的可怜，家庭的事这样使人伤心，秦先生他能够知道吗？他能够温慰我吗？因此她愿意这灯旁没有别人，只有秦先生与自己对坐着，她要低着声儿，垂着眼泪，细细地向他倾诉。

这时，淑玲又“砰”的一声蹦进屋来，把正在沉思的菊英吓了一跳，就对她生气地说：“你是怎么回事呀？”淑玲歪着头嘻嘻地笑着，走近灯来，就说：“我妈叫我跟我菊姐姐玩会儿来，说是怕我菊姐姐把眼睛哭坏了。”菊英一听不由扑哧笑了，同时心里感动着，又流出了眼泪。淑玲挪过一个小凳儿来，又说起东家长，西家短，连街上拉洋车的打架的事，她都指手画脚地没次序地说了起来，说得范三婶的脸上都有了笑容儿。范三婶一面刷洗家什，一面笑着说：“这个傻孩子，倒怪有趣儿的！”

淑玲一听范三婶说她傻，她又有点不服气，哼了一声说：“谁都说我是傻子，可是人家秦先生不但不说我傻，他还说我聪明极了！”菊英一听，忍不住又笑了，同时停住了针线，往下听淑玲说关于秦先生的事情。旁边范三婶就问：“秦先生是谁？”淑玲说：“秦先生是徐大妈公寓里住的学生，嘿，那个人好极了！他顶喜欢我，也喜欢菊姐……”说到这里她又觉得说漏了嘴，赶紧望着菊英眯嘻地笑。菊英羞得脸绯红，并怕淑玲再往下说什么，可是她却不再言语了。

淑玲又伸手去掏衣口袋里的东西，掏了半天，才掏出一个报纸包儿来，里面就是秦朴给的那三张风景照片和两张五彩明信片。她都一张一张的拿给范三婶看，就仿佛展览什么奇珍异宝似的，嘴里并啧啧称赞着说：“三婶快看！这张洋美人有多好，秦先生说是两毛钱一张呢！”又说：“这是万寿山里的罗锅儿桥……”菊英恐怕淑玲一高兴，又说出昨天跟秦先生逛游颐和园的事，就暗中瞪了淑玲一眼；淑玲瞧见菊英瞪她，她又望着菊英眯嘻地笑了笑。

幸亏范三婶没注意她们的表情，只看了看相片，就点头笑着说：“我瞧这秦先生也是个孩子，要不然怎能够跟你弄画儿玩呢。”菊英听婶母说秦先生也是孩子，她就像听人夸奖了自己的什么人似的那样高兴，并且觉得脸一热。淑玲也拉了菊英的粉臂一下，笑着说：“你听，三婶儿说秦先生也是孩子，哈哈！”

范三婶端着一盆洗锅碗的水，上门外倒去了，这里菊英就抬起那含羞的芳颜，向淑玲小声地申斥道："你是疯了吧！怎么当着人净提秦先生呢？"淑玲眯嘻地笑着，就说："以后我再也不说了！"菊英向窗外望了望，又悄声问说："你刚才又见着秦先生了吗？"淑玲笑着点头说："我又上他哪儿去啦，我把你的话告诉了他，嘿，你猜怎么着？秦先生就眼圈儿带泪的，像是要哭……"菊英一听到这里，自己的眼泪就不觉得滴在了那正在做着的枕套上。淑玲又说："秦先生叫我告诉你，说是他绝不发愁了，明儿一清早准去等着你。"菊英点了点头，用小手绢擦着眼泪。这时窗外就有脚步之声，菊英赶紧嘱咐淑玲说："别再说啦！"淑玲回头望着，门一开，是范三婶倒水回来了。

淑玲又在这里玩了一会儿，范三就回来了。淑玲一眼看见范三，她立刻把画片收起来，往外就走，范三却回首望着她笑，说："你这孩子，简直是我的对头！今天当着黄老九，真给我的面子下不来。你等着吧，我见着你爸爸再算账！"淑玲却连头也不回，把门一摔就走了。

范三生着气，自言自语地说："他妈的，这样的丫头将来谁要？连拉洋车的也不要她呀！"遂又打了个很臭很辣的嗝儿。他瞧着老婆侄女全都不理他，他就眯缝着醉眼，笑着说："得啦！刚才都是我的错，你们娘儿俩也就不用生气啦！居家过日子免不掉碟儿碰碗儿，只要吵完了就没事儿，那就不叫人笑话。"

范三婶一甩手进到里屋，说："得啦，别不要脸啦！"

范三一面打嗝一面醉笑着，走近了菊英，说："姑娘，你别在心里骂我了，等着我发了财的，我一定给你做几件好衣裳，带着你到城里理发馆，烫个飞机头。"菊英被她叔父的酒臭气熏得赶紧扭过头去。里屋的范三婶骂她的丈夫说："你把人家孩子还没有欺负够吗？不知道说点正经的，明儿的房钱到底拿什么给人家呀？"范三一听他老婆提到了房钱，他才觉得无话可答，于是拿着唱戏的腔调、姿势，把脚跺了一跺，说："哎！不提起房钱还则罢了，提起了房钱令人可恼呀！可恨哪！"菊英见她叔父这样的醉闹，实在觉得伤心，就想：几时我才能逃出这个家呀？

幸亏她叔父又说了几句醉话，就回到里屋呼噜呼噜地睡去了。少时范三婶也唉声叹气地睡去，只有菊英还在外间灯下，手不停地做着活计，心里却想着身边这些纠缠、烦恼，并想明天一早见着秦先生应当说什么话。直到夜深十二时许，灯油都尽了，才把那一对荷花鸳鸯的枕套做得。此时，她就觉着头昏眼疼，遂闭好了门，熄灯就寝，一夜春愁萦梦。

到了次日，早五时许，她就起了床，然后梳洗打扮。直到六时许，她叔父去上工了，菊英便向那才起炕的婶母说了一声，她就拿着那一对枕套，到徐大妈的公寓去。这时公寓的门才开了半扇，菊英进去，先注意看秦先生住的小屋，只见那屋门虽然闭着，可是没有锁，她就知道秦先生是在屋里了，心里暗笑说：这时候还不起来吗？她同时又紧张着，要想进到秦先生的屋里去，但又觉着太不合适：堵了人家秦先生的被窝，那像什么话呀？

菊英又往那小屋子看了两眼，便去到徐大妈的屋里。这时徐大妈也还没起床，她就说："姑娘，你把活计就搁在桌上吧！吃过午饭你再来一趟，还有洗的呢。"菊英答应了一声，就赶紧出屋。徐大妈的儿子手拿着一把扫地的扫帚，迎过菊英来，翻着嘴唇笑着说："菊姑娘，怎么起得这么早呀？"菊英笑着点头说："可不是吗！"她故意把娇细的声儿提高了些，为的是叫屋里的秦先生听见。可是徐大妈的大儿子见了菊英的笑容，听了菊英的娇声，他连身子都软了，几乎把手里的扫帚都扔在地下了。

菊英走出公寓门首，就顺着大街走着，恐怕遇见了熟人，所以她总是低着头，躲着人。走出了海淀街，这时还不到七点钟，可是东方的朝霞已然升起，并带着些玫瑰色。三月中的晓风略含凉意，柏油路两旁的杨柳也浮着薄薄的朝烟，菊英那还是前天烫的头发，被风儿吹得散乱，像柳丝一样的飘拂着。菊英今天穿的是新洗过的浅月白士林布的旗袍，并不太长，但却很瘦，很清晰地展现出全身柔美匀称的曲线，短袖下露着细腻的手臂，下面也露着一截细长的小腿；脚上穿的是洁白的袜套，青帆布自做的提梁平底鞋，是格外显着朴素清秀。菊英心里想着：大概这时候秦朴也就刚起床洗脸漱口，我可在哪儿等着他呢？四下看了看，除了柏油路两旁的杨柳之外，就是青青的麦田和水汪汪的稻地，远处西山的眉黛还隐在朝烟里。

今天因为是星期一，马路上也没有什么汽车和洋车，只有稀稀的几个学生样子的人，夹着一大迭洋书往大学里去，此外，就是送牛乳的脚踏车。菊英仍恐怕被熟人看见，她就专沿着路边的柳树下走，从柳叶上掉下露水来，滴到她的肩上觉着发湿。一两个小燕子像箭似的很快地从她的身旁贴地飞过，飞得远远的，忽然又迎着头飞回来，并且嘴里呢喃着，像是低着声儿唱曲；柳枝上的小鸟儿也彼此说着话，有的还仿佛故意似的在菊英的脚前跳着。菊英把短发掠了掠，向后看看，就见远远的有一个男人走过来。菊英里喜欢着，立刻要迎过去，又想要藏在树后，叫秦朴过来时找不着，可是那个人渐渐来近了，一看，倒也是穿西服的学生，可不是秦朴；虽然那边的人没有注意菊英，可是菊英已羞得脸红，赶紧回身又往前走。

这时眼前就看见了那大学校金碧辉煌的校舍，菊英遂把脚步放慢了些，并且时时的向后看，可是一连过来几个人，却没有秦朴。菊英心里非常着急，同时又有些不悦，想着：秦先生这个人也太懒，直到这时候还不来，莫非他还没起床吗？又想：也许他因为愁烦，病了？心里正在焦虑，脚步也踌躇着，这时候忽听耳边有厮熟的声音，叫着："范小姐！"菊英侧脸往西边看了看，就见秦朴穿着一件浅灰色线呢的夹袍，也没戴帽子，正在麦田旁边的小道儿上站着呢。菊英立刻放下心来，同时神经却又紧张着，她就向秦朴笑着，小步儿跑着赶过去，秦朴也笑容欣然的迎了过来。两个人走到临近，菊英就笑着，很亲切的娇声叫了一声："秦先生！"同时脸红着，心跳着，去迎接秦朴那深湛湛的目光。

秦朴今天的面色比昨天坐洋车时要好得多了，不过还带着点羞赧的神态，就见他笑着说："范小姐起来很早呀！"菊英笑着说："我早就起来啦！我刚才到公寓去找你，大概你还没起来呢。"秦朴笑着说："没有的话，我到这里有一个多钟头了。"菊英惊讶的问说："那为什么我到公寓里去，看见你的门没锁着呢？"秦朴笑说："因为今天有朋友要来看我，所以我出来时没有锁门。其实我是不到五点钟就起了床，五点半就到这里来了，现在……”说到这里，他看了看手表，就说：“现在都七点十分了。”菊英一听，觉着秦朴这个人真好，遂娇媚地歪着头带笑问说：“那么，你昨儿晚上是什么时候睡的呢？”秦朴笑了笑，赧颜着说：“昨天晚上……我又失眠了！”

菊英一听，立刻把头低下，心里痛苦着，怜惜着，眼泪又要往出迸，她心想：秦朴一定还是因为得罪了我的事而忧烦，并且惦记着今天早晨这约会，所以他睡不着……秦朴在旁也露出很难过的样子，彼此半晌无语。又见马路上走的人都直往田地这边来看，不知这一对青年男女是在咕噜什么，秦朴就说：“我们往西边走一走吧？”菊英点了点头，于是抬起那微红的芳颊，撩着那含羞的明眸，又向秦朴嫣然笑了笑，就袅袅娜娜地迈着细碎的步儿，跟着秦朴顺着田间的小径往西走去。

这时朝阳已升得愈高，晓烟渐渐消散，微凉的春风吹着两旁的麦浪层层起伏，两人就像走在青色茫茫的大海中似的。菊英低头去看，自己的鞋和袜子，都被小草上沾着的露水染湿了。此时秦朴忽然停住脚步，他又走近菊英一些，就满面羞容地向菊英说：“我先向范小姐表白一下，前天在颐和园，我偷着给范小姐照相的事，实在是无心，请范小姐不要再恼我了！”菊英一听秦朴这话，立刻泪眼盈盈，就强忍着心中的悲痛，说：“我并没恼你，你，你是冤枉我……”说到这里，她忍不住泪水汪然滚出，就赶紧蹲下身，低着头，那泪水一滴一滴的都流在了小草儿上，与露水混合在一起。

秦朴愁闷地也垂着头，就见菊英背着脸蹲下身去流泪，水色的衫子箍着她柔美的身体曲线。她那乌黑的短发垂了下来，拂着她的芳颊，并且被风儿吹得丝丝飘动；比那堤边的柳丝，田间的麦叶，还要清秀可爱。秦朴浑身有一种异样的感觉，心里抱着万分的惭愧，想要伸手搀她起来，但是又没有那胆量。他便叹息了几声，说：“范小姐，不要再伤心了！我并不敢冤枉你，实在我是自觉得对不住你！我现在不敢不对范小姐实说，在起先，我不过是看着小姐你很聪明，而且听淑玲说，你的环境又不太好，所以我才产生了一点同情心；才给你去了那封信，想要安慰安慰你。可是，在我们游过了颐和园之后，我是更进一步地认识你了，除了对你的同情之外，还产生了一种敬慕的心理。不过范小姐，你不要误会我是有什么企图，我只是想跟你做一个长期的朋友，彼此安慰着，勉励着，这对我们二人的生活上就都有益。还有，请范小姐不要以为我是个大学生，一定就是个有钱的轻浮子弟，其实我的环境也是很困难，家境也并不比范小姐好。”

此时菊英仍是蹲身垂泪，她一面手里弄着小草儿，一面听秦先生说着这一遍表白心曲的话，及至秦朴提到他的家世，菊英越发注意地去听，就听秦朴说："我自高中毕业，就因经济困难无法升学。后来我在上海一家书局里做了两年多的小事，这才积蓄了二百多元钱，来到北京继续求学；现在我还是旁听生，等到暑假，才能经过考试，正式入班。现在我看这大学的费用也很大，学生多半是富家的子女，像我这样的穷学生以后能否继续读书，还是问题呢！”

说到这里，秦朴仿佛忆起了这几年来他在困苦环境中的奋斗经过，以及前途的渺茫，不由惹得自己也伤心了，于是他也用袖头擦了擦眼泪，说："所以我们都是环境差不多的人，彼此不难谅解。但是我们也不要发愁，只要以后用我们真挚的友谊互相帮助，我相信，我们一定能够克服环境的！”

菊英真没有想到，这秦朴的环境原来也是这么可怜，听他沉重、慨叹地说到这里，菊英忍不住心痛、怜爱，并想到了自身，于是眼泪流得更多。

待了一会儿，秦朴依然在那里发愁站着，他也不言语了。菊英用小手绢拭了拭眼泪，站起身，擦了泪眼，看了看秦朴低头发愁那又可怜又可爱的容态，菊英又不禁扑哧地笑了。她一面擦着眼泪，一面娇声说："这是图什么呀？您又说了这一大篇话，说得人心里怪难受的！”秦朴又擦了眼角说："不是，范小姐，我并不是故意叫你难受，是因为我们既做了朋友，我不能不把我的事情告诉你！”

菊英摆着手儿笑着说："得啦，您不说我也能看得出来。还有，您以后别再这样一声一声的叫我小姐了，我不是小姐，我是个穷苦的……”

说到这儿，她才拭净的眼睛，又不住往下流泪。她一手拿手绢儿捂着脸哭着，低头看着秦朴那双沾了露水的皮鞋，和自己的那已染了绿色的白袜套，心里想着：为什么我们两个可怜的人，都遇在一块了呢……

她遂抬起头来，看着秦朴宽厚的肩膀，挂着泪水的深眼睛，和忧郁而可爱的面庞，心里不禁产生一种像火烧像油煎一般的热情与怜爱，她真想扑到秦朴的怀中，由着秦朴紧紧拥抱住，彼此痛哭一场；可是仿佛有什么东西来阻挡她似的，叫她不敢在这朝阳碧野之间如此做。同时，又见秦朴除了目光注视着自己，给自己精神上的一些感受之外，也并没有其他的表示，于是相对默然了半天。

忽然一阵悠扬清澈的钟声，悠悠地随着风声吹到这碧绿的原野之上，菊英蓦然恢复了她的理智，就笑向秦朴说："学校打钟了，你还不快上课去？"秦朴摇头说："今天没有我选的课。"菊英又向秦朴亲切地笑了笑，说："那么我可要回去啦！因为我出来时没有跟家里说。"

秦朴点头说："好吧！可是，范小姐……"菊英听他又叫自己"小姐"，不由嗔笑着瞪了他一眼，秦朴赶紧笑着改了口，接着问说："咱们几时还见呢？"

菊英黯然地低头想了一想，就说："我的家里是不能太自由的！这样吧，以后你有事就叫淑玲告诉我，我要有事就上公寓里找你去。"秦朴点头说："好吧，好吧。"当下菊英就带着依恋不舍之意，向秦朴点点头，又嫣然笑着说："秦先生，再见吧！"说时，她又把那双明媚的眼睛向秦朴撩了一下，就顺着小径轻快地走去。

第六回　小室相谈求知怜同病
狂言自喜炫富诱芳心

菊英一面走着，一面还用小手绢擦着眼睛，她知道自己的眼圈一定是又红了，叫街上的人看着岂不要笑话吗？而心里是甜蜜、怜爱、悲哀掺杂在一起。她回头去看，就见秦朴依旧在那原地方站着，刚才愁苦的脸现在又笑着。菊英也微露笑靥地笑了笑，又想转身回去，再跟秦朴谈些话，但又怕回到家里晚了，叫婶母生疑，于是她只好狠着心走出了小径。来到柏油路上，菊英又隔着那拂拂的柳丝去看秦朴，就见秦朴也慢慢地走来；菊英又笑了笑，但因为这时路上的人多了，她不便再招呼秦朴，遂就揣着一颗依恋的心，一直的顺着柏油路走回到海淀街。

到了家里，就见婶母坐在院里晒着太阳，跟张大妈、刘二婶、李老太太正一起谈话，谈的大概就是昨天黄老九来，和范三在家里吵闹的事情。一见菊英回来，范三婶就问说："徐大妈给你钱了没有？"菊英摇头说："没有，徐大妈叫我下午再去。"说着，她又望着张大妈、刘二婶等人笑了笑，就赶紧进到屋里。身后隐隐听张大妈赞叹着说："菊姑娘多好呀！真是模样儿又好看，人又安稳。"菊英心里倒像是很惭愧似的，本来，谁能想得到她这样稳重淑秀的姑娘，是才同一个青年男子在野外约会回来的？

菊英一进屋，就赶紧把那露水染湿了的鞋袜换下，然后就坐在床铺上，出着神儿地发怔，仿佛秦朴的那愁烦的面容仍在眼前浮现着。她的心里很难过，想着：秦先生真是个老实人！他不会把他自己说得阔一点吗？他却不，他很真实地把他的环境困难都告诉了我，并且说他没有别的企图，只想跟我做朋友。可是，朋友怎能永久在一块儿呢？如此一想，她又觉着秦朴还是不大明白她的心。又想着：秦朴将来手里的二百多块一花完，他不能上学了，一定又得到什么上海去做事，那时两人不就不能再见面了吗？想到这里，菊英又要哭了。

不过她转又想起一个问题来，暗自盘算着：假若日子一长了，我看他好，他也很爱我，我们俩要结婚，这件事情成不成？自然，秦朴无论如何穷，也比我们家里强，我跟着他虽然不能想要什么有什么，可总不算受苦。咳，即使受点苦吧，我也是倾心愿意的，不过，我母亲跟我叔父他们能否愿意呢？能够不来阻拦我的自由吗？能够不骂我吗？想到这儿，她真后悔遇见秦朴，又可怜秦朴为什么不再阔一点儿呢？假若他家里在北京有一点产业，将来提到婚姻，总不至于太难吧！因此，不知不觉的泪珠儿又在她的芳颊上慢慢地往下流。

菊英擦净了眼泪，又思来想去：以后对秦朴疏远一点吧，省得将来麻烦！但是不行，那可怜又可爱的秦朴，又确实占据了她的心。想了半天，结果她自己也笑了：我怎么这样傻？瞎担心，这些问题现在提得到吗？于是她仿佛又恢复了理智。

少时她婶母又进到屋里来，菊英就说："刚才徐大妈叫我下午再去一回，说是还有洗的呢。"范三婶点头说："只要她再给咱们两块钱，就差不多了。刚才我把你那件衣裳，叫二秃子拿到当铺，当了两块五，等下回我拿来洗衣裳的钱，再给你赎！"菊英摇头说："不用！我又不是等着穿。"口中虽然这样说着，心里却很难过。范三婶又说："黄凤贞不是还要接你进城逛几天去吗？连一件衣裳也没有，哪儿成？"菊英一听，心里也觉着，假如没有一件好点儿的衣裳，自己真不愿见黄凤贞去，到时只好就假说是有病了。

这时候，因为没有什么针线活计可做，菊英就拿着一个洗脸盆打了点水，在屋中洗自己的手帕和小衣裳、袜套；到了十点钟左右，又去帮助她婶母做饭。不过不知是为什么，心总是安不下，干什么都不耐烦，像是有一件事等着她，又像有一个人在旁处等着要与她见面。少时吃过了饭，菊英就急盼着张家的钟快打十二点，盼着院中的墙影儿快点端正了，因为徐大妈说是叫她午后去么。

这时，淑玲抱着她的小弟弟又进到屋里，东瞧西望的，看见里外屋都没有范三婶，她才悄声问菊英说："菊姐，今儿早晨你上马路旁边见着秦先生了吗？"菊英听她这一问，立刻脸上绯红，就说："没有。"淑玲便发了怔，刚要再问，可是菊英又笑了；菊英的脸上更是绯红，就说："我见着他了，可是没说多少话儿。"说着又往窗外看看，怕被人听见。

淑玲又纳闷着问说："秦先生见了你，他都跟你说什么来的？"菊英含羞不语了一会儿，就笑着说："秦先生说淑玲真好，真聪明！"淑玲把嘴一拱，说："得了罢！秦先生没说，一定是你瞎编的。"她心里可是高兴极了，就笑着悄声说："我看秦先生那个人真好！真好性儿，又老实……喂，菊姐，菊姐，明儿叫我妈当媒人，给秦先生跟你……"菊英不等淑玲说完，就羞得脸上发热，她推了淑玲一把，低头娇声说："你胡说！你去吧！"淑玲抱起孩子来闯开门就跑，跑到了屋外，她还不住嘻嘻地笑。这屋里的菊英又发了一会儿怔，在喜悦之中又带着一些悲凄的情感。

少时饭好了，菊英就和她的婶母对面坐着吃饭。范三婶就催着菊英吃完了饭，快些找徐大妈去要钱，并说："待一会儿牛四就许要房钱来，我真怕看他那张麻脸！"菊英因为惦记着往公寓去，所以吃饭时也很匆忙。待了一会儿，饭吃过了，范三婶就向菊英说："姑娘你快点去！碗交给我洗吧。"菊英答应了一声，又对着镜子把头发拢了拢，脸上又擦了些胭脂，然后出屋走出门去。

她这时的心情又是很紧张，就想：我到公寓里去，秦先生一定正在家里，我到底是去不去他的屋里呢？要去呢，叫徐大妈看见也不好，而且显得我对秦朴太亲近，他倒许因此瞧不起我；要不去呢，可是我又很想再看看秦朴，他不知是有一种什么魔力总使我不能放心……

菊英低着头走着，心里怀着无限的深情，不一会儿就走到福安公寓的门前，而此时两腿又仿佛有一点发颤。一进门，她的目光不由地就注意到秦朴住的那个小屋，就见那屋子的门窗虽然还是关着，可是没有上锁，立刻一种亲挚的情爱又扑上心头，暗想：秦朴他一定在屋里了……

但是这时徐大妈已隔着玻璃窗看见菊英来了，菊英就望着窗里徐大妈的模糊身影，含笑点了点头，先走进了徐大妈的屋里，说："大妈……"这时徐大妈已然掏出了两张钞票，交给菊英说："给你，这是两块钱，带好了！"菊英伸手接过，脸上微红着说了句客气话："您费心！"她注意到徐大妈的脸色，仿佛像才同谁生了气似的；其实这与菊英无关，但不知为什么，她就像有点心悸。

待了一会儿，她又怯怯地问道："大妈，还有什么洗的没有？"徐大妈指着炕上的一堆衬衫、衬裤、袜子等等，说："这不是？"说话的时候，她可直着眼睛发怔。菊英走到炕前，用布将那一堆衣裳包好，然后又问："大妈，还有什么活计吗？"

徐大妈说："活计倒是有，可是我没工夫进城取去。你大叔给人家照应喜事去了；你大哥和你二哥两个挨刀的，整天的不着家，也不知他们两人都上哪儿闯丧去啦！家里的客人们要茶水都没有人伺候，这样长了，还开什么公寓？"

菊英只好赔笑劝慰徐大妈说："大妈，您也别生气！我大哥跟我二哥，他们哪能净在家里待着，出去玩玩也不要紧，只好您一个人多操心了！"

徐大妈一听，觉着仿佛是菊英并不讨厌自己那两个儿子，她脸上立刻有了点笑容儿，就说："你大哥我倒不恼，他这两天有点不舒服，出去到茶馆里散散心，也没有什么的。顶是你二哥可恨，整天专跟些个狐朋狗友在一块儿混，我桌上搁着几毛钱，一转脸他就拿走。他还逼着叫我给他娶媳妇，凭他，他也配？就是有人愿意把女儿给他，我也不能叫人家的姑娘跟着他受罪呀！倒是你大哥，我早就想给他说个亲事，好在菊英姑娘你是知道的，我是个好脾气儿，到我们家里绝不能受气！"

菊英微笑着，嘴里连说："是，是。"脸上却绯红，她心里也略微明白徐大妈说这话的意思。所以她不敢在这里多待，就向徐大妈点头笑了笑，说："大妈，我走啦！"说毕，就夹着那包衣裳走出徐大妈的屋子。徐大妈还在后面说："你后天来就行了，明儿我就进城取活计去。"

菊英娇声地答应了一声，心里刚想着：我到底是到不到秦朴的屋里去呢？正在这时候，忽然秦朴那屋子的门开了，秦朴走出来，身上已换上了灰呢的西服。他微笑着向菊英说："范小姐，吃过饭了吗？"菊英一见秦朴，立刻又脸上微红，她把一双明媚的眸子向秦朴转了转，脸上现出笑容，就点头说："吃过了，秦先生呢？"秦朴也点头说："我是才吃完，范小姐，请屋里坐！"他脸上的笑容更表现出一种深挚的情意。

本来菊英想着，徐大妈一定隔着玻璃窗在看自己呢，而且自己也实在有点不好意思到一个孤身的男客屋里去。但是秦朴那温和的笑容，和他那深湛多情的目光仿佛又摄住了她，不知为什么，菊英竟会不由自主，她就羞涩地笑了笑，走进秦朴的屋里。

秦朴也随手带门，跟着进去，指着书桌旁一个小凳儿，笑着说："请坐！请坐！你可别笑话，我这屋里太乱！"菊英把衣裳包裹放在秦朴的床上，就斜坐在小凳儿上，低着头，带着娇态地笑着，清脆婉转地说："笑话什么？我们家的屋里，比您这儿还乱呢！"

秦朴坐在对面的小凳儿上，他先向菊英笑了笑，然后微探着头，低声问说："今天早晨，我们在那地方谈话的事情，家里知道吗？"菊英微微低着头，少时才渐渐抬起，把明媚的目光向秦朴递了递，就微笑着摇了摇头，低声说："家里不知道。"秦朴笑着点头，望着菊英，彼此却没有话说。

小屋里沉寂中带着些神秘的气氛，桌上立着一只小表，滴滴的响。那秒针走了半周，菊英才笑了笑说："我的事情，我们家里的人全都不知道。其实，我也不是怕人知道，就因为我向来不愿把我自己的事告诉别人。"秦朴笑着问说："那是为什么呢？"菊英摇头笑着说："也不为什么，因为我想着，自己心里的事顶好不对人说，说了，也不会有人理解。"她说话时虽然笑着，但笑中却含着悲戚的成分，同时眼圈也有点红。菊英并不去望秦朴，却转过脸去，手里弄着桌上放着的一支自来水钢笔；她低着头，左边的齐齐的长发遮住了她玫瑰般的芳颊。

秦朴也像怔了，默默的研究菊英这句话，半天，他才点了点头说：

“是的，我也是这样！”说毕，用眼望着菊英，却见菊英依然斜着脸儿，低着头，纤手弄着那支钢笔，并不理他。秦朴又没话找话地说：“范小姐……”忽然他想起早晨的话，又笑了，赶紧改口说：“菊英女士，你常到城里去玩吗？”

菊英此时也忍不住低头笑了，她放下钢笔转过脸来，微露颦态，低着眼皮儿摇了摇头，说：“不，你别瞧我们住得离城这么近，一年我也不到城里去一次！城里是怎么样儿，我真不大知道，也因为在城里没有什么事情，谁能没事儿净进城玩去呢？虽然城里有几家亲友，可是也不常往来。”

秦朴点头说：“其实不常进城也好，城里表面上是繁荣奢靡，什么享乐的地方都有，可是那实在是万恶的渊薮。许多清白的青年男女，全都被城市的浮华气给熏染坏了，因此而堕落得很是不少，还不如住在这小镇上或是乡间。我前年第一次到北京来，因为同朋友到西山去玩，路过这海淀街，我就很喜欢这地方。因为海淀这地方，不但附近的风景优美，此地住的人也都很朴实和气，虽然是个村镇，可是城市里的一切优点，它也有，文化并不闭塞；所以我此次来京求学，就决定住在这里。”

秦朴说了一大篇抨击都市赞美这海淀街的话，本想菊英也很赞成，因为这是她的故乡啊，可是菊英却半晌没有作声。菊英只是忧郁地低着头，待了半天，她才说：“你是才来到这儿，所以觉得这儿好，其实住长了真叫人烦！”

秦朴笑着说：“那是自然，因为人总需要新环境，所以常常对于久居的地方发生厌倦。譬如我的故乡无锡，那是江南景物最优美的地方，在那里旅行的人没有一个不爱慕留恋，可是我却不愿意在家里住。”说到这里，他又笑了笑，接着又说：“这就是因为人需要新环境的缘故，我们常常不满意现状，都是由于这种心理。”

菊英听到这里，她的颦态愈发重了，她皱着眉，咬着下嘴唇，沉思了一会儿，就说：“秦先生你不知道，我就是个不满意现状的人！”

秦朴点头说：“不满意现状原是好的，因为不满意现状，生活才会有进步。”

菊英说：“可是，我的生活却永远进步不了！不瞒你说，小学我都没毕业。我时时觉得我自己的知识太差，譬如你给我的那信，我可以看得懂，可是你要叫我写，那就难了。我早就想借几本书自己研究研究，或是订一份报看看，可是环境哪允许呢？整天给人做活计，忙还忙不过来，哪还有工夫看书看报？所以，我虽然不满意现状，也是没办法，只好自己心里难过，不对别人去说……”说到这里，菊英的头是越往下低，而且秦朴明明看见，她的眼泪已然滴在那浅月白旗袍的衣角上了。

秦朴此时心中也极为难过，便叹了一口气，说：“咳！我们的环境是一样，少年失学的痛苦我都知道，我这不是挣扎了两三年，才勉强来到这里考学校吗？菊英女士，你也不要难过，我们虽然环境不好，但总要挣扎。我想以后你若择出一点时间，就可以到我这里来，我给你补习补习功课，然后我再设法帮助你进学校。不过我想，现在女子入中学也没有什么意思，还是入个什么职业学校或是学助产，那比较好一点，因为毕业的期限既短，并容易在社会上谋职业。菊英女士，你不要发愁！我一定能设法帮助你，因为我们是同病相怜！”

菊英本来几乎要哭泣出来，但听秦朴说到“同病相怜”，她又觉得脸上发热。这时秦朴已然站起来，菊英低着头，就听见秦朴的皮鞋“咯咯”响了两声，走近了自己的身畔；她的心里又不住地紧跳，不能预想秦朴要做什么。可是秦朴的脚步却停住了，他那深湛的眼睛直视在菊英柔美的头发上，手才抬起，又赶紧落了下来。他亲切和婉地低声劝慰菊英，说：“菊英女士，你真不要再难过了！”菊英忽然抬起头来，扬着眼睛，现出娇媚的神态，使着娇细的声儿说：“你干什么呀？一声一声的菊英女士，我不是女士！”秦朴笑着说：“是，是，以后免去女士二字，我就叫你菊英。”说时，他的身子走得更近了……

这时，忽听街门外汽车响了两声，接着又是一声汽车的门响。少时窗外传来一阵咯咯的皮鞋声，接着屋门一开，走进来一个穿着一身豆灰色顶漂亮西服的高身材少年。他一望见秦朴和菊英，就笑着说：“哈哈！对不起，你们两位正在谈心呢，我来把你们搅了！”秦朴羞得脸红，问说:“你怎么这时候才来?”

这人先不答复秦朴的问话,却用一双贼亮的眼睛去看菊英。这时菊英眼角的泪水还没擦干,脸羞得比晚霞还要红,她认得这人就是前天在颐和园遇见的那个章绍杰,便站起身来,鞠了一躬,赶紧又低下头去。那章绍杰也摘下呢帽,把他那又黑又亮的大背头向菊英点了点,又满脸笑容很和蔼地问说:“范小姐今天怎么会有工夫?是学校里放假吗?”

菊英的心里刚松缓一点,忽然听章绍杰问她是否学校里放假,就不由越发惭愧。她低着头笑了笑,然后抬起头来,把一双才哭过的明媚眸子,望着章绍杰那擦了许多高贵化妆品的白脸,就像抱歉似的说:“不是,我现在没有上学。”章绍杰点点头,很恭敬地说:“是,是,是。”

他又把目光向菊英的头上脚下转了一遭,然后转脸向秦朴说:“老秦,你说我今天倒霉不倒霉?今天一清早,我才起床用点心,太平银行的于总理就打来电话,请我今天上午十一点务必到银宫饭店用早餐,并说还有几位朋友,他们要创办什么公司,非得叫我加入四万元的股份不可。他们预先也没通知我,临时抓大头,我真有点不愿意,可是都是常在一块玩的朋友,我怎么能够拒绝他们?不到九点钟,杨二小姐又坐着汽车来找我,说她们比赛网球,非得请我去看不可,我就又跑了一趟女专。由女专我就到了银宫饭店,跟于总理他们瞎应酬了一场。可是饭还没吃完,家里又来了电话,说是袁小姐在家里等着我呢。我打电话请她说话,她不接,说是非得叫我回去当面说,你说她多别扭!没法子,我赶紧又坐汽车回家,见了小袁,你猜她有什么要紧的事?”

说到这里,他缓了口气,接着又说:“哈哈,原来他们今天晚上在京城饭店开舞会,非要叫我届时参加不可!我应酬走了小袁,这才自己开着汽车出城来找来,老秦,你瞧我有多么忙?”又说,“我忙得真许连烟都没带着。”说时用手去摸西服上身里面的口袋,摸出半支萝卜一般粗细的吕宋烟来,又向秦朴要火柴。

秦朴像是很头疼的样子,说:“我这屋里没有火柴。”

章绍杰便坐在床铺上,翘起亮得能照见人的黄皮鞋,向菊英笑了笑，就指着秦朴说："他真是本分人！自己不抽烟，就连火柴都不预备，大概是留着钱预备结婚呢！"又向秦朴笑着说："喂，老秦，你给咱们找盒火柴去，顺便叫人沏点茶；难为你女朋友来了，谈了半天心，竟连一点水也没有！"菊英听着，也忍不住低头笑了。秦朴没有法子，只得把茶壶拿出屋去，叫徐大妈给沏茶，并要火柴。少时徐大妈沏来茶，并拿来一盒火柴；徐大妈没进来，不知她晓不晓得菊英在屋里。

这半天净听章绍杰一个人得意扬扬地在说话，什么洋行、公司、饭店等等，都是菊英从来没有听人说过的名词，很生疏，但听了也很令人羡慕。菊英知道这位章绍杰一定是个很阔的人，虽然他那贼亮的眼睛直向自己转，像是不很规矩，他可是没架子。不过秦朴这时并不怎么谈话，只给他们每人倒了一碗茶，菊英猜着秦朴一定不欢喜章绍杰。可是今天秦朴由早晨起，屋门也不锁，就等着章绍杰来，不知道他们到底是有什么事要商量？菊英就想，自己在这里多坐，也未免太没眼色，何况婶母还等着那两块钱给房钱呢！于是她就要回家去。可是又见章绍杰坐在秦朴的床铺上，旁边就是要拿回去洗的那包衣裳，菊英又想：我怎好由章绍杰的身边去拿那个包裹呢？

这时，章绍杰已燃上他那半支吕宋烟，喷着浓厚的烟雾，把他那自以为美男子的面孔对着菊英，又开始说话了。他先问："范小姐就在这海淀住家吗？"菊英点头说："对啦，我就住在东边。"章绍杰瞧了瞧秦朴，又笑着问菊英说："大概范小姐跟秦先生也是新朋友吧？"菊英点头说："是，秦先生搬到这里，我们才认识的。"说话的时候，她的脸绯红着，并斜眼看了秦朴一下，然后拿起茶碗来喝了一口茶。

章绍杰又笑着说："秦先生是老实人，人顶好，我们在无锡家乡是住近邻，小学、初中全都是同班。他的脾气我都知道，他不大喜欢交女朋友，现在范小姐还许是他的第一位女友了。不过老秦的脾气顶爱认真，范小姐以后千万别跟他说玩笑话，常常因为一件不要紧的事，他能够思索三天五夜，睡不着觉。"菊英听章绍杰这话，她又倩笑着，把眼珠转向秦朴，仿佛是说："我才知道你的脾气！"秦朴这时脸也红了，就向章绍杰说："叫你这样一说，我真是个神经质的人了！"

章绍杰张着嘴笑了笑，又向菊英说："范小姐常进城玩去吗？"菊英摇头笑了笑说："我不常进城。"章绍杰说："以后范小姐若进城，可以到我们家玩玩去。我们家里的地方还宽敞，我有两个妹妹，脾气都好，将来我把她们给范小姐介绍介绍。"菊英赔笑点头说："好吧，过些日我要进城，一定看望章先生去！"章绍杰又说："我就住在东单牌楼，栖凤楼路北的大门。"菊英就点头说："是，是。"

章绍杰抽完了半支烟，就把烟蒂头扔在地下用脚踏灭，又向秦朴说："你那事我已给你办得差不多了，我向'春明日报'的张社长说了，他说将来可以请你给他编国际版，每天只是晚上九点到十二点，三个钟头的工作，耽误不了你第二天上课，可是那时就怕你不能再住在海淀了。"

旁边菊英一听这话，她的心里就是一惊，于是注意着往下去听他两人的话。就见秦朴仿佛是很忧郁，他点了点头，说："那倒不要紧，我可以住在报社，每天清早坐公共汽车到学校上课。我只希望每月能有几十元收入，除了自己用，还可以接济朋友。"章绍杰说："春明日报的编辑至少每月六十元，不过张子皋虽然答应我，说是请你，可是得等他们一笔津贴批下来，才能够添人；大约总过不了两三个月吧！"秦朴摇头说："不忙，目前的生活我还可以维持。"

这时菊英在旁边才听明白，原来是秦朴要托章绍杰给他找个事做，他好一半做事，一半读书，因想：秦朴的生活也真可怜，他自己这样勉强挣扎着，想要继续求学，实在不容易。我刚才还要叫人家帮助我去上学，那岂不是笑话吗？他自己现在还没有法子呢！因此心里又是一阵伤感。她眼望着秦朴那副忧郁的脸，假若没有章绍杰在这里，她真想走过去，扶着秦朴的肩头，温慰温慰这个可怜的老实人。

可是这时章绍杰又着急他没有烟抽了，他说："烟忘了带了，真难受！昨天我花了二百块钱买了四匣烟，今天在饭店里、在球场上我才抽了四支；本来我都装满了我那金烟盒，可是忘了带出来了！老秦，你们这海淀街上有卖吕宋烟的吗？"

秦朴说："海淀街上卖的那吕宋烟，你哪里吃得了？现在你只好忍一会儿，回头进城去再说罢！”

章绍杰又探着头，向菊英笑着说：“范小姐的芳名叫什么，我可以请教请教吗？”菊英才一听，还不明白他问的是什么，后来细细一想，知道章绍杰是问自己的名字，遂就倩笑了笑，说：“我叫菊英。”章绍杰连连点头，说：“是，是，因为回去我好对我那两个舍妹提说。”菊英心里想着：他的两个妹妹，不定是怎样的阔小姐呢，我哪里高攀得上？可是又想：看这章绍杰还没有什么阔少爷的架子，或者他的那两个妹妹，也不像袁小姐那样不爱理人吧……

这时桌上的小表已快走到两点了，菊英心里着急，想着：我来到这儿都快有两个钟头啦，婶母一定等急了，可是章绍杰坐在包裹旁边，我怎么走呢？又坐了一会儿，她实在不敢多待了，遂就站起身来，向秦朴说：“我要回去啦！”秦朴也站起身来，笑问说：“为什么要忙着回去？”菊英说：“我婶母叫我快些回去，家里还有别的事呢！”秦朴就到床前，把那包裹拿起来交给了菊英。

这时章绍杰也站起身来，说：“这是我的不对，我一来就耽误了你们两人谈心。”

菊英听章绍杰这句话说的怪讨厌的，不由心里有点不悦，就很冷淡地说：“我跟秦先生不过说了几句话，有什么心可谈呢？”说毕，她夹着包裹向屋外就走。

秦朴赶紧送出屋去，笑着说：“菊英，你回头来呀！”菊英这时心里本来又像是受了委屈似的，脸上表现出不大高兴的样子，可是她又怕秦朴误会自己是恼了他，又惹他失眠，又惹他给自己写信解释，遂就向秦朴故意的嫣然一笑，仿佛很亲切地说：“你进屋去吧，别送我了！”

因为她恐怕徐大妈要追上来，问她在秦先生屋里待了半天是干什么了，所以她赶紧走出了福安公寓的门首。一出门，就见停着一辆豆绿色流线型的簇新的汽车，车上没有开汽车的人。菊英心里想：这一定是那章绍杰他自己开来的了，哼，真是有钱的人！她遂向车厢里望了望，就见车里装设着软皮座椅，车后的玻璃上还挂着一个怪好看的小人儿。菊英夹着包裹往家里去走，心说：章绍杰这样阔的人，要给我介绍他的妹妹认识，我哪里配跟人家站在一块儿呀？连人家家里的丫头也不如啊！这样一想，又觉着很伤心。

回到家里，菊英就把那两块钱和那些衣裳交给了她的婶母，婶母又问她："你怎么去了这大半天呀？"菊英说："徐大妈没在家，我等了半天她才回来。"说话的时候她心虚着，惭愧着，幸是她婶母范三婶只盘算着手里这两块钱如何分配，并没有注意到她的神色。

菊英却总是发着怔，她忘不了今天的一切事情；早晨秦朴那很诚恳的谈话，午后在他屋里，他对自己那样亲热的表示，都使菊英那一颗少女的春心惊喜、忧伤。晚间在暗淡的灯旁，寂静的夜里，她又细细地去想自从认识秦朴以来的这些事情，有时暗自发笑，有时又暗地流眼泪。并且又想到了那个阔绰的章绍杰，就想：秦朴那人是个顶好的人，就是他太贫苦了！假若他能像章绍杰那样有钱，哪怕只有章绍杰一成儿的钱，他要向我家提婚，一定是毫无问题，现在可就很困难……转又一想：假若秦朴是个有钱的人，也许就瞧不起我了，哪有阔少爷要跟穷人家的女子做朋友的呢？因此她对于秦朴的清贫并不大在意，只不过是有点惋惜，而且想着：即使秦朴永远这样的穷，我也愿意跟他结婚，因为我实在是离不开他了……

到了次日，菊英因为没有什么活计可做，所以在家闲待着，又把她身边的这些事想得更是细密，更觉得对于秦朴的爱情不能割舍。

第三天，菊英是同着淑玲一起到徐大妈的公寓里的，跟徐大妈要了点活计，然后淑玲又拉着菊英到秦朴的屋里去玩，菊英、秦朴二人又很亲切地谈了几句话。淑玲却在旁边乱翻秦朴的东西，她并不注意秦朴跟菊英是怎样的好，是为什么好。走的时候，秦朴送了菊英一支自来水钢笔，送给淑玲一个米老鼠形的铅笔刀。

菊英把那支钢笔秘密的带好，回到家里，趁着婶母没在屋里，她就把秦朴给她照的那两张相片取了出来。挑选了半天，还是觉得秦朴给她偷着照的那张比较自然、美丽，菊英就扑在桌上，偷偷地用秦朴送她的钢笔，在照片的背面写上："朴哥存念，妹菊英赠"，下面并用字码写上了年月，写完了，自己都觉得脸上发热。她又找出自己给人做活计剩下的十字布，缝了一个小口袋，上面并挑了一朵精致的小花儿，装上那张相片，然后秘密带在身边。

等到淑玲来的时候，她就托淑玲给秦朴送过去。淑玲看着那挑花的小口袋很好玩，她就叫菊英照样给她做一个，菊英笑着答应她，并悄声告诉她说："回头我就给你也做一个，比这个还好，叫你装上秦先生给你的那几张画片！"淑玲这才喜欢，菊英又嘱咐她说："这些事你可千万别跟旁人去说，不然我以后就什么也不给你啦！"淑玲连连点头，又带着坏意的笑，说："我知道！"说毕，她把那装着菊英相片的小口袋带在身边，用一只手紧紧握着，跑出去送给秦朴去了。

这里菊英在桌旁支着头沉思，就想：我已然把我的相片给他了，就如同我的人、我的心给了他是一样，我不再给别人了，可是，他能够永远的爱护我吗？他有力量来爱护我吗？这样想着，就又滴了几点眼泪，窗外她婶母洗衣服的声音，又不断地扰乱她的心。

第七回　柳絮才飞春光嫌泄露
罗衣初试城市赏繁荣

过了几天,天气更热了,柳线也更绿了,冬天到南方避寒的那些鹭鸶和野鸭,时时在深碧色的天空上飞过,像飘过一块白绸子,大概是飞到昆明湖上去悠游翱翔了。

纸窗闷的人怪难受的,范三婶撕去了上边的破纸,露出去岁糊上的那褪了色的凉纱。蜜蜂时常往窗子上乱撞,唱着嗡嗡的歌,仿佛是在告诉菊英:“芳春已去,又到红消粉褪时。”然而菊英的情心却依旧红艳艳的,正似那将开的石榴花一般。

这天是星期日,早晨,菊英又出门给徐大妈去送活计。走在街上,就看见几片柳絮在空中飘荡,然后慢慢地落在地下,随着风儿乱滚,街上经过的汽车也显着少了,卖汽水的敲着两个小铜碗,“叮叮喳”“叮叮喳”不断地响,仿佛叫残春按着这个节奏,慢慢往初夏走去。

菊英到徐大妈那里交了活计,又到了秦朴的屋里。一进屋,秦朴就由菊英的浅月白色的衫子后,捏下沾着的一片柳絮。菊英赧颜地笑着,秦朴说:“你热吧?”菊英摇头说:“不热。”可是觉得身上脸上全都在发烧,后背大概也都出汗了。菊英挨着桌旁的小凳上坐着,秦朴就站在桌前,相距极近,秦朴的呼吸菊英都可以听得出。两人低声说了半天话,秦朴又教给菊英几道算术题,菊英才走。出了门,菊英浑身紧张的血液方才松缓,她真想再回到秦朴的屋中,再多谈一会儿话。

回到家里,她叔父醉鬼范三正在那里换装。因为今天是星期天,范三下午不必到大学里去,所以他把昨天嘱咐老婆洗得的那件大褂穿上了。大褂本是深色竹布的,因为旧得褪了色,倒更显得漂亮;配上他那赤红的酒糟鼻子,黑锅底似的脸蛋儿,黄板牙,倒是各色齐备。他又戴上了一顶焦黄色的平顶草帽,颇有点学生派。范三换装完毕,又仔细地看了菊英一眼,仿佛研究着菊英要是烫个飞机头,到底合适不合适。然后他说:“我走啦!黄老九人家大老远地来瞧了咱们一趟,我得进城到他姑爷家里回拜回拜他去;也并不是巴结他,是为表示咱们不是死葫芦头,再说跟他联络联络,将来有什么事托托他,他也愿意给咱们办。”

范三婶说:“得啦!得啦!你就走吧,别净跟我们说新名词,留着你那些新名词喂狗去吧!”

范三笑了笑,说:“你这个人简直是不可理喻!”遂又向菊英说:“回头我还要顺便看看你母亲去,你还有什么事没有?”菊英摇头说:“我没有什么事,你要见着我妈,就替我问好,并问问我妈什么时候才有工夫回来?”范三点头说:“好,好!”遂就大摇大摆地走出屋去。

这里菊英就猜疑着:叔父今天到城里找黄老九,有什么事呀?莫不是又要提说那叫自己给人做二房的事吧?果然那样可绝对不成,我不能答应,逼急了,我只有自杀!想到自杀,她心里又一阵难过,就想:将来跟秦朴的事也是,倘若秦朴向我家求婚,我家里不允许,那我也就是自杀!

菊英心里悲痛着,不由转过脸去。旁边范三婶看见菊英哭了,她就说:“姑娘你不用着急!你叔父到城里找黄老九去,顶多了他们说些闲话,你叔父骗人家几两酒喝,不能再提那天的事。因为我跟你叔叔说了,那件事绝做不得,你放心吧!婶子决不能委屈你!”菊英听她婶母这样一说,她索性扑在桌上呜咽痛哭起来。她并不是哭黄老九说媒,要叫她嫁给人做二房的事,却是在哭她与秦朴的爱情现已走到很深的地步,将来可怎么办呢?那自杀,难道真是她自己的结局吗?

范三婶在旁叹着气,劝了菊英半天,菊英还是扑在桌上哭泣,她也没有法子,只得又到院中洗衣服去了。这里的菊英扑着哭了半天,觉得两只胳膊都湿了，但是心中还是很悲哀。本来，这些日来她被爱情痛苦地捉弄着，背人之处，灯边枕畔，无时不在流眼泪，今天她才算借着别的事情，痛快地哭出来；所以她抬起头来，用小手绢拭着，泪水随拭随流，就像永不会休止似的。

这时，忽然淑玲又跑进屋来，才打断了菊英的愁绪。菊英关心着秦朴，就低声向淑玲说："你没到秦先生那里去吗？"淑玲说："他还在家里，回头也许进城去。刚才我去的时候，你刚走，他正拿着你给他的那张相片玩呢，眼边挂着眼泪儿；我去了他还不知道擦，傻子一样！"她忽然又指着菊英才哭过的眼睛，说："哼，你们两人简直是一对儿！"

菊英一听，心里更觉得秦朴对自己的爱情真挚，因此她的眼泪越往下流。淑玲又笑了笑，说："你又为什么哭？净哭多么不好呀！你瞧我，永远没哭过，我妈打我，我都不哭。"菊英一面拭眼泪，一面笑，说："谁像你，没心没肺的！"说了这句话，又不由想起秦朴在颐和园对自己说的那话："没心没肺倒快乐。"心里又是一痛。

淑玲掏出她一块很脏的破手绢来，企着脚儿去给菊英擦眼睛，笑着说："得了吧！别哭啦！瞧着我吧！"菊英又哭又笑地推开淑玲，说："你别跟我闹！你瞧你那块手绢够多么脏！"淑玲说："脏？秦先生还应得给我买手绢呢！"菊英羞她说："别没脸！净跟人家秦先生要东西。"淑玲说："不是我跟他要的，是他跟我打赌输给我的！"菊英一听，就很注意地去问："你们打什么赌啦？"淑玲笑着说："前儿我到秦先生屋里去，他说回头你一定来，我说你一定不来，我们两人就打赌：我要输了我给他叩头，他要输了他给我买一块花手绢，后来到底你没去，我赢了！"说的时候，淑玲非常高兴。

菊英拭干了眼泪，哼了一声，笑着说："我要是知道你们打赌，无论多忙我也要找他去，我瞧着你给他叩头！"

淑玲撇了撇嘴，说："我就是输了，我也不真给他叩头啊！哼，菊姐，我知道你跟秦先生好，秦先生也偏向着你！我上他那儿去，他永远是愁眉苦脸的；可是我一提起你来，他立刻就高兴，也笑了，也有精神啦，哼！我知道你们，你们是讲恋爱啊！"菊英羞得脸红，生气说："什么话！"

淑玲却赶忙往门外跑，跑出屋去，她又探进头来，望着菊英嘻嘻地笑。菊英点着手悄声叫她，淑玲笑着摇头说："我不，我进去你打我！"菊英向她笑着，叫她进来，悄声说："我不打你，我也不生气。"淑玲这才试着脚步又走到屋里。

菊英就满面绯红，又像是很伤心地低声向淑玲问说："这话是谁跟你说的？你告诉我，不要紧！"淑玲也仿佛很害羞，低着头噘着嘴说："是二秃子跟我说的。"菊英一听，她自己跟秦朴恋爱的事竟连婶母的干儿子二秃子都知道了，她吓得都变了颜色，心里突突地乱跳。怔了一会儿，她就问淑玲说："你告诉我，二秃子怎么跟你说的？他怎么会知道了我的事呢？"

淑玲依旧低着头，嘴里咕噜着说："那天早晨你在马路边跟秦先生见面，二秃子就瞧见你啦！昨儿在街上他把我揪住，说：'菊姑娘跟公寓里住的秦先生讲恋爱，你知道吗？'我说：'我不知道。'他说：'你这孩子别跟我装傻，你常常跟菊姑娘到公寓里找秦先生去，菊姑娘还跟秦先生在马路旁边订约会儿，我都瞧见了，你还以为我不知道呢！'我说：'你知道就知道吧，我菊姐跟秦先生讲恋爱你管不着！'他说：'你告诉菊姑娘，叫她放心，我不管，也绝不能告诉别人，因为秦先生是个好人，他不至于骗人家的姑娘；要换个别人可不行，我得管管，菊姑娘是我的干妹妹！'"

菊英一听淑玲说，二秃子虽然知道了自己的事，但他不向外去说，心里就很感激，也就放了心。又想：秦朴一定是个好人，要不然他才在这里住了不多日子，怎么连拉车的二秃子，全都说他是好人呢？因此心里又很喜欢。凝神想了一想，她又向淑玲说："这不要紧的！不过以后你要再见着二秃子，就提是我说的：我跟秦先生交朋友那是不错的，可是绝不是什么讲恋爱。"

菊英嘴里说出了"恋爱"两个字，自己也觉着挺难为情的。她又羞涩地扬起头来，问："他还说什么啦？"淑玲扑哧又笑了，说："二秃子他说，男女交朋友就是那么一回事！他说，我拉了几年车，常常拉着男学生跟女学生上公园里去交朋友，他们玩完了各回各的家；可是再过些日，他们玩完了就回到一个家里去了；又过一年多，他们就抱着小孩儿上公园了。”

菊英听了，又是笑又是脸红，假作生气地说：“你怎么什么话全都跟我说呀！”淑玲斜楞着眼睛，笑着说：“你问我嘛！”说完了，她歪着头想了半天，忽然又推了菊英一把，说：“菊姐，菊姐，我还告诉你一件事，崔家玉姑娘快嫁啦！她认得的那个学生，我看可没有秦先生好。”菊英把关于自己的事情问明白了，又怕淑玲再往下胡说，她就笑着用手推淑玲，说：“你别在这儿胡说了，你走吧！”淑玲笑着，蹦了两蹦，就蹦出去了。到了院里，她还唱着由街头学来的小曲儿，李老太太就申斥了一声：“玲姑娘，你唱的这是什么呀？哪儿学来的？你也不怕叫人笑话！”淑玲这才跑出门去，又上街玩去了。

这里菊英倒觉得很好笑，真不知道淑玲她是有心没心，就想着：像她这样的人倒实在快乐。她又想道：二秃子那人实在不错！他知道自己跟秦朴的事，却不对别人去说。他既知道秦朴是个好人，那么将来秦朴要向自己求婚时，他也可以在叔父婶母面前给秦朴说好话了……因此，又觉着得前途很乐观，遂打起来精神，又到床铺上坐着去整理自己的针黹。

晚饭后，屋中又点起了那盏暗淡的煤油灯，菊英就在灯旁拿着一支铅笔，练习秦朴教给她的算术，心情也很舒展。范三婶坐在小凳上抽烟卷，今天她的牙也没有疼，屋里院外都很沉静。待了一会儿，就听见窗外有脚步响，范三由城里回来了。范三一进门就打了一个酒气浓烈的嗝儿，他红涨着脸，鼻子发紫，喜容满面，夹着个大包裹。他摘下帽子，笑着说：“今儿在黄老九家待了多半天儿。”

范三婶说：“你见着黄凤贞了吗？”

范三说：“见着啦！黄凤贞现在出落得真比梅兰芳还好看，也胖啦，听说也有喜啦。她的先生叫吴崇富，人可有四十多岁了，可是留着分头，穿着洋服，说他二十五岁也有人信。见着我，一口一句的范三叔，我走的时候他还拉着我，要留我打牌呢；我身上连一块钱也没有，哪跟人家打得起呀！”遂笑遂打嗝儿，把夹着的大包裹交给菊英，说：“姑娘你打开看吧，这是黄凤贞送给你的衣裳，里头还有一双高跟鞋呢！人家凤贞净想你，叫你明天进城在她家玩两天去，因为怕你没有衣裳穿，这才叫我给你带来。”说着，又打了两个嗝儿。

这时屋里已被浓烈的酒气弥漫住了，范三婶就说：“哼，你不定在人家里喝了多少酒啦！这可叫你得着便宜酒啦！”范三摇头笑着说：“我酒倒没喝多少，菜可真吃了不少！人家黄老九，特意由‘宝华楼’叫来的几样菜，真像贵客一般的招待我，我可也真不客气，就足那么一开斋呀！”范三婶哼了一声，笑着说：“好泄气！”

这时菊英又问她叔父今天见着她母亲了没有，范三说：“我一进城就先到东堂子胡同彭公馆找你母亲。你妈可真累瘦了，可是还不错，这个月分了几块零钱，她交给我六块钱。”说时，由身边摸出六块钞票来，交给范三婶，说：“给你吧！我可分文未动，连回来的车钱都是人家黄老九给的。”范三婶接过那几张钞票，她像是也很喜欢，说：“得啦，明儿把人家姑娘的衣裳先赎出来吧！”

范三指着那包裹向菊英说：“姑娘你先打开包裹瞧一瞧，人家黄凤贞送给你的这几件衣裳，足值几十块！里边有一件印度绸的旗袍，黄凤贞说是她新做的，因为做瘦了，她没穿过一回；她想你要穿着，一定正合适。”菊英也很欣喜，她把包裹放在桌上打开去看，就见里面是一件咖啡色印度绸的夹旗袍，另有一件浅黄色有红花儿的印度绸单旗袍，还有一件是什么葛的旗袍，另外还有一双黑皮子透花的高跟鞋。

菊英早就想要买两双高跟皮鞋穿，所以她先脱下自己的鞋去试，可是叫她很伤心，这双鞋稍微小了一点，穿不下去。菊英不由皱了皱眉，说：“小！”同时又就着灯细看，鞋脸上的皮子都裂了，心说：凤贞穿剩下的才给我！于是便很不高兴地把鞋扔在了桌底下。

她又拿起那几件衣裳来试，那件夹袍是太肥，而且大襟也快磨破了；那件什么葛的旗袍是又肥又短，像是老太太们穿的，而且是绛色的。倒是那件浅黄色红碎花的旗袍，不但菊英穿上正合体，而且材料是新的，又是短袖，镶着两道窄边儿，十几个纽扣也都盘得很好。菊英穿上，自己前后左右地看，范三在旁夸赞着说：“这件顶合适，你瞧材料有多好？至少得两块多钱一尺，我两个月的工钱，也做不了这么一件衣裳啊！”说着就要用手去摸。范三婶在旁说：“喂！喂！你的手干不干净呀！你要给摸上一块油，明儿姑娘可就出不了门儿啦！”范三也怕菊英明儿出不了门，赶紧把手缩了回去。

菊英前后看了看，又把镜子支起来，站得远远的自己端详了半天，虽然觉得颜色不大称心，可是还不难看，尤其料子是印度绸的，自己从来也没穿过这么好料子的衣裳呀！范三见菊英照镜子，他赶紧把煤油灯移近镜子，一边打着酒臭的嗝儿，一边鉴赏着菊英那娉婷的倩影，嘴里并且啧啧地说：“多好！多好！明儿要是再烫个飞机头，谁能认得你是咱们家里的姑娘！”

菊英试完了这件衣裳，她心里也很喜欢，就笑着说：“可是，明儿穿着人家给的衣裳，又到人家里去，那不叫人笑话吗？”范三说：“咳！那算什么的，咱们家里的艰难，还瞒得住黄凤贞吗？这不过是给外人看就是了，譬如你跟黄凤贞你们要一块听戏去，穿着这件衣裳跟她一块走，就不难看，要不然就成了她的使唤丫头了。再说，这件衣裳黄凤贞做得了，因为瘦就没穿过，连她家里的人都许不认得呢！”范三婶在旁也说：“我看着这件衣裳就很好，鞋不能穿那不要紧，不是你还有你妈由公馆里拿回来的那双礼服呢的高跟鞋吗？”菊英点了点头，把衣裳脱下来，很仔细地叠好，依旧用包裹包了起来。

这时旁边范三的酒臭嗝儿还在不断地打，他一面就着壶嘴儿喝茶，一面又说黄凤贞家的事，说黄凤贞家里多么阔，摆的桌椅镜台全都是洋式的，跟外国人的家里一样。又说，黄老九跟着他女儿有多么享福，一清早提着百灵笼子上茶馆去聊天，午饭后在家里睡觉，吃完了晚饭，有时候在家里凑人打牌，有时候拿上几块钱去听戏，言下极为羡慕人家。范三婶听着，也不住啧啧地点头赞叹，觉着瞧不出黄老九那个人，命里会应该走这么一步好运！

菊英在灯旁默默地坐着，还要继续温习那几道算术，可是心中却极为烦乱，怎么也算不下去。范三还以为菊英是在写情书，他赶紧走近了，把酒气直扑在菊英的脸上，迷着醉眼看那薄纸上的铅笔字儿，问说："干么啦？画字码玩啦？"菊英摇头说："不是，我现在没事儿，练习练习算术。"范三说："对啦，练练算术也好，人家黄凤贞现在当家，随着开发钱随着写账，那本事，真比我们大学里的会计主任还强！"

待了一会儿，范三进到里屋，打着鼾声睡觉去了；范三婶又坐着抽了半支烟，也进屋去睡。这里菊英一个人在外间，对着一盏暗淡的煤油灯出神地想着：黄凤贞为什么要送给我这衣裳和鞋呢？为什么还请我明天就进城到她家里玩去？莫不是她又要叫我给她丈夫的同事做什么二房吧……这样一想，又有点生气，就想明天还是给她个不去！可是转又想着：黄凤贞是自己的旧邻，跟淑玲一样，是从小儿一起长大了的，而且，同在小学读书。现在她虽嫁给了有钱的人，成了阔太太，可是还想着我，还送给我衣裳，请我明天进城到她家里去玩，我怎好意思把人家这番好意推却了呢？咳，我也别太疑心人家啦！

于是又想到，城里那些高大的洋楼，百货店里多少多少的新奇衣料和装饰品……并且如果明天进城去，还可以借此到彭公馆里看看母亲。这时她就决定了，还是明天进城去。又想：其实进城去散散心也好，索性离开这家里几天。不过就是有一件事，我要是在城里住几天，秦朴他一个人在这里岂不要寂寞吗？而且，我也一定要想念他呀！因此心里又很难受，仿佛舍不得离开什么亲人似的。于是她就裁了一小条白纸，用铅笔向上面哧哧地写了几行字，是：

朴哥：明天我要进城去住几天，因为黄凤贞她们请我，我不好意思不去，可是我却舍不得你！好在至多住上两三天我就回来，请你千万别发愁，好好地等着我，我们再见！

妹菊英

她写完了，自己又觉得字儿写得太难看，而且铅笔字也模糊不清，遂又找出秦朴送给她的那支自来水钢笔，重新裁纸，又用心地写了一遍。然后她就默默地读了一遍，觉得自己心中的情意还似未尽，"朴哥""妹菊英"这种字眼还觉得不太亲近，然而她也没法子再重新写了，只好就这样吧！她又找出一张纸，糊了个小信封儿封好，又写上“秦先生台启”五个字，然后连那张写坏了的纸一起，秘密地压在她的床褥底下。

这时范三婶在里间还没有睡着，她见外间还有灯光，就说：“姑娘，你也早点睡觉吧！明天一早不是还要进城去吗？”菊英答应了一声，就闭好了门，熄灯掩被去睡。但是她并不能很快睡着，就仿佛明天要做什么长途旅行，又像是要跟秦朴相别多日似的，所以她是又盼着明天的快乐的散心生活，又对秦朴放心不下，心里不知是什么滋味。直到北房里张家的钟敲过了两点，她才渐渐地把那无数的缠绵思绪投到睡乡之中。

到了次日，她五点多钟就起来了，范三夫妇今天也起得早些，为的是叫菊英进城去。范三就说：“姑娘，我送你到车口儿，你坐着汽车进城，到西直门坐一路电车，到太平仓再下车，走几步儿就是毛家湾；路南的洋门儿，门前钉着吴宅的铜牌子，那就是黄凤贞的家。”

范三婶说：“菊英不常进城，她哪儿会坐电车？再说汽车里也是男女挤在一块儿，我瞧着不大好。还是叫二秃子拉她去吧。”范三也说：“对啦，叫你的干儿子把菊英送了去也好！二秃子他认得黄老九的家，上回黄老九到海淀来瞧他姐姐，就是坐的二秃子的车回去的。让我瞧瞧去，二秃子这时候大概还没出车啦！”说着他往屋外就跑。菊英因为昨天听淑玲说过，二秃子知道她跟秦朴恋爱的事情，所以很羞于见二秃子的面，就着急说：“忙什么的呢！难道我这么早就进城上人家黄凤贞家里去吗？人家多半还没起来呢！”一面说着，一面对着镜子敷粉抹胭脂，脸上像很不高兴的样子。

少时，范三婶出屋去给菊英烧火剪，菊英就趁这时候，由床褥底下取出来写给秦朴的那封信，带在身边。这时范三就把二秃子找来了，菊英一瞧见二秃子，她的脸上立刻就是一阵红，可是二秃子却什么话也没说，像是不知道那些事情似的。范三就摸着二秃子的黑瘦脑壳，说：“儿子，回头累你，把你妹妹送到城里毛家湾黄凤贞家里去，你认得吧？”

二秃子点头说："我认得，我认得，我拉过黄老九那孙子好几回啦！"范三听二秃子骂黄老九是孙子，他就笑着说："你现在别瞧不起黄老九啦，现在人家比咱们享福！"二秃子说："活该他享福，我求不着他。那孙子，我拉他，他少给我一个铜子也不行！"

范三一听二秃子骂黄老九是孙子，他就不大愿意，心说：他妈的，你这小子脾气也这么拧！你就拉车吧，拉一辈子车也休想混上一个媳妇儿！

这时范三婶拿着火剪进屋来，二秃子向来承认他自己是范三婶的干儿子，却与范三没有关系，一见范三婶他就叫干妈。范三婶把火剪交给菊英，她就问二秃子说："你拉你妹妹上黄凤贞家里去吧，你认得吗？"二秃子说："我认得，干妈你放心。可是我妹妹瞧瞧黄凤贞去那没有什么，千万别在他们家里多住，我知道黄老九那孙子，他现在买卖人口！"

范三婶在旁边生气地说："你这小子别胡说八道！人家黄老九现在身不动膀不摇，天天吃好的喝好的，外带着打牌听戏，人家用得着买卖人口？这不定是谁糟改他的话，叫你这小子给听来了！"说着气愤愤的，好像要替黄老九打不平，好在二秃子没还言，范三婶也不介意。

范三婶又问二秃子说："前儿你不是告诉我，说你有一个车座儿刘副官，人家要给你找事，找成了没有？"二秃子摇头说："还没有找成，昨儿我还在城里见着刘副官呢。"范三婶说："我就盼着你赶紧找个事儿，别再拉车了！再拉上二年，我看就把你给累死啦！你瞧，你多瘦呀！"说时慈爱地看着二秃子那张黑瘦的脸儿，真像是对亲生儿子一般的关心。

范三心里却说：这样儿的别扭小子也该累死，一点潮流也不知迎合，还能够找事？待一会儿，二秃子就出去拉车，在门前去等着。范三得赶忙去上工，他就又嘱咐菊英到黄凤贞家，说话要爽快点，别那么老在嗓子眼儿里哼哼，并且千万别露出穷相来！跟他们家里的老婆子们，也得拿出点小姐架来。嘱咐完了，他才走。

这里菊英把头发烫完，换上白麻纱的袜套，黑礼服呢的高跟鞋。因为听见淑玲又在院里唱着小曲儿,她就假作上茅房,出了屋子。淑玲一见菊英今天打扮起来,她就笑着问说:“菊姐姐今儿出门儿呀?”菊英笑着点头,说:“我今儿进城去。”说话时向淑玲使了个眼色,便往厕所去走。

淑玲也追着进去,她就悄声说:“菊姐,菊姐,你进城可给我带点玩意儿来!”菊英抿嘴笑着说:“你这么大的姑娘,还要玩意儿啦?”遂就由身边取出自己写给秦朴的那封信,塞在淑玲的衣口袋里,说:“回头你把这封信给秦先生送去!我由城里回来,一定给你带回来好东西。”淑玲点头,说:“我这就给秦先生送去,再待一会儿,他就许上课去了。”菊英说:“好吧,你去吧!”当下淑玲很快地跑出茅房,就往外边找秦先生去了。

菊英回到屋里又洗了洗手,就换上黄凤贞送给她的那件浅黄色红花儿的印度绸旗袍。她对着镜子端详了半天,又把一块小绸手绢绕在纽扣上;又看了看胳臂,觉得腕子上缺少一只手表,能有个金戒指那就更好了。她本想多迟延一会儿,好等着淑玲回来,看她带来秦朴的信没有,可是旁边她的婶母却催她快去,说是:“姑娘你快点走吧,坐洋车又慢,到了黄凤贞家也许就不早啦!再去晚了,人家出去了,也不好。”菊英这才拿胭脂饼向唇边擦了擦,然后又往镜子里看了两眼,这才向婶母说:“我走啦。”

出了屋子,她因怕同院的街坊们过来问她这件印度绸旗袍的来历,所以她高跟鞋咯咯地赶紧往门外去走。这时二秃子戴着一顶破草帽,把车放在门前,正在等着。菊英见了二秃子,她又不禁脸上一红,遂上了车;二秃子一句话也没有说,抄起车把来就走。走在这海淀街上,菊英因为今天穿了一件漂亮的旗袍,心里反觉得害羞,她坐在车上微低着头,也不知有熟人看见自己没有,又想:若是这时候遇见秦先生,秦先生也一定很惊讶……

这时二秃子拉着菊英已离了海淀,顺着柏油路向南去跑。四月初旬的天气,已热得小燕子都懒得飞了,马路两旁的柳树,把碧绿的线直拖到地下,却连动也不动。天际飘荡着的柳絮也是很懒慢的,落在地下就像一片雪，都不打滚儿；田间的麦子已长得很高，也像僵死了似的，起不了麦浪。只有小溪里的绿水，还微有波纹，印度绸一般的波纹，一群群白鸭在水面上悠游相戏。

二秃子跑了半天，他头上的汗就由草帽下顺着脖子往脊背上流。又跑了一会儿，就走得慢些了，他一面喘着气，一面说："才到四月，天就这么热，若是到了三伏该怎么热呀？真得把我们拉车的累死了！"菊英在车上带着怜悯的意思说："二哥你慢慢走不要紧，又没有什么要紧的事。"二秃子也不言语。

喘着气往前又走了不远，他忽然说："菊姑娘，这两天见着秦先生了没有？"二秃子问话的时候他没有回头，假若他要回过头来，必能看见，菊英这时的脸上已是绯红的了。菊英脸红了半天，才说："没有见着，我跟秦先生也不常见面，除非我上公寓里送活计去。"

二秃子说："是，秦先生那才是好人呢！别瞧是个穷学生，坐洋车一点也不打算盘；在街上遇见秦先生，我招呼他，他总是笑着点头儿。要换个别的学生，他妈的穿着一身洋服，像是个文明人儿似的，其实更野蛮，拉车的走慢了一点，他就能拿皮鞋乱跺；明明讲的是两毛钱，下了车他能就给你一毛五，非得你在他的门口儿磨烦半天，他才给你送出来，跟我们值得吗？"

菊英听二秃子夸赞秦朴，她心里就很是喜欢。她本想跟二秃子说明白了，自己跟秦先生的感情确实不错，求他不要对外人去说，可是她因为羞涩，还没有说出口，二秃子就说出来了。二秃子是一面往前走着，一面喘吁吁地说："菊姑娘，你跟秦先生在一块儿不要紧，只要别叫旁人知道就得了，反正我不能跟旁人去说；以后有什么事，我还能帮助你呢！"

这时一辆汽车正由对面开来，呜的一声就飞驰过去，菊英赶紧摘下手绢来捂脸，二秃子的话也被打断了。等到汽车的汽油味散去之后，菊英就想着二秃子刚才说过的话，真感动得她要流泪，她心里就想：假若叔父和母亲也能像二秃子这样的了解我和秦朴，我还有什么发愁的呢……

菊英在车上这样想着，二秃子就拉着车顺着马路跑，不多的时候，就过了高亮桥，到了西直门关里。这里的商店就多了，行人车马也很拥挤，车上的菊英就很高兴，她差不多有两年没进城了，就想着城里不定怎样的繁荣了。

车进了西直门，就看见了电车，及至到了新街口，就进入繁荣区了。菊英目不暇接地往两旁去看，她尤其注意那些行路的和坐车的年轻妇女，见她们多半是很时髦的，穿的衣服与自己在海淀街上看见的那些洋派的女子和朴素的女学生又不同。她自喜黄凤贞送给自己的这件衣裳还跟人比得过去，不过就是这双礼服呢的高跟鞋，仿佛不甚时髦，而且旧了。

这时，二秃子拉着车已进了毛家湾，走了不远，二秃子就在路南的一个绿油漆的洋门前放下了车。菊英下车抬起头来看，果见那门框上钉着一面铜牌子，是"吴宅"两个字。菊英就要上前拍门，二秃子指着说："那不是电铃儿吗？"又说："我走啦。"菊英背着身点头说："好吧。"遂就手颤颤地去按吴宅铜牌子下的一个白东西。果然，隐隐听见门里的铃声琅琅的响了，菊英又觉得发怯，心说：差不多有两年没见着黄凤贞了，现在她还能认识我吗？黄凤贞的丈夫，不知又是怎么的一个人，我应当管他叫什么呢？又想到自己现在穿着人家给的衣裳来看人，未免有点太难为情了！

这时候，门里边有女人的声音问说："找谁呀？"菊英就说："找吴家，我姓范！"里面就把门开开，原来是个三十来岁的很干净的仆妇。这仆妇似乎认得菊英穿的这件衣裳，她就笑着问说："你是海淀的范大姑娘吧？"菊英点头说："对啦，我凤贞姐姐在家吗？"说出这句话来，她又觉着不对，想着：人家现在是吴太太了，我怎可以还叫人家的名字呀？这仆妇就点头说："在家啦，正等着你呢！"说着她又把门关好，就请菊英往里走。

一进二门就是正院子，院子仅是三合房，倒是很干净。这时黄凤贞已由北屋里走出来，笑着说："我一听见电铃响，就知道是你来啦，咱们姐儿俩大概有两年多没见了吧！"菊英笑着说："差不多，还不到两年。"

说时，黄凤贞就把菊英让到屋里。

菊英这才仔细地打量黄凤贞，真的，黄凤贞现在出落得比早先还好看，也胖了，烫的头发大概就是叔父常说的那什么“飞机头”。圆圆的脸儿上擦的也不知是什么，不是粉，但是很白，颊前又擦了两块黄胭脂；眉毛精细得跟柳叶儿一般，大概是用笔画的；耳边戴着珠坠子，口红也点得很鲜艳。她身穿一件雪青色的，那叫什么丝绒的旗袍，紧箍着她那胖了的身体，袖子短的几乎跟没有一样，胳膊上带着一只很精美的手表，和一只金镯子；脚下没穿袜子，穿着是一双黄皮子的透花的高跟鞋，因为鞋跟太高，所以黄凤贞也像是比菊英的身量高了。黄凤贞也从头上到脚下地去看菊英，菊英被她看得脸上直发热。

黄凤贞就先请菊英在沙发上坐下，她叫胡妈给范大姑娘倒茶，又亲自拿过一听烟卷，请菊英抽烟。菊英便欠起身来，笑着摇头说：“我不会！”黄凤贞也笑着说：“还是你好，到现在还不会抽烟。我可不行，我跟你姐夫，就是这老炮台的烟，至少一天也得三听；还就是我们两人抽，要来了客还不够。”菊英抿着嘴笑了笑，自己却好像很惭愧，连烟都不会抽。

这时，黄凤贞坐在对面的一张沙发上，自己拿了一支烟点着了吸着，由那鲜艳的嘴唇，洁白的牙齿里吹出来的袅袅的烟雾。她就问菊英说：“昨儿三叔回去好啊？”菊英笑着点头说：“好，他回去说是这里的黄九爷和姐夫花了不少的钱，姐姐还叫我三叔给我带回去衣裳……”说到这里，菊英的脸真比黄凤贞的嘴唇儿还红，往下却说不出口了。

黄凤贞倒像是满不在意的样子，两个手指头捏着烟卷，说：“那算什么的，你还提什么？”说时她又抽了一口烟，就说：“咱们两人不是跟亲姐妹一个样吗？我因为你姐夫的朋友同事太多，打牌啦，听戏啦，我都得替他应酬，所以一点工夫也没有；哪一天晚上也得两三点钟才能睡觉，第二天起来就难免要晚一点。今儿我还是因为知道你要来，特别的早起了，可是你再早来半个钟头，我就还在被窝里呢！白天我总是打不起精神来，几次想要到海淀瞧瞧你跟范三婶去，总是没得去，就连海淀我姑妈那儿，我也有一年多没去啦。前些日子，我们老爷子上海淀去，回来这才说是见着你啦，说是你现在比早先长得更好看啦，活计也越做越精细，就是听说你在家里闷得慌。我这才忽然想起来要接你来，又跟你姐夫说了说，你姐夫就说：你把范大妹妹请到咱们家里住几天吧，你也带着人家在城里玩玩。可巧昨儿范三叔来了，就让他带去话，请你今天来。今儿早晨我还想着：你一定以为我现在结了婚，叫家里给累住了，必不能像咱们早先一块儿上学的时候那样好了，你多半是不肯来，可是没想到你还真赏脸，嘿，真来啦！”说到这里，黄凤贞仿佛十分喜欢，连气儿抽了两口烟。

这边菊英就坐在那舒适的沙发上，一面微笑着点头，一面注意地看着黄凤贞的服饰和神态，她就觉得黄凤贞真是换了一个人。早先在海淀与自己同院住的时候，黄凤贞是个瘦长脸儿，永远穿着带补丁的衣裳，不甚爱说话，学校里的功课也不甚好；现在因为嫁了个有钱的人，不到两年，她的脸竟变得又圆又胖，而且说话也清脆爽利，神态也特别的活泼。菊英心里就对于黄凤贞很是羡慕，刚想要说几句话，表示自己也比前二年进步了，可是又听黄凤贞问说：“大妈现在还在外头吗？”

菊英一听问到了她的母亲，她心里就很难过，于是脸红着说：“对啦，我母亲还在东堂子胡同彭公馆！”黄凤贞点了点头，似乎是叹息地说：“其实你们家里现在也够过的了！三叔在大学里不是一个月挣二十块钱吗？三婶给人家洗衣裳，也能挣七八块，你又给外头做着活，无论怎么花，一个月三十多块钱也够啦，何必还叫大妈出去佣工呢！”菊英听了，心中却惹起无限的悲痛，便低着头默默不语。

第八回　俭妆伤心自怜贫女态
崇楼顾影谁唤阿侬名

黄凤贞说完了那些仿佛是同情菊英的话，她就将手中的半截烟卷扔在痰盂里，回头向仆妇说："胡妈，你打电话问问老爷，午饭回家吃不？再告诉'宝华楼'，叫他们无论如何要在十一点以前把菜给送来！"胡妈连声答应着，转身出屋去了。

这里菊英知道黄凤贞是特意为自己在外边叫菜，她就觉着很不好意思，于是笑着说："姐姐，你干吗还为我叫菜呢！"黄凤贞笑着说："没有什么的，我们家里用的是个扬州的厨子，做的菜怕你吃不来，所以才上'宝华楼'叫几样儿。"菊英又问说："我姐夫每天回来吃午饭吗？"黄凤贞说："不一定，有时候连晚饭都在外头吃。"菊英点头说："是。"又问说："我黄九叔现在没在家吗？"黄凤贞刚要回答，忽听外面有人咳嗽了一声，她就赶紧站起身来，说："这不是回来了吗？"遂到门前，向外笑着叫说："老爷子！老爷子！我海淀的菊英妹妹来了！"菊英也赶紧站起身。

这时黄老九两只手提着五个鸟儿笼子走进屋来，菊英赶紧向黄老九请安，笑着叫了声："黄九叔！"黄老九呲着稀稀小胡子下的两个金牙，笑着说："刚进城呀？你三叔昨儿晚上回去好啊？你别客气，坐着吧！"说话的时候，又把他那一对小眼睛，向着菊英的头上脚下转了一转。

菊英笑着说："我三叔叫我给您道谢……九叔，你那儿坐着！"黄老九摇头说:“我不坐着。”黄凤贞就向她爸爸说:“老爷子,你先把鸟儿笼子挂起来吧!留神又叫小花儿扑着!”黄老九点头说:“哎,哎,我这就拿出去。”又向菊英说:“菊姑娘你坐着。”说着,他就提着唧喳乱叫的鸟儿笼子又出屋去了。

这时黄凤贞跑到里间她的铜床上，抱来了一只黑白花的大猫,笑着向菊英说:“你瞧我们这个猫有多好,可就是爱扑生,瞧见我们老爷子养的鸟儿它就没命;前两月吃一个画眉,上月又咬死了一个百灵,把我们老爷子心疼得直流眼泪。嘻嘻,小花儿！小宝贝！”

她坐在沙发上,抱着猫往她那粉脸上亲。那只猫本来还没睡醒,经这么一鼓弄,它就叫起来,伸出爪子来要抓凤贞。凤贞把猫一摔,生着气说:“啐!给脸不要脸!”那花猫伸了个懒腰,又叫了一声,就慢慢走到菊英的面前,瞪着眼睛望着菊英。菊英就摸了摸那猫头顶上的柔软毛儿,笑着夸赞说:“这猫真干净！”黄凤贞一听菊英夸她的猫,她就更是欣喜,走过去把猫又抱起来,依旧把猫贴着她的脸蛋,就像哄小孩儿似的,颠着猫在菊英的眼前来回走着,并且连气儿跟这猫接吻。

她又问菊英说:“你会打牌不会？”菊英很惭愧地摇头笑着说:“我不会！”黄凤贞说:“我不信！我听人说你现在也很摩登的,哪能连打牌也不会？”菊英一听黄凤贞知道她近来也很“摩登”,就不禁心惊,暗想:莫非我跟秦朴的事,她都知道了吗？于是不禁脸红了。

黄凤贞跟猫又亲了一个响嘴,就笑着说:“你别瞧我一年多没到海淀去,咱们海淀的事我可全都知道。崔家玉姑娘跟一个大学生讲恋爱,现在都订婚啦;刘家的淑玲现在也剪了头发,可是还是那么傻,常到徐大妈公寓里去跟一个姓秦的学生胡闹……”

菊英一听,脸更红了,真怕她再往下说出自己的什么事来,就想要用话岔开,可是黄凤贞又笑着往下说:“就是你,我还没听说有什么喜信儿。”菊英听她说了这句话,才算放了心,可是脸上更红了,她就笑着说:“凤贞姐姐,你怎么一见面就跟我闹呀！”

黄凤贞嘻嘻地笑着,抱着猫,由茶几边又走到写字台旁,高跟鞋咯咯地响着。她眯缝着一双眼睛,不住地望着菊英笑,又很大方地说:“菊英你记得吗？早先咱们一块儿在小学念书的时候，提起谁要娶啦，咱们都要脸红，仿佛是咱们自己的事儿似的。现在我看你还是那样儿！我可不了，一来我现在嫁了人，说什么话也没有人笑话了；二来我在城里住了这两年，见了好些个新鲜事儿，我都看透了！男女之间还不是那么一回事儿？男的只要有钱，爱娶几个老婆就娶几个老婆；娶了老婆还不算，还得在外头逛窑子、交女朋友。譬如你姐夫，他在外头也是胡闹，听说常跟他在一块儿的女的，就不止三四个；他也不跟我说，我也不问他，反正只要他给我钱花就得了。我闷得慌，可以在家里打牌、玩猫，出去看电影、听戏，反正我又不是找小白脸儿去，他也不能够干涉我！”说到这里，就见菊英的脸简直红得像擦了许多胭脂，她也觉得说话太放肆了，遂也脸红了红，说：“真的，你别觉得我说得太过火，我这都是实话，将来你就都知道了！”

菊英听黄凤贞又说到自己身上，不禁更羞得低下头去，说：“凤贞姐姐，我大老远地来瞧你，你不跟我说点好的，可净跟我说这些话，姐姐你若是再说，我可就要走啦！”说着她笑着，又假作生气，就要站起身来。黄凤贞索性把猫放在地下，笑着走到了菊英的近前，她斜坐在沙发的边沿上，把一只雪白丰腴的腕子搭在菊英的肩上，把脸挨近菊英的芳颊，低着声儿笑问说：“妹妹你跟我说实话，有你看上的人没有？你可告诉我，我能帮你的忙！假若还没有，我也可以给你介绍一个人，今年才二十八岁……”菊英羞得推了黄凤贞一把，跺着脚着急地说：“姐姐，你今儿是怎么啦！”

这时门一响，胡妈回来了，黄凤贞就跨着菊英的沙发边，马上摆出太太的神气，问说：“你给老爷打电话了吗？”胡妈说：“我打了电话，部里说：老爷是一早去的，画了一个‘到’就走啦，不知是上哪儿去啦。”黄凤贞一听就怔了怔，像是生气的样子说：“菜呢？”胡妈说：“菜回头就送来，‘宝华楼’的人说，绝误不了。”黄凤贞哼了一声，说：“我知道误不了！他两点钟把菜送来，也不能就把人饿死了！”又向胡妈说：“给范大姑娘换一杯茶！”说完，黄凤贞就站起身来发怔，仿佛在猜疑她丈夫今天为什么在部里画了一个“到”就走了。

胡妈给菊英换过一杯茶来，又递给她们太太一支烟，并且给她点上。黄凤贞抽了两口烟，神色才渐渐恢复过来，她刚要笑着跟菊英再说什么话，这时忽然门一开，黄老九探进一个干瘦的脑袋来。菊英赶紧站起身来，黄老九却没跟菊英说话，他就向黄凤贞说："姑娘你来，我跟你说两句话！"黄凤贞就出屋跟她爸爸说话去了。

这时屋子里只有菊英跟胡妈，胡妈在茶几旁剪那瓶里插着的几枝芍药。菊英坐在沙发上，拿起茶杯喝了一口，然后她又仔细地看这屋子里的陈设，只觉得这屋子里摆着的虽然都是些样式新奇的洋式器具，但是也很简单，没有什么贵重的东西。墙上除了挂着几幅风景镜屏之外，还有几张相片，其中一张放大的，就是黄凤贞和一个男子的合影。菊英知道这相片上的男子，一定就是黄凤贞的丈夫，遂站起身走过去；近前一看，就见那男子是穿着一身西服，身体又高又胖，虽然没有胡子，可是看那年纪也比黄老九小不了几岁。

菊英的心里就发出一阵冷笑，暗想：听人说黄凤贞的丈夫虽然年纪大，可是穿上西服还跟二十岁的人差不多，现在一看相片，原来是这么一个人！黄凤贞可也不值得嫁给他，虽然衣食不愁吧，可是看他们只用着一个仆妇，也不算是怎么有钱呀？他的老家里还有太太，在北京也不是专跟黄凤贞好，外面还认得几个女的；也亏黄凤贞她还心宽，她只要是有好吃的，好穿的，玩玩乐乐也就行了，若是我，就不能像她这样的满足现状！

由此，又想到自己的爱人秦朴，那是多么好的人呀！我相信他爱了我之后，不会再爱别的女子。他又是那么真挚多情，脾气又好，又听话，虽然略微穷一点，可是他是大学的学生，又认识章绍杰那样的阔朋友，他还发愁找不着事吗？将来他若真同我结了婚，那当……菊英想到这里，眼前就像浮现出一片美丽的幻影，比朝霞还要灿烂光明。她越想越喜欢，假若此时秦朴在旁边，她一定要跳起来，把双臂搭在秦朴那宽厚的肩膀上，她要叫秦朴给她一种最热烈最亲爱的表示，然后她再向黄凤贞矜夸："我比你可强呀！"她站着出神地想着，胡妈用个小碟子把剪下的芍药枝叶拿出屋去了，她都没有理会。

这时黄凤贞又进到屋里，说："我们老爷子说啦，妹妹你既然来了，就在我们这儿多玩几天，回头咱们两人听戏去，晚上你姐夫还许请你看电影呢。"

菊英因为想起了秦朴确实好，她的心里就燃起了火一般的爱情，恨不得立刻就回到海淀，立刻就到徐大妈的公寓里去见秦朴，所以听了黄凤贞这话，她就摇头说："不，我打算今天下午就回去！因为我家里还堆着好些活计没有做，人家等着要呢！"

黄凤贞说："我不信，你就至于忙得连几天的工夫都没有？再说那些个活计算得了什么，不做就不做，以后你若没有零钱花，我可以给你。"

菊英也觉得自己若是一天也不在她家里住，未免太辜负了她的好意；人家从很早就说要接我进城来玩几天，并且怕我没有合适的衣裳，特意送给自己衣裳和鞋，这不是抬举我吗？我就真那么不懂情理吗？于是她就勉强抑制着对于秦朴的想念，微笑着点头说："好吧，我听姐姐的话，在你这儿多玩一天，明儿我再回去。"

黄凤贞摇头说："住一天也不行，至少你得在我这儿住一个礼拜。我想了你有一年多啦，今儿才算见着你，你就好意思忙着回去吗？你是离不开咱们那穷海淀，还是有什么惦记着的人呢？"

黄凤贞最末这句话似乎戳到了菊英的心坎上，菊英不禁脸上又泛满了红霞，同时看见黄凤贞似乎生了气，菊英既觉得不好意思，又怕她真恼了，遂就脸上现出来笑脸儿，像认错似的说："好吧，我就依着姐姐，我多住两天，可是一个礼拜真不成！"说的时候，她真像央求着黄凤贞。

黄凤贞见她那娇媚的容态，又像妒又像爱，就笑着伸着她那染着蔻丹戴着金戒指的手指，说："那么咱们玩五天，我就雇汽车送你回去，反正误不了你礼拜那天的约会儿！"

菊英一听，立刻十分惊疑，赶紧羞涩地笑着说："姐姐你又跟我闹，我可真要走啦！"凤贞笑着，拍着菊英的肩膀，说："你要是忙着走，那可就是有约会儿等着你啦！要是你不忙着走，我就不能疑心你。"菊英听黄凤贞这样说，才知道凤贞并不晓得自己与秦朴的事情，因就脸上的红霞渐褪，可是又想：在这里要住五天，可实在是太长啦！

这时黄凤贞又指着相片上的那个胖男子，说："你没见过吧，这就是你姐夫，你可别笑话他！"菊英笑着，也不知说什么话才好。凤贞又说："昨儿我跟范三叔要你的相片，范三叔说你没有相片，等过些日你烫了飞机头再照相送给我，说得我直笑。妹妹回头咱们吃完饭，先照相去好不好？照完了相再去听戏……"才说到这儿，电铃又琅琅地响，黄凤贞就叫说："胡妈！快出去瞧瞧去，大概是'宝华楼'送菜来啦。"

胡妈赶紧出门去看，待了一会儿，就听窗外有女子的声音，说："你们太太净知道听戏看电影，家里的事全都不管！天这么热了，天棚可还不搭，我们家里的大棚早就搭上啦！"菊英心说：这是谁？又听一阵高跟鞋咯咯的响声。胡妈先把门开开，黄凤贞也笑着迎过去，说："我一猜你就得来，你知道我今儿请客么！好，现在我正发愁没有陪客的呢，你来给作陪吧！"

进来的这个女人约有二十四五岁，细条的身子，穿着玫瑰色的丝绒旗袍，里面系着白纺绸镶花边的衬裙，把身子箍得很紧；两个乳房高耸，叫人疑惑不像是天然生成的。她光着脚，穿着白皮子的高跟凉鞋，头发也烫得跟黄凤贞一样，眉毛画得更细更长，脸上的粉擦得也更白，右颊上点着一颗美人痣；嘴是很大，然而经过了一番描画，倒显着又圆又小，像是一颗放十大几倍的樱桃，自然还有什么耳坠、金箍子、戒指、手表，一切是应有尽有。尤其令人注意的就是她旗袍的领子很高，领上的纽扣就有七八个，但是一个也不扣，露出粉刷的似的白颈，并露出金兜肚链子来。

黄凤贞把这个女人拉到菊英的近前，说："我给你们介绍吧，这是郝四太太，外号儿叫阮玲玉。这就是我那天跟你说的，海淀的我那菊英妹妹。"菊英像是自惭形秽似的，向郝四太太带着笑，鞠了一躬。郝四太太张着她的樱桃嘴，过来拉着菊英的手腕，说："哎哟！原来这就是范大小姐呀！吴太太她常跟我说，说你长得好看极了，比我好看得多。哎呀！我想起一个人来，谁长得像你来着……"郝四太太歪着头，故意很娇媚地凝着神想了一会儿。

其实她已经想起来了，两年前她自裘督军那里下了堂，在上海重张艳帜，那时同班子里有一个叫小银宝的，她就长得有点像这菊英。郝四太太可没说出来，她歪着头看了看菊英的衣裳，真把菊英看得脸上绯红。旁边黄凤贞就把她俩分开，说："你那么看人家干什么？人家可不能像你那么……"她刚说到这里，那郝四太太已自己由烟筒里抽出一支"老炮台"，说："你怎么还抽这个？我都抽腻啦！我现在抽一种美国烟，是我们大人由纽约订买来的，比这个可强得多了。"又问："你昨儿跟吴先生上哪儿玩去啦？"

黄凤贞也自己点了一支烟，坐在菊英对面的沙发上。郝四太太就在那张大沙发上翘着高跟鞋，半躺半坐的对凤贞谈话，黄凤贞就笑着说："昨儿我跟我们先生，在长安戏院听程砚秋的《风流棒》，嘿！真好，四大名旦里我顶喜欢他！"

郝四太太说："我现在可不听戏啦，除非梅兰芳来了，我现在就是爱打牌。昨儿在余公馆，有余七太太、余八太太，和祁四小姐，我们四个打牌，牌倒不大，是十块钱二四的。我的牌来得真旺，头一把就和了个'东风东，二百和'。后来余八太太坐在我的上家，她净扣我的牌，可是到底又叫我和了一把'杠上开花'，加上碰的白板和一个财神，又是三番，满贯！"说时她嘻嘻地笑着，那娇声儿像是故意做出来的。

黄凤贞在对面说："那么你今儿得请客啦？"郝四太太说："请客？我现在的钱还不够花的呢！昨儿赢了三百多块钱，可是小潘就跟我要去了二百四；也不怪他，上回我叫他做的那身西服就是一百三。还有小杨呢，他也要敲我，说是他要买一辆摩托车。"黄凤贞瞧了菊英一眼，说："你听，她的事儿有多么乱？"菊英也低着头笑了笑。

又见郝四太太喷了几口烟，向凤贞说："今儿你们打算到哪儿玩去？"黄凤贞说："我打算吃完了饭，我们先去照相，照完了相我们还到长安戏院去听戏。"郝四太太说："你简直成了戏迷啦！依我说你把余七太太请来，咱们打八圈牌，你说好不好？天这么热，出去干什么？要照相哪一天不成？"

黄凤贞用手里的烟卷指着菊英，说：“她不会打牌嘛！再说人家轻易也不进城，现在我把人家请来，不陪着人家出去玩，可叫人家在咱们这儿打牌，坐上两三点钟，也不对呀！”郝四太太说：“要不然，咱们上‘真光’看电影去，看完电影到‘五芳斋’吃饭，吃完饭或是回家里打牌，或是上‘新新’听李万春去。”黄凤贞就扭头向菊英问说：“你以为怎么样？现在我们是陪你玩，你爱听戏，还是爱看电影，随你挑。”菊英笑着说：“什么都可以。”心里却想着，还是看有声电影好。

黄凤贞就说：“你太客气！那里就依着郝四太太吧，好在她也是客。”遂又吸了两口烟，就说：“可是电影院三点半才能开演，咱们吃完了饭，还有好些富余的时候，可干什么呀？”郝四太太忙着说：“要不然先打四圈牌，晚上回来再接着打？”黄凤贞笑着说：“你老忘不了打牌！人家又不会打，难道咱们打牌叫人家瞧着？”菊英笑着说：“不要紧，姐姐要跟郝四太太打牌，我可以在旁边坐着。”

凤贞笑着说：“我请你进城是来玩，不是叫你在我们家里坐着来了。”菊英又笑了笑，就坐在沙发上又听她们二人谈话，同时注意地看她们二人腕子上戴着的金镯和手表。菊英觉得这个郝四太太，似乎比凤贞还要阔些，同时心里又很惭愧地想着：人家都烫着头发，戴着镯子、手表，我却光着两只胳膊，什么也没有；穿的这件衣裳虽然不错，可是也比不上她们二人，脚下又是一双旧鞋，跟她们一块儿出去，显见得是两个阔太太带着一个穷丫头，有多么叫人笑话呀！因此她又不愿意跟她们一同出去照相、看电影了，很想装头疼，不出门，就在黄凤贞家里住两天，然后回海淀去，再也不到城里来了。

这时黄老九又进屋来，他见了郝四太太，就深深的一弯腰，呲着他那两颗金牙，笑着说：“四太太是什么时候来的？”郝四太太在沙发上微直起腰来，也笑着说：“我来了不大会儿。”黄老九又笑着说：“四太太请坐着吧。”然后他向黄凤贞说：“菜送来啦，这就开饭吗？”黄凤贞捏着烟卷坐着不动，看了看手表，就说：“也快十一点啦，你叫他们摆上吧！”黄老九就像个老仆人似的，听了他女儿的吩咐，转身出屋去了。

这里黄凤贞又到屋里把她那只猫抱出来，就向菊英和郝四太太说:“咱们上东屋吃饭去吧。”郝四太太和菊英齐都由沙发站起身来,那郝四太太头一个出屋去了;菊英还要让凤贞先请,凤贞一手抱猫,一手推了菊英一下,说:“你还客气什么?”菊英就笑着走出屋去。

这时胡妈已把东房的竹帘打开,三个人进到屋里。这屋里也有沙发、茶几、写字桌等等,当中一张打牌桌,围着四把椅子,桌子上现在已然摆上了碟箸,和四盘冷荤。黄凤贞就让菊英上首坐,菊英笑着摇头说:“我可不敢坐上首,还是请郝四太太坐上首吧!”郝四太太随便找了一把椅子坐下来,就动手擦筷子,说:“我是天天来,范小姐你是客,你还谦虚什么?”菊英又问凤贞:“我九叔呢?”黄凤贞说:“我们老爷子他单开饭,不跟咱们在一块吃。”菊英只得在上首坐了。

少时菜也一样一样的上来,黄凤贞一边夹着肉喂她怀里的花猫,一边给菊英布菜。菊英很是拘束不安,同时又用羡慕的眼光,看着凤贞和郝四太太腕子上的手表、金镯。郝四太太一边不客气地夹着菜,一边又不断地说她打牌的事,又说她的小潘、小杨是怎么好;他们公馆里二太太、三太太又怎样跟她争风吃醋。菊英才明白,原来这郝四太太却是一个有钱人家的第四个姨太太,因此又很瞧不起她,觉得她的身份比黄凤贞还要不如;不过她的衣饰、手表等等,却又叫菊英很是羡慕。

待了一会儿饭吃过了,漱过口、擦过手又回到那北房里。黄凤贞又到里间重新修饰,郝四太太就坐在外屋沙发上,抽着烟卷跟菊英说闲话儿。她先问菊英家里都有什么人,姐妹几个,菊英大略地说了,可是没说自己母亲在外佣工的话。然后郝四太太又问菊英订了婚没有,菊英却羞的脸红红的,摇着头说:“没有。”郝四太太又问菊英有男朋友没有,菊英的脸越发绯红,就摇了摇头,没说话。

郝四太太似乎也看出来了,菊英是个穷人家的姑娘,没见过世面,她就似乎是一半玩笑,一半讽刺地说:“这么一说,范小姐你可真是一位连闺房也不常出的大姑娘!不像我跟凤贞,我们现在都嫁了男人,脸也都大了,嘴里什么话也都说,不知道什么叫害羞害臊了;可是有一样,我们现在总算有男人供给着,爱要什么东西就买什么,爱上哪儿玩就上哪儿去玩,你们做姑娘的,总没有这么自由!”

菊英听她说到这里，就低下头去，心里想着：嫁男人，难道就为的是叫男人养活着，供给着，买东西和玩乐吗？难道就不需要有真实的爱情吗？因此她不由暗暗地冷笑，觉得这郝四太太和黄凤贞全都不过是男人的玩物，她们只晓得跟男人要钱花，修饰她们自己，却不晓得真正的爱情；于是她感到自己好像比她们强，将来会比她们幸福。可是看到自己那光着的两只腕子，脚上那双母亲由公馆里拿回家的那里小姐们穿剩下了的旧高跟鞋，和身上这件黄凤贞给的旗袍，立时又感到惭愧、伤心，就仿佛眼前的事实冷笑着对她说："你不是以为爱情是最宝贵的吗？但是你看着这些艳华的物质能不动心吗？历来的女子常常因为贪图物质而牺牲了爱情，你，你能够就是例外吗？"这样一想，菊英真痛苦的要哭，并且不愿意再抬起头来，看郝四太太那一身华贵艳丽的衣饰。

这时候，黄凤贞在里间打扮了半天，出屋来了，菊英抬起头来一看，黄凤贞已脱去了刚才那一身艳丽的衣裳，换了一件黑色薄纱的旗袍，隐隐看出里面的白衬裙，真是朴素、别致。郝四太太一看，就笑着说："真俏呀！这要叫吴先生看见，他那胖脸上怎么能够不笑呀？"菊英也以惊奇艳羡的目光看着凤贞，并且微笑着说："这个打扮真好看！"同时看见黄凤贞的鞋都换了，换的是一双白皮子的凉鞋，没有鞋尖，露出脚趾；手表也像另换了一只。白鞋青衣裳，陪衬上红的指甲和嘴唇，倒真显得特别美丽，菊英看着，心里就更增加了许多痛苦。

这时黄凤贞听人家夸奖她，她也很喜欢地笑着，在一个洋式的穿衣镜前，又前后左右地照着看着，摸摸头发，揪揪衣襟；在镜中鉴赏着自己的美丽，并由镜中看着沙发上郝四太太妖媚的笑容，和菊英那羡慕的神色。黄凤贞也望着自己笑了笑，然后转身说："穿着这件衣裳，不早一点吧？"菊英摇头说："不早，外边热着呢！"说时她忍不住站起身来，掠起黄凤贞的衣襟，问说："这也是印度绸的吧？"黄凤贞摇头说："不是，这叫华尔纱。"菊英觉得自己认错了衣料，不由又羞得脸红。她低下头去，又看了看黄凤贞那露着脚趾的白皮高跟鞋，觉得还是结了婚才能够自由；假若自己有这么一双鞋，在海淀穿着，一定要招许多人笑话，而且婶母也一定要禁止自己穿的。

这时，看郝四太太那样子，她倒像不甚羡慕黄凤贞的这身衣裳，她说："我就不喜欢穿黑的，我也有这么一件，叫我送给丫头们穿去啦！人家说'要俏三分孝'，我可不愿意像穿孝似的，我们大人他也顶喜欢让我穿红的穿紫的！"说时抽了两口烟，又低头瞧了瞧黄凤贞的鞋，说："你这双鞋是哪儿买的？"黄凤贞说："在上海鞋行定做的。"说完了就瞧着郝四太太那点着美人痣的面孔，等待她的批评。郝四太太却摇头说："不好，这个样式太俗气点啦！"黄凤贞本来很喜欢脚下的这双鞋，可是听郝四太太这么一说，立时也觉得俗气了，她就说："你说我可穿哪一双好呢？"

郝四太太由沙发站起身来，跟着黄凤贞走往里间去，菊英也借此随到里间去看。就见那屋里是一张二人睡的铜床，挂着白色幔帐，被褥被单全都是干净漂亮；一对枕套是娇红缎子的，上绣着"牡丹双凤"，活计也是很细致的。在枕头旁边扔着一本书，印着极粗劣的男女相抱的封面，题着"男女秘密大全"几个字，菊英心里一动，想着：不知书里说的都是什么事？转眼又看着黄凤贞，心说：她看这种书可干什么呀？

这时黄凤贞开开小橱柜，小橱柜里的高跟鞋就有十几双，都是新的，样子也很好看。凤贞就向郝四太太说："你给我挑一双，你看我穿哪一双才好？"郝四太太过去挑选了半天，这双也不好，那双也不好，结果她都没有中意的，就说："我瞧还是穿你脚下的这双吧！"黄凤贞皱了皱眉，越看自己的这些鞋越不成样子，一赌气她真要把这许多双鞋全都烧了才好。她烦恼地说："我总是花钱买不着合心的东西，也不知是为什么！今儿看完了电影，再上东安市场去，看看那里有什么好样式的鞋没有。"

菊英在旁看着黄凤贞有这么许多好看的皮子的高跟鞋，就不由更是羡慕，同时又想：昨天黄凤贞送给我的那双鞋，不但小的穿不得，而且也破了，不定是她扔了多少日子，才给我啦！她有这么多双好鞋，她自己也全都看不中意，可还舍不得送给我一双；什么叫同学，什么叫跟姐妹一样，她原来是假意同我好……心里一生气，一伤心，她就立时走到了外间。

里间黄凤贞又试了半天鞋，结果是另换了一双白皮子的，比刚才穿的那双鞋跟还要高些。走出屋来，她又对着镜子照了半天，才看了看手表，说："一点半了，咱们走吧。"郝四太太也看了看她腕上的手表，就问说："先上哪儿去？"黄凤贞说："我们先照相去，你也照吗？"郝四太太说："我前天在'同生'照的那张美术的，还没洗得了，我今天不想照。"黄凤贞就笑着讥讽她说："我知道，非得你的小潘跟着你，你才照呢。"菊英在旁也不禁笑了，笑完了自己可又脸红。

郝四太太却像满不在乎的样子，说："真的，上回我跟小潘，我们在'同生'照的那张，真好，等明儿我拿来给你们看。"黄凤贞笑着说："我倒可以瞧瞧你们的小潘，看他到底长得像梅兰芳不像，人家范大姑娘可不想看。"郝四太太说："那没有关系，等明儿我把小潘领来给范小姐介绍介绍，我想范小姐也一定欢迎他。"黄凤贞笑着说："人家怕你吃醋！"说时斜着眼睛又望着菊英笑。菊英却羞得脸红，又低下头去，也不说话，像是生了气似的。

黄凤贞也怕菊英着急了，她就叫胡妈出去雇车，并嘱咐说："雇两辆漂亮一点的，找那年轻的，能跑的！"又向菊英说："我就怕坐那老头子拉的破车，真叫人急得慌。"胡妈连声的答应，出门雇车去了。这里黄凤贞又拿起一把很小的，比草帽大不了多少的美丽绸伞，郝四太太就说："我们都没拿着伞，单你一个人有伞，在一块走着多不好看呀！你要怕晒，叫拉车的支起棚子来，不就得了吗？"旁边菊英也很留心黄凤贞那把绸伞，心里就想：买这么一把伞，也不知要多少钱？黄凤贞见郝四太太拦她，她也就把伞收起，因为她也并不是必要打伞，不过是为显一显她新买来的这件漂亮的东西罢了。

这时胡妈把车雇来了，黄凤贞又拿上她那只美丽的手持皮包，就向菊英和郝四太太说："咱们走吧？"于是就叫菊英在前，一同出屋，往门外去走。菊英真觉得惭愧，跟人家两位阔太太在一块走，自己显得多么难看呀！

这时黄老九穿着一身洋布小裤褂，赶过来问说："姑娘，你跟四太太、菊姑娘，晚上还回家来吃饭吗？"黄凤贞摇头说："不，我们先上'真光'看电影,看完电影到市场'五芳斋'去吃饭。崇富他要是回来,你就叫他找我们去得啦!"黄老九连声答应着,又向郝四太太巴结地说:"今儿天气很热的,四太太你穿的是绒的,不嫌热吗?"郝四太太只摇了摇头,并不说什么。凤贞在旁却觉得她爸爸给她泄气了,就生着气说:"你认得什么?人家这丝绒的衣裳,跟纱一样薄,还能够热?"黄老九连说:"噢,噢,我不知道。"黄凤贞瞪了她爸爸一眼,说:"不知道就少说话!"经黄凤贞这么一说,菊英又回头看了看郝四太太那件玫瑰色的丝绒旗袍,心想:这一定是现在最时兴的材料,比绸缎还许要贵呢……

这时胡妈把门开开,菊英跟着黄凤贞、郝四太太出了门,就见门前放着三辆洋车,其中一辆是绿油漆的,四个灯,铜活全都擦得雪亮;车后一面铜牌子,刻的是"郝宅自用"。郝四太太先上了她那辆自用车,踏了两下脚铃,黄凤贞和菊英也都坐上车,三辆车就拉着出了毛家湾的西口,飞似的跑着往南去了。

这时候是过午两点多钟,天气正是很热。菊英坐在车上,支着车棚,拉车的又跑得很快,所以倒还觉着有点凉爽。两旁的商店全都支起了棚子,无线电飘散出柔软的歌曲,马路旁、电车上、汽车上也有不少穿着鲜艳衣裳的女人们往来。菊英很注意地看着人家,比着自己,她觉得这件凤贞给她的衣裳倒还看得过去,就是脚下的鞋太旧了,胳臂上也显着秃些,就想:无论怎么着,将来我得买一双高跟皮鞋和一只手表,要不然真出不了门儿。可是凭自己做活计的钱,全贴补给家里还不够用,哪里还能攒出钱来买这两件东西呢?再说即使买了,也得叫叔父给当了!

因此她心里很是痛苦,又想:除非是结了婚,才算能够自由,才算逃出了那个伤心的家庭。秦朴他虽然没有什么钱,可是总不至于给我买不起这两件东西;我跟他结了婚之后,他的朋友同学们也很多,他总不能叫我出去见不了人吧……因又很着急地想着:秦朴,秦朴,我现在也看出来了,你不但是愿意和我做朋友,你也很爱我,可是你为什么不对我有一点求婚的表示呢?难道这还要等着我先开口吗……

这时,三辆车在繁华的西单牌楼走过,转过去,就在西长安街一家照相馆门前停住。菊英跟随黄凤贞和郝四太太进了照相馆,那照相馆的伙计们都跟黄凤贞、郝四太太熟识,就很殷勤地招待她们。黄凤贞、郝四太太在这里喝了半天茶,抽了几支烟,结果照了两张相;是三人合照了一张全身的,然后黄凤贞又叫菊英独自照了一张半身的。

菊英倒还相当的满意,那三人合照的,菊英虽觉得自己太比不上人家,简直像是一个小丫头伺候两位阔太太,可是自己单照的那张半身的,想着一定会很好;照得了,自己想要两张,拿回海淀去,一张挂在家里的墙上,另一张送给秦朴。同时她又想道:几时我才能跟秦朴一同照相呢?其实做朋友,做爱人也可以一同照相,不必一定要等到结了婚以后,大概秦朴也有这种意思,他不过是怕我不愿意,所以不敢向我来请求……一想到这里,立刻在她那彩色的希望上又浮现出秦朴恭谨、温和的面庞,心里真喜欢,她仿佛觉得在自己这可怜的生命里,还就是这一点值得向人矜夸。

在照相馆待了有一个多钟头,黄凤贞又看了看手表,就说:“哎呀!都快三点一刻啦,电影院快开演啦,咱们赶紧去吧!”郝四太太说:“依着我说,何必赶着去看电影?回去打牌有多么舒服。”黄凤贞也不理她,就拉着菊英的手出了照相馆,坐上车,就叫三辆车快赶到“真光”。

今天真光电影院演的是珍妮麦唐娜和奈尔逊埃第合作的《凤凰于飞》,这是第一次来到北京映演,所以没等到开场,座位就快满了。菊英注意地看,见买票入场的净是些男女学生和摩登少年,个个仿佛都比自己的衣服整齐、精神活泼。菊英这是第一次到这样宽大华丽的电影院来,所以她处处感觉到羞涩。在买票的时候,黄凤贞跟郝四太太争着拿钱买票;菊英因为身边一毛钱也没有,连一句客气的话也没跟她们说,脸上不由得红着,又怕旁边的人看见倒笑话自己。

这时,黄凤贞抢先买了三张头等的票,把找回来的钱往她那鼓鼓囊囊的,里面又是钞票又是胭脂盒粉抹的手皮包里去装,并向郝四太太说:“说好了是我今儿请客么,你可又跟我抢着给钱!”那四太太笑着说:“你请的是范小姐,我是到你家里才碰上的,我怎么好意思叫你请呢?”

正说话时，一个身穿白哔叽西服的油头光面的少年，从她的身边傲然走过，郝四太太不禁用她那双媚眼向人家盯了一下，捏着黄凤贞的胳臂说："你瞧，那个人多像小潘呀！"黄凤贞似乎没有听见，也没有理她；就由凤贞在前，三人一同上了楼，叫招待给找了位子。

菊英坐下，就低着头看手中的电影说明书，黄凤贞便说："怎么还没有演呢？莫非是我的表走快啦？"这时那郝四太太的那张粉脸就在她那不扣纽子的高脖领上不住地乱转，似乎专注意一些穿西服的少年，又像是特意在看有她熟识的人没有。

待了一会儿，就由楼梯上走上来一个穿西服的高身材男子，一身的咖啡色，领带跟衣服是一个颜色，油亮的背头高扬着，嘴里衔着一支带着金箍子的吕宋烟；一上楼来，那两只贼亮的眼睛就专向一些花枝招展的女人们身上去溜。

第九回　羡绮迷罗柔心拟水性
开樽劝酒妒意嗤人情

郝四太太一看见这个人，神色立刻显出来紧张，便做出来一种媚态，扭着她那飞机头，不住地向这个阔绰少爷使媚眼，似乎她是认得这个人。这个人四下看了半天，忽然一眼看到郝四太太这里，他那银圆一般的白脸上，也露出来轻浮的笑容，竟往郝四太太这边走来。这真叫郝四太太受宠若惊，她赶紧把她那双媚眼眯缝着，做着阮玲玉式的倩笑，右脸上的美人痣就像是笑靥。她正要欠身起来，可是又觉得这位大少爷的贼亮眼光、轻浮笑容，似乎不是对着她来的。

这时，那位大少爷已走到临近了，郝四太太就身子发软，仿佛要躺在大少爷的胳臂上才合适；可是大少爷却伸出他那带着金戒金表的大手，敲了敲菊英的椅背，笑着叫说："范小姐！范小姐！"

菊英正在低着头看电影说明书，忽听有人敲着她的椅背，有一个沉厚和蔼的男子声音在叫她。她不禁吃了一惊，赶紧回过头来一看，原来是那与她见过两次面的章绍杰。就见章绍杰弯着他那高大的身子，领带被金别针坠的垂了下来；他一只手捏着吕宋烟，一只手扶着菊英坐的椅子，脸上带着一种菊英从来没有见过的男子的媚笑，贼亮的眼睛直盯在菊英那玫瑰似的脸上，他不客气地问说："老秦他没有来吗？"

因为章绍杰的手扶在椅背上，直使菊英坐不住，同时由他身上发散出来的那一种特别浓烈的香水味，又使菊英周身都发热。菊英就站起身,羞涩地向他点了点头,微笑着说:“他没有来。”章绍杰听了,就笑着点点头。

此时黄凤贞也转脸去看这个人,尤其是郝四太太,她恨不得要拉住章绍杰说话,可是这时铃声唧唧地响了,接着又是一阵杂乱的鼓掌声。章绍杰就直起身子来,行了个举手礼,笑着说:“开演了,范小姐请坐吧!回头再谈话!”章绍杰走了,可是郝四太太还扯着脖子看着他。

这时全场都黑暗了,电影已开始映演,菊英才又落了座,黑暗掩藏住了她那绯红的芳颊,心里可还是不住地跳。旁边的黄凤贞就赶紧问她,说:“你怎么认识这个人?他是干什么的?”菊英羞愧着,还没有答言,郝四太太已然转过脖子来,拉着菊英的手问说:“你跟这章大少爷是朋友吗?我看他跟你很好呀,范小姐,你怎么认识这么阔的人呀?”郝四太太本来有好半天没跟菊英说话了,如今忽然这么拉着她的手,带着惊奇、羡慕的口气,很亲切地问起来;菊英就红着脸,想不出自己是应当实说,还是说假话。

这时黄凤贞听郝四太太说那人是个很阔的人,她便也有点惊讶,就说:“看那个人穿的倒是很讲究,他家里真是很有钱吗?”

未等菊英答言,郝四太太就又很快地说:“你连那个人都不认得?那是有名的章大少爷,他父亲做过比国务总理还要大的官,家里开着银行、公司、大饭店,真是阔极了!家里光是汽车就有十几辆,听说他一个人每天出来玩一次,至少也要花七八百块钱,有名的阔少爷么,谁不认得他!我跟他在一块儿跳过舞、滑过冰,还在一块打过……没有,没在一块打过牌。他也认得我,刚才他大概是没瞧见我。范小姐你快点告诉我,你怎么认识他的呢?”

菊英也真没有想到,原来章绍杰竟是这样的阔,她虽然仍旧有点羞涩,可是内心却生出一种矜夸的心理,就说:“因为他有个顶好的同学,姓秦,是我的朋友。”嘴里说出“朋友”两个字,她又羞得低下头去,同时心里又很发愁,想着:这些事现在都被黄凤贞看见了,将来她要告诉了我的叔父,那可怎么好啊?

这时黄凤贞也仿佛顾不得看电影了,她就紧紧地追问说:“那个姓秦的也很有钱吗？是个做什么的？真跟你很好吗？”菊英脸上发着热，摇了摇头说：“我不大知道，大概也很有钱吧。”菊英的意思，是不愿对人说出秦朴的穷状，可是郝四太太却立刻插言说：“那一定！你想，章大少爷的好朋友还能有穷人？”

菊英听了这话，却更加惭愧了，幸亏四周黑洞洞的，银幕上的珍妮麦唐娜正唱着女高音，她才能够一句一句地说出来，她说：“那位秦先生名叫秦朴，是大学里的学生。因为他住在福安公寓里，我常到公寓去找徐大妈，所以才认识的秦先生；又因为这个章绍杰常去找秦先生，所以我们也见过两面。”

黄凤贞似乎更是惊讶，她心想：想不到徐大妈的公寓里，竟住着个姓秦的阔学生！于是她又问菊英说：“那么，你一定是常跟着那秦先生在一块儿啦，三叔三婶知道吗？”

菊英羞得脸更是发热，她又摇头说：“不是的！我跟那秦先生不过见面点点头儿，连话都没怎么说过。”

黄凤贞笑着说：“你这话简直是前后矛盾，刚才你还说你跟那姓秦的是朋友，现在你可又说你跟他连话都没怎么说过。妹妹，你这可不对，你有什么事，何必要瞒我呢？譬如你若真跟秦先生很好，秦先生人再不错，家里也很有钱，又有阔朋友，不也是一件顶好的事吗？我听了也是喜欢的呀！”

菊英一听，黄凤贞的话问得很紧，自己本来说漏了嘴，现在想不承认也不行了，因就想：把真话告诉她也好，将来她还可以帮助成全我们的事，只求她暂时不要向我叔父婶母说就得了……

菊英正在低头想着，要嗫嚅地把自己与秦朴的恋爱经过，及现在所达到的程度，向黄凤贞去说，忽然又听到那郝四太太笑嘻嘻地说：“吴太太，你真叫范小姐给蒙住了，哪儿来的什么姓秦的？我瞧刚才那章大少爷就是范小姐的爱人儿！你没注意他们两人说话的时候，那神气，那意思，谁还看不出来呀？”她又紧紧地握着菊英的手，摇晃着菊英的身子说：“范小姐，我们今儿可得叫你请客了！或是你把章大少爷拉上，到吴太太家里，咱们去打牌，或是你请我们上‘正昌饭店’吃西餐！”

菊英被她们这样摆弄着，几乎要哭出来，她用手推着郝四太太，说:“你别闹！咱们先看电影儿吧！”

此时黄凤贞倒已把菊英的事情猜出来了几分，她一边看着银幕，听着那她所不懂的英文对白和歌曲，一边心里细细想着：菊英说的也许不是假话！大概那个姓秦的学生，就是自己父亲那天由海淀回来，说是刘淑玲常到公寓去找他胡闹的那个姓秦的学生。可是看刚才的那个章大少爷，对于菊英也确实像有些情意。果然菊英若是被那个章大少爷看上了，那她可真比我们还要阔了！想到这里，她又仿佛有点嫉妒似的。

这时银幕上的情节越演越热闹，三个不同心理的女人就都抛去了谈话，默默地看着电影。菊英的心里却十分复杂，精神更是很紧张，并且仿佛那章绍杰的高大身材依然站在自己的身后，他那只大手依然扶着自己的椅背似的。起先她的心里还觉着有一种骄傲的快慰，就想：今天无意中遇见这个章绍杰也好，也叫黄凤贞和郝四太太看看我，我也认得这么有钱的人……可是继而一细想：看章绍杰对我的那种样子，也不怪郝四太太和黄凤贞她们胡说，确实是像安着什么心似的。要说呢，章绍杰是个特别有钱的人，假若我能够在将来和他结婚……不，做了朋友，那不但我要比黄凤贞她们还阔，还享福，穿的、戴的都比她们还要好，就是我的母亲也可以不必再去佣工了，婶母也不必再给人家洗衣裳了，我自己还可以叫他供我上学……不过就是秦朴，我已经爱上秦朴了……

一想到了秦朴，她真觉得秦朴太可怜，并且觉得自己刚才那种想法是太不对了！于是又悲切地暗暗地对自己说：我决不能对不起秦朴！我也决离不开秦朴！无论是多么有钱的男子来巴结我，我也不能理他，我只爱我的秦朴。虽然秦朴是很穷，即使他再穷，我也爱他，我永远地爱他……菊英这样想着，眼泪便不住簌簌地落下，幸因全场黑暗，谁也看不见她哭了；菊英就由纽扣下摘下小手绢来，擦了擦眼睛。这时银幕上的奈尔逊埃第正在田间树下唱完了印第安人的情歌，拥抱着麦唐娜在那里接吻，菊英又不禁羞得低下头去，心里一阵突突的紧跳。

及至电影演完，全场人起座，拥挤着往楼下去走，郝四太太又不住扭着她那高领上的“粉首蛾眉”，向四下观望。菊英倒恐怕章绍杰这时又找过来，用那双贼亮的眼睛来盯她，她仿佛很怕那双眼睛。下了楼，有很多的摩登女人和西装少年一个个由菊英的身旁擦过，菊英又怕踩着别人的鞋，她就低着头慢慢地走，出了影院她才抬起头来。

可是，一件使她惊心的东西就出现在她的眼前了！原来影院的门前停放着很多辆汽车，大概都是一些来看电影的有钱人坐来的，其中就有一辆是流线型的，全身豆绿色的，里面的座椅、车窗后挂着的小人儿，都是菊英所认识的。哎呀！这不是在海淀秦朴住的公寓门前见过的那辆，章绍杰自己开着的汽车吗？汽车是多么有钱的代表呀！刚才听郝四太太说，章绍杰的家里有十几辆汽车呢！菊英又害怕又羡慕地望着那辆豆绿色的汽车，她庆幸汽车里没有坐着人，又似乎也有些失望，就想：章绍杰大概还没有出来呢！于是不禁回头望了望。

这时黄凤贞看了看手表，说：“五点半了，咱们先上市场玩玩，回头就上‘五芳斋’吃饭。”郝四太太却拉着菊英的手，像比刚才亲热得多了，她就笑着向菊英说：“范小姐，你不等着章大少爷吗？”说时她又把头往回看。菊英却似乎生着气说：“我等他干什么！”说完了，自己又怕郝四太太恼了。可是郝四太太却把另一只手扶在菊英的肩上，笑着说：“哎哟！这个‘他’字儿，说得多么亲热呀！”菊英又羞得脸红，真要跟她急恼了。旁边的黄凤贞也似乎很不耐烦，就说：“走吧，我还要买东西呢！”说话时又瞪了郝四太太一眼，仿佛很瞧不起她似的。

真光电影院本来距离着东安市场很近，三个人坐上车，一会儿儿就到了，便由西门进去。这时外面的太阳虽然还很高，可是市场里，因为有铅板棚压着光线，所以电灯全都明了。在这五颜六色奢华绮丽的灯光下，就见一些古玩玉器摊、水果摊、女人用品的杂货摊，全都摆设着许多动人可爱的物品；两旁的百货店、绸缎庄、鞋铺的玻璃窗里，也都陈列着各种各样的美丽东西，尤其是叫少妇少女们特别喜爱的东西。往来的人尽是些服饰华丽的少奶奶、太太、小姐们，和西服革履的阔少，差不多每个人的手里都拿着许多才买来的东西。菊英这时的目光却有些乱了，她简直看不过来这许多许多她所希望的所需要的东西！尤其是看到在这里逛的，简直没有像她这样的穷人：穿着人家的衣裳，胳臂上什么也没有的穷人。她就像是一个可怜的鬼魂似的，跟着黄凤贞和郝四太太无目的地往前走。

少时，黄凤贞、郝四太太就进了一家鞋店，菊英只得也跟着走进去。一进了鞋店，菊英更恨不得用旗袍把自己脚下的两只鞋遮住。她艳羡的看着四壁玻璃柜里陈列的各种各样的鞋，走近去看，这里多一半还都是女人穿的高跟鞋，样式色调都新奇美丽，真叫菊英从心里喜爱。尤其因为现在正是初夏的季节，一些白皮子的、白帆布的凉鞋，全都摆出来了，菊英心里就想着：白帆布的价钱总会便宜一点吧？穿上也不难看。于是她就想要向伙计去问价钱，手指都隔着玻璃指着那种鞋子了，可是蓦然又想起：自己的身边现在是一个钱也没有啊！她羞愧的脸上通红，赶紧转过脸去背着电灯。

这时黄凤贞正坐在椅子上试鞋，郝四太太在旁给她出主意，挑了这双不好，挑了那双也不中意。两三个伙计很忙地给她拿出一大堆鞋来，黄凤贞才觉得有一双白皮子的很合适，可是郝四太太又说样式不大好看，结果是一双也没有买。几个伙计还恭恭敬敬地把她们送出来，并且鞠着很深的躬，说："太太回去啦？"菊英都觉得难为情。

黄凤贞、郝四太太两人急急地往南去走，又进了一家更大的鞋店，菊英自然也随着她们进去。黄凤贞又挑选了几十双，结果才在郝四太太的同意之下买了两双鞋：一双是白皮子的，前边露出脚趾，后面露出脚跟，鞋跟也是很高，菊英也看着这双鞋实在是样式摩登；另外一双那更叫菊英喜欢，却是绿漆皮的，鞋绊都编成了辫形，真是又凉爽又美观。起先菊英还想着黄凤贞多半要给自己买一双，后来看凤贞都是照着自己的脚的大小试的，买妥了就给了钱，提着两个鞋匣子往外就走，并没有问问菊英看见有什么合意的鞋没有，因此菊英未免心里不痛快。

黄凤贞、郝四太太又带着菊英到了一家绸缎庄，那绸缎庄里的一些绮丽华贵的衣料，更是使菊英喜欢，同时又觉得悲哀：我几时才能有钱,由自己的意思挑选一件好衣料呢?

这时黄凤贞和郝四太太,就叫伙计们取出许多顶好的、顶漂亮的衣料,什么丝绒、华尔纱、印度绸、巴黎绸等等,都有各种耀眼的颜色,和令人动心的花样。菊英觉得无论哪件都好,可是黄凤贞和郝四太太两人总是挑剔。伙计们也真不嫌麻烦,由楼上又搬出许多成件的衣料,黄凤贞和郝四太太每人就挑选了两件,每件都二十多块钱。

菊英在旁看着,又是惭愧又是生气,心里想着:我算是干什么的呢?跟着人家两个阔太太,光瞧着人家买东西,瞧着伙计一声一声的太太叫着人家,我又不是丫头,又不像老妈子,叫人看着我算是怎么回事?于是她就要一个人先走回去。

这时黄凤贞就问菊英,说:"妹妹,你看有什么合你心的没有?你挑一件,我还有富余钱呢!"菊英自然不能够一点也不客气,遂就摇头说:"我不要!"同时心里可是非常喜欢,正想着:我是说我喜欢那件淡青色纱的呢?还是要那件粉红色的丝绒呢?她正等着黄凤贞再问一声,自己好忍着羞愧说出来,可是黄凤贞一见菊英摇了头,她就由伙计的手中接过衣料,说:"咱们走吧!"这样一来,真叫菊英伤心得要哭出来。

黄凤贞今天似乎是故意显摆出特别有钱,出了绸缎庄,她又上百货店,买了什么香水精、西蒙蜜、珞玲粉、唇膏、蔻丹等等的化妆品。这时菊英对于这许多足以诱惑她的东西,却连看也不敢再看了,心里只是悲哀、自惭。旁边郝四太太还打耍着菊英,她说:"按说我今儿应该多买点东西,先预备着,等范小姐跟章大少爷结婚的时候,我好送礼!"黄凤贞听了,她就一半嬉笑一半冷笑地说:"范小姐若真跟章大少爷结了婚,那时人家就瞧不起你那点破礼啦!"

菊英听她们这样一说,自己又羞得脸红,心里刚有点生气,可是又觉得:黄凤贞说的话本来也很对,假使自己与那章绍杰做了朋友,或是恋爱了,结了婚,那时不是想要买什么就可以买什么吗?跟着他,坐着豆绿色的汽车到市场来,随便买自己心爱的鞋,买自己心爱的衣料、化妆品、手表……黄凤贞、郝四太太她们所买不起的东西,自己都可以买,那时,倒要跟黄凤贞她们比一比,气一气她们!这样一想,她立刻心里转变了主意，转变了希望，就仿佛这一切的美丽的可爱的奢华物质，像是狂风，像是流水，使她那颗柔弱的心，不能不似风里的落絮，水里的飘花，那么流荡，那么随着外界的力量来转移自己的方向。她忽然热望着章绍杰这时候又来到，一点也不同她客气，就随着她的意思买许多许多的东西……然后呢，她也想不出来，然后便怎么样了……

这时，黄凤贞叫伙计把她买的东西包好，因为她买的东西太多，她一个人拿不了，就叫菊英帮她拿着。出了这个百货店，郝四太太就看着她的手表说："已经六点三刻了，咱们还不吃饭去？快点把饭吃完了，不是还要回家打牌吗？"黄凤贞说："你老惦记着打牌，今儿回家去顶早也得十点，打八圈牌就得十二点；今儿我起得早，我可真熬不了啦！"

郝四太太一听黄凤贞今天不愿打牌了，她就不大高兴，冷笑着说："其实我也不是非打牌不行，我也有地方打牌去！不过我是想着，人家范小姐从海淀那么远来的，我跟她又是头一回见面，难道请人家看看电影吃吃饭就算了，回家去就叫人倒头一睡？那对得起人家吗？"

黄凤贞笑着说："菊英我们可不是外人，她不能挑我的眼，嫌我怠慢她啦！再说我要留她在我们家里住五天呢，爱打牌，爱听戏，哪一天不行？何必都赶在今儿一天？"一面说着，就由她在前，往"五芳斋"去走。

转过了一条横街，就到了五芳斋苏菜馆的门首。进了门，就闻得炒菜的香味扑鼻，刀勺噪耳，并有行酒令之声。黄凤贞在前，才一上楼，那楼上的堂倌就说："吴太太来啦？吴先生跟胡先生等了你半天啦！"黄凤贞回头向郝四太太和菊英笑着，说："你瞧，他们倒先来了！"菊英这时心里本来很不高兴，可是一听黄凤贞的丈夫已经先来了，她又想着：我倒要看看，黄凤贞的丈夫是怎么样的一个人？

这时堂倌到了一间屋子的门前，打起那白布门帘，屋里两个穿西服的男子就迎了出来。一个是高身材的胖子，有四十多岁，就是在黄凤贞家里看见的那相片上的人。黄凤贞先把手里拿着的东西交给堂倌，她就赶紧先走过去，向她的丈夫似乎撒娇地说："到底是你们的腿长，你们怎么倒比我们先来啦？"遂就伸着染着蔻丹的纤手，拉着她丈夫的胖胳臂，转过头来向菊英笑着说："菊英妹妹，你来见见！这就是你的姐夫。"然后，她又向旁边那个身穿西服的瘦子点了点头，笑着说："胡主任，你的耳风可也真快，你怎么会知道我今天请客呢？"那姓胡的瘦子哈哈地笑着，嘴里说："崇富他早就告诉我啦！"眼睛可直勾勾地看完了郝四太太，又去看菊英。

这时菊英脸上微红着，向吴崇富深深地鞠了一躬。那黄凤贞的丈夫吴崇富胖脸上堆着笑容，两只小眼睛透过厚厚的眼镜片，不住地向菊英的头上脚下乱绕，并且哈哈地笑着说："范大妹妹，从去年你姐姐就常跟我提说你，我就想接你来玩玩；也不知道他们把我的话传过去没有，直到今天，你才肯赏脸！"吴崇富说话似乎有点南方口音。菊英看他这个人倒还和蔼，遂就嫣然地笑着说："不是，我因为没有工夫，要不然也就早进城瞧姐夫和我姐姐来了。"

进了屋子，黄凤贞又给郝四太太和菊英向那姓胡的介绍，说："这是我们先生的同事胡主任。"郝四太太仿佛瞧着这姓胡的不漂亮，就不大爱理他，菊英倒是又向那姓胡的鞠了一躬。姓胡的也笑着点点头，由他那西服的口袋里就掏皮夹子、取名片，恭恭敬敬地送给郝四太太和菊英每人一张。郝四太太接过名片连看也不看，就扔在一边，她就由吴崇富的手里接过烟卷来，点着了坐下就吸。菊英倒看了看那张名片，就见上面印着三四行官衔，还有"胡多能"三个大字。

这时吴崇富又一手递给菊英烟卷，一手拿着自来火，菊英却摇头笑着说："姐夫，我不会抽烟！"吴崇富还似乎不大相信，笑着问说："真不会吗？"黄凤贞在旁抢过了她丈夫的烟卷和自来火，说："人家不会抽烟么，你还一死儿的让人家？"那个胡多能就在旁点着头，说："是的，学校里都是不准学生抽烟的。"菊英不禁斜眼看了胡多能一下，心说：他怎么会说我是在学校里呢？

吴崇富又由他妻子手中要过自来火，另抽出一支烟来递给那胡多能，胡多能却摆手说："我不抽啦！"吴崇富就笑说："怎么，你瞧范小姐不会抽烟，你就也不抽了？"话说完了，那黄凤贞就不住地笑，并且用眼望着菊英。菊英见他们这种神态，心里也非常疑惑。

这时黄凤贞在她丈夫的眼前，就特别显着娇媚活泼，腰肢在电灯下乱扭，连说话的声儿都变了。她又伸着纤手指着她丈夫的胖胳臂，歪着头，使着媚眼，向她丈夫笑着说："你们真不怕热！还不把外套宽一宽？"随手就替她丈夫脱下了上身西服，又转脸向胡多能说："胡主任，你也宽宽衣吧！"那胡主任就一面用眼直怔怔地看着菊英，一面由堂倌帮助把衣服脱了下来。然后就由吴崇富和黄凤贞两人让座，依着吴崇富是非得叫胡多能和菊英坐在正中才行，菊英却羞得脸红，执意不肯。黄凤贞看着菊英都像有点急了的意思，就向她丈夫使了个眼色，吴崇富才不再让了，就站在旁边不住地流汗喘气。结果是由郝四太太和菊英坐上边，菊英的左边就是胡多能，吴崇富和黄凤贞在下首陪着。

这时早已摆上了酒菜，吴崇富黄凤贞二人就拿着酒壶去敬酒。菊英却用手捂着眼前的酒杯，欠身笑着说："我可不会喝酒。"吴崇富说："怎么，烟不会抽，酒也不会喝？"菊英摇头笑着说："我真不会！"吴崇富不知道菊英是什么脾气，他也不敢再让，就把酒壶转送到胡多能的面前，笑着说："这回你可别再跟范大小姐学了，你来一杯吧！"菊英倒没留神他这句话，可是那郝四太太却扭着头不住地瞧那胡多能，粉面上浮着冷笑，他是个干什么的？

吴崇富、黄凤贞他们弄得这场把戏哪能够瞒得了她？她早就瞧出来了！今天他们请客是有目的的，连黄凤贞接菊英到城里来都是有目的；他们是想要拉个皮条，大概是想把菊英跟这个胡主任拉上，那就对他们有好处！郝四太太几乎冷笑出声儿来，她心说：妄想爬高！你们别瞧不起范姑娘，看人家是由乡下来的，腕子上手表也没有，可是人家认得章大少爷呀！章大少爷对于女的向来眼眶最高，跟他在一块儿的不是大学里的校花，就是有钱的阔小姐。我跟他在一块儿跳过舞，吃过西餐，可是今天在'真光'他见了我，连理也不理，就像是不认得我；他可是那么亲近的招呼范姑娘，范姑娘还能轮得到你们这些个穷光蛋，假充阔的人？

这时黄凤贞拿着酒壶跑到菊英的身边，笑着说："我就不信你连一杯酒也不能喝！来，我给你斟一杯，你非一口喝了不可！"旁边吴崇富也笑着说："对对，范大妹妹真得给我们个面子，喝一杯！"菊英却依旧用手捂着酒杯，站起身来笑着说："我真不能喝！喝一点就脸红！"黄凤贞笑着说："我瞧你不喝脸也是红的了！喝红了脸不要紧，这儿没有人想看你。"菊英又是急又是臊，跺着脚说："凤贞姐姐，我真不能喝呀！"

旁边的郝四太太就趁机冷笑着说："你们谁让也不行，范小姐人家不肯喝，除非……"黄凤贞像是生气地说："除非是你，是不是？那么你就让她喝！"说着像是赌气似的，要把酒壶交给郝四太太。郝四太太却摇着头，冷笑着说："我让她，范小姐也不能喝，除非你们把章大少爷请来，人家的爱人儿给她斟上一杯酒，范小姐一定就喝了！"菊英一听郝四太太又这样说话，觉着仿佛大家故意都来玩弄她，她又羞又气，脸绯红着低下头去。

旁边那吴崇富一听郝四太太说什么章大少爷是范菊英的爱人，他就似乎很是惊讶，赶紧拱起胖脸，向郝四太太问说："是哪个章大少爷？"郝四太太依旧冷笑着，说："章大少爷你都不知道啦？上星期我在你们家里打牌，你不是还跟我说，你听说章大少爷他们要开一家大公司，你有一个朋友想在那公司里找事，你叫我托人去求他，你就忘了？真是的，你比你们太太的记性还不好！"吴崇富说："哦！是章绍杰呀？范大妹妹……"说话时他直着胖脸上的两只小眼睛，看着菊英，心里有些不相信这么一个穿着他太太的衣裳的穷姑娘，会认得章阔少，遂笑了笑，问说："真的吗？范大妹妹你跟章绍杰是朋友吗？"

菊英仍然低着头，说："倒是认得，可说不上是朋友。"说出这句话，菊英又觉得自己仿佛太开通了，本想再把由秦朴那里与章绍杰间接相识的话，详细说出来，可是又怕吴崇富将来见了自己的叔父要说出来，因此而阻碍自己与秦朴的爱情，所以她说完了这句话，就依旧低头不语。

旁边黄凤贞一听他们又提起那章大少爷来，她就心生嫉妒，抢过菊英的酒杯，倒满了，她一句话也没说，就回到位子上去夹菜吃。这时吴崇富倒像是怔了，连上来了两样菜，他都忘了去让客。

郝四太太扔了烟卷，一面拿着筷子自己夹菜吃，一面嘴角飘着冷笑，就说了刚才在真光电影院遇见章绍杰，章绍杰向菊英很亲近地说话，并说：“我不是自己夸自己，我这两只眼睛，敢说什么都能看得出来！章大少爷要跟范小姐没有一点交情，他能够那样儿？可惜我学不出来。得啦！范小姐，你就别瞒着我啦，反正早晚我得叫你请客；光是你请还不行，还得拉上章大少爷作陪！”

旁边黄凤贞见郝四太太这样的贱相恶态，她真气得要骂出来，暗想着：你别给那章大少爷吹牛皮了！你瞧着章大少爷有钱，你为什么不给章大少爷当姨太太去呢？她正嫉妒得脸上变颜变色的，可是她丈夫这时却不住地点头儿，仿佛赞叹地说：“章绍杰倒是真有钱！一百万、二百万在他手里不算什么，范大妹妹若是跟他认识，可真不错！”黄凤贞见她的丈夫也是这么夸赞那个章大少爷，她的心里就更是生妒，赶紧插话说：“你们别再说啦，再说人家范大妹妹就要把头低到桌子底下去啦！人家范大妹妹跟姓章的不过是间接认识，是因为……”

她的话还没有说完，她丈夫又把她的话打断了，吴崇富说：“能够间接认识也好！章绍杰是个架子顶大的人，轻易他不大理人，我托了几个朋友给我向他介绍，才跟他在跳舞场里见了一面；后来我在新新戏院又订了包厢请他，他都没有去，后来就再也没见着他。”黄凤贞一听她丈夫说的这几句话，她不但更嫉妒，而且还认为是给她泄气，就“哼”了一声，说：“你也是，巴结他干什么，咱们又求不着他！”吴崇富也觉得自己太显得没身份来了，连忙笑了笑，改口说：“我也不是巴结他，不过全都是在社交上活动的人，彼此联络联络，以后遇着什么事，也好彼此接洽。”

旁边郝四太太就说：“以后你们可就好联络了，求范小姐给你们介绍，那还有不行的吗？”

这句话似乎正是吴崇富心里所想的，所以吴崇富立刻脸红了，他赶紧借着让菜把这段谈话抛开，并且时时用眼去看菊英，心说：不怪他们都说范姑娘长得漂亮，确实是有几分人才。章绍杰那小子，只要是看见一个有姿色的女子，他就不肯放过，大概现在正是追逐着菊英了吧？这个机会倒可得利用利用。他遂就一面吃着菜，一面动脑筋想着，如何才能够利用范菊英巴结上那章绍杰,方法虽然尽有,可是没有老婆帮助却不行。于是他又扭脸去看那身旁坐着的黄凤贞,这是他在北京弄还不到两年的老婆,她那青纱的旗袍包着浑厚的曲线,叫吴崇富看了真有点“肉感”;不又使他惊讶的是,原来这半天他都没有看出来,他的老婆黄凤贞是生了气啦!

黄凤贞绷着脸,半天也没有说话。忽然,她夹了一块明虾吃着,嘴角微浮出冷笑来,就说:“你们刚才都说了半天姓章的,仿佛姓章的是财神爷,范大姑娘要是跟财神爷结了婚,你们就都可以沾光了……”才说到这里,郝四太太的粉面上就变了颜色,美人痣往上一耸,嘿嘿地冷笑着;菊英也是又羞又气,把筷子放下,又低下头去,吴崇富赶紧伸出胖腿向他老婆的高跟鞋拐了一下。

黄凤贞却不管他们这一套,她索性由嫉妒而恼怒,就接着说:“我劝你们都别妄想啦!范大姑娘是我的妹子,我就跟她的亲姐姐是一样,她什么事都得听我的。她结婚,她恋爱,我都不干涉,可是她要想跟那姓章的好,由我这儿就不能答应!你们净瞧见了姓章的有钱,你们可不想一想,人家光汽车就有十几辆,老婆、姘头至少还没有半打吗?男人的心我全都知道,只要是有钱,就对于女人没有真心,要叫我菊英妹妹给他有钱的大少爷做玩物,他花点钱玩完了一扔呀?那我可不能答应!菊英妹妹,从此以后都要听我的,姐姐绝不能叫你上那些臭男人的当!什么姓章的,姓秦的,以后我都不许你理他们。你将来的婚姻大事,有姐姐给你做主,一定给你找一个又年轻又漂亮,家里也差不多的男的,千万别净瞧上人家有汽车的!”黄凤贞说完了这一套话,就把她那带着妒意的眼睛望着菊英,见菊英也不知是气的、羞的,还是感动的,只低着头用小手绢擦眼泪。

郝四太太却在灯底下连气儿地喷着烟,把她那樱桃口撇着,嘿嘿地冷笑,说:“吴太太,你把话可要说清楚一点!你们先生想沾范小姐的光不想,我不知道;可是我,别说不想沾光,就是给我什么便宜我也不要。我不是吹,现在我钱也够花的,玩也够玩的,我要找小白脸,也找不到什么章大少爷的头上。要说什么给有钱的人做玩物,那你可也得自己想一想，这年头儿在街上玩乐的有钱的太太们，有几个又是明媒正娶？你我还不是一样？这话最好别说，说了也叫人家范小姐笑话。干什么呀？今儿我本来没想陪着你们出来玩，现在既然在一块儿玩了半天，又来到这儿大家欢欢喜喜地吃饭，何必要犯口舌？若真在这菜馆里闹出笑话来，你觉着有脸，我还觉着没脸呢！”

黄凤贞一听郝四太太说的这套话比她还要厉害，她就气得把筷子吧地一摔，说：“这是图什么呀？难道咱们到这儿来是为打架吗？”

郝四太太依旧冷笑着，却又自己转脸说：“我也说的是呀，要打架不如到你们家里去打，或是到我们家里去打，何必叫人家‘五芳斋’的伙计看热闹呀？”说完了，她仰着粉脸笑着，喷出来的烟雾一圈一圈的，在她的脸上浮起。

旁边吴崇富、胡多能两个人就赶紧劝解，菊英也抬起头来，一半生气一半羞赧地说：“凤贞姐姐跟郝四太太，你们若是这么一来，可真叫我在这儿坐不住了；要没有我来，你们姐儿俩还许不至于这样吵呢！”

胡多能也说：“范小姐说得对！大家都冲着范小姐，先吃饭，吃完了我请你们听尚小云去，有什么话明天再说！”说时又瞟了菊英一眼。他愁闷了半天，这时候又有了精神，因为他想着：黄凤贞说得也对，别理那姓章的，还是我这样儿的倒差不多。

吴崇富又向郝四太太说了几句替老婆道歉的话，他急得圆圆的胖脸上出了许多汗，又抱怨他老婆，可又像不敢得罪他老婆似的，就说：“凤贞你刚才的话不应该那么说！章绍杰有钱那不是假的，我也早就想跟他交交朋友，可是谁也没说是想借着范大妹妹沾章绍杰的光，咳！我说这话真应该叫范大妹妹打我的嘴巴！”

郝四太太在旁冷笑道：“真要是范小姐打了你的嘴巴，你倒是不怕疼，可是你们太太又得吃醋了！”菊英听这伙人说得越来越不像话，她就又低下头去哭。

吴崇富笑了笑，望了他老婆一眼，又接着说：“实在，人家范大妹妹不过是间接着认识章绍杰，咱们怎能就胡说人家！你跟郝四太太也几乎因此打架，这不是笑话吗？得啦，大家都不要再提了，咱们快点把饭吃完了,回头或是依着胡主任的主意,咱们一块儿去听尚小云的《摩登伽女》,或是回到我们家里打牌去!”

黄凤贞虽然因妒而气,跟郝四太太几乎吵闹起来,但后来也觉着叫菊英看着不大好,自己太丢身份。郝四太太她是什么人?她比野鸡还不如,我跟她合得着吗?所以,经她丈夫这样一说,她也只好暂时忍着气。不过她还是咬着下嘴唇,摇头说:“我不去,我今儿可没有精神啦!我不想听戏,也不想打牌,吃完饭回去我就得睡!”

郝四太太本来听吴崇富提议打牌,她就很是喜欢,如今又被黄凤贞给推翻了,她就有点生气,依旧冷笑着,向吴崇富说:“你们太太的觉,总是睡不够,你得给她买一瓶安眠药片。可是今儿先别买,今儿你若是给她买了,她跟我闹的气还没出净,要是把安眠药全吃下去,自杀了,那我可不负责!”

黄凤贞瞪了郝四太太一眼,撇着嘴笑着说:“我为你才犯不上自杀呢!”郝四太太喷着烟,笑说:“那么你为谁才能自杀呢?为吴先生,还是为……你那花猫?”吴崇富本来听郝四太太最后一句话,他就有点提着心,赶紧去看他老婆黄凤贞的神色,可是后来一听说的却是他那只花猫。

黄凤贞在旁又瞪了她丈夫一眼,说:“哼,今儿要不是你来,我们还不至于这个样儿呢!”

吴崇富立刻翻着眼睛,不服气地笑着说:“哎呀!闹了归结你倒怨我,人家范大妹妹跟章……”说到这里,他的老婆就用那肉感的腿拐了他一下,吴崇富立刻改口笑着说:“得啦,别再提了,你们要怨我就怨我吧!都是我,偏偏回家听说你们是看完电影到这儿来吃饭,我才拉上胡主任找你们来,不想招郝四太太生了半天气;人家范大妹妹头一次进城,心里就闹得不好受,得啦,都怨我,都怨我!”

郝四太太斜着眼,冷笑着说:“都怨你娶了个爱吃醋的老婆!”说得大家全都笑起来了,菊英也忍不住扑哧一声笑了,把才喝的一口汤全吐在地下。

第十回　灯光窗影人语费猜疑
绮梦柔情心弦生矛盾

在郝四太太挖苦完了吴崇富夫妇之后，大家又都恢复了平静，郝四太太和黄凤贞又全都有说有笑起来。

那个胡多能本来两只眼睛就死盯着菊英，心说：够漂亮的！吴崇富他们两口子给介绍的这个人儿，的确是不错，我得谢谢他们两口子！可是自从郝四太太提起来什么章大少爷之后，吴崇富对于他就像不甚恭维了；他们两口子也不再把他胡主任跟范大姑娘拉在一块儿说凑趣的话了。胡多能心里未免有点不痛快，心说：老吴，你今天把我拉来是为的什么？不是在两个月以前，你们就答应着给我在北京说一份家吗？说是海淀的范姑娘一定能入我的眼。现在这范姑娘倒是入了我的眼了，可是看你们又不像要积极地给我介绍了，可为那什么章大少爷鸡斗鹅地吵了半天。好吧！老吴，咱们明天到部里再说，上半年你跟我借的那二百五十块钱得还我了；你不是托我在我妹夫面前，给你活动那个厘金局的差事吗？我可也不能给你出力了！

他一面心里愤愤不平地想着，一面紧紧地用眼睛盯菊英。他觉得这范姑娘确实够个美人儿的材料，要是再扮扮，真比那白蛇似的郝四太太、蛤蟆脸儿的黄凤贞要强过百倍，于是他就设法同菊英说话，打算单独进攻。可是菊英这时就像有什么心事似的，不大理人儿，所以胡多能总是跟她搭不上一句话；又加上郝四太太风言浪语地足谈一气，她那蜷曲的头发，细长的眉毛，和故意做作的媚眼，粉白的长脖颈，还有一闪一闪的珠坠子、金镯子，一切一切，都弄得胡多能耳乱、头昏、眼花。

半天，才算“杯盘狼藉”，黄凤贞又由手皮包里拿出来小镜子、口红、粉扑，在电灯底下修饰了半天，然后就要走了。依着胡多能非要请他们去听尚小云的《摩登伽女》不可，可是黄凤贞一定要回家去睡觉，郝四太太却说她要找什么余八太太去打牌。胡多能又说明天由他作东道，请吴崇富夫妇和范小姐、郝四太太，在新陆春吃饭，郝四太太却说：“我可再也不敢跟你们吃饭了！”黄凤贞倒是想答应，菊英却说：“我谢谢胡先生啦，明儿我就得回去了。”黄凤贞刚要说：“你不是答应了我，至少在城里住四天吗？”可是又见她的丈夫对她使了个眼色，她就不再言语了。

当下吴崇富穿好了上衣，便拿上他老婆为在郝四太太和菊英面前摆阔买的那些个东西，他头一个下楼，黄凤贞、菊英、郝四太太和胡多能，就全都出了“五芳斋”。掌柜子还送了出来，向吴崇富、黄凤贞鞠躬，说：“吴先生吴太太明天来呀？”吴崇富点了点头，然后他问说：“怎么着？咱们到底是这就回去呀？还是到别的地方去？”

依着那胡多能是至少还得在这市场里逛一逛，可是黄凤贞非要这就回去不可。那郝四太太也说：“我还得赶紧到余公馆，我们凑人打牌去，我可不管你们啦，我先走啦！”郝四太太说完，她就像风摆杨柳似的，提着她刚才买的东西，袅袅娜娜地连头也不回，走进那正街的灯影人群里，出门找上她那辆自用车就走了。胡多能便很不高兴地说是到别处还有事，把眼睛又向菊英盯了一下，点了点头，转过他那瘦小的身子也独自去了。

这里剩了吴崇富，他就跟在黄凤贞、菊英后面走，他一面研究着他那老婆和菊英身上的曲线到底是谁的美，一面又向他老婆说：“刚才你的那些话是太差点，连我的脸上都下不来。”

黄凤贞回过头，瞪着眼睛说：“你瞧，人家都走了，你又来抱怨我！不错，我刚才说的话是太厉害了点儿，可是你也不想一想，郝四太太她说的那些话，有多么气人！”

菊英想起刚才她们说的那些话，又不由得脸红，因为恐怕黄凤贞跟她丈夫在这市场里吵起来，惹人笑话，所以她就给解劝，笑着向黄凤贞说：“姐姐也别生气啦！刚才真是那郝四太太不对，她满嘴胡说，若不是有姐夫跟姐姐在这儿，我早就气走啦！”

黄凤贞说：“郝四太太算什么东西？嫁了好几回人，下了好几次窑子。现在给人当姨太太还不安分，跟一个小流氓姓潘的，还有给他们家里开汽车的小杨，乱七八糟的，也不知道是怎么回事；她还一点不瞒人，见了谁就跟谁说呢！”

菊英听了郝四太太的事，她自己却又脸红，又听黄凤贞说：“今儿我本来没请她，她既到我家里去了，你想，我怎么好意思把她抛了，咱俩出来玩？可是没想到，她见了那个章大少爷她就迷了心啦，由‘真光’一出来，她嘴里就胡说八道。菊英你明儿若是再见着那姓章的，告诉他别理这郝四太太，就说她比母狗还不如，真的，她身上有花柳病……”在这热闹的市场里，黄凤贞因为气愤，就把什么话都说出来。菊英真是又害羞又苦恼，心里说：黄凤贞怎么什么话她都说呀？真的，女子若嫁了人，就什么都改变了！

这时又走到了市场的正街上，那些各样美丽的奢华的东西，又齐都扑上菊英的眼帘，动摇着菊英的芳心。在她们身后的吴崇富，晃动着他那肥胖的身子往前走，洋洋得意的，仿佛觉得自己的艳福不小。他那双小眼睛又透过了眼镜，借着电灯的光芒去看那往来的漂亮女人。不过他看了很多的女人，就觉得不是太长，就是太短；不是太肥，就是太瘦；不是老苍得像个太婆，就是妖艳得像个怪物，总之，都没有范菊英那样的清秀、妩媚，婀娜多姿。他心说：章绍杰那小子是有眼力，佩服！他能够坐汽车跑到海淀，从野外找到这朵鲜花，总算不愧为猎艳的能手！胡多能那小子就别再做梦了，这么好的东西我不能够廉价拍卖给你；就是章绍杰，他要打算直接办货也不行，非得给我点手续费不可，并且，还不能够少了……

出了东安市场，坐着三辆人力车就回西城毛家湾去了。在夜色笼罩的街道上，马路两旁的电灯一闪一闪地窥着人，初夏时节的晚风一阵阵的轻轻吹起，使人觉得身上轻松。尤其是菊英，今天这一天被那些浮华的物质、杂乱的言语，以及章绍杰对她的媚笑，郝四太太的风骚举动等等，真把她的身心都给弄得昏乱了，如今这微凉的晚风才将她唤醒。她的心才觉着明白，身子才觉得自由，她仿佛才记起来：自己原是在海淀住的贫苦女子，是跟那清贫的学生秦朴有些爱情的菊英，现在不过是暂住在城里，那些繁华、奢侈本来都不是我的，章绍杰他也不会真爱我；我只有一个苦恼的家庭，和可爱可怜的秦朴！

她又想起：刚才我似乎有那么一种想头，假使那章绍杰若真爱我，我也可以跟他好，因为一跟他好，就可以得到许多许多，并且比黄凤贞、郝四太太还要阔，还可以让他帮助我入学校，赡养我的母亲……咳！这是一个什么想头呢？这样我对得起秦朴吗？秦朴若晓得我是这样一个好虚荣的女子，他岂不要伤心吗？而且他若知道我跟他的朋友章绍杰好了，他一定不再理我了，可是我又怎能离得开秦朴呢？我还是需要真挚的爱情，我不要那些浮华的物质！

想到这里，她那颗纯真的少女的心又胜利了，她决定以后不再有那种不对的想头了，即使再见着章绍杰，自己也要对他很冷淡的；黄凤贞郝四太太她们要再胡说什么，那就叫她们说去，反正占据在自己心里的是秦朴，不是章绍杰。我在黄凤贞家再住两三天，一定要回到海淀去，也不想再进城来了……

一路上，由着拉车的走，菊英的脑里就不断地这样想，并想着今天所见着的这些人，所遇着的这些事，以及黄凤贞、郝四太太她们所说的那些不是规矩妇女所应当说的风言浪语，她的心里又生气，又伤心，并想：秦朴这时在海淀的公寓里，不是正在灯下读书，就是正在呆坐着想我呢，他哪知道，我今天跟这些可厌的人在一块儿玩了一天呢？假使他要知道，他一定会很不高兴的吧……

不知不觉地三辆车已走到毛家湾，在吴崇富家那洋式的小门前停住。吴崇富先下车去按电铃，待了一会儿，里面的黄老九和胡妈就把门开了，黄老九向他女婿、女儿献着殷勤地问说："你们都回来了？车钱给了没有？”黄凤贞说：“车钱没给！胡妈，把车上的东西拿进去，别丢下一件！”胡妈连声答应着。

黄凤贞拉着菊英进到里院北屋里，随手扳亮了电灯，她就在沙发上一躺，长长地吁了口气，说：“真把我累死啦！”菊英也在旁边沙发上坐下。

这时吴崇富开发了车钱，也进到屋来，就向菊英笑着说：“范大妹妹也有点累了吧？”菊英微欠着身，摇头笑着说：“我倒是不觉得怎么。”吴崇富又借着他们屋里那二十五烛的电灯泡，看了看菊英的正面，他就笑着说：“这样说，范大妹妹的身体还很好！”菊英微笑着没有言语，却见黄凤贞带着妒意地瞪了她丈夫一眼，菊英反觉得十分羞愧。

这时胡妈把她们太太由市场买来的那些东西拿进来，黄凤贞又向她丈夫笑着说：“你瞧，我挑的这两块料子，颜色花样好不好？”吴崇富却有点皱眉，心里想着：前天给她的一百块钱，玩这一趟，她大概就花得差不多了……

这时黄凤贞躺在沙发上，喘了两口气，又问：“胡妈，小花儿喂了没有？”胡妈一面给三个人倒过茶来，一面答复她们太太说：“喂啦，喂的是肝儿拌饭。”黄凤贞还没休息过来，就跑到屋里，又把她那只花猫抱出来，一边亲着嘴，一边像哄小孩似的说：“小花儿，今儿把你抛在家里一天啦！我们都玩去了，你一个在家里闷得慌吧？”

她正在这么哼哼着，她的爸爸黄老九又进到屋里，问说：“你们是才吃过饭不大会儿吧？那么就不必叫厨房再预备点心了吧？”吴崇富摇头说：“不用预备点心啦，今儿也没有人来打牌，再待会儿就睡啦。”黄老九又说：“那么我就把大门关好了。”又问：“菊姑娘在哪儿睡呢？叫胡妈在东客厅里支一份铺吧？”

黄凤贞在旁听着就很不耐烦，把高跟鞋跺了一跺，说：“得啦，得啦，你就别操心啦！你歇你的去吧！咳，这啰唆呀，我是真不乐意听！”黄老九也不知道他女儿今天是哪儿来得这么大的气，吓得他也不敢还言，怔了半天。见菊英还在沙发前站着，他就说：“菊姑娘，你坐下吧，歇歇，别客气！”菊英也笑着，点了点头，重又坐下，那黄老九没趣地就出屋去了。

这时吴崇富看完了他老婆买的那些东西,他也没加以可否,就摇动着肥胖的身子,到里间解领带换拖鞋去了。黄凤贞也抱着猫,掀起帘子追着她丈夫进里间去。菊英坐在沙发上喝了一小口茶,就听里间黄凤贞低着声儿问她的丈夫:“你今儿早晨是到哪儿去啦?我叫胡妈给部里打电话,说是你去画了一个‘到’就走啦?”吴崇富答复的是什么,因为声音太低,外屋的菊英没有听见,可是待了半天,才听吴崇富哈哈大笑说:“你真是胡疑心!”又待了会,那只花猫跑出来了,屋里半天也没有动静。

这时胡妈由外边进来,又给菊英倒了一碗茶,黄凤贞才由里间出来;她已换上了绣花的睡衣,穿着一双粉缎拖鞋,懒洋洋地走出来,就往沙发上一躺,说:“也不知是怎么回事,今儿我的身体就觉着很不舒服。”菊英笑着说:“大概是因为我来了,把姐姐累着啦!”黄凤贞摇头说:“不是,你来了我倒很喜欢,就是累一点儿也不要紧;这都是叫郝四太太那娘儿们把我气的!”菊英说:“我看姐姐以后还是少跟她接近才好。”

黄凤贞点头说:“可不是,就因为在一块儿打过两回牌,跟她认识了,她就天天往我这儿跑。你知道,我是一个最脸热的人,她来了,我怎么好意思把她推出去呢?再说,咳!你是不知道,我也有许多的难处。你姐夫做着这个事,虽然一个月也挣几百块钱,可是城里的花费大,什么东西都贵,钱总觉着不够用的;所以你姐夫他得交朋友,我也得给他应酬着,什么人也不能得罪。就拿今儿跟咱们一块儿吃饭的胡主任,胡多能,那就是个很有钱的人,跟你姐夫是同事,虽然他挣的钱也并不比你姐夫多,可是他有一个好妹夫;现在我们正托他跟他的妹夫那里运动,打算再得到一个多挣钱的差事。”

黄凤贞跟菊英说这些知心的话儿,原是为表示亲近,可是这时吴崇富就赶紧从里间走出来,他把黄凤贞的话打断,说:“范大妹妹要是觉得疲乏,就叫胡妈支上床,请歇着吧!”菊英微欠起身来,摇头笑着说:“不,我不困,我在家里,每天都得到十二点才能睡觉。”黄凤贞躺在沙发上抽着烟卷，问说："怎么，是赶活计吗？"菊英微红着脸，说："活计倒是不多，不过跟我三婶儿说会儿闲话，或是看看书，不知不觉的天就不早啦。"

黄凤贞仿佛很惊讶，又笑着问说："怎么，你每天还用功哪？"菊英似乎很不好意思，就答说："也不是用功，就是把早先咱们念的书再看一看，有时候也自己练练算术。"黄凤贞微笑着说："你可真比我要强，其实我比你还多念了两年的书，可是书本我早就扔开了，每天早晨我就是瞧瞧报上的小说和戏院的广告，晚上写几笔账，什么书我也不动；这明儿再添上个累赘，我更没有工夫看书写字了！"

菊英本来听昨天叔父回去就说，黄凤贞已经有了喜，如今听黄凤贞一说这话，她就笑着说："是吗？什么时候我就有小外甥啦？"吴崇富在旁也抽着烟笑着说："还早呢！还不定是不是呢！"

黄凤贞摆手向菊英说："你也不用问我的事，我还得追问你呢！"遂指了指坐在对面沙发上她那个胖丈夫，就说："你姐夫也不是外人，有什么话当着他说也不要紧。我再问你，你到底跟徐大妈公寓里的那个姓秦的学生，有一点爱情没有？"吴崇富在旁也很注意地去看菊英，就见菊英的芳颊被灯光照得绯红，她羞涩地笑了笑，低下头去，半晌没有说话。

黄凤贞又喷了一口烟，像是很郑重地问说："有什么话你告诉我不要紧！我只有帮助你的，我也绝不能对三叔三婶去说。"

菊英沉思了一会儿，本想把自己与秦朴的爱情，详细地对黄凤贞说出，但是不知为了什么，总觉得说不出口去，同时又想：看黄凤贞这样子，未必是真心跟我怎样的好，无论什么事，我也留一点心眼儿，不用把心事全都告诉了她……菊英就抬起头来，赧颜微笑着说："姐姐你想，我们家里那景况，海淀街那个小地方，假如我真有什么事，我还能够瞒得住人吗？再说，姐姐你是知道的，我不是崔家玉姑娘那样的人，我整天在家里忙着活计，帮着我三叔、三婶过苦日子，已然是一点工夫没有了，哪还能有什么外事？那秦先生，不过是因为他住在徐大妈的公寓里，跟我见过几次面，说过几句话，绝没有别的！"说出这些话来，自己倒觉得很伤心,心说:将来可怎么办呢?对谁才能说真话呢?谁才能同情我们,帮助我们呢?

此时黄凤贞听了菊英这些话,倒是相信了,她把胡妈给她倒过来的茶喝了一口,又换了一支烟卷抽着,就点了点头,说:“我心里也想着,你不是那样的人。不过现在的一些大学生,都讲究闹恋爱,他们把玩女人不当作一回事儿!他们在这儿多半是一个人,由家里寄来的钱,他们就拿着去骗女人;把女人骗到手了,玩上三天五天,就给扔了,然后他们拔腿一走,上哪儿找他们去呀?虽然现在是维新的年头儿,咱们可都是老根人家,你处处也得小心点,因为你年轻,不知道社会上的事,海淀离着大学又是那么近……”菊英听了黄凤贞这仿佛教训似的话,她就含羞点头,心里却想着:秦朴绝不会是那样的人吧?

黄凤贞又说:“妹妹你才十六岁,本来还可以等两年,不过在这年头儿,姑娘们总是早一点找个可靠的人家好;再说你们那个家里,我说句不应该说的话,我真盼着你早一点逃出来!”说到就里,就见菊英低着头,肩膀有点颤动,大概她是哭了。

黄凤贞又说:“你放心,你的事将来我能够给你想法子,还准保叫你合心。现在,你既是认得我们的家了,以后没有事时,你可以常来住些日子,也散散心,别净在那穷海淀守着那间小屋发愁;还告诉你,女人一发愁,就老得快,一老了可就没有人要了!”黄凤贞说了一大套正经的话,临了拿这玩笑话做了个结束,说完了她也笑了。

吴崇富在旁也微笑着点头,说:“对,范大妹妹以后有工夫,可以常进城到我们家里玩来!我又不常在家,凤贞又是你的老同学,不必客气。”

菊英坐在沙发上点了点头,心里却很是痛苦,同时又担心凤贞将来会做媒,给自己向什么男人介绍;假如她介绍的人是个有钱的,自己的母亲、叔父、婶母,一定都得赞成,到那时,岂不就把自己和秦朴的爱情破坏了吗?因此又想:索性把自己与秦朴的爱情,对她说出来也好,告诉她,自己除了秦朴之外,绝不嫁人,她以后也就不至于多管闲事了……可是又想:听黄凤贞刚才说的那话,她是很不赞成自由恋爱的,假使自己对她实说出来,她不但不同情不帮助,反倒许讥笑自己几句;过些日见了叔父,她再用话一给破坏,那就可不好办了……

菊英想了半天，才抬起她那绯红的脸，似是央求着向黄凤贞说:“姐姐别再提这些话了,我现在还都谈不到。”黄凤贞笑着说:“得啦我的妹妹,你嘴里说是谈不到,其实我也知道,你的心里正在着急呢!”菊英被她说得真羞得坐都坐不安,尤其是当着黄凤贞的丈夫吴崇富。那吴崇富的小眼睛不断地由眼镜里盯着菊英,胖脸上也堆满笑容,仿佛是在玩赏着菊英那令人销魂的羞容媚态。

这时,那只花猫跑到吴崇富的身边,吴崇富抱着猫,张开嘴打了一个哈欠。黄凤贞由沙发站起身来,娉婷地走过去,用那纤手推了她丈夫一把,媚笑着说:“你要困,你就上里屋睡去吧,别在这儿打哈欠了,把小花儿给我。”吴崇富摇着头说:“我不困。”同时注视他老婆那双媚眼。黄凤贞把花猫抱在怀里,又亲了亲,随势坐在她丈夫那沙发边上,把后腰靠着她丈夫那肥胖的身子,又面对着菊英谈话。

菊英望着他们夫妇这种亲昵的状态,自己倒觉着心跳。本想不应该在人家夫妇的眼前坐着了,但黄凤贞却不断地跟她谈话;谈郝四太太,谈那胡多能,谈程砚秋的戏,又谈什么香水精、旗袍料、高跟鞋等等,谈得那只花猫都在她的怀里睡了一个大觉。她丈夫被她的身子贴得直出汗,并且前后打了十几个哈欠,墙上的挂钟也打了十一点,黄凤贞这才叫胡妈为菊英在东屋里预备好床铺。菊英就问厕所在哪里,黄凤贞就叫胡妈带着菊英去了。

菊英由厕所回来,打算再同黄凤贞说几句话,自己就到东屋去歇息了。可是当她跟胡妈走到北房窗前之时,就见那里间的窗子上印着幢幢的人影,屋里有崇富夫妇断续的谈话声,就听是吴崇富说:“胡多能?给章绍杰拾鞋,人家也不要他啊!他算是休想吧……咱们得想法子给她跟章绍杰撮合撮合……那自然,章绍杰还能够在乎那点不是?以后对咱们还有许多利益呢……”黄凤贞说话的声音太低,听不清楚,只听她说了一句:“哼,人家爬上了高枝儿,还能认得咱们!”

菊英听了,心里就吃了一惊,便不敢再进屋里,遂隔着窗子向里面笑着说:“姐夫、姐姐,我要睡去啦!你们也歇着吧!”窗里的吴崇富和黄凤贞似乎也吃了一惊,半晌,黄凤贞才做出假意的笑声,说:“妹妹你歇着吧,明儿见!胡妈,范大姑娘若是要什么,你可给预备好了!”胡妈也答应着。窗里的黄凤贞晃动飞机头的影子,又笑声说了一句:“明儿见!”菊英也笑着答应了一声,便随着胡妈到了那东屋里。

这就是午间菊英同着黄凤贞、郝四太太吃饭的那间屋子,胡妈把电灯扳亮了,就见靠墙新设了一张小铁床,上面铺着很干净的被褥、枕头。菊英坐在沙发上,胡妈就把小茶几搬在床前,茶几上放着暖水壶,并把痰盂也拿在床前。菊英就说:“胡妈你也歇着去吧!”胡妈问说:“范大姑娘不要什么了吧?”菊英摇头说:“不要什么了,你去睡吧。”胡妈就出了屋,随手把门带上了。

菊英刚要站起身去把门关好,就听院里有人跟胡妈说话,却是黄老九的声音,他说:“范大姑娘睡啦?”胡妈说:“人家刚进屋。”菊英本想隔着窗户招呼黄老九一声,可是院中再也没有说话的声音了,北屋里只听见花猫叫了两声,也再听不见黄凤贞和丈夫的说话。

菊英就把门关上,坐在沙发上出神地想着:刚才黄凤贞跟她丈夫,又在屋里背着我谈说那章绍杰,他们到底是有什么用意呢?今天同桌吃饭的那个姓胡的,那个三十来岁很瘦的人,别就是黄老九上一回到自己家里,跟叔父婶母提说的那个要想说二房的胡主任吧?他们到底弄的是什么鬼呢?一想到这里,气得她就要哭,又想:我明白,他们都是假意跟我好,都没怀着好心!都恨不得我嫁给章绍杰,他们好跟着沾光!可是,我才不那么干呢!我爱秦朴,秦朴是可靠的人,除了秦朴之外,哪个男的我也不理,我绝不理……

她又悲痛又气愤,就躺在沙发上,睁着两只含泪的俊眼,看着那在屋中悬挂的亮度很低的电灯。看了一会儿,仿佛就由那灯光里幻化出来了那些让她心动的东西:白皮子的高跟鞋,丝绒、华尔纱的衣料,黄凤贞和郝四太太腕子上的金镯、手表,及章绍杰的那辆豆绿色的汽车……这些东西又在她的脑子里扰乱了一会儿。但是当她想起秦朴那诚恳可爱的容貌,和他几次对自己的热情表示,又是一阵心醉,她闭着眼睛回忆了一会儿，便又把那些扰乱她的东西暂时抛开了。

半天，菊英才慢慢地睁开眼睛。看见对面的写字桌上，放着笔筒墨盒，她忽然想起一件要做的事来，遂就走到写字桌边，拉开抽斗。看见里面信封信纸，菊英心里很是喜欢，就把墨盒打开；搬过一把椅子来，坐在写字桌前，就着灯光，提笔向信纸上去写：

朴哥：我们才有一天没见面，就像过了许多日子似的，我真想你！你好吗？我来到黄凤贞家，看了一场电影，吃了一次饭，又见了……

写到这里她就住了笔，心里想：我今天见了郝四太太那些人，又在真光电影院遇见了章绍杰，这些事，到底告诉不告诉他呢？想了半天，觉着还是不告诉秦朴才好，等到过几天回海淀去，再向他细说。于是菊英便在那"又见了"的三个字下，接着写：

……很多的事情，但是我觉得实在不如海淀，这里的人也都不如你。大概至多再过三四天，我就回去了，见面时我们再细谈吧！你不要着急，也千万不要发愁，咳！你不知道我有多少话要跟你说，可我写不出来！真是，我写的这算什么信呀？字写得有多么难看呀！请你别笑话我。朴，我亲爱的朴哥，祝你

平安快乐！

你的妹菊英

写完了，菊英觉得很喜欢，想着：虽然信写得很不好，可是这张纸一定能够送到秦朴的手里，并且秦朴一定还是很喜欢看。当下菊英捧着自己写的这张信笺，又默默地读了一遍，觉得很可笑，同时又想着：我既然跟秦朴这样好，而且我是不由自主的跟他好，为什么刚才在市场里，我还产生了那种对不起秦朴的想头呢？我这个人可太不好了！以

后我要改正我自己，绝不再羡慕那些虚荣浮华，我要更真心地跟秦朴好了……这样一想，她又痛苦地落了几点眼泪，随后又写了一个信封，把信笺装在信封里，便折了折，装在了内衣的口袋里。

菊英打了一个哈欠，懒洋洋地站起身来，她先把旗袍脱下来，平平展展的折叠好了，放在椅子上，心里又想着：今天穿着人家给的衣裳，跟着人家玩了一天，真是很难为情的！虽说黄凤贞做好了这件衣裳，因为做瘦了，她没有怎么穿过，可是人家的先生总不会不认得这是她的衣裳吧？由这件衣裳，她又想起黄凤贞今天穿的那件青纱旗袍，和白纺绸的衬裙，心想着：那件衣裳真好，又朴素，又漂亮，假如我穿上那么一件衣裳，秦朴见了也得说好……可是也得腕子上有点东西。至少得有一只手表，脚底下的鞋也得新一点，要不然叫别人看了，还是个穷丫头……她一面想着，一面坐在床沿解鞋脱袜，又想起市场鞋店里那无数的鞋，想起黄凤贞小橱柜里的那十几双鞋，心想：我也不是非要买皮鞋不可，譬如今天看见的那双白帆布的高跟凉鞋，那一定很便宜，穿上既跟别人比得过，也不算怎么浮华，将来我非要买一双不可……

菊英坐在床沿上凝神地想了一会儿，便走过去把电灯熄灭了。她又站在窗前，静静地听外面的动静，只觉这时窗外一点声音也没有了，连黄凤贞屋里猫叫的声儿都没有，他们大概都睡着了。菊英遂也到小铁床上掩被躺下，就觉得身下是很松软的，比自己家里的那张床铺要舒适得多了，并且那被褥间发散出一种香味。她心说：黄凤贞也真阔，被褥上也洒花露水吗？又觉着这种香味好像是在哪儿闻见过。黄凤贞和郝四太太的身上，她们身上虽然也很香，但不是这种香，这种香真正是一种花香，莫非是一种专用以熏被褥的香水吗？不是，不是，她忽然想起来了，章绍杰的西服上就有这么一种香味，不过比这还要浓烈一些。

想起了章绍杰，她又不由想起了那辆豆绿色的流线型的汽车，和今天郝四太太、吴崇富他们所说的那些章绍杰特别阔绰的话。菊英心中又是一阵紊乱。然而她又想起了自己刚才给秦朴写的那封信，立刻又把这浮华的心理压制下去。并由她自己与秦朴的种种交往，想到今天在银幕上看见的那男女的接吻，和黄凤贞与她丈夫的亲昵状态，菊英又觉得脸烧、心跳。本来今天菊英已经够疲乏的了，可是不知为什么，她总是睡不着，也不知道这时是什么时候了，她很着急，很心乱！直到她迷迷糊糊地睡去后，白天的那些印象还渺茫地迷离地进入梦境来围绕她，在梦里她买了一双很中意的高跟鞋，黄凤贞郝四太太全都很羡慕；在梦里她被秦朴拥吻，吻过后她要求秦朴娶她；在梦里她又觉着被章绍杰给拉在那辆豆绿色的汽车上，仿佛是黄凤贞的丈夫吴崇富帮助他给拉的……

及至由梦里挣扎出来，菊英看见玻璃窗上挂着的粉红窗帘已然发白了。她浑身觉着倦懒，就眼睛瞧着那浮着晓色的窗帘，回忆着才逝去的断续的梦境，及昨天的那些事情。她又想起来了：黄凤贞的家里是不可多留！她们那些人自己不要多接近！今天应当看看母亲去，再向黄凤贞说一说，倘若她允许自己回去呢，那么今天或是明天，就回海淀去吧！还是与那“同病相怜”的秦朴在一块儿吧……

第十一回　娇音笑语夸述女人经 杯酒菲肴故装长者态

待了一会儿，院中就有黄老九的咳嗽之声，小鸟儿吱喳吱喳地一阵乱叫，似是黄老九的脚步儿走到院外去了。接着胡妈也起来了，仿佛是在扫院子。菊英躺着，整理了脑中繁乱的思绪，又想：我现在在人家里住着，若是睡早觉儿，有多么叫人笑话呀！”遂就慢慢地穿衣起来。当她穿上那双旧了的青礼服呢的高跟鞋时，心里又觉着懊恼、羞愧。

少时，菊英又穿上了黄凤贞给她的那件旗袍，用手拢了拢头发，并照着她的习惯，自己把被褥叠起来；然后又把昨夜给秦朴写的那封信在身边收藏好了，这才把屋门开开。

又待了一会儿，胡妈就进屋里来，笑着说：“范大姑娘你起来啦！”又看了看床上，说：“你怎么自己把被褥叠好啦？叫我一声，我就给你叠了。”菊英微笑说：“不要紧。”心里却想着：我是他家的客，被褥应当是叫仆妇们给叠的，这样倒像失了身份……遂坐在沙发上，向胡妈说：“胡妈，有脸水吗？”胡妈说：“有，我这就给你预备。”说着胡妈掸了掸桌子，就出屋去了。

待了一会儿，她就给菊英送进来脸水、漱口水，并拿来了香皂、牙膏。菊英盥洗完毕，拿着梳子拢发，胡妈又由北房里把她们太太的雪花膏、扑粉、香水精，连染指甲的蔻丹全都拿了来。菊英对镜修饰了半天，胡妈在旁擦桌子，菊英就问：“你们太太还没起来吧？”胡妈说：“全都没起来呢，我们太太顶早也得十点钟才能够起来，现在就是黄老爷起来遛鸟儿去啦。”菊英笑着说：“黄老爷倒是真会享福。”胡妈“哼”了一声，半天才说：“享福倒是享福，有了这么一个女儿，吃喝总算是不发愁了。可是，哼！那个气可也够老头子受的！”菊英惊讶地问说：“怎么呢？”

胡妈一手拿着搌布，走近沙发，弯着腰，往北屋指了指，就悄声说：“我们老爷常跟黄老爷吵嘴，有时说出话来，真不像对丈人说的。可也是，范大姑娘你也知道，我们太太本来不是明媒正娶么，家里还有一个大的，孩子都两三个呢。近来我们老爷的事由儿也不大好，两口子又都能花钱，一个月二百多块钱哪儿够呢？有时候我们老爷心里一不痛快，就跟他丈人吵闹，那老头子只好听着，也不敢还言。”

菊英这才知道，黄老九吃着他姑爷，原来也不是怎么好受，并不像自己叔父说的那么享福，遂就笑了笑，说：“你们老爷也是，既然养活着岳父么，无论怎么，也应当给太太留一点面子！”胡妈又“哼”了一声，说：“我们太太才不孝顺呢！姑爷跟丈人闹气，她总要在旁说她爸爸几句，说的那话，比她男的还厉害。范大姑娘，你要在这儿住长了你就知道啦！可也是，不能净怨女儿女婿，黄老头子也真不是个东西，不叫人可怜他。哼！我要不是贪着这儿常打牌，有点零钱，我冲着黄老头子，我就不在这儿了！”

这时北房里就是吴崇富的声音，叫道：“胡妈！”胡妈答应了一声，就往北房里伺候他们老爷去了。这里菊英就想着黄凤贞家里的情景，知道她家也并不是怎样的有钱；她丈夫一月挣二百多块钱，虽然不算少，可是像他们这样的好浮华、好交际，钱也就不够用的了。因又想道：假使我将来跟秦朴结了婚呢？他一个月若是能有一百多块钱的收入，大概什么都够了。他挣了钱一定全都交给我，我给他列出预算来：他的学费，我们俩做衣服的钱，房钱、米面钱、零用钱……每月如有一百多块钱的收入总会够了。秦朴是大学生，若想找一个每月一百块钱的事，总不会太难吧？独怪章绍杰，他既是那么有钱，又开着什么大银行、大公司，无论怎么也能够给他至好的朋友找一个事呀？为什么他还要托什么春明报馆里的人呀？并且还得再过两三个月才能找到事呢？凭他，这一点事哪值得费那么大的力？多半他不是诚意要给秦朴找事，他跟秦朴的好，恐怕也就像黄凤贞对我似的，不是什么真好吧……

正这么想着，就听院中有一阵沉重的皮鞋声音，是吴崇富起来了，他要到部里上班去了。他先到东房门前，把门开开，向里面问说："范大妹妹早起来啦？"菊英赶紧由沙发站起身，走到门前。吴崇富脸刮得很干净，换了一身浅灰色的西服，手里拿着一顶白帽，他就向菊英笑着说："范大妹妹今儿可别走，多玩两天。今天下午四点，我下了班请范大妹妹在中央公园吃晚饭，没有什么外人。"菊英笑着说："姐夫何必还花钱呢？"吴崇富摇头说："花不了多少钱！范大妹妹这是第一次到我们这儿来，下次来就都随随便便的了。"说完话，他胖脸上堆起笑容，向菊英点了点头，也没进屋来，就说："下午见吧！"转身戴上白帽，皮鞋咯咯的就走了。

菊英随手带上门，心里又觉着黄凤贞的丈夫，这个人也不错。昨天晚上自己隔着窗子听的那话，也许是听错了，其实吴崇富真是因为我和他的太太是姐妹一般，他才这么应酬我。又想：昨儿晚上我给秦朴写的那封信，我可托谁给发去呢？我回头跟黄凤贞说一说，我出去看看我母亲去；顺便买邮票贴上，投在信筒里就得了。她在屋中各处看了看，又到镜子前整理了一下，就觉得今天自己是特别的美丽，大概是因为用了黄凤贞的化妆品的缘故。又想到昨天照的那两张相片，不知什么时候才能得，若能在走的那一天带回去才好呢……

待了一会儿，胡妈又进来向菊英说："我们太太请范大姑娘到那屋里吃点心去。"菊英问说："你们太太起来了吗？"胡妈说："没起来，可是醒了，向来我们太太的早点是在床上吃。"

菊英笑了笑，就跟着胡妈到了北屋的里间，只见黄凤贞盖着粉红绸子的被褥，露着上半身粉红色的线织的小衣裳，她头发蓬松地垫着绣枕，靠在铜床的栏杆上，手里还拿着烟卷。一见菊英进来，她就笑着说："你瞧我有多么懒！"菊英赔笑说："大概昨天姐姐是太累了。"黄凤贞说："我累倒不累，就是那郝四太太给我气的，半夜也没睡！"菊英也不知应当怎样劝慰她才好，就笑了笑，坐在旁边的椅子上。

胡妈先把床前小凳儿上的烟碟、茶杯、暖水壶拿开，然后放上一小碟咸菜，一小碟凤尾鱼，和一双筷子，菊英旁边的桌子上也照样放了一份，然后又到厨房端来一小锅稀饭，两碟包子，就在旁伺候着凤贞和菊英吃早点。黄凤贞坐在床上吃着，就向菊英说："你姐夫是南边人，我跟他也染了些南边的习气，每天早晨非得吃稀饭不可。你们在家里的早点是吃什么？是烧饼、油果子吧？"菊英拿着筷子，摇头说："我们还跟早先一样，不吃什么，每天就是两顿饭。"黄凤贞说："你们早晨不饿吗？"菊英说："惯了，也就不觉得啦。"

黄凤贞说："我可不行，不管是几点起来，也得先吃早点，然后再吃午饭。早先我是订牛奶吃鸡子儿，后来你姐夫说是太欧化了，我又改吃烧饼、油条。可是你姐夫又说，那是下等人吃的，在上海，只有拉黄包车的江北人才吃烧饼、油条；我只好依着他，吃稀饭。"说到这里，她又自言自语地说："我什么地方也不想去，我就想将来到上海玩玩！人家都说上海比北京热闹得多，什么东西都比北京进步，就连衣料儿和衣裳样子，都是上海兴过去了的，才传到北京来；像咱们这样儿的人要到上海，人家一定管咱们叫阿墨林。"

菊英听她说着，自己也不答复，却一面吃着稀饭，一面心里想着：秦朴是到过上海的，他在上海做过两年事，可是他怎么反倒说海淀好呢？就觉着秦朴的心理实在与别人不同，他那个人哪儿都好，就是性情有点儿不随和……

这时黄凤贞又说："刚才你姐夫又嘱咐我，叫我无论如何不能放你回去，非得多玩两天不可。今儿我打算咱们在家中吃午饭，吃完饭歇一歇，就到中央公园去，在'长美轩'等着你姐夫，四点下班他一定去。他说咱们就在那儿吃晚饭，大概还有两位朋友，然后随着你的意思，或是回家里来打牌，或是听戏；你喜欢听程砚秋，还是喜欢听尚小云？随你挑。"

菊英摇头笑着说："不用啦，我也不会打牌，戏我也听不懂，在公园里玩一会儿倒可以；再说，我今天还要看看我母亲去呢！"黄凤贞说："你要看大妈去，哪天不可以？临走的那天再去也成呀！我要不把你接进城来,大概你也想不起看大妈去。”菊英赶紧笑着说:“不是,就是姐姐不接我,我也一定要找出工夫来瞧我妈。”黄凤贞笑着说:“得了吧!我才不信呢,你舍得离开海淀吗?舍得离开你那秦先生吗?昨儿才一来,你就急急忙忙地要回去!”说得菊英又脸上绯红,低头说:“姐姐你干什么又跟我闹。”

黄凤贞索性放下碗筷,把那散乱的飞机头离开了绣枕,笑嘻嘻地说:“这回我可不是跟你闹着玩!为你的事,昨儿我跟你姐夫,我们俩研究了半天。我不信你现在连一个爱人也没有,多半不是那姓秦的学生,就是那章大少爷。”

菊英听黄凤贞又这样的说,脸上又不禁满泛红云,她刚要含羞地去解释,就见黄凤贞忽然改变了昨日的态度,昨天仿佛一提起章大少爷,她的脸上就带着生气的样子;今天,她却自己一声一声地谈起来了,并且说话时是带着温和的微笑,对菊英的样子似乎也更是亲密。她说:“你就不必瞒我啦!你要不跟我说实话,你就是拿我当了外人。我昨儿跟你姐夫研究了半夜,我把昨天在‘真光’遇见那位章大少爷,章大少爷对于你的那一种情意,我也详细地对他说了。据你姐夫猜测,你对于姓秦的和章大少爷,大概都有点儿情意……”菊英听凤贞越说越不像话了,她就羞得急得要哭,赶紧摇头说:“姐姐……”

黄凤贞先向胡妈使了个眼色,叫胡妈出屋去,然后她不待菊英说话辩解,就连连摆手,笑说:“你听我说完了呀!你姐夫跟我并不是说你同时爱着两个男的,真的,那么一来就把你说成什么人了?再说我也知道,妹妹你向来是规矩稳重,绝不像现在的一般浪漫女学生似的。我们不过是猜想着,你既然认得这两个男朋友,那就无论如何在你的小心眼里,也得打算过一两回。”

菊英赶紧说:“我真没有打算过!姐姐,我真跟他们都不很熟。”

黄凤贞摇头笑说:“那我不管!不用说不熟,就是熟,就是你真跟男的发生了恋爱,我不但不能够说你,我还得替你喜欢。为什么呢?因为你今年也十六岁了,你妈是在外头佣工,叔父是个醉鬼,婶子又是个无能的废物,你的终身大事你若不自己去想办法,就是把你耽误到了二三十岁,我看也没有人管你;就假定说管吧,也不过是把你给个学堂里的茶役,或是公馆里的听差,凭他们,还能认得什么像样儿的人吗?”黄凤贞说到这里,她咬着下嘴唇,像是替菊英鸣着不平。菊英也觉着她这几句话真说着了自己的心事,立刻感动地流下眼泪来。

又听黄凤贞更是清脆爽快地说:“所以, 就是你不自己想主意,我也得替你想个主意!你若不会恋爱,我可以教给你;我也不是叫你往下三烂去学,我是不能眼瞧着叫你家里把你给害了!”

说到这里她缓了一口气,一面续吸上一支烟卷,一面喷着烟,低下点声儿说:“可是咱们这人家到底与别家不同,就是恋爱吧,也不能像那些下三滥,今儿爱姓张的,明儿又爱姓李的。所以你只要觉得哪一个人好,你就应当死心塌地跟着他,先得催着他订婚;订了婚之后,哪怕暂时不结婚呢,也就没有人说闲话了。”

说着她弹了弹烟灰,翻着眼睛想了想,又说:“据我想,那个姓秦的不行,一个学生,在这儿又没有家,谁知道他的家里怎么样呢?倒是那章大少爷,你姐夫他认得这个人,他说章大少爷的确还没有结婚,他家里开着银行,开着公司,父亲叔叔们都做着大官,那倒是一点也不假,郝四太太也不是替他吹。我想这个人你倒可以跟他接近接近,我看他可是非常喜欢你,你们若能常在一块儿,将来一定能谈得到结婚的问题。”

菊英一听黄凤贞叫她去与章绍杰接近,她就有点明白了,昨天隔着窗子听的那话是没有听错!一定是黄凤贞跟她丈夫把这件事情谈说了一夜,她被她丈夫给说服了,所以今天她才改变了态度,又要来说服自己。心里明白了他们的用意,她立时就有点生气,就把头连摇了摇,心说:你们要打算借着我去巴结那章大少爷,那可不成!

黄凤贞见她摇头,就似乎很诧异,并且像是有点不高兴的样子。她一只手掐了烟卷,一只手由被窝里提出那只花猫来抱着,望着在旁边低着头拭眼泪的菊英, 就又说:“怎么, 难道你不愿意跟那章大少爷吗?”菊英又摇了摇头,刚要简捷地告诉她:我不愿意,因为我绝不能跟他接近;可是黄凤贞不待她回答就又开始了劝说。

黄凤贞说："可是像章大少爷那样有钱的年轻人，真少有啊！就你姐夫知道的，就有许多有钱人家的小姐，和一些大学的女学生们都追着他，他却连理也不理。可是他竟能够瞧得起你，昨儿在'真光'他那么招呼你，这真是不容易！你若是跟他结了婚，立刻就是阔少奶奶了，别说汽车，要什么东西没有？走到了哪儿，谁敢瞧不起你？

"无论是男人是女人。生在世上为的是什么？不就是为享福吗？为有钱花吗？尤其是咱们女人，不趁着年轻打扮打扮，玩乐玩乐，到了三四十岁，那时就是有钱吧，一个半老婆子，还有什么可高兴的？就拿我说，这瞒不了你，我若不是跟你姐夫结了婚，这时候还在海淀过穷日子呢，我还能这么舒服？女人没有旁的，会打算的就是趁着年轻，赶紧找个有钱的人嫁了，一辈子的事就都解决了。

"我也知道，你的心里一定觉得那姓秦的比章大少爷好。姓秦的我虽没见过，可是我想，他住在徐大妈那破公寓里，一定也是个穷鬼，跟他可好个什么劲儿？就说他将来大学毕业了，能够找个百八十块钱的事做吧，可是哪怎能靠得住？一旦他失业了，你是跟着他回老家受罪去呢？还是在这儿挨饿？像人家章大少爷，就是一辈子也不做事，爱怎么花钱就怎么花钱，那也绝受不了穷。妹妹，我这话你可听明白了，我跟你姐夫可不是指望沾你的光！你也看得出来，我们现在并不愁什么，这完全是为你打算，因为咱们两人是跟亲姐妹一样，若是别人，我也犯不着说！"说完了，黄凤贞就转过脸去逗那只花猫，她并不急于等待菊英的表示，仿佛故意给菊英留下一点思考的时间。

菊英这时确实正在那里默默地想着，她刚才真的很生气，觉着因为自己与秦朴的爱情关系，无论如何也不能与章绍杰接近。她本想要把自己心里的话，简捷地告诉了黄凤贞，可是听黄凤贞说完了之后，自己想要说的话反倒全都没有了。她默默地低着头坐着，心里很是苦痛，她想：怎么办呢？秦朴的人固然是很好，可是他确实很穷，我将来跟他结了婚，免不得要受苦，而且要受黄凤贞他们的讥笑；那章绍杰呢，看他那个人虽然没有秦朴那么好，可是他的确是太有钱了！假若跟他结了婚，那实在是太享福了，黄凤贞她们也一定要羡慕自己的。

这时，挚爱与金钱，在菊英那脆弱的心弦上相反地弹动着，使她无从取舍，无所适从。她痛苦得又流下眼泪，心想：我真的没有主意了，我把实话告诉黄凤贞吧！就告诉她章绍杰那个人我并不反对，我也愿意将来与一个有钱的人结婚，因为可以仗着他供养我的母亲，使我能求学，别的……我倒不很需要；只是秦朴他那个人是太好了，我也实在离不开他，你给我想个两全的主意吧！可是她等待了半天，黄凤贞并没有再说话，只是逗着猫玩。

又待了一会儿，黄凤贞就把猫轻轻地放在床下，她伸了个懒腰，笑着说："我也应该起来啦！"

菊英见黄凤贞要起床，她便站起身走到外屋。黄凤贞问说："你吃好了吗？"菊英点头说："我吃好了，姐姐。"说话的时候，她的声音都有些颤颤的。

菊英坐在沙发上低着头，用小手绢拭着眼睛，真的，向来她也没有这么难受过。虽然秦朴的爱情，章绍杰的金钱，在她的心里也不止一次的交战过，但每次的结果都是她觉得爱情可贵，金钱不是多么重要的，所以她总会在金钱物质的迷惑下面挣扎出来，清醒过来。但是今天经过了黄凤贞这一番劝说，她开始觉得这个问题实在是很重要的。

她想着：自己若是拒绝章绍杰，一心一意地去爱秦朴，总不会在精神上受到打击，他是一定能够永远爱自己的，可是将来的生活怎样，那可难说！自己虽然是个年仅十六岁的女子，可是经济压迫下的痛苦已经尝够了，怕了。反过来说，自己若是结识了章绍杰，还不必说做了章绍杰的太太，那么立刻就会享福，立刻就能在人前改变成另一种样子；自己也可以做个女学生，像在海淀街上坐着汽车来往的女学生那样，并且想要买的东西也都全有了，母亲也不必再给人家当老妈子了。可是章绍杰能否始终爱自己，能否不再爱别人，那可也不敢说。总之，为了爱情就不能计较金钱，为了金钱就无法保证纯真的爱情了！

菊英的心里又痛苦地交战了半天，却没有一点主意，没有挣扎出，也没有清醒过来。她拭净了眼泪，就听见里屋的黄凤贞正喊叫胡妈打洗脸水。她坐在沙发上又发了一会儿怔，觉得秦朴那个人真是可怜：你为什么要那样的没有钱呢？叫我这么爱你的人却不能够安心的爱你啊……她后来又一想：自己也太远虑了！章绍杰虽然对自己很和蔼，可是那是因为与秦朴的关系，他知道自己是秦朴的爱人，他的心里未必对自己有什么念头；碰巧，自己去巴结他，他还许不要呢？他认识那个不大爱理人的袁小姐，那袁小姐才是他的爱人呢。我也是瞎担心，听了郝四太太、黄凤贞、吴崇富他们那些望风捕影的话，就瞎盘算了半天，这是何苦来呢？菊英一想到这里，于是就把她那难以解决的问题搁起来，把矛盾的心理抛开了，认为最好是到一时说一时话，谁知道将来怎么样呢？

这时，胡妈把洗脸水和漱口水送到里屋，菊英也站起身又走到里屋去，就见黄凤贞穿着她那件绣花的睡衣，正对着镜台洗脸，洗过脸又往头发上擦油。菊英就坐在旁边的椅子上，瞧着黄凤贞修饰：剃眉毛、擦粉、抹胭脂、画眉毛、点口红，黄凤贞面对镜子，就望着菊英笑说："这一套儿大概你还不会吧，你也得学学。现在做姑娘不要紧，将来结了婚你是非得打扮不行，要不然，男的可就到外面找摩登的去了！"

黄凤贞一面说一面笑，仿佛是自显着世故极深，又仿佛是拿菊英开玩笑。她从镜子里看见菊英把报纸随手拿过来，默默不语地低着头看，那一种娇态又叫她心生嫉妒，就想着：菊英这么漂亮的人，若是真跟章大少爷搭上，章大少爷拿出几千块钱来给她一打扮，那时谁还能比得过她呀？不如还是先给他们破坏了吧！可是一想起昨夜枕边她丈夫许给她的那些条件，又觉得不忍放弃，只得解恨似的想着：章大少爷那是什么人，能够把她这个穷丫头爱一辈子吗？反正将来她不会有好结果，还是不如我！

菊英看了半天报，黄凤贞还没有修饰完，她转过头来向菊英问说："你看看，今儿程砚秋唱什么戏？"菊英找了半天，才找着那戏院的广告，她就念着说："程砚秋唱的是，鸳鸯……"末一个字像个"冢"字似的，菊英念不出。黄凤贞说："是《鸳鸯冢》吧？"菊英说："对了，《鸳鸯冢》！"说话时，她的脸立刻发红，心中惭愧着：我的知识太差了，净在人家眼前丢丑！黄凤贞到底是比我多上了两年小学，她认识的字比我多……

黄凤贞一听是《鸳鸯冢》，她就说："不好，我顶不爱看这些个悲剧！末了不是男的死了，就是女的死了，要不然就是男女都死了，埋在一个坟头儿里；看了真叫人堵心，回家来能够连饭都吃不下去。所以我爱看电影，电影里没有这些个，临完了多半是两人一接吻。"

说到接吻，黄凤贞就想起了她丈夫那张胖脸，她立刻像疯了似的跑到菊英的身边，拥抱住菊英那柔软的身体，娇笑着，扒着菊英的耳边，悄声地问她说："妹妹你告诉我实话！你跟那姓秦的学生，到了接吻的程度没有？"

菊英听她这么一问，羞得脸上真比黄凤贞手指上才染的蔻丹还要红，尤其是又被黄凤贞那又胖又热的胳臂抱着，使得她心中乱跳，血液沸腾。她就一面挣扎，一面着急地说："姐姐你别闹！"黄凤贞笑着说："你也不用瞒我，早晚我得回一趟海淀，实地调查调查你的行动。"遂就靠着菊英，看了一段报，然后才去换上了昨天新买来的那双白皮子的高跟鞋。这时菊英才觉得心里渐归于平静，但是脸上还不住的发烧。

黄凤贞又去开衣柜，菊英见那衣柜里全是旗袍和单外衣，各色各样的全都有，又不禁对黄凤贞生出羡慕。黄凤贞就向菊英问说："你给我出个主意，你说我今儿穿哪一件好？"菊英可觉着哪一件都很好，都比黄凤贞给自己的这件衣裳强。她本想要过去用手动一动，但是恐怕黄凤贞嫌自己的手脏，把衣裳摸坏了，因此就站在远远的，指着一件白色的旗袍，说："我看这件白的最好。"黄凤贞望着菊英说："穿白的，不是太漂亮点了吗？可是昨儿咱们在电影院、在市场，已然瞧见有穿白的了，不过人家不是纱的。"菊英说："我觉得白衣裳衬上白鞋，一定很好看。"

黄凤贞笑了笑说："你倒真会打扮人！你说的不错，白衣裳、白鞋是顶漂亮，可就是太容易脏。我这件白衣裳还是去年夏天做的呢，只穿过一回，那是你姐夫的同事茅镇三结婚，在银宫饭店，我去了一趟，回来就看见下摆脏了一块；花了差不多三块钱才洗干净，以后我就没再穿过。真的，像咱们这样儿的人，穿不了这么漂亮的衣裳，坐一回洋车回来就穿不得啦！除非出入都坐汽车。"菊英听着就点点头，由黄凤贞说到坐汽车,她又想起章绍杰那辆豆绿色流线型的汽车,心里又是一动。

这时,黄凤贞自己取了一件水绿底儿,紫花掺白花的纱旗袍,向菊英说:“我就穿这件吧!今儿在公园还许遇见你姐夫的同事呢,你这么漂亮,我穿的寡妇似的也不大好!”遂又笑了笑,自己把这件旗袍穿上。她顺手关上衣柜,就对着那柜门上的大镜子,一边扣纽子,一边前后左右地照,并笑着问菊英说:“你瞧,不至于太难看吧?若是难看我就再换一件。”

菊英用羡慕的眼光瞧着黄凤贞的这件漂亮衣裳,心里却很不痛快,就想:黄凤贞她也不必再送给我一件衣裳,只要借我一件换换也好呀!身上她给的这件,颜色花样是太显着俗气了,而且,这双鞋怎能跟人家在一块逛公园呢?公园又不像电影院跟市场,谁都能够瞧得见谁……但是转又一想:我何必要穿人家的衣裳呢?将来我有钱,自己做!因此一阵懊恼又袭着她的心,她转身走到外屋,坐在沙发上又思考起她刚才那已经搁置起来的问题。

待了半天黄凤贞才修饰好了,并带上她那金镯、手表,走到外屋来,坐在沙发上拿着一支烟卷抽。胡妈进来,黄凤贞就问说:“黄老爷回来了没有?”胡妈说:“还没回来。”黄凤贞脸上现出不高兴的样子,抱怨她爸爸说:“没听说过,家里有客,他还出去遛鸟儿!什么宝贝鸟儿?早晚我非得把他那几个鸟儿喂了我们的小花儿不可!”连胡妈在旁听了都不禁笑。

黄凤贞又嘱咐胡妈说:“回头黄老爷回来,你叫他把张裁缝找来,我这儿有两件衣裳等着他来量呢!王师傅回来了没有?”胡妈说:“王师傅上菜市去还没回来。”黄凤贞说:“王师傅要是回来,你告诉他多预备两样儿菜,我跟范大姑娘在家里吃。”胡妈问说:“老爷也回家来吃吗?”黄凤贞摇头说:“不,老爷不回来吃,晚饭也别多预备,我们都在外头吃。可是叫王师傅得预备点儿点心,晚上许有人到家里打牌来。”胡妈一听晚上又打牌,她就很是喜欢,答应的声儿也显着痛快了。

这里黄凤贞跟菊英又谈了一会儿闲话,黄老九就回来了,他今天是先把鸟笼送到他住的西屋里,才过来的。菊英由沙发站起来,笑着问说:"九叔你回来啦?"黄老九笑着点头说:"菊姑娘坐着,别拘泥!"黄凤贞坐在沙发上也不起来,又没有好脸地对她爸爸说:"你可真是的,家里有客么,不知道帮着我招待招待,可非得一清早就出去不可,难道不遛那几个破鸟儿就吃不下饭去吗?"

黄老九龇着牙笑着说:"菊姑娘她还算是客么,我看她还不跟你是一样?"黄凤贞说:"这要是咱们黄家,我菊英妹妹来了就不算是客,你得想想,这是人家吴家!"黄老九被他女儿给问住了,他就龇牙笑着,又说:"我也没出去玩去,我是上刘歪鼻子那儿啦。"黄凤贞一听她爸爸提到刘歪鼻子,她就似乎很是注意。黄老九又看了菊英一眼,然后向他女儿说:"姑娘你这儿来,我跟你有两句话说!"说完黄老九先出屋,黄凤贞随着站起来,掐了烟卷,向菊英说了声:"你坐着。"她就出屋跟她爸爸也不知谈什么去了。

这里菊英心里就很疑惑,觉着他们父女的行动仿佛有点鬼鬼祟祟的,不知他们是商量什么事,可是又想:刘歪鼻子这个人大概不至于与自己有关系吧。她遂不去深想,又站起身来,去看墙上那张吴崇富与黄凤贞的合影。

过了好半天黄凤贞才回到屋里来,她就笑着向菊英说:"你的人缘儿真好,我们老爷子怕家里的扬州菜你吃不来,他说他要亲自下厨房,给你做两样儿你爱吃的。"菊英赶紧笑着说:"干吗又叫我九叔费事呢?我什么菜都能吃,姐姐把我九叔拦住吧!"黄凤贞说:"我们老爷子的脾气你是知道的,他要是跟这个人有缘,无论怎么受累他也高兴。妹妹你别拦他,他嫌我们家里的酱油颜色太深,自己提着瓶子出去买白酱油去了。"菊英一听,就想:黄老九张罗着亲自下厨房给我做菜,并且因为嫌酱酒的颜色不好,又亲自到外面去买,可算是太优待我了!平常我还骂人家黄老九,现在才知道他这个人原来也不错……

这时黄凤贞又由里屋床上把她那只花猫抱出来,说:"菊英你瞧,我们这小花儿白天净睡觉,一到晚间就有精神,常常叫唤得叫我睡不着。"说着又跟猫儿亲了个响嘴儿,遂坐在沙发上,翘着她那底儿还没有沾泥的高跟鞋,水绿底儿紫白花的纱旗袍下,露出浅粉色的绸衬裙。

对面坐着的菊英就怀着艳羡的心情，听着黄凤贞说话。

黄凤贞今天对菊英的态度，仿佛比昨天还要亲热，可是嘴里所说的风情话比昨天也更厉害，甚至于连她丈夫对她怎样亲热，以及她丈夫在外面搭姘头都说。她说那次被她察觉了，她跟她丈夫大闹了一场，两天没吃饭，后来她丈夫给她下了一跪，她才把她丈夫饶了；由此又说了许多女人经，驭夫术，仿佛表示她很有经验似的。虽然没又谈到那位章大少爷，可是临完了，她却笑向菊英说："反正现在你也到了年岁了，以后无论你是恋爱或是结婚，你都跟你姐姐请教，才能够不吃亏！"

本来菊英的心里才稍稍宁静，可是听了黄凤贞这样话，她又感到心跳脸热，一面含羞微笑，一面心里想着：原来做一个女人也不容易，也得知道许多的事情……可是大概也是分遇见怎样的男子，像秦朴那样的柔顺男子，稍微对他表示一点不高兴，他就得立刻听话。因此菊英更觉得秦朴可爱，而更坚定了自己还是应当专心去爱秦朴。

又待了一会儿，黄老九出去买酱油回来，并把常给他女儿做衣裳的张裁缝找来了，黄凤贞就把昨天在市场买来的那两件衣料拿出来，叫张裁缝给量好了尺寸。菊英本想：今天看黄凤贞跟我是特别得好，她这两件衣料也许会给我一件，等两三天衣裳做得了，我再回海淀也可以。可是黄凤贞竟连虚让一下也没有，都是按照她自己的身子量的，什么袖子应该再短一点，领子现在不兴高的了，纽子得盘什么花样，没有向菊英问一点意见。菊英徒然用艳羡的眼光，看着那两件华丽的衣料被裁缝包起来夹着走了。她撩起眼皮看了黄凤贞一眼，心里很不痛快，想着：黄凤贞这个人哪儿都好，就是太吝啬了些……

这时黄凤贞仿佛没理会菊英是不高兴了，她只笑着说："这两件衣裳做得了，等着下回你再进城的时候，我陪着你出去玩的时候再穿。"菊英也没有回答，就坐在沙发上闷闷地想着；自己除了结婚，恐怕绝不能做什么好的衣裳了……

这时黄凤贞又出屋，也不知做什么去了。等到约莫十一点半的时候，在房里就开了饭。今天黄老九也陪着他女儿和菊英一起吃，黄老九对菊英是特别客气，只要是一向菊英说话，他就扎着小胡子呲着金牙笑着，并且叫菊英尝尝他做的那两样菜对口味不对。其实他所谓特意下厨房做的菜，也不过就是一碗氽丸子加黄瓜片，一盘炒肉丝；自然这也是菊英所不常吃的东西，而且又是人家黄老九的诚意，所以菊英就带着笑，连连说好。

黄老九拿着小酒杯儿，一边喝酒，一边向菊英谈闲话，他夸奖菊英人品安稳，像是个大家的姑娘；又同情菊英父亲死了，母亲在外头佣工，自己整天做外活，跟着叔父婶母过苦日子，不容易！尤其是那个醉鬼叔父，真是个糟糕的人……

菊英被黄老九说得心疼，几次都要流眼泪，旁边黄凤贞就拦着她爸爸说："老爷子您就别说了！您再说人家可就要哭啦！人家现在虽然受点苦，可是眼瞧着就要跟家里有汽车的大少爷结婚了，那时就成了阔少奶奶啦，比咱们强得多！"菊英一听黄凤贞说这话，索性眼泪就流出来了，她又羞又笑地向黄老九说："九叔，您不管我姐姐呀！您听她说的这是什么话呀？"

黄老九呲着还挂着肉丝的金牙，就向他女儿说："你真不像是个做姐姐的！你菊妹妹人家在海淀住着，大门不出，二门不迈，哪能够像你？你跟人家这么闹着玩儿，人家的脸皮儿可真挂不住！"

黄凤贞笑着说："人家菊妹妹倒还知道害羞，我可是完啦，我现在连脸都不顾啦，谁叫你把我给卖了呢？"黄凤贞虽然说的这是凑趣的话，可是黄老九听着可有点儿刺心，但他也颇狡猾，哈哈地一笑，就把他女儿的这句话给掩盖下去了，而菊英只顾羞愧、伤心，也并没注意黄凤贞的这句话。

此时，菊英因为黄凤贞刚才说出什么自己将要做阔少奶奶的话，恐怕黄老九要由此询问出自己与章绍杰相识的事，那可就不好办了；因为黄老九以后一定常跟自己的叔父见面，倘若他把话传到叔父的耳朵里，叔父一定要跟自己大闹一场，他又是喝醉了酒什么话都能说，那时可叫自己在海淀怎么出门见人呀？因此就担着心。可是黄老九听了他女儿那几乎把事情说明白了的话，却并没往下细问，脸上一点诧异的表情也没有，似乎他是对于菊英的事通通知道。

过了些时饭吃毕了，菊英又随着黄凤贞到北房去，黄凤贞又重新修饰。黄老九也进到屋里，他因见菊英在外屋坐着，他就一掀帘子进到里间。菊英因为觉得他们形状可疑，便静心侧耳地往里间去听，只听是黄老九声音，说什么菊英的衣裳怎么样，不太听得清楚；而黄凤贞跟她爸爸撒气的声儿倒还真切，黄凤贞仿佛还跺了一下高跟鞋，说："我的衣裳这么肥，人家穿着不合适嘛！再说，净给人家旧衣裳穿，落不着好儿，倒招人不愿意！"

接着里屋又沉静了一会儿，黄老九就掀帘出来。他也把屁股坐在沙发上，拿了他女儿的一支老炮台烟卷抽着，跟菊英没话找话地说着，同时把两只耗子眼儿不住向菊英那清秀的面貌上打转，仿佛是一个珠宝客在估定一件货品所值的价钱。

第十二回　碧槛寻花幽情经撩动
朱门探母艰窘拙言辞

黄老九跟菊英说了半天，菊英虽然不耐烦听，但是也不能不勉强应酬他。待了半天，黄凤贞才又到外屋来，修饰得比刚才还要漂亮，见她爸爸跟菊英不断地说话，她看着也觉得讨厌，就向她爸爸使气说："得啦，你就别说上又没有完啦！多絮烦呀！我们要走啦。"黄老九赶紧站起身来，当着菊英，他也觉得面上很不好看，就不笑假笑地向菊英说："你瞧，她净管着我！"菊英也觉着黄凤贞对她爸爸太厉害了一点，就笑了笑，说："姐姐你也是，干嘛净跟老爷子生气呀？"黄凤贞扑哧笑了，她说："不是我生气，我们老爷子无论说什么话，也总是没完没了，絮烦极啦！我要是不拦住他，你就听吧，听到今儿晚上也没有完，咱们也就不用上公园去啦！"

黄老九一听他女儿说今天要同着菊英逛公园去，他就赶紧问说："你们这就走吗？我给你们雇车去，上中央公园，还是上北海？"黄凤贞摆手说："你别管啦，叫你雇车你净图省钱，雇来两辆破车，一坐衣裳就脏了。"遂喊着："胡妈！胡妈出去雇两辆车，上中央公园！"叫了两声，胡妈还没有答应，黄老九就说："我叫她去。"他这才借机会下台，出屋去了。

这时菊英拉着黄凤贞的胳臂，笑着说："姐姐，你干什么净跟我九叔使脾气呀？"黄凤贞笑着说："你不知道，我们老爷子太讨厌，净给我泄气！”她又回到里间去拿她那只皮手包，当着菊英的面点了点皮包里的钞票，并皱了皱眉，说：“你姐夫给我的净是十块钱一张的整票子，雇车给车钱都不方便。”菊英知道黄凤贞是故意显她有钱，心里就有点瞧不起她，可也觉得自己是太可怜了。

这时胡妈把车雇来了，黄凤贞向菊英说：“咱们走吧！虽说四点钟你姐夫他们才去，可是咱们还得先在公园里玩会儿呢。”菊英也想着：中央公园我还没有去过呢，听说里头比颐和园还雅致，去玩一玩也好。可是我身上的衣裳虽然不至显出穷相，鞋却太难看了……她正想法子要叫黄凤贞不去才好，可是黄凤贞已然先走出屋去了，菊英也只得跟随她走出。

到了门前，这时黄老九正在门口跟那两位拉车的谈天，一见他女儿出来，他赶紧不说了，并殷勤地问说：“你们今儿晚上什么时候回来呀？”黄凤贞说：“顶早也得天黑才能回来，你可叫胡妈她们把屋子收拾好了，晚上有客来咱们家里打牌！”一面说着，一面挑了一辆干净的车坐上，菊英也上了车。黄老九答应着，又呲着金牙望着菊英笑。黄凤贞踏着脚铃，两辆车就出了毛家湾东口往中央公园去了。

这时不过是下午一点多钟，天气比昨天还要热，马路上的行人都显着少。到了中央公园的后门，就见那园中的苍翠古柏，和御河里绿深深的水，都使人心中顿然觉得清凉。隔着木桥往园里去看，那林间亭畔有不少的游人往来，还有姗姗摇动的艳丽的身影，菊英晓得那都是一些悠闲的小姐太太们。

当她们下了车，黄凤贞上前买门票时，那售票处的小窗户前正站着三个年轻的女子；虽然穿的都是棉织的衣裳，但是人家的衣裳样式都是那么合适，花样、颜色都是那么新颖雅洁，而且人家脚下都是一律的皮高跟鞋。这三个中学生似的女子先买了票，彼此拉着手，欢欢跃跃地进园里去了。菊英又低着头去看，就觉着自己脚下的这双旧鞋，仿佛不配走入这个优美的公园里似的。黄凤贞在前，菊英在后，就顺着那宽宽的木板桥往园里走去，黄凤贞像是故意的用她那双白皮鞋的高跟，咯咯地敲着木板；菊英却脚步很迟缓，她靠着栏杆走着，向前望着那森森的松柏树影和拂拂的柳丝。

到了园里,黄凤贞先带着菊英去看鹿圃,然后又往前走。那柏林之中就安设着许多茶座,一些艳装的、淡装的年轻妇女和穿西服的少年,都在藤椅上坐着喝茶、吸烟,并看着往来的游人。菊英就觉着人家都在注意她脚下的这双旧鞋,惭愧得她不敢去看别人;虽说她低着眼皮儿走,可是她也明白地看见了有一张茶桌旁,两个青年男女对坐着,正在那里喁喁私语。

走进了“长美轩”,黄凤贞看了看茶座里没有她的丈夫,就带着菊英走上了长廊。那长廊的走道都是水门汀的,又滑又亮,黄凤贞的高跟鞋走上去自然是格外响亮,但是菊英却愈觉得羞惭,她想:真的,我这个穷样子,衣裳倒还新,鞋可是太旧了,这时候哪个女的还穿青礼服呢的鞋呢?在这么干净的廊子下跟着一个阔太太走,我算是个干什么的呀?

才转过了廊角,又见一个西装少年与一个身穿淡黄纱旗袍、白皮高跟凉鞋的女子迎面走来;两个人搭着胳臂,身子靠得很近,脚步儿很慢,随走随谈着话,并且脸相望着,眼对视着,都含着深情的笑。菊英不免看了人家一眼,自己倒觉着有点害羞。黄凤贞却把眼直直地看着,这一对男女都走过去了,她还不住地回头看,并且望着菊英笑了笑。菊英也不晓得她笑的是什么意思,只听黄凤贞说了声:“真开通!”

又顺着廊子走着,就到了养水禽的地方,这里有花毛儿的鸭子、雁,还有缩着脖子跷着腿的鹭鸶,并有两只小鸭子似的锦毛儿的小水禽。黄凤贞拉了菊英一把,笑着指那两个小水禽说:“你快来看,这就是鸳鸯!”菊英也笑着,扒着那铁丝网子往里边看,嘴里说:“怪好看的!”心里想着:这跟我挑的那荷花鸳鸯是一样,可是比活计上用彩色线做的还要美丽。

黄凤贞把一只手搭在菊英的柔肩上,悄声说:“这是一只雌的,那只是雄的,它们就跟夫妻是一样的,永远谁也不离开谁,可也怪!怎么鸟儿也跟人是一样呀?”说着,她脸上又浮现出一种风情的笑,用眼撩了菊英一下。菊英带着一点窘态,也笑着,同时想:不过鸳鸯可比人还要好，雌的雄的都很美丽，大小也相差不多；人可是有许多不相称的，像黄凤贞他们……想到这里，忽然看见一只鸭子，浑身的污泥，扭动着肥胖的身体往水里洗澡去了，看着真有点儿像黄凤贞的丈夫吴崇富。她不禁掩口笑着，刚要借此也打趣打趣黄凤贞，可是又怕她急了恼了，遂就说："咱们上别处玩去吧？"

黄凤贞也似乎不喜欢看那只鸭子的愚蠢样子，她就带着菊英又上了长廊。刚要往花坞那边去，忽见迎面走来两个服饰娇艳的少妇，身后还跟着一个年老的婆子，黄凤贞就向菊英悄声说："这两个一定是妓女！"菊英也注目去看，也觉着这两个女的打扮得太不规矩；她们一边走，一边飞着媚眼儿四下去寻人，那种样子很有点像那郝四太太。菊英心里就想：这就是妓女呀？可是妓女到底是做什么的，她还不大明白，只知道是一种很浪漫的不好的妇女罢了。

黄凤贞本想由此往花坞去，可是她往东一看，见那里围着许多人，她忽然想起来了，就说："哎呀！牡丹都许开了，咱们快过去瞧瞧吧！"说着，她的高跟鞋的响声更紧，很快地往东去走。菊英跟着黄凤贞走到东边的花槛前，走入人丛里低着头去看，就见那茶杯口儿大的红花，被碧绿的枝叶陪衬着，约有二十多颗，芳香四溢，有许多小蜜蜂儿钻进花心里去玩。菊英看着，确实跟自己绣过的牡丹花差不多，遂就向凤贞问说："这牡丹怎么是红的呀？没有白的吗？"黄凤贞眼睛看着花，嘴里回答说："这是芍药，牡丹还得过几天才能开呢！"菊英把花儿认错了，她的脸就羞得比芍药还红。又见身旁有一个穿西服的少年，扭着头瞧了瞧自己，她更是羞愧了，就低着眼皮看花儿。

半天，菊英才抬眼向东边一看，就见花槛的东边站着一对青年男女，男的穿着米色西服，长脸儿大眼睛，长得有点像秦朴；女的是穿着蓝白道儿的旗袍，梳着两条小辫，将一只戴着手表的胳臂高举着，搭在那男子的肩上。她的身子偎着那个男子，看看花，仰着头又向那男的笑了笑，一种甜蜜亲爱的情景，真使菊英心动，于是她赶紧不去看人家，又低着眼皮去看花儿。

这时黄凤贞就拉了菊英一下，说："咱们往那边看白芍药去吧！"菊英就跟着黄凤贞走，临走时她又看了那一对多情男女一眼。从背影看去，这一对男女实在比鸳鸯还要亲近，菊英也似乎很羡慕人家。她羡慕人家这种爱情，就像她羡慕人家的高跟鞋、手表一样，不过仅仅多了一点自慰的心理，就是因为她也有一个可爱的秦朴。

黄凤贞拉着菊英又到东边去看白芍药，那白芍药真是皓洁芬芳，假使没有绿叶和枝干，真像是一团一团的白雪。围着槛看花的人也很多，也多半是些艳装的妇女陪着她们的情人。再往东边去那又是芍药，红芍药的东边又是白的，花都是差不多，槛边围着看的人也全都是一样的，没有像菊英这穷样子的。菊英不仅看花，同时她也看人，人比花是更能够撩动她的芳心。

这时又走到了"来今雨轩"的前面，那茶座里也有不少阔绰的男女。菊英脚下这双旧鞋，叫她真不愿再在人前经过，惹人笑话了，她就向黄凤贞说："真热！姐姐，咱们找个阴凉地方歇一会儿好不好？"黄凤贞站住想了一想，本来是可以就在这廊子下或是休息椅上歇一歇的，但是她又觉得这里不干净，怕脏了她这件漂亮旗袍，她就说："那么咱们这就上'长美轩'，等着你姐夫他们去吧？他说是四点下班，可是三点多就许来。"菊英很不愿到那"长美轩"去等候吴崇富，可是黄凤贞既是这样说了，她也不好意思不答应，遂就点头说："也好吧！"于是又跟着黄凤贞折回头来，顺着长廊往长美轩去走。

到了长美轩，幸喜这里没多少茶客，茶房认得黄凤贞，就迎过来说："吴太太来啦？今儿天气可真热！"黄凤贞做出熟主顾的神气，说："天越热你们的买卖才越好嘛！"茶房笑着，连说是是。黄凤贞就挑选了一个迎面的，能够看见往来游人的茶座，在藤椅上坐下，从手皮包里拿出一柄二寸长的小折扇扇着凉风。茶房就问说："吴太太还是喝龙井吧？"黄凤贞说："可不是，我向来夏天不喝别的茶。茶倒是不忙，你们先拿两杯冰激凌来。"又向菊英问说："你是吃杨梅的，还是吃菠萝的？"菊英笑着说："什么都可以。"黄凤贞就吩咐茶房说："那么就要两杯菠萝的吧！"茶房答应了一声走了。

另一个茶房又过来，送来了手巾把，黄凤贞和菊英全都擦了擦手。

黄凤贞想抽烟卷，她就翻了翻手皮包，忽然发觉那银烟盒没有带出来，她就向菊英笑着说："我真马虎！连烟都忘了带了！"遂又把拿手巾把的茶房叫回来，说："拿一听'老炮台'来！"

待了一会儿，两个茶房一齐过来，送过来龙井、冰激凌、老炮台香烟、瓜子，和一些糖果。黄凤贞一手捏着烟卷吸着，一手拿着镀银的小匙子吃冰激凌，又向菊英说："我后悔没听你的话，没穿那件白纱的出来；你看在这公园里玩的女的，哪个不是穿的都很漂亮？"菊英点了点头。

吃了冰激凌，心神更觉得清爽，菊英更觉得自己恐怕是公园里最穷的一个了，连茶房都许瞧不起自己，于是她就将两只脚屈在藤椅下面，以免游人看见她那两只旧鞋。黄凤贞吃过了冰激凌，就抽着烟，嗑着瓜子，又跟菊英谈着闲话，她问说："你在海淀住着，不常进城，公园里你大概有好几年没有来吧？"菊英点头说："可不是，我有三年没来啦。"她却没说此次是初次来到这里。

黄凤贞又问说："海淀离着颐和园那么近，大概自从几年前，咱们跟着学校去过那一回，以后你就再没有去吧？"

菊英一听黄凤贞问到了颐和园，她就想起了春天与秦朴偕游的事情，就想：那天若在别人的眼里看来，也一定把我们当作情人了！自从那天我们在一起玩过之后，至今已将两个月，我们也真成了……很好的了。因就盼着今天秦朴也能到公园里来玩，自己一定要给他和黄凤贞介绍。不过菊英又怕遇着章绍杰，她也并不是怎么厌烦那章绍杰，实在是自己感觉到了，假使那章绍杰若再跟她有什么亲近的表示，那她可真不知怎样应付了……

这时，就已然快到了三点钟了。黄凤贞因为盼着她的丈夫快些来，所以心里很是着急，她一会儿看看往来的行人，一会儿又看看手表，也不怎么跟菊英谈话了。菊英只拿着茶杯喝着茶，眼睛也望着往来的游园男女。黄凤贞盼了半天，忽然她笑着说："他们来啦！"就站起身来，往东边笑着招手。菊英也站起身随着黄凤贞的视线向东边去看，就见吴崇富戴着白帽，穿着西服，真像是一只胖鸭子蹒跚着走来。他还同着一男一女，那男的是一个瘦长个子，穿着米色西服，戴着巴拿马草帽，手里拿着一根“文明棍”；女的是一件青丝绒的旗袍，雪白的单风衣，头发烫得比黄凤贞的还要卷曲，瓜子脸儿上嵌着一架茶色保目镜，远看着简直像一个骷髅。黄凤贞悄声向菊英说：“你快瞧！这个女的就是太平银行于经理的兄弟媳妇。”

这时吴崇富也看见他的太太黄凤贞了，他那胖脸上便堆满了笑容，眼睛在眼镜里眯成了一道缝，就同着他请来的两位贵宾下了长廊，来到长美轩。黄凤贞先迎着那个女的，笑着说：“于三太太，你早来了吧？”于三太太的红嘴唇在茶色眼镜下笑了笑，就说：“我们是两点半来的，刚才先在‘来今雨轩’，同了两个朋友喝了一会儿茶，就看见吴先生来了，我们这就又来赴你们这个约会儿。”

黄凤贞笑了笑，又向那男的点头，说：“这位是于三先生吧？”吴崇富在旁笑着说：“敢则你就认得于三太太，可不认得于三先生？”黄凤贞说：“我没见过嘛！我跟于三太太倒是常在长安戏院见面。”

那于三先生把他那根“文明棍”拄在地下，一手摘下了“巴拿马”，露出头顶上秃秃的几根头发，向黄凤贞点了点头，又向吴崇富笑着说：“这就是嫂夫人？”

吴崇富赶忙笑着说：“不敢当，这是贱内。”说完就用手指着菊英，那于三夫妇的目光又全都转到菊英的身上，吴崇富接着说：“这位就是范菊英女士，是贱内的……同学，同学！”菊英也仿佛局促不安的向那于三夫妇每人鞠了一躬。

吴崇富就赶紧让座，又大声喊茶房，并问于三夫妇喝汽水还是吃冰激凌。那于三先生在上首藤椅上坐下，眼睛盯着菊英，嘴里可对着吴崇富说话，他说：“我们坐不了多一会儿儿，什么也不想吃，回头还得到‘来今雨轩’应酬那两位朋友去；那两位是南京来的，也都是银行界的朋友。”这时黄凤贞亲自伸着她那又白又胖染着红指甲的手，捏着两支“老炮台”，送给于三夫妇每人一支；吴崇富就划自来火，亲自给于三先生点上。那于太太却自己燃着了烟，一面喷着烟雾，喝着茶，一面去对菊英谈话。

这时于三先生喷着烟，又对着黄凤贞说："本来今天早晨吴先生给我往家里打电话，说是你们两位今天在这儿请客，还有一位章绍杰的女朋友范女士在这儿作陪。吴先生他叫我把绍杰也请上，他并说有范女士在这儿，章绍杰一定肯来。我就赶紧给绍杰去打电话，他们公馆里人说他是一清早就出去了。我又恐怕章绍杰是故意拿架子，所以我又亲自找了他一趟；到他的公馆里一问，他倒是确实没在家，说是出西直门去了，大概上西山去了，因为他们在那里有别墅。"

这时菊英正跟那于三太太谈话，听到他们这边提到关于章绍杰的事情，因就很注意地去听。只见吴崇富的胖脸上似乎现出很失望的样子，他说："本来我和章绍杰先生已有半年多没见了，现在因为有内人这位同学范女士，由海淀到城里来，就住在我们家里；范女士和章绍杰也是很好的朋友，所以我才想起今晚邀请章绍杰先生到这儿一块玩玩，回头再一同到舍下去打牌，也算是彼此欢聚一下，可是没有想到章先生今天出城去了！"

于三先生摇头说："那不要紧！绍杰他常常出城，有时他到西山别墅里去玩，有时到海淀他的同学秦先生那里去，可是他总是当天就回来。他的汽车很快，现在都许回来了，等我回头给他的公馆里再打个电话，再问一问。"

吴崇富连说："好好，那么待一会儿请于三先生再打电话问一问，章先生要是回来了，就赶紧请他到这里来；他要是不喜欢在舍下打牌也可以，我可以在长安戏院订个包厢。"于三先生仰着脸，抽着烟卷说："那没有问题，只要他回来了，打电话他若不来，我可以亲自抓他去。"吴崇富点头笑着说："是的，于三先生跟章先生是老朋友了。"于三先生又喷了一口烟，仿佛很得意地说："我跟绍杰我们不分彼此，他那个人很有点怪脾气，有时他也跟我犯别扭，可是我不理他，过两天他可又跟我找场。"吴崇富笑了笑，那意思像是很羡慕这个于三先生，他跟那有钱的章大少爷的交情竟是这么莫逆。

此时，菊英因为得应酬那于三太太，所以他们这边的谈话菊英并没完全听清楚；但菊英的心里已是很明白的了，她明白吴崇富是要借着她去巴结那章绍杰。自然在她的心里立刻就产生了一种反感，但是反感之中又像是带着一点希望，她心想：其实，我跟章绍杰做个朋友，也没有什么不可以的，也并不妨碍我和秦朴的爱情，因为反正我与章绍杰已然相识了，就是将来我与秦朴结了婚，难道就不跟章绍杰见面了吗？

这时那于三太太跟菊英似乎是谈上没完，她问菊英的家庭景况，又问跟章绍杰是怎么认识的，菊英就含着羞都略略地说了。那于三太太对于菊英好像很亲热，她并且说："我们就住在东城王府井大街，离着东安市场很近。以后范小姐你要是逛市场去，可以到我们家里去玩，我就欢喜像你这样学生派的。"

菊英点头说："过几天我一定到你府上看望你去。"心里觉得于三太太这个人很好，没有架子，并不因为自己这穷样子她就瞧不起自己。不过于三太太说菊英是"学生派"，她未免有点儿惭愧，同时心里可也很喜欢。

这时黄凤贞在旁边，一个人默默地抽烟卷，脸上却带出很不高兴的样子，因为于三太太一来，就净跟菊英说话，没有怎么理她。她心里发出冷笑，暗自说："菊英倒是真阔了！这么些个人都要巴结她，其实，章绍杰还不一定是看得上看不上她呢！"

这时那于三先生因为被吴崇富恭维得太高兴了，他要在吴崇富的眼前显一显他跟章绍杰的交情，遂就立起身来，说："绍杰他这时大概回来了，我打个电话再问一问。"吴崇富也连忙起身，点头说："好，好，你就说我们跟范女士在这里敬候，请他快来！"于三先生点点头，一手捏着烧了半截的烟卷，就到这长美轩的柜上去给章公馆打电话。

这时菊英见那于三先生打电话催章绍杰去了，她的心里不住地紧跳，就想：回头章绍杰若是来了，自然别人更因为他而瞧得起我了，可是，章绍杰他要是又对我表示亲近，那可怎么办呢？正在担着心，说不出是忧虑还是希望，那于三先生就回来了，那张瘦长脸上可没有刚才那么高兴了。他一回来，坐在椅子上就说："绍杰大概是到西山别墅避暑去了，他公馆里的人说今天大概不能回来了。"吴崇富也仿佛极为失望，黄凤贞嘴角倒像带着一点冷笑。

吴崇富怔了半天，才勉强地笑着，向于三先生说："那么今天我们恐怕请不来章先生了，回头咱们在这里随便用点晚餐，然后请于三先生到舍下玩一玩。"于三先生却仿佛拿着架子说："我谢谢啦！我们还得到'来今雨轩'，有两个朋友在那里等着我呢；我们昨天就约定好了，回头到'新陆春'吃晚饭，那儿还有几位朋友呢。"于三太太也说："我们真有约会儿，改日咱们再一块儿玩吧！"

吴崇富赶紧向黄凤贞使眼色，那意思是叫他太太拉着于三太太到他们家里去打牌。可是黄凤贞却嗑着瓜子，直着眼看那往来的行人，似乎没有注意他那小眼睛在眼镜里的暗示，所以她一句话也没有说，于是满座都因为章绍杰请不到而没了兴致，话也少了。

又待了一会儿，于三先生就拿起他那根"文明棍"，站起身来说："我们还得到'来今雨轩'去，要不然那边的两位可等急了！"于三太太也披上单风衣，向菊英和黄凤贞笑着说："改日再见吧！过两天我请你们到我家里去玩。"菊英也站起身来向着于三太太点点头，吴崇富又跟于三太太握手谈了几句话，那于三先生把他那巴拿马草帽举了举，抡着那文明棍，带着他的太太又走上长廊往东去了。

这里黄凤贞看了她的丈夫一眼，然后就冷笑说："你也是，何必一定要请章绍杰来呢？难道咱们还巴结他吗？再说人家菊英在这儿，你准知道人家菊英愿意跟章绍杰见面吗？"

吴崇富本来因为请不来章绍杰他就十分烦恼，一听他的老婆忽然不承认昨夜跟他一个床上商妥的那个办法了，而把这些全都推在他一个人身上，他就未免有点生气，说："因为是范大妹妹认得章绍杰，我才想今儿也把章绍杰请来嘛！为的是彼此高兴着玩一天，过两天范大妹妹就回海淀去了。你这意思，仿佛是我要巴结章绍杰，这真岂有此理！好，冲着你这句话，以后就是章绍杰来巴结我，我也不理他！"说着他气哼哼地把手里的烟卷也扔在地下，扭过头去看那来往的女人。黄凤贞却抿着嘴，嘴角带着冷笑，斜着看她的丈夫。

旁边的菊英觉得窘极了，她就红着脸勉强笑着，揪了黄凤贞一下，说:“姐姐你干什么又跟姐夫闹气?章绍杰来不来没有关系。”吴崇富转过头来说:“对,本来是件没有关系的事,叫她说得我好像有什么目的似的!范大妹妹这话说得明白。”黄凤贞气得晃摇着肩膀,很快地说:“范大妹妹明白,我胡涂!我是胡涂蛋!”吴崇富扑哧笑了,指着他太太向菊英说:“你瞧她这脾气!”菊英也笑了,同时觉得黄凤贞为自己跟她的丈夫闹气,真是使自己很难为情。

这时才不过下午四点多钟,公园里的人正多,可是黄凤贞就要立刻回去,也不在这里吃晚饭了。吴崇富此时倒像很怕他太太似的,就很温和地说:“你忙着回家干什么?家里知道咱们在外头吃晚饭,一定什么也没有预备;咱们就在这儿吃晚饭好了,吃完饭到长安戏院听戏去?”黄凤贞摇头说:“我今天可没有精神了!”说完了,黄凤贞又抽了半支烟,她就要走,吴崇富只得给了茶钱,跟着她们出了公园后门。

吴崇富就说:“你们先回去吧,我还到东方饭店去找鲁俊堂去呢。”黄凤贞说:“你爱上哪儿就上哪儿去吧!我才管不着你呢!”遂用手拉了菊英一下,说:“咱们走!”于是连看她丈夫也不看,就雇上两辆车回毛家湾去了。

今天黄凤贞回到家里的气,比昨天还要大,一进门,她爸爸黄老九就碰了她一个大钉子,因为黄老九说:“怎么,就是你们姐儿俩回来了?吃过饭了吗?客没有来吗?”黄凤贞就向她爸爸撒气说:“客请不来了,难道我们两人还饿死在外头?”

进了屋,她一见打牌桌都预备好了,化学的牌堆在桌子上,筹码都分好啦,电灯也换了一只五十烛的泡子。黄凤贞看了就更是生气,她赶紧吩咐说:“胡妈,牌收起来,今儿没有打牌的,以后也永远不打牌啦!”胡妈在旁一见她的“头儿钱”又没有了,脸上就带出失望的神色,也不知道她太太今天在外面是跟谁惹了这一股邪气。胡妈给她太太和菊英倒过茶来,她就将牌收起,灯泡子也换了下来。

这时黄老九开发完了车钱,他又钻进屋来,先防备着他女儿的钉子,想了想才说:“刚才,胡主任又来了,他说找崇富有要紧的事,我请他进来坐,他也没进来!”黄凤贞说:“你没告诉他我们是上哪儿去了吗？”黄老九摇头说：“我没说，我就说你们是吃完早饭出去的，崇富是一早上班就没回来。”

黄凤贞在沙发上点了点头，等她爸爸出屋之后，她才向菊英说：“胡主任那人倒顶好，再说跟你姐夫又是同事，你姐夫现在这个差事还是人家给找的呢。”说到这里，她又觉得在菊英面前像是泄了气，赶忙改口说：“可是我们也帮了他不少的忙，现在你的姐夫可又跟人家闹了别扭了，这与事情都有关系！可是，我们就是现在差事丢了，收入没有了，十年八年也不要紧，照旧这么玩乐，照旧这么花钱；不过总是有个事情做，在外面说着好听一点。”菊英点了点头，心里却不明白黄凤贞的丈夫跟那个胡主任犯了什么别扭。

黄凤贞躺在沙发上抽了一口烟，又把她那只猫抱起来，玩了半天，不过菊英看她的神色总还有点生气的样子。菊英的心里就很不安，想着：我才来到黄凤贞的家里两天，就净看着黄凤贞的气面儿；昨天是因为章绍杰，她跟那郝四太太吵嘴，今天又因为请不来那章绍杰，使他们夫妇失和。她为章绍杰生气，还不就是因为我吗？我还有什么脸在她的家里住着玩乐呢？再说我这么一个穷丫头，连一双整鞋都没有，跟人家这些阔先生、阔太太们往来，也羞愧呀！人家表面上都对我很客气，其实准知道人家心里瞧得起我吗？于是她就皱了皱眉，向黄凤贞说：“姐姐，我想今儿天还早，我打算瞧瞧我母亲去，由那边我就回去啦，改日我再进城瞧姐姐来！”

黄凤贞听了菊英这话，她就想了想，也并不似昨天那样的挽留菊英了，她就说：“你真是急性子，得啦，我知道要拦你一定也拦不住！”遂又看了看手表，说：“可是呀，这时候才五点一刻，到七八点钟才能天黑呢！你要是彭公馆瞧大妈去，总还是晚上去才好，不然大妈一定正忙着。依我说，你在我们这儿吃完了饭再去……不行，不行，我们顶早也得八点钟才能吃饭，你去得太晚了也不好。这样吧，你就先去吧，瞧完了大妈可赶紧地回来，我们等着你吃晚饭。明天再留你在我们家里玩半天，下午我雇车送你回去！”菊英点头说：“好吧，那么姐姐，我这就走啦！”黄凤贞说：“你等着，我叫她们给你雇一辆车去。彭公馆在东城什么胡同?”菊英说:“在东堂子胡同。”黄凤贞就叫说:“胡妈,给范大姑娘雇一辆车去,拉到东堂子胡同。”

胡妈出去之后,黄凤贞就悄声问菊英说:“你手里没带着零钱吧?”菊英见问,不由脸上一红,黄凤贞就由她那手皮包取出约莫一块来钱的毛钱票,交给菊英说:“你拿着这个给车钱吧。”菊英羞愧着说:“用不了这些个钱,有两毛钱也就够了!”黄凤贞把毛钱票塞在菊英的手里,笑着说:“你瞧你把北京的洋车说得真便宜,从我们这儿拉到东堂子胡同,至少也得三毛,你就拿着吧!”

菊英接过了毛钱票,心里非常难为情。她先到厕所去,由内衣的小口袋里取出昨晚给秦朴写的那封信,连同这一迭毛钱票,一并包在小手绢里,然后她重到北房内,对着穿衣镜拢了拢头发。这时胡妈就把车雇来了,菊英向黄凤贞笑了笑说:“姐姐,我走啦!”黄凤贞说:“你见着大妈替我问好。快点回来!”菊英点头答应着,当下胡妈把菊英送到门首,菊英就上了车。

拉车的人很快地由这毛家湾向东城去走,菊英在车上紧紧地攒着她手里那小手绢包儿,眼睛注意着邮政局,可是她走过了几条街,竟没看见邮政局是在哪里;虽然看见了街头有那绿色身子的邮筒,但不知道到哪里去买邮票。她坐在车上就想着:黄凤贞的为人还不错,她丈夫吴崇富也不是个坏人,虽然今天他们也没征求我的同意,就要请章绍杰,仿佛像是要借着我去巴结那有钱的人,可是他们也未必就是恶意,再说他们也不晓得我与秦朴的密切关系呀!一想到了秦朴,她的心里立刻感到一种芳醇的甜蜜滋味,可是同时又不禁有些悲观,因为她已经能够预料得到,假如她与秦朴结了婚,要想过黄凤贞和今天见着的那个于三太太的那种生活,有那种物质享受,恐怕是很难的……

在这初夏的傍晚时候,天边挂着锦似的晚霞,散发着闷人的热气。柏油路两旁的洋槐树上,蝉翼弹着呆板的音乐,与那街头卖冰镇酸梅汤的小贩吆喝出来的漫长声调,商店门口无线电放送的“小桃红”和“星心相印”交响着,成为一种杂乱无章的“都市晚曲”。在这“晚曲”的声调下,一些已经吃过晚饭的少妇、姑娘们,都穿上雅洁漂亮的夏季时装，来到街头兜风。菊英的这辆车子也就在这愈远愈微的晚曲之下，到了东堂子胡同，按照门牌的号数找到了那彭公馆的红漆大门。

菊英下车给了三毛的车钱，移步到了那门前的台阶上，此时她的心里就觉到特别的拘窘，心想：我是个什么人呢？我不过是这公馆里一个仆妇的女儿罢了！穿着人家小姐扔了不要的旧高跟鞋，又迈进人家这公馆的门槛，不要被人家瞪我几眼吗……但是多日未见面的可怜的母亲就在这门里受着劳苦，自己也很不容易今天能够进城来看母亲，因此一种天伦的亲情，又使她不能不忍辱含悲地到了门房。她向一个老头子鞠躬，嗫嚅地说："大爷！我姓范，我是海淀来的，找这儿的范妈。"

那老头子翻着眼，仔细看了看菊英那惭羞赔笑的脸庞，他就问说："范妈是你的什么人？"菊英赧颜地笑了笑，说："是我的母亲。"那老头子笑了笑，就说："呕！你是范妈的女儿，好，你坐着等一会儿，我进去叫她出来。"这老头子进里院去了，菊英就坐在门房的小凳儿上，仰脸看着墙上贴着几张年画，什么"吉庆有余""五子闹学""八蜡庙"等等，还贴着许多张洋烟画片。

菊英坐了一会儿，就听有脚步响，紧接着屋门被拉开了。一个身穿白布小裤褂，留着黑亮背头的男子，才迈进一条腿来，瞧着菊英坐在这里，他仿佛很是惊讶，就问说："老刘上哪儿去啦？"菊英站起身来，摇头说："我不知道。"这个男子纳着闷说："这老头子，也许上里院去了？"遂又看了菊英一眼，才退身出去。菊英心里想着：这个人大概也是这公馆里用的男仆，老刘大概就是进里院去叫我母亲的那个老头子吧？这些人都算是我母亲的同事，我都得管他们叫叔叔大爷……因此就感到是一种耻辱似的，只有将母亲接回家去，那时自己才能抬头见人。

这时候那老刘把菊英的母亲找出来了，她母亲一见了菊英，就仿佛很诧异地说："你怎么来啦？"菊英先叫了一声："妈！"然后望着她母亲那张皱纹愈多，又黄又瘦的脸，说："黄凤贞昨天接我进城来玩两天，我顺便才来瞧瞧您老人家，您这些日子身体还好吗？"说话的时候，她的心里充满了悲伤的情绪。假使这不是公馆的门房，没有老刘在旁边，她真要过去拉住她母亲的手，像小孩子似的依偎在她母亲的怀里；把自己的心曲，尤其是与秦朴相爱的事情，对母亲细细去说。

她母亲仔细地看了看女儿这一经打扮的容貌，心里也像有些喜悦，就说："咳，我还有什么好不好？给人家干活，挣人家的工钱，就不能怕受苦受累！前儿你三叔来啦，他说黄凤贞给了个好主儿，现在阔啦。"菊英点头说："是，黄凤贞还叫我替她问你好哪！"她母亲一听，更喜欢了，就说："你不是还回她那里去吗？见了她你也替我问她好，就说我这个苦老妈子也不能到她家里看她去。你打算几时回去呢？"菊英说："我明儿下午就回去。"

她母亲点了点头，又说："你回去忍着点儿！你三叔有时候喝醉了，他要闹气，你别说什么；你三婶洗衣裳你也帮助她点，多少留点心眼儿，叔父婶子到底跟亲爹亲妈不一样，还有……咳！反正你也这么大啦，也不能净叫我操心。"说到这里她又想了想，似乎觉得要对女儿说的话很多，但想不出怎样才能简要地用一两句话说尽，遂就说："你回去吧！宅里今儿是六小姐的生日，来了好些客，我一点工夫也没有！"说着，她又从怀里摸出两块钱来，交给她女儿，说："这两块钱是今儿给六小姐拜寿得的赏钱，明儿从黄凤贞家里走的时候，赏给她家用的人，省得走后叫人说是小气！"菊英接过了她母亲这两块钱，心里极度的难受，就说："妈，我走啦！"她母亲点头说："你走吧！"说时又看了菊英一眼。菊英就在她母亲慈爱的痛苦的目光相送之下，走出了彭公馆的大门。

第十三回　绮市独行狂郎惊邂逅
华楼初上少女感痴迷

菊英手里拿着两块钱和一个小手巾包，低着头回味着她母亲刚才说的那几句沉痛的言语，迎着天空返照下来的阳光，姗姗地往西走去。走出了东堂子胡同的西口，这时已徐徐地吹来了一点晚风，街上往来的人是更多了。电车里装着许多各色各样的人，像是一只游行展览的货柜，“当当当”的伴着响亮的铃声，一辆跟着一辆地走。汽车以短小精干的姿态，后面冒着烟，似乎专要跟电车赛跑，而结果总是汽车胜利；它那小甲虫儿似的躯壳转过东单牌楼，电车才到了“青年会”的站上，把乘客吐出一部分来，再循着轨道追赶前面的汽车。

菊英本想要乘电车，快些回到黄风贞的家里，以免人家等自己吃晚饭，可是第一是她不认得哪一路的电车才能到毛家湾的口外；第二是她手里还有一封信未发，所以她只好顺着人行道姗姗地往北去走。走了不远，就见路东有一家洋货店，门前挂着一块木牌，写着“代售邮票处”。菊英心里就很喜欢，遂就进了这家洋货店，买了五分的邮票，贴在信封上，把信口也封好。走出洋货店一看，马路的对过就有一只邮筒；菊英就手里拿着信，在道旁站立了一会儿，等着几辆电车、汽车走过去之后，才很快地走过了马路，把那封信当啷一声投到邮筒里了。投过信之后，菊英想着也好笑：明儿我就回去，恐怕秦朴他接到了信时，我都快到家了……

她投过信后又往北走，心里本想雇一辆洋车，可是那些拉车的，大概是瞧着菊英那两只旧鞋，不像是坐得起车的人，所以都懒洋洋地走过，没有一个招呼她的。菊英又不好意思在大街上喊洋车，她只好就逛着这繁华的街道，往北走着。

刚走了几十步，就听身后“呜”的一声，一辆汽车追上了她，在她的眼前靠着人行道停住了。菊英吓了一跳，赶紧扭头去看这辆汽车，啊！真使她惊讶，原来是一辆很厮熟的豆绿色的流线型汽车。菊英心里突的一跳，脚步也立刻停止住了。这时那豆绿色的车门一开，车中那个高身材的，穿着一身白哔叽西服，白皮鞋、白领带，却是黑衬衫的阔少年，就探出头来，叫了一声：“范小姐！”然后他把手离了开车的机件，跳下车来，向菊英点了点黑亮的背头，笑着问说：“范小姐是从市场来吗？”

这时菊英的脸上早已红了，心里跳动得比哪一次都紧，她疑惧地对着面前的那双黑亮的眼睛，又仿佛是受不住这种强烈的刺激，就赶紧低下头去，颊边现出来笑窝，忸怩着说：“不是，我到东堂子胡同看一个人，没上市场……章先生，您上哪儿去？”

面前站着的正是黄凤贞家里因他骚乱了两天的章绍杰，他似乎全都知道菊英现在的事情，所以也不问菊英进城来是有什么事，现在哪里居住，他只说：“我要到市场去，范小姐，我们一同去玩玩好不好？”菊英这时真像是受了一种魔法，失去了她所有的自主能力；她就绯红着脸，嫣然地笑了笑，点头说：“好吧！”遂就不由自主地上了这辆豆绿色的汽车。章绍杰把车门关上，他坐在前面司机的地方，又回过头来笑了笑，然后就开动机件，倒过车去，呜呜地响着又往南去了。

菊英斜坐在车里的软皮座椅上，那玻璃上挂着的小洋人儿就在她的发后乱摆，此刻她的心里只有紧张，脸上只有发热，却没有别的感想，也不知道应当怎样处理眼前的事；章绍杰一边开着车，一边还回着头向她笑。少时车就进了金鱼胡同，到了东安市场的北门，车停住了，章绍杰又把眼睛盯着菊英绯红的芳颜，笑着请她下了车，然后把前后的车门都锁上，就与菊英相并着走入了东安市场。

今天比昨天菊英随着黄凤贞、郝四太太来的时间略晚一点，市场里的灯光比昨天还要辉煌,往来的人也比昨天多,可是今天菊英却没有了昨天那种羞愧、羡慕人家的心理;因为现在与她同行的就是人所共羡的章大少爷,以章大少爷的经济力来说,那么市场里所有的东西就都成了廉价品。所以菊英一面同着章绍杰走,一面心里盘算着:我现在也算跟章绍杰是朋友了,可是应当对他接近,还是不接近呢?假使接近,应当到怎样的程度呢……

这时章绍杰扭着头,向菊英笑问说:“昨天在真光电影院,咱们见了面,没谈几句话就开演了。后来散了场,我想你一定到市场玩来了,所以我来这里转了几个圈子;可是我怎么找也再没找见你,弄得我很失望!”

菊英笑着答说:“昨儿我们看完电影,倒是到市场来啦,买了点东西,后来到‘五芳斋’去吃饭。大概是你找我的时候,我们正在饭馆吃饭呢,后来我们出来,可是你又走啦!”

菊英这娇细柔婉的话音飘入章绍杰的耳朵里,章绍杰的心里就更高兴,他又往菊英的脸上盯了一下,就向菊英的皓腕拉了一把,说:“范小姐,大概你这时候也没吃晚饭吧?咱们找个馆子吃晚餐好不好?你是喜欢中餐,还是西餐?”菊英本来是要说明,自己的同学黄凤贞,现在正在她家里等着自己回去吃晚饭呢,可是因为腕子被章绍杰不客气地拉了一下,使得她的身体和心灵全都陷入了迷惘之中,她就不由自主地点了点头,笑着说:“随便吧!”章绍杰说:“中餐这里没有什么好馆子,咱们到‘森春阳’吃西餐去吧?”菊英又点了点头,但心里又暗想:听人说西餐的吃法是很讲究的,不会吃的就许闹出笑话来;我要是在章绍杰的眼前出了笑话,那以后真没有脸再见他了!可是,她忽然又想出了一个主意,就是到时候看章绍杰是怎么个吃法,自己也就怎么吃吧。

转过身又往北去,就到了“森春阳”,章绍杰就请菊英在前面先上楼。菊英怕自己先上去,章绍杰会在下面注意到自己的那双旧鞋,所以她只是笑着说:“你在前面走吧!我不在前面走,我不……”章绍杰轻佻地笑了笑,说:“你真客气!”他那裹着白西服的高身材,就很快地往楼上去走,菊英扶着栏杆,也一步一步地走到了楼上。

这时几个茶房过来招待章绍杰，齐说："章先生，你跟这位小姐还是请到四号的屋里坐吧？那屋子清静！"章绍杰摆出阔少爷的架子，微微点了点头。那边茶房撩起了四号屋前挂着的珠帘，章绍杰就同着菊英进到屋里，他就指着椅子说："请坐！请坐！"菊英笑着点了点头，就在左边一把藤椅上斜身坐下。电扇吹着清爽的凉风，菊英也觉得头脑清楚一点了，她把那包着两块多钱的小手巾压在肘底下，偷眼观察着章绍杰，她就觉出来，章绍杰确实不像秦朴那样规矩，心想：还是不可与他多接近，要不然对不起秦朴……

这时章绍杰已叫茶房给他脱去了西服上衣，他就坐在菊英的对面，取出吕宋烟来抽着，问说："范小姐，你是喝汽水，还是吃冰激凌？"菊英想了想，就笑着说："喝汽水吧！"章绍杰就向茶房说："拿两瓶可口可乐来！"待了一会儿，茶房把汽水拿来，给他们倒在玻璃杯里，菊英就用蜡纸管儿吸着杯里的汽水。

对面章绍杰喝了两口汽水，吸了一口烟，又笑着问说："昨天跟范小姐在'真光'看电影的那两位太太，都是你的同学吗？"菊英摇头说："不全是，那个穿青衣裳的是吴太太，她娘家姓黄，早先也住在海淀，跟我家住在一个院子里。"章绍杰点头说："我知道，她是胡崇富的太太，吴崇富那个人才无聊呢！"菊英一听章绍杰这样瞧不起吴崇富，她不由脸上一红。

又听章绍杰仿佛很傲慢地说："我希望范小姐不要跟他们来往，那都是些无聊的人。像吴崇富，凭他一月挣有限的钱，也要在交际场里假充大爷，简直是丢人！他老要想巴结我，我都不理他。今天他又叫于三太太给我打了好几次电话，说是他跟他的太太，还有范小姐，要请我到'长美轩'去吃饭，晚上回到他家里打牌。嘿嘿，他把我姓章的看得那么好请？我若单冲着范小姐，我接了电话立刻就去，可是有他们那些个人呀，我跟他们在一块，觉得丢了我的身份！"

他接着又说："还有，昨天跟范小姐在一块儿的那个郝四奶奶，我也认得她，那是什么东西？昨儿她见着我那种神气，真令人作呕！所以我理也不理她。范小姐以后千万别跟她们来往，跟她们一同出来玩，背地里都叫人笑话。”

菊英听章绍杰把吴崇富夫妇和那郝四太太，说得竟是半文钱也不值，不由得觉着有一点连带的惭愧，她刚要解释说：我跟黄凤贞差不多有两年没见面了，现在因为她请我来玩，我才不好意思不来看看她，吴崇富、郝四奶奶跟我更是初次见面；至于今天在中央公园邀请章先生的事，事先我是一点也不知道……

可是话还没有说出，章绍杰的脸上又现出一种媚笑，他一面把青色的烟云向菊英喷着，一面说：“他们那些人我都瞧不起，我就觉得范小姐好！范小姐你真是一位新型的女性，所谓时代的女子，这一点，我敢说连秦朴都观察不出来。所以我一见着你，我对于你就很加注意，只是因为你跟秦朴是先认识的，我不便跟你做朋友。”菊英见章绍杰这样说她好，心里就非常喜欢，她抿着嘴儿笑了笑，又抬起眼皮看了看章绍杰，就说：“其实呢，章先生您跟秦朴既是最好的朋友，那么我们做朋友也没有什么不可以的。”

章绍杰一听菊英这话，仿佛承认她简直是秦朴的太太一样了，不由脸上现出一些不悦，但是他立刻即改为笑容；他喝了两口汽水，说：“范小姐，你是个明白人，你觉得咱们做朋友是没有什么的，老秦他可不是这样认识。范小姐你跟秦朴的关系虽很密切，但你因为跟他相处的日子还少，还不知道那个人的个性，他那个人的性情固执极了！他对于什么事都是神经过敏，譬如今天咱们一块儿到这里来，要是叫他知道，他一定得说是我有意引诱你，无论怎样对他解释他也不能信，并且还能够立刻翻脸；无论多好的朋友，他能因为一点小事永远忌恨着这个人，不然他怎样做了两回事，全都没有好结果呢？我虽然很有力量给他介绍事情，但我不敢，就是怕他那个性情！”

说到这里他又笑了笑，说：“范小姐你听说过没有，他这回来到北京，说是他要考大学。我就跟他说：‘你不必考大学，一来我知道你的经济力绝维持不到大学毕业；二来即使你在大学毕业了，光有证书没有人情，还是不能够做事。’我想给他在我们的公司里挂个名儿，一月支给他一百块钱。他也不用做事，就住在我家里，每日跟着我玩玩乐乐，我有什么交际上的信件交给他写;名义上像是我的私人秘书,其实我仍拿他当老同学看待。但是他……”说到这里,他望着菊英嘿嘿地笑了笑,说:“范小姐你猜他怎么样?他就当着我面说:‘哄大爷的事我不干!’范小姐你想,他这句话多么叫我堵心?虽然当时我也有点气儿,但是又想,彼此是多年的老同学,再说他的性情素日我又知道,不能为一点小事伤了友谊,所以我就没说什么。”

说到这里,他就摇头感叹,仿佛觉得秦朴那个人真糟糕,没办法!同时又怕英菊觉出他是故意破坏他们的爱情,因此赶紧解释说:“实说起来,秦朴真是个好人,学问也比我强得多,就是他那个性情,真叫人不易对付!范小姐以后趁着他高兴的时候,可以婉转地劝一劝他,也别说是我跟你说的,不然他能立刻找我去质问;我对于我那位老同学,真是一点法子也没有了!”说毕他笑了笑,喝了几口汽水,又贼溜溜地转起他那一双眼睛去看菊英。

菊英这时脸上的红霞始终未褪,同时因为章绍杰说到秦朴的短处,她心里非常的难受,就想:章绍杰这些话,虽然不无言过其实之处,但是秦朴的脾气也实在不大好。他既跟章绍杰是老同学,那么无论怎样,他的经济方面也不至于发愁,可是看他对于章绍杰总是冷冷淡淡的,总像不满意他,可又不得不同他来往似的,那样,就是章绍杰有心帮助朋友,他也得灰了心啊……

这时汽水饮过,章绍杰就点了几道菜,茶房一样一样的往上送。菊英就偷眼瞧着章绍杰怎样拿刀子、叉子,她也就照样地去学。章绍杰吃过了两道菜,他就不吃了,说:“今天我不愿多吃。”他把刀子、叉子放下,又燃了一支吕宋烟抽着,两只使菊英心神摇荡、惊慌的眼睛,就不住地在菊英那柔秀的头发上,美丽娇羞的姿容上,圆圆的肩膀上,纤细的手指上,以及她挂着白饭单隐隐凸显出来的乳峰上,各处飞绕。

章绍杰微笑着,看上去很高兴。忽然他又探着头,似乎说秘密话儿的样子,笑着说:“范小姐,你可以告诉秦朴,他几时跟范小姐结婚,我一定帮他的忙!真的,我给他预备着一千块钱,到时五百元作为你们的结婚费,五百元作为你们的爱情保证金。”

菊英羞得赶紧低下头去，脸上比玻璃杯中的葡萄酒还要红。她斜着脸抬起头来，把明丽的眸子跟章绍杰的贼眼对视了一下，然后把两手向腿上拍了两下，扭动着身子，似乎是着急地笑着说："章先生！您怎么跟我闹呀？我跟秦先生也不过是个朋友，您怎么可以胡说我们呀……"

章绍杰手里捏着吕宋烟，隔着一层烟雾，就见灯光照着的那张面孔像是带着一种善意的笑，他摇头说："范小姐还是不肯对我说实话！秦朴跟我常见面，他都对我公开承认了；他说范小姐是他的爱人，将来他准备跟范小姐结婚，不然我给他预备结婚费做什么？"

菊英一听，心里又是惊讶又是欢喜，立刻她把对章绍杰的笑容收敛起，又默默地低着头，心里想：我还以为秦朴没想到这件事情呢，原来他都暗暗地筹划好了。这个人，他也不预先跟我说一下！现在既有章绍杰帮忙，给秦朴预备出一千块钱来，经济方面总是不成问题了，只是母亲和叔父他们那里能够通得过吗……

这时章绍杰通过仔细地观察、试探，已经证明了菊英与秦朴的爱情实在很深，虽然还不敢断定他们已发生了特殊的密切关系，但是可以看出秦朴那个穷酸学生，实在把这个小家碧玉的芳心给占据住了。章绍杰像是微皱着眉，为难了一会儿，他就掐灭了烟卷，拿起酒瓶来往菊英的玻璃杯里倒酒。菊英摇头笑着说："我真是一点也不能喝！"章绍杰说："喝吧！不要紧，这是啤酒，一杯两杯醉不了人。范小姐，你喝啤酒，我喝威司忌，咱们对干一杯好不好？"说时他举着满装威司忌的酒杯，要跟菊英碰杯。

菊英却不把酒杯拿起来去跟他碰，只摇着手儿，笑说："我真不能喝，沾一点酒脸就红了！"章绍杰笑着说："脸红了也不要紧，今天又不做新娘子！"菊英一听，章绍杰说话竟是这样放肆，不免就有点儿生气，她斜着眼瞪了章绍杰一眼，就说："我不会喝酒么，这也是勉强得了的吗？"章绍杰见菊英生了气，他才不再劝了。

这时茶房又送进来巧克力，每人盛了一匙吃着，相对默默无语。菊英想着自己将来和秦朴结婚的事情，章绍杰却似乎有点儿发怔，菊英偷着眼看他，不知道他心里想的是什么。少时茶房又送进两杯咖啡来，菊英见章绍杰也不往杯里放那砂糖，只喝了两口咖啡，便放下了，一只大手支着头，显出不高兴的样子。菊英心里倒有点儿抱歉，同时想着：章绍杰是不应该得罪的，若没有他帮助，将来自己与秦朴的婚事恐怕更要困难了……于是她又倩然地笑着，把眼睛转了转，看着章绍杰，说："怎么，章先生您不高兴了？"

章绍杰把支着头的那只手放下，又摇头笑着说："我没有不高兴！我这个人向来是乐观主义，无论什么困难的事，我都不发愁。我跟秦朴我们两人的性情整相反，他是很少笑，没事就在屋里坐着发呆；我可不像他，我这辆汽车整天在各处乱跑。我们家里有十一辆汽车，数我的这辆车顶费汽油，平均算起来，我每月用的汽油钱至少得三百块钱。范小姐，以后你若再进城来玩，只要给我打个电话，我就能派汽车接你去。"

他这时因为菊英给了一个笑脸，又高兴起来了，他又燃起一支吕宋烟抽着，洋洋得意地谈了半天。然后就把茶房叫进来，他也并不掏皮包给现钱，只叫茶房拿了一个单子来，用自来水笔签了一个外国字，那茶房立刻就说："谢谢章先生！"

章绍杰伸着胳臂，叫茶房给他穿上西服上衣，他就向菊英说："范小姐，你不是回到吴家也没有什么事吗？咱们再到舞场玩玩去好不好？"菊英拿着手巾擦着手，心里想着：跳舞场倒是可以看看，可是我不会跳舞呀！章绍杰整了整他那条白领带，又看看胳臂上的金表，就说："这时候才九点三刻，舞场里可还没有什么人，我想咱们先在市场里玩一玩，等到十点多钟再到'银宫舞场'去，好不好？"菊英摇头说："我不想上跳舞场去，咱们再在市场里玩一会儿倒可以。"

章绍杰笑着说："市场就是两条街，能玩多少时候？银宫舞场新请来几个音乐师，都是西洋人，在西洋也是很有名的，咱们去不是为跳舞，就是为听音乐，你说好不好？"菊英笑着说："到了舞场不跳舞，那不要叫别人笑话吗？"章绍杰说："没有关系，他们跳他们的，咱们可以在旁边坐着看，舞场的经理一样欢迎咱们。"

菊英似乎发愁着说："不过回去太晚了似乎不大好，因为现在是住在别人的家里。"

章绍杰说:"也不能太晚,咱们听一会儿音乐,我就拿汽车送范小姐回去;我知道吴崇富的家里常常招人打牌,就跟赌局一样,他们绝不能早睡。"又笑着说:"我知道你不常进城,今天咱们既然遇见了,何不多玩一会儿儿?你既是一位时代的女子,这些时代的场所你就不可不去看一看;别学老秦,他在上海住了两年多,连'大世界'都没有去过,范小姐你说这是不是笑话?"说时他张着嘴大笑,自言自语地说:"老秦那个人很有意思,真有点瘟劲儿!"

菊英也觉得秦朴很可笑,又想:跳舞场倒应该去看看,也开一开眼界。反正我已然跟着章绍杰在一块儿玩了,那索性多玩一会儿也不要紧,差不多十一点再回去;就跟黄凤贞编个谎,说是我母亲因为忙,我在彭公馆等了半天,才见着她老人家,又说了许多话,所以耽误到这个时候……于是她就笑着,点头说:"好吧,可是,我至晚十一点是要回去的,太晚了叫别人家等着门,真不好意思!"章绍杰说:"到不了十一点,咱们在舞场顶多坐一刻钟。"菊英点点头,就站起身,跟着章绍杰下了楼。

出了森春阳番菜馆,又走入这市场的人群里。一个个时装的男女迎着面走来,擦着肩而过,可是据菊英看,哪个男的也没有章绍杰那样趾高气扬,阔少爷的气派十足;并且有许多人都以惊羡的眼光看他,仿佛都认得他是位出名的阔少爷。而菊英自己呢?又觉得这市场里所有的女人,都比自己阔。她走过那大商店镶着镜子的陈列柜前时,就借着明亮的灯光偷看自己的身影,觉得实在是可怜;虽然也是印度绸的旗袍,在镜子里也看不见脚下的鞋是新是旧,但是不知道为什么,总觉得自己像一个穷人家的姑娘,神态一点也不大方,尤其是跟着章绍杰走,自己的身材还到不了他的肩膀,贫富的差别更是悬殊。她心里就暗想:叫别人看着,他这样的阔人带着我这么一个穷姑娘走路,不定要多么诧异呢!同时又觉得章绍杰这一点可也真是难得,他能够不因秦朴的清贫就不认得旧同学,也不因自己是个穷家的姑娘就不尊重自己,由此看来,他也不是个坏人……一想到这里,菊英就姗姗地迈动脚步,紧紧跟着章绍杰走，并且时时带着笑容，斜仰着脸，望着章绍杰那张在电灯下显得更白的脸。

章绍杰只是扬着头走，走到一家金店的门首，就向菊英笑了笑，说："我在这儿买点东西。"菊英只得随着他进去。就见里面电灯辉煌，照着那玻璃柜里陈列的许多首饰、银杯、银盾等等，珠光宝气使菊英看得眼乱。

这时金店的掌柜子和几个伙计一齐迎过来，向章绍杰点头笑着说："章先生你请柜里边坐！"章绍杰微摇着头，说："不用，我们就在这儿坐着吧！"他遂在沙发上跷着腿儿坐下，菊英也在章绍杰的旁边坐下，却把两只脚缩在旗袍底下。伙计拿过两支烟卷来，刚要递给章绍杰，那掌柜就说："章先生不抽咱们这个烟。"章绍杰说："我这里有。"遂由金烟盒里取出一支吕宋烟，掌柜子亲自划火柴给他点上。那个伙计又拿着烟送给菊英，菊英摆着手说："我不抽烟。"另一个伙计又拿着瓷茶碟送过两杯茶来。

章绍杰喷了两口烟，就问说："你们有什么新做的纽扣没有？"那掌柜子立刻笑着说："赤金的没预备多少，现在还有两副，花样恐怕章先生看着都不合心。章先生要想要，明儿我们可以到洋行里找两个样子来，请章先生看好了，我们照着样子再做，也用不了几天的工夫。"章绍杰摇头说："那就算了，过两天再说吧。"

那掌柜连连答应说："是，是，以后章先生要用什么东西，就给我们打个电话，我们立刻派人到公馆去。"又向菊英笑着说："以后请这位小姐也多照顾我们，用什么你自管吩咐，我们一定赶先给您做！"菊英也点了点头，心里却十分惭愧。

章绍杰一边抽着吕宋烟，一边往几个玻璃柜里去看，他又问说："你们有现成的别针吗？"掌柜子连说："有，有，章先生说的是领带上的，还是旗袍上的？"章绍杰说："女人用的。"掌柜子连连答应，叫伙计去取。伙计也知道章大少爷买东西绝不要次等货，玻璃柜里摆的这些门市货品，若拿到他的眼前，他不但不要，还许生了气，所以伙计特意到柜里，开了锁，取出三个锦缎镶边的玻璃小盒，谨慎地拿过来；先交到他们掌柜子的手里,掌柜子这才交给章绍杰,请他过目。

章绍杰把三个玻璃盒打开,与菊英并着肩看。菊英从来没有看见过这样的宝贵东西,只见一个是蝴蝶形的,身子由五粒小颗珍珠穿成,翅膀是翡翠的、须和别针都是赤金的;另一个是一挂葡萄,梗子都是金丝绕成,葡萄珠也是翡翠;第三个倒像是很简单,是一个立体的图案画,全部是赤金的,只镶着一块晶莹的白色宝石,大概是金刚钻。章绍杰看了看,笑着说:"还不错。"又问菊英说:"范小姐你以为哪个好?"

菊英不明白章绍杰买这个女人用的装饰品干什么用,他既没有太太,家里的姐妹也可以自己来买,莫非他是要送给那跟他相爱的袁小姐吗?她十分艳羡的,比较着这三个珠宝嵌成的金别针,遂就笑着说:"我瞧这个绿蝴蝶儿倒不错!"章绍杰笑了笑,说:"其实这个顶便宜。"

旁边那掌柜子赶紧恭维章绍杰说:"章先生的眼力真好!"章绍杰得意地笑着说:"那什么话?我虽没有做过你们这种买卖,可是我眼里看见过的东西,比你们可多了;等我明儿拿两个别针来给你们看看,管保比你们这个好得多!"那掌柜子连连笑着说:"是,是,章先生自然比我们见过的好东西多得多了,再说太好的东西压着资本,我们也不敢预备。"

章绍杰问说:"这个蝴蝶是什么价钱?"掌柜子连忙说:"章先生要,我们不敢多说价钱,这个是二百三十块钱,那两个价钱稍微高一点。"旁边菊英一听,这么一个别针儿就是二百三十块钱?真使她吃惊,她就暗想:也许只有章绍杰这样的阔人,才买得起吧?要像黄凤贞,和郝四太太、于三太太她们,即使能有二三百块钱,也绝不敢买这样贵重的东西吧……

这时,就见章绍杰把那蝴蝶形的珠翠别针又细看了看,他说:"手工倒还很细致,就是货色太次了。"遂把珠翠别针交给掌柜子的手里,说:"包起来吧!"但他并不提给钱的事,那掌柜子也不问,伙计又赶紧给章绍杰和菊英倒茶。那掌柜子就自己动手将那个珠翠别针包好,交给章绍杰,又笑着问:"章先生不再看看别的啦?"章绍杰摇了摇头,随手把那珠翠别针往西服口袋里一装,站起身来;菊英也随着站起,在掌柜子与伙计恭送之下，就出了这爿金店。

章绍杰与菊英并着肩走，就到了市场的南花园。这里因为是露天，所以很是凉爽，章绍杰看见了南边楼上的球社，他就问说："范小姐会打台球吗？"菊英摇头笑了笑说："不会，什么球我都不会打。"说完自己很是惭愧，灯影里掩映她的红颜。章绍杰笑着说："怪不得范小姐你跟秦朴说得来，老秦他也不会这些个玩意儿。"

菊英听章绍杰又提到了秦朴，她就想起一城之隔，在十几里地之外的自己的情人，又想起刚才章绍杰所说，秦朴准备向自己求婚的事；那真是自己所热望的事，不过对婚姻之前的种种家庭阻碍，和对婚后生活的种种顾虑，却又使她不能够放心，转又想着：将来我既要与秦朴结婚，现在却又怎可以背着他跟另一个男子，而且是比他有钱的男子，到这里来玩呢？这，我不是对不起秦朴吗？于是，在章绍杰与她一同转身重往北走，将要出市场北门去坐汽车，往什么银宫饭店去看跳舞的时候，菊英就说："我又不想看跳舞的去了！现在天也不早了，我也得回吴家去了，章先生，我们改日再玩吧！"

章绍杰一听菊英这话，就站住身子一发怔，脸上露出不高兴的样子，他翻着眼睛说："这真是！范小姐你太使我心里不痛快了！我早就想请上你，咱们玩一玩，恰巧今天遇着了，可是才玩了一会儿，你就想着回去，显见得是你觉着我这个人不好了！"

菊英连忙摇头说："不是，我真是怕回去晚了，叫人家等得时间久了，对不起人；再说，我明天要回海淀去，今儿也应当早点回去，跟她们谈谈闲话。以后我一定常进城来，那时再看章先生去！"

菊英说完这几句婉转的话，本想章绍杰一定就点点头放自己回去了，却不想他竟假意地笑了笑，说："我知道范小姐本来不想明天回海淀去，可是因为今天遇见我，明天就非回去不可了。咳！我也明白，范小姐你一定觉着我这个人不好，那么现在我也不敢再勉强你，我打电话叫一辆汽车来，送范小姐回去。"说着，他就要到旁边一家西服庄里去借打电话，但是脸色极不好看。

菊英赶紧跟着章绍杰走，并且解释着说："大概下月我还进城来，来的时候我一定到你府上看你去！”章绍杰却又站住脚步，发着愁摇头说：“以后我可不敢再见范小姐啦！我也没有脸再见秦朴啦！”菊英一听章绍杰这话，气得转身就走，她一边走一边流眼泪，心里并且很忧虑地想着：假若章绍杰连秦朴的面全都不见了，以后我们的婚事在经济上他也一定是不肯帮助了……

可是这时章绍杰却也不去打电话，他又转身追上了菊英，不客气地拉住了菊英那拿着手巾包儿的手；菊英就觉得身上一阵麻木，赶紧羞着夺过手去。这时旁边往来的人都扭头看着他们，章绍杰又赶上两步，满脸堆笑地说：“我错了！你别生气！”又说：“这儿叫人看着不好，咱们找个地方谈几句话去好不好？我有几句很要紧的话要跟你谈，不然我何必要刚才在街上看见你，就赶紧开汽车追上你呢？”

菊英听了这话，心里倒是一惊，她赶紧退一步，把眼泪隐匿在灯光的暗处，扬着头问说：“什么事儿，章先生你何不就在这儿说呢？”

章绍杰说：“这里人来来往往的，怎么好说？出去不远，咱们找一个地方再吃两杯冰激凌，我把关于秦朴的几句话全都告诉你，因为我是他的老同学，十几年的朋友，他的事情我全都知道。你呢，不久就要跟他结婚，哈哈，你别恼我，反正你们现在的感情是很好的；我不能不把关于他的几件切身的事情告诉你，你也可以彻底地明了他那个人。”

菊英一听章绍杰提到秦朴的事情，而且说是他的切身的事情，菊英就不由一怔，心说：莫非秦朴还有什么秘密的事情，他没有告诉过我，可是章绍杰他全都知道？遂就转头看了看，见南边有一家咖啡店，门前装设着绿色霓虹灯的招牌，是一个“冰”字，菊英就向南指了指，说：“那边不是卖冰激凌的吗，咱们到那儿说去好不好？”章绍杰说：“那个地方窄极了，说话很不方便。咱们出去坐汽车往南去，走不远就是，那里不但冰激凌做得好，地方也很宽绰。”因为菊英急于要明白关于秦朴的事情，所以她只好点了点头，跟着章绍杰转身往北去，又走入这市场的繁华街道。

这时因为已快到十一点钟了，所以游人渐渐稀少，有些个摊子已将货物收拾起来，可是两旁大商店的玻璃柜里，电灯还是那么明亮，一些新奇美丽的东西又来吸引菊英的芳心；菊英又后悔刚才对于章绍杰是太急躁了，真不应该得罪了他这个有钱的人。

这时，章绍杰的脸上已没有了刚才那种不高兴的样子，反倒显着特别的喜欢，他一面跟菊英并着肩走，一面高谈阔论，就说市场里数哪家的鞋做得最好，哪家的衣料最齐全，并说："以后范小姐若用什么东西，不必特意进城来买，只要给我打一电话，或是写信告诉，我就立刻买了叫人给你送去；我替你买的东西一定是又好又便宜，钱也不用你花，我可以替你垫上。"

菊英见他这样说，就点了点头，心里却想：我想要买的东西倒是很多，可是你若给我买了，反正我也得给你钱，可是我哪里来的钱呢？又想：假若秦朴给我买什么东西，我倒可以一点也不推辞地收下，并且也不必向他道谢，因为我们是有着很密切的关系呀……

走出了市场的北门，这时已是星月满天，连门前的人力车都少了。菊英知道这时天色已是不早，就想要再对章绍杰说："天色不早了，我还是回黄凤贞的家里去吧，有什么话咱们明天再说吧！"可是章绍杰已然把车门拉开，并将车里的干电池的灯开亮。菊英又看见车里玻璃上挂着的那个小人儿，似乎那小人儿在招着手叫她，菊英便身不由己的又上了汽车。章绍杰把门关上，他进了开车的座位，遂就按了两下震心的喇叭，汽车呜嘟嘟地响了一阵，就开出金鱼胡同的西口了。

转向南去走了不远，汽车就停在一所高大建筑物的前面。菊英从车里隔着玻璃往外去看，心里很诧异，暗想：买冰激凌的地方会有这么阔？因为手里永远拿着一个包着两块多钱的手绢包儿，觉得别别扭扭的，她就把手绢包儿紧叠了叠，装在旗袍里小衣裳的口袋里。

这时章绍杰又先跳下车去，他把后面的车门开开，请菊英下车，遂就往这所高大的建筑物里去走。一进门先是一个院落，两行剪得齐齐的常青树，被当中喷水池柱子上的四盏电灯照着，像是浮了一层白雪。水门汀的甬路上早已停满了七八辆汽车，所以章绍杰的车没有开进来。

上了好几层台阶才进了楼，就见东面是洋式的拦柜，柜里有十几个穿着西服的人趴在写字台上办公。章绍杰一到柜前,那十几个人就齐都站起身来,也不知道章绍杰过去是说什么。因见墙上钉着许多幅画着美丽图案的广告,菊英就走过去看,就见那广告上都写的是什么:几月几日,本饭店大舞厅,举行茶舞会,特备新奇赠品等等。旁边并有一块黑板是“备客留言处”,上面用粉笔写着很多的留言,就见有:“丽:我来了,在三楼四号候你。”“苗先生:我走啦,你上爱卿家里找我去吧!”“张:赶紧打电话七零八三九六。”还有许多是中文掺着英文的,菊英看不懂,也不知道这些人都是有什么事。不过她已明白了,原来这个地方就是饭店,跳舞场也就在这里边。

这时就听一阵皮鞋齐敲着水门汀的地面,一个身穿咖啡色上身米色绸裤的青年男子,挽着一个穿着藕荷红色花旗袍的摩登女人往里面去了。菊英见章绍杰一面收起皮夹子,一面走过来,笑着说:“咱们到楼上去吧!”菊英点了点头,可是却看不见楼梯在哪里。

章绍杰在前面走着,就进到一间“屋子”里,屋里什么东西也没有,只有一个穿着饭店茶役服装的人,章绍杰就对那人说:“上五楼。”那个人听明白了,就把机关扳了扳,立刻这间“屋子”就很快地升了起来。菊英很觉得奇怪,可是又不便问章绍杰这是什么机器,怕那个茶役都要笑话自己。少时,这间屋子静止了,茶役便把门开开,请他两人出去。菊英出了那间“屋子”,一看,原来已经到了楼上;再回首去看那间“屋子”,才注意到那玻璃门上原来有字,上面是一行英文,下面是横写着两个中国字,却是“电梯”。

第十四回　掩泪惊啼春情初拒诱
怀金试履美物小遂心

电梯之外，就是走道，走道当中铺着棕毯，电灯都镶在墙里，虽然很亮，但是不刺眼睛。走道的两旁对列着许多号房间，房门全都紧紧地闭着，仿佛是唯恐将里面的神秘空气流泻出来。这时早有一个年轻漂亮的茶役，因为接了下面柜上的电话，就迎过来，先向章绍杰点头叫了声："章先生！"然后便领着章绍杰和菊英进了第三号房间。

菊英这时因为看着这环境又清静又新奇又神秘，她的精神早已觉得紧张，心也早已乱跳。到了房间内一看，就见这屋子比黄凤贞的家里可又款式得多了，临街的几扇窗子全都敞开着，铁纱上浸着深清的夜色，白罗的窗帷分垂在两旁。房里有一张四个人对坐的餐桌，是大理石的面子、钢架，两旁分列两只钢椅。靠北墙是一套沙发，沙发下放着两只刺花的脚垫；沙发的对面是一张钢床，铺着豆沙色的大床单。床旁边也是一张钢架的小茶几，玻璃面子上放着一具电话，和一盏覆盖着花纱罩的电灯，但是没有开亮。房中的不十分充足的光线，全都是由屋顶上的一盏蒙着乳白罩子的大电灯发射出来，因为房中的电灯不太亮，所以愈现出一种神秘的意味。

菊英心里突突地跳着，她望着斜对面一只衣柜上的镜子，就见镜子里的章绍杰已叫茶役给他宽下了外衣，他向茶役又说了两句什么话，菊英也没听清楚。茶役出屋去了，把门轻轻带上。章绍杰的皮鞋踏在地毯上虽然没有声息，可是衣镜中的他那高大的身影，却慢慢地向菊英移近。

菊英见章绍杰将到了临近，就退了一步，坐在了沙发上；她的心跳得更紧，浑身都在发热。她就转过头来扬着脸，以惊疑羞涩的神色望着章绍杰，说："天真不早了！有什么话快点说，吃完了冰淇淋我真要回去啦！真不能再耽误了！章先生！"说到末两句话，她的鞋就在那刺着金龙的脚垫上乱搓，现出一种很着急的样子。

但是这种含羞带臊、亦惊亦疑的媚态，被灯光返映入章绍杰的那双贼亮的眼睛里，他也像擎受不住，也像忘了他的阔少身份，忘了与他常在一起厮混的俊的、俏的、娇的、艳的那些女人。他把嘴唇紧紧闭着，带着一种坏笑，歪着头直着眼地，看着菊英的脸，然后他又近前一步，从裤袋里取出个东西来，伸着胳臂递给菊英，说："范小姐，这是为送给你我才买的，不是礼物，就算是个小玩意儿，你拿着玩去吧！"说着，笑容更深，眼神更贼亮，又说："你可千万赏脸收下！"

菊英一看这个东西，比她刚看见这个环境时还要吃惊生疑，她赶紧站起身来，躲在旁边，摇头说："我可不要！我没地方用去，你拿着送给别人去吧！"心里却想着：你花了二百三十块钱买来的珠翠别针儿，来送给我，我哪敢要呢？叫人看见了不说是你给我的，倒得说是我偷谁的！

这时章绍杰并不勉强着叫菊英收下，他拿着那个纸包着的小匣，在手里显了显，傲笑着说："你要是错会了我的意，以为我送给你这个玩意儿，是要买你的好儿，那可就全都错了，我也就什么话都不必说了；实在我送你这个东西，就跟请你吃一杯冰激凌是一样，并不算什么的。"

菊英刚要说她所以不能收下的理由，这时外面就有用手指敲门，菊英听章绍杰说了一声："开门！"外面的茶役就送进冰激凌来了，并摆了两盘西式点心。章绍杰让菊英就座，他回首看见茶役又出去了，他就坐到菊英的对面，很慷慨地笑着说："那个别针儿，我是为你才买的，你若不肯要，那么咱们就扔在那张沙发上，便宜他们饭店里的人吧！"说着就把那纸包扔在了沙发上。菊英说:“那何必呢!”说完这句话,她把才拿起来的匙子又放下了,低下头去,眼泪都要迸出来了。

章绍杰赏鉴着菊英的这种媚态,似乎更觉得开心,又笑着说:“我是为你才买的,奉送给你,你却不要,你想:我还有脸再揣起来吗?”菊英本想要收下他那件礼物,可是抬起头一看章绍杰的那副面容,就觉得很可怕,她真怕章绍杰将要做出什么出乎自己想象之外的举动,所以还是摇了摇头,表示不要。

章绍杰也像有点生气了,他就说:“算了!东西就扔在那儿吧!只当扔了二百多块钱。”接着他又笑了笑,说:“范小姐,请用点心!咱们说正经的话吧!”

菊英一听,就一面预备着倾耳去听章绍杰说关于秦朴的事情,一面又拿起小匙子吃冰激凌。对面的章绍杰却慢慢地燃着了一支吕宋烟,吃几口冰激凌,就喷了一口烟雾,良久无语。菊英都有点着急了,刚要催他,忽然听章绍杰说:“范小姐,你知道秦朴早先曾订过婚吗?”

菊英听了,心中这一惊,把她刚才的那些羞涩、怀疑,以及要不要那个珠翠别针等问题,就全都抛开了,她摇了摇头,说:“不知道!他没跟我说过,章先生,他跟谁订过婚呢?”说时,她急得两只俊眼发直。

章绍杰喷了一口烟,微笑着说:“早先不过是有那么一种传言,我可也没看见他们订婚的戒指,再说这是五年以前的事情了。早先传说与他订婚的那个梁小姐,前年就在上海与别人结婚了,现在都许有了小孩子了。”

菊英一听,这是秦朴五年以前的事情,而且现在那传说与他订过婚的女子已然另与别人结了婚,便想着:这件事情和自己与秦朴将来的婚事是一点关系也没有!不过将来倒要问问秦朴,他为什么不把这件事情告诉我呢?难道怕我知道他早先与别的女子恋爱过,我就不喜欢他了?

这时章绍杰已把冰激凌吃完了,他就连气地抽烟,又说:“那个梁小姐,名字叫梁婉聪,是秦朴的远亲。早先我们在无锡时,我跟秦朴在男子中学,梁婉聪在女子中学,虽然是男女分校,很难有什么接近的机会，可是秦朴他跟梁婉聪因为是亲戚，就常在一起。我们学校有个话剧团，有时需要女主角，便把梁婉聪请来担任。梁婉聪长得很漂亮，国语也说得很好，那时她就跟秦朴很亲密，后来听说他们两人到太湖边去旅行，大概就在太湖边两人订了婚；我问秦朴，他不承认，但也不否认。又过了两年，我到北京来，秦朴到上海去做事，我就不知道他们的事了。前年秦朴到北京来，我才问他：你那个未婚妻哪里去了？他说：你别胡说八道，你问的是梁婉聪吗？今年二月间她在上海已跟一个编剧家结了婚。这就是秦朴的第一段的爱情，后来我才打听出来，原来梁婉聪本来很爱秦朴，只因为秦朴的家境太贫寒了，所以她才不能跟秦朴结婚，但是，听说他们现在还时常通信。”

接着，章绍杰又说：“秦朴的环境，范小姐还许不太清楚，他真是太可怜了。他住在无锡城里，家里是一点产业也没有。他哥哥早先是个小学教员，结了婚不到三四年，就得了肺结核死了，抛下两个孩子；他嫂子也是个小学教员，近两年也失了业，在家守寡，现在就仗着他父亲开一个小杂货店，凑合着度日。所以秦朴现在是极力托我给他找事，假若在这暑假里找不着事，他不但学不能上了，在北京也住不成，回无锡家里恐怕生活也是没有办法！”菊英一听，秦朴的环境原来比他自己所说的还要可怜，于是对于将来的婚姻问题是更加忧虑了，她眉头皱了皱，就默默不语。

又听章绍杰往下去说：“可是，我一定会给他想办法，尤其因为将来他要与你结婚，我就更得维持你们了。只是，咳！老秦他的脾气太不好！有时候我是为他好，他反倒认为我是恶意。倒是范小姐，我们现在正组织一家公司，快成了，我想给你安置一个书记的位子，一个月至少也有五十块钱吧！”

菊英一听，章绍杰将要替她在公司里找个书记的事情，她自然很是喜欢，但是又想：我连字都认得的不多，我会给人家记什么呀？因此既惭愧又伤心，便说：“我怕做不了！因为我的字写得太坏。”

章绍杰摇头说：“那不要紧，公司里的女书记多半是摆样子，不必写什么字，每天只去坐着看报，到时领薪水就是了；再说那个公司大概是要举我为总经理，你在我的身边办事，我还能分配给你什么困难的工作吗？你若不想做事，我想你就应当求学。'春华女中'我捐了三千块钱，是冲朋友的面子捐的，下学期我就是董事长；你要去也不用考，并且学费、杂费，我都可以帮助你。我也不是贪图什么，我不过是想，范小姐你才十几岁，又是个聪明人，难道将来结了婚，一生的事就算完了吗？现在的女子和男子是要一同在社会上做事的，是要一同求知识的。可是秦朴的思想却特别，他说现在的女子学校全都为养成小姐，造就交际花，他全不赞成，你说他这个人的思想有多么落伍！"

菊英一听章绍杰要帮助她去求学，她就很是感激，同时见章绍杰说到秦朴思想的落伍，脸上露出鄙夷的神态，就使菊英不禁脸红，暗想：秦朴那个人虽然诚实，但也有许多地方是很不好的，第一他性情执拗；第二是他对于某些事情的认识，总跟别人的认识不同。譬如关于求学的事，秦朴他也答应说要帮助我，可是他不愿叫我入中学，却叫我入什么职业学校，还是绣花儿打毛衣去，要不然就叫我去学收生婆……又想：章绍杰这个人虽然轻浮些，但是他的思想确实比秦朴好，而且人也比秦朴活泼，不似秦朴那样时常忧郁……于是她便把俊眼撩了撩，看了章绍杰一眼，忽然下意识地觉得章绍杰比秦朴要好得多。

这时章绍杰已看出菊英的意思，便从心里发出得意的笑容。他把烟掐灭了，领带整一整，腆起胸脯来，贼亮的眼睛也瞪大了些，故意显露出他的男性美，给对方这个未经世故的可怜的少女来看。这时外面又弹门，茶役进来，把杯碟撤去。菊英坐到沙发上去，跳动的心弦刚宁静了一会儿，忽然看到身旁扔着的那个珠翠别针的包儿，心里不禁又是砰的一动。但是看见章绍杰的那双贼亮的眼睛，直盯着她，她又觉得可怕，就觉得不能再在这里多待了，遂站起身来，笑着说："我可得走了！"章绍杰却说："再等一会儿！"

见那茶役走出房去了，他就站起身来，笑向菊英说："我还有许多要说的话，都没对你说呢！你先别忙着回去！"说时，看了看他那只手表。菊英就问说："现在什么时候了？章先生。"章绍杰笑了笑，说："还很早呢，现在才十二点五分。"

菊英一听都十二点多了,她就很着急,说:“哎呀!天太晚啦!我真得回去啦!要不然叫人家吴家说我是怎么回事呀?”

章绍杰不慌不忙地说:“你先请坐下!反正现在已然晚了,吴家他们若是今天晚上不打牌,也绝不能等着你了,你回去叫不开门也麻烦。这个房间我都定好了,钱也先交给柜上了,你就在这里住下好了,再待会我就回去;可是,假如你一个人嫌这里寂寞呢,我也可以在这里陪着你,咱们谈一夜的话……”说时,他笑吟吟地走近了菊英,靠近了沙发,他又拉了菊英的胳臂一下,说:“你坐下!反正天也这么晚了,在这儿准比在吴家强。咱们说会儿话,再到二楼舞场里看看去,两三点钟再回来歇息都不要紧,反正咱们两人明天都没有事儿,你以为怎么样?”

菊英斜坐在沙发上,两手放在膝前,低着头不语。章绍杰微笑着,用贼亮的眼睛看着菊英的秀发、柔肩、羞容,他觉得这贫家处女初被爱情笼络住的时候,的确是别有风味。他便更挨近了些,就坐在菊英的身旁,把一只长大的胳臂放在菊英的柔肩上,他往前探着头,悄声说:“我一见着你时,我就爱你!范小姐,请你接受我的爱!这与你和秦朴的爱情并没有冲突,范小姐……”说话时,他就要双手齐上去拥抱菊英。

但是菊英忽然在这沉醉的感觉之中,被一种恐怖的刺激给唤醒,就像正要陷在迷惘的梦寐里,忽然被蛇咬了一口似的,她就失声地叫了一声,赶紧推了章绍杰一下,站起身来跑到衣柜旁。她惊恐得面色煞煞的白,两眼流着热泪,向章绍杰摆着手,又似是央求地说:“不,不,不行……我怕!怕……”她又用两只纤手捂着眼睛,跺脚痛哭着,叫道:“秦朴!秦朴!秦朴……”接着是娇躯一阵抖颤,像一树正被狂风摇撼着的桃花。菊英抖颤了一阵,又抬起头来,用那可怜的眼神瞧着章绍杰的高大身躯,她呜咽着,哀求着说:“章先生,你放我回去吧!这不行!不能这样做!因为秦朴……哎哟!秦朴呀!”她一斜身靠着墙角,又呜呜地痛哭。

章绍杰站起身来,咬着唇发了一会儿怔。其实他相信,他若是再紧紧地逼过去,用一种暴力,用一种制服处女恐怖心理的刚柔相济的手段,是不难使这只只会“咩咩”不会咬人的小绵羊儿,婉转娇啼地就范的，但是章绍杰不愿这样做，他知道硬摘下来的没有熟的果子是不会好吃的。尤其是和秦朴的那个先入为主的爱情，已然占据了这女子的初恋的心，若不把秦朴排除出来，不把自己也安放在她的心里，那纵使把她的肉体得到了，装在嘴里细嚼，也是一点味儿也没有。章绍杰不吃没有味儿的东西，于是他很平淡地笑了笑，说："何必这样儿？行就行，不行就不行，爱情还是能够勉强的事吗？现在我完全明白了，我很为我的朋友秦朴喜欢，他能得到你这样女子的真心、真爱，我羡慕他，我也佩服你！"

他又笑了笑，说："今天算是我在你的眼前丢了一回人！可是也没有关系，今天的事就是你将来不对秦朴说，我也得在帮助你们结了婚之后，我对秦朴去说；还准保是实话实说，一点也不隐藏。这可也不是我章绍杰的脸厚，是我由此可以证明你们的真挚爱情！"又说："完了，我知道我在这里，你也是很不安的。我现在走了，你今晚就在这里好了，明天早晨你再回去，钱我都已然交到柜上了！"说时他微笑着，仿佛一点也不失望，一点也不生气；然后就自己穿上了西装上身，又点了一支吕宋烟，向菊英笑着点了点头，开开门就走了。

这时菊英还靠着那衣柜，流着眼泪抽搐着。章绍杰出屋以后，她又赶紧跑到临街窗前，扒着铁纱窗往下去看。就见下面饭店门首停着的几辆汽车全都很小，那喷水池、小松树，简直像是玩的小盆景，她才知道，原来自己现在是在很高的楼上了。章绍杰的那辆汽车还在饭店的门外停着，很像一只绿色的小龟。

往下看了一会儿，才见章绍杰穿着一身白西服走了出来，连头也不回，就上了他那辆汽车；"小绿龟"的两只眼睛一亮，就往南去了，菊英倒像是心里有点后悔，像是身边丢了什么东西似的。她呆呆地看着地下那沉静的街道，除了一个警察往来地走着，和十几盏电灯还闪闪的放光之外，是一点活动的东西也没有了。深青色的夜空，铺着一层薄薄的鱼鳞形状的云，虽然似是有点淡淡的月光，但被对面那座黑兀兀的大建筑给遮断了。夏夜的软风就像一张小嘴儿往脸上吹气儿，并不清凉，反倒觉得有点发痒。

菊英懒懒地打了一个哈欠，就想刚才那些事情也许是一个梦境？可是当她回头去看时，自己分明是在这间款式整洁的神秘的房间里。她看见了沙发，看见了衣柜，就想起刚才那始而沉醉，继而惊恐、悲泣的一幕，她真对自己所做的事情感到惊讶，就想：由我母亲那里出来，给秦朴发了一封信，我就想回黄凤贞的家里去，并没想到遇着章绍杰，我怎么能跟着他逛完市场，又到这里来呀？我是怎么啦？

一回想起自己刚才那薄弱的意志与沉醉的心灵，她就感到后悔，并且恨自己是个不坚强的人；可是又想起刚才自己在那迷离沉醉之中，千钧一发的时候，还能因为受了一种恐怖的刺激，立刻不由自主地惊慌哭泣，口口声声地喊叫着秦朴，又觉得总算还对得起他呀！并没有受了别人的诱惑呀！想到这里，她的眼泪又簌簌地落下，心说：秦朴！我很愿意你知道刚才这件事，因为由此能够知道我是多么真心的爱你呢！

菊英就哽咽着，用自己的柔臂拭着眼泪，走近了沙发，斜着身躺下。她将要由内衣里去掏那包着两块多钱的小手绢，好去擦眼泪，却忽然发觉身旁扔着一个方方的洋纸的小包儿。她立刻吃了一惊，眼泪也止住了，心想：章绍杰刚才花了二百三十块钱，买的这个珠翠别针，他就是要送给我的；我不要，他就扔在这里，临走的时候也忘了拿去。咳！哪里是他忘了拿去？他扔在这儿就算是送给我了，可是我怎能够要他这东西呢？

她心里虽然这样想着，手可不由得将那珠翠别针的包儿拾起。她打开纸包，掀开玻璃盒，拿着那个珠翠别针，走到灯下去细细地瞧，并且提着心，恐怕这时候章绍杰又回来。这个别针上趴着的小蝴蝶，是由五粒小珠子串成的身子，配着翠玉的翅膀，金丝做成的须，在灯光下看着，真是晶莹小巧，叫人看了从心中发出喜爱。菊英暗想：这是在领子上装饰的吗？可是我还没看见有人戴过这个呢，黄凤贞和郝四太太、于三太太她们都没有，大概这非得是特别有钱的小姐、太太们才能戴吧？她一面想着，一面走到衣柜前，把这别针摆在领子前，对着镜子看了看。忽然又看到了脚下的那一双旧鞋，她就十分懊恼，心说：不配！转身又回到沙发旁，将珠翠别针照旧包好。

这时一阵提琴、钢琴的交奏声飘荡到这房里来，菊英就想：这音乐许是由舞场里传来的吧？想起自己为什么来到这里呢，起初是章绍杰说是要带自己来看跳舞，后来是因为要听他说秦朴的事情，自己才随着他来到这里。秦朴早先跟那梁婉聪的事情，虽然他们订婚之说许是谣传，恋爱大概是真的；但这都是过去的事情了，人家女的已同别人结婚了，秦朴他怎么还不肯对我说呢？也真可笑！转又想到秦朴环境的困苦，与自己身世的可怜，不由眼睛又是一热。

菊英坐在沙发上沉思了一会儿，又想：今天已是这么晚了，黄凤贞他们家里今晚又不打牌，大概是等了我半天，等急了，他们就睡了；这时我要回去，恐怕也叫不开门，即使按半天电铃把门叫开，那也招人讨厌。不如我今晚就在这儿住下，明天一早再走，见了黄凤贞他们，就说昨晚是住在我母亲的公馆里了，大概她也没有地方对证去。只是这房子一天的租价恐怕也很贵，章绍杰虽然说是已然给了钱，可是倘若他没给呢，明天不是要叫我丢人吗？于是心里又有些狐疑。因为刚才章绍杰是生气走的，也许他要借此报复，叫我在这儿住一夜；明天一早没有钱给人家，人家可就要去叫警察……

可是才想到这里，她又转头看了看在身旁放着的那个珠翠别针，心里暗笑道：怕什么的，这别针是二百三十块钱买来的呢！到时候果然饭店跟我要钱的时候，我不会拿这个做押账吗？于是她就放了心，因为身体也疲倦了，便要去睡觉。她刚要自己到床前去把毯子铺好，忽听外面又有人用手指敲门，菊英倒吓了一跳，恐怕是章绍杰又回来了，便隔着门问道：“是谁？”

外面把门开开，原来是一个茶役，这茶役就说：“范小姐，你还要什么不要？”菊英摇头说：“不要什么了。”茶役点头应是，就到床前把毯子铺好，并由衣柜里取出一件夏布刺着花儿的女睡衣，和一双绣花的拖鞋，都放在床旁，并将床旁小茶几上那盏覆着花纱罩的电灯开亮；又到几个窗户前，将玻璃窗关上，窗帷拉开，只留着一扇窗，以流通空气。然后茶役就问菊英说：“范小姐，你要有什么事，就按铃叫我好了。”菊英点点头，才看到床旁安设了一个电铃，她心说：床旁又有电铃又有电话，躺在这儿也不用起来，就什么事都有人伺候，住饭店的人真舒服！大概章绍杰的家里也是这么阔吧……想到这里，她心里又很是喜欢，真的，想不到像自己这样的人，身边只带着两块几毛钱，竟能在这大饭店里住！

这时茶役退身出屋去了，并把屋门锁好，随着天花板上的那盏蒙着乳白罩子的大电灯也就灭了。房里只有那盏桌灯，发出不很强烈的光，窗里低垂的白罗窗帷被风吹得微微飘动，更显出一种神秘。菊英脱去了旗袍，放在钢椅上，又脱下了脚上那双高跟鞋，藏在床下；她就穿上了那夏布睡衣和绣花拖鞋，到镜前去照着看。她觉得自己是很美丽的，假使那黄凤贞在这里，也穿着睡衣和拖鞋，那么相比之下，自己一定比她要美丽、阔绰得多了……

看了半天，她又到沙发上将那个珠翠别针拿过来放在枕旁，又将内衣口袋里的那包着两块几毛钱的小手绢包也放在枕旁，就穿着睡衣躺在那弹簧的床上。她觉得十分的舒服，身体反倒不疲乏了，可是脑子里却思绪纷纭，想着刚才章绍杰的那种态度，和自己与秦朴的将来；想着黄凤贞、黄老九、吴崇富他们都像是要对自己有什么打算似的，那样的鬼鬼祟祟；又想着母亲劳累得那样憔悴，真是可怜……菊英想了一会儿，精神上觉得太难受了，她就将毯子覆在身上，侧耳倾听那户外飘来的乐声，以排除思虑。沉浸在这微妙的乐声之中，心中不禁涌起了真挚的幽情，她觉得天地之间只有纯洁的爱情才是可贵的，更觉得秦朴是最可爱、最可怜的。

因为见那盏覆着花纱罩的桌灯上，垂着一条很短的钢链子，她随手一拉，那盏灯立刻就灭了，屋里也立刻昏暗，只有洁白的四壁和窗帷返照的微光；窗外偶尔有一两声汽车响，乐声却听得更清楚了。菊英闭着眼，心里“一二三四”地往下数，也不知数到哪一个数目上时，她的整个柔躯、芳心就都浸在梦里了，然而梦里也是很不平静的，她梦见了章绍杰那白净的面孔、贼亮的眼睛，又梦见了珠翠的蝴蝶形状的别针……

在这距地数十丈高的神秘的大建筑里，在这初夏的一夜，舞厅里乐声悠扬疾徐，男男女女在彩色的灯光下，踏着“逍遥舞”、“滑行舞”、“伦勃斯走步”，欢情发泄在艳色、酒杯，和金钱上；各房间里也表演着不同的喜剧或悲剧。五楼上这个角落里的菊英，这个城市外贫寒之家的孤零可怜的女子，因为她的美貌华年，才使多方面发生觊觎心理的可怜女子，夜和梦暂时使她安静了，但是她未来的命运，还正是黯淡渺茫呢！

到了次日，菊英醒来时，窗帷上已透进了阳光，楼下街道上各种的都市杂乱声又嚣然搅起，而昨夜的音乐声已不知飘散到哪里去了。菊英伸了伸两只玉臂，一翻身，就触到了那珠翠别针和小手绢包这两件太不协调的东西。她下了床，在房中走了走，又到窗前撩起窗帷往下去看，就见下面那些小甲虫样子的汽车，小蚁蝼样子的行人，又在地下匆匆忙忙地往来着。

可是这大饭店里却更显得清静，菊英心想：我该走了，先到黄凤贞家里去一趟，然后就回海淀去吧！遂到床前按了一下电铃。待了一会儿，茶房弹了弹门又进来，就请菊英到盥洗室去理妆。菊英修饰了好大半天才回屋，一看桌上已摆上了一杯咖啡、一杯牛奶，和一盘西点。菊英穿着睡衣用毕点心，趁着茶房没在屋里时，她就把睡衣、拖鞋脱下，换上了旗袍和她那双旧高跟鞋；又照着镜子看了看，更觉得自己这个穷样子，不配在这华贵的大房间里多待。

这时茶房又进来收拾器具，菊英就说：“我要走了。”说话的时候她脸上红着，心里想：章绍杰若是没给钱，我可就得将珠翠别针押在这里了，然而，那也是很难为情的一件事呀！不料茶房听了，就答应一声，转身出屋去了。菊英心想：莫非他到柜上算账去了吗？因此又很担心着。

待了一会儿，茶房就同着一个穿西服的人，仿佛是饭店里的职员，一同走进屋来。那饭店的职员拿着一张洋账单子和一支铅笔，还有一个鼓鼓囊囊的洋信封，他向菊英点了点头，就来到桌前笑着说：“昨天章先生交到柜上一百块钱，共用了二十四块五毛，现在余下七十五块五毛。章先生昨天临走的时候说是交给范小姐，现在请范小姐点一点，收下,并请范小姐在账单子上签个字。”说时就把装钞票的洋信封放在桌上,又把账单子和铅笔交到菊英的手里。

菊英这时的心里倒很是惊恐,因为她想不到章绍杰把这未用了的七十多块钱全都给了自己,就想:这么多的钱,我怎好要他的呢?可是现在章绍杰又没在这里,不容自己去向他推辞,而且饭店职员又站着等候她把钱收下,往单子上去签字。菊英手拿着账单都有些发颤,她也没看清楚账上都开的是些什么,就扬起头来问说:“要签个什么样子的字呢?”那饭店职员笑了笑,说:“随便,你把名字签上就是了。”菊英这才拿铅笔在账单的下角签上了“范菊英”三个字,心里却很惭愧,觉得签字是应当用英文的。

那饭店职员接过了账单和铅笔,点了点头,说声谢谢,就出屋去了,茶房也随着出了屋。菊英这才由那洋信封里抽出那十几张花花绿绿的钞票,数了数,整整是七十五元五毛。第一次有这么许多的钱到她这穷家姑娘的手里,真叫她又惊又喜;她就将自己原有的那两块多钱也放进信封,又用小手绢包上了那珠翠别针的小匣,心里茫然的没有了主意。

她手里拿着这价值二百三十元的装饰品, 和七十余元的现款,就走出了这华贵的房间。这时那茶役已在电梯门前等着她,菊英进了电梯,管电梯的人扳动机关,就由这五层的大楼上向下落去。及至电梯停止住了,菊英走出一看,就见着了柜台,原来已然到了平地上。

菊英遂很快地走出了饭店的门首,这时就有几辆洋车围上她,说:“这儿拉去……拉你上市场吧!”菊英随便上了一辆车,本想要一直回毛家湾黄凤贞家里去,但是自己手里又拿着钱,又拿着值钱的东西,要叫黄凤贞看见,她岂不要寻根问底吗?所以就想先到东安市场去买一只手包,把钱和东西全都装起来,谅黄凤贞也就不一定要打开皮包查看了,遂就叫洋车拉往东安市场。

在车上她还回首望了望这大饭店一眼,并且仰脸去看那五六层的巍巍高楼,昨晚自己就是在那里度过了奇妙、惊恐的一夜呀!她觉得,昨夜的事情简直像是一场梦境, 可是手里的钞票和珠翠别针又告诉她，那确实是真的，并不是梦境啊！

车走了不远，就到了东安市场，菊英下了车，给了一毛钱，就由南门进去。今天她来到市场里，虽然仍是穿着昨天的衣服和鞋，但是心情却与昨日不同了，因为此时她手中已然有了一笔很可以买许多东西的款项，并且还有一只值得向人夸示的珠翠别针。走到百货店前，她就向里面注意地去看，那玻璃橱里就摆着不少样式的手皮包：有的是彩色漆皮的，有的是珠子串成的，有的是草织的，还有的是用一种化学材料做成的。菊英看了半天，就想：我还是买一只皮子做的吧？因为不但是耐用，而且春夏秋冬无论哪一季都可以用。于是菊英走进去，用三块钱买了一只银色漆皮的手皮包，她就将余下的钱和珠翠别针，全都装在里面了。百货店的伙计又问说："小姐，还用别的东西吗？"菊英四下看了看，觉得想买的东西是很多，不过因为自己手里的钱是人家章绍杰的，将来他还许跟自己要，所以她不敢多花钱；不过，胭脂膏是需要买一盒的，所以她又花了三四毛钱，然后才持着手皮包走出了这百货店。

顺着市场的长街向北走，走了不几步，就看见商店的玻璃橱里，摆着许多样式新颖的高跟鞋。菊英就不由停立在这里，观看了一会儿，心里想着：无论怎么样，鞋是不能不买一双，不然真没法子跟人家站一块了！于是她身不由己地又走进了鞋店，仔细地挑选了一会儿，结果用了两块八毛钱，买了一双白帆布的高跟凉鞋；虽然没有白皮子的好，但是样式却还可以。菊英在试鞋的时候，她就穿上了簇新的白帆布凉鞋，把那双叫她伤心的青礼服呢的旧高跟鞋装在了纸匣子里。给了鞋钱，她轻盈地出了鞋店，一手提着鞋匣子，臂夹着手皮包，就很喜欢地往北去走。她并且时时低头去看脚下的这一双新鞋，也不觉得自己是怎样的穷了，不觉得自己可怜得像一个鬼魂似的了。

这时因为是上午，市场里的人不多，所以菊英也没得机会与一般装饰华丽的妇女们去比，但是她很相信，假如与人家比起来，自己虽然没烫头发，腕子上没有戴着什么东西，但是也不至于太难看了；并且假若把那珠翠别针戴上呢？恐怕别的人可又比不上我了……她一边想着一边走，走到一家钟表行的门前时，菊英的脚步又停住了。她的艳羡的目光又射到了玻璃柜里，看着那些新奇小巧的各式手表，尤其是那长方形的女手表，她真想买这么一只；她看着自己的皓腕，拟想着佩戴上一只长方形的小手表，那有多么好呢？可是她害怕价钱太贵了，所以不敢进里面去问。同时她又看见这钟表行里面挂着的一个标准钟，原来此时都已十一点了，她心说：哎呀！原来都快到晌午了！我快点走吧！

她出了市场的北门，两三辆洋车已然迎过来，问着说："我拉你吧？小姐！"菊英站住发了一会儿怔，心里想：这时候我回到黄凤贞家里去，恐怕正赶上他们吃午饭，那多难为情呀？我就在这市场里吃午饭吧？可是一个年轻的姑娘，独自到饭馆里去，恐怕也要招人笑话吧……她想了想，没有主意，遂就坐上车，往西城毛家湾去了。在车上，菊英倒不觉得怎样饥饿，她只想着见了黄凤贞应当用怎样的话，才能把昨天一夜未归，今天回来，是又买皮包又买鞋的事掩饰过去。

近午的太阳，照得地上十分炎热，马路上的车子都特别的稀少；两旁的洋槐树连枝叶都不动一动，似乎是睡着了，蝉翼摩擦出它的鼾声。菊英在车上忽然想起：刚才在市场里忘记了买一把小伞，小伞如若太贵，买一柄折扇也好呀！这样热的天，要是没有一件遮阳光的东西，怎么能在街上走呢？尤其是自己今天还要出城回海淀走呢，这热怎么受呢！虽然经过了几条街，看见了几家百货店，但又懒得下车去买。她就坐在车上，低着头，看放在车箕上的那一双新穿上的白帆布高跟凉鞋，心里觉得很喜欢，认为比黄凤贞新买的那双白皮子的还好看呢！同时又想着昨夜的那些事情，那大饭店里的种种情景，以及现在手里这七十块钱和一只珠翠别针，该怎样设法收藏起来；将来如若章绍杰不向自己索要，自己该怎样支配它……

又走了一刻多钟，这辆洋车就进了毛家湾。在黄凤贞的家门首，菊英叫车停住，她就下了车，给了两毛车钱；遂就一手提着鞋匣，夹着手皮包，一手去按电铃。待了一会儿，就听门里有一个不耐烦的声音，说："听见啦！听见啦！你找姓什么的呀？"菊英一听是黄老九的声音，她就带着笑说："是我，我是菊英，九叔你开门吧！"说话的时候，心里却是很紧张的，就想：我进去见了黄凤贞，就编个谎说，昨夜是住在我母亲那里了，这些东西也是我母亲给我买的。可是，倘若她不相信，她要详细地追问我，那我可怎么办呢？

黄老九听见外面是菊英的声音，他才把门开开，又呲着金牙笑着说："菊英姑娘回来啦？见着你妈了吗？昨儿是在你妈那儿住下了吧？"菊英一面往里走，一面笑着回答说："可不是！我昨天本想要回来，因为我走的时候，凤贞姐姐还说要等着我回来吃饭呢。可是，我母亲跟我说上话就没完，直说到十二点多钟，我想回来倒惊扰你们，所以，就在我母亲那儿住下了。"

黄老九关上了门，同着菊英往里院走，并笑着说："本来么，你们娘儿俩一年也见不了几回，现在你进城来看她，她不定是怎么喜欢了，自然得跟女儿说些个话。咳！你妈真是不容易，将来就指着你孝顺她啦！"菊英一听这话，心里又是一阵难过。

黄老九看见了菊英手里的新皮包，和脚下的新鞋，他就有点纳闷，遂问说："菊姑娘，这鞋是你妈给你买的呀？"菊英红了红脸，点头说："对了，昨天我妈给了我十块钱，她叫我买一双皮鞋。我在市场问了问，皮鞋太贵，我就买了这一双帆布的，剩下的钱就买了一个皮包，要不然真没有地方装东西！"黄老九点头说："可不是，年轻的姑娘总得打扮打扮，要不然出门来叫人笑话，再说……"他还没说明白要"再说"什么，就立刻停止了。

第十五回　翠陌重归人犹洁似玉
馨情更绾语亦细如丝

这时院里十分沉寂，只听见西房里黄老九养的几个鸟儿吱喳乱叫，北房里垂下竹帘，一点声音也没有。菊英就问说："我姐姐睡晌午觉了吧？"黄老九说："没有，她不到九点钟就出去了，说是上澡堂子洗澡去，可是直到这时候还没有回来。菊姑娘，你到我这屋里坐着吧！"遂就把西房的屋门拉开。

菊英进屋一看，只见屋里的东西很简单，只是一张破桌子，两条板凳，还有一张床铺。那床铺上坐着一个身穿蓝布褂子的半老太婆，黄老九就给引见说："这是刘大妈，这就是我说的那海淀的范大姑娘。"菊英向那个刘大妈鞠了一躬，那个刘大妈也不站起来，她就歪着鼻子笑了笑，说："姑娘坐下吧！"说话的时候，把两只眼睛不住的上下看菊英，又问："姑娘十几啦？"菊英红着脸，笑了笑说："我十六岁了！"那歪鼻子的刘大妈，口里啧赞地说："长得真体面，我还没瞧见过长得这么好的姑娘呢！"

黄老九呲着他的金牙，指着刘大妈向菊英说："刘大妈就是为瞧你才来的，我跟刘大妈说你长得比画儿上的美人儿还好看，刘大妈还不信呢！现在让刘大妈看看，咱菊英准比芳仙、翠宝她们秀气得多吧？"刘大妈点了点头，又盯了菊英两眼。黄老九又指着菊英向刘大妈说："人家姑娘不但是人品好，活计还真好呢！在家里干事也是麻利脆快，真是文武全材；人家姑娘的头上脚下，连家里花的用的，全都是自己两只手挣来的！”那刘大妈也不住地点头咧嘴。

菊英因为知道黄凤贞没有在家，黄老九跟这个刘歪鼻子又把自己夸赞的、瞧看得很不好意思，遂就连坐也不坐下，向黄老九说：“九叔，我要回去啦！昨儿我已然跟我姐姐说好啦，我姐姐既没在家，我也不等她啦。”黄老九说：“菊姑娘你忙什么的，再住两三天好不好？不是回到家里也没有什么事吗？”菊英摇头说：“不，我母亲叫我今儿回去，还有点别的事呢，改日我再瞧九叔来！”她又向那刘歪鼻子鞠了一躬，说：“刘大妈，您坐着吧！”遂就夹着皮包，提着鞋匣子，出了这西房，黄老九也跟着出来了。

这时胡妈由东房追出来，一边拿大襟擦着手，一边笑着问说：“怎么，范大姑娘你这就要回海淀去吗？”菊英站住身，笑了笑说：“对啦，过两天我再来。”遂由皮包里取出两块钱来，塞在胡妈的手里，说：“这两天叫你受累！”胡妈笑着说：“哎哟，范大姑娘，你干吗还给钱呀？谢谢你啦！你过两天可想着来呀！”

这时黄老九就在前面跑着，说：“你别忙，我给你雇一辆车去。”菊英说：“九叔，你不用管我了，我慢慢走着就雇了。”说着往门外去走。这时黄老九已出门喊来了一辆破车，菊英就上了车，黄老九还要叫拉车的等一会儿，他进去拿钱，菊英在车上摆手说：“不用了，到家里我再给他吧！”遂就叫车走了。菊英并在车上回过头来，向黄老九说：“九叔你请回吧！”那胡妈还在门首望着菊英，笑着叫道：“范大姑娘，你过两天可来呀！”

菊英的车出了毛家湾西口，她又看到了两边的繁华景物。黄老九雇的这辆车虽然破，可是拉车的人倒真卖力气，不多时就走出西直门关厢。一来到往海淀去的这股柏油路上，一切的景物又都与城里不同了；在城里，菊英没有注意到一片落絮，可是这里的落絮已然铺遍了柏油路，像是雪似的，又像是铺了一条白绒毯。两旁的柳树以婀娜的姿势迎着人，轻轻地飘拂着碧绿的长丝，并且在地上铺下浓密的阴凉，引诱着小燕子追着车来回地飞；蝉声像吹着口琴似的，一路送着这由城里归来的女客。

路上往来也没有多少行人和车辆，菊英就很疲倦地倚在车上，脑里想着这两天来在城里度的，就像一场绮丽的梦似的生活，而在这绮丽的梦中又有许多可惊可疑的事情。菊英总忘不了昨夜在大饭店里章绍杰所说的那些话，和他那高大的身躯，贼亮的眼睛，轻浮的动作，她就想：不怪黄凤贞、郝四太太她们都说章绍杰对我有意，果然，昨天证明了他是想要爱我。咳！章绍杰他是那么有钱的人，跟他在一起的女子哪个不比我强，他何必要单单的爱我呢？他又是秦朴的朋友，这件事若是叫秦朴知道了，那不但把他们的交情破坏了，连我在秦朴的眼里也不像是一个人了！不过章绍杰那个人还不可以得罪，否则不但我与秦朴的婚事要发生问题，秦朴以后的找事谋生也都不容易了。咳！现在这事情多么难对付呀！

菊英又自恨自愧地想着：都是我不好，我的心太软！昨天虽然是无意之中遇见了章绍杰，可是我若不跟他到市场去玩，不跟他到大饭店里去，也就没有那些事；幸亏我还算有一点主意，要不然……今天我就没有脸再回来了！她一阵悔恨，眼泪又要往下流，并想着：都是黄凤贞、郝四太太那些个坏人，她们风言浪语地把我的心都给弄乱了，我都没有准主意了！以后我还是要少跟她们来往，也不想再进城了，秦朴的话真对，城里不是好地方……

走到了海淀街，菊英在街上就很觉局促，想着自己的这身衣裳、这双新鞋、这个新手皮包，若叫街坊们看见，一定要惊异，并且也许胡编出许多话来。幸喜因为天气热，这条海淀街竟像一条睡了的蛇，没有几个人来往；街口上虽然停着两辆车，可是拉车的全都在车篷里睡着了，所以菊英没有遇见一个熟人，她就回到家门首叫车停住，给了车钱。

她刚要进门，就见淑玲同着两个邻居的女孩子正在墙根阴凉下弹球儿玩，一见菊英回来，她就蹦起来，迎着跑过来，拉着菊英的手笑说："菊姐姐！你回来啦，你买了一个皮包呀？这匣子里是什么？是糖吗？"菊英摇头说："不是，这是装鞋的匣子。"刚要往自己屋里去走，忽然淑玲又把她揪住，企着脚儿扒着菊英的耳边说："菊姐姐！我告诉你，你知道秦先生病了吗？”菊英一听，就吓了一跳。她刚要问秦朴得的是什么病，重不重，可是这时她婶母听见院中菊英跟淑玲说话的声音，就出屋来了，说：“你回来啦？”菊英向她婶母请安，说：“我回来啦。”遂同她婶母进到屋里。那淑玲却不跟着菊英进屋，她出了门，一股烟儿似的跑到福安公寓，把菊英回来了的事告诉秦朴去了。

这里的菊英，一面把鞋匣子和手皮包放在自己的床铺上，脱下来身上的印度绸旗袍，换了一件浅月色的布褂，一面对她婶母说了自己进城到黄凤贞家，黄凤贞怎么请自己看电影、逛公园，以及自己昨天还看了母亲等等，但是她并没有详细说，尤其没说出什么郝四太太、于三太太，和章绍杰，至于她这只皮包和脚下这双白帆布鞋呢，菊英就说是黄凤贞给她买的。范三婶倒点头说：“又叫人家花了不少的钱！”她也并不知道她侄女的手皮包里，还有差不多七十块钱的现款，和一个价值二百多块钱的珠翠别针呢！

菊英此时因为知道秦朴病了，她就坐立不安。范三婶见侄女由城里回来，脸上通红，头上又直出汗，她就说：“你早点回来，或是晚上回来好不好！这一两点钟的时候天正热，要是受了暑，可怎么办？你先歇会儿，我给你弄点水，你先洗洗脸。”菊英就乘着她婶母拿着脸盆出屋之际，就赶紧将皮包里的钱和珠翠别针，全都藏在了被褥里。

这时淑玲又咚咚地跑回来，进了屋就满头是汗，不住地喘气。菊英刚要悄声问淑玲：“秦先生得的是什么病呀？厉害不厉害呀？”可是她婶母已然端着半盆脸水进屋来了。菊英过去洗脸，旁边淑玲就说：“菊姐姐，你走了我直想你呢！我天天在门口儿站着等你，盼着你回来！”菊英见淑玲对于自己这样关心、亲热，心里更加惭愧和悲伤，暗想着：她傻孩子哪里知道，我在城里住了这两天，遇见了几个坏人，几乎将我引诱得对不起人呀……

范三婶坐在小凳儿上，抽着她的半截烟卷，说：“我还想你不能这么快就回来呢！”菊英擦了擦脸，将手巾抖了抖挂起来，就说：“本来依着黄凤贞，要留我住五天呢！我因为不放心家里，跟她死说活说，她才放我回来，我真不愿意在她们家里多住着！”

范三婶听了菊英的话，似乎很觉得诧异，就说："黄凤贞的家里不是顶有钱吗？她那个吴先生，你三叔说是人也不错。"

菊英"哼"了一声，说："有什么钱？我看他们也不过是表面上的阔。她跟她先生都能花钱，一月挣二百倒许花三百，交的朋友也都是跟他们差不多的，真正有钱的人他们也巴结不上。黄老九在他女儿家里比听差的还不如，净碰黄凤贞的钉子！"她一边说着一边支起镜子来擦粉，并从皮包里取出来新买的胭脂膏，往脸上微微地敷了敷。

范三婶抽了不到两三口，那半截烟卷就抽完了，她又问说："黄凤贞现在学的这个样儿啦？早先在咱们院子里住的时候，她不是一点也不浮华吗？对她爸爸不是也顶孝顺的吗？"

菊英一边拢头发，一边冷笑着说："早先她想浮华也不行呀！现在，您是没瞧见她呀，穿得阔极啦，带着金镯子、手表；柜子里的旗袍就有二十多件，高跟鞋就有十好几双。前天她请我看完电影，便上东安市去买东西，那一趟她就花了有五六十块钱！"

范三婶听菊英说黄凤贞现在竟是这么阔，她将要赞叹黄凤贞的命儿好，可是这时淑玲就在旁听着生气了，她撇了撇嘴说："菊姐姐，你别净说黄凤贞了！活该她有钱，咱们不用理她。二秃子昨儿还跟我说，他说黄老九跟黄凤贞他们全是坏人，他还说：菊姑娘要是常跟他们在一块儿，准学不出好来！"

菊英一听淑玲这话，真真的刺着了她的心，她就悲痛地想着：可不是么？二秃子说的话很对，我在城里才住了两日，就差一点没有……她又想起了黄凤贞的风言浪语、撒娇闹气，吴崇富的卑鄙无耻，和章绍杰的……她觉得这次实在不应该进城，虽然自己还算有点主意，没有上他们的当，可是这就已经很对不起秦朴和自己的婶母了！她心里是很难过的，同时又关心着秦朴的病。

菊英拢好了头发，就到院中各邻居的屋里去看了看，跟李老太太、张大妈、刘二婶说了几句闲话；她觉得人家都很注意她脚下的这一双新鞋。回到屋里，淑玲在旁又东拉西扯地把这两天海淀街上所发生的新闻告诉菊英，正在指手画脚说得高兴的时候，她妈又叫她去看孩子，淑玲才努着嘴走了。

这里菊英因为很饿，就找出她婶母早晨烙下的小米面饼，就着咸菜吃了一点，因为惦记着去看秦朴的病，所以也吃不下去。这时她婶母就说："你走了这两天，我也没洗衣裳，我叫淑玲到徐大妈那儿去问，徐大妈说是没有洗的；可是现在这夏天，学生们的衣裳换的又勤，怎么会没有洗的呀？"

菊英说："大概是徐大妈不放心淑玲，不敢把洗的衣裳交给她。这样吧，我这就到徐大妈的公寓里去一趟吧，我还想跟她要点活计呢。"范三婶说："等晚上你再去吧！这么热的天，你才从城里回来，你也应该歇一会儿，再说外头又热！"菊英摇头说："我倒不觉得热！"实在她的心里，因为关心着秦朴的病，才叫又急又热呢！当下菊英又照着镜子掠了掠头发，另找出一块小手帕儿来绕在腕子上，她就不听她婶母的拦阻，走出门去，往徐大妈的公寓里去了。

她的脚步很急，少时就到了公寓里，这公寓里本来住着十几个学生，可是这时竟是鸦雀无声。菊英一进门就看见秦朴那屋里没有锁着，她惊喜极了，心里紧紧地跳着，但是她却并未急忙奔过去拉门，因为她想着秦朴一定因为身体不舒服，现在正睡午觉，若是惊醒了他倒不好。菊英慢慢地压着脚步，走到那门前，轻轻地拉开门，探进半个脸去看，却见秦朴并没有睡。秦朴正在桌前的凳子上坐着，手里拿着一本英文书籍，专心注目地在看，嘴里并低声地念着；菊英从门边微露出半面，他都没有看见。及至菊英扑哧地笑了一声，高跟鞋响了两下，走进屋来，秦朴才扬起头，惊喜地向菊英说："你回来啦？"说着就站起身来。

菊英见他穿着一件白府绸的衬衫，也没系领带，下面是米黄色帆布裤，穿着一双白帆布鞋；因为没有刷粉，已然成了灰色的了。但是秦朴那深湛的目光却依然含蕴着无限的深情，菊英的心里立时就生出一种强烈的爱，她就过去拉住了秦朴的手，仰着那带点忧郁的脸，很关心地问说："怎么？你得病了？"

秦朴的这双才放下书本的手，就由着这少女的柔指轻轻地握着，他的心里十分紧张，又很是感激。面对着菊英的芳颊，他觉得菊英进了一次城市，容貌是更显得艳丽了；他两日来空虚苦闷的生活，至此时又到了充实、安慰。他笑了笑，摇头说："我没有病！昨天我由学校回来，倒是觉着有一点头疼，后来睡一个觉，也就好了。下午，因为淑玲在我这里闹得太厉害，我就向她说：我病了，你别再闹了！大概她就信以为真了，你回来她就告诉了你……"

菊英听秦朴这样说，她还不很相信，以为秦朴是故意把病隐瞒着，不告诉她，以免她伤心。她一面观察着秦朴的面色、精神，一面皱了皱眉说："真的，你可别耽误了！你若觉得哪一点不舒服，就赶紧到医院看看去，我陪着你去也可以；现在是夏天，人很容易生病的。"

秦朴点头说："是，今天我倒觉着好多了！明天看吧，若是精神还不好，我就叫我们学校里的医生检查检查。菊英，你是才回来？"

菊英刚要回答，这时院中又有脚步之声，她赶紧把秦朴的手放下。等着院中的脚步声走过去之后，菊英才微笑着压着声儿说："可不是！我才回来就听淑玲说是你病了，我急得连坐都坐不住，我赶紧跟我婶母说了一个谎。哎哟，我还忘了！昨天晚上我在城里给你写一封信，原预备我回来再当面给你……"菊英扑哧一声笑了，又低下头去。

秦朴倒了一玻璃杯的开水，送到菊英面前，并说："你坐下，我们谈话。"菊英摇了摇头，良久她才抬起眼皮儿来，又像忏悔又像惭愧地说："真的，我在城里住的这两天，时时地心神不安，城里我绝不想再去了！"她心里似乎有许多话都不能说出来。

秦朴不明白她的意思，就点头说："因为你素日不常进城，所以受不了城里那些刺激。本来，现在的城市繁荣都是畸形发展，一般有钱的人所认为的快乐，在我们看正是痛苦的。"菊英默默地点了点头，忽然觉得心头一阵悲痛袭来，蓦然她就双手搭在秦朴的肩膀上，将头扎在秦朴的怀里，呜呜地痛哭起来。

这时秦朴倒觉着十分惊异，便赶紧劝慰菊英，他抚摸着菊英的柔发，低着头悄声问说："为什么呀？菊英，你怎么又伤心起来啦？莫非你在城里受了什么刺激？你可以对我说，不要紧！"这句话正搠到菊英的心底，她就更哽咽得厉害，把秦朴急的不知道怎么才好。最后还是秦朴劝她说："你真不要哭了！把眼睛哭红了，可要叫人笑话的！"菊英这才慢慢抬起头来，她将脸微仰着，斜靠在秦朴的胸前，长长的睫毛上还挂着晶莹的泪珠；秦朴也眼角微润，心里燃烧着恋爱的火焰……

此时小室里十分的沉静，只有秦朴菊英两人的心弦跳动声、呼吸声，与桌上的玻璃小表滴滴的走动声。良久，菊英才在小凳上坐下，她掠了掠头发，拭拭眼泪，又时时偷眼去看秦朴那张诚恳多情的脸，到现在，她的心里才松弛些、舒展些；仿佛那两天在城里，所有的对不起秦朴的事情和心理，现在都因为贡献了自己的热爱，而得到了秦朴的原宥。虽然她知道秦朴万不会想到自己在城里遇见了章绍杰，并跟他逛市场、上饭店，还接受了他的金钱和贵重的装饰品，但是自己性格上的缺点，自己是知道的。现在很侥幸的能够脱开城市的浮华，社会的魔手，而回到这优美的乡镇上，回到这清简的小室里，重投到爱人的怀里，这真如将那要沾泥落溷的柳絮，忽然被一阵罡风吹起，飘扬到天空是一样。菊英就很坚决地想着：我绝不再与那些引诱我的人在一起了！我也绝不想再进城了！除非将来与秦朴一同进城去。因为有了心中这些事情，所以她对于秦朴就更是爱慕依恋。

这时秦朴见菊英不再哭泣了，心里也就宽松了一些，他就坐在菊英对面的椅子上，两个人低着声儿谈话。秦朴就说："学校里现在正进行暑期考试，我这个旁听生也就无课可听了，所以我今天晚上再去听一次哲学讲演，明天就不去了。按说我现在既不必上学校去了，就可以预备功课了，但海淀这地方虽然很清静，可是离着图书馆太远，所以我是应当搬到城里去。不过因为有你在这里，我们不但需要时常见面，而且我还要趁着这个暑期给你补习功课。我已给幼稚师范写信去了，一半天就可以寄来简章，我觉得你若经过一两个月的补习，一定能够考取上。那里的学费又不多，我完全可以替你负责，将来毕业以后就可以教幼儿园；跟一些天真烂漫的小孩子在一起度生活，也是很快乐的一种职业。"

说到这里他沉思了一会儿，忽然脸上又带着一点惭怍之色，像是很不好意思似地说："我们两人的环境都是相差不多，现在，既然是我们有了这么深厚的感情，我们就不能不往久远之处去想；但是太久远了，因为人事的变迁，我们也不敢预料。不过在三四年内，我一定能帮助你学成一种专门学识，同时我也一面求学，一面谋事，等到我们两人的生活都安定了，那时……”说到这里，他笑了笑，用深湛的目光看着菊英微红的面容，说：“那时我想我们一定都是很快乐的！”

菊英明白秦朴的意思，秦朴是要帮助她在幼稚师范毕了业，三年以后再结婚。她对于秦朴的这番意思，自然十分感激，办法她也不反对，不过她总想：三年，未免太长久了吧？以我的家庭环境，三年以内能够没有人催促我的婚事吗？于是她就打算对秦朴说：“你这个办法我也是很赞成的，不过在三年以内，我们两人的生活准能保得住全无变动吗？依我想，或是先订了婚，然后我就算是你的人了，我们再去求学或是做事，就不至有别人干涉我们了！”菊英是相信她想的这个办法比秦朴想的好，而且以她与秦朴这亲密的爱情，这些话说出来原不困难，可是不知为了什么，也许是为了女子的一种自尊心理吧，她总不愿由自己这方面提明了婚事。

两人沉默了良久，忽然菊英摇了摇头，说：“你现在既是不上学了，那又何必还在海淀住着呢？你若搬到城里，离着图书馆又近，为何不在城里找房去住呢？虽然我也知道，你希望与我住的近，我们可以时常见面，但是你不知道我来到你这儿，是多么提着心呢！”说到这里，她的声音更压下了一点，说：“你不知道，这间公寓的徐大妈是很爱谈论人的，她那两个儿子也都很嘴长。本来我常到你这屋里来，他们就很疑心，将来倘或她在外面给咱们说什么话，我倒不要紧，只是你的名誉就很不好了！”

秦朴听了，点点头，又叹了口气说：“我也考虑到这一点了！不过我一个人，又没有家眷，在旁处找房子也很不容易。至于城里，虽然离着图书馆近，但是那种繁华嚣扰的地方，我实在不愿意住。章绍杰在西山有一所别墅，也很幽爽清静，到了夏天他们家里的人都到北戴河避暑去了，那里也没有人住；我打算一半天见着章绍杰，我跟他提一提，我在那里借他一间房子。”

菊英一听秦朴又提到了章绍杰，她就脸上微红，摇了摇头说："我看不必，别处要找不着房子，就暂且在这里住着吧！何必求人呢？"

秦朴说："我跟章绍杰倒不是泛泛的朋友，我若想住他的房子，只要打个电话通知他一下就成，他不能够拒绝我。"

菊英却依然摇头，咬着下唇，不说一句话。她本来想要把昨晚在市场里，在饭店里，章绍杰对于她的那种种举动，完全哭诉给秦朴，可是因为昨晚也怨自己的意志薄弱，要不然怎么能够随着章绍杰到那些地方去呢？所以她心里纵有许多话，也是不敢说出来。但是秦朴那多情的目光，诚恳的态度，又实在感动得她不能把昨晚那件卑鄙的事情隐藏在心里，她立刻一阵难过，眼泪又簌簌落下。

秦朴叹了一声，走过去安慰菊英说："你怎么又难过了？我不搬到西山去就是了！我先在这里住着，慢慢再到别处找房。菊英，你这样伤心会使你的身体变坏的！"

当他趋近菊英时，忽然他的脚碰了菊英的鞋一下，他赶紧低头去看，这时他才发现菊英穿着一双很新的白帆布高跟鞋。秦朴虽然能猜出这双鞋一定是菊英新由城里买来的，但他绝没有想到是用谁的钱买的；可是菊英却心里有愧，赶紧把脚缩回去，又用小手帕拭着眼泪。

秦朴站在近前，两人又谈了一会儿儿，菊英看了看桌上的小表，已然快到四点钟了，她就说："我得走了，我还要到徐大妈的屋里，要洗的东西去呢！"遂又跟秦朴要过小镜子来，看了看，眼圈儿还没有怎么红；她看见秦朴在她的身后笑，也不禁倩然一笑，衬以残泪未干的眼睛，是更显得妩媚。

菊英把小镜子放在桌上，掠掠头发，揪揪衣襟，就向秦朴说："这么热的天，你也别死用功，晌午也应当睡个觉，歇一歇！"秦朴点头说："是，我为你我也要珍重我的身体！"菊英一听他这句话，心里一疼，又迸出几点眼泪来。她赶紧用手帕拭着，并带泪笑着说："你是怎么啦？净招人家心里难过！"

秦朴却勉强笑着说："我说的这是真话！在早先，我是一个为改变环境而奋斗的人，后来因为受到的打击很多，所以我又像是要变成颓废者了。可是，自从我们相识以来，你使我在心中又焕发了许多的生机，我现在对于什么事都是乐观的、积极的，尤其对于身体，我更是加意爱护，不然我就算是对不起你！”

菊英一听秦朴这话，心里就更加疼痛，可是她勉强制住了眼泪，同时又想起：秦朴说他过去曾受过很多的打击，莫非章绍杰昨天所说的那梁慧聪小姐，也是他所受的打击之一吗？菊英本想要向秦朴去探问探问，但秦朴那诚实的目光及神态，又使得她不好意思去提那件事。她遂就笑了笑，又低下头去，等待着秦朴把手轻轻地放在她的柔肩上，两人又很亲近地说了几句话。然后菊英露出她的笑靥，向秦朴笑了笑，低声说：“明天我再来！”遂就偷偷地走出屋去，到了徐大妈的屋里。

这时徐大妈正找街坊谈天去了，只有她的大儿子在屋里，拿着拍子打苍蝇。一见菊英进屋，他就把嘴唇耸到了鼻头上，笑着说：“菊姑娘回来啦？城里头热闹吧？天桥儿变戏法变得好极啦，你去瞧了吗？”菊英摇头说：“我没去瞧。”又问：“徐大妈没在家吗？”徐大妈的大儿子摇头说：“没在家，刚才我睡着了，这才叫苍蝇把我抓醒，我也不知道我妈上哪儿去啦！”说着一只手拿着个破蝇拍，一只手掖他那将要掉下来的短裤子。菊英说：“我回头再来吧！”遂就赶紧回身出屋，又向秦朴的那间屋子望了一眼，便高跟鞋咯咯的往门外走去。

出了公寓，走到街口上，就见淑玲正在洋车旁跟二秃子谈天。菊英一瞧见二秃子，她的脸上又是一阵红，淑玲却叫了一声：“菊姐姐！”她张着手跑过来把菊英拉住，就问说：“你见着秦先生了吗？秦先生的病好点了吗？”菊英嘱咐她说：“你小一点声儿说话！秦先生的病好了。”遂就跟淑玲拉着手往家里走。

淑玲是一边走，一边跳，菊英就向淑玲说：“哎呀！我还忘了！我这次进城，没给你买什么东西，等下次我进城再给你买吧！”淑玲摇头说：“我不要了！菊姐你下回进城也不用给我买了！”菊英还以为淑玲是不愿意了呢，赶紧扭着头去看她。可是淑玲并没有努着嘴，她还是欢欢喜喜的，她说：“我也这么大了！不能净跟人要东西了！秦先生也知道我要叫你给我买玩意儿，他就劝我，他说菊姐做活挣钱不容易，不叫我花菊姐的钱。他又说：以后你千万别气你菊姐，你菊姐可怜，没有爸爸，妈妈也在外头。菊姐，以后我更跟你好了！”菊英一听淑玲这话，眼泪又要往下流，她便点了点头，赶紧同着淑玲走进家门。

到了自己屋里，菊英就向她婶母说：“我到徐大妈那里去，徐大妈没在家。我等了一会儿，看她还没有回来，我就走啦，回头我再去吧！”范三婶点了点头，淑玲又跟菊英玩了一会儿，她的母亲又把她叫去了。

这里菊英就帮助她婶母做饭，饭还没做好，她叔父就回来了。范三一进屋就把小褂脱下，光着他那精瘦的膀子，拿凉水洗了一会儿儿，然后扇着一把破芭蕉扇，坐在小凳儿上，向菊英问说：“怎么样？你到城里，黄凤贞她们很招待你吧？”说时用眼睛盯着菊英，他觉得菊英进了这一趟城，真像大学生出了一次洋似的，回来连神气都改变了。

他又低头瞧着菊英脚下的那双白帆布鞋，又笑着问说：“这是黄凤贞给你买的吧？”菊英面微红着，点了点头。范三又用手比着数目，说：“我猜吧！至少这双鞋得五块！”菊英说：“还不到，才三块钱。”范三咧嘴笑了笑，向他老婆说：“你瞧怎么样？我猜的差不多吧？这些摩登玩意儿，虽说我没买过，可是我都知道。”

范三婶说：“人家黄凤贞还给她买了一个皮夹子呢！”说时指了指菊英床铺上那只手皮包。

范三过去拿起来，翻过来掉过去地看了看，又往他那光着的胳臂上夹了夹，笑着说：“这玩意，至少也得两三块！现在摩登的，没有一个不夹着这么一个。我们大学里住宿的女学生，上课的时候是夹着洋书，一下课出去玩，全都夹着这么一个东西；里头是胭脂粉、小梳子、小镜子、情书、洋钱票，乱七八糟的什么全都有。”菊英听她叔父的嘴里说出了“情书”，她的脸上立刻又是一阵红。

范三把皮包放下，他又坐在小凳儿上，随手拿起茶壶来，就着嘴儿喝了几口，就拿扇子拍着爬在他脊梁上的苍蝇。他又向菊英说：“我还猜着你一定跟黄凤贞见了面，就谁也离不开谁了呢！至少你得住上半个月，没想到你这么快就回来了。”

菊英说：“本来，依着黄凤贞她们，至少要叫我在她家里住五天。可是我瞧她在家里顶忙的，我在那儿住着更给她添麻烦，所以我今儿就回来了。”

范三点头说：“也好，留着个后手儿，下回再去。你这回要是一去就住两个月，人家就腻啦！这回就算认认门儿，咱们走了，叫她还想着咱们。”又问说：“这两天你们都干什么玩啦？没听程砚秋吗？没在她家里打牌吗？”

菊英摇头说：“都没有，前天是在真光电影院看的电影，后来到东安市场‘五芳斋’吃饭，吃完饭就回家去了……昨儿是在中央公园‘长美轩’喝的茶，晚上……”她又想起了晚上遇见章绍杰，偕游市场，并吃西餐，同到饭店那一些事，不由脸上发热，心里生愧，就很迟缓地说：“晚上我到彭公馆看我妈去了！”

范三说：“你妈真没有办法，快累死了！慢慢真得想法子叫她回来。可是，咱们家里现在也真需要她那几块钱，除非……咳！”他把后半截话用一口凉茶咽了下去，又露着黄牙板，笑着向菊英说：“你们看电影，吃饭、逛公园，就是你们姐儿俩，是还有别的人吗？”

菊英说：“头一天看电影，是黄凤贞同着我，还有一个郝四太太……”范三翻着眼睛想了想，说：“郝四太太？也是个摩登吗？也烫着飞机头吗？”菊英笑了笑，点头说：“倒是很阔，听说是谁的姨太太。”范三点点头。菊英又说：“吃饭的时候，是吴先生同着一个胡主任先去的。”

范三把破芭蕉扇向膝头一拍，说：“对了，这个胡主任，就是吴崇富的同事，不但在这儿挣的钱比吴崇富还多，家里也是个大财主，这个人……”他想了想，又把眼睛向菊英的身上绕了绕，就说：“吴崇富还说要给我向他介绍介绍呢！可是，嘻嘻！咱们哪儿跟人家联络得起呀？”

范三婶在旁边嘴快，说：“不是那黄老九到咱们家里来，提说的那个姓胡的吗？”范三含糊地答应说：“大概是吧？”遂又瞪了他老婆一眼，那意思是不叫他老婆把事情点明了。这时菊英也想起那天黄老九到自己家里，因为提说那胡主任要娶二房的事，以致叔父在家里大闹了一场；一想起来，立刻心里就很是生气，她叔父再问她什么话，她就不再言语了。

不过范三这时候却是十分高兴，扇着破芭蕉扇又胡聊了一阵，饭就做得了；他胡乱吃了两张小米面饼，就跟他老婆要了一毛钱，披上小褂，嘴里唱着二黄，得意扬扬地出门上酒铺喝酒去了。

这里菊英和她婶母还没有吃完饭。范三婶是因为这两天又犯了牙疼，嚼东西很觉得困难。菊英是因为这两天在城里，吃了黄凤贞家里很好的菜肴，又吃了“五芳斋”的苏菜，“森春阳”的西餐，所以她对于家里这粗饼淡菜，实觉难以下口；同时心里又有好些为难的事情，所以她一边吃，一边皱眉。

她婶母也看出来她是很难以下咽的样子，就手捂着左腮，一边吸着气，一边说：“姑娘你身上觉着不舒服吧？大概是受了点暑，你要吃不下去，就撂下吧！等回头门口儿卖硬面饽饽的过来，给你买两个留着，晚上你再吃。”菊英摇了摇头，放下筷子说：“不用，我歇一歇就好了。”范三婶着急地说：“我瞧你大热的天，正晌午往家里走，就一定得病！你走的时候我就忘了嘱咐你了，别叫你着急忙着回来。”她叹了一口气，又说：“你躺下歇一会儿吧！自从你回来，你就没闲着！”

菊英听她婶母这么一说，她就站起身来，把浅月白的旗袍脱下，身上只穿着花洋布的短衣裤；把白帆布的新鞋也脱下来，收在鞋匣子里，她就一头躺在床铺上，将脸朝着墙壁。这时范三婶本来就牙疼，又因为菊英病了，她更是焦心，便也吃不下去东西；她草草地收拾起来家什，就出屋向淑玲的母亲刘二婶要了一点暑药，给菊英服下去。

这时天色就黄昏了，屋内十分闷热，也没有点灯。同院住的这儿家街坊都吃过了晚饭，老的小的都在院中，坐着小板凳儿纳凉，并且谈些居家过日子的闲话。范三婶也出屋去了。待了一会儿，淑玲压着脚步声儿进来，她趴在菊英的床铺上，悄声问说：“菊姐你病了？”

菊英先前本来是装睡，没有精神去跟淑玲说话，可是后来又想：淑玲若是真以为我病了，她一定这就跑去告诉秦朴，秦朴一定又着急。本来我这是假病，可是倘若由我这假病引起来秦朴的真病，那时我可比自己得了病还要难受呢！于是她就转过身来，向淑玲说：“我没病，你摸摸我的头上,并不发热不是?我是因为这两天在城里太劳累了!”

淑玲摸了摸菊英的头,说:“不热,菊姐你好好歇着吧!明儿别再进城,上黄凤贞他们家里去了!哼,我恨他们!把我菊姐累的!”说完了这话,淑玲就出屋去了。这里菊英却因为淑玲不叫她上黄凤贞家里去的这话,引得她又想起了好些事情,她就一头扑在枕上,浑身抽搐着哭泣。

本来菊英的身上也没有感觉不舒服,只是感觉到眼前的事情很难办。她叔父所说的那胡主任的事情,菊英倒是没放在心上,因为她知道,黄凤贞的丈夫吴崇富,自从知道她认识章绍杰以后,就改变了方针,把那胡多能抛开了。现在的问题只有秦朴,一想到了秦朴,菊英又回想着今天在公寓里见着秦朴的时候,呵!那是多么甜蜜呀!可是他又说要等待三年以后才能谈到结婚,那又是多么使人难耐呀……

想了一会儿,菊英就觉着:我们的爱情既已到了很深的地步,将来自然是非结婚不可了,反正迟早也是得办这件事;三年以后他在大学毕了业,也未必就能找得着好事。现在趁着有章绍杰帮助,我手里又有这七十块钱,和一个价值二百多块钱的东西,不如我明天就去对他说,催着他赶紧托人向我家求婚;我再跟家里哭闹一场,也就许成了。然后我们简简单单地举行过婚礼,两人的生活就算安定了,我也就死心塌地了,不至于再受别人的诱惑了……

第十六回　假寝难眠譬境闻醉语
含情毕露廊下订佳期

菊英想到了别人对自己的诱惑，立刻在脑里又浮现出了章绍杰那高大的身躯、贼亮的眼睛、轻狂的笑容，和他那到处受人恭维时的神气，以及豆绿色的流线型汽车、大饭店里的豪华房间……心里又不禁一阵迷惘，她又痛苦地想着：我若催着秦朴与我结婚，大概也很容易，只是将来，甚至一生，就要跟他过穷苦的日子了，黄凤贞那些人我也永远比不上了，我的母亲恐怕也永远要在外面受苦了……因此她又认为自己的事情还是应当细细的考虑一下，然后再定主意。

不过她考虑思索了半天，徒然流泪，徒然伤心，结果对于这爱情与金钱的取舍问题，还是无法解决。她很后悔进了这趟城，不然她一定是无条件的要与秦朴结婚，现在因为进了这趟城，不但她对于秦朴的爱情提出了条件，而且把能够帮助秦朴解决这些问题的章绍杰也给得罪了；所以菊英又是后悔又是自恨，而且害怕章绍杰会来找她要钱、要东西。

这时小屋里充满了闷人的热气，加以菊英心里难过，脑里思绪复杂，眼里又阵阵的热泪直流，是真比得了病还要痛苦。半天她才缓了一口气，就仰面躺在床铺上歇了一会儿，静听窗外院中妇女们的谈话。就听先是李老太太说她五十年前的事情，她那时还是一个大姑娘，穿上红衣裳，坐着绣花轿子，就被娶到了李家，说时她仿佛又回到了青年时代。

接着是淑玲的妈刘二婶，说她有一个干妹妹嫁给了一个小学教员，结了婚不到半年，男人就失了业，家里连饭都吃不上；昨天由城里到海淀，找她借了一块钱，连车都舍不得雇，又走回城里去了，并说她干妹妹那个男人还是大学毕业呢，现在连七八块钱的小事儿都找不着。

北房里住的张大妈就说："可不是嘛，这年头找事难极了！我娘家有个侄子，也是中学毕业了，现在也找不到一个事，亲事早订下了，就是娶不起。"又听是范三婶的声音，叹息着说："这年头儿子娶媳妇不易，女儿给人家也难……"这些话虽是同院妇女们在一起常谈的事，但此时灌入了菊英的耳朵里，她就觉着十分难受。

又待了一会儿，就听院中有人打了一个嗝儿，是她叔父范三回来了。范三一进屋就甩去了汗褂，还没打嗝，酒臭气已扑满了屋子。范三婶跟着她丈夫进了屋，就要点灯，范三拦住他老婆说："你点灯干什么呀！还嫌屋里的蚊子不多呀？"说着就"吧"的一巴掌，仿佛是拍死了一个蚊子。接着他又打了一个嗝儿，说："菊英怎么这么早就睡了？"范三婶说："她受了点暑，我叫她早点歇着。"就听范三拿破芭蕉扇拍着屁股进到里屋，"咕咚"一声像是躺在炕上了，又像是摔在了地下。

躺在外屋床铺上的菊英吓了一跳，她刚要坐起身来向里屋去问，就听她婶母着急地问说："你是怎么啦？又喝醉了吧？哪儿来的这股子邪气呀？"菊英心里害怕，猜着她叔父一定又要借酒撒疯，吵闹一场，可是范三这回并没拿老婆撒气，他只是嘴里嘟囔着说："妈的，徐大那个人真不自量！刚才在酒铺遇见他，他一死儿抢着要会我的帐。那小子向来没有那么开通过，你给他们公寓洗衣裳，把手都泡肿了，也没见他们痛痛快快地给钱呀！我就猜出来了，他那么巴结我，一定是有事情求我。"

范三婶赶紧问："徐大巴结你，他是求你什么事呀？"

范三说："还有什么事，咱们家里还有什么事？不就是这一个姑娘吗？"

菊英一听提到她自己身上，就倾耳向里屋去听，就听她叔父范三一面打着嗝儿，一面气愤愤地说："他刚才跟我说话的时候，还有开小铺儿的白老五在旁边。他说因为菊英常上他家里取活计，他的老婆瞧着菊英好，要说一说给他当大儿媳妇，并且说是由白老五做媒人；那意思只要我一答应了，明天他们就来放定。他妈的！他那儿子长得还没有我顺眼呢，也配娶咱们菊英？再说他们开的那个破公寓，住上几个穷学生，一个月能有多大出息？与其叫菊英到他们家里去吃窝头，还不如在咱们家里吃小米面呢！他妈的真昏了心啦。我当时就给拒绝了，我说：菊英不是我的女儿，无论什么事都由人家的母亲做主；上回有一位胡主任来提说，她母亲都没答应，你这件事我也不好去说。当时徐大的脸上就露出不愿意的样子，那意思是不信咱们姑娘能有主任来求亲。他妈的，将来非得叫他们看看不可，对方要不是有钱，要不够个主任的资格，无论是谁来提亲，我也给他踢出去！"说完了这些话，他又哼哼地喘着粗气，打着嗝儿。

范三婶倒是半天无语，停了一会儿才说："徐大妈那个大儿子我也瞧见过，倒真是太差，可是你也别因为这个就得罪他们呀！现在我给他们公寓里洗着衣裳，菊英做的活也是由他们那里要来的，多多少少一个月总也弄个七块八块的，咱们现在不是就指着这个过日子了吗？你要把他们得罪了，他们一不给活计，那咱们可怎么办？你能够少喝二两酒，把钱贴给家里用吗？"范三听他老婆这么一陈说利害，他也似乎怔了。

此时外屋里的菊英听得很是清楚，本来这些日徐大妈对自己的言笑态度，就很可疑；她那大儿子一见面，就是那么讨厌地冲着自己笑，果然他们今天跟叔父面前提说了这件事。虽然遭到叔父拒绝了，可是以后再在她那里取活计恐怕就难了吧？再说，叔父说是非得什么主任来提亲才成，假若黄凤贞她们又来提说那胡主任，恐怕叔父也就答应了；但是他哪里知道，别说是给那胡多能做二房，就是与章绍杰正式结婚，我也是不能愿意的呀……

菊英正在极度忧虑地想着，可是又听她的叔父说出了更惊恐的话来,那范三像是狠狠地用拳头擂了胸脯一下,对他老婆说:“你哪儿知道?徐大今儿不但是昏了心,要给他大儿子说媳妇儿,他还跟我说了许多不是人的话呢!咳!我真想不到……”范三婶赶紧又问说:“他又说了什么话?他是给咱们家里惹是非?”范三说:“也不是惹是非,这件事我前天就听人说了,我憋在心里没说出来,我倒要调查调查真相……”说到这里,范三的声音就压了下去,叽叽咕咕的也不知对他老婆说了些什么,中间还能听到范三婶的几句话:“我知道这个人……不能吧?菊英不是那样儿的孩子啊……”

外屋的菊英这时已经坐起身来,心里怀着惊惧、疑惑,侧耳去听,可是她叔父的声音太低,除了打的酒臭嗝儿还十分的响亮刺耳之外,其余的话从他那沙哑的嗓子里挤出来,简直像是狗刨地,一点声儿也分辨不清楚。但是菊英心里亦略略的明白,猜着她叔父现在已知道自己常到公寓秦朴的屋里去的事情了。她心里十分惊慌,身上不由地打战,又一头躺在枕上,流着泪想着:这可怎么好呀?大概叔父是已经知道我与秦朴的事情了……其实,事情早晚得叫他知道,可是秦朴又是那么穷,比开着公寓的徐大妈还要经济困难,叔父他怎能愿意呢?就是自己母亲知道了,就是她因为疼爱我不忍得拦阻,可是她老人家的心里一定也很难过的呀!就又趴在枕上,流泪哭泣了半天。

这时里屋已然响起了沉重的鼾声,范三肚里装着酒,心里压着气,脑子里留着希望赖着菊英发财享福的幻想,就迷迷糊糊地睡去了。范三婶是发了半天愁,叹了半天命运,忍了半天牙疼,她就又起来到外屋来关门。在关上门之后,她借着纱窗透进来的微微月光,看见菊英趴在床铺上,像是睡熟了,身上只穿着花洋布的短衣裤;她因恐怕侄女受了凉,便将菊英的棉被拉开,轻轻替菊英覆在身上,然后才回到里屋去睡了。菊英见婶母对自己这样的疼爱,又不禁感动得流泪,同时想着:倘若自己与一个很贫寒的人结了婚,将来看着叔父婶母的老景凄凉,一点也帮不了他们,那也实在是心里不忍……

过了一会儿,就听见她婶母也在里屋睡熟了,院中的李老太太、张大妈、刘二婶,和淑玲等一些孩子们,也都各回各屋睡觉去了。菊英依然心绪烦乱，睡不着觉，她静静地躺在床上，看见纱窗外浸进来的月光，覆在她的臂上，呈现出一种极皓洁极悦目的颜色。她由褥下摸着了那七十块钱和珠翠别针，又想道：章绍杰真是太有钱了！假若是他来向我家求婚，那我的叔父一定正是求之不得；假若有他来帮助，秦朴要与我结婚也不难，可是，谁叫我又把章绍杰给得罪了呢……因此又很是后悔，觉得自己不应该得罪了章绍杰，昨天若是不同他到市场去，到饭店去，后来也就不至于得罪他了吧？又想：叔父现在正在调查我的行动，这七十块钱和珠翠别针若是叫他发现了，那可就更不好办了，我总得找个地方收藏起来才好，可是自己又没有一只带锁的小箱子，可往哪里去藏呢？

想了一想，菊英就轻轻地下了床，摸着了自己的针线、剪子，她就将自己盖的棉被拆开了一角，就将那钱留出十块钱来，其余的六十元连同珠翠别针，和秦朴给自己的信、相片，全都平放在了棉被套里。她记住了这是棉被上头的左角，以免睡眠时身子将那珠翠别针压坏了，然后又借着微微的月光，将棉被缝好；收拾起来针线和剪子，她才再躺下，又小心仔细地恐怕压坏了棉被上首的左角。

躺在床上她又想了一会儿，便决定了：现在的事实在不可迟缓，明天无论如何要见着秦朴，跟他详细讨论目前难以解决的问题，叫他给自己想点好办法，增加点勇气。少时，菊英便在夜风的徐徐抚摩，月光的微微安慰之下，迷离地睡去。

次日早晨起来，她叔父也没有怎么理她，脸上还像有点生气的样子，就上工去了。范三婶因为恐怕没有衣服洗了，收入就因此而断绝，家里的钱也接不上，所以就叫菊英再到公寓里去见徐大妈，跟她要洗的衣服，并嘱咐菊英说：“姑娘，你去见了徐大妈，要了洗的衣裳，就赶紧回来，别在公寓里多待。咳，你不知道，公寓里住的净是男学生，你一个十六七岁的大姑娘常到那儿去，旁人瞧见了，什么混账的话都能够说得出来！”

菊英脸红着，点了点头，心里十分难受，本来她也不愿再到徐大妈的公寓里去，可是，谁叫秦朴住在那里呢！并且今天自己见着秦朴，无论如何是要跟他想一个彻底的办法，不然眼前必要发生更难办的事情。于是菊英略略擦了点胭脂，梳了梳头发，就赶紧到福安公寓去了。

一进门，秦朴正在窗外漱口，见了菊英，他就微笑着问说："你来了？"菊英微微点了点头，脸上一点笑容也不敢带出来，就一直径至徐大妈的屋中。今天徐大妈的脸色实在不大好看，她并且不用正眼看菊英，菊英心里害怕着，先赔笑问了一声："大妈你早起来啦？"然后又怯怯地问说："我婶母叫我来问大妈，这里还有什么洗的没有？"徐大妈很冷淡地摇头说："没有什么洗的！现在放暑假啦，学生们都回家去啦，哪儿还有什么洗的呀？告诉你三婶儿，秋天再说吧！"

菊英一听，心里就觉得憋得疼，又嚅嚅地问说："大妈，还有我做的活计没有？"徐大妈又摇头说："也没有，这么热的天，你想我怎么进城呀？赚不了几个钱，再把我给热死，那才合不着呢！再说，城里的买卖也都不好，货都堆着没人买，取不出活计来。"

菊英一听徐大妈不但没有活计给自己，倒说起闲话来，心里就又难受又生气，她刚要转身走去，又见徐大妈绷着脸儿，说："你那个叔父简直不够人的材料！昨儿这里你的大叔在酒铺遇见他，跟他说了几句话，没想到他竟是人事不懂，喝了几杯酒，便跟你大叔发了半天脾气！把你大叔气得，回家来半夜也没睡觉。真的，我瞧你们家里简直是糟糕！你是个聪明的孩子，你要是不想法儿快逃出来，非得叫那个家把你给毁了不可！"

徐大妈这些话虽然叫菊英听着生气，但是末一句话却又触动了她的心，但是她不愿在徐大妈的面前流泪，就强忍着悲痛，向徐大妈说："那么我回去了！"说完了这话，她就转身出屋，也顾不得徐大妈注意她，她就一直进到了秦朴的屋里。

一进屋见秦朴正在系皮鞋的鞋带儿，菊英就问说："你是要出门吗？"秦朴摇头说："不，上午我不出门，下午我想进城找章绍杰去。"菊英一听秦朴又提起了章绍杰，脸上就不由得一阵红，心里也不知道是惭愧还是伤心，觉得十分的难受。她就强忍着痛苦，用眼睛撩着秦朴，笑着娇声儿说："你找他干什么去？大热的天，进城去才叫受罪呢！"秦朴就笑着，点头说："那么我就不去了。"遂走过来，拍了拍菊英的肩膀，笑着说："你怎么不坐下呀？"

菊英的脸绯红着，心里怦怦直跳，她摇头说："我不坐下，我现在找你来是有事……"秦朴一听，他似乎一怔，赶紧问说："什么事，你对我说吧！"菊英面上现出来愁色，微叹了一声，说："话很多，一时也说不尽。再说，咳！你这儿真不方便！"秦朴一见菊英这种态度，就很是纳闷，他把菊英的手紧紧地握住，说："有什么要紧的事情，你可以先简略地告诉我，然后咱们约定一个地点，见了面再详细商量。"菊英听了，默默不语，本来她心中有许多的话，但是此时一句也说不出来。

她看见秦朴皱着眉头，像是很着急的样子，她就先安慰秦朴说："你也别着急！这么着吧，咱们现在就上颐和园去好不好？我先去，你随后就去，咱们还是在十七孔桥旁边见面，你觉着怎么样？"秦朴想了一想，就说："颐和园里因为有许多房子都租给了人家做避暑之用，所以那里现在人很多。我想不如咱们在大学门首见面，然后等着公共汽车来了，咱们一同上玉泉山；玉泉山那里一定是很清静，有汽车来往，也耽误不了许多时间。"菊英点头说："好吧，那么我现在就走了，你可随后就去。"秦朴放下菊英的手，他连连点头答应，又问："你有车钱吗？"菊英点头说："我有。"遂就急急出屋，往门外走去。

走到海淀街上，菊英怕被熟人瞧见，她就靠着铺户低着头走；出了海淀街，就顺着那成行的垂柳，平坦的柏油路，往大学那面去走。她随走着随回头看，走了不远，就见身后来了一辆洋车，车上是个穿着米色麻布西服的男子，没戴草帽，正是秦朴，拉车的人却是二秃子。菊英一瞧见二秃子，她又不禁觉着局促、惭愧，想要站住身，等他们走近前来，可又觉着不好意思。正在犹豫为难之时，那边的秦朴已经看见了菊英，就叫二秃子把车放下；秦朴下了车，给了车钱，那二秃子接过了钱，他回身就拉着空车走了，仿佛并没看见这里的菊英似的，菊英这才放了心。

看见秦朴那英俊挺拔的身躯往近走来，她又回身迎了两步，笑着说："这么几步的路，你还雇车啦？"秦朴笑着说："我是怕你在前边先到了，等我等急了，所以我才雇车赶了来。”菊英笑着说：“我可没有那么快的腿！”于是两个人就并肩沿着路旁的柳树往大学那边去走。

这里就是前些日秦朴与菊英清晨订约谈心之所，现在田间麦子较前更高了，柳丝也较前更长更绿，并且吹散了一地的絮花；燕子却还是那样来回地高飞低舞，永远随着人。此时路上没有什么行人，秦朴和菊英走在柳树下，那一缕缕的垂丝就拂着他们的头发。菊英轻倩地走着，并伸手揪下几条柳丝，用手摇弄着。在秦朴看来，这位姑娘目前又不像有什么要紧的事，他就微抬左手，轻轻地挽住菊英的右手，侧着脸看菊英那带着三分羞涩、七分妩媚的芳容，笑问说：“你有什么话，可以在这里说了吧？”菊英笑着摇头说：“这儿也不能说，非得到了玉泉山！可是，到时候我也许又不愿意说了。”

秦朴笑了笑，说：“真的，菊英你别蒙我，你这样蒙我，我真着急！再说耽误的时间太久了也不好，我倒是没有事，果然你若允许我陪着你玩一天，那我才高兴呢！只是你，恐怕回去晚了，婶母要问你的。”

菊英摇了摇头，脸上现出悲虑的神色，说：“那倒不要紧，我今儿既然没跟我婶母说明就跟你出来了，那我就没有顾及问我不问我的事，就是今天我不回家去，也没有什么的。反正，我们两人得把事情商量好了，目前的，是怎样解决；将来的……是怎么办！”

秦朴听菊英说出这较为具体的话来，心里就略略地明白了，但是他默默的，竟无一言可以回答她，可以安慰她。又见菊英扔下柳丝，拿着小手绢拭泪，秦朴的心中立刻生出了一种深挚的怜惋，他就安慰菊英说：“你先不要难过，等我们到了玉泉山再详细地谈，无论什么困难的事，我相信总能够想出办法来！”

这时身后“呜呜”地叫了两声，是公共汽车驰来了。秦朴在马路旁举了举手，叫汽车停住，他就同着菊英先后上去，汽车随着开走了。车上除了几个似乎是在香山慈幼院或香山饭店做事的人之外，只有司机和卖票的，连秦朴、菊英算上也不到十个人。秦朴买了两张车票，他就与菊英并肩坐着，也没有谈话，这辆汽车绕过了颐和园就往玉泉山去了。就见这股幽静的京西大道上，只有两旁的柳丝轻轻拂着车尘，而远处的几顷水田里，时时飞起来白鹭与野鸭。

车到了玉泉山门前，秦朴搀着菊英下了车，又在门前买了票，两人就一同进去。玉泉山是以泉水著名，乾隆御题的“天下第一泉”，燕京八景之中的“玉泉垂虹”就在这里。这里除了泉水及孤零零的一座山，山上有两重院落、一座石塔，此外便什么也没有了，所以，这里只能说是一个名胜，而不是公园，除了一般旅行探胜的人来这里登临一望，喝点名泉煮的香片茶之外，便没有什么人前来。尤其是此时，才不过上午八点钟左右，山上林间都还挂着些晓烟，山石被露水洗得十分苍俊，除了秦朴、菊英，再没有一个游人。

秦朴在前，向后挽着菊英的手，拾级而上，并向下珍重嘱咐着说：“可小心一点！石头太滑！”菊英右手叫秦朴拉着，左手撩着衣襟，小心地一步一步往上走；幸亏她今天穿的是青布平底鞋，可是还沾了许多的露水，若是穿新买的那双白帆布高跟鞋，这时不但鞋要毁了，连鞋跟都许折了呢！她向上走两步，就笑着说：“哟！真难走！”秦朴的手永远紧握着她的玉腕，也笑着说：“我要早知道这么难走，我也就不提议到这里来了！”菊英也顾不得答话。

又往上走了有几十级，就到了山腰的一所小院里，两面都是朱漆彩画的廊子，往右可以看见烟云里半隐半露、峰峦起伏的西山；往左可以看见波平如镜的昆明糊，和楼阁掩映、仙人馆舍一般的万寿山。

菊英一上来，就吁吁地娇喘，秦朴将她的右手放下，她就掸掸衣襟、掠掠头发，向秦朴似嗔似笑地说：“你真会找地方，你要把我撂在这儿，我就下不去了！”秦朴笑了笑，于是两人就往左边的廊子走去。才走了几步，那正在廊子里乱跳的一群麻雀就噗噜噜的向四下惊飞，飞到树枝上又啾啾地乱叫。

秦朴先走过去，取出手帕将廊下的座位拭干净了，菊英就坐了下来，她迭着腿儿，将一只臂搭在栏杆上，背倚着廊柱；秦朴走近前来，就一手搭在菊英的肩上。当时周围又沉静了，小麻雀又飞回廊下，在地下来回地跳着，约莫有五分钟，秦朴也在菊英身旁坐下，脚步一挪动，麻雀又被惊得飞起。此地只有鸟声、树影，树影之外就是那烟水苍茫的昆明湖;颐和园里一片碧绿的柳色,那里就是春天秦朴与菊英初次偕游之地,那时,他们还不过是“朋友”,现在已经是相亲相爱的情侣了。菊英脸上娇红,心里紧跳,同时又悲痛地想着:我既然跟秦朴这样的好,可是为什么有时还会产生别的想法?为什么那天我竟会跟着章绍杰去逛市场,到饭店……

这时,秦朴那一双深湛湛地带着浓厚情意的眼睛望着菊英,他一点笑容也不带,很正经地问说:“有什么话,现在可以说了!”

菊英也恨不得一下把心里的话全都倾诉出来,但是总觉很难说出口去,沉默良久,她才微颦着眉,对秦朴说:“我是说,将来咱们怎么办呢?”秦朴听了菊英这话,他先怔了一会儿,才说:“昨天我说的那话,你听明白了没有?”菊英一听秦朴还是说昨天的那话,就有点不高兴,她说:“我明白,我都明白,可是,你说的那三年以后再想永远的办法,试问……我们两人准能够这么平平静静地度过三年去吗?”说到这里,她的心里很难过,眼睛不禁潮湿,就看着秦朴是怎样的回答了。

只见秦朴也皱了皱眉,他微叹一声,点着头说:“是,我也想到这一点了!现在,我可以公开地说,我们二人的感情既是这样的好了,那么将来当然是要结婚的了。可是,我们的环境现在都不大好,要想得到将来的幸福,当然先要奠定幸福的基础,就是我昨天说的那个办法;可是那也不过是一种希望,现在的形势还不一定允不允许我们那样做呢!今天我们既是又谈到这里,我倒要征求征求你的意见,就是你想着是我们先求学,然后生活安定了再结婚;还是先结了婚,然后再去谋生活的安定呢?假如你认为应当先结婚,那我们就各自去征求家长的同意,然后就结婚同居。”说到这里,他又把菊英的纤手执起,微笑着等候菊英的回答。

菊英羞得低下头去,然后慢慢抬起眼皮来,嘴角浮出微笑,说:“你问我?难道你就没有个准主意吗?”

秦朴笑着说:“我不是说出这两个办法了吗?我是怎样都行,我家庭方面完全能通过,所以考虑的就是你这方面。”

菊英微叹了一声,说:“其实我也不是要急着结婚,只是我想着……咳！你说的三年，那时间太长了！你自然不要紧，可是我们家里就许在这三年之内，要给我提说别的人家……”秦朴在旁听着，不住地点头。菊英又说：“再说，我常到公寓里去找你，是很招人注意的！海淀这地方又小，倘若有人说了什么话，很容易传到我叔父耳朵里，那时他一定要干涉我，所以我想我们应当先……”说到这里，她把话一顿，低着头用小手绢擦眼睛。

秦朴想了一想，就点头说：“你的意思我完全明白了，你对于事情的考虑，实在比我要周密得多！那么，你也不要急，今天我回去就给我家里去信，你也得找机会对家里提一提，然后我再托人向你家去求亲，你想是托谁才好？”

菊英摆手说：“托人不托人倒不要紧，我们家里要是愿意，你亲自去见见我叔父和我母亲也可以。只是一样儿……咳！你大概也知道，北京的人家本来就不愿把姑娘给外省人，除非是在这儿有产业的；你现在是一个人在这儿，我们家里恐怕不能怎样放心你。可是那也不要紧，你也别就发愁，反正我现在是决心跟你结婚了，家里若是不答应我，我就是……死！”说到这里，她用小手绢掩着脸哭泣，又说：“只是，你估量估量，我们结婚以后，能够生活不发生问题吗？”

秦朴见他的爱人哭了，他也不禁拭了拭眼泪。对于这结婚以后的生活问题，他确实没有怎么具体地想过。当时他发了一会儿怔，就决然地说：“那不要紧！我们结婚以后，自然也不能怎样浪费，只请你母亲回来与我们一起居住就是了。三个人的生活费，一个月有四十块钱足够用的。现在我手里还有一点钱，章绍杰给我找的那事大概也快……”

菊英不等他说完，就叹了一声，说：“你别什么事都指着章绍杰，有钱的朋友才不能帮咱们的忙呢！”

秦朴一听菊英不愿叫自己去求章绍杰，心里就很是钦佩，心说这样有独立性的女子真是少有。于是他就很决断地说：“生活方面，我敢绝对保证没有问题，有富余钱我可以读书，如没有富余钱，我可以放弃学业，专去做事；如若事情再找不到，我可以给杂志投稿，也能够维持生活。我相信，只要有爱情，精神就是快乐的；精神快乐，做什么就都有勇气，我一个二十来岁的人，难道就不能维持住两三口人的家庭生活么？这一点，请你放心吧！”

菊英听了秦朴这话，她果然完全放心了，看着她的爱人在精神、体格、学识、人品上，一定能够使她一切无忧，她真喜欢，于是她希望趁着这时旁边没有人，她的爱人再来和她亲热。但是使她惊讶的是，秦朴说完了那些满足了自己的话后，他却在那里闷坐着发愁。菊英就站起身来推了秦朴一把，娇媚地笑着问说：“你是怎么啦？”秦朴皱着眉说：“我是想，别的都不要紧，只是你的家庭中恐怕不能够很顺利的通过。”菊英听了，也不禁一怔。

这的确是一个比生活还严重的问题，菊英早就想过，要是那章绍杰和胡多能向自己家里来提亲，保管是一说就成；可是秦朴，这一个人在此地，没有家庭、没有产业的穷学生要来提亲，恐怕就难了！叔父那里先是不能通过，母亲恐怕也不能赞成；虽然自己是决定以一死来要求，可是如果到了那个时候，自己死了，不是反倒更叫秦朴伤心吗？想到这里，心里又是十分的难受。

因见秦朴那个愁烦的样子，实在是可怜，菊英自己就不忍再现出悲容，以加重他的忧虑，于是她就把两手都扶在秦朴的肩上，隐下痛苦，做出轻松的笑，说：“哼，你真是，不怪有人说你神经过敏！这点事，也值得这么发愁吗？”说时，用她那秀媚的眼睛撩了秦朴一下。秦朴就笑了笑，说：“不是我发愁，我怕真为这件事把你为难坏了！”菊英一听，眼圈又一红，接着她扑哧一笑，说：“你放心！你别瞧我爱哭，其实我的心才宽呢！”

秦朴点了点头，就说：“现在大概你也应该回去了！我们就这样办吧，你得机会就对叔父婶母提说，即使他们要什么条件，我也都可以答应，只要他们不是坚决地反对，我就可以见见他们谈一谈。还有，关于结婚费用及将来的生活，我敢保是毫无问题的；我也并不要依赖章绍杰，我在上海还有很至近的朋友，经济方面及职业方面，他们都能够帮我的忙。”

菊英点了点头，同时因为秦朴提到了上海，她又想起章绍杰所说的，秦朴早先有一个爱人梁婉聪，已在上海与另一个人结婚的事情。她本来想要问一问秦朴，是自己好还是那个梁婉聪好，可是她见秦朴这时的态度是很郑重的，而且他那种诚实可爱的样子，真让自己不忍得问他那件事，遂就说："你看看表，现在是什么时候了？"

秦朴将腕子上的一只白钢手表露出来，看了看，说："现在是九点一刻。"菊英说："我可得回去了！"秦朴说："咱们一同坐汽车回去，我在大学门首下车，你一直坐到海淀。"菊英摇头说："我也不坐到海淀，要有熟人瞧见我由汽车上下来，叫人家想我是上哪儿去啦？"秦朴说："那咱们就都在大学门前下车吧。"于是两个人又相挽着离了这画廊小院，往山下去。

到了门外，两人就站在那里等候汽车，秦朴又问菊英说："我们回去就进行这件事情，那么在什么时候再见呀？"菊英想了一想，就说："虽然说是我回去得机会就跟我婶母说，可是一天半天也许不能就有回信儿。你也别着急，反正要是有什么事，我就是不能到你那里去找你，也一定叫淑玲去告诉你。"秦朴点头说："好吧。"接着两人就默默无语，秦朴是眼向西边看着，等候回来的公共汽车；菊英是扶着一棵柳树站着，双眉微蹙，嘴唇紧咬着，不知是在想什么。

等了好多时，方才由西边来了一辆大汽车，在玉泉山门首停住。两人上去，车就开走了，在车上也没有什么话可说，到了大学门首，就一同下去了。秦朴晓得菊英不愿意自己同着她走回海淀，遂就说："你先在前面走吧，我还要到学校里找一个人。"菊英点头说："好吧！"她望着秦朴，倩然地笑了笑，遂就向南姗姗走去。走了几步，又回头望了望，见秦朴还在道旁站着，她就转身招手笑了笑，然后又往南去走。

菊英低着头，瞧着自己的鞋尖，沿着柳树去走，心里却想着：秦朴实在是好，他说经济方面不成问题，大概也是真的，他绝不至于像章绍杰对我说的那样穷吧！现在他那方面已然没有了问题，只有我的家里不好办，婶母是个老实人，大概她是无可无不可；母亲呢，就是她不愿意，也不能把我太逼坏了；只有叔父，恐怕他不但绝不赞成，并且要跟我大闹……一想到她的叔父醉鬼范三，她就发愁害怕，腿也有点发软；

好容易她才走回海淀，也不知有熟识的人看见了她没有。

回到家里，就见婶母正在院中升着小火炉，好预备做饭。一瞧见菊英回来，范三婶就问说："你见着徐大妈了没有？"菊英说："见着了，她说洗的衣裳现在没有……"菊英因为恐怕婶母太失望了，她就不忍得说徐大妈不肯给洗衣裳和做的活计的话，同时她也为的是以后再借着找徐大妈为名，好去与秦朴见面，因就说："大概过两天也许就有洗的啦，现在大学里放了暑假，学生少。"

范三婶点了点头，菊英就进到屋里，打算换上衣裳好去替她婶母生炉子。可是这时范三婶就进到屋里来了，她像是知道菊英的事似的，就悄声问说："姑娘，你怎么去了这么大半天才回来呀？"说时她低着头，似乎看见了菊英脚下那被露水湿了的鞋。菊英脸上不由得红了，她皱了皱眉，说："徐大妈跟我说上话就没完了，我也不好意思走开。"范三婶因为昨天听她丈夫说了那徐大向他家求亲的事，想着徐大妈见了菊英，不定又说了些什么话，于是就问："徐大妈都跟你说什么来着？"菊英摇头说："也没说别的，她就跟我问了些黄凤贞的事情。"这样，就算是暂时把她婶母支吾过去了。

本来菊英这时候也不怕她婶母知道她与秦朴的事情了，并且她还要把自己愿与秦朴结婚的事，先向她婶母提出，可是因为羞涩与胆怯的缘故，她总是说不出口。当她婶母又出屋升火炉去的时候，这里的菊英反倒很后悔，她就想：刚才为什么婶母问我，我不趁着那个时候，把愿与秦朴结婚的话告诉她呢？这早晚是要说的呀！

她换上鞋，脱了月白的旗袍，身上只穿着短衣裳。这时忽然淑玲又跑进屋来，说："菊姐，我刚找秦先生去了，秦先生没在家！"菊英向她摆手，说："你小点声儿！"淑玲吐了吐舌头，又走近菊英，她就说："菊姐，崔家的玉姑娘要嫁啦，人家还是文明结婚呢，到时候在城里办喜事，拿汽车娶；我妈要给我做新衣裳了，那天带我进城行人情去。"菊英听说了人家的喜期，她自己又不由心动，就坐在床铺上歪着头发怔。淑玲又指手画脚地说："我妈瞧不起玉姑娘，说她跟不上菊姐一成儿！说菊姐将来要给人家儿，一定比她好。"菊英听了淑玲这话，脸上又红了红，却依旧默默地不说话。

淑玲推了菊英一把，笑着问说："你怎么不说话呀？"菊英把眉皱了皱，婉言向淑玲说："你先上外头玩一会儿去吧！我现在挺累的，要歇一会儿！"说着就歪身躺在床上。淑玲也趴在床上，她就悄声问菊英说："你上哪儿去啦？你又跟秦先生玩去了吧？"菊英脸上红了红，仍然不言语。淑玲就抬起身来，眯缝着眼向菊英笑，笑了半天，她忽然用手打了菊英一下，说："我也知道你……"说完了，她闯出屋去就跑了。

菊英因就想：淑玲虽说是个傻孩子，可是我与秦朴的事情，她多半都知道，她一定也时时向她母亲说。刘二婶是个好人，假若我把这些事告诉刘二婶，求她对我婶母去说，那总比由我自己的嘴里说出来强些吧？于是她又站起身来，穿上月白旗袍，打算这就到刘二婶的屋里去。可是又觉得这也是一件很不好意思的事，平常刘二婶常夸自己人儿稳重、规矩，忽然由自己的口中，说出与一个男子恋爱，求人家给做媒的事，这有多么难为情呀！倘或人家要说不管，自己的脸可往哪儿放呀？她站着发了半天的愁，她坐到了床铺上，觉着这件事情真难办，得叫秦朴另给想办法。

这时就听见窗外呼呼的大响，范三婶把那只小炉子升好了，菊英就盼着婶母进屋来，再问自己几句话，那么自己就趁着机会说出来了。可是待了半天，她婶母也没有进屋来，却在院中跟淑玲的母亲刘二婶说起闲话来了，说的也是那崔家玉姑娘快要结婚的事情。旁边并有李老太太加入，李老太太没了牙齿，说话直漏风，就听她说："这年头儿的姑娘可真了不得，一到十六七岁就讲究自己找婆婆家了！"刘二婶就说："哎哟我的老太太，你这话在这年头儿可说不得啦！现在的姑娘们都讲究自由，你没瞧大街上啦，一对儿一对儿的……咳，咱们院子里也有大姑娘……我真不敢说。"

接着是范三婶的声儿了，她似乎是叹息着，说："依我说，有了女儿，她要自由也好，反正是她自己找的主儿，好坏由她的命去闯，抱怨不着爹妈。"范三婶这句话，却叫屋里的菊英听着喜欢，她知道她婶母是不反对自由恋爱的，因此她又盼望着婶母进屋来，好把自己的心事提出。

待了一会儿，窗外的话断了，范三婶果然进到屋里。菊英就用一双可怜的眼睛去看她婶母的神色，喉间充塞着许多话却无法倾吐出来，心里又是羞愧，又是着急，又是悲伤。范三婶却没有注意到她侄女的神情，她蹲在地下淘小米，待了半天，就说："姑娘，你看看水壶去，大概开了，把茶泡上！"菊英清凄凄地答应了一声，出屋去瞧开水，此时刘二婶和李老太太还都在院里，她都没敢抬眼看。

她低着眼皮儿把开水壶提进屋来，放了点茶叶，一边沏着茶，一边掉眼泪。起先她婶母还没有注意到，后来听见菊英哽咽着，放下水壶，拿小手绢捂着眼睛站立着哭泣，她才抬起头来，脸上现出惊异之色，就问说："姑娘，你是怎么啦？"问过之后，菊英还是不言语，还是站在那里哭。范三婶就着了急，手也顾不得擦，就走到菊英近前，叹了一声，问说："姑娘，到底你是因为什么呀？有什么不顺你心的事呀？大热的天，你这样哭，不就要哭坏了吗？咳！"

菊英这时心里像是拧绞着一般的痛，眼泪像泉水一样的滚，柔肩紧紧地颤动，喉间始而是哽咽之声，继而竟呜咽起来。范三婶急得直跺脚，说："姑娘！你这简直是要我的命啊！到底你有什么心事，跟我说一说也好呀！"菊英又呜咽了多时，才一头趴在床铺上，哭着说："婶……婶母……我告诉你！公寓里的秦先生跟我……"当时菊英就悲痛哽咽着，并含着十二分的羞愧，断断续续地把她与秦朴相恋的经过，及秦朴的人品、经济情形，全都大略说出，然后坚决地表示她愿与秦朴结婚。

范三婶听了侄女的话，她也不住流眼泪，把她那愁惨的面容对着菊英，说："其实这也是一件好事，男大当婚，女大当嫁。这些年你跟着我们过这份穷日子，可也真不容易；你叔父是喝了酒什么事也不管，你妈是一年也回不了几趟家，我呢，简直也快叫这个穷家累死了。你今年也十六岁了，没有人为你的事情打算过一回，也难怪你自己打主意。那秦先生，我听说那个人也是很好的，就是不怎么有钱吧，可是人家既然上得起大学，一定比咱们要强得多。你要是命儿好呢？过了门，也许他能够找一个好事，我还许能跟着你享点福呢！就是一样儿，这件事得跟你妈妈幸存者去说，我们不能做主！”

菊英听婶母说了这样的话，她心里就十分的感激，遂就擦了擦眼泪，说：“我想，我妈也一定没有什么不愿意的，反正我要是跟秦朴……结了婚……”这后三个字她说的声音非常低微，而且模糊，接着又说：“我一定要接我母亲在一处住。婶母你，你也别发愁，我们能够不孝顺你吗？就是我的三叔，我真怕他……”

范三婶听菊英说到将来与秦朴结婚之后，要接出她母亲去同住，就觉得她嫂子的命儿是比她好，还是有亲生女儿的好，因此她更是伤心，同时为了丈夫范三那个脾气，也很觉发愁。她就一面拿她那刚淘过小米的手去拭眼泪，一面叹息着说：“可是，你叔父他也知道你跟秦先生的事情了，昨儿晚上他跟我说，我还不相信呢！我想他就是心里不愿意，也不能说什么，你又不是他的亲生女儿；等晚上他回来，我跟他说一说，只要他没喝酒，我想就好办。”菊英点了点头，便低头擦着眼泪不再言语了。

范三婶又问了些关于秦朴的事，菊英都含着羞一一答复，不过她所答复的都比秦朴的实在情形还更好一点。看那样子，她婶母对于这件事不但是不反对，而且还很喜欢的样子，菊英自然因此很是喜欢，同时倒觉得有些对不起婶母，不过想起她的叔父来，那又实在叫她担心。

第十七回　好梦难谐中宵疑惨变
香车往聘二度惹京尘

范三婶和菊英谈了一会儿，她就依然去做饭，菊英也过去帮助。今天菊英对于她婶母，仿佛特别的亲热，精神头也显着比往日大，不过她就是像做了什么对不起人的事情似的，不敢到院里去。少时饭做好了，娘儿俩就对面坐着吃饭，范三婶又问了些菊英和秦朴的事情，并说："我想只要是你叔父跟你母亲答应了，你们就赶紧把事情办了，也不用怎么多费钱，只叫他给你做几件衣裳就得了；你们或是在海淀住，或是在城里住，连你妈妈共合三口人，一个月有三四十块钱足够了。"

菊英听她婶母这样说，她就羞惭着点头，同时心里也很喜欢，觉得前途是没有什么忧虑的。她一边吃着饭，一边想着：将来我跟秦朴一结了婚，大概章绍杰也就死了心了，可是我还不能够不理他，若没有他帮助秦朴，恐怕秦朴的经济方面，依然没有办法……

对面的范三婶不断地用眼睛瞧着菊英，她想菊英这么大了，也是真到了结婚的时候了，看她的模样儿也不像没有福气的，也许她跟着那个秦先生将来能够不错；但又想到了崔家的玉姑娘，都是这么自由结婚了，她又不禁感叹。这时，忽然外面一阵急快的脚步声，淑玲又跑进屋来了。范三婶看着淑玲那个样子，心里倒觉得这个孩子可爱，想着她将来许不至于有这样儿的事。

菊英瞧着淑玲进屋来了，她却更觉得羞惭，又注意去看淑玲的神色。就见淑玲进屋来什么话也没有说，只直眼瞧着菊英和范三婶，待了一会儿，她忽然向菊英说："菊姐，徐大妈叫我找你来呢！"菊英明白这一定是秦朴叫她来找自己，就想秦朴可也太性急了！遂就摇头说："我没有工夫，你告诉她说，明儿早晨我再去吧！"

范三婶本来想着也许真是徐大妈找菊英，有洗的衣裳要叫她拿回来，本想叫她去一趟；可是因为知道那秦先生是在那徐大妈的公寓里，现在这件事还没有商量好了，就又要他们两人见面，总是不大合适，于是就说："你明儿再去也好。"淑玲却不断地向菊英使眼色，都叫范三婶瞧出来了，可是她自己还不觉得。范三婶吃完了饭，就故意躲出屋去了，这里菊英就瞪了淑玲一眼，悄声道："你是怎么啦？使眼色也别叫人瞧出来呀！"

淑玲说："秦先生还在公寓等着我呢，他叫我来问你，那件事到底怎么样了？"

菊英红了红脸，似乎很不耐烦地说："你告诉他，叫他别忙！"话说出来，又觉得太急躁了，遂就笑了笑，赧颜低声说："你去告诉秦先生，就说那件事我跟我婶母说了，我婶母她倒很喜欢，晚上再跟我叔父说；我叔父要是也愿意了呢，明儿就许找我母亲去……你叫他别着急，你就说，我比他还着急呢！"

淑玲摇头说："秦先生也跟我说了，他说他不是性子急，他是不放心。菊姐姐……嘻嘻！菊姐姐，我可知道你的事了，你跟秦先生快要结婚了！"菊英听淑玲这样一说，面色更是发红，一半含着羞，一半又喜欢，她就拉着淑玲的手，笑着悄声说："你可别到外头说去，现在还不一定成不成呢！"

淑玲又眯嘻地笑着，说："为什么不请我妈当媒人呢？"

菊英一听，立刻很注意地问说："刘二婶她知道吗？"淑玲笑着说："以前她还不知道，可是你在城里住了两天，我就把那些话全都告诉我妈了。"菊英吃惊地问说："刘二婶怎么说来的？"淑玲说："我妈听了直笑，倒没说什么。"菊英就觉得刘二婶一定也是不反对她跟秦朴的这件事，就想要托一托刘二婶，请她进一趟城，对自己的母亲去说，这样总比自己去和母亲说要好一点。

她刚要把这话对淑玲去提说,她婶母就进屋来了。菊英吓了一跳,脸还依旧红着,她就假作问淑玲说:“二婶打算给你买什么样子的衣料呢?我瞧洋布的不大好,还是多花两毛钱,买印花府绸的吧。”淑玲也搭讪着说话,同时她可斜着眼睛瞧范三婶,又不住地笑。

待了一会儿,淑玲就走了,菊英就帮助她婶母把碗箸洗刷干净,然后就坐在铺床上假作整理丝线,其实是在心里想着很多的事情。她热切地希望快些与秦朴结婚,拟想着将来结婚时的布置和婚期的快乐,并想到缝在棉被里那六十块钱,和价值两百多块钱的那个珠翠别针。她想:将来还给章绍杰吧,我既然做了秦朴的太太,怎么还可以要另一个男子的钱和东西呢?可是他恐怕不肯收回去,而且怕也没有机会还给他。那么留着它也好,将来如遇到我们经济困难,拿出来也可以救急……

想了半天,结果她又想到叔父能否答应她的问题,她很希望她叔父在这时候就回来,快点叫他对这件事表示态度。可是又似怕她叔父回来,因为她知道她叔父早就有心叫她嫁一个有钱的人,哪怕是给胡多能做二房都成,好让他像黄老九似的那样享福;秦朴那么一个清寒的学生,多半叔父不能够愿意吧?由此她又担心又忧虑,就想在叔父表示了不赞成,并且大闹了一场之后,自己应当采取怎么样的办法,为了这些事她又思索忧虑了很多时候。

初夏炎热的天气,过得也是很快的,不觉得在蝉声乱噪之间,太阳就退到墙角上了。这时北房里张家的座钟已打过了五点,范三婶睡了一个午觉醒来,又忙着去做晚饭,她没再提上午菊英所说的那些话,似乎她已经忘了。菊英今天只要看见她的婶母,她就是觉得惭愧,随便说什么话时她也先要红脸,同时心里紧紧地跳,因为猜着叔父快回来了。

范三婶因为睡了一觉,精神似乎好一点了,牙也没有疼,可是她那已经苍老的脸上总是忧郁着,心里似有她的“命运论”所不能安慰她的事;也许她是忧虑丈夫回来后,那一道关,怎么才能够替菊英闯过。她又不时地用眼看着菊英,并不是轻视的态度,倒像是揣着一种疑惑,她不明白侄女这么一个安稳的人，怎么会不多的日子就跟那姓秦的爱上了呢？现在，她的侄女菊英跟那姓秦的，是否已经有了什么说不出来的事情呢？所以她又不时地叹气。

又过了一会儿，就听窗外有嚓嚓的脚步声，房门一开，范三回来了。范三进屋来没打嗝儿，可以证明他没有喝酒，但是他那张挂满了汗珠的黑脸，叫范三婶、菊英看着可真有点害怕。范三一进屋就把汗湿的小褂脱了，菊英赶紧给她叔父打脸水、倒茶，比往日特别殷勤地伺候，可是范三绷着他那张比小鬼还难看的脸，并不正眼看菊英。菊英心里就很害怕，盼着婶母别在这时候对叔父提说那件事。

可是范三婶一见着她丈夫，嘴唇就不由得要动，倒是还没把话说出来。范三用湿手巾擦了脑袋、脊梁，然后就屁股往凳子上一搁，扇着破芭蕉扇，沉重的出着气，并不说话，更像是故意不理菊英似的。半天，范三婶仿佛嗓子痒得难过，她就先进到里屋，向她丈夫说："你这儿来，我跟你说几句话！"范三斜楞着两只凶眼，说："有什么话，你不会在这儿说吗？怕走了气儿是怎么着？"

菊英一见这种情形，她又羞又害怕，就躲出屋去，靠着窗户低头站着，心情紧张地听着窗里的谈话。她婶母自然是依照着她上午所说的那些话，转告给范三了，因为声音太低，有些地方菊英也没有听清楚。可是紧接着就听"咚"的一声，像是她叔父跺了一下脚，说："不行！由我这儿就不行！要想跟崔家玉子似的，马马虎虎就嫁了那么一个穷学生，咱们家里可没有那德行！他妈的那个姓秦的小子，顶长的脸，深眼窝子，长得还没有我的脑袋顺溜呢！那小子要诓咱们菊英？想得真好啊，先叫他打听打听我去！范家是有名有姓的，范三爷也是海淀街上站得起来的光棍，那小子，叫他留点神，早晚我非得揍他一顿不可！"接着又是哼哼的喘气。

菊英吓得在窗外直流眼泪，又听她婶母说："你别嚷嚷！别叫人家听见！"

范三说："还怕人家听见啦？他妈的咱们家里这不要脸的丫头，成天往公寓跑，扎在那小子的屋里，两三个钟头不出来，也不知道干什么丢人现眼的事啦。徐大的媳妇、儿子,他们见着谁不说呀?海淀街上谁不知道呀?我昨儿晚晌跟你说,你还护着她。今儿早晨我就派下了密探,注意他们的行动。果不其然,就有人瞧见菊英跟那姓秦的小子,全坐在公共汽车里,也不知他妈的是上西山开房间去了,还是干什么去了。我今儿生了一天的气,回来你还叫我也承认这件臭事!他妈的,你受了姓秦的小子什么贿赂了,这么替他说话?不行!不行!不行!由我范三爷这儿就不行!我现在就拿切菜刀找那小子去!”

立刻就听屋里一阵大乱,又是拍桌子又是跺脚,就听她婶母说:“哎哟!你疯啦!你快撂下吧……”

菊英吓得赶紧回身跑进屋去,就见她叔父右手拿着他家那把连豆腐都切不动的菜刀,瞪着两只凶眼睛,仿佛立刻就要到福安公寓,把那姓秦的砍死似的。范三婶揪着她丈夫的手,流着泪劝他别去行凶。菊英吓得身子乱哆嗦,她一面硬着胆奔过去,也去夺她叔父手中的刀,一面哭泣着说:“叔父!你干什么找人家去呀?这都是我的不好,你要有气,你就拿刀砍我得啦!找人家去干什么呀?”

范三看见菊英出了台,而且这么娇滴滴的,简直像是个著名的悲旦,他就趁势松手扔了刀,拿着戏架势就往后一躺;他倒退两步,一摔就摔在菊英那张床铺上,震得床板一阵乱响,然后他紧闭双目,半天没有出气儿,好像是死过去了似的。

范三婶一面藏起来菜刀,一面哭泣着说:“你气死了也好!我出去磕头给你化棺材去!反正咱们这个命儿也没有什么指望了,谁先死谁就是造化!”菊英吓得脸上惨白,她就一腿跪在床前,摇晃着她叔父,叫道:“叔父!叔父!”她一面叫着,一面抽搐着痛哭。

范三憋了半天气,实在受不了啦,就“咳”的一声长吁出来。他像是带着点哭腔似的,摆着手儿向菊英说:“你也别着急!做叔父的不能够难为你。这件事我也不怨你,你一个十几岁的孩子,哪儿知道社会的事?那姓秦的多半是个拆白党,现在你死了心得了!你虽不是我亲生的女儿,可是你六岁的时候你爸爸就死了,随后你妈就出去佣工,这十年之内,全是我跟你婶母把你抚养起来的。现在你要结婚,我也不希望你大富大贵，可是你得跟个正经的人！要像那姓秦的呀？一个破穷鬼，谁知道他的家里是怎么回事呀？家里有炕席没有呀？无论如何我是绝不答应。不但不答应，这件事还完不了，等过几天的，我再去找他，咱们得理论理论！”

菊英听叔父说到她父亲的早死，她就更是伤心。又见叔父这些话虽然误会了秦朴，可是这样的原谅自己，也实在可感，她就一面拿小手绢擦眼泪，一面哭着说：“总是我的不好，也不怪人家，人家也是……”她将要替秦朴解释，说秦朴并不是坏人，而且也不是太没有钱的人，可是这时候她叔父已经爬起身来了，依旧唉声叹气地说：“家丑不可外扬！虽说现在外头不少的人知道了，可是咱们还得隐秘着点儿，说话小点声儿！”

范三婶擦着红眼睛说：“这半天净是谁嚷嚷了？不都是你吗？你回来了，我刚跟你说了几句话，你立刻就拍桌子跺脚，又要拿切菜刀去找人家姓秦的，像疯了似的，这会儿你又叫我们小点儿声说话！”

范三连连摆手，唉声叹气，又哑着嗓子说：“得啦！得啦！这会儿我不闹了，你别又跟我大发雌威了！这两天我受的刺激真不小，现在什么我也不怨，就怨我范三自己！假若我要是个大阔佬，菊英是个阔小姐，根本就叫姓秦的那个穷小子无法接近。现在得啦，我已经表示过我的态度了，就是：我不赞成！姑娘以后要自尊自重点，别再理那个穷小子了！完了。”又向他老婆张着手说：“喂，先跟你借两毛钱，我喝口儿去，再不喝我可真活不了啦！”

范三婶也巴不得她丈夫快点出去，给她点清静，同时因为旁边菊英哭泣得很厉害，她还要等着她丈夫走了劝一劝侄女，遂就在身边掏了半天；好容易才掏出两毛钱来，就交给她丈夫，说：“你可别醉了找人家拼命去！”

范三斜着眼说：“嘿，你真当我是亡命徒哩？我的命比他那姓秦的大学生还值钱呢！我犯不着跟他拼。不过，哼哼，这笔账将来再算，我不能叫他小子白得了几回便宜；除非他小子坐火车跑走，我才追不着他！”说完了，接过两毛钱，他就把小褂往肩头一搭，做出个光棍地痞的样子,迈步走出了门。

范三才一出屋门,就见淑玲正在院着站着,往这屋里偷听,他就点手笑着说:“玲姑娘你过来!我有个好玩意儿给你瞧!”淑玲把头摇摇,转身就要跑。范三赶过去,生拉硬扯地将淑玲拉到屋里,他故意笑着说:“没有什么的,你怕什么?我就告诉你,以后不准再带着你菊姐姐,上徐大妈公寓找那个姓秦的小子去了!那姓秦的小子,别叫他做梦啦,范三爷早晚得管教管教他!”

淑玲扭动着肩膀夺开胳臂,流着眼泪噘着嘴说:“我才管不着呢!我不认得姓秦的!”范三生了气,瞪起眼来,又伸手要抓淑玲。可是淑玲抡着两个小拳头就要打范三,并且哭着说:“凭什么你跟我瞪眼?你醉鬼!你兔崽子!你敢揪我?你撕了我的衣裳得赔我新的!”范三婶跟菊英想劝也劝不开。淑玲又抄起茶杯,含了一口茶,喷了范三一身一脸。范三干生气也没有办法,只瞪着眼睛说:“这孩子!简直是,简直是……”

这时刘二婶推开门就进屋来了,菊英羞得立刻转过脸去。范三赶紧向刘二婶赔笑说:“二嫂子,你瞧你这位小姐,真够瞧的!我跟她随便说两句话,她就要踢我、打我,你瞧喷的我这一身水!”刘二婶脸上没好气地向她女儿说:“你是疯了吧?在人家屋里闹什么?你还要跟人家打架?凭你,这份德行!你大概也不知道你是个干什么的了,泄什么气?还不快滚!白活了这么大了,别给咱们海淀丢人啦!”说着就把淑玲拉出屋去了。

范三婶的脸上一阵红一阵白地跟了出去,直向刘二婶赔不是。屋里的范三站着发了半天怔,他又叹息了一声,自言自语地说:“哎,他妈的真得自杀了!”遂拿手巾擦了脸和脊梁,就无精打采地出门喝酒去了。屋里只剩下菊英,这半天的惊恐、忧急、悲痛、羞愧,已使她浑身难受的像是得了重病一般,她独自一人坐在床铺上,拿手绢捂着眼睛抽搐着哭泣,几乎连气都接不上。

范三婶在院中用好话把刘二婶劝得消了气,又回到屋里来劝她。她婶母是个忍事主义,就说:“得啦,姑娘你也就别再伤心了,既是你叔父不答应这件事，咱们娘儿俩何苦还招他那么疯闹呀？再说要真逼急了，他真拿着切菜刀去找人家秦先生，那可就更麻烦了！姑娘你就想开了吧，过两天托人回复秦先生，就告诉他这件事不行，我们再慢慢地给你找个好人家儿……"

范三婶这话说得倒是很容易，但是菊英听了，心中却益发悲痛，她与秦朴这几个月以来的爱情岂是随便就可以割断、忘掉了的呢？她本想告诉婶母，若是不允许她与秦朴结婚，那她就只有一死！可是一来这话说不出口去；二来是想，这种相依相恋的爱情和它伟大的力量，绝不是她婶母所能理解的，所以她只是哭，哭得心都要碎了，哭得天都黑了。

她婶母做好了饭，一个人也吃不下去，只在黑暗的屋中愁坐着，她也似乎是觉得阖院中的人都知道了此事，无颜到院中去坐。菊英哭了半天，婶母劝她吃饭，她也不吃。因为精神和身体感到极度的痛楚，所以她就躺在床铺上，仍然继续哭泣，她婶母在旁只是唉声叹气，也不知过了多少时候。

今天院中也显着特别的沉寂，淑玲大概是被她母亲拦阻也没再到这屋里来。菊英哭得眼泪都像是干了，她略略睁开眼睛看了看，屋中漆黑得像个死寂的世界。她觉得眼前一切都断绝了希望，婚事是绝不成了，以后叔父一定要监视自己，不许再与秦朴见面；即使再能见着秦朴，两人还是那么好，但是将来怎么办呢？何况自己与秦朴的事，大概已没有人不知道了，以后还有什么脸再出屋子呢！永远在屋里闷着吧，可干什么呢？徐大妈那里也不给活计了……

她此时真觉得眼前是什么也没有，只有一条路，就是死！可是死，也是一件伤心而可怕的事呀！她又想：我没有什么不如人的地方，除了穷，其余容貌、聪明，那样也不是比不上黄凤贞她们；就是我与秦朴的恋爱吧，也并没有做出什么没有脸的事情，难道我就这样委委屈屈地死了？

正想到这里，窗外传来脚步声和打嗝儿声儿，她叔父又回来了。在小凳儿上坐着打盹的范三婶，一听见她丈夫回来了，就站起身来，把煤油灯点上。今天范三像是在外面喝的酒不多，也没吃多少东西，所以只打了两个嗝儿就止住了，可是怒气却比刚才还要大。他一进屋，就"咚"的一声把胸头擂了一下，懊恼着说："真气人！那姓秦的小子好大胆子，他竟托出来徐大的二儿子，到酒铺去找我，说是叫我到公寓里去，他有点事要跟我商量。他妈的混账小子，我认得他是谁呀？这不是骑在脖子上欺负咱们吗？瞧着咱们老实是怎么着？撂着他的，放着我的，早晚我非得叫他在海淀不能住！上大学？我豁出我一个月八块钱的事儿了，只要他再进学校门口，我就把他打出去！"

范三婶劝她丈夫说："你何必呀？咱们不理他就完了，你跟他打架干什么？人家是花钱上学的学生，你是听差的，你要跟他打起来，主任一定要下你的工！"

范三说："什么学生吧！我早就打听出来了，他是旁听的！你没瞧见他那穷样子了，除了比我多一身破洋服之外，他妈的腰里还许没有我硬邦呢，把菊英给狗也不能给他呀！明天我得找嫂子去，把这件事告诉她，要不然那小子真许钻到那儿去；他一花说柳说，嫂子就许答应了，那时才叫难办！"

范三婶说："他哪知道呀？他找得着彭公馆吗？"范三说："嘿，你可别这么说！恋爱可同不得别的事儿，男的女的疯了心，什么主意想不起来？什么事不干？由明儿起，咱们好好地看着菊英，要不然她还许跟那小子跑了呢！"范三婶听了这话，也不住地发怔。

少时，范三唉声叹气的到里屋去睡觉，范三婶也把屋门紧紧地关好，然后把灯拿到里屋，也睡了。

这里的菊英眼泪始终没有断，尤其是听到她叔父说刚才秦朴曾托人请他到公寓去商谈，她就知道自己家里的这些事，淑玲一定都去告诉秦朴了，现在秦朴比自己还许更着急更难受呢，咳！我们两人怎么这么可怜呀！又想：明天叔父一定进城找我母亲去，那可怎么好？现在是一点希望也没有了，我与秦朴的爱情就这样生生给割断了，咳！我还怎么往下活呀？这样想着，她觉得只有一个死了，可是又觉得死是一件极困难的事，极不敢做的事，那么可怎么办呢？

她又流了半天眼泪，无声地抽搐了半天，忽然昏沉的脑里一转动，她又想出一个办法来，她想：这时候公寓的门即使关好了，秦朴也必定没有睡，我为什么不找他去呀？在他那儿住半宿，明天一早儿跟他一同进城见母亲去，反正死也死在城里，死在一块儿，不能死在这海淀街上！

当时，事情逼迫得她似乎有了勇气，似乎有了决心，遂就慢慢地坐起身来。忽然她的手又触到一个东西，就是那缝在棉被里的钱和珠翠别针，她就想：这是得带走的，倘或见了母亲，母亲也不愿意呢，那我得拿着这笔钱，跟秦朴坐火车到上海去！于是她慢慢地下了床，要去先摸着剪子，剪开棉被，取出钱和珠翠别针，然后再慢慢地逃出门去，径直到公寓去找秦朴。

这时纱窗上微微有一层月色，惨黯得就像眼泪一般，窗外没有一点声音。可是菊英下床的时候，那床板就发出吱吱的一阵声音，菊英就很害怕，怕被里间的叔父婶母听见。她慢慢地找着鞋，轻轻走到小桌的旁边，伸手去摸那针线匣子里的剪子。可是当她将剪子忙忙慌慌地摸到了手，刚要回自己那床铺时，就听里屋里“咚咚”的几声脚步响，她叔父范三就跑到外屋来了；他一手把菊英的胳臂抓住，厉声问说：“你要怎么着？你是要寻死吗？要寻死可容易呀，我给你找个地方，明儿咱们上青龙桥，等火车过来，你就迎着车头一躺，那有多么痛快！”

经他这么一嚷，菊英吓得手一哆嗦，那把剪子就吧的一声掉在地下。范三说：“哈！真有你的，你还真藏着一把刀子！好姑娘，我知道你是成心要你叔父的命，好，好，你先不用寻死，你就拿刀把我杀了吧！杀死我你爱嫁谁就嫁谁，也绝没有人干涉你了！”

菊英浑身乱颤，就哭着说：“我没有……我寻死干什么呀？”

这时把范三婶也吓醒了，她趿拉着鞋跑到外屋，先向她丈夫说：“你小点声儿！街坊们都睡了！”范三说：“现在还怕什么街坊？明儿咱们家里出了凶事，还得请街坊看验尸的呢！报上也得给咱们家里登新闻！”范三婶惊慌慌地把煤油灯点上，拿灯一照，就见她丈夫凶眉恶眼地揪着菊英的胳臂；菊英是穿着小裤褂，蓬乱着头发，低着头抽搐着哭泣,地下扔着一把剪子。范三婶吓得手一颤,灯一歪,几乎连灯也扔在了地下。范三就说:“得,得,你再把灯砸了,着起火来!那我可不但是逼死人命的凶犯,我又是火头,我的罪过也就够瞧的了!”

范三婶先把剪子捡起来,又把灯放在桌上,她这时也有了气,就流着眼泪,责问菊英说:“你这孩子,我白疼了你啦!”

菊英委屈着说:“不是,我不是要寻死。”

范三瞪眼说:“你不是寻死,你可为什么黑天半夜地爬起来拿剪子?我告诉你,好姑娘,我可没拦着你呀!明儿把你妈找来,叫你妈带着你,爱在哪儿死就哪儿死,算是我哥哥没留下你这么一个女儿!可是,你寻死我不拦你,你要想嫁那个姓秦的穷学生呀,哼哼!我还是至死也得干涉你们!”

正在说着,就听窗外有人向屋里说话,声音像是很不高兴,说:“我说老三呀,你是怎么啦?又喝醉啦?有什么话不会明天再说吗?”外面正是张大爷的声儿。张大爷是房东的亲戚,范三立刻就吓了一大跳,赶紧放下菊英的胳臂,光着脚走到窗前,向院中带着嬉笑说:“是,大哥,我听您的话,我再也不嚷嚷了!惊动您了,是,是,您请歇着吧!”

外面的张大爷又似乎带着点气儿,说:“姑娘有什么不对的地方,等明儿把她母亲请回来再慢慢商量,何必要单单在半夜里又管教她呢?你要逼出点事儿来,弄脏了房倒在其次,老三你头一个吃不住呀!”范三又是害怕,又是惭愧,赶紧说:“是,是,我们不捣麻烦了!您放心吧!咳,其实也是很小的一件事,就惊扰了您,真的!咳!太对不起您了!”院中的张大爷又叨念了几句,就回他的北屋去了。

这里范三回过身来,顿足长叹了一声,又向菊英悄声说:“有什么话咱们明天再说好不好?你先叫我活这一晚上。”菊英心里又是冤枉,又是失望伤心,就仍然躺在床铺去哭。范三恐怕菊英再寻什么短见,他可不敢再睡了,就坐在小凳儿上唉声叹气;范三婶便靠着桌子,愁眉苦脸地站着,全都没有说话。

菊英哭了半天,才微微抬起眼皮,偷着看了看;她觉得叔父、婶母也实在是可怜,说来都是自己的不好,自己何必要跟秦朴恋爱呢?可是，鬼知道！在恋爱的一起始，及渐渐走到现在这个难解难分的地步，谁又能由得了自己呢？她又哭了一会儿，本想起来向叔父、婶母说明白了，自己刚才没想寻死，也绝不能寻死，只不过是要……可是她要取出那钱和珠翠别针，还有意图私逃的事，是不能说出来的呀！她只有趴在床上，一面哭，一面想主意，但是早先还有一条死的道路，和一个逃走的办法，现在竟连死与逃都不能够了；她就像一个犯了重罪的人，已经被人监视起来，一切都没有了自由。

此时范三在灯畔发了半天愁，脑子里就不断地想办法，他觉得目前的事真糟糕！菊英这孩子是死心眼，恋爱又是一件拆不开、打不散的事，倘若她真出了什么差错，打官司、登新闻那还都是小事，要是落一个人财两空，那我范三才更叫作冤蛋、大傻瓜呢！于是就想着这件事不如就由她去，不过得答应我几个条件，那就是得叫姓秦拿出点彩礼来，至少也得五百块钱！不行，那可太廉价了，至少得跟他要一千！看那姓秦的虽然穷，可是家里也许还有二亩地，他既然要娶人家的姑娘，那就得把彩礼拿出来，这年头儿哪有赔钱聘姑娘的？想到这里，他虽然仍有点不甘心，可是已经变了卦，就想问问菊英，果然那姓秦的真能拿出一千块钱来，那么就叫他把人抬走。

范三刚想要把菊英叫起来，跟他商量这件事，忽然又想：不行，还得研究研究，不然我把她叫醒了，跟她说了这件事，那分明是我让了步，我怕她这样寻死觅活！以后她更得拿这个来要夹我，碰巧一千块钱也不给，她就跟姓秦的跑了，那时我可更冤啦！再说，一千块钱就把这么好的一个姑娘出手，也太廉价了！到我手里顶好也就是二三百块钱，花完了我还指着什么呀？不行，不行，我还是先不能表示，反正她要真是趁着我看不到，寻了短见，我也得讹住那姓秦的，叫他赔偿我的损失！

如此，他心里往返盘算了一阵，怎么也觉得不合算，并且又发愁，又生气，又怕这件事一传出去，以后更没有有钱的主儿肯娶菊英了。那范三婶也是愁烦了半天，她倒是并不希望由菊英身上得到多少钱，她是想着：菊英平常是个稳重、规矩的人，现在做出了这样的事，可见这年头儿的大姑娘们都是爱招事的……

过了一两点钟，灯里的那点油就快烧干了，只剩下那灯捻上还有一点火，像是萤火虫的屁股似的，给这愁闷的屋里留下一点光明。范三用力吹了几口，才把那点火星儿吹灭，他就向他老婆说："可别打盹儿，好好地看着她！你别以为她是睡了，她那小心眼里不定在想什么主意呢！我现在可真支持不住了，我要睡一会儿去，回头再跟你换班。"范三婶说："你睡去吧！"范三就站起身来，很沉重地叹了口气，又哑着声儿骂自己说："我他妈是干了什么缺德的事啦？净遇见这些倒霉的事情！"他懊恼着打了个哈欠，就去里屋了，待了一会儿，就呼呼的打起来鼾声，并杂着呓语。

这时外屋床上的菊英并没有睡着，叔父的怨恨声，婶母的叹息声，她全都听见了。她对于她的叔父、婶母倒觉得抱歉，她想今天自己把事情也办得太急了，同时秦朴也太没有计划了，这种事情那是一言两语所能办得到的呢？现在，事情已到了这个地步，我也没有法子了，明天告诉秦朴，叫章绍杰再找出黄凤贞和吴崇富，跟叔父讲些条件，或者还可以把事情转换过来，使我跟秦朴达到结婚的目的，可是章绍杰、黄凤贞他们能够愿意帮我的忙吗？一想到这里，她又忧烦得心里麻乱极了。不过，她自己总有一个安慰，就是想：我虽不能够寻死，不能够排开困难去与秦朴结婚，但是，我绝不能忘了秦朴；以后我连屋门都不出了，我更不能再去爱别人，这几点自信足可以做得到，也足以对得住秦朴了……后半夜，她就是在这种忧思苦恨之中度过去。

天亮了，太阳还和往日一样，爬上了屋顶，喜鹊、麻雀还是那样高兴地叫着，可是这屋里的空气，及各人的心绪却与往日不同。范三婶发愁菊英的事情，又发愁一两天内如若再没有洗的衣裳，家中的食粮便要断绝。菊英却愁思着今天不晓得秦朴怎么样了，也许他已经忧愁病了？也许他见太难办，就灰了心，不想再爱自己了？同时又因为叔父婶母的监视，及无颜再出门见人，更觉得是生不如死。因此她又萌生了一种消极的自杀念头，想着就这样终日忧烦，茶不吃，饭不咽，生生把自己折磨病了、死了，也就完了。

又待了一会儿，范三就由炕上爬起来了。他到外屋一看，就见菊英仍然躺在床上，长头发蓬乱着，像一个喜鹊巢，又像是自然长成的“飞机头”。菊英身上穿着一套紧身的洋布小裤褂，虽然在床上滚了一夜，然而不大脏，显露出那丰满的曲线美，叫范三看着都不由有点儿动心，他心说：不怪她在外头讲恋爱，本来也挺摩登的了，摩登哪有不讲恋爱的呀？

范三又一低头，见他老婆坐在小凳儿上，把头倚在桌腿上呼哧呼哧地睡着了，不但睡得挺香，看那样子还是睡了半天啦。他心说：这个看守的有多么靠不住！人在她的眼前上了吊，或是开门跑了，她还许连影儿都不知道呢！遂就生着气，把小凳儿踹了两脚，说：“喂！喂！你睡得真放心呀！还不快醒醒！”范三婶这才惊醒，赶忙扒开眼睛。范三就说：“天都亮啦，你给我弄点水，我先擦擦脸，还得上工去呢！今天打算托小张替替我，我得赶紧回来，咱们家里还有一大堆麻烦事呢；今天再不想个办法，难道白天像牲口似的累法，晚上还得瞪着眼熬一夜吗？”范三婶就叹息了一声，出屋去给她丈夫打洗脸水。

这里范三直勾勾地盯着菊英，心里计划着怎么才能够使菊英抛开那姓秦的，来听自己的话，然后自己再托黄老九和吴崇富，给她找一个有钱的人。忽然见菊英的胳臂动了动，他就知道菊英这时也醒了，于是就说：“菊英，咱们爷俩儿也别为这件事伤了感情，我拦着你是为什么？我就是不愿意叫你嫁那个穷鬼！得啦，现在我也不用跟你再说什么，我先到学堂里去一趟，找个替工儿的，待一会儿我就回来；等我回来咱们再慢慢讨论，或是我带你进城找你母亲去。”

菊英由她叔父这样说着，她也不作一声，只是躺在床铺上装睡。她悲痛的流着眼泪，并且想着永远就是这个样子了，也不起来，也不吃饭，直到死！

待了一会儿，她叔父洗过了脸，又嘱咐了她婶母许多话，就唉声叹气地走了。这屋里只剩下菊英和她婶母，她婶母今天又犯起牙疼，一面吸着气，一面还哼哼哎哟的，把菊英这颗已经碎了的心，越发折磨得难受。

到了八九点钟的时候，范三就回来了，一进门就跺脚叹气，说："我真觉得咱们没有脸再见人了，连大学里我们那几个同事，大概都知道了！淑玲那丫头，又往福安公寓去了，那丫头就是个祸害星，咱们家里的事全都是她给闹的；你别瞧她傻，其实那丫头什么坏事都能做，菊英要不是常跟她在一块儿，也不能学的这么坏！"说着，他又愤愤的用拳头捶打胸口，说："等着吧，瞧将来我得报仇！"

范三婶捂着腮，斜着眼睛说："你抱怨人家干什么呀？姑娘大了，你不给她找主儿，她才跟人家自由，你怨谁呀？"范三急愤愤地说："我怎么没给她找主儿？上回黄老九来提的那个胡主任，那是多么好的一个机会，不行吗？我刚一说，你就先反对！"范三婶说："我不是反对，因为我听黄老九说是二房……"

范三赶紧摆手说："得啦，得啦，二房你就说不能给，可是这个姓秦的小子，老家里准没有老婆吗？我天天在学堂里，他们那些学生的事情我都知道，哪个不是家里都有三四个孩子了，还一个劲儿在外头充俏皮小伙子讲恋爱呀？"

正在说着，就听门外两声喇叭响，像是汽车在门口停住了，范三倒不由吓了一跳，心说：怎么回事？莫非是那姓秦的认得有势力的人，派人抓我来了吗？于是他就发着怔，侧耳往窗外去听。少时，就听见窗外咯咯的一阵细碎清脆的响声。范三在大学里常接近女学生，他听得出来，这是高跟鞋的响声，不由就更觉得奇怪，刚要推开门去看，这时就听门外有女人娇声说："范三婶是还住在这屋里吗？"范三惊喜着，赶紧推开屋门，向外面笑着说："哎呀！原来是姑奶奶来啦！"

这时范三婶也惊讶着向外去看，就见门外是一位二十上下，烫着头发，戴着珠坠、金镯、手表，打扮得极漂亮的女人。这个女人进屋就向范三婶鞠了一躬，笑着说："三婶儿，你不认得我了吗？"范三婶直着眼睛怔了半天，才大着胆子问说："你是黄大姑奶奶吧？"范三一面叫老婆找开水沏茶，一面向床上躺着的菊英说："你还不快起来！你姐姐来啦！"菊英知道是黄凤贞来了，她真羞得不敢抬起头来见人家，就低着嗓子应了一声儿。

这时范三赶紧用擦脸的手巾擦了擦凳儿，笑着说："姑奶奶请坐吧！你可别笑话我们！"黄凤贞说："三叔你客气什么，我还是外人吗？我小时候还不是天天到你屋里来玩吗？"又向那拿着茶壶发怔的范三婶，笑着说："三婶儿你可别张罗我，我也坐不住，汽车还在外头等着我呢。"范三说："呕，外头还有汽车，我瞧瞧去，给他们拿一盒烟卷去！"

这里黄凤贞就坐在床边，向菊英说："你是怎么啦？"又回首向范三婶说："我妹妹是病了吗？"范三婶脸上通红，结结巴巴地说："没有，她是……"

这时范三又咚咚地由外面跑进来，手里拿着一盒烟，他一面划火柴给黄凤贞点烟，一面着急地催着菊英说："你还不起来！这么热的天，你姐姐人家由城里坐着汽车来瞧你，你还这么躺着……"黄凤贞却摆手说："不要紧！她要是不舒服，就叫她先躺着吧，我还能够挑她的眼？"

这时菊英没有法子了，她就轻轻翻身坐起来，睁着两只红肿的眼睛，向黄凤贞勉强笑着说："我睡着了，真不知道姐姐来啦！"说完了，脸上不由惭愧着，同时见黄凤贞今天穿的是一件白底粉红条儿的薄纱旗袍，菊英还认得，这就是那天自己同着她在市场里买的衣料。

黄凤贞今天的精神特别好，打扮的也特别漂亮，对于菊英也像特别的亲热，她一只手扶着菊英的肩膀，笑问说："妹妹你怎么啦？是那天从城里回来，受了暑了吧？"又用那只手去摸了摸菊英的额头，说："我觉着你的体温倒还不高，大概是这屋子太热，把你给闷的！"

旁边范三说："可不是吗，我们这屋子整天跟蒸笼一个样，晚上蚊子又叮，臭虫又咬，连觉都睡不好。像我跟贱内，我们的皮肉儿都干瘪啦，所以也不怕，菊英她不行呀！她又是个娇嫩的人儿，所以从你那儿回来，不到两天她就病了，可是……也不是病得起不来。菊英快起来吧！打扮打扮，跟你姐姐坐汽车进城去散散心吧！"又说："姑奶奶，上回你就花了不少的钱，又请她吃饭，又请她看电影，还给她买的……"他还要往下说，菊英吓得赶紧在旁边插言说："姐姐，那天我也没见着你，我就回来了。"

黄凤贞也不去理范三，就向菊英笑着说："你还提呢？那天我出去洗澡去啦，后来到了一个朋友的太太家里打了几圈牌，回来就听说你走了。我当时还很不放心，想着大热的天，你回来一定要得病；你姐夫后来也直抱怨我，依着他，第二天就要叫我来看你，可是这两天我也是有点不舒服。”

范三婶在旁边翻着眼睛，瞧着黄凤贞这身阔绰的衣饰，她就说：“是呀，这几天真热！姑奶奶你又这么胖，真得留点儿神，别贪凉的吃，别受着暑，听说姑奶奶不是有了……”她才说到这里，就被范三瞪了一眼，范三说：“得啦，得啦！这儿没有你说的话！”又向黄凤贞谄笑着说：“菊英她是什么也不懂，怎么可以没有见着你的面就回来呀！”

黄凤贞笑着摇头说：“其实也不要紧，什么事我还能不原谅她吗？”她又向菊英问说：“你现在没有什么活计不是？换上衣裳，跟我进城再玩几天去。现在公园里的牡丹正开的好呢！上回我给你介绍的那个太平银行于经理的弟妇于三太太，人家也想请你玩两天。”

范三一听什么银行的弟妇都要跟菊英联络，他就喜欢得咧着嘴笑，向菊英说：“你瞧你的人缘儿有多么好？真得跟着你姐姐好好的学着点交际。快换衣裳，打扮打扮，跟着你姐姐进城去玩两天吧！”菊英点点头，就下了床，洗脸换衣裳。

这时范三又极力巴结黄凤贞，跟黄凤贞说了许多卑贱谄媚的话，菊英在旁边听着都觉得难为情，同时又想：今天黄凤贞来，并没提说那天我一夜没回去的事，莫非她知道了那天我是跟章绍杰在大饭店里？又想：黄凤贞今天是坐着汽车来的，莫非她坐的就是章绍杰的那辆豆绿色的汽车？

少时菊英修饰好了，又换上了那双白帆布的高跟鞋，她觉得黄凤贞低头瞧着，又不禁脸红。范三在旁边催着她快着点，菊英又照着镜子拿胭脂膏把嘴唇重抹了抹，然后拿上她的银色手皮包，黄凤贞就说：“咱们走吧，三叔三婶，改日我再瞧你们来！”范三跟范三婶就把黄凤贞送了出来。

这时院中没有别人，只有淑玲在那里拍皮球玩。她一瞧见黄凤贞，就气愤愤地把皮球往墙上一摔，斜眼看了看黄凤贞，又瞪了菊英一眼，就回到她的屋里去了；黄凤贞虽然看见淑玲了，却没有理她。

菊英跟着黄凤贞到了门外，就见那里停着一辆黑色的汽车，倒不是流线型的。司机一手捏着烟卷，一手把车门开开，黄凤贞跟菊英就进到车内。范三先向司机点头笑了笑，然后又向黄凤贞谄媚地笑说："姑奶奶，回去先问姑爷跟我九哥好，回头我还许去呢。"范三婶也说："菊英这回去，你可别再多花钱了！"黄凤贞在汽车里点了点头，就从她那手皮包里取出来烟卷吸着，汽车响了一声就开走了。

开在这海淀街上，菊英本来怕被别人看见，可是她心里又惦记着秦朴，就很希望秦朴这时正在街头站着；那么她就要不顾羞愧地请黄凤贞叫汽车停住，她要下去车对秦朴说几句话，劝他不要着急，那件事慢慢总会有法子的。可是她只看见街上有许多熟识的人，都往汽车里来瞧，却没有秦朴那可怜可爱的身影，她就羞愧着，把头赶紧低下去。

这时汽车就离了海淀街，顺着柏油路向城里飞驰而去。黄凤贞一手捏着烟卷，扭着头向菊英问说："那天晚上，我在家里等着你吃晚饭，可是你一夜也没有回去，你是上哪儿去啦？"菊英红了红脸，说："我在我妈那里住了一晚上。"说完了，她却低着头，摆弄着她那只手皮包，幸喜黄凤贞没有再往下问。

车走了一会儿，就快到高梁桥了，这时黄凤贞又低声问菊英说："你回来这两天，又见着那姓秦的没有？"菊英一听问到秦朴，心里又是一阵难过，她就微微点了点头，小声说："见着了。"同时又低头想着：到了黄凤贞家里，我一定要把我愿与秦朴结婚，可是叔父反对的事情详细告诉她，求她帮助我，给我想一个法子……

黄凤贞问了秦朴与菊英见面的事情之后，她就没再说别的话。此时汽车已进了西直门，不多时就到了毛家湾路南的那个小洋门前。汽车的喇叭响了两声，里面的胡妈就出来把门开开，菊英先下了车，那胡妈就笑着说："范大姑娘来啦？那天你回去好呀？"菊英笑着点了点头。

黄凤贞也下了汽车，她就带着菊英往里院走。才到里院，就见吴崇富也迎出屋来，吴崇富今天还没上班，可是脸刮得很干净，穿着纺绸衬衫，系着花领带，花背带挂着条米色绸裤，脚上穿的是白皮鞋。他满面笑容地向菊英说:“范大妹妹来啦?三叔、三婶都好吗?”菊英先向吴崇富鞠了一躬,然后笑着回答说:“都好,叫我问你好!”说话时胡妈打起帘子,菊英先进了屋,吴崇富、黄凤贞随后进去。

今天这屋里装饰的比以前可款式得多了,沙发都换了藤椅,当屋也摆着两盆晚香玉,发散出幽细的芳香。菊英坐在藤椅上,就将手皮包放在了茶几上。今天她虽然有了白帆布高跟鞋,脚下不至于太难看了,可是身上却仍然穿着黄凤贞给的那件旗袍,当着吴崇富她实在惭愧;又后悔那天没有买一件旗袍料,要不然此时也做得了,也可以穿出来了。

这时胡妈把茶送上来,吴崇富就笑着说:“范大妹妹那天走的时候,我也不知道,第二天才知道了……于三太太,她就问你,听我说你回去了,她直后悔,说是她想跟你玩两天;那个于三太太是不错的,可比他们先生强。”又说:“待会儿她还要来呢。”菊英笑着点了点头,心里也觉着那个于三太太不错,没有什么阔太太的架子,可是又觉得,自己现在正有许多困难和没有解决的事,哪里有心跟人家在一块玩乐呢?

这时黄凤贞抽着烟卷儿就说:“今儿晚上无论如何咱们得听戏去了,上次菊英到咱们家里来,就没有怎么玩过。”

吴崇富说:“今天不是要请于三太太来打牌吗?”黄凤贞皱了皱眉,说:“咱们院子又没有搭天棚,屋里又没有电扇,大热的天,怎好意思叫人家在家里打牌呢?”吴崇富也点了点头,说:“电扇真得安一个!”

黄凤贞说:“要安就不能安一个!还有收音机,过两天非得花二百来块钱买一个不可,要不然真闷死人!菊英你不知道,我认识的人虽不少,可是我都跟她们说不来;也许是我的脾气不好,可是你想,像郝四奶奶那样的人,我怎能瞧得上眼呢?”说到了郝四奶奶,她忽然想起了一件事,就赶紧站起身来扔了烟卷,向菊英笑着说:“喂,我告诉你,上回照的那相片洗得啦!你等我拿来给你看。”说时她姗姗地走进了里屋。

这里吴崇富就跟菊英没话找话,他问菊英回到海淀这两天寂寞不寂寞,又问海淀那地方比城里怎样,是热还是凉爽……菊英就勉强赔笑答着。待了一会儿，黄凤贞拿出一张相片出来，就是那天菊英独自照的那个半身的，黄凤贞说："还就是你这张照得好！咱们跟郝四奶奶三个人合照的那张，简单难看极了，都叫郝四奶奶给带累坏了，拿来我看了一生气，就全都给烧了！"菊英一面点着头，一面接过这张半身的相片细看，就觉得自己是十分美丽，立刻生出一种自爱自怜的心理，同时一丝悲痛的情感也袭上心头来。

黄凤贞说："我瞧这张相片比你本人还漂亮！共合是三张，明儿你回去我叫你带回一张，给三婶儿瞧去；那两张就都留在我这里，将来拿着那个，好给你说婆婆家。"菊英听了，脸上微微一红，并没说什么，但她的心里是十分难受，心想：这相片本来是想送给秦朴一张的，现在却不可能了……

这时吴崇富站在他太太的背后，看看相片，又看看菊英，也啧啧的说："照得真不错！"黄凤贞就从菊英的手里拿过来相片，扔给她丈夫，脸上一点笑容也没有地说："给你！"然后她就坐在藤椅上去跟菊英说闲话。吴崇富被他太太这防不胜防的醋意弄得很难为情，他就把相片好好的放在桌上，出屋去了。黄凤贞就跟菊英在这屋里谈闲话，她不谈别的，依旧是谈些旗袍的样式，头发的烫法，和她哪天在什么地方看见了一个女的，衣饰是多么漂亮、摩登。菊英今天对于这些话似乎没有兴趣听下去，实在是她的心里永远像压着了一块铅似的。

谈了一会儿，吴崇富就又进屋来，胖脸上带着高兴的神气，就向他太太说："于三太太回头就来！我叫汽车接她去了。"黄凤贞瞪了瞪眼，说："你瞧，你也没问我一声儿，怎么你就叫汽车接人家去啦？"吴崇富笑了笑，说："我刚才出去借了电话给于公馆打，我就说范大妹妹来啦。那于三太太自己接的电话，她说千万请范大妹妹等一等她，她马上就来了！"黄凤贞听了，冷笑了笑，转首向菊英说："你瞧你的人缘儿有多么好！"吴崇富站在那里向他太太使了个眼色，这眼色菊英没有看见，可是吴崇富先进到里屋，黄凤贞随着就站起身来也走进里屋，她心里也有些疑惑，不知他们夫妇是秘密说些什么去了。

菊英一个人在外屋，坐在藤椅上，就拿着茶杯喝了一小口茶，那晚香玉的芬芳很细微的直往鼻子里钻。虽然眼前是黄凤贞家的小客室，不是海淀自己家里那间愁闷的房子，然而昨日晚间那些可惊可痛的事情，她是无法忘得了，尤其现在竟不能跟秦朴通一点音信，真使她忧急；她很希望这时吴崇富夫妇全都出去，她要借这个地方给秦朴写一封信，然而又怎能辨得到呢？又想：吴崇富今天也不去上班，他说回头就把于三太太用汽车接来，他们是又存着什么心呢？可是于三太太也像是个好人，而且章绍杰也说过，这些人是请不动他的，关于章绍杰的事自己倒可以不必顾虑，可是黄凤贞今天她接了我来，总不像是一点用意也没有吧？菊英这样来回地细想着，她那聪明的心思对于外界的种种事情，不是一点也观察不出来，然而她就是没有想出来，应当怎样应付眼前的这些事，所以她的心里总是犹豫、疑惧、痛苦。

这时竹帘"吧"的一响，那黄老九钻进来了，菊英赶紧站起身请安，叫了声"黄九叔"。黄老九的瘦脸上满是笑纹，稀稀的小胡子颤动着，龇露着两个金牙，点头说："菊姑娘来啦？你三叔三婶都好吧？这两天我正想到海淀瞧你们去呢！可是给人家管了点闲事，腾不出工夫来。"菊英也勉强笑着说："我三叔三婶也叫我问你好！"黄老九笑吟吟的，拿着一柄葵扇扇着他那件人造丝的小褂，一屁股坐在藤椅上，拿了他女儿的一支烟卷，就要跟菊英闲谈。

这时黄凤贞抱着猫又由里屋走了出来；黄老九一瞧见他女儿，赶紧把屁股离了藤椅，手里那支尚未燃着的烟卷又扔在了铁筒里。今天黄凤贞对她父亲的态度倒还和蔼，她笑了笑，说："老爷子，你到'宝华楼'叫他们再添两样菜！叫来菜，你带上两块钱就出去玩玩吧，晚上你再回来，因为回头还有几个女客来呢；人家都是头一回到咱们家里来，你在家里我也不好给你介绍，人家也拘束！"

黄老九默默地点了点头，他又把眉头皱了皱，问说："可是胡主任那儿，咱们怎么回复人家呀？"黄凤贞还没有答言，吴崇富就由里屋走了出来，听他丈人提到了胡主任，他就似乎很急躁地说："胡多能那边你不用管！明天我就能见着他，我自己跟他去交涉！"黄老九点头说："好！好！"答应的时候，他可仍然有点皱着眉，遂就走出屋去。黄凤贞也抱着猫跟她爸爸出了屋，又不知说了几句什么话。

这里吴崇富坐在藤椅上，拿了支烟卷，在茶几上磕了磕，然后点着吸着，脸上像是很生气的样子。黄凤贞又抱着猫进屋来，她自从刚才去里屋听了她丈夫几句话之后，她又像高了兴，又跟菊英跟她丈夫谈笑起来，并且把她那只花猫颠来颠去，亲亲嘴、抚抚毛。吴崇富的脸色也恢复过来，也很高兴地跟菊英谈话。

菊英听他们说是回头除了于三太太之外，还有几个女客来，她也猜不出都是些什么人，更猜不出那个胡多能与吴崇富是发生了什么纠葛。倒是她无意之中问到吴崇富，说："姐夫，我今儿一来，又耽误了你的事情！你要是衙门忙，你就请吧，我又不是外人。"吴崇富却摇了摇头，说："打昨天起我就没到部里去，那个事我打算把它辞了。"

菊英一听，不由一怔，便注意去听，就听吴崇富接着说："部里的事不好干！一月二百多块钱，刨去应酬简直剩不下什么，我们这家庭若是指着那点钱，早就不能维持了；再说，同事也有几个人合不来，我早就想不干，另活动别的事情。现在有个厘金局长的事情，很容易就谋到手，可是得到外县去，我也不愿意干。倒是新近北京要成立一家大公司，要请我当经理，我想做商业总比在官场里随便些，再说我在上海本来办过实业，对于这些事也感兴趣！"

菊英点了点头，旁边黄凤贞又说："依着我，就不叫你姐夫再去做事了，家里又不是非要他挣钱不可，干什么给人家指使去呀？"

菊英笑了笑，没说什么话，心里却想：吴崇富一个月有二百多块钱的事，他都不愿意干，秦朴若是有这么一个事，何至于我们的婚事这么艰难呀！她凄然坐在那里，斜眼看着吴崇富和黄凤贞抚爱他们那只猫，又想道：自己此时已没有了爱人，婚事不成，此后恐怕也永远得不到秦朴的爱了，我们是多么可怜呀……

第十八回　新备衣冠追踪谈婚事
难禁苦痛伴病脱竹城

这时门铃琅琅的一阵响,黄凤贞就赶紧站起身来说:“一定是于三太太来了!”她隔着帘子向外叫说:“胡妈!快出去看看去!要是于三太太就赶紧请进来!”遂着她又把猫放在地下,扫了扫烟盘里的烟灰,把碗里的残茶倒在痰盂里。菊英也揪展了衣襟,吴崇富把半截烟卷也投在了痰盂里,都像是很紧张地在等待着来的这位贵客。

这时院中就是一阵杂乱的高跟鞋响,不像是一个人走路的声儿,又听胡妈叫着说:“太太,客来啦!”黄凤贞赶紧迎出屋去,迎面一个穿着粉红旗袍的女人就说:“你想不到我也来吧?”黄凤贞笑着说:“哎哟!刘太太!你什么时候回来的呀?”

这时胡妈高高地把竹帘打起,黄凤贞让进三位女客来,吴崇富便很恭谨地向这三位女客点头。菊英此时却十分局促,她抬起眼皮看这三位女客,只见前面走的是个三十多岁的肥胖的太太,圆脸、短头发,浅红的纱旗袍箍着一身浑厚的曲线,像是一个西红柿;脚上是白皮子的凉鞋,后跟足有四寸高。黄凤贞给菊英引见说:“这位是刘太太。”第二位是二十岁上下的一位小姐,黄瘦的脸,头发卷成电影明星式,穿着一身白绸子的西服。黄凤贞也不认得她,倒是那于三太太给引见说:“这是我的妹妹,邱小姐。”于三太太倒很朴素,今天穿的是绿道儿的丝绸旗袍,绿袜套白鞋,依然戴着她那架茶色保目镜。

吴崇富和黄凤贞一一让座，胡妈忙着给倒茶，于三太太就向黄凤贞笑说："昨天你们不是说把范小姐请来，咱们在一块儿打牌吗？我怕不够手，所以多请了几位来。"吴崇富就笑着说："这我们可是欢迎极了！"黄凤贞拿着一筒烟，每人让了一支，胡妈就给三位太太点烟。

那个又胖又老又艳丽的刘太太，藤椅都像装不下她的屁股，她就翘着高跟儿的肥鞋，香肠儿似的手指头夹着烟卷，笑着说："昨天下午两点半我才坐着京沪通车回来，晚上就在焦太太家打了十二圈牌。今儿我起的还算早，刚吃完点心，要瞧马太太去，可是于三太太就给我打电话，叫我跟她到你们家里打牌来。"

黄凤贞笑了笑说："我不知道你回来啦！昨天我见着马太太，我还问你呢，她说她也没接着你的信。"

刘太太的胖脸上笑了笑，说："我到上海这一个多月，净玩了，哪还有工夫给你们写信？"于三太太在旁也说："我也想着，这回你到上海去，一定让那些白相给迷住了，大概就不回北京来了。"刘太太撇了撇嘴，摇头说："我才不呢！我要走了不回来，我们先生他才愿意呢，他可以整天跟着那两个妖精吃喝玩乐，我，我可不能叫他们那么顺心！"于三太太就望着黄凤贞笑了笑。

她们这几个人谈了一阵话之后，吴崇富也应酬了一阵，他就出屋，也不知干什么去了。这里于三太太趋近了菊英，很温和地笑着问说："那天你怎么回去的那么急呀？我还正要请你到我们家里玩玩去呢，可是我一见着吴太太，她就说你回海淀去了！"菊英认为于三太太一点架子也没有，是个很好的人，所以她倒像抱歉似的，笑着说："因为家里有点事，我回去看看。"于三太太说："这回你可别再忙着回去了！昨天我都跟吴太太说好了，说是你要再来，我得请你玩两天。"菊英笑着应道："一半天我一定到你府上瞧你去。"

于三太太又把那穿洋服的邱小姐拉过来，说："这是我的亲妹妹邱亚男，给你们介绍介绍，以后你们可以常在一块儿玩。"菊英和邱亚男彼此鞠躬，邱亚男虽然是一位洋派的女子，可是没有什么洋坏习气，并且说话还很畅快。菊英问了问，才知邱亚男是在南京什么女子大学里读书，现在因为放了暑假，才到北京来看她胞姐。这邱亚男是个知识阶层的女子，谈吐都很不俗，菊英对于人家更是十分的羡慕，十分的自惭。

那天在中央公园里，黄凤贞是因为于三太太只顾了菊英，不大爱跟她说话，才把她气走了的，并且她们还像不怎么熟识；可是今天，她们两个人有说有笑，竟像菊英走了这两三天之内，她们是天天见面，成了很好的朋友。

刘太太只要是一听别人谈话，她就要插嘴，好像唯恐别人不知道她是个能说会道的人似的。但是她对于菊英倒不是怎么亲近，像是不知道菊英跟黄凤贞，跟于三太太这些人的关系，她以为菊英也是临时请来的牌手。菊英心中原是很不舒展，可是因为于三太太、邱亚男姊妹跟她不断地谈话，她的心里也就渐渐得到了一点安慰，说话也有了些精神。

待了一会，"宝华楼"就把菜送来了，宾主五个女人到东屋去吃饭，黄凤贞就嫌他们的房子窄，说："若再多来几位，就没个地方坐了，我们正在找房子，一个月以内非得搬家不可。"刘太太就说："你们何不买一所呢？你要买我可以告诉你一所房子，地点既适中，房子又好。"黄凤贞笑了笑，说："我们可买不起房子，再说，自己买房子置产业有多麻烦呀？我们要到别处去，还得托人给照看着。"刘太太说："我知道，你们有钱净往银行里存了。"

黄凤贞跟刘太太东一句西一句的谈说着。于三太太跟菊英挨肩坐着，她给菊英夹菜，很殷勤很亲热的，真把菊英当作她的胞妹一般，菊英的心里对于于三太太就更是感激。黄凤贞向来是只要有别人对于菊英一亲近，她就先气，可是今天她却很反常；于三太太跟菊英的亲热，虽然她也很注意，但她并不表示什么。

少时饭毕，就又到南北房里，吴崇富已在那里叫厨子老王帮助把牌桌摆好。刘太太一进屋就说："我有胃病，咱们歇一会再打吧！"遂就坐在藤椅上，拿着牙签剔牙。于三太太也落座抽烟喝茶，菊英就与邱亚男对坐在小茶几旁谈话。黄凤贞把她丈夫叫到里屋，说了几句话，吴崇富便又出屋去了。

休息了有一刻多钟，就开始打牌。菊英不愿意打，所以极力推辞，可是于三太太非叫她打不可，并说："我给你瞧着，只当你是替我打，输了钱也是我的。"说时就强挽着菊英入场。菊英就用眼瞧着黄凤贞，黄凤贞却做出老姐姐的神气，笑着说："你还瞧着我干么？你是我拿汽车特请来的名角，难道我们都打牌，倒叫你在旁边坐着发怔？"于三太太笑着说："你们姐儿俩还开玩笑啦？"

这时刘太太就打庄，结果黄凤贞是庄家，庄家下首是刘太太，邱亚男占西风，菊英跟于三太太是北风，黄凤贞就笑着说："邱小姐坐于三太太的上家，可别净供你姐姐的牌！"邱亚男也笑着说："只要范小姐别供吴太太的牌就得了！"黄凤贞笑着说："要不然咱们重新打庄！"刘太太一面伸手洗牌，一面说："得啦！麻烦什么？咱们打牌不学那些个臭习气，你瞧郝四奶奶，我永远也不跟她打牌！"

说到了郝四奶奶，黄凤贞就说："郝四奶奶是叫我给得罪了，恐怕她永远也不到我这儿来啦！"于三太太摇着头说："不，那个人的脸厚，她是不知道咱们在这儿打牌，她若是知道，只要她今天没有别的事儿，她一定要赶来。"当时就响起哗啦哗啦的洗牌声，并夹杂着谈话声。

菊英经于三太太在旁边指导着，她也把牌摆好，于是就开始打牌。应该从哪边儿抓牌，应留着哪个口儿；哪张牌应当吃，哪张牌宁可不吃，要去抓一张好的；哪张牌大概下家一定要，先扣下不打，这些全都是于三太太在旁边指示着菊英做。打过了两三把之后，菊英也就渐渐明白了，并且感到有一点趣味了。

前几把差不多全是刘太太、邱亚男两人和，菊英眼前的筹码就已然净了，她知道钱输得不少了，就很是着急，可是第二圈她和了个两番牌，筹码又捞了回来。紧接着黄凤贞在庄上和了一把全万字，联庄又一个二百和，如此，菊英不独筹码全都出去，并且欠了账，她又急得连牌都有点拿不住了。

黄凤贞在联了两把庄，赢了许多钱之后，她的牌风大转，精神大振；她一只手捏着烟卷，一只手往外扔牌，眼快手快，真显出是个竹战的能手。打到了北风圈,刘太太的牌越打越背,她那短头发上滴下的汗水,在她那胖脸上都成了几道河;香肠儿似的手指头拿着牌,皱着眉,犹豫半天总舍不得往外打。可也巧,只要她的牌打出去,不是邱亚男说:“碰!碰!我们碰!”就是黄凤贞“哗”的一推牌,喷着烟含笑说:“我和了!”四圈打过,各换门风。

这时吴崇富已由外面回来,他叫来了一桶冰激凌,恭恭敬敬地向刘太太、于三太太等人说:“请你几位先吃冰激凌,休息一会再接着打!”可是刘太太她哪里肯休息?虽然吃过了一杯冰激凌,头上的汗还不止,她又叫胡妈给她拧了个冷手巾,擦了擦脸上的汗,依旧接着洗牌。黄凤贞是赢家,她更顾不得别的;邱亚男输的钱不多,她倒不甚在乎,一只手洗牌,一只手掠她那明星式的头发。

菊英这时却有点厌烦了,她想:虽然输赢都不是我的钱,可是,我跟人家哪儿比得起呀?人家都是高高兴兴地玩乐,一点为难的事情也没有,我,咳!我现在已到了多么可怜的地步了……

虽然她自己不愿意打,想让给于三太太,可是于三太太却一定叫她去抓牌,并且说:“你的手气好,我要是一抓牌准和不了。”菊英没有法子,只得仍勉强陪着人家去打,当时牌声和烟雾的气氛,又充塞了这间屋子。

吴崇富抽着烟卷,就站在他太太的身后看牌,胡妈往来忙着给点烟倒茶,那只花猫就卧在藤椅上困睡。墙上的挂钟的短针已走过了两点,又打了一圈牌,这时院中的电铃又响了,吴崇富说:“胡妈,看看谁来了?”胡妈就出屋去了。

待了半天,忽然胡妈打起帘子,向屋里叫说:“老爷,是海淀的范先生来了!”菊英本来听到电铃响,她就很注意,此时回头一看,她立刻很惊讶,原来正是她叔父来了。更使她惊讶的是,叔父现在穿了一件半旧的羽纱大褂,似是才从估衣摊上买来的;头上戴着一顶美式草帽,也是新买的,手里并提着一份礼物,有什么罐头、饼干之类。

范三本要进屋来,吴崇富赶紧迎出去,笑着说:“范三叔,大热的天,你干什么还看我们来呀?你请东屋坐!”范三也运用着他那几个新名词客气了几句，就跟着吴崇富到那被太阳晒得正热的东屋去了。

这里菊英不但惊讶，而且疑虑，先是想：叔父这件羽纱大褂，和这顶草帽，都是家中所没有的，他哪儿来的钱买的呀？并且还买来了礼物？又想：我是上午来的，叔父又赶紧追来，别是家里又出了什么事吧？她心里突突直跳，眼睛连六条和九条都分不清楚，这时吴崇富又进到屋里来，在他太太耳边低声说了几句话；黄凤贞就把牌交给她丈夫替打，她出屋去了。

菊英见吴崇富叫黄凤贞去见她的叔父，心里就更是惊疑，猜不准叔父要见黄凤贞是有什么话说，又想：恐怕叔父是专为我与秦朴的那件事才来的吧？叔父是要托黄凤贞向我解劝吧？一想到这里，她就不禁脸红心跳，实在忍耐不住了，她站起身来，皱着眉对于三太太说："你替我打吧！我觉着头疼！"说时她就到藤椅上去靠着，用手捂着头。

于三太太的脸上也露出疑惑的神情，她接过牌来，回首说："范小姐，你要是觉得头疼，就上里屋床上去躺着歇一歇吧！"吴崇富也说："桶里还有冰激凌呢，胡妈你再给范小姐盛一杯！"于三太太却摆手说："凉的不可多吃，你们要有'人丹'、'十滴水'，叫她吃一点倒好。"吴崇富就叫胡妈找出人丹来，给菊英吃了半包，然后胡妈就带菊英到里间黄凤贞的那张铜床上歇息。

菊英躺在床上，就觉得香水的芳香由被褥之间直射进她的鼻孔，外屋的牌声依旧噪耳，也不知道这时黄凤贞跟自己叔父把话说完了没有。真的，叔父可为什么又来了呢？他哪儿来的钱去买衣裳、草帽，和礼物呢？旁的自己倒不怕，只怕叔父把昨天的事全告诉黄凤贞，第一是使自己太难为情；第二是黄凤贞早就对自己说过，她是不赞成秦朴的！

菊英本来没有头疼，可是躺在床上这样一费思索，这样一难受，她真觉得头痛脸烧，并且心里发紧了。这时忽然外屋的刘太太拍着手儿哈哈大笑，说："可叫我和了一把满贯！"又听见邱亚男的声音说："吴先生，这你可得包！"吴崇富像是很懊悔，连声说："我包，我包，我一定包！"于三太太也在旁咯咯地笑。

这时黄凤贞似乎进屋来了，就听于三太太说："你瞧你们先生，人家三副饼子全都落地了,他还打五饼,包了一把满贯,把你刚才赢的大概都给包出去了!”立刻是黄凤贞的尖厉声音,她说:“输钱倒不要紧,多么泄气呀!得啦,你请开吧!让我来打吧!”吴崇富哼哼地笑着,说:“不是,我没有注意,牌打错啦!”黄凤贞冷冷地说:“你既然打牌么,凭什么不注意?脑子里净想什么事情啦?”大概是黄凤贞把牌接过去了,哗啦哗啦把牌洗得更紧。

那胖子刘太太是才和了一把满贯,精神又奋起,预备再和两把就可以转输为赢;黄凤贞是因为她丈夫包了牌,太叫她生气,她要振作起来,再和一把满贯,把刚才包的钱再捞回来,所以牌敲在桌上,声音是更响更脆。吴崇富在屋子里来回地走,皮鞋声咯咯的响,大概此时他是懊丧极了。

菊英因为黄凤贞回屋来了,就晓得她叔父大概是走了,就听外屋的黄凤贞一边打牌,一边还抱怨她丈夫,并问说:“菊英呢,上哪儿去啦?”于三太太就说:“她打了半截儿牌,忽然喊头疼,我叫她吃了半包‘人丹’,上里屋歇着去啦!”黄凤贞说:“胡妈,快到里屋告诉范大姑娘,别净躺着;里屋太热,一躺就许躺坏了,还是请她到外屋坐着来吧!”于是胡妈就到里间来,对菊英说:“我们太太请范大姑娘到外屋去坐着!”

菊英也恐怕在床上躺得时间过大,会把旗袍压出褶纹的,遂就扶着床慢慢地起来,含着羞愧、疑惧地走到了外屋,在茶几旁藤椅上靠着。这时吴崇富没在屋,胡妈给菊英倒过一碗茶来,黄凤贞是专心打牌,顾不得跟菊英说话,菊英也羞于去瞧黄凤贞;她就坐在藤椅上,小口儿喝着茶,眼望着墙上钉着的相片。

少时打过了两把牌,黄凤贞才一手洗着牌,一手捏着烟卷吸着,就斜着脸向菊英说:“刚才三叔来了!”菊英故意装作不知道她叔父来,就问说:“是吗?干什么来啦?”黄凤贞说:“上大妈哪儿去啦!才走。”

菊英一听叔父是去找母亲去了,她更是吃惊,就想:叔父去找母亲,一定是为我的事,恐怕母亲多半也是不愿意叫我与秦朴结婚。咳!现在我们事情没有办成,反倒弄得谁都知道,并且从此母亲和叔父、婶母对于我的感情,也一定不如从前;早先夸奖我、爱惜我的人,也必变成轻视我了。咳,究竟我是为了什么呀?竟到了这般地步!她心里伤感着,低着头,又要垂下泪来;黄凤贞却又只顾着去打牌,不再与菊英说话了。

这桌牌共打了十二圈,又因为净是联庄,所以直到下午五点四十分才打完。算了算,是黄凤贞一家赢,邱亚男算是不输不赢;于三太太输了七八块钱,不算多,刘太太却输了三十多块钱。打完了牌,吴崇富又进屋来,他就叫胡妈收拾牌桌,要摆点心。刘太太却一面用凉手巾擦脸上的汗,拿手皮包里的粉扑往胖脸上去搽,一面说:“我可吃不下点心去,我还要赶紧回去,家里还许有事呢!”

于三太太说:“刘太太你忙什么的,回头咱们一块儿走好不好?”

刘太太摇着头说,“不,我得赶快回去!你不知道,我到上海去了这一个多月了,家里的事弄得乱七八糟!那两个小太太整天就知道打扮得妖精似的,给老爷瞧,什么事她们也不管,我今天这是偷着空儿出来的呢!”说着,她急急地擦完了粉,挟着她的手皮包儿,高跟鞋咯咯的,胖屁股一扭一扭地就走了,黄凤贞、吴崇富就送她出去。

这屋里于三太太和邱亚男全都坐在藤椅上休息,那于三太太一手捏着烟卷,轻轻吐着云雾,和婉地问菊英说:“范小姐,你现在觉得好一点了吧?”菊英勉强笑着,点头说:“好一点了,刚才头疼得真厉害!”于三太太点头说:“大概是因为你没打惯牌,坐得久了是要头晕的。”邱亚男也说:“我早先虽是常打牌,可是自从到南京去上学,住在学校里,也有一年多没打牌了,今天后四圈我也有点支持不住了!”

正说着,吴崇富和黄凤贞就回到屋里了,吴崇富笑着说:“于三太太、邱小姐可别走了,先请用些点心,歇一会再吃饭。等到七八点钟,我们一同到长安戏院去,今天晚上程砚秋演《青霜剑》,是拿手戏。”

于三太太点头说:“晚上我们一定去,可是程砚秋至早也得十点钟才能出台,那么早去干什么呀?再说……”说到这里,她瞧了菊英一眼,又向黄凤贞笑了笑,说:“吴太太,你来,我跟你说两句话!”黄凤贞像是很会意地就跟着于三太太到里屋去了。

这里吴崇富帮着胡妈收牌,邱亚男就与菊英斜对面坐着谈话。待了好半天，黄凤贞才同于三太太到外屋来。于三太太依旧坐在藤椅上吸烟卷，黄凤贞又把她丈夫拉在一旁，低声说了两句话，吴崇富就点了点头，遂回身向于三太太笑着说："那么晚上可请于三太太跟邱小姐准到长安戏院去，早一点去才好，回头我就打电话订包厢。"于三太太说："包厢不用吴先生订，今儿早晨我就跟我们先生说了，我想他一定订下来了。"吴崇富点头说："好吧！好吧！"旁边菊英见他们说话像是隐着什么秘密似的，并且晚间听戏的事似乎他们已经预先商量好了，因此心里就很是生疑。

这时厨役把点心端上来了，却是鸡丝汤面，于三太太就笑向黄凤贞说："你们真是太客气，要吃了这碗汤面，回头还吃饭不吃了？"吴崇富笑着说："于三太太跟邱小姐随便用点吧！"

当下吴崇富出屋去了，黄凤贞、菊英就陪着于三太太姊妹用点心。黄凤贞又跟邱亚男谈了许多话，她知道邱亚男是在南京女子大学里读书，就笑着说："邱小姐可别笑话我，我是离开学校太久了，学生气儿一点也没有了。倒是我们这位范大妹妹，她是我的同学，她虽也离开学校了，可是还那么文雅！"于三太太也笑着说："我看她们姐儿俩倒合得来。"邱亚男也笑了笑。菊英虽然被人夸奖，但是心里却很惭愧，就想：人家在女子大学读书，我算什么学生呀？

点心用毕，于三太太姊妹就要走，黄凤贞拉着邱亚男的手，笑着嘱咐说："邱小姐，回头在长安戏院咱们可准见呀！"邱亚男却笑着回答说："我可不一定去。"吴崇富连忙问说："怎么，邱小姐不喜欢看旧戏吗？"邱亚男说："看戏我看不懂，所以不感兴趣。"于三太太说："她是连梅兰芳都不愿意听，就喜欢看电影。"吴崇富笑着说："那么就请邱小姐屈尊一点，晚上到一趟长安戏院，程砚秋的《青霜剑》很可听，不像那些老戏；改日我们再专请邱小姐看电影。"邱亚男点了点头，说："好吧，假若回头有时间，我一定同着我姐姐去。"说完了，她们姊妹俩就出屋去了。菊英也要往外送，于三太太却笑着拦住她，说："咱们回头还见面啦，你送我干什么？你歇着吧！"

在吴崇富夫妻送客之时，屋里只剩下了菊英，她就回身坐在藤椅上，身上觉得十分困倦。她的心里仍是很难受，并想着：黄凤贞把客送走了，她回来一定要说叔父来到这里的事，我可怎么答复呢？正想着，吴崇富、黄凤贞就回到屋里来了，吴崇富到里屋披上外套，拿上白帽，就对黄凤贞说："我出去一趟，一会儿就回来！"黄凤贞说："你可快点儿回来，别叫我们等着你吃晚饭！"吴崇富连说："一会儿就回来，我到西单牌楼买了烟就回来！"

吴崇富走了之后，黄凤贞就坐在藤椅上，把猫放在腿上拍着抚着，她打了一个哈欠，说："这十二圈牌打得我真累了！本来昨儿晚上是于三太太于三先生他们，请我们在'撷英'吃西餐，吃完饭又到银宫饭店看了半夜跳舞的，两三点钟才回来，今天又很早就起来到海淀去接你，现在我真疲乏极啦！我得歇一歇去，要不然回头在戏院里看着戏打盹儿，那有多么叫人笑话呀？"又问："你现在觉着怎么样？身体还难受吗？也到里屋去歇一歇好不好？"菊英摇头说："我倒是不觉着怎么疲乏，姐姐你歇着去吧，我就在这儿坐着。"黄凤贞笑了笑，仿佛又把菊英的浑身打量了一番，她就抱着她那只花猫，袅袅娜娜的进里屋去了。

王度庐作品大系　言情卷

落絮飘香

（下）

王度庐·著／王芹·点校

王度庐著

山西出版传媒集团
北岳文艺出版社
·太原

第十九回　舞榭歌台狂言欺弱女
名园丽景苦绪念慈亲

黄凤贞进了里屋不大工夫，她又叫菊英。菊英答应了一声，掀帘进到里屋，就见黄凤贞旗袍也没脱，仰卧在床上，两只赤着的光滑的腿，搭在铜床的栏杆上；那只花猫趴在她的胸前，她就用那染着蔻丹、戴着金戒指的手，抚摸着花猫的柔毛。菊英问说："姐姐，有事吗？"

黄凤贞稍稍偏过头来，笑着说："没有什么事，我一个人睡不着觉，你坐下，咱们说话儿！"菊英笑了笑，就在床旁的沙发上坐下来。黄凤贞又说："劳你驾，把烟递给我一支！"菊英从桌上烟筒里拿了一支烟，递在黄凤贞的手里，并划了一根火柴。黄凤贞赶紧把两只脚放下，把猫推开，她微抬起身来，嘴里说着"谢谢"，让菊英给她点上了这支烟。

黄凤贞依旧躺着，把右腿迭在左腿上，露出来她的白衣裙和粉红色的短绸裤，她仰面喷了一口烟。忽然转头笑了笑，说："妹妹，我不明白，你跟那秦先生，你们到底是怎么一回事呀？"

这么多半天，菊英就担心黄凤贞要问她这句话，如今果然黄凤贞是问出来了，并且还问得这么奇怪。菊英的脸上立刻现出来娇红的颜色，她低着头，半天才说："其实，也没有什么事……"说到这里，她的声音发颤，眼泪不自禁地往下滴。

黄凤贞又喷了两口烟雾，向床沿下弹了弹烟灰，她上半身抬起来，用右臂支着那乌发蜷曲的额头，低声对菊英说："刚才三叔来，也都对我说了。其实就是三叔不说，今天早晨我到海淀去接你时，那种情形我也看出来了，不过我想不到你跟三叔竟弄得这么僵！刚才三叔来，也还是为这件事情直难过，我劝了他好大半天，并嘱咐他见了大妈别说这件事；大妈辛辛苦苦地在外头真不容易，何必又给她的心里添烦恼呢！”

菊英听到这里，忍不住拭着眼泪对黄凤贞说：“姐姐，你是不知道……”黄凤贞说：“我知道，我都知道，你跟那秦先生的爱情已然很深，谁也离不开谁了！若是不允许你们结婚，你们宁可在一块儿死了，是不是？”这几句话真使菊英的心里悲痛，泪似泉水一般地流了下来，她用手绢掩面，全身紧紧地抽搐着。

黄凤贞扔了烟头，赤着脚下了床，她跨在那沙发的边沿上，摇晃着菊英的身子说：“你别哭，有什么话咱们好好商量，我还能够不给你想办法吗？你这么哭，可真叫我着急！”菊英强忍下悲痛，这时黄凤贞就趴在她的耳边悄声问了几句话。菊英羞得低着头，半天也没有说什么，然后她只摇了摇头，黄凤贞又追问了一句：“真的，你可别瞒着我！”菊英点了两下头，但她羞涩得不敢把小手绢离开脸。

黄凤贞就说：“既然这样，那就没有什么不好解决的，你跟姓秦的不算有什么关系！”说着，她用脚找着拖鞋，自己到桌前又燃了一支烟，就走到菊英的身旁说：“妹妹你是个明白人，自然这件事也不算做得糊涂。我比你大不了两三岁，我还不知道吗？女的年岁一大了，哪个不想着结婚呢？假若不是我爸爸叫我嫁了这么一个胖子，这时候我也早跟人恋爱上了。恋爱不算见不得人的事，真要是男的女的情投意合，愿意在一块过日子，那是无论谁也拦不了！”

黄凤贞吸着烟卷，像是一位演说家似的，她接着又说：“可是，婚姻是人生大事，一半自然是自己拿主意，一半也得叫家里的人看着放心。那位秦先生我没见过，好不好我也不敢说，不过三叔拦着你，我看那也是应该的，因为你是三叔抚养大了的，你若嫁给一个好人，他自然是很喜欢；可是你若跟一个不太靠得住的人结了婚呢，将来受了罪，他看着不也是很焦心吗？这年头儿无论什么事，第一是钱，没有钱什么也不行，好人也能成了坏人。秦先生的好坏且可不必说，可是刚才据三叔说，他是没有什么钱的，我瞧这就是一个大问题。假若你们现在因为恋爱，心里都像一把火似的，马马虎虎地结了婚；可是结婚不到两年，那时孩子也有了，他的事情也找不着，连吃的穿的都没有，你想那时候，你们还能够饿着肚子讲恋爱吗？他穷得都没有人理了，在家里他还能够跟你好吗？这些都不能不细细打算一番，我也不能不提醒提醒你，其实咱们虽然是很好的姊妹，可是你这些事我都不问不管，将来瞧着你们受罪，也不能有人抱怨我呀！”说时她冷笑着，仿佛笑菊英是太幼稚。

菊英听了黄凤贞的这些话，虽然觉得未尝没有道理，并且那秦朴的清贫，也始终是自己心里的一种遗憾，但是因为有了爱情的力量鼓励着她，而且为了要袒护爱人起见，她就顾不得害羞，也顾不得说活莽撞了，她就拭着眼泪说："姐姐说的话我也早就想过了，可是，秦朴虽然不是多么有钱的人，但也不是太穷；他的学问又很好，在北京在上海都有朋友，想找一个几十块钱的事是不费难的。他家里又没担负，将来就是把我妈接出来，三个人俭省着过，怎么也能够生活，再说，将来我还可以做点事呢！”

黄凤贞听菊英这么一说，她不由怔了一怔，她没想到拘泥羞涩的菊英，竟能这样大胆地说出夸奖男人有本领和将来结婚过日子的话，她不由有点嫉妒，嫉妒她自己没享受过的这种痴情热爱。她就吸了两口烟，又笑了笑，拍着菊英的柔肩说："妹妹你真是小孩子！你把生活看得那么简单，你把找事看得那么容易。别说现在找事难，做事才更难呢！就说你姐夫，在部里虽然不是什么科长主任吧，可也不算是小职员，现在因为同事不合，他就不能够再干了；假若我们不是有积蓄，你姐夫不久又有更好的事，那马上生活就成问题，我们还能够打牌、听戏？你想光凭着本事给人家做事，挣有数儿的钱生活，那就靠得住了吗？再说，哼！那又是我的主义了：一个年轻的女人，长得又不寒碜，不趁着年轻，想法穿点好的、吃点好的，玩玩乐乐、享受做太太的福气，却嫁一个穷人；想什么没什么，跟人家都比不到一块儿，还得终日担心男人失业，我瞧着，哼，可有点儿冤！”说完了，她不自然地笑了笑，就把烟头扔在痰盂里，拖鞋一甩，又躺在了床上。

她斜着眼去瞧菊英，就见菊英用小手绢擦眼泪，低着头一声不语。黄凤贞又打了一个哈欠，笑了笑说："为你的事我说了这么半天话，我更累了！咱们先歇歇。你那件事也别着急，你先细细想一想，假若你真是死了心，无论怎么说也愿意跟那秦先生结婚，我也可以替你向三叔和大妈去说，叫你们达到目的；你就是千万别死心眼儿，也别净哭，净想着寻死！"说完了，她就转脸朝里睡了。这里的菊英本来是一颗很坚定自信的心，可是被她弄得像是被抛在水面上了似的，不禁飘来荡去。

菊英就在藤椅上默默地坐着，这时外屋的挂钟打了八点，黄凤贞在床上睡了约有两个钟头了，屋里也昏黑了。外面传来咯咯的沉重的皮鞋声，是吴崇富回来了。一进屋来他就把电灯开亮，问道："怎么，还没开晚饭啦？"

胡妈随着进屋来，说："饭早好了，因为太太睡啦，我们也不敢叫醒来问！"吴崇富就走到里屋，摸着电门，把电灯开亮。此时菊英已站了起来，吴崇富笑着点了点头，问说："范大妹妹也歇了一会儿吧？"菊英说："我就在这儿坐着，没睡着。"黄凤贞听见她丈夫跟菊英说话，她也就一翻身，问她丈夫说："什么时候啦？"吴崇富说："都八点多了，咱们不好意思去的太晚了！"黄凤贞一听，就赶紧下了床，说："怎么都这时候了？胡妈也是，她怎么不叫我！"

这时胡妈也进到里屋，她刚想要解释，黄凤贞就很着急地说："叫王师傅开饭吧！"胡妈急匆匆地出屋去了。黄凤贞穿上拖鞋，又向菊英笑了笑，问说："大概你也坐在藤椅上睡着了吧？"菊英说："我没有睡。"黄凤贞笑着说："你真行！摸着黑儿在屋里坐了一个多钟头！"吴崇富也笑着，就一同到了外屋。

吴崇富指着桌上放的一个贴着金纸的长方形的木匣，问黄凤贞说："你猜，这匣吕宋多少钱？"黄凤贞摇头说："我猜不着。"吴崇富把匣子打开，菊英就见里面都是很粗的吕宋烟，像章绍杰抽的那烟似的，吴崇富说："这还是便宜的呢！二十五块钱一匣，太贵的咱们买不起！"一面说着，一面由裤袋里取出新买的一个烟盒，装满了，带在西服上身的口袋里。黄凤贞虽然瞧了瞧，但并没有说什么，眼睛又向菊英扫了一下。

这时吴妈把菜饭摆上，黄老九也回来了，向他女儿问说："怎么才吃晚饭呀？牌早打完了吧？"黄凤贞说："吃完饭我们还听戏去呢！"黄老九笑着问说："是上哪儿去呀？上'长安戏院'，还是上'哈尔飞'呢？"黄凤贞落下座拿起筷子来，不耐烦地说："得啦得啦，你不是玩了一天吗？也该叫我们去玩玩啦！你就在家里等门得啦，顶早我们也得一点钟才能回来！"黄老九笑着点头说："好啦，今儿白天我在澡堂子里睡了一个大觉，熬一夜都行。"又笑着说："菊姑娘，可吃饱着点！"菊英点头笑了笑，便坐下吃饭。

黄凤贞急急忙忙地把饭吃完了，就赶紧跑到里屋去修饰打扮。吴崇富也很快地吃完饭，对着外屋的西式穿衣镜拢头发、换领带，并向他丈人黄老九说："老爷子你出去借电话，叫'春茂记'开一辆汽车来！快！"黄老九连声答应，跑出去给汽车行打电话。这时菊英本来吃不下饭去，尤其是人家吴崇富都不吃了，自己也就放下了筷子，走到东屋去洗脸修饰。

黄凤贞打扮完了，换了一件很鲜艳的玫瑰色的纱底绒花的旗袍，穿上大红丝线袜套，衬着白皮高跟鞋，真是特别的美丽；只是她的脸太圆了些，身体也发了胖，一点也不苗条。她一边往指甲上染蔻丹，一边偷眼瞧着菊英，就见虽然菊英仍穿的是她给的那件旗袍，头发也没有电烫，可是不知为什么，菊英的身上无论那一点，都比她自己俊秀；尤其是菊英脚下的那双鞋，虽然不过是白帆布的，却像是比自己这双白皮子的还俏似的。黄凤贞一句话也不说，她又到镜台边，端详了半天，又抹了抹口红。

这时吴宗富进屋来，对他的太太说："汽车来了！"黄凤贞说："汽车来了？咱们就走吧！"她又开了衣柜，拿出一件白色的风衣来，说是到夜里一定要冷；但她的衣柜里还挂着几个风衣，她并没说借给菊英一件穿。当时三个人出屋往门外走去，到了门外，临上汽车的时候，黄凤贞又嘱咐胡妈说:“可想着给小花儿剁肝儿拌饭,把肝儿可剁细着点儿!”嘱咐完了,就把车门“吧”的一声关上,汽车就开出毛家湾去了。

在车里是黄凤贞跟菊英并肩坐着,吴崇富坐在前面。车窗外就是西单牌楼的一片夜景,霓虹灯现出强烈刺眼的色调,往来的行人和车辆,都像是魔影似的在车窗上一闪而过。菊英在车上就觉得困倦,觉得眼花缭乱、心里模糊,她才想起,原来昨夜在家里就没有怎么睡觉,今天更被黄凤贞、于三太太那些人摆弄了一天,不独缺少睡眠,心里的悲痛与酸楚、失意与忧愁,是更使得她身体难受。因想:我也是,什么都由着人家,现在我不会找个地方好好地睡一个觉吗?为什么要跟着人家出来听戏?我是像人家那样心里安闲吗?

正想着,汽车就停在了长安戏院的门首,那门首用灯管组成的“程砚秋”三个大字,现出绿色的彩虹一般的光芒。吴崇富先嘱咐开车的人,叫十二点左右来这里接,他们就进了戏院。一直上了楼,问茶房于三爷包的厢在哪里,茶房就带着到了正面楼上。

就见在一间厢里,于三先生、于三太太全都来了,并且还有一位穿着藏青上身、米黄绸裤,大背头、高身材的男客也在那里。于三先生一见吴崇富他们来了,就赶紧站起身招手,吴崇富便赶快颠动着肥胖的身子,去与那大背头、高身材的男客握手。这时黄凤贞的两只眼睛也发直了,她直直地去瞧这位衣饰阔绰的男客;菊英却惊讶得连迈步都不能了,她与这位男客是很熟悉的,这不是别人,正是章绍杰。

那个在大饭店里的夜晚,菊英以惊恐、娇啼把章绍杰拒绝了,也可以说是气走了。她本想着这个魔鬼似的人一定可以离着她远了:他是大爷的脾气,碰了人家的钉子,一定就灰心了,他还能够不惮烦的,必要叫我对他怎么样吗?菊英原是这样地想,可是现在眼前又出现了这人高大的身影,和贼亮的目光。菊英不禁惊得心里乱跳,脸上火热,并疑惧章绍杰会当着别人问, 那珠翠别针和饭店找回来的几十块钱,是不是叫自己拿走了。假使身旁没有这些人,没有吴崇富、黄凤贞,和于三先生夫妇,她真要转身逃走,然而现在又怎么能够呢?

此时吴崇富的胖脸上带着谄笑,与他好容易才巴结上的这位章大少爷握了握手，然后给他太太引见说："这位就是章先生，这是内人。"章绍杰的贼亮目光也在黄凤贞那圆圆的粉面上绕了一下，然而这粉面似乎引不起他的兴趣来，他只微笑着点了点头，说了声："吴太太。"嘴里说着吴太太，眼睛却盯在吴太太身后的菊英身上。于三太太就拉着菊英的胳臂，向章绍杰笑着说："这位范小姐，我们就不必给你们两个介绍啦？"章绍杰笑着向菊英点了点头，旁边于三先生仰着秃头哈哈大笑，吴崇富也赔着笑。

菊英被于三太太拉着，就在章绍杰的身旁落了座。她心里本来很生气，觉得这些人，连于三太太，原来都是坏人！他们今天商量好了骗我来这里与章绍杰见面，他们都没有存着好心！这样一想，她真气得要立刻就走，可是又没有这个勇气。

这时章绍杰就偏着头，笑问菊英说："范小姐今天才进的城吗？"菊英本想不理他，可是人家这样很客气地问，自己又不好意思不回答，遂就点头说："对啦！"说话的时候，嘴角呈现出一种倩笑，比台上正演的那《凤阳花鼓》里的鼓娘笑得还要美丽。

他们两人这样说着话，身旁的八只眼睛也不去看戏，就一直注意他们；尤其是黄凤贞，特别专注意菊英的表情，她心里含着冷笑，仿佛在骂菊英："真是个贱货！"她气得一扭头，又去看戏台上那鼓娘与浪荡公子调情。

这里章绍杰又看见了菊英的倩笑，他的身上就像注射了一针甜液，直浸到心里。这时突然旁边有一只胖手递过一支吕宋烟来，就见吴崇富满面谄笑，又拿自来火替章绍杰把烟点上了。章绍杰笑着回身点了点头，说了声"谢谢"。他又望了菊英一眼，就不再对菊英谈话，却一面看戏，一面去与于三先生和吴崇富闲谈，于三太太也搭讪着说两句凑趣的话。

菊英是眼望着戏台，耳边听着章绍杰他们的谈话，就觉得章绍杰真是有身份、有地位，那于三先生和吴崇富所说的话，没有一句不是奉承他的。章绍杰也谈吐爽利，口气大、精神好，他说他们那公司下个月就可开幕，又说："吴先生的聘书一半天就可以送去。"并对于三先生说："你上回托我的那件事，我已给你办到了，明天下午四点钟你到家里找我去好了。"

他们谈了半天话，章绍杰可未来与菊英攀谈，尤其没提到那饭店的事，更没问到秦朴。菊英的心里像水波似的忽起忽落，又像是柳丝一般不禁的撩动，她如今又觉得章绍杰的心并不坏，尤其是他这个人的谈吐、外表都是极好。她又斜着眼假作看旁边包厢里的女客，其实她是偷看了章绍杰一眼，章绍杰那白净的脸，雄伟的体格，平展的西服，美丽的领带，又像是有一种魔力似的，使菊英的身体、心灵都有些沉醉；又见章绍杰右手拿着吕宋烟，喷烟的时候他总是转转脸，似乎唯恐烟的辣味刺激了菊英似的，这种多情的暗示更使菊英心里感动。但是，菊英这时虽被章绍杰吸引着，她却忘不了自身的可怜遭遇，和秦朴可爱可怜的容态，叔父的狰狞面孔也没有从她的心里消失。

这时台上的《凤阳花鼓》已然下场，换了一场武戏，黄凤贞就回过身来，向于三太太说："我就不爱看武戏！"说话时，她抬起眼皮又看了章绍杰一眼，就由那手皮包里取出银烟盒，燃了一支烟。她一只臂倚着栏杆，另一只戴着金镯、手表，镶着翠戒指的手捏着烟卷，徐徐地抽着烟，口里说："程砚秋怎么还不出来？"

旁边她丈夫吴崇富说："这出《白水滩》下去，就是《青霜剑》了！"说时他看见章绍杰把半截吕宋烟扔在楼板上，用脚踩了，他赶紧又拿着一支吕宋递给章绍杰，章绍杰却摆手笑着说："谢了，我不抽了！"吴崇富因为太太在瞧着他，他不便太显出卑贱，遂也就笑了笑，又转交给于三先生。

于三先生刚用手接过来，于三太太便瞪了她丈夫一眼，说："你不是咳嗽才好吗？又抽上烟没有完！"于三先生笑着摇头说："不要紧！"为是表示他不怕太太，就自己点了烟，可是才吸了一口，他就由着烟自灭了。

于三太太没戴着保目镜的三角眼睛，依旧瞪着她丈夫，于三先生便拉着长脸，笑着说，"我们这有了太太的人，抽烟都不能自由，绍杰，你可千万别娶太太！"于三太太却笑着说："你叫他别娶太太？哼，我瞧快啦，未来的章少奶奶……”说时众目齐都看着菊英。

章绍杰却摆手说：“得啦，于三嫂子何必拿我打耍？”于三太太笑着说：“这怎么算是拿你打耍呢？难道你将来永不结婚吗？”章绍杰点头说：“永不结婚！”

听他说出这句话来，菊英是特别的惊异，就见章绍杰的白脸上现出了惨笑，他像是很烦恼地说：“你们都不知道，我在家庭里，在社会上，为了结婚的问题始终是在斗争着。依着我的家庭，早就叫我与那些小姐们结婚了！在外面，也确实有不少的女子向我求婚；今天我还接到一封求婚的信，这个女子是某大学的高才生，与我是常见面，她的信上是用了一个暗示的名字，但是我还是决意不理。总而言之，我对于自己的婚姻有我的准主意，是谁也转移不了我的！”

吴崇富在旁问道：“那么章先生的那准主意，是否可以对我们公开呢？”

章绍杰又惨笑了笑，摇头说：“不能公开，因为我心目中的那个女子，却是我一个朋友的爱人；我不忍夺了我朋友的爱，那位女士也是不肯牺牲了她原有的爱人，而来爱我。”说到这里，他微微叹了口气。

吴崇富、黄凤贞、于三太太他们的心里都明白，都把目光聚集在菊英的身上。于三先生似乎还糊涂着，他用手背拍着膝盖，说：“绍杰，你这么一说，是三角恋爱呀！我瞧着可有点难办，你赶快放弃了你这个主意吧！”

章绍杰摇头说：“不行，你别瞧我认识的女子很多，并且常跟女朋友在一块儿，但是我的爱情从不乱发生，并且爱情还是最专一！”

吴崇富在旁赶紧捧场说：“是，是，章先生的人品好谁都晓得！不过我劝章先生不必烦恼，将来那位女士自然会明白的，真的，章先生这样的人品、身份，能上哪儿找去？”黄凤贞觉得他们说得这些话真肉麻，气得她就转过头去。

这时程砚秋的《青霜剑》已然出场，菊英一边看戏，一边很难过地想着：章绍杰说的这些话自己全都明白，他也确实是个多情而可怜的人。我对不起他，但是我没有法子，谁叫我先爱上了秦朴呢……她两只胳臂都倚着栏杆，低着头向楼下看戏，但是她那绯红的芳颜，她那一种悲苦为难的神态，是躲不过章绍杰那贼亮的眼睛的。

章绍杰知道菊英已动了感情，心里已起了波动，他又故意地叹了口气，就站起来身来，说："你们几位看戏吧，我得走了。"吴崇富赶紧站起来说："怎么？章先生在旁处还有事吗？"章绍杰点头说："我还得到银宫饭店去！今天就是我们那公司的几个发起人，有一个很小的联欢会，现在恐怕人都到齐了，我得去照一个面。"于三先生也站起身，说："既然这样，我们就不挽留你了，咱们明天见吧！"章绍杰点头说："明天见！"于三太太、黄凤贞，和菊英也齐都起座。

章绍杰先和于三先生、吴崇富握手，然后又向于三太太、黄凤贞点了点头。最后，他和菊英的眼光一对视，他就特别地做出一种笑色，和蔼地对菊英说："范小姐，今天真对不起，我要先走。一半天我要请范小姐玩一玩，并请于三太太、吴太太作陪，希望范小姐在城里多住两天才好！"

于三太太笑着说："你就放心吧！范小姐这回至少要在城里住一个月，既然有了你这句话，我们可就在家里等着你的请帖啦！"菊英也羞涩地微笑着，她扭扭捏捏地娇声说："章先生何必客气呢？"章绍杰听了菊英这句话，他又把贼亮的眼光向菊英射了一下，然后就向众人深深点头，转身就走，这里的几个人就一同用目光送着章绍杰的高大挺拔的身影，直下了楼。

章绍杰走后，吴崇富的态度和言语都显着随便了，他就夸奖章绍杰的人好，又说："一个女子若是跟他这样的人结了婚，那才真是幸福呢！"于三太太打趣他说："可惜吴先生你不是个女子！"吴崇富胖脸上堆着笑，眯缝着眼睛说："我这样儿就是个女子，绍杰也不能要呀！"说得菊英都不禁扑哧笑了，但是心里却是很感伤的。她转过头去看戏，耳边还听着他们谈述章绍杰的事情；黄凤贞却抽着烟，歪着头，脸上没有一点喜色，也不知是为什么。

程砚秋的《青霜剑》，不过是表现了一个恶人如何因为谋夺一个美妇，不惜用尽了险毒方法，使得那妇人的丈夫被诬惨死，然后他就将那妇人占到了手中；可是那妇人原来是假意依从，到了洞房的那晚，她就用利剑将恶人刺死了。这出戏本来没有什么缠绵的爱情表演，可是菊英看了，就很觉动心，有时她竟至流下泪来；尤其是戏中所表现的恶人手段的毒狠，她更想不到世间竟有这等事，人心原来是这样的险恶。她又想：章绍杰因为我爱着秦朴而不爱他，他一定是很嫉恨秦朴的，他又有钱有势，说不定他真能因为此事把秦朴害死吧？想到这里，她就觉得身上直打寒战，为秦朴提着心，想着秦朴可怜。

少时散了场，菊英的眼睛还湿润着，心里还惊颤着，身体、精神尤觉得疲乏难受。在人丛中挤下了楼，挤出了戏院，于三夫妇就雇了洋车走了。于三太太临走的时候，还招着手对菊英说："明天你可在家里等着我，我还要找你去呢！"菊英在灯光人影中答应了一声，便同着吴崇富夫妇上了那辆雇来的汽车，就冲着茫茫的夜色，回毛家湾去了。

回到吴家，黄凤贞却又有了精神，又叫厨房开夜点心。吃完了点心，她又对她丈夫和菊英絮絮地谈话，谈今天听的戏，又谈于三太太家里的事情，但是她并不谈菊英与秦朴的婚姻问题。直谈到两三点钟，菊英的精神实在支持不住了，她就要去睡了。黄凤贞问了问胡妈，知道东屋的床铺已然支好了，她就向菊英说："你就睡去吧，有什么话咱们明儿再说！"又对胡妈说："胡妈，你把床也支到东屋里，陪着范大姑娘睡去得了；人家一个大姑娘，睡在东屋里也孤单呀！"菊英连说不必，可是黄凤贞不依她，仿佛把菊英一个人搁在屋里睡觉，就不放心似的；菊英也没有法子拒绝，于是胡妈就搬到了那屋里，与她分床而寝。

菊英被这么一个人监视着，也就不能关上屋门偷偷地给秦朴写信了。她虽然身体疲倦，心里难受，可是躺下了仍然是睡不着。秦朴的爱情牵系着她，章绍杰今天所说的那些话引诱着她，《青霜剑》的戏情又深深地刺激着她，爱情、婚姻、金钱、物质……这一切夹杂在一起，使她真痛苦极了；就是昨天在家里所受的叔父的诟谇，也没有使她这般痛苦，一夜就似睡非睡地过去了。

次日晨起，菊英就觉得身体依然难受，精神依然不好，并且有点咳嗽。吴崇富、黄凤贞夫妇是直睡到十一点多钟才起来，此时菊英已然修饰完毕，坐在沙发上默默地思索自己的事情。她现在没有别的办法，只希望得机会给秦朴去一封信，邀秦朴进城来，自己与他再见一面；是一块去死呢，还是一同生活着呢，那都得跟他商量，尤其是章绍杰这些事情也得告诉他。虽然是这样想着，可是有这么许多人监视着，她又怎么能得机会与秦朴通信呢？

待了一会儿，听见黄风贞在北屋里逗猫的声音，菊英就到了北屋里，一看吴崇富、黄凤贞夫妇正并坐在藤椅上逗猫，菊英就先问了声：“姐夫、姐姐早起来了？”

黄凤贞说：“我们刚起床，你瞧我们不是还穿着睡衣了吗？”她又问菊英说：“昨儿晚上那出戏你听明白了没有？”菊英点头说：“倒还听得明白。”黄凤贞又笑着说：“程砚秋唱得不错，是不是？今儿晚上是《贺后骂殿》，没有什么意思。明儿晚上听说是《赚文娟》，那比《青霜剑》还好，我一定要听去。”正自说着，胡妈把早点摆上来，菊英就陪着他们夫妇用早点，因为少时便要吃饭，所以都吃得不多。

吴崇富、黄凤贞起座，到里屋去换衣服，菊英独自在这外屋坐着，也觉得没有什么意思；她就到东屋去，想要趁着屋里没人，草草地给秦朴写一封信，可是使她惊讶的是，不但写字台上的笔墨没有了，连抽斗里的信封、信纸也没有了。菊英咬着下唇，站着发了一会儿怔，一生气又坐在了沙发上，她一手支着头，愁闷地坐着，心想：这些人都拦着我，防备着我，不叫我跟秦朴接近，可是我要是寻死，要是没病找病的死了，他们也拦得住吗？想到这里，不禁咳嗽了几声。她用小手绢擦拭着眼泪，心里又消极惨淡地想着：我为什么不得痨病死了，不也就完了吗？

感伤了些时，她就靠在沙发背上，闭着目，仿佛要睡了似的，可是也不知睡着了没有。忽听北屋里黄凤贞喳喳地说话，并夹杂着黄老九的虚情假意的声调，菊英心里就想：这是谁来了？她正要站起身来，到窗前向那屋去偷听，就听黄凤贞尖声叫道：“菊英妹妹！你快过这屋里来瞧瞧，你瞧是谁来了？”

菊英心里惊疑着，立刻答应了一声。她起身走到北房门前，才一掀竹帘,就看见那迎面藤椅上,坐的正是她的母亲。菊英赶紧进了屋,又悲痛又亲热地叫了一声:“妈!”又高跟鞋咯咯的走到近前,娇声地问说:“妈,你怎么也来了?”说这句话时,她的眼泪在眼皮里直涌,但她极力地忍着,才没有流出来。黄凤贞在旁就笑了,说:“哟!瞧你这个娇劲儿,真跟小孩子似的,快趴到妈妈怀里吃点儿奶吧!”

这句话真叫菊英忍不住了,眼泪簌簌地就滚了下来。她一面用小手绢擦泪,一面勉强地笑着,正要对她母亲去说话,这时忽听房外的电铃琅琅的一阵响,就截住了她要说的话,也截住了她心里的悲痛。黄凤贞赶紧向窗外叫道:“胡妈!快看看去,是谁来啦?要是找老爷的就说没在家!”这里菊英的母亲范大妈,因为自己身上这件旧蓝布大褂太见不起人,她就要站起身来,说:“是有客来吧?”黄凤贞用手拦阻说:“大妈你坐着你的,不要紧,到我们家里来的,没有什么人。”说时,她转过身去向玻璃外去望。

这时那范大妈仰起那黄瘦瘦的憔悴的面孔,怜爱地望着她这娇艳的女儿,刚说了声:“昨儿你三叔找我去啦,他说……”话还没说完,门外就传来一阵高跟鞋的响声,是于三太太跟她的胞妹邱亚男来了。邱亚男今天换了一身咖啡色的女洋服,也戴了一架茶色的保目镜。

这姊妹一进屋就都摘下了眼镜,黄凤贞就拉着邱亚男的手儿说:“邱小姐,昨儿晚上的戏有多好,你怎么没去呀?”于三太太指着她妹妹说:“她向来不喜欢听戏,就是个电影儿迷。”邱亚男又过去与菊英笑着谈话。

这时范大妈也站起身来,翻着眼睛看这位阔太太和阔小姐,黄凤贞就拉着范大妈那干瘪粗糙的手,向于三太太说:“我给你们引见引见!这是于三太太,这是邱小姐,人家是亲姊妹俩,这就是菊英的母亲。”

范大妈的脸上迸出笑色,她就以老礼节,双手扶着腿请了两个“蹲儿安”。于三太太却点了点头,很亲热地笑着说:“哎哟,你是范老太太呀?你是才由海淀来的吧?天挺热!”范大妈摇头说:“不是,我是由公馆里来!”

黄凤贞因为看见了旁边菊英的窘态，她就赶紧掺话说："这位于三太太跟人家的先生，对菊英好极了，昨天还在长安戏院订了包厢，请我妹妹听戏呢！"范大妈又皱着满脸的褶纹，笑着向于三太太道谢说："刚才吴太太跟我说了，说是你真是疼爱这孩子。咳！她是个苦孩子。在海淀就是给人家做活，不大出门，话也不会说，你可多担待她点！"于三太太笑着说："老太太哪儿的话？她跟我的亲妹妹是一样，真的……"说时她把戴着金表的左臂，搭在菊英的柔肩上，很亲热地说："也不知是为什么，我们姐儿俩一见面就投缘！"菊英那含羞带泪的脸儿，也就半倚在于三太太那蒙着青纱旗袍的胸前。

黄凤贞又指着邱亚男说："这位邱小姐，人家是才从南京回来的大学生，人家的学问好极啦！"范大妈又从头到脚地看邱亚男，她点头说："是，一瞧就知道是一位才学好的小姐！我们公馆里的二小姐，也在上海大学里，这几天也快回来了。"菊英听她母亲一声一声地说着"公馆里"，仿佛唯恐人家不知道她是在外面作老妈子的，她就心里十分不痛快，斜着眼瞧了她母亲一下，但是范大妈似乎没有理会。

当下落了座，于三太太就吸着烟，很亲切地问说："老太太的身体倒还好？"

范大妈叹了一声，愁苦着脸儿说："好什么？一个给人干事的苦老婆子，还能够好了？时常犯肝气疼，可是一点懒也不敢偷。我们那公馆里的事情也真难干，一个月四块钱的工钱，又打杂，又得洗衣裳，还得在二姨太太的屋里伺候；二姨太又抽大烟，眼前的那个六小姐，才七岁，养活得娇贵极了，动不动就打人骂人，你瞧……"说时捋起了她那旧蓝布袖子，就见那干瘦的胳臂上红斑点点，她说："这都是我们六小姐给掐的、咬的！"

于三太太脸上现出同情的样子，皱了皱眉，黄凤贞在旁边就生气地说："她咬你，大妈你不会打她吗？打完了她，顶多辞了工不干；当老妈子卖的是力气，不是卖的命！"又转首向站着的胡妈说："你瞧瞧人家！你还净跟我抱怨工钱少，事情累啦！"胡妈也默默地点着头，菊英却在旁用手绢擦眼泪。

范大妈又叹了口气，说："有什么法子，不是家里指着我这几块钱吗？这些话我都不跟人家说，上回菊英上公馆找我去……"她说到这里，旁边的菊英就十分担心，恐怕在黄风贞面前证明了自己那夜不是住在母亲那里，鞋和手皮包也都不是母亲给买的。当时她脸红心跳，又听她母亲往下说道："我见了她，也没说我的苦处，待了一会，我就叫她回去了。可不是，我告诉她干什么呀？她知道了，她的心里倒难受，可又救不了我！"

此时菊英也不知是羞愧还是悲痛，索性掩面哽咽起来。邱亚男就走过去劝菊英，说："范小姐你何必伤心，设法叫老太太不必在外佣工就是了！"于三太太把她胞妹拉到一边，低声说了几句话，邱亚男就过去拉着菊英说："走，我们到北海玩一玩去！"黄风贞说："对啦，菊英妹妹，你跟着邱小姐出去散散心吧！干吗对着你母亲这样哭哭啼啼的，哭伤了身子谁给你买药吃？反正我同于三太太，我们一定给大妈想办法就得了！"

于三太太又对她胞妹说："亚男，你带着范小姐多在北海里玩会儿，晚上请范小姐到咱们家里去吃饭。"范大妈也拭着老泪说："邱小姐你可千万别多花钱！"黄风贞说："得啦，邱小姐有钱，花点儿也不要紧！她们姐儿俩走了，咱们再慢慢商量办法，我跟于三太太都雇得起你，绝不再叫你在外头受那小丫头的气了！"

这时吴崇富拿着白帽由外边回来，黄风贞一面给她丈夫向范大妈引见，一面叫胡妈出去雇车。菊英又走到里屋，对着镜台擦了点粉，拢了拢头发，遂后她走到外屋，望了她那可怜的母亲一眼，又向黄风贞、吴崇富、于三太太都鞠了躬，邱亚男就拉着她的手走出门去。

此时胡妈已雇来两辆洋车，菊英和邱亚男上了车，就出了毛家湾，顺着热气蒸人的马路往北海公园去了。走了不一会，就到了北海公园的后门，出来时菊英也忘记了带手包，所以身边仍是一文也没有；邱亚男从西服衣袋里取出钱买了票，她就拉着菊英的手儿，走进园去。在外面是很热，可是园里却颇为清凉，面前就是一片广漠的北海。现在那绿水上已铺满了浮萍，并有嫩绿的莲叶生长出来了。北海的岸边围着很好看的铁栏杆，铁栏杆以外就是一行碧绿的杨柳，柳丝杂乱的飘拂着，仿佛比菊英的心事还乱。

因为天色将近中午，所以园里没有什么游人，邱亚男就指着南边那树木阴郁、楼阁掩映，耸立着白塔的琼岛，说："我们到漪澜堂去吧，你不是还没有吃饭吗？"菊英点了点头，但是又说："我倒是不觉着饿，因为才在吴家吃的点心。"邱亚男仿佛很惊讶地问说："怎么，吃饭以前还要吃点心吗？"菊英说："不是，吃的是早点，因为吴太太他们就是十一点才起来，也要先吃点心。"邱亚男冷笑说："他们的生活太颓废了！"

当下菊英就跟随着这个大学的女生往南边去走。这北海的东岸有一股平坦整齐的柏油路，两旁的绿柳和苍柏铺展开一片浓厚的阴凉，枝上的蝉声鸟语与那水中野鸭的叫声此起彼伏，很是悦耳，四周的景物也仿佛比颐和园还要好。但是这一切在此时都引不起菊英的兴趣，她惦记着她的母亲，尤其惦记着在城外的秦朴，她只是以迟缓的脚步跟着邱亚男走。

邱亚男也悠闲自在地显出来学士的派头，走前几步，就站住，等着菊英赶上来；她再往前走，并转过头，用那戴着茶色保目镜的眼睛望着菊英，就问："范小姐，你是什么中学毕业的？"菊英听了这话，就很惭愧地说："我没上过中学，就入过小学，那吴太太就是我的同学，在娘家她叫黄凤贞。"邱亚男说："那吴太太还是小学毕业啦？我瞧她像是没受过教育似的，她那一切的举动多么令人讨厌呀！"菊英听邱亚男奚落黄凤贞，自己也不禁跟着脸红。

又往前走着，就听亚男说："昨天跟她们在一起打牌，我就非常不高兴，你看她跟她丈夫那种的神态，叫人都替她难为情。真的，女子一结了婚，她的生活就堕落了！"又说："昨天我到她家去，全是因为我的姐姐，她必要我陪着她去，打牌我也很不喜欢。本来，我哪里有工夫陪着她们娱乐？我现在是很忙的，在我姐姐家住上一个来月我就要回南京去，现在我每天要补习外国语，因为过年我就要到美国去了。"菊英以羡慕的眼光望着这位瘦脸的女大学生，心里想：人家的环境怎么这样好呢？

走过了石桥，就进了漪澜堂的长廊，这里虽然摆着许多茶座，可是客人并不多，茶房过来，替她们二人找了茶座。邱亚男坐下，她先叫拿两杯冰激凌来。菊英坐下，却眼呆呆地望着那浩浩绿波，并见那绿波之下悠悠的有两只小船，船上的人撑着美丽的小伞，像是在一片绿茵之上开着一朵小花。菊英又想起了春天她跟秦朴在昆明湖上划船的事情，那是他们爱情的开始；现在，这凄惨绝望的事实，恐怕就是他们爱情的结局了吧！一阵悲痛又刺到了她的心，她手持着的吃冰激凌的小匙子，全都发颤。

邱亚男见菊英的脸上现出悲哀之色，她就说："范小姐你不必难过，你母亲的事总容易想办法；还有你，我想你既然小学毕业，当然也可以做一点事。我姐夫的哥哥，现正跟章绍杰他们组织一家公司，下月一号就开幕，我可以直接跟章绍杰说一说，叫你在里面做个女职员。"

菊英听邱亚男又提到章绍杰，她的脸上又是一阵红，并且很难过地想着：假若我不认得秦朴呢，就是不跟章绍杰结婚，也可以找个事做，现在可真叫我为难！秦朴又是那么好，使我不忍心不爱他了，而且，我的心已属于他了，我也无法使自己不爱他……

吃完了冰激凌，邱亚男又向菊英说："听说你也认得章绍杰。"

菊英脸又红了，点头说："倒是见过两次面。"邱亚男说："他在社会上很活动，他要想帮助你，那是很容易的。你自然不便求他找事，等我明天到他家里给你托一托，我跟他妹妹是同学，要不然我把你介绍给他妹妹也好……"说到这里，邱亚男的话突然停住了，她看了看菊英的容貌，仿佛也觉得应当再考虑考虑，章绍杰那人可是专门玩弄女性的。菊英听邱亚男这样说，虽然自己的心里有愧，觉得章绍杰那个人不可接近，可是也很愿意真在那公司里找个小位置；因为可以得到点薪金赡养母亲，并且自己的行动也可以自由了，就能够设法与秦朴见面了，她就默默地点了点头，心里却很繁杂地想着。

第二十回　绝路求生母女居篱下　柔情惊变血泪泣鸳分

对面邱亚男买了两份报，看了半天，她忽然又一瞧手表，就惊讶地说：“现在都快两点钟了！咱们快吃点什么，再玩一会儿，就到‘平安’看电影去吧！今天的片子好，是狄安娜杜萍的《丹凤朝阳》。”随后，邱亚男就把茶房叫过来，问菊英想吃什么饭。菊英却说：“什么都可以，我也吃不了多少。”邱亚男就要了两小盘炒面，一碗汤菜。茶房走后，这里两人又谈了一会儿闲话，菜饭就端上来了。菊英吃着饭，也觉得没有什么滋味，自己也不明白是什么缘故；早晨她有点咳嗽、头晕，其实现在也好些了，但仍然是心情不安，精神恍惚，仿佛有许多不放心的事情似的。

两人草草吃过饭，又喝了一会儿茶，邱亚男就叫过茶房来，开发了钱，她就同着菊英离了漪澜堂往西去。这里的风景是更美丽，隔着金鳌玉蛛桥，连中海里的烟波柳色全都看得见。西边是宫殿式样的伟大建筑，菊英就问邱亚男说：“那儿是什么地方呀？”她想一定是一所大学，可是邱亚男却答复她说：“那里是北京图书馆。”

听到了是“图书馆”，菊英又想起秦朴那天曾说他要搬到城里来住，就为的是离着图书馆近便，因想：秦朴现在也许正在这里面了吧？可是又想：秦朴知道了叔父作梗，婚事不成的事，他不定忧烦成什么样子，也许已然病了，哪能还到这里来呢？她凄然低着头，随着邱亚男走着，过了双虹榭，就往前门走去。这时往园里来的人就多了，男的女的，和小孩子们，人家的衣饰都且不说，但个个面上都现着愉快之色，唯有菊英，她自觉得自己是世间第一可怜的人。

出了北海公园的前门，雇上了两辆车，两人就往东长安街平安电影院去。沿路上太阳晒得很热，洋车虽然支起棚子来，但菊英仍觉得身上出汗，并且自己闻见了汗味，心里就想：难道我就永久在黄凤贞家里住着，不再回海淀去了吗？其实海淀我也没有脸再回去了，可是身上连一件换的衣裳也没有，再说家里自己的棉被里，还缝着几十块钱和一个珠翠别针儿呢……一想到这里，她又是很忧虑、惊疑，深恐昨天自己走了之后，叔父会把自己的东西都详细检查，尤其是见昨天叔父到黄凤贞家里去时，穿着新衣戴着新帽，莫非就是自己被里藏的钱，叫他给搜出来了吗？这样一想，菊英就觉得在车上都坐不安。

及至到了平安电影院，还没有开场，可是人已然很多，菊英又怕再遇见章绍杰，所以她只低头瞧着说明书，不敢看人。到了三点半钟电影开映，狄安娜杜萍的表演、歌唱全都很好，邱亚男都看得呆了，但菊英因为没有看外国影片的习惯，她看不很明白，而且因为心绪太乱，所以也不那么感兴趣。

《丹凤朝阳》的影片足映了两个小时，但在这两小时之内，菊英完全在思索她自己的事；只见银幕上杜萍饰演的那个外国的穷女孩子来回地唱，那些穷乐师们奏着乐器，她并不知道详细的故事情节。散场出了影院，邱亚南就连说这片子真好，晚场她还想再来看一回。菊英却向各处瞧着，她害怕看见章绍杰的那辆豆绿色汽车，又希望能意外地遇见秦朴。

邱亚男站在影院的小树林夕阳影里，对菊英说："我们先到东安市场玩玩，然后回我姐夫家里去吃晚饭。"菊英却皱着眉，又勉强笑了笑，说："我想回去了！"她心里实在挂念她的母亲，不知她母亲是还在吴家，还是回彭公馆去了，更不知黄凤贞于三太太她们替母亲想了什么办法没有。

邱亚男却拉住菊英的手说："你这个人怎么不守信用？今天晌午在吴家，我姐姐不是对我们说，叫我们在外面玩一天，晚上回她家里去？

你也答应了的，怎么现在你又改变了主意？”说时，她就雇了洋车要往东安市场去。菊英也许是太柔软了，人家这样勉强她，她竟是没有法子，只得仍然上了车，由着车将她拉走。

由这影院到东安市场，只需经过一条很繁华的街道，街道的两旁尽是些高大的建筑，大概都是什么饭店、洋行、公司等等；菊英又像是见不得这些高大的建筑物似的，因为那天夜里在饭店里的情景，给她的印象是太深了。

进了东安市场，又是万灯齐明，各种新奇美丽的物品又都是展现在眼前。此次菊英却不那么注意地去看了，她不敢再羡慕这些浮华的物质，只想着如何才能使那可怜的母亲不再在外面受苦，如何才能与秦朴结婚，度那最低的生活。邱亚男也像不大注意那些鞋袜衣料等等的东西，走过了正街，她就带着菊英找着卖书的摊子，她挑选了几本电影杂志，随后就说：“该回我姐姐家里去了。”于是她们就走出了东安市场，往北去走。

这条街就是王府井大街，于三太太的家离着东安市场不远，所以走了不一会儿就到了。于家也是个小洋门，门框上也安设着电铃，但是街门并没有关着。菊英随着邱亚男进了屏门，就见是很干净的一个院落，是四合房；院中搭着天棚，摆着几盆栀子，安设着几把藤椅。北房的左边还有一个小门，像是有后院似的。

院中有个四十来岁的仆妇，一见邱亚男，就迎过来笑着说：“二小姐回来啦？”邱亚男就问：“三太太回来没有？”仆妇说：“刚才回来，又走了，也没叫雇车，说是上市场买东西去啦！”邱亚男纳闷说：“我们也是才从市场回来，怎么没有看见她呀？”又问：“阎妈，今天没有人给我打电话吗？”阎妈说：“没有，就是四点多钟的时候，章大少爷打来一个电话，他是找三太太说话；我说三太太跟着二小姐出去了，上毛家湾吴先生家里去了。”

邱亚男点了点头，她就向菊英说：“屋里热，我们在院里坐吧！”菊英笑着点头，就在藤椅上坐下。阎妈把天棚下的电灯开亮，给菊英倒过茶，拿来烟卷，菊英就愁闷地坐着，喝了一口茶，依然想着她那些难以解决的心事。

这时邱亚男到南房里去了，待了一会儿，她换了一身很凉爽的睡衣出来，手里拿着那几本杂志，就到院中坐在菊英的对面；她不大说话，却专心去翻阅那几本电影杂志。阎妈也给她倒过茶来，并问："二小姐，跟这位小姐吃了饭没有？"邱亚男被那几本电影杂志吸引住了，阎妈连问了好几声，她都没有答言。阎妈在她旁边站了半天，另一个三十来岁的仆妇也来问，邱亚男才摇头说："不忙呢，三太太不是也没吃饭吗？等三太太回来再说，你们先伺候范小姐。"

那个三十来岁的仆妇一听，来的这位眉目清秀，可是满面愁容的女客就是范小姐，她就赶紧走过来，带笑问说："你就是范小姐呀？老太太没来呀？明天你是上午搬来吧？我们里院的房子是好好的，不用怎么收拾。"

菊英听了这话，她不禁一怔，正要说："我并没想搬来住呀，许是另一个范小姐吧？"这时外院一阵高跟鞋的响声，是于三太太回来了。菊英赶紧站起身来，迎过去，于三太太握住菊英的手，很亲热地笑着问说："你们早就来了吧？"菊英微笑着说："我们也是才来了不大会儿，三太太，你上市场去啦？"于三太太点头说："我到市场买点东西，还有点别的事，你坐着吧！"旁边邱亚男还在那里看电影杂志，她姐姐回来，她也没有起身说话。

于三太太回头对那仆妇说："季妈，回头中原公司送东西来，你给收下，钱都给了。"又问："三老爷回来了没有？"季妈说："三老爷两点多钟就出去了，说是先到行里去，再到章……"于三太太不等季妈说完，她就点头说："我知道。"遂又看了菊英一眼，就笑着说："你先等着，容我歇歇，我告诉你一件喜事儿！"她由阎妈手里接过茶杯，喝了两口茶，又走到她胞妹的面前，拿起一本杂志来看了看，旋又放下，笑着说："你瞧我们这个电影儿迷，买了两本书就看上没完，连饭都许顾不得吃！"

此时阎妈又给她们太太拿来拖鞋换上，季妈把电扇开了，于三太太就躺在菊英旁边的藤椅上抽烟卷，她笑着说："告诉你这件事，准叫你喜欢。"菊英听于三太太先说是自己的喜信儿，如今又说准叫自己喜欢，她就不禁惊疑，脸上又绯红着，低着眼皮儿，不敢用眼看于三太太，她猜不出于三太太会说出什么自己想不到的。

这时于三太太就笑着说："我刚才在吴太太家跟你们老太太都说好了，今天回去就叫你们老太太辞工，明天连你都搬到我们这儿来住。回头我带你看看，我们后院还有四五间房子，比我们前院住的房子还干净，你们娘儿俩在我们这儿住着就得啦！吃饭也不用另升火，我们这儿有厨房；电灯、电话你随便用，也绝不要你们的钱。"

旁边邱亚男也抬起头来，手里拿着一本封面是罗伯泰勒的杂志，她就问说："怎么？范小姐你明天就要搬来吗？"菊英还没有答言，于三太太就说："我是看着她们老太太那个人太好了，我就想，咱们后院的房子也是闲着没人住，为什么不请她们娘儿俩来住呢？以后，有范小姐陪着我，我也不至于在家里闷得慌了，也省得净出去打牌看戏了。"邱亚男笑着向她姐姐说："你倒真是个经济学家！"于三太太也笑了。

这时菊英听了，心里倒真是出乎意料的喜欢。由明天起，自己那可怜的母亲就不必再在外面受苦了，母女二人的生活也可以仗着于三太太的好心维持得以解决。不过自己与秦朴的那件事，还是没有什么进展，她就想：那也好办了，等到母亲搬过来，慢慢地自己再向母亲请求；只要母亲允许我们两人订了婚，那就好办了。等到秦朴有了相当的事，生活不至于发愁了，那时我们再结婚，再把母亲接出去，反正这里住着、吃着人家，也不是长事呀！于是这两天来的忧愁苦闷，至此全得到了慰藉，她的脸上立刻现出了笑容，感激涕零地向于三太太说："这不是太麻烦你了吗？"

于三太太却说："麻烦我什么？自有叫你们娘儿憋屈的。再说，以后你就知道我这个人了，我对人最热心，跟我常在一块儿来往的，也不净是有钱的阔太太，常有些人托我的事，我都立刻给办。譬如前两天，马太太说是她们先生没寄钱来，五月节过不去，我立刻借了她一百块钱。吴太太她的先生部里的差事丢了，她求我跟我们先生的哥哥去说，给吴崇富找个事，我费了好大事才给说成；是公司里的交际主任，月薪三百，比他在什么部里还强得多了！"说时，她得意扬扬地，仰面喷着云雾。

邱亚男在旁边说:“姐姐,你为什么不给范小姐也找个事呀?托托我二哥。”于三太太说:“等慢慢地,虽说他是你姐夫的亲哥哥,是公司里的大股东,可是我也不能给他荐的人太多了,叫他为难。”邱亚男说:“那么不托他,跟章绍杰说说,我想准行。”

于三太太说:“行自然行,可是一个三四十块的事,还得按时上班下班,有什么意思?再说我瞧范小姐的身体也不大强健,昨天晚上听了一会儿戏,回去大概她就受了点凉,今天瞧她就有点咳嗽。”菊英现出点惨笑,说:“现在我倒是好了,其实……”她本要说那公司女职员的事情她是可以做的,可是一想到做那事需要与章绍杰接近,她就未免迟疑。

这时北屋里琅琅的一阵铃声,季妈回身要去接电话,于三太太站起身来说:“让我接去!”说着,她急急忙忙地趿拉着鞋就跑到北屋去了。

此时北屋里的电灯亮了,窗上挂着白纱帘,于三太太那细长的身影在纱帘上动了两下,就听她对着电话说:“我是亚英呀……范小姐在这儿啦!呵!你们在一块儿啦,在什么地方啦?……我不信!你可快回来,没有人给你等门!什么?什么?那暂时倒不必……好吧,好吧,快回来呀!”说完了,吧的一声把听筒挂上了。她仍旧关上灯,到院里来,就对阎妈说:“叫张司务开饭吧,三老爷不回家来吃了。”阎妈答应了一声,就往厨房去了。季妈就到南屋里开亮了电灯,去收拾饭桌子。

这时邱亚男依然看她的电影剧杂志,于三太太又点了一支烟,就躺在藤椅上对菊英谈话。她的谈话总是那么亲热,什么事都为菊英想到了,她先说:“我有几件衣裳,颜色太漂亮,我不好意思穿出去;明天你试试,要是长,可以拿到成衣局改一改。我的鞋你大概也能穿,我有很多双呢,我买了来就没有怎么穿。”后来又说:“明天老太太搬过来,什么东西也不必添置,我这儿全有。你告诉老太太别拘泥,既然住街坊了,就跟一家子是一样。”她又问菊英家里的事,并说将来还要给菊英的叔父找个好事。

于三太太只是没有提到章绍杰，所以菊英心里并没有什么疑虑，她只挂念着秦朴的事情，就想：一住在这里，恐怕以后更没有机会与秦朴见面了。但是她又一想：过两天可以跟于三太太说明这件事，请她帮助我们成了婚事；因为她是个最热心的人，而且又对我这么好……

菊英默默地想了一会儿，南房里菜饭已然摆好，邱亚男才放下她的电影杂志，跟于三太太、菊英一同去南屋里吃饭。才吃了半截饭，季妈就拿进一包东西，说是中原公司给送来的，菊英猜着那大概是化妆品之类，就听于三太太说："拿到北屋里去吧。"

这里于三太太一边吃着饭，一边又跟菊英说话，她说将来住在一起，她要跟菊英学学绣花；又说将来她要拿钱开一个女子职业学校，就请菊英做教师。菊英就脸微红着，说："我的活计做得不很好，哪能去教别人呢？"心里虽然很喜欢，但也很抱愧，因为对面的邱亚男，过年人家就要上美国去留学，自己却只会做活计，跟旧式女子一样，比人家是太差得远了！

吃过饭，又一起到北屋里去坐，喝茶、谈话，听广播、听唱片。邱亚男却惦记她那几本电影杂志，不到十点钟，她就回到里屋，躺在床上看杂志去了。于三太太又给什么章五太太、刘太太打电话，在电话里闲谈了半天。菊英在沙发上默默地看着这屋中的一切陈设，虽然也都是些洋式的木器，比不了那大饭店里的钢床钢椅，可是比黄凤贞家里又款式得多了。她又注意着于三太太是怎么打电话，拟想着：将来秦朴若是做了事，做事的地方当然有电话了，我们就可以每天在电话里交谈，即便不能立时结婚，那也跟天天见面差不多了……

心里一喜欢，她就对于三太太更是感谢，她想不到会遇见了这么一个好人；又有钱，又热心肠，对自己又是特别好。因就对于三太太笑着，似乎是有些献媚地说："三太太，你要是累，你就歇着吧！"于三太太说："我不累，你要是累，你就在我的床上躺躺，反正今儿我是不叫你回去了，你就在我的床上睡好了。"菊英摇头说："我倒是不累，可是，三太太，我今儿若不回吴家去，吴太太她们知道吗？"

于三太太笑了笑，说："不但吴太太知道，连你们老太太都知道！我们今儿在吴家说了一天的话，我要不跟吴太太商量好了，我也不敢接你们母女来，我早听人说了，她那个人心眼小极了！”

菊英笑了笑，点头说：“可不是！”她本要随着于三太太批评黄凤贞几句，可是又想：黄凤贞对待自己也不错，若不是人家，我怎么能认识于三太太呢？不过又想到了吴崇富想利用自己巴结章绍杰，以及昨晚听戏，包厢也有章绍杰在座，并且章绍杰还说了那些仿佛专为自己而发的话，她又觉得有些疑虑、伤感。

又过了一会儿，于三先生就回来了，他今天像喝醉了酒，一进门就说：“章绍杰那家伙，灌了我足有三瓶子白兰地！”于三太太赶紧向她丈夫使眼色，并且用手推着说：“得啦！人家灌你，谁叫你爱喝呢？你上东屋睡去吧！今儿我留范小姐在咱们家里住下了，明天范老太太就搬来。”

于三先生似乎已听人说过菊英和她母亲将要住在他家里的事，他就是摇晃着秃脑袋说：“那可好极了！以后咱们就住街坊了，祁经理今天还跟我打哈哈说：‘从此以后，你们多了一位芳邻呀！’”说时，他很高兴地笑着，一股白兰地的气味从嘴里喷出来，比菊英闻惯了的她叔父那烧酒味还要辣。于三太太把她丈夫推了出去，又转首向菊英笑着说：“你瞧，你还没搬来住，就闹得谁都知道了！以后你们娘儿俩要是再搬出去，连朋友都得笑话我们没有长性儿了。”菊英也笑了笑，心里却觉得于三先生那个人也很好。

又听了一会儿无线电，于三太太就叫季妈在那很干净的铜床上，铺上两份漂亮的被褥，就叫菊英睡在里边。菊英就觉得很局促，因为自己里面这身洋布小衣裳，昨天在家里就滚了一夜，现在都有点汗味了；于三太太的被褥又没洒什么香水，菊英躺着，简直不敢挨着人家太近了。

但是于三太太偏要靠近她，并着枕，对菊英絮絮地说着话。她先说她的妹妹邱亚男有个爱人，现在美国留学，所以明年邱亚男也要到美国去。接着又说到她自己，原来她是南京人，也在中学念过书，她娘家的父亲是一位金融界的要人，所以她才嫁了太平银行于经理的兄弟；

现在她的丈夫也在银行里有事，并且他们有很多的不动产。说完了她自己，又说跟她认识的那些太太们，有什么章二太太、章三太太、章七太太、章九太太，还有余八太太、马太太、刘太太、鲁太太、郝四太太，以及吴太太黄凤贞等等，其中以郝四太太的名誉最坏，章家的几位太太最有钱。

由此又专说章公馆，她说那公馆里的几位大人都做着什么官，开着什么银行、什么公司，家里是怎样的雕梁画栋，在别处还有多少座洋楼，有多少仆人、多少丫头……可是那几位大人的太太，净生了些小姐，只有章绍杰一位少爷，还有两位小少爷却是姨太太生的了。她又说章绍杰在家里是多么尊贵，他爱做什么就做什么，没有人敢拦，“红楼梦”里的贾宝玉也没有他那么享福！就是一样，他不娶少奶奶。本来他也订下了一个未婚妻，是一位交际明星，应当是今年娶，可是不知为了什么，两人又犯了意见，解除了婚约；他给了那女子几万块钱，那女子就到美国当电影明星去了。

于三太太说话的次序虽很清楚，可是她所说的那章家的奢华富丽，以及阔人们的举动新奇，叫菊英这小家的女子听着倒心乱。她仿佛听神话似的，迷惘地听着，同时心里想：人家章绍杰那么阔，我又是这么穷，他哪能够爱我？说给谁也不能信呀！大概那天在饭店里，他因为喝醉了酒，才对我做出那些举动，可能后来他自己都不记得了。昨晚在戏院里，他说他所爱慕的是另一个女子，我就多了心，其实，无论怎么样，我也不配做他家的少奶奶呀！这样一想，菊英就放了心。但是回想于三太太那些煊赫繁华的话，她又对于章家更是羡慕，仿佛能够叫自己到他家里去看看才好；可是去的时候也得换一件阔衣裳，不然人家公馆的丫头也不理我呀……

于三太太说了半天话，她也累了，伸出一只金镯还没有脱下的雪白胳臂，就睡着了。菊英恐怕触着她的胳臂，将她触醒了，就躲到靠着墙的地方去睡。电灯也没有关，菊英心里有许多的事，也睡不着，身体更觉得难受，几次要想咳嗽都未敢咳出。

她辗转间，铜床未免有些摇动，于三太太就醒了，问道：“你怎么还没有睡呀？”菊英咳嗽了两声，才说：“我睡不着。”于三太太说：“我看你大概是要得病，你盖好点吧！”说着，将夹被向上提了提。她又揪着菊英的短内衣问说：“你这是什么料子的？是印花府绸的吗？”菊英红了红脸，说：“不是，就是花洋布的。”同时就看见了于三太太带的那白纱乳罩。于三太太点头说：“花样还不错，咱们好好地睡吧！明儿你们老太太一搬来，咱们还得忙一天呢，难道就不请请老太太吗？”说完她就熄灯了电灯，把床帐拉了拉，掩被睡去。

菊英想着她的母亲，想着秦朴，想了许多杂乱的事情，又暗中掩口咳嗽了好几声，直至窗外听见喜鹊叫了，方才睡去。直睡到上午八九点钟，忽然电话琅琅的一阵响，才把菊英惊醒了。就见于三太太已然修饰好了，她坐在沙发上，一边接电话，一边对菊英说：“你睡吧！还不到九点钟呢！”仿佛电话里是问她跟谁说话了，于三太太就笑着说：“你猜吧……对啦！一半天你来吧，瞧瞧我们这个新街坊。什么？……他上班去了。你还说呢，不是你，他能够醉啦……嘻嘻！好吧，你挂上吧！”于三太太挂上听筒，也没对菊英说这电话是谁打来的。

菊英这时已起来穿上旗袍，阎妈就打来洗脸水、漱口水。于三太太坐在沙发上并不说话，她拿着支烟卷喷着，似乎在想什么。菊英当着于三太太，不敢使用太多化妆品，就草草地修饰完毕，可是又对着镜子来回地照。

少时，季妈把早点送上来，却是牛奶和蛋糕，菊英也觉得吃不下去，仍是有点咳嗽。于三太太就说：“大概你是感冒了，今儿晚上临睡觉时，吃一片阿司匹林就好了。”说完了，她又去摘电话，是给什么章七太太打的，说了些打牌的事及凑趣的话。然后她就站起身来说：“怎么老太太还不来？”

菊英说：“大概我母亲得吃完了饭，才能来呢！”于三太太说：“这老太太也真客气！以后你告诉老太太，要是净客气可不行，我要拿你们当外人，也不请你们来呢！”菊英笑了笑，脸上又一阵红。

这时季妈又送过茶来，于三太太就问：“二小姐起来没有？”季妈说：“早起来了，上青年会打网球去啦。”于三太太笑向菊英说：“你瞧我这个妹妹，又好打网球，又好打牌，又好看电影，什么都好，就是不好听戏！过年一到美国去，跟她的爱人在一块儿，不定又学出些什么新本事了。”菊英听了，笑了一笑，心中很羡慕人家那一对幸福的情侣，而觉得自己与秦朴是太可怜了！

待了一会儿，就听外面有人吧吧地打门，于三太太不高兴地说：“现放着电铃不按，可打门！这是谁呀？阎妈快出去瞧瞧去！”菊英说：“许是我母亲来了吧？”于三太太笑着说：“对啦，真许是老太太来啦！这位老太太大概不会按电铃。”她随就一腿跪在沙发上，掀开窗帘，隔着玻璃往外去看。菊英却心里紧张，既希望看见母亲，可是又怕看见母亲那憔悴受苦的脸。

这时就见于三太太转回头来，喜欢地说：“真是老太太来啦！”说着她就往房外去迎。菊英也很喜欢地迎了出去，就见她母亲一见着于三太太，就请了一个旗人的双跪腿儿的安，叫了声：“三太太！”菊英见她母亲身上仍然穿着一件旧蓝布的短褂，还没有在旁给她拿着东西的阎妈身上整齐，心里就未免惭愧。

范大妈随身只有一只旧被卷，和一个破梳头匣子，阎妈似乎不很高兴地向她们太太说：“这东西搁在哪儿呀？”于三太太绷着脸儿说：“送在里院南屋，昨儿个没告诉你吗？”范大妈就要由阎妈手里接东西，说：“这位大嫂子，你交我自己拿去吧！”菊英看了她母亲一眼，就说：“妈，你请屋来吧！”季妈打着帘子，范大妈跟于三太太谦让了半天，她才进了屋。

到了屋里，于三太太让她在沙发上坐，她也不肯，只说：“三太太你坐着吧！我可不敢坐！”于三太太便笑着说：“老太太你干吗这么客气？由今儿起就成了街坊啦，跟一家人有什么分别呢！”说着，就把范大妈那瘦弱衰朽的身体按在了沙发上。范大妈的苦脸上现出从来没有过的笑容，说：“我的三太太，你这样好待我们，将来我们娘儿俩怎么报答你呀？”菊英听了，心中一阵感慨，眼泪忍不住落下。

于三太太说：“你这话我真不会答你，我跟我妹妹投缘，才把你们娘儿俩请来，你要是天天净说这样的话，倒显着跟我疏远啦。”遂又转首看着菊英，笑说："你这会儿又怎么啦？还怕老太太搬到这儿来，我给什么委屈受吗？"菊英抹着眼泪笑了笑，她母亲坐在沙发上就笑着说："咳，三太太你这是哪儿的话？就假如说你给我们点委屈受，那也比我在外当苦老婆子，菊英在家里给人洗衣裳、做活强得多了！咳！你是不知道这几年我们娘儿俩受的苦啦，要不是我不放心菊英，有好几回我都要跳河了！咳！做梦也没想到，会遇见你这位贵人呀！"

说这话的时候，季妈正端过茶来，菊英更觉得难为情，脸上也更红。于三太太看出来了，她就对季妈说："你跟阎妈把后院那两个南房再收拾收拾，那桌子上的灰都擦一擦！"季妈答应了一声，走出屋去了。

这里于三太太就问范大妈说："老太太，你把那边的事都弄清楚了吧？"

范大妈欠身说："我都弄清楚了！那彭公馆的姨太太一见我辞工，就很不乐意，连留我也没留，说：呵，你女儿嫁了好主儿啦？你跟着享福啦，那么你就去吧！"菊英听到这里，就很是惊讶。

于三太太却用话分开，说："得啦，你现在既然把事情都弄清楚了，那么你娘儿俩就安着心在这儿住着吧！吃饭也不必另生火，我们这儿有厨房，到开饭的时候，就叫季妈她们给你们送去啦！你就是别客气，季妈、阎妈你自管支使，她们要是不听你的就告诉我。用什么东西，我这儿也都有，你自管言语；你要是觉得不好意思，就叫菊英跟我来说，真的，我拿菊英当我的亲妹妹一样！"范大妈那憔悴的脸上满是欢喜和感激之色，她还要说话，于三太太就拉着菊英的手，并对范大妈说："我先带着你们娘儿俩，到里院看看房子去！"

当下范大妈由沙发站起来，就跟着于三太太和菊英，到里院看她们那新居去了。于家这北屋的右角有一个小绿门，那就通着后院。后院并不宽大，只是两间北房，两间南房，和半间西房，北房现在锁着，里面像是有很多的洋式家具；南房却没有什么，只有一张木床，一张小桌，两把椅子都像是临时搬来的，可是屋中的器具虽然这样简单，范大妈和菊英也没有东西往桌上摆，连床都无法使它像个样子。菊英就很发愁，因为这同不得在海淀家里，以后由于三太太的介绍，自己一定要认识不少的太太小姐，人家不免要到里院来看看，可是像这样子，怎么能往屋里让人呢？

于三太太带她母女来到这屋里，她看了看就出去了。菊英帮助她母亲铺上那床污秽破烂的被褥，心里很觉得烦恼，就想：住在这儿还不如住在家里呢！在海淀，穷倒没有人看见呀！范大妈在旁倒似不觉得什么。这时那季妈又进屋里，对范大妈说："我们三太太请你去，有两句话说。"范大妈答应了一声，就跟着季妈到前院去见于三太太。

菊英猜不出于三太太叫她母亲是有什么事。她坐在床上，眼望着这床破烂棉被发愁，心里忽然想到：赶快把我家里的那床棉被拿来吧！那里边还藏着几十块钱呢，足可以置点东西，打扮打扮这间屋子。可是谁能够回家取去呢？自己虽然很希望回海淀，好去见秦朴，商量一个最后的办法，可是，叔父和那些邻居，自己实在无颜再见他们了……

正在呆呆地想着，她母亲就回来了，范大妈那张憔悴的脸是更显得喜欢，一进屋，她就对菊英笑着说："你猜三太太叫我有什么事？嘿，人家真好心，瞧着咱们这屋里不大像样子，给了我六十块钱，叫我带你到街上买点东西去。你说咱们可都买什么呢？买布做两床被褥？可是两床被褥至快也得缝一天，我看还是买现成儿的吧？再买一条床单，扯几尺布，我也得做个新蓝布大褂呀！你不想做两件衣裳吗？"说着，把六张颜色鲜明的钞票，放在那破烂的被褥上。

菊英心里就更感激，觉得于三太太待自己真是太好了，将来要求她帮助自己与秦朴的婚事，大概她也能很热心地给办。因此她就很是欢喜，恨不得母亲出屋去，自己找一份纸笔给秦朴写一封信，安慰安慰他；劝他不要傻着急，等些日自然会有办法，因为现在有一位很热心的于三太太，她待我很好。想了一会儿，菊英觉得身体也舒服些了，便又想着回头自己应当挑两件衣料，皮鞋得买一双，头发也应当烫一烫……

范大妈仔细地看了半天那几张钞票，便又带在身边。少时季妈就给送过菜饭来，母女俩吃过了饭，菊英就忙着要去买东西。范大妈说："你去问问三太太，人家跟不跟着咱们去？因为是人家给咱们的钱去买的东西，也得叫人家看着合心呀！”菊英就到前院去见于三太太。

此时于三太太正在打电话，一见菊英来，她就向电话里简单地说：“有什么话咱们晚上电话里再说吧……好！好！”又冲着听筒笑了笑，就挂上了。她转头向菊英说：“回头你们打算上哪儿买东西呀？”菊英说：“我想上市场买去，因为离着家近，再说那儿卖什么的都有。”于三太太说：“好吧，回头我叫季妈跟着你去，帮着你拿东西。你就买两床被褥，买一幅被单就行了，旁的不用买，因为昨天我上中原公司买了不少的东西，分给你点就行了。”说着，她把昨晚中原公司送来的那一包东西在床上打开。就见里面是两件衣料，一件是紫地白花印度绸，一件是红色的绒纱，还有什么生发油、胭脂粉、梳头镜子等物。于三太太故意地装作想了一想，就说：“我本来要留下两样，得啦！都送给你吧！你们才搬了来，这就算是我送给你的礼物吧！”

菊英心里很喜欢，可是表面上还客气着说：“我哪儿要得了这么多的东西呀？三太太你留着自己用吧！”于三太太说：“我要用还费难？打个电话，什么都得给我送来！”说着，她叫季妈把这些东西送里院去，她就拿上手皮包和保目镜，向菊英说：“我还得上章公馆去，她们那几位太太请我打牌，真的，你瞧我多忙呀！”临走时，又嘱咐阎妈回头打电话叫裁缝。

于三太太那细长的身子袅娜着，高跟鞋咯咯地就走出去了。菊英便回到里院，又把那两件衣料仔细地看了看，心里非常满意，就想着应当做什么样式，盘什么样的纽子。待了一会儿，她就同她母亲带着季妈，到了东安市场。她买了两幅印花被单，两床麻司葛的被褥，并买了一双白色的高跟皮鞋，和袜套等等，给她母亲是买的人造丝和阴丹士林的衣料及做裤子的材料；她还想要买手表，钱却怕不够了。然后她就高高兴兴地带着季妈，拿着东西，坐洋车回来。

回到了于家，成衣局的人就来了，给菊英和范大妈量了衣裳的尺寸，拿着料子走了。菊英就在屋里布置床铺，往桌子上摆化妆品，又把买回来的那双高跟鞋试了两回。她的心里是很快乐的，但是偶然一想起在海淀我还有一件事，还有一个人呢！便又觉得有点悲伤。可是这悲伤旋即就被她的希望所消释,她所歉然的只是这时不能给秦朴写一封安慰的信,使他不要徒然的忧愁。

到了晚间,于三太太是同着黄凤贞一起来的。黄凤贞到里院的南屋一看,她就说:“喝!真漂亮呀!”又拿范大妈打趣说:“大妈,你可别再发愁了!你现在什么东西都有了,就缺少一位小姑爷。可是,大妈你也别忙,早晚我跟三太太必给你请一位养老女婿来!”范大妈笑得都闭不上嘴,菊英却羞得跺脚,她笑着推了黄凤贞一把,说:“姐姐你一来就胡说!”黄凤贞一边喷着烟圈,一边扭着身子咯咯地笑。

菊英又拿出新买来的鞋给她看,黄凤贞却像是有点嫉妒的样子,说:“你买鞋时叫我跟你去好不好?这双鞋,样子多么老呀!”菊英听黄凤贞这么一说,她也很后悔,可是心里又想:我那手皮包里还有十块钱呢,海淀家里也还有几十块钱呢,要再买两双皮鞋,也办得到呀。黄凤贞在于家谈笑了半天才走。

次日于三太太请菊英和她母亲听戏。第三天,白天菊英是跟着邱亚男去看电影,晚间黄凤贞又把她和于三太太请了去,在吴家打牌,菊英就把那只手包由吴家带回来了。这两天,菊英的心里虽然有时还挂念着秦朴,但总不至心里太难受,浮华杂乱的环境已然麻醉了她;只是她前几天所患的感冒,至今还没有大好,还是有点咳嗽。

晚间她在吴家打完了牌,坐着洋车,在灯光月色之下回到了于家,又在于三太太屋里应酬了半天,才回到院里的南房内。此时大概已是深夜两点多钟了,她母亲呆呆地坐在床上,也不知道是在想什么。菊英脱下了白色的高跟皮鞋,因为黄凤贞那句话的影响,她也觉得这双鞋的样子实在很旧,就想着应当再买一双,反正买鞋不算是枉费,早晚要穿。她又想:手皮包里虽有十块钱,但那不能都花了,天天跟那些太太小姐在一起玩,自己身边一块钱都不带,还成吗?因就想到藏在家里的钱和珠翠别针。于是她就决定了:明天要回一趟海淀,取自己的东西,见自己的爱人。

菊英走到床前,向她母亲说:“妈!明儿我要回海淀家里瞧瞧去!”说时,她就一手扶在新床单上,低着头斜卧着,像是心里惭愧的样子。

她母亲却皱了皱眉，说："你不用回去啦！咱们在这儿住了还没有几天又惦记着那个穷家，叫人家三太太瞧着咱们，好像不识抬举似的！"菊英摇头说："不是，家里我还有几件东西呢！像我那床被，小衣裳什么的，虽然都是旧的，可是也得拿来呀！咱们现在又不是发了什么财，难道这些东西都不要了，什么都做新的吗？"她低着头趴在她母亲的身旁，像是很悲痛的样子。

范大妈半天没有答言，屋中不很明亮的灯光照在她的脸上，又显出憔悴和忧郁来。她叹了口气，说："你怎么老惦记着海淀呀！过两天你三叔一定上吴家去，就叫他把你那些东西送来得啦！"菊英哼哼着说："我三叔他哪儿有工夫？"范大妈见女儿是必要回去的样子，她就生了气，把苦脸儿一绷，愤愤地说："我不能叫你回海淀去！海淀那地方，咱们还有什么脸回去？"

菊英吓得浑身冰冷，眼泪不自禁地一颗一颗落在床单上，她哭着说："妈！你是怎么啦？我……"

她母亲又叹了一声，说："海淀那些事我都知道了，你三叔跟黄凤贞都对我说了，我……咳！我真没想到，你这孩子会那么糊涂！真是……咳！我说你、打你也没有用，你也是这么大的姑娘啦，现在你就别再想咱们那穷海淀了！忘了那姓秦的坏小子吧！好好在这儿住着，人家三太太三先生……"

范大妈的话还没有说完，菊英就趴在床上呜呜地痛哭。范大妈也抹着眼泪。菊英一面哽咽抽泣，一面悲痛地低声说："妈！你别听我三叔的话，我三叔恨秦朴，其实秦朴那人……是很好……"

范大妈"哼"了一声，说："你还说他好啦！一个穷小子，在这儿连家也没有，就想骗人家的姑娘？那样的人，杀了剐了都不多！你三叔说了，你让黄凤贞接走的那一天，他就找到徐大妈的公寓里，把那秦朴打了几个耳刮子。姓秦的挨了打，他一声也没敢言语，当天就搬出公寓去了。听说是海淀的熟车把他拉到车站；他多半是不敢在北京再住，跑回家去了。你想，事情都闹得这么大了，咱们还有什么脸再回去呀？"

第二十一回　礼厚情浓几番施故技
山高楼隐一霎变初心

这时菊英趴在床上，哭泣得已然接不上气，她痛惜着秦朴，想着秦朴那么可怜的老实人，竟受到自己那无赖的叔父这样的侮辱，他不定要怎么难过了！也许他要恨我了吧？可是我也是真对不起他。本来我们的爱情也不是由他一人而起，我也得负很大的责任，后来我虽然心里有时想起些不对的事，还有跟章绍杰的那些事，真是我的不好，但是我也没因为那些事就不爱他，占据在我心里的永远是他。就是这回，我因为太懦弱了，我太豁不出去了，才落得我们连个面也没见，就这样的拆散了！其实拆散也不要紧，就是他必不能原谅我，一定疑我对他负心，这，我上哪儿才能找着他，向他解释呢？

她哭了足有一个多小时，哭得她疲倦了，困乏了，就头朝里，脸压在胳臂上睡去。范大妈又叹息了两声，推了菊英一下，菊英也没有醒，只见靠近她的脸和胳臂的地方，床单都被泪浸湿了，灯光照着这斜卧着的身上裹着旗袍的女子，呈现出一种凄惨的状态。范大妈倒后悔了，将才对女儿说的话是太厉害点了！女儿大了，不像小孩子的时候了，倘若她真要是心一窄，在人家这里寻了死，那可怎么好呢？

范大妈越想越是担心。她抹了抹挂在脸上的老泪，呆呆地发了半天怔，就拉过棉被来给女儿盖上；她连灯也不敢熄，就这样忧苦担心地看守了她女儿半夜。次日，窗纸都发白了，她才靠着床，不知不觉地睡去。

菊英睡到了次日早上六点多钟，因为咳嗽才醒，范大妈也被惊醒了，就苦着脸儿说："你脱了衣裳，盖好了被再睡吧……咳！你真要是病了，可真坑了我啦！"菊英凄婉地答应了一声，身子微微抬起来，把旗袍脱下来丢在一边。她展开棉被，连身子带头全都盖上，又继续哭泣；哭了一阵，就觉得把自己的心都哭得麻木了，倒并不觉得疼痛。

院中的鸟声透进了窗，透进了被底，那么极低微婉转地叫着；这种声音很厮熟，在海淀的家中，在颐和园的湖畔，在从海淀到大学那条马路旁的柳树上，以及最近，在玉泉山画廊之下，都有这种动人的声音。由此她又不禁流着泪，回忆这几个月来她与秦朴的缠绵爱情，真觉着是一场梦似的。然而这梦醒了，同时她也心死了，她什么希望也没有了，她愿意就永远埋在这黑暗的闷气的被底，不再露出脸来见人。过了些时，她又睡去，睡梦之中什么也没有，没有秦朴，也没有她自己。

又过了许多时候，她觉得身体很难受，就又醒了，掀开被，睁起她泪沾睫毛的眼睛一看，窗上已然十分明亮，明亮得在她的眼前乱蹦金星。世界还是这么个世界，屋子却是这个新屋子。

她母亲也没在屋中，可是昨晚母亲所说的那些话依然深深地嵌在她的脑中，只要是想起那些话来，心里就像被针刺了一下那般的痛。她拟想着：秦朴现在已坐着火车到家了吧？或者是到上海去了？他一定很恨我……不，我想起来了，他那个人是不会恨人的，他一定还爱着我；可是他越爱我，越叫我忘不了他，越叫我的心里难受……她又趴在床单上，呜呜地痛哭。

这时她母亲已回屋来，就用手推她，仿佛很喜欢地说："姑娘，你快起来吧！于三太太一会儿就到咱们屋里来！裁缝把衣裳送来了，你快起来试试，看合适不合适！"菊英微微抬起眼皮，就见那两件新做得的旗袍是那么华丽动人。她慢慢地起来，双眉依然紧紧皱着，心想：我穿上这件漂亮的旗袍，又当怎样呢？

可是这两件华丽的衣服实在引诱着她，她不自禁地走到镜前，将松乱的长发梳了梳，然后就试着穿这两件旗袍；到镜前照着一看，还真是合体，而且衬着她那微乱的发，刚睡醒的眼睛，含着颦态的双眉，更是别有一种娇美，自己对于自己都不禁怜爱。

旁边范大妈看见女儿这样的标致，就抿着瘦脸上的一张瘪嘴笑着，并说："不是你是我的女儿我就夸，你不信就去比一比，你比黄凤贞可好看得多！真的，现在又有于三太太这么拉帮着咱们，咱们也得自尊自爱点；不是我又生气，那姓秦的小子配得上你吗？"

范大妈这句话一说出，又叫菊英心里一痛，她脸上一红，心里却有点转动；她也觉得母亲的话似有些道理，本来秦朴本身的缺点是太多了。又想：现在虽然对不起秦朴，可是将来他会明白，这对于他也有好处，不然就是我们顺心地结了婚，我反倒是他一个拖累。可是，就是把我们拆散得太快了，而且，叔父也不应该打人家呀……总之，她现在虽然依旧悲痛，依旧怀念着秦朴，可是毕竟心理转变了一点，不似昨夜那样，觉得眼前是黑茫茫的，没有一点生活的乐趣了。

菊英身上的这件红绒纱旗袍还没有脱下来，还没有洗脸漱口，这时忽然季妈进屋来，说："范小姐快接电话去吧！是你的电话！"菊英心里一惊，疑惑着：是谁给我打的电话呢？莫非是秦朴？可是秦朴已然离开北京了，即使他没有走，他也不能知道我现在在这儿呀？

旁边她母亲说："你快接去吧，多半是黄凤贞打来的电话。"菊英满心的惊疑，就跟随季妈到了前院北屋里。

今天于三先生也没出门，他们夫妇全都在屋里，一见菊英来他们都笑着，于三太太尤其笑得厉害；她一手把听筒交给菊英，一手拍着菊英说："你怎么才起来，人家今天要请你呢！"

菊英也想着，一定是黄凤贞打来的，遂就很生疏地向听筒里问道："谁呀？"那边说："呕，你是范小姐吧？"是很轻狂的男子声音，倒把菊英吓了一跳。接着听里面又说："我姓章，我是章绍杰呀！"菊英的手颤了，脸也绯红，回头看于三太太，却见于三太太同她丈夫都在哈哈地笑。

章绍杰那沉厚的声音又由听筒里喷出来，他说："刚才我听说范小姐跟老太太全都搬到于三太太家里来了，这好极了！以后你跟于三太太可都不至于寂寞了……哈哈！"电话里见没有人理他，他自己又笑了。

菊英说不出一句话来，心里蹦蹦地乱跳，这种声音或许都能传到那边，就听那边又说："范小姐，请你先替我转达一下，我回头就去拜见老太太，你可千万别出门！好，回见，回头见！"菊英颤颤地手执着听筒，在耳边又听了半天，里边就没有声音了。

旁边的于三太太赶紧过来，替菊英把听筒挂上，她就笑着上下打量菊英的这件旗袍，说："我给你挑的这材料不错吧？"旁边的于三先生睁着两只迷瞪的眼睛，也不住看菊英，他也笑着，并且啧啧地称赞说："真不错！"于三太太说："衣裳好，可也得在乎人穿，譬如说，我要穿这件衣裳就不好看；你瞧她，无论穿什么衣裳，都好看。"又拍着菊英的肩膀说："你简直是个标准美人儿！我要是个男的，非得娶你不可！"菊英本来脸上的红还没有褪，经于三太太这么一逗，脸更红了，她就羞笑着说："你怎么也跟我凤贞姐姐一样呀！净跟人闹着玩！"于三太太笑着说："我们结了婚的人全都是一样，你不久也就跟我们一样了，别忙！"她又拍了菊英的柔肩一下，菊英羞得低下头去。

于三先生看着这把戏很好，他就拍着手大笑。于三太太回头瞪了她丈夫一眼，半笑着走过去，揪着她丈夫的瘦胳膊说："得啦，你请吧！你在这儿，人家范小姐的脸永远得红着。"于三先生还想要撒赖，他笑着说："我不看你们，我还要等章绍杰呢！"于三太太说："你要等他，上外边等着去！"连拉带推就把她丈夫架出屋去了，菊英在旁看着也不禁笑了。

于三太太叫菊英在沙发上坐下，她就问说："你今儿怎么起得这么晚呀？现在都快十一点啦！你是病了吗？"菊英脸又红了红，说："没有怎么病，就是咳嗽还没有大好，昨天晚上又睡晚了。"虽然这样说，却掩饰不住她的那红眼圈。于三太太似乎心里也明白，并没往下再问，就说："你快快收拾收拾去吧，待一会不但是章绍杰来，还有别的客呢，都要来看看你们娘儿俩。"

菊英点了点头，就出了这北房。才到天棚下，就见邱亚男穿着一件白衬衫，白西装裤子，手拿着一个网球拍，由外面回来了。

菊英回到了里院，她母亲就问："是谁给你打的电话？"菊英的脸又红了，就说："是一位章先生，前两天在戏院里认识的。"范大妈笑着说："对啦，我听说这位先生好极了，家里阔极了，本人也年轻，漂亮。刚才他在电话里找你是有什么事呀？"范大妈的瘦脸上满是笑纹，仿佛是谄媚着她的女儿。

菊英咬着下嘴唇，沉默一会，就说："他知道咱娘儿俩搬来了，回头要来看看咱们，先叫我告诉你一声。"范大妈一听这话，笑得她脸上的皱纹都要裂开，她说："哎呀！咱们搬这个穷家，人家那么阔的大少爷都要来瞧咱们，咱们哪儿当得起呀？你给谢了吧！"菊英不高兴地说："他要来么，我拦得住人家吗？人家跟于家是好朋友……谁叫咱们住在这儿呢！"说毕，她就去洗脸搽胭脂，对着镜子又不禁伤心，落下几点眼泪。

范大妈却喜欢得连坐都坐不住，尤其是刚才女儿那似愿意似不愿意，又羞又怒的神态，和那个亲切的"他"字，她听了是真够喜欢的。她就用那有点昏花的眼睛，去看箍在女儿身上的那件阔绰的旗袍，又环顾这虽然简单但很干净的小屋，就觉得是可以让进来一位阔少爷的。

此时菊英一边对镜修饰容貌，一边心里凄恻地想事。她至此时完全明白了，于三太太为什么跟自己好呢？为什么叫自己和母亲到她家来住呢？不用说，一定都是为了章绍杰，这都是章绍杰的好手段！想到这里，菊英的心里未免有点愤恨。可是章绍杰那贼亮的眼睛，高大的身躯，畅快的谈吐，豪富的举动，又仿佛有一种软化她的芳心的力量；愤恨不过只在她的心头一霎，随即便消逝了。她耸起胸脯长长地吐出了一口气，就暗叹着：想不到结局还是这样！到现在我还有什么法子呀？我可以拿出心来给秦朴看，我并不是对不起他，就是我的环境太难了！假若他爱我呢，他应当原谅我……

菊英这样想着，那才搽好胭脂的脸上，就又流下两行眼泪。她拿手绢拭了拭，哽咽了两声，又重新去擦胭脂，心里便想着回头应当怎样应付章绍杰。她想：现在可没有法子了，我不能得罪章绍杰，若得罪了他，于三太太一定不叫我们在这儿住，海淀又不能回去，我跟我母亲可怎么办呀？咳！其实么，章绍杰的人也不错，他要跟我好也可以，不过，他要想爱我,我可不能接受!结婚……那也不可以!我得等着秦朴,除非秦朴来一封信,说他已不爱我了!想了一想,她又觉得目前的事情也没有什么难办的,并且可以因为与章绍杰接近,探听秦朴的通讯处;因此她心里倒生出了一些希望,不再发愁伤心了。

对着镜子修饰打扮了半天,菊英就觉得自己是很美的,穿上这件阔衣裳、新皮鞋,确实像一位阔小姐,假使跟秦朴在一块儿走,还真有点不大谐调呢!梳妆完了,她又换上红袜套、白色高跟皮鞋,配上身穿的红旗袍,真是鲜艳美丽。菊英自矜地要去叫于三太太再看看,又仿佛期望这时章绍杰已经来了。

到了前院北房里,于三先生拿着支自来水钢笔,正在登记他本月买来的那几十条奖券的号码,他正想着:买了这么些条,还不得个几十万元的头奖吗?所以菊英艳丽的身影从他眼前走过,他都没有注意。

里屋阎妈在换沙发套,于三太太拿蔻丹染着指甲,一见菊英进屋,她就转头笑着说:"你等急了吧?"说时,把眼睛向菊英的身上来回地转。菊英红了红脸,并没说什么。阎妈拍了拍新换套的雪白沙发,说:"范小姐你请坐下吧!"菊英点了点头,却在旁边的一把小椅子上坐下了。于三太太一面低着眼皮染指甲,一面对菊英说:"刚才吴太太又给打电话来,请我跟你们娘儿俩,到她家去吃午饭,然后到'哈尔飞'戏院听陆素娟的戏去。你没听过陆素娟吧?她唱的都是梅兰芳的戏,真跟梅兰芳唱的差不多,今天演的是《廉锦枫》。"菊英笑了笑,说:"戏好戏坏,我也听不大懂!"

于三太太抬起眼皮来说:"那么,外国电影呢?"菊英说:"也不大明白,可是倒觉得比戏有意思点。"于三太太笑着说:"那么你跟我们那位电影迷,倒是能交个朋友,可惜她要上美国去了。"又似乎有意无意地说:"章绍杰他也爱看电影。"

菊英默默地坐着,随手拿过今天的报来看,封面是些大饭店和西餐馆、金店的广告,还有许多专治五淋白浊阳痿的药商广告,菊英不敢细看;翻到社会版,见头一条的标题就是:"昨日又一情杀案,三角恋爱竟演成桃色惨剧。"她心里吓了一跳,赶紧翻开,另看别处。目光触到文艺版，第一段的小说是“玫瑰色的爱”，第二段却是“永别了我的妹妹”；是篇书信的体裁，下面署名一个“蓓”字。菊英心里疑惑着，就想：莫非是秦朴给我写的信？登在报上，专为我看？可是当她细细往下看时，才知道不是，并且有许多字句自己全不明了。

这时于三太太染好了指甲，她就捏着一支安在象牙嘴儿上的香烟，徐徐地喷着。她也不坐下，高跟鞋踏着地板来回地走。这时季妈就进来，说：“饭好了！”于三太太先问：“给范老太太送过去了没有？”季妈说：“这就送过去。”于三太太就说：“叫老太太一个人在里屋吃吧。”她又拍了拍菊英的肩膀，说：“咱们在一块儿吃。”

当下菊英就同着于三先生和邱亚男，到南屋去吃饭。饭后她又回到里院，把嘴上的胭脂重新涂了涂，心里却觉得扑通扑通地乱跳，充斥着一种期待和恐惧的混乱情绪。

待了不多时，忽然季妈又跑进来，说：“三太太请范小姐！”菊英脸上又一红。旁边的范大妈的饭还没有吃完，就拿着筷子问说：“是有客来了吗？”季妈笑了笑，说：“章大少爷来啦！”范大妈赶紧放下筷子，催着菊英说：“你快见见去吧！”她一面请季妈快把碗箸拿走，一面又急匆匆地换上了那件新做的酱紫色的麻葛褂子。

菊英心里紧张着，脚步可很慵懒地走到前院。还没进到北房，她先掠了掠短发，又低头看了看鞋，这时屋里就传出章绍杰那沉厚的声音，他说：“……三嫂子你别忙，等我来这儿住的时候，我再送你礼物！”菊英怯懦地掀帘进屋，就见屋里是于三夫妇、邱亚男和章绍杰。

章绍杰一见菊英进屋，他就立起那高大的身躯，低着油亮的背头，向菊英点了点头，然后瞪着贼亮的眼睛直对着菊英，脸上现出一种“吊膀子”的微笑，很熟和地说：“范小姐，你真等着我啦？对不起，因为有个朋友在我家吃午饭，不然我早就来了！”

菊英自然也很客气地笑了笑，说：“章先生你干吗这么客气呀。”说时微微撩起眼皮。这笑声，这眼神，都似乎娇媚而有情，刺激得章绍杰的两眼就越发往外冒贼光。旁边于三太太就站起来拉了菊英一把，笑着说：“你坐下吧！”她把菊英拉在章绍杰坐的那张沙发上，邱亚男便出屋去了。

菊英这时全身又像是受了麻醉，脑子里也很紊乱，嘴也像是迟钝了，想不起应当怎样应付目前的诱惑，应当说什么样子的话。她乘人不备又看了看章绍杰，见他今天是一件咖啡色的上衣，白绸裤子、白皮鞋，尤其那条平展的领带，比她的旗袍还要漂亮。身边的小洋桌上放着一对银器具，盖着玻璃罩子，外面还裹着印有金店字号的包装纸。

这时章绍杰的目光又像汽车前面那两盏灯似的，向菊英猛地一射。菊英躲闪不及，目光整整跟他相对，她心里一跳，脸上一红，同时脑里仿佛有了一种新的感觉：呵！原来章绍杰比秦朴……好得多！旁边的于三先生直着眼看着，三太太却抽着烟卷，故意不注意他们。

章绍杰又笑着发话了，他把身子靠着沙发的边沿，脚可离着菊英的高跟鞋很近，他说："今天早晨我打电话，才知道范小姐跟老太太都搬来了，我喜欢极啦！平日我就常到这儿来玩，以后这可更好了，咱们也是熟人，大家更热闹了，哈哈！"又说："范小姐还是住在城里好，海淀那地方太小了，想买什么东西都没有。住在这里，譬如你想看看吴太太，立刻就过去了；要想看看三太太、邱小姐，那连门都不用出，总不至于像在海淀那样的寂寞了！"

章绍杰一提起海淀，菊英又想到了秦朴，心里蓦地一痛，脸上就露出一点惭愧来。章绍来似乎也后悔不该见面就提起海淀，他赶紧起身把桌上的礼物打开，玻璃罩里就现出了一对刻花的镀银瓶来，银光闪烁着，章绍杰的目光也闪烁着，他又笑着说："范小姐跟老太太新迁移过来，我应当送你们点礼物，可是我也想不出应当送什么来。后来我一想，老太太是个高年人，我应当找个吉祥的东西送给老人家，就买来这一对银瓶，是'平安'的意思！"

旁边于三太太笑说："呵，你倒真懂得妈妈经，不怪你大学毕业！"于三先生也笑着说："绍杰他行！他能摸得着各人的心理，无怪什么人都欢迎他，尤其是密斯们！"于三太太看了她丈夫一眼，转脸向季妈说："你把章先生这礼物，送到范老太太的屋里去！"

这时菊英心里倒很觉得过意不去，立刻将刚才想起秦朴时的难过忘了，她芳颊上现出笑容，娇媚地说："章先生，你干吗送给我们这么贵的礼物？叫你花钱。"章绍杰摆手说："得啦，得啦，统共才四五十块钱，就算花钱？范小姐你别寒碜我了！"又低声说："这是专送给老太太的！"菊英抿着嘴笑了笑，目光又与章绍杰相对了一下。

旁边的于三先生拿着一支很粗的吕宋烟，说："绍杰，来一支，你半天没抽烟啦，尝一支我的！"章绍杰摆手笑着说："待一会再抽！我先到里院见见范老太太去！"菊英用眼看着于三太太，于三太太却说："你带着他去吧！"

章绍杰自已掀起帘子先出去，菊英就怀着紧张的心情，高跟鞋咯咯地，随着章绍杰那高大的身躯出了屋。才一进到里院时，章绍杰又回头悄声说："回头我请范小姐到公园玩会儿去！"菊英脸一红，把目光向章绍杰一撩，并没说什么。章绍杰就在前指着南屋说："就是这间屋子吧？"菊英点了点头，赶紧走上前去。

这时季妈已把那一对银瓶送来，摆在桌上。范大妈就像参观展览会里的宝贝似的，前后左右的看，猜不出应值几千块钱，也不敢拿手摸一摸。季妈一听见外面章绍杰的声音，她就赶紧把屋门开开，范大妈直着眼睛往外看，见她女儿带来这么一位高身材的阔少爷，她就谄媚地笑着问："这就是章大少爷吧？"说时就像个仆妇似的，向章绍杰深深请安。

章绍杰仿佛是鞠了一躬，就问说："老太太你搬在这儿好呀？我今天是特意来看你！"

范大妈殷勤地笑着说："哎哟！这我可不敢当，这不是多亏三太太跟章大爷抬爱我们，才叫我们娘儿俩在这儿住吗？咳！我们真是感念你，应当到你公馆里道谢去才对，今儿你倒来看我们来，还送我们这么好的礼物，咳！真是谢谢你啦……姑娘，快给章大爷倒茶！章大爷你请坐！"说着，她连连向章绍杰请安，又向菊英使眼色，叫菊英给这位大爷倒茶。

季妈已出屋去了，菊英没有法子，便倒了一杯茶，亲手送到章绍杰的面前。章绍杰抬起头，轻浮地笑着说："怎么？你还跟我客气？"菊英脸一红，低着眼皮没言语，又倒了一杯给她母亲。她母亲就坐在床角，跟章绍杰说了许多令菊英很难为情的话，章绍杰也不知听见了没有，他只顾了用贼亮的眼睛盯着菊英，答复的话都跟范大妈所说的不对喳儿。

待了一会儿，他就说要请范老太太和范小姐出去玩玩。范大妈似乎早就明白了，她笑着说："哟！我可不能出去，刚搬了来，什么东西我都得自己收拾着，菊英你跟着章先生出去玩玩吧！"菊英的心这时又在动摇着，她很明白，自己性格上的弱点又将显露出来了，她要努力与这种弱点交战，就摇了摇头说："我也不想出去！"

章绍杰又眼盯着菊英，笑着说："今天的天气很好，到公园去玩玩好不好？"范大妈也向菊英使眼色，说："你就去吧！你这两天正不舒服，出去玩玩也就好了！"菊英在他们的勉强之下，自己也不能再坚持了，她就羞涩地点了点头。

章绍杰一见菊英点头了，他就笑了笑，说："那么我在于三太太屋里等着你去了，你可别叫我再来催请！"范大妈把手皮包交给菊英，说："你不是都打扮好了吗？你这就跟着章大少爷出去吧！"菊英脸红红的，心里似乎有点生气，可是神情举止又都像有些不安，便不由自主地接过了她那只手皮包；章绍杰在前，她在后，就出了屋子。

范大妈并送出屋来，又谄媚地向章绍杰说："章大爷，你带她出去可千万别多花钱！"章绍杰点头说："我们就到公园里玩玩。"范大妈龇着牙笑着，直用她那欢喜与期望的目光，把这两人送到外院。

章绍杰带着菊英到了北房里，此时于三先生大概也出去了，只有于三太太坐在沙发上换鞋，也像是要出门的样子。章绍杰就说："我们要走了。"于三太太问说："你们打算上哪儿玩去？"章绍杰说："我们打算先上中央公园，然后再商量，是看电影，或是到别处去。"于三太太点了点头，就说："顶好你们能晚一点回来，你就请范小姐在外边吃晚饭好了；今儿我多半是回来得晚，厨房就不预备什么了。"章绍杰高兴地笑着说："好吧！今天我请范小姐玩儿一天，晚上我再把她送回来。"于三太太就点头说："好吧！你们二位请吧！"

章绍杰笑着，带着菊英出屋往外去，才走了几步，忽然季妈又掀着帘子叫说："章少爷！你回来！我们三太太还跟你有话说！"章绍杰遂又转身回到北房。他去了半天，才又笑着走出来，向菊英撩了一眼，说："咱们走吧！"

菊英满心狐疑，两腿觉着软，就跟着章绍杰出门，上了那辆豆绿色的流线型汽车。章绍杰在前面扳动机件，车身一动，那后面玻璃上挂着的小洋人儿，又触了菊英的头发一下，仿佛是招呼她说："你又来啦？"

车很快，不一会儿就到了中央公园的前门，章绍杰带着菊英往园里走去。今天的天气很热，走在长廊下，都觉得热气逼人，菊英的内衣也有点潮湿了。她随着章绍杰到了"来今雨轩"，吃过一杯冰激凌，又觉得对方那放着贼光的眼睛，不住地盯着自己，便赧然地把头低了下去。忽然，章绍杰笑着说了一声："那天的事情真对不起你呀！"这句话说得菊英的脸上更是发烧。

章绍杰吸着吕宋烟，仔细观察菊英的神情，他已然明白，这一回不至于像上回那么费事了。他想了一想，忽然又说："今天的天气太热了，我想起来了！咱们上西山玩会儿去好不好？那里有我们的别墅，我妹妹她们大概也在那儿了，你要去我还可以给你们介绍。范小姐，我想这你不能拒绝我吧？"

菊英这时的心神都似乎失去了自主的能力，她就微微地点了点头，便随着章绍杰又离开来今雨轩，出了中央公园，乘汽车出西直门去了。

这时京西大道两旁的杨柳，依旧是绿油油的，燕子还是穿着柳丝飞着，菊英却无颜去看，尤其当车过海淀之时，她几乎要将头低到车底。就这样，也不知走了多少时间，汽车就倾斜着爬上了山坡，在一所白色的洋房前停住。

章绍杰将菊英搀下车来，他说："这就是我们的别墅。"菊英立定脚一看，就见四下是嶒崚的山石，绿荫的树林里传出来清脆的鸟声，却看不见一个人；眼前这座并不太大的白色建筑物，也静悄悄的像一座坟墓。章绍杰把车门锁了，他就上前叩打别墅的铁门，菊英在旁站着，微凉的山风吹着她的短发,她的精神也觉得清爽了些。

这时别墅里面就有一个男仆把铁门开开，一见着章绍杰，就问:“大少爷来啦,不是听说大小姐、五小姐这两天还要来吗?”章绍杰拿着大少爷的架子,说:“他们都预备上北戴河去啦,这儿有什么意思? ”说时,他就请菊英进到里面。

这别墅里种着许多花木,布置得洁净优美,像是一座小花园。上了楼,章绍杰就带着菊英到客厅里,到卧室里去看。虽然房间都不太大,可是屋里的陈设却极为奢华,地下铺的毛毯,一点泥土也没有,可见这个别墅不过虚设着,章公馆是不常有人来的。又见那卧室里更是特别的讲究,一张铜床上铺着华贵的床单和被褥,床的斜对面有一张镜台,上面摆着各色的化妆品;在镜台旁有一个衣架,上面挂着一件男睡衣和一件女睡衣,地下还放着男女的拖鞋,菊英看了心里很是纳闷。

这时那男仆拿来了两瓶汽水,开了一瓶,倒在两只玻璃杯中,他就转身走了。章绍杰脸上的笑色更是不可测,他指着床,对菊英说:“你要累,就躺下歇一歇。这里除了我常来,他们谁也不来,有两个人给咱们伺候着,要吃饭可以打电话向西山饭店去叫。”菊英摇头说:“我不累。”说时,她芳颜上泛起了红晕,心中突突地跳,就在一张椅子上坐下。章绍杰却不坐下,他歪着头,闭着嘴笑,贼亮的眼睛直盯着菊英,盯得菊英斜坐在椅子上头直往下低,柔秀的长发遮住了她绯红的脸,章绍杰就轻轻地把屋门带上了。

这时,初夏的山风吹来微微的松籁,小鸟忽而飞在枝头,忽而扑在窗上,吱吱地叫,像是在报告什么秘密的事情。别墅里一个看门的,一个花匠,都在楼下乘凉,看门的说:“嘿,咱们大少爷又弄来这么一个!”花匠说:“我瞧这个比上礼拜来的那个漂亮得多。”他们说了一会,花匠又去弄他的花儿,看门的就躺在一张藤椅上睡着了。

直等到太阳转向西去,晒到了藤椅上,才把看门的给晒醒了。这时楼上还没有动静,又待了半天,他们大少爷才打开窗子叫人,看门的就赶紧答应了一声。他刚要上楼,楼上的大少爷却说:“没有什么事,我已然打电话叫饭了, 回头送到楼上来好了。” 看门的连连答应着:“是!

是！”章绍杰又把楼上的窗子关上。少时饭店里把菜饭送来，楼上客厅的电灯也亮了，成群的乌鸦呀呀的乱噪着飞过，投向林间。

又待了多时，章绍杰就挽着菊英的手下了楼。菊英就像一只可怜的小鸟似的，那么娇婉地依着章绍杰的高大身躯，章绍杰就很得意地挽着这个费了许多心机方才猎获到手的美丽的小鸟，在黄昏余霞掩映中，出门上了车。汽车爬下了山坡，就顺着柏油路向城中飞跑而去。菊英怀着极度的羞愧悔恨，用泪眼向车窗外去看，那路旁的柳丝都隐藏在薄暮的黑影里，仿佛也不愿意再见到她。

章绍杰开着汽车进了西直门，又到了西单牌楼给菊英买了几件衣料，一只手表，然后才送菊英回到于家；他也没下车，看着菊英的娇躯慵懒地走进了门，他又把汽车转过去，开往什么饭店去了。

菊英进了门，也没去见于三太太，她就直回到里院。她母亲这时也出去了，还没有回来，菊英就扔下了章绍杰给她买的东西，倒在床上哭泣，一直哭泣到睡去。

次日，事情就算是完全确定了，菊英嫁给了章绍杰。一切都是由于三太太做主意，她的主意也非常简单，就是把这小院里那两间北房的门锁一开，里面是床帐镜台俱全，仿佛这里早先就是那个章大少爷的小公馆似的。

当日章绍杰就在此与菊英同居，于三太太把季妈拨过来伺候他们，季妈称呼菊英还是范小姐，可是菊英此时已然死心塌地的做他的章太太了。章绍杰每天挽着她的手，去游公园、逛市场，听戏、看电影，又给她买了许多贵重奢华的东西，都是黄凤贞郝四太太她们所买不起的；于是菊英心里便很满足，很高兴，觉得自己现在是比谁都强了。她对于章绍杰加倍的热爱、依恋，并且有些后悔：为什么不早就爱章绍杰呢？为什么那夜在饭店里，自己要拒绝章绍杰呢？这都是她有歉于心的，总之，自己早先对秦朴的好，那都是她自己的过失，都是应当像章绍杰抱歉的，都须用真爱、求怜、做娇、献媚等等叫章绍杰欢心的举动来弥补的，好在章绍杰也不再提那些事。

菊英与章绍杰同居后的第七日，她母亲就说：“今天应当看看人家黄凤贞去了！人别忘了本。要不是人家那姑母俩，你连城也进不来呀，还能跟章大少爷结婚？我还能这么享福？趁着今儿姑爷没来，咱们得看看人家去，别叫人家说咱们现在阔啦，就跟人疏远了！”菊英也是想：自己的几件新衣裳还都没叫黄凤贞看见过，而且前天绍杰新给自己买的那只手表，也应当跟她比一比，于是她就吩咐说：“季妈，打电话叫一辆汽车来！”

季妈赶紧跑到前院北房里去打电话，少时车就来了。菊英穿的是雪白的华尔纱旗袍，赤足穿着细高跟的白皮凉鞋；腕子上戴着金镯和手表，指上染着蔻丹，戴着钻戒，拿着手皮包；短发已电烫成卷曲的，耳下并垂着两颗圆溜溜的大珠子，她那已有少妇风韵的俊俏脸庞更足为这身华贵的衣饰生色。范大妈也是一身绸缎，找不出一块补丁来了。

汽车很快，不多时就到了吴家。吴家现在已搬在石驸马大街，因为吴崇富已做了大公司的交际主任，每月有三百元的收入了，所以不但租了宽大的房子，又添用了一个老妈子。

菊英一进屋，黄凤贞就迎面笑着说：“呵！章少奶奶！”说时便用眼打量菊英的全身衣饰。菊英脸红了红，笑着问：“姐姐你吃过饭了吗？”黄凤贞说：“早吃过了，我正要出去呢！可是你这位贵客一来，我又不想出去了！”说时请菊英在沙发上坐下，她就去跟范大妈说话，却仍然斜着眼睛看菊英。

范大妈坐在椅子上，由胡妈手中接过一杯茶来，说：“前两天我就想来看你们小姑母俩，给你们道谢，可是总没有工夫。你妹妹她也是，天天跟你妹夫出去逛公园啦，听戏啦，瞧电影啦……”

黄凤贞微笑着说：“可不是，你娘儿俩哪有工夫呀？我也早就应该瞧瞧你去，可是又想：我妹妹她是新结的婚，谁知道他们小夫妇俩是愿意不愿意来客呀？再说，我也没有穿得出去的衣裳。”

菊英一听黄凤贞这些话，说得都非常刺耳，心里有点不高兴。她就笑了笑，刚要说话，忽然黄凤贞哎哟了一声，说：“我还差点忘了！昨儿三叔起海淀来了，他说三婶儿现在病得很厉害，他进城买药来了，他又不敢到于家找你们去；看那样子，三叔是很烦恼！”

菊英听说婶母病了，她也一惊，同时心里还有别的念想，就说："趁着汽车还没打发走，我出城瞧瞧我三婶去得啦！"

范大妈却摆手说："你别去！你刚过了门，哪有没跟姑爷说一声，就回娘家去的呢？你在这儿跟你姐姐说话儿吧，我坐汽车出城去，一会儿就回来！"

菊英想了一想，就说："那么妈你就坐着汽车去吧！你去把我那床被褥拿回来，你就回家去得啦。绍杰他要是回去，就说我在凤贞姐姐这儿了，不到吃晚饭的时候，我一定回去！"

黄凤贞在旁斜眼瞧着菊英，不住地微微冷笑，说："妹妹你可真是个过日子的人儿，现在当了少奶奶，连家里的一床被褥还舍不得扔哩！"菊英听了，不禁脸红，就说："不是，我那被还很干净的呢，难道现在什么都讲究做新的吗？"黄凤贞说："是，你真会给你的章大少爷省钱！"心里却冷笑着，暗想：章绍杰随便跟一个女的上饭店开个房间，一夜也得花二百呀！你可连一条破被褥也舍不得便宜给叔父婶母，真是小家子气！

范大妈急急慌慌地坐上汽车到海淀去看她的妯娌了，这里菊英就笑向黄凤贞说："姐姐咱们看电影去呀？我请你。"黄凤贞笑着摇头说："我可不敢让你请，我们跟你章少奶奶联络不起！"菊英笑了笑，假作生气地说："姐姐，我来这儿坐了这么一会儿，你怎么净跟我闹呀？别人还可以，姐姐你……咳！咱们是谁跟谁呀！"说到这里，也不知是哪儿来的一阵悲痛，袭到了她的心，她的眼圈儿一红。

黄凤贞也似乎觉得自己跟菊英说的那些话，是太显着疏远了，就赶紧笑了笑，说："好吧，你等着我，我换换衣裳咱们就出去！"说着她掀帘出屋，高跟鞋咯咯地跑往卧室，又重新修饰打扮去了。

这里菊英默默地坐了一会，忽然帘子一响，黄老九又钻进里屋来。黄老九穿着一身白洋布裤褂，一见菊英，他就龇着金牙，笑着说："姑奶奶来啦！你喜事的那一天，我也没送点礼……因为你姐姐她拦住我，她说我见不起章大少爷，其实……我不是扳个大说，章大少爷他能不算是我的侄女婿吗？"

菊英站起身来，脸红了红，笑着说："九叔有工夫你就到我们那儿去吧！绍杰他又不常在家，再说，他在家也没关系，他那个人也很和蔼。"黄老九嘻嘻地笑，说："我知道，姑爷是个很好的人，可是……姑奶奶你坐着，我跟你要说几句话。"

菊英见黄老九的这种举动，心里很是生疑。就见黄老九把屁股安放在菊英旁边的藤椅上，探着头说："姑奶奶，你三叔要用三百块钱，前些日子就叫你母亲告诉你，叫你跟章大少爷去说，怎么到现在还没有给他呀？昨儿他又来了，直跟我抱怨你们！"菊英惊讶着说："我不知道这件事情！再说……"

黄老九摆了摆手，说："这不要紧，慢慢再跟章大少爷去说，他拿二三百块钱还当事吗？你三叔昨儿来，跟我说了许多话。他说别看章绍杰有钱，他倒不愿意你嫁给他，他还是愿意你跟那姓秦的结婚……"

菊英听了这话，越发觉着惊异了，同时心里掠起一阵辛酸的滋味，眼圈儿又一红。黄老九又继续往下说："你三叔早先想着，姓秦的是个穷学生，怕养活不起你，后来才知道他敢则也很有钱；他不是还给了你几十块钱，跟一个翡翠的蝴蝶儿吗？"菊英听到这里才明白，同时也知道了棉被里缝着的钱和别针已被叔父发现了，而叔父以为那是秦朴给自己买的。

黄老九又说："你跟章大少爷这事，起先我也不赞成，可是你姐姐她们拦住我，不叫我说话，我也没有法子。依着我可不是这个办法，章绍杰那人，有名的花花大少爷，在他手里糟践的好人家的姑娘，不知有多少呢。都是花个三五百的，玩上一两个月就完事。多花钱他也不干，这回你跟他，还算是特别破例，多花了点钱呢！听说他光酬谢于三太太就是五百，可是，要想叫他再花钱呀，也不容易了！现在我就是教给你一个主意，趁着这个新鲜劲儿，叫他跟你正式结婚。婚书到手，交给我给你收着，将来他要是腻啦，抛了你啦，咱们就跟他打离婚，至少也得弄他两万。你千万要听你九叔的话，我拿你当我的亲女儿看，才给你出这个主意，要不然就这么乌漆麻黑地混下去，钱又弄不着几个，将来他一不认你们，你们可怎么办呀？真的，你千万听我的话，回去就跟他提出条……”

“件”字还没有说出，他女儿黄凤贞又走进屋来，他的屁股就赶紧离开了藤椅，笑嘻嘻地说：“你们小姐儿俩出去呀？上哪儿玩去呀？”黄凤贞说：“还不一定呢，老爷子，你给我们叫一辆汽车去！”黄老九连声答应着，就跑出屋去了。

这里黄凤贞坐在藤椅上，跷着她新换的咖啡色凉鞋，吸着一支烟，问说：“你说咱们可上哪儿玩去呢？”这时菊英被黄老九那一席话，说得心都乱了，黄凤贞新换了一件咖啡色旗袍，外穿雪白的风衣，她都没有看见，话更没有听明白，她只是坐着发怔。黄凤贞瞧着她笑了笑，又大声问说：“你是怎么啦？净想你们章大少爷啦？你的章大少爷他丢不了你，别的女的也不能就把他抢了去！”菊英这才转过脸来，做出笑来问说：“姐姐，你说什么？”黄凤贞“哼”了一声，笑着说：“别的女的都是结了婚之后就更聪明，我瞧你一结婚倒傻了，也许真叫章绍杰把你迷住了！”

菊英脸又红了红，笑着说：“姐姐你要是再跟我说这样儿的话，我可就要走啦！”黄凤贞站起来，一手捏着烟卷，一只手拉着菊英，像审问似的说：“那为什么我刚才跟你说话，你听不见？”菊英说：“我是想着我三婶的病，不知道怎么样了。”

黄凤贞说：“病呀，我告诉你实话吧！三婶儿还是牙疼，没有什么大病，就是得叫你们老太太回去一趟，你三叔得跟你们老太太商量商量。你想，你们娘儿俩现在是享了福啦，可是你三叔、三婶他们还在海淀受那穷罪，你们连管也不管，这说得下去吗？”

菊英听了这话，心里方才明白，并且很为难，就想：这话怎能跟绍杰去说呀？就是他有钱吧，可也不能管我们一家子呀！

第二十二回　骤雨心惊门庭来使者　回廊目断陌路是萧郎

这时外面两声汽车喇叭响，黄老九又进屋来说："车叫来啦。"黄凤贞把烟蒂头扔在痰盂里，就说："叫车先等一会儿吧，我们这位少奶奶还没决定是上哪儿去啦！"

菊英站起身来，问说："姐姐，你说咱们上哪儿去？是看电影还是上公园？"黄凤贞说："两个地方我都不赞成，我想咱们还是找个地方打牌去！"菊英笑着说："上哪儿打去呀？我可不认得一个人。"黄凤贞说："上柳太太家里打去，柳太太是我们新认识的，她的先生是公司里的会计主任，离这儿很近，就在辟才胡同住。"菊英说："好吧，那么咱们就去吧。"遂就拿着她的小皮包，跟黄凤贞出门，坐上汽车走了。

不一会就到了柳家，柳太太由屋里拍着手笑着欢迎出来。这位柳太太也是个二十来岁的摩登少妇，上海人，可是说得很好的一口北平话。她拍手笑着，问黄凤贞说："这位就是你说的章太太吧？"黄凤贞说："这你还瞧不出来，除了章太太，谁还能够这么漂亮？"

柳太太拉着菊英的手，很尊敬而且亲热地把她们让进屋里。柳家的屋里很简单，一色的黄榆木桌椅镜台，壁上只钉着几幅油画和他们新婚的俪影，她丈夫也是个漂亮的青年；家里没用着仆妇，只雇了一个十二三岁的小姑娘，什么事还都要柳太太自己动手。柳太太像是很惭愧，说："章太太可别笑话我们，我们的屋子太窄小！"但菊英却非常羡慕人家这个美好的小家庭。

旁边黄凤贞就催着柳太太找一个人来好打牌，柳太太亲自跑出去借电话，不一会就请来一位郎太太。郎太太是个三十来岁的人，脸上又黄又瘦，并且一说话就咳嗽，像是有肺病；她的丈夫也是那大公司里的职员，跟吴崇富、柳先生都是同事，也可以说都是章绍杰的属下。所以除了黄凤贞还板着老姐姐的面孔，那两位太太全都十分巴结菊英，遂就开始打牌。菊英现在的牌术虽然不算十分精通，但是一切的打法以及怎样算和，她已都明白了。可是因为心里紊乱，把牌时常打错，所以八圈打过，她输了十几块钱，但她现在已然不在意这点钱了。

这时才不过下午三点多钟，依着黄凤贞还要打四圈，可是菊英直说要回去。黄凤贞冷笑着，以为她是离不开章绍杰，就说："你要回去，我也不拦着你，汽车在门口啦，你就坐着回去好了，我们还要在这儿玩一会呢！"

柳太太和郎太太又笑着挽留菊英，但菊英却直说回到家里还有事，执意要回去。黄凤贞连站也不站起来，她向柳太太使了个眼色，说："你们不用拦着她，她是舍不得离开她章大少爷！"菊英脸红了红，也不跟黄凤贞争辩，就由柳太太、郎太太把她送出了门首。她上了汽车，就回到于家去了。

到了家中，于三太太和邱亚男全都出去了，自己母亲也没有回来，菊英就在屋里躺在床上，脑里非常紊乱地泛想。本来这几日，她与章绍杰度着新婚的生活，除了有时还有些怀念秦朴，并感觉早先的事情有些惭对章绍杰之外，自己在精神上身体上还是很舒服安乐的，一想起来就觉得所适得人；章绍杰虽然人品轻狂点，但那正是他的活泼可爱之处，他绝不会对自己不好的。可是今天听了黄老九那番话，她心中又起了疑虑，觉得这确实是个很重大的问题。就想：本来我和章绍杰虽已同居，但没有经过任何结婚的手续，我虽自认是他的太太，可是我若到他的公馆里去，人家还是不认得我的；于三太太她们到现在还管我叫范小姐，黄凤贞今天虽叫我章少奶奶，但她那意思实在是挖苦我。现在，我落得不明不白，倒算是个小姐还是太太呢？假使章绍杰他一翻脸,不认得我了,我又有什么办法呢?

这样一想,想到未来或有的苦况,她又不禁流下眼泪,就想:这确实应当对他提一提,我想他现在爱我,他又不是不知道我对他是真心,他一定能够应允与我正式结婚。不过又想:应当怎样对他和婉地去说呢?倘若把话说急了,招得他起了疑心,那倒不好了!因此她又暗暗地悲痛,觉得章绍杰确实没有秦朴容易对付。秦朴那是多么诚实的人呀!现在不知道他怎么样了?他若知道我已与章绍杰同居,他的心里是怎样的难受呀!又想:今天看见那柳太太的小家庭,人家虽然稍微穷一点,可是多么快乐呀?我与秦朴早先所希望的,不也就是那么一个小家庭吗?可是都办不到……

她独自悲痛了一会,她母亲就回来了。范大妈先叫来季妈,把门前的车钱开发了,然后就向菊英抱怨,说:"你瞧你那个叔父,有多么不要脸!他瞧你现在跟上章大少爷了,他就要吃上人家。你三婶哪有什么病呀?就是牙有点儿疼,可是照旧能吃能喝。把我诓回去,没有别的事,就是你三叔要跟姑爷借三百块钱;叫我回来告诉你,叫你跟姑爷去说!"

菊英赶紧由床上爬起来,急得流眼泪,说:"妈,你想,这话我怎么跟他说呀?他就是阔吧,可也不能花这个钱呀!"

范大妈说:"可不是吗?你三叔说是借,可是他拿什么还呀?我就说:新结的亲,还没娶过去,咱们不能给姑娘太丢脸……"

菊英赶紧问:"你说了这话,我三叔他说什么?"范大妈说:"你三叔说……"仿佛范三的话,她不能全对菊英说出来,就说:"咳,你也就不必问了!反正你三叔就是这个主意,除非是姑爷也把他接来,像黄老九那么享福,要不然就得给他三百块钱;可是三百块钱也不是就完了,将来他还得麻烦咱们!"

菊英擦着眼泪发着愁,范大妈又说:"过两天你三婶儿还要来看咱们呢!还有,姑娘你说要你那被褥……"说到这里,范大妈就压下声儿,探着头说:"你被褥里不是缝着几张相片,还有姓秦的给你的信和几十块钱吗?"菊英脸绯红着,流着泪点了点头。范大妈就皱着眉说:"你怎么能藏在那儿?叫他们翻出来了,又做衣裳又买鞋,大概全都给花完了！”言下范大妈像是很心疼似的，菊英却坐在床上拭泪不语，范大妈就回南屋换衣服去了。

菊英发了一会愁，就听见外面皮鞋响，她赶紧到镜台前去擦眼睛、抹胭脂。胭脂还没搽完，章绍杰已走进屋来，菊英赶紧转头倩笑着，扔下胭脂盒，就像小孩子似的，三步两步跑到章绍杰的面前，两只手扒着他的肩膀，娇媚地问道：“你怎么才来呀？我等得你难受极了！”章绍杰满意地笑了笑，菊英又对他百般的依恋，心里却想着提议正式结婚的事。

几次观察章绍杰的颜色，见他倒是很高兴的，可是自己总觉得那话难以出口；并不是怕他拒绝，而是不忍得说出，菊英想着：绍杰对我这么好，虽然没有正式结婚，可是已跟夫妻一样了，我还不知足吗？何必要听信黄老九的话，催促他举办正式婚礼。究实说，我一个穷人家的女儿，跟他配吗？要是一办事，请来许多亲友，人家都知道我的出身了，那不但于绍杰的脸上无光，我的脸上也不好看呀！因此菊英又决定不说了。可是她还是很希望章绍杰能够给自己一个保证，譬如他说：“菊英，我是永久要爱你的！”那么自己就会感激涕零，对于一生的事都放心了。可是章绍杰却不这样，他只是伧俗地，像玩妓女似的把菊英玩了半天，他高兴完了就走了；他走后菊英又后悔刚才没有把那意见提出来。

当晚章绍杰就没再回来，菊英对着孤灯，拥着孤衾，思索了半夜，才渺渺地走入梦里。在梦里她忽然又梦见了秦朴，仿佛秦朴是已经死了，她由梦中哭着醒来，见自己的一只手压在胸前；她苦痛地翻了个身，又迷迷糊糊地觉得自己是已与秦朴结了婚……她深深地吸了一口气，随手开了电灯，却见屋里挂着章绍杰那件长大的西服，她又觉得自己像做错了什么无可挽回的事情。又想起白天黄老九对自己说的那些话，和现在章绍杰初次未归的事，她就很是忧虑，想着：倘或章绍杰将来真变了心，可怎么办呀？我有什么法子把他的心拉回来呀？要是正式结了婚，谁都知道我是他的太太，他还能够抛了我吗？于是她又决定了，明天还是要向章绍杰提出正式结婚的问题。

到了第二天，由早晨菊英就盼着章绍杰来，可是直到午饭的时候，他还没有来，菊英的心里就很不安。

午饭后，菊英的婶母来了。范三婶今天也穿上新鞋新衣裳，范大妈又带着她到北屋里看了看。范三婶不住地羡慕、感叹，说："嫂子，你早先可是比我还苦，现在你有了这么个好命儿的女儿，你的后半辈儿是不发愁了。你瞧我，咳！这几天你兄弟天天在家里跟我闹，简直快要把我给折磨死了！"说到这里，范三婶又抹了抹眼泪。

范大妈心里却很得意，她劝了妯娌几句，就叫范三婶在南屋去坐。菊英给她婶母倒茶，拿点心，范三婶就像是个客似的，欠身说："姑奶奶歇着吧！"她又上下打量着菊英这一身装饰，点头赞叹说："这还不到一个月，姑奶奶就出落得这么好，真是，人仗着打扮，要净在咱们家里，多么好的姑娘也给淹尽了！"又说："姑爷没在家吧？"菊英说："他还没回来呢！"她母亲却在旁矫正说："姑爷出去了，他的事真忙。"范三婶说："我听说了，人家又是公司又是银行，一天到晚忙极了。咳！姑奶奶，现在咱们海淀街，谁不瞧着你眼热呢？都说你现在是阔奶奶啦，坐了汽车啦，多半不认得老街坊啦。早先不理你三叔的人，现在都巴结他来了，李老太太也说，我早就瞧着菊姑娘一定给个好人家儿吗！"菊英听了，心里也很是自矜，便笑了笑。

范三婶又说："还有淑玲那傻丫头子，今儿一死儿要跟着我来，她说她非要瞧瞧你不可。我说你不用瞧，你瞧见也一定不认得你菊姐了，你猜那孩子说什么……"菊英听婶母提到淑玲，她就不禁脸上发热，心里觉得难受，注意地听她婶母说淑玲说的是什么话，可是范三婶的话只说了半截，就不再往下说了，她却红了红脸。

范三婶向范大妈似乎哀求地说："嫂子我本来不想来，我这样儿，怎么能见得起姑爷呢？可是这几天你兄弟他就催着我来，昨儿嫂子走后，他又跟我闹了一场，逼着叫我今儿来见姑奶奶，我这才叫二秃子把我拉进城来。咳……大概嫂子你也跟姑奶奶说了，就是……就是你兄弟要跟姑爷……借三百块钱，他说他要做个小买卖！"一面说，范三婶一面擦着眼角，低着头不敢瞧她嫂子和侄女。

范大妈是用眼瞧着菊英,叫菊英作主意。菊英便低着头很为难地想了一想,觉得婶母真是可怜,其实三百块钱在绍杰手里也不算一回事,不过叔父要得太急了,遂就说:“这件事我妈也跟我说过了,可是我想,还得等几天再跟绍杰去提,要不然就叫他看不起咱们了!”

范三婶说:“可不是,这给姑奶奶丢脸呀!虽然是人家拿三百块钱不算什么,人家就是不说什么,咱们也愧得慌呀!以后还按亲戚走呢,可是接了人家这三百块钱,就堵了门啦,你三叔他真糊涂!”

菊英皱了皱眉,说:“婶母,我这儿还有十块钱,你先拿回去给我三叔,告诉他那件事慢慢再说。”说着菊英回到北房里,由手皮包里取出十块钱,回来交给她的婶母。范三婶满面羞惭地接过来,说:“咳!这简直是叫嫂子跟姑奶奶作难!我还得赶紧出城回去。”

菊英拦住她婶母说:“婶母忙什么的?你在我们这儿吃完了晚饭,再回去好不好?”范三婶那两只叫水泡得又白又肿的手,一手紧紧攥着钞票,一手摆着说:“不,不,我得赶紧回家去,家里还扔着一大堆洗的呢!”说到这里,她脸望着菊英,又说:“这些日,徐大妈不是都没给衣裳吗?可是今儿早晨,她又叫她大儿子送了一大包裹去,净床单就有四五块,叫快着点给洗得;她那大儿子还要托姑爷给他找事呢!”菊英听婶母提到徐大妈,心中又撩起一种莫名的悲感。

她婶母走了,菊英因知道是二秃子拉来的,她便没往外送。范大妈把范三婶送走后,便抱怨菊英不该给那十块钱,这样还有完吗?菊英心里愁绪万端,也不愿和母亲争辩,就回到屋里滴了几点眼泪。她觉着身体慵倦,十分的没有精神,并热望着绍杰来,可是章绍杰并未来,她又生出种种的猜妒和恐惧。

五点多钟的时候,章绍杰来了,他不到里院,却在于三太太的屋里说说笑笑。菊英听见他的声音,便另换了一件漂亮衣裳,重新施了些脂粉,赶忙走到前院北屋。于三太太就向章绍杰笑着说:“你的太太来了!”章绍杰看来菊英一眼,喷着他的吕宋烟,笑着。

菊英就眼中带着情意,问说:“你从哪儿来?”于三太太笑着说:“你看,你的太太盘问你了!”章绍杰却仿佛很得意,说:“我从家里来,还能从别的地方来吗？”于三先生在旁也说：“答得妙！”菊英脸红了红，却不愿让别人拿他们两人做玩笑的资料，她就没再说别的话，遂在章绍杰的身旁坐下，斜着脸瞧着章绍杰。

章绍杰就说：“我正跟三嫂子说着啦，三嫂子整天出去打牌，家里可从来没摆过牌桌子。其实这院里又有天棚，在天棚底下摆两桌牌有多好？叫季妈她们也得点头钱儿。”

菊英笑着说：“好啊！我现在也成了牌迷了，前儿我还跟黄凤贞在柳太太家里打了八圈啦！”

章绍杰说：“少跟黄凤贞在一块儿，她现在名誉非常不好！”菊英吃了一惊，觉得自己倒没有看出来。于三太太笑着说：“你们瞧，管教起太太了！”章绍杰说：“不是我管教她，真的，黄凤贞现在常跟郝四奶奶在一块儿。郝四奶奶又下了堂，手里大概有几千块钱，整天在公园里饭店里乱跑，上午跟个胖子，下午又跟个瘦子，简直是野鸡；将才我从中央公园来，还看见黄凤贞跟着她，两人在‘来今雨轩’那儿卖风流呢！”

菊英说：“不是你瞧错人了吧？黄凤贞她跟郝四太太有意见。”章绍杰说：“她们的意见还算意见？今天打了架，明儿又能好。黄凤贞那是什么人，谁有钱她巴结谁，郝四奶奶现在不是又有钱了吗？”菊英听了，低下头去，心里十分感激，觉得章绍杰是真心对自己，才以这良言规劝自己。

旁边于三先生却说：“绍杰，你的话是前后矛盾，刚才范小姐问你哪儿来，你说是从家里来，现在你怎么又跑到公园里去啦？你的话前后矛盾，其中大有可疑，范小姐你得审问审问他，刚才到底他上公园是干什么去了？”

于三太太向她丈夫使眼色已来不及，章绍杰脸上立时转颜变色，冷笑着说：“你这话问得真奇怪，我不会由公园又回家里去，由家里再到这里来吗？”于三太太赶紧在旁插嘴说：“得啦得啦，公园也是人去的地方，你们为这事捣什么麻烦？”说时又瞪了她丈夫一眼。于三先生却仍然微笑着，表示他的眼光敏锐，章绍杰脸上却像带着气的样子。菊英心里也很不高兴，觉着于三先生是成心挑拨自己和绍杰的感情，脸上便也带出点颜色来。

章绍杰在这屋里勉强说了几句话，就向菊英说："咱们上里院去吧！"他就很不高兴地出了屋子。菊英跟着他进了里院，范大妈正在院里，一见章绍杰，她就赶紧迎过来，笑着说："姑爷来啦？还是自己开着汽车来的吗？"章绍杰点了点头，并没说话。

到了屋里，他就大骂于三先生，他说："混蛋，他妈的用得着他盘问我？他也不知道他是怎么回事啦？我要不看着他哥哥，一句话就叫他没饭吃！"又向菊英说："过两天我给你们找房子，你们搬出去！"

菊英便趁着这句话，要提出她的意见，她先劝慰章绍杰说："你何必要跟他生气呢？犯得上吗？把你气坏了可怎么好呀？"然后又皱了皱眉，现出一种娇颦之态，说："我瞧人家都瞧不起咱们，看咱们不是正式的夫妇，连黄凤贞都是那样儿！"

章绍杰说："管他们呢？反正无论他们谁挑拨，我始终爱你就得了。"

菊英听了这话，使她感动得落泪，就说："我想咱们还是举行婚礼才好，就没有人再说咱们的闲话了！"说时，她把头趴在章绍杰的怀里。章绍杰怔了一怔，说："只要一正式结婚，你可得搬到公馆里去住，老太太还能跟着你吗？再说，我们家里公婆小姑子一大群，你能对付得了？"菊英说："那没有法子，我要到公馆去住，只好叫我母亲回海淀去，每月给她些钱就是了，至于公婆和妹妹们，我也能顺着她们。"

章绍杰冷笑道："你倒是愿意做贤妻良母，可是我却不愿意娶个旧式的太太。你要不信任我，我也没有法子，总而言之，夫妻的保证是爱情，没有爱情，就是正式结了婚，也是没有用。"说完了，他脸上一点笑容也不带，就点上一支吕宋烟，说："我还得走，有什么话晚上再说。"说毕，他皮鞋咯咯的，迈着美国流氓式的大脚步，就走了，把菊英一人抛在了屋里。

菊英就像受了一顿责打似的，心里很难过，可是又对章绍杰能原谅，觉着他说的话也很有道理："夫妻的保证是爱情，没有爱情就是正式结婚也是没有用"，可是他对我的爱情能否持久呢？想了一想，就觉得也没有什么可忧虑的，不必再请求他跟自己正式结婚了；反正以后要对绍杰更好，就是他不好，我也不质问他，永远叫他高兴，他还能够不爱我吗？于是就把这个问题又搁置起来。

菊英又想：刚才章绍杰因为于三先生那话，跟人家直闹气，我也跟着出来，未免弄得太僵了。人家于三太太对我不错，我得去跟人家解释解释，就是将来搬出去，也不能就不认得人家呀？于是菊英又到前院北屋，可是于三太太跟于三先生全都出去了。她又向阎妈问邱亚男，阎妈说："邱二小姐一清早就出去了，说是上什么学校瞧赛球的去了。"菊英只得无聊地仍回到自己的屋里。

今天又是个阴天，闷热得让人出不来气，菊英一个人就在床上躺着，心中的愁波又不禁一阵阵地撩起。直到天黑，屋中开亮了电灯，章绍杰也没有再来，菊英连饭都吃不下去。约莫八九点钟的时候，季妈来请菊英，说："范小姐，我们三太太要上'吉祥'听戏去，问你去不去？"菊英想着：我若说不去，那显见得是因为刚才的事，跟于三太太发生意见了，遂就说："我去，叫你们三太太等我一会儿！"

阎妈答应一声走了，菊英又对镜修饰了一番，然后拿上手皮包，先到南屋去见母亲，说："妈！我跟于三太太听戏去，就在东安市场吉祥园，绍杰要来，就叫他赶紧找我们去好了！"范大妈答应着，又说："你不带上你那件短大衣，晚上回来许冷！"菊英摇头说："不用！"

她随走到前院北房，就见于三太太依然是那么和气，并不为刚才的事而生气，她说："你瞧你，真够麻烦的，晚上打扮得那么漂亮给谁看呀？"菊英笑了笑，又嘱咐季妈说："回头章大少爷要是打电话来，你就说我跟三太太上吉祥听戏去了，就请他赶紧找我们去好了。"遂就跟着于三太太出门，雇上洋车往东安市场去了。

到了吉祥戏院里，这里是富连成科班在演戏，演的都是些《取金陵》《三杰村》等等的武戏，锣鼓的噪音吵得菊英耳乱。菊英的目光轻易不往台上去看，她却往四下注意，有没有章绍杰；就见穿西服的高身材的男子不少，只是没有自己心里所期望的人，因之心里又觉着有些疑惑，有些悲哀。

约莫在深夜十二点钟以后，戏才收场。菊英跟着于三太太回到家中，一到里院南房里，她母亲就说：“姑爷刚才回来了一趟，瞧你没在家，他又走了。”菊英赶紧问说：“妈没告诉他，我跟于三太太在市场听戏啦，叫他找去吗？”范大妈说：“他没容我把话说明白，他就走了。”菊英一听，心里像堵了一件什么东西似的，十分的不痛快，后悔自己不该随着于三太太去看戏，应该在家等候着他；同时又怪母亲不会办事，那么两句简单的话会说不明白！

菊英皱着眉，脚步发懒地回到北屋里，她把电灯一开亮，不由吃了一惊，原来自己的衣箱和抽斗全都打开了，里面的东西翻得很乱。菊英心想：他回来找什么东西来了？遂就一点也不敢声张，手颤颤地把散乱的东西全都收拾起来；才发现别的东西都没短少，就是绍杰给自己买的那只钻石戒指不见了！那只钻石戒指买了不到一星期，是三百多块买的，不算是什么好的，但菊英轻易舍不得戴。今天章绍杰忽然赶回来将这东西取走，实在使菊英惊讶，尤其是装衣的箱子，戒指绝不能藏在这里，可是他为什么也要翻查到了呢？

菊英呆呆地坐着沉思了一会，她便觉得明白了，她想着：绍杰他一定还是不放心我！他怀疑我和秦朴的关系还是没有断，所以今天他趁着我没在家，才检查我，咳！他也太不明白我的心了！如此想着，她又不禁落泪。

菊英把东西收拾好了，想着章绍杰今天大概也不能再来了，遂就关好了门，脱去衣服，熄灯睡去，但是她这时心绪很乱，哪里睡得着？过了也不知多少时候，忽然窗外一阵沉重的皮鞋声，又把菊英惊起，接着就听外面推门，说：“开门！开门！怎么这么早就睡了？”正是章绍杰的声音。菊英喜欢得立刻开了电灯，跳下床去开门，她娇媚地，又仿佛有点不高兴的样子，问说：“你怎么这时候才来呀？”

章绍杰却不言语，进屋来先燃了支吕宋烟，他说：“我来的倒很早，可是扑了个空！”

菊英说：“都是于三太太，她一定要我跟她上吉祥看戏去！我想本来白天就有那个磕儿，我要是再不去，那不显见得咱们跟她是发生意见了吗？”

章绍杰说："你对她们应酬得太周到了，我跟她们认识四五年了，时常打架，可是结果她们又向我找场。你不知道，就是我当着众人骂他们一顿，他们也不敢恼我，刚才我还在银宫舞厅里，跟于三先生开了半天玩笑呢！你自管跟他们甩架子，不要紧！"菊英偎在章绍杰的怀里，说："不是，人家于三太太待我不错，咱们要没有人家……"章绍杰冷笑道："什么不错？你简直是傻蛋！"

菊英脸红了红，又笑着问说："刚才你是不是把我那钻石戒指拿去了？"章绍杰问说："怎么？你还要吗？"菊英摇摇头，委婉地说："不是，我也轻易不戴，只要知道是你拿了去，就好了，我就不再满处找了！"说时低着头。

章绍杰在菊英的脸边喷了一口烟，把大手向菊英的柔肩上拍了拍，说："我知道你又起了疑心啦，以为我是送给别的女的了，其实我要送人，不会再花钱买一个吗？这是因为马玉堂——这个人你没见过，他的女儿要出嫁了，我想送他太好的东西犯不上，坏一点的他又瞧不起，我才想起把你那只戒指送给他；过两天，再给你买个好的。"

菊英摇头说："不用再给我买了……绍杰，你还像不大明白我，我不是那爱好虚荣的女子，我跟你结婚也不是为了你有钱，真的……"说着，眼泪就流在了章绍杰的西服上。章绍杰一推菊英，他站起身来说："废话！谁问你哩？"说着又笑了笑，看着菊英那娇媚的样子，他就走近前来……

当晚章绍杰没再走，菊英对于他是越发亲爱。次日章绍杰很早就起来走了，晚上来照了个面，便又匆匆走去。

到了第三天，天阴着，像是要下雨，可是于三太太的屋里安设上牌桌了，请来的是章七太太、马太太，和她的嫂子于二太太。章七太太就是章绍杰他叔父的妾，按理说跟菊英原是一家人，可是当于三太太给她们介绍时，只说："这是章七太太，这是我们的街坊范小姐。"

菊英向章七太太深深鞠了一躬，可是人家只微微点首笑了一笑，就去跟旁人说话，弄得菊英非常没意思。章七太太年纪不过二十五六，人是风骚的样子，可是故意做出大家太太的派头。她穿的衣服非常华贵而且讲究，两只手戴着四五颗钻戒，相映着闪闪放光。菊英虽然不满意这位太太，可是不敢得罪她；大家打牌时，菊英也插不上手，她就在于三太太身后站立，做出安贤淑雅的样子，为的是给予章七太太一个好的印象。

屋里的香烟像云雾似的飘满了空中，麻将牌就像一群小妖怪似的来回乱跳，而这几位太太们，有的娇声大笑，有的却低声叹气。菊英却不仅看牌，而且注意人，她特别注意章七太太，希望这个人能对自己好，承认自己是她的侄妇。

凝想了一会儿，忽听窗外吧吧的阵响，比牌声还杂乱，并且有隆隆的仿佛大车走在石头道上的声音，马太太就扭头往窗外看了看，说："下雨了！我没带着雨衣。"章七太太手里扔出一张牌，就说："不要紧，回头我用汽车把你送回去！"

菊英走到窗前，掀起窗帘往外去看，虽因有天棚遮着，看不见雨丝，可是檐水已哗哗地往下直流，地下一片雨水。窗帘还没放下，忽见阎妈撑着一把雨伞，由二门外跑进来。她到房门前卸下伞，擦了擦鞋，就进屋来向菊英说："范小姐，外头有个人找你！"

菊英心想：这是谁呀？下雨的天还来找我？她便出了屋子，站在台阶上，悄声问阎妈说："是个什么样的人儿，他说明了是找我的吗？"阎妈说："是海淀来的，一个小姑娘，说是姓刘？"菊英一听，心中一惊，就想：淑玲怎么来了？别是我叔父又在家里闹了什么事，婶母叫她来的吧？于是她就赶紧由阎妈手中接过伞，往二门外就走。

二门外没有天棚，雨就更显着大，就见淑玲披着一件大人穿的雨衣，也没戴雨帽，短头发上往下滴水，就像是个拉洋车的小孩子似的。她脸上也沾满了水，并且带着生气的样子，见了菊英，她连笑也不笑，就说："你快来！我跟你说几句话！"

菊英脸上不禁红了，高跟鞋踏着水，就到了门前，很和蔼地问说："你怎么进城来了？是三婶叫你来的吗？"

淑玲绷着她那小脸，拿鼻子哼了一声，说："凭什么三婶叫我来？你们范家的事，我才管不着呢！我是跟秦先生坐电车来的，秦先生现在市场里等着你啦,他请你快去,有几句话说!”

菊英一听,就吓得身上打战,一颗心紧张得要跳出来。见淑玲愤愤地又说了两句话,因被雷声遮住了,她也没听清楚,心里就盘算着,同时问道:“不是听说秦先生跟三叔打架了,他坐火车回家去了吗?”

叔玲瞪着眼睛说:“三叔他凭什么跟人打架?他敢吗?他配吗?秦先生人家连地方都没搬,就等着跟你见一面啦!”

末后这一句真使菊英心痛,但是她心中盘算了几遭,结果还是摇了摇头,说:“我不能去,你告诉秦先生,叫他别想我了。”说到这里她的眼泪也像雨一般的落下。淑玲瞪着眼说:“这可是你说的,是你的良心话?”菊英用伞遮住身,拭泪说:“我的良心上自然很对不起他,可是……咳!”

淑玲听菊英说到这里,她气得胸脯往上拱,问说:“干脆!你就说你去不去吧!”菊英连连摇头,还没说话,那淑玲却转身就走,菊英又点手叫她,说:“你回来!你歇一会再走好不好?”淑玲却连头也不回。

这时沉雷暴雨,四下里水气如云,淑玲披着那件大雨衣,低着头,像个蛤蟆似的冲进雨里,就踏着水往南去了。菊英一狠心,要想追了她去,追到市场去与秦朴见面,可是忽然看到自己脚下的高跟鞋;这么美丽的鞋,她实在舍不得踏在泥水里。

她的心里像针刺一般的痛,看着淑玲的身影没有了,她就长长地呼吸了一口气,空气中挟着雨水的微腥,眼泪就混合着雨水流到腮下。她用手绢擦了擦脸,转身撑着伞,直回到小院内。扔下伞跑到屋里,她就一头扎在床上,呜咽着痛哭。这时外面的雷声隆隆地响,雨潇潇的下,仿佛天地也暴躁起来了,怒骂她这个负心无义的女子。

过了也不知多少时候,菊英才慢慢地坐起身来,她又发着怔,想着:事情也只好这样办,真的,到现在叫我有什么办法呢?固然我对不起秦朴,就是他恨上了我,我还是要想念他,可是,这时叫我舍了章绍杰,也不成了!我也舍不得他了……不过就怕以后秦朴还要找我麻烦,那可怎么好呀?不是连我和章绍杰的感情全都给坏了吗?因此,她又十分的忧虑。

这时她母亲又进屋里，向她悄声说："在北屋里打牌的那位穿紫衣裳的顶阔的太太，听说就是章公馆的七姨太太。你去伺候伺候，回头请人家到咱们屋里坐一坐，别叫人家回去对姑爷说：到这儿来，你连理都不理！"

菊英皱着眉说："我跟人家说话，人家不大爱理我，我可有什么法子呢？"范大妈说："要不然我去请一请！"菊英赶紧把她母亲拉住，着急地说："你别去当着许多人丢脸啦！人家章公馆的太太认得咱们是谁呀？你还不明白吗，章绍杰跟我这事，他家里谁知道呀？你听绍杰他从来叫过你一声岳母没有？得啦！咱们现在就没有法子，能不见人就不见人，别叫人家说咱们不知自量！"说到这里她悲痛得全身抽搐着哭。

范大妈也发了半天怔，说："那么绍杰他是打算怎么个主意呢？"

菊英说："人家打算什么主意？人家有钱，什么也不用打算。现在就是这样，他要是有好心呢，咱们娘儿俩就跟着他，反正吃喝不用发愁，别的咱们都不用希望；若是变了心呢？那咱们可也没有法子，只好到一时再说一时了！"范大妈说："我看绍杰他的心眼倒还不错！"菊英说："咱们也不用管他的心眼好不好，只要咱们对他好就是了，无论多么不好的人，难道还有感化不过来的吗？"

范大妈又探着头，悄声说："姑娘，你可跟他使点心眼儿，他给你的钱，你可别都花了，积起点儿来！"菊英拭泪叹道："他能够给我钱？隔几天顶多了给我五块十块。"说到这里，她心里实在烦恼，她母亲说什么话，她也不再答复了。

待了一会，季妈到屋里来了，说："我们三太太跟章七太太到外头吃饭去，问范小姐去不去？"范大妈在旁向菊英说："你就快去吧！"菊英本来心里很烦恼，没有心思和人去应酬，可是因为听说有章七太太同去，她就想借此跟章七太太联络联络，于是就赶紧站起来，说："好吧！你请三太太她们，稍微等我一等！"季妈答应了一声，就出屋去了。

菊英开亮了电灯，匆匆忙忙地洗脸擦粉，梳头发换衣裳，然后就一手拿着皮包，一手持着雨伞，跑到了前院。她在北房前卸下伞，心情很紧张地进到屋里。可是此时屋里只有阎妈在那儿收拾牌桌，一看见菊英，就说："范小姐，我们三太太跟章七太太走了，你要去，就上'福寿堂'找她们去吧！"

菊英咬着嘴唇，怔了半天，仿佛受了很大的侮辱，她就摇头说："我不去了！"遂又撑着伞回到里院。她母亲问说："你怎么又不出去了？"菊英生着气说："我不想去了！"她母亲就叹息说："你真是！脾气这么不好，谁都叫你给得罪了！咳，我也没有法子了！"说着就拖着她迟缓的步儿，愁眉苦脸的，冲过雨回南屋去了。这里菊英独自对着一盏朦胧的电灯伤心，窗外的雨依然潇潇地下着，雷声还隐隐地响着。晚饭送来，菊英也没有吃，章绍杰大概是怕雨淋湿了汽车，他也没有来，愁闷的环境锁着菊英一颗忧思辗转的心。到了夜里，梦又来迷惑她，使她在枕畔衾底，流了像雨水那么多的眼泪。

次日，天还没放晴，可是雨住了，到了下午三点多钟，章绍杰才大摇大摆地来到。菊英见着他，便笑脸相迎，并不问他昨天为什么没回来，章绍杰倒是说："昨天下雨，你一天没有出门吧？"菊英笑着说："可不是吗？你也没来，我闷极了！"说时，表现出一种娇态。

章绍杰吸着吕宋烟，满足地笑着，又把目光在菊英的身上绕了绕。在他，不过是赞赏眼前这个女人的美貌，跟他脑里的别个女人相比较，可是菊英的脸上就不禁一阵绯红，生恐昨天淑玲来找她的事，会被章绍杰察看出来。她赶紧转过去，倒了一杯茶，然后扭动着腰肢走过来，送到章绍杰的眼前，媚笑着说："你喝茶呀？"遂就斜靠在男人的身上。

章绍杰高兴了半天，吸完了一支吕宋烟，他就说："咱们上公园玩玩去，好不好？"菊英喜欢得跳了跳，说："好呀！"遂就一转身，到镜台前搽胭脂。章绍杰在旁看着女人修饰一会儿，他就一手挽着菊英，出门去了。今天很奇怪，章绍杰是坐着一辆黑色流线型汽车来的，另有一个开车的人。上了车，向中央公园驶去，菊英就问："你那辆豆绿色的车呢？"章绍杰说："借给朋友啦。"菊英也没往旁处想。

到了公园门首，章绍杰挽着菊英的胳膊，买票进了园门。此时宿雨才过，天上飘浮着灰色的薄云，有些地方现出宝石般的碧空。柳丝在微风里拂动着，被雨洗得特别的青绿，像是美人出浴时的长发，常青树和地下剪得平整的细草上,都还沾着晶莹的水珠。水门汀的甬道平坦而光滑,人走在上面都能照见倒影。东西两面是回曲的画廊,真似由天空落下来的彩虹,衬以往来的艳装婀娜的女人影子,真比彩虹还要色调复杂、情趣玄妙。章绍杰的皮鞋与菊英的高跟鞋声交响着,顺着甬路去走,路旁畦中莳种的花草,粉白纷落,显出一种可怜的情状。

两个人正往前走,这时对面就来了一个穿西装的少年人。这人像是认得章绍杰,可没有什么深交,走在对面就彼此一点头,都没有说什么;那人似是往"来今雨轩"去了,章绍杰还不住回头去看,似是很注意的样子。菊英倒是没注意那个人,她随着章绍杰往前走着,心里很喜慰地想:春天我跟黄凤贞来到这里的时候,是穿着一双旧鞋,仿佛谁都看不起我,那时我是什么样子,现在,我总算生活上有了进步了!她又斜仰着面,望着章绍杰那趾高气扬的神态,觉得他实在是英俊,又想:他也不会跟我不好吧,要不然何必要费了很大的事才得到我呢?可见他是真爱我,从此以后,我别再胡疑惑了……

到了"柏斯馨茶点社"前,章绍杰就说:"我们在这里歇会吧,这里比'来今雨轩'凉爽。"菊英笑了笑,说:"我也喜欢这儿,'来今雨轩'的人太多!"遂就找了茶座饮茶。章绍杰手里捏着一支吕宋烟,自言自语地说:"他也配是大学生!"菊英望了他一眼,不知他是指谁而言。

章绍杰又说:"刚才咱们遇见的那个穿西装的男的,那也是你们海淀那大学里的学生,他们三五个人,天天在一起做些不三不四的文章,简直是'文氓'!我不过是在朋友家里跟他见过一面,可是有一次他居然给我写信,叫我拿出几百元的资本,给他们办什么刊物,你瞧,我就那么傻?"

菊英笑了笑,说:"这个人也太冒失了!"章绍杰说:"有些穷鬼都觉得我好说话,以为三百五百我不在乎,其实我章绍杰最不吃亏!别看我花钱,我花一个钱都得有一个钱的代价!"菊英说:"可不是么,谁愿意花冤钱呢!"

这时眼前来来往往有许多女人,章绍杰就顾不得再同菊英说话,只用贼亮的眼睛四下张望,看那些红的绿的旗袍,和嵌在旗袍上面的漂亮脸蛋；菊英也是特别注意别的女人的衣饰。

待了一会，菊英又提到昨天章七太太到于三太太家里打牌的事，不妨想话还没说完，就碰了章绍杰一个钉子。章绍杰摆着手说："别提她们，我们家里我只承认我父母和我的妹妹，其余别的人我一概不承认，他们姓他们的章，我姓我的章！"

菊英听了，脸上一红，觉得章绍杰这个人别的都好，就是少爷的气焰太大，同时又想：别人姓章都与你没有相干，可是我已然嫁了你，我倒算是范家的人呢？还是章家的人呢？她虽然没有这样向章绍杰问，可是心里着实悲伤。

待了一会，章绍杰就说："我们该走了，到'真光'看电影去。"菊英笑着说："好吧！"当下章绍杰给了茶钱，他挽着菊英的臂，又往南走。

这时园中的游人更多了，章绍杰的眼睛依然撩上撩下，往上他看女人蜷曲的头发，往下他看人家的高跟鞋。菊英的心里虽不免发生点妒意，但这也是无可奈何的一件事，绍杰天生就是这么一双眼睛；她不能像黄凤贞那样对男人拈酸使气，她只好把笑靥更显得娇媚些，把身段更做得袅娜些，以与男人眼中的那些女人去争宠。

转过了长廊，斜对面就是"来今雨轩"，菊英忽然看见由那茶社里走出来四个穿西装的青年，其中一个就是秦朴，这真使她的心里恐惧与爱怜交加。她见秦朴仍然穿着那身浅灰法兰绒的西服，肩膀依然那么宽，眼睛依然那么深，可是脸上更显得黄瘦了，头发也很散乱。同行的三个人，大概都是他的同学，其中一个就是方才遇见的被章绍杰骂为"文氓"的那个人。他们一面慢慢地走，一面谈着话，渐渐走到东边的长廊了。

忽然菊英发现秦朴也看见了她，当他们两人那久别的目光聚集在一起之时，菊英心里一阵痛，脸上一发烧，她就赶紧低下头去。这时章绍杰看着一个穿白纱的细条身子的女人走远了，才回过头来，他的手臂就紧紧挽着菊英，说："快走吧！电影要开演了！"于是菊英连头也不敢回，高跟鞋咯咯地紧响，她就抛了身后旧日的爱人，跟着这个她现在所依赖的大少，出园门上汽车去了。

第二十三回　暗窥来鸿屈遭狂夫辱
重传别雁忍作负心人

菊英此时的心里真是悲伤，她悲伤那像梦一般的过去的事情，那个梦是多么可恋呀！多么短促呀！并且分离得又是多么勉强呀！虽然她极力矫正着自己的心，要一心去爱章绍杰，忘了秦朴，但是事实上却不可能。尤其刚才见了秦朴一面，她更不能忘了，并且十分不放心，就想：他是怎么个主意呢？是就这样在北京漂泊着吗？这可不大好，以后真叫我不敢出门了！又想：他也许不会在北京住长，大概他见对我没有了希望，他就要走了。可是他将要往哪里去呢？以后他是多么可怜呀，他也许会自杀吧？那不是我把他害了吗？这样一想，她真想大哭一场。

可是她又怕自己的脸上太露出悲痛的样子，能使章绍杰起疑心，所以虽心里像针刺一般的痛，可是面上还做出笑容。她偎在章绍杰的身旁，娇声问道："今儿'真光'演的是什么片子呀？野兽的片子我可不爱看。"章绍杰回答她说："是个爱情片子。"说完了，他向车窗外喷着烟，翻着眼皮也像在思索什么事情。

少时到了真光电影院，此时因为已将近四点钟，影片早已开演了。菊英心里有许多事，所以她也没有心思去看电影，银幕上的人物跑来跑去，忽而唱歌，忽而跳舞，到底剧情是怎么回事，她却一点也没明白；她只觉得自己的眼泪是一对一对地往下堕，章绍杰的吕宋烟是一口一口地往外喷。

五点多钟散了场，章绍杰带着菊英先到市场里吃完了饭，又买了几样化妆品，然后就回到了于家。这时于三太太正在屋里听广播，章绍杰跟菊英先到北房里，跟于三太太随便谈了几句话，就回到了小院里。开亮了电灯，菊英就笑着说："我今儿真累了！电影院里的空气不好，我难受极了！"

章绍杰说："你躺下歇着吧！"说这句话时，他的脸上是冷冷的，又说："我知道你今天很难受，不但是身体！"他转过脸去，像是"哼"的冷笑了一声，

这句话分明带着刺，菊英赶忙站起身来，媚笑着说："我玩累了倒不要紧，只是你，我瞧你今儿仿佛也有点不高兴似的……是为什么呀？"说时她的脸绯红着，又像乞怜又像献媚地，仰望着章绍杰。

章绍杰对菊英冷笑着，摇了摇头，又随手燃上一支吕宋烟，仰面假笑着，慢慢地说："我有什么不高兴的？不高兴时我爱怎么玩就怎么玩！得啦，你休息吧！我走了。"说毕，他转身就走。

菊英赶紧追上两步，拉住章绍杰的大手，着急地问说："待会儿你还回来不回来呀？"章绍杰摇头说："不一定！"菊英本想要揪住他的大手不放，跟他哭，跟他撒娇，可是见他那张骄傲的脸又有些可怕，只得慢慢地松了手。章绍杰又淡然地笑了笑，便开门走去。

菊英站在屋里发怔，听着那沉重的皮鞋声音消逝了，就像是一切都失掉了似的。她茫然地坐到椅子上，望着电灯出神，嘴唇紧咬着，眼泪就在眼圈里乱滚。她怕章绍杰突然又回来，瞧出自己的脸色，就不敢对着灯流泪；看了看手表，这时已经九点多钟了，她就脱去了高跟鞋，换上睡衣，灯也不熄，门也不关，倒在床上掩被睡去。其实她何尝睡得着？过去没有过的悲哀与疑虑，这时都盘踞在她的心里，她只任着眼泪流流流，直到把她带入了梦中。次日醒来她才知道，昨天熟睡了之后，母亲又进屋来，把灯关上，把门闭好了。

这天的上午黄凤贞就打来电话，说是请于三太太和菊英今天到她家去打牌。于三太太倒是答应去了，菊英却推说身体不舒适，不能够出门，因为她是想着：第一，假若出门遇见秦朴，秦朴忽然要上前跟我说

话，我是理他还是不理他呢？第二，本来昨天章绍杰就知道在公园里我已看见秦朴了，所以晚上他才那么不高兴地走了；他今天若是回来，看见我出去了，虽有于三太太给我做保证，说我们是上黄凤贞家打牌去了，可是他也未必相信，若叫他再起了疑心，我有口也难分辨呀！反正以后，除了他带着我出去，我就绝不出门，他什么时候来，见我什么时候都在家，他还能疑心我忘不了秦朴吗？所以她就向于太太婉言谢绝了，并做出身体不舒服的样子，于三太太也没有勉强她。

菊英一个人在屋里很无聊，午饭后，她就在屋里闲坐，用蔻丹慢慢地染指甲。染了约有一刻多钟，指甲还没有染完，忽听屋外有脚步声，门一开，季妈进屋来了。季妈手里拿着一个长方形的东西，是一封信，她说："范小姐你看看，这是给章少爷来的信吧？"菊英接过信来一看，就见上面是几个蓝色的钢笔字："王府井大街XX号章绍杰先生，秦朴寄自车站"。这很熟识的笔迹，真使菊英吃惊，她赶紧点头说："对啦，是章少爷的，你搁下吧！"

季妈走后，菊英的就心情很紧张，拿着这信手都发颤，她猜想着：不知信里说的是什么话，也许秦朴要痛骂章绍杰吧？不然就是说我的什么坏话，把我早先的事告诉了他？虽然想秦朴不是那样的坏人，可是因为自己现在的事情太使他伤心了，也许他真变了脸。因就信手将信封拆开，把里面的信笺抽出来看，只见那信上是写着很简单的十几行字，而且十分潦草，菊英大略还能看出来，是：

绍杰老友：

昨天在公园有几位同学为我饯行，将出园门时，我看见你同着范女士，虽然在当时我不便走过去招呼你们，可是，你对我所不承认的事，已叫事实替你承认了。——因此我愿意对你说几句话：

第一是请你放心，当你接到这封信时，我早已在火车上，而且已走得很远了，此后我也许不会再到北京来了。更请你放心的就是，我和范小姐几个月来的相识，实在没有什么了不起的关系，所以我对于你们此番的结合，并不嫉视。

第二，就是以老友的资格，我来向你请求，范是个极可怜的女子，希望你要好生看待她！

我走了，我没什么伤心，稍微遗憾的就是我此番来京求学的希望的幻灭！再会！老友！祝你们快乐！

秦朴

菊英一面看，一面落眼泪，她想不到秦朴那个人，竟好到这般地步！自己把他抛弃了，他失了恋，他还要章绍杰好生看待自己，他的心是多么痛苦，又是多么宽大呀！这时候他已在火车上了，他还能够明白我嫁给章绍杰的事，全是因为没有法子吗？这并不是我的本心呀！

哭泣了一会，又怕被母亲进屋来看见，她就拭净了眼泪，又把信重读了两遍。她特别注意那句“你对我所不承认的事，已叫事实替你承认了”，想了两遍，才把那意思猜出一些来：一定是我跟章绍杰同居之后，秦朴还见过绍杰，向他打听我的事情，可是绍杰并不承认他已与我同居，所以如今秦朴才这样指明他。就想：绍杰也太心小了！秦朴是个老实人，就是当面承认了，秦朴也不能说什么呀？又想：绍杰所以不愿与我正式结婚，大概没有别的原因，就是怕秦朴质问他；现在秦朴已走了，话也说明白了，他一定可以放心我了吧？一定愿意与我结婚了吧？这样一想，她又很喜欢，很盼望章绍杰快点回来，把这封信给他看。

这时忽然季妈又进屋来，说：“邱二小姐请范小姐到她屋里去。”菊英就说：“好吧，你说我这就去。”菊英正在无聊，也很愿意找个人说会闲话，当时便到镜台前拢了拢头发，将秦朴那封信放在抽斗里，然后就去了前院。

邱亚男穿着一身白色的西服，拿着一本英文的书，正在看，一见菊英进来，她就把书放下，说：“请坐！”菊英坐在那抛着几本电影杂志的木床上，季妈随进来，给倒了两碗茶，然后就出去了。菊笑着说：“邱小姐今天没去看电影？”邱亚男摇头说：“没有去，今天几家电影院的片子都不好。”菊英说：“对啦，不好的片子看着也没有意思。”

邱亚男坐在菊英对面的藤椅上，她说:“我下星期二就要走了,先到南京去住一个来月,办下护照来,我就要出国了。”菊英猜着邱亚男急于出国,大概是她那在美国的爱人催着她去的,于是就羡慕地问说:“大概邱小姐到美国去,至少也得一二年才能回来吧?”邱亚男说:“我预定是住三年,可是环境若起了变化呢,也许能早一点回国;我去是打算上哥伦比亚学教育,我们中国的教育是太落后了!”

菊英点头,说:“可不是,像邱小姐这样环境好的人,为什么不到外国去一趟呢?若像我,也不是不想求进步,可是环境不允许我呀!”说到这里,又有点自伤。

邱亚男说:“今天她们都没在家,我把你请了来,就是为要告诉你几句话;你是个很聪明而又很不幸的人,所以我非常同情你。告诉你,章绍杰那个人靠不住!他整天不做事,也不求学,专门玩弄女性。你跟他这种人结合,事前我真没有想到,否则我一定拦阻你,可是现在说这话已经晚了,不过你应当要自己想点办法!”

菊英听了这话,心里就像烧了一盆冷水,脸上吓得煞白,她发着怔,又听邱亚男往下说:“我因为在南京读书,许久没到北京来,所以章绍杰他所做的那些坏事,我都不知道;不过我有一个中学时代的同学是被他骗了,那个人现在很可怜。还有,昨天季妈对我说,原来在去年秋天,你现在那屋里住着一个吴姑娘,就是章绍杰骗到手的,在这里住了不到四个月,他就把人家弃了;现在这个吴姑娘穷得连饭都没得吃,可是章绍杰不再理人家了。”

菊英听了,谅这不是假话,她就从心里打战,觉得自己确已陷于悲惨的命运里,眼泪不禁垂下,就听邱亚男又往下说:“那吴姑娘被弃之后,不久你又来到这里住,我预料章绍杰也不会好待你的。他不结婚,他与任何女子发生关系,都不叫对方在法律上站得住脚。他只是花些小钱,太多了的钱他也不花,而且他同时在舞场、在饭店里又去花钱玩弄女性。他自己也发过大话,他对人说,他有好的手段,只要他注意上一个女人,就必能把那个女人谋到手里,从来没有失败过。我也不知道你们是怎么认识的,不过我不愿意你也受他的伤害,我想你应当趁着他现在还没有遗弃你的时候,叫他给你谋个职业,你可以借着那个职业在别处活动,将来就是他把你弃了,你们母女的生活也可以维持。"

菊英哽咽着说:"恐怕他绝不能给我找职业,他哪能放心呢?"

邱亚男说:"要不然你就想法儿托别人给你找事,不管他允许不允许!反正你也不必希望他对你好,无论你怎样对他好。根本在他的眼中,女人不过是玩物,而且玩物只要一得到手,便没有了趣味,便应当扔了,另去寻新的。"她又说:"你这件事,我姐姐也应当负责任,我不愿意再在这里住,也是为这个缘故!"

邱亚男说话的时候,很是愤愤不平,她是希望菊英振作些,有些自救的勇气。但菊英却坐在床上,只是低着头流眼泪,说不出一句决断的话来。这时季妈又进到屋里,向菊英说:"章大少爷来啦!"菊英听了,心里又是一惊,同时也很喜欢,她赶紧擦净了眼泪,站起身来对邱亚男说:"邱小姐,回头咱们再说话儿!"她就出了屋,一面掠着头发,一面紧紧地走回里院。

到了北房里,就见章绍杰正坐在椅子上,抽他的吕宋烟。今天他穿的是一身两面扣纽子的白哔叽西服,衬衫、领带、皮鞋全都是雪白的。菊英见了他,笑着问说:"你来啦?"章绍杰点了点头,就问:"你上哪儿去啦?"菊英笑着答说:"我是在前院邱小姐屋里坐着了,人家下礼拜就回南京去了,由南京就要上美国去。"章绍杰说:"你爱理她,瞧她那样儿,瘦得就剩了骨头啦,到美国去也给中国人丢人!"

菊英见章绍杰看不起邱亚男,她也不便说什么,遂说:"哎哟!我还差点儿忘了!这儿有你一封信!"她走到镜台旁,由抽斗中将秦朴那封信取了出来。同时她的脸就红了,心里也十分痛楚,她小心观察着章绍杰的态度,想看他是否看了秦朴的信会受到感动。可是事实与菊英所想的完全相反,章绍杰拿着信略看了看,就微微冷笑,说:"真是无聊!"这句话说得菊英更是脸红。

章绍杰看见那信的封口被拆过,就很严肃地问说:"我这信是谁给拆的?"菊英有点害怕,就笑着说:"是我拆的。"章绍杰立刻翻了脸,他把眼睛一瞪，那目光也不再是轻浮的贼亮的了，而是冒着可怕的凶焰，他很严厉地质问菊英说："你怎么可以随便拆看我的信？你也受过几天教育，难道你不知道'勿窥私书'那句话吗？"

菊英这才知道，章绍杰的信，自己是不应当随便拆看的，遂就很惭愧地，勉强笑着说："因为我不知道，再说这是秦朴……"她说这两个字时，实在心痛。不想章绍杰因此更凶起来，他说："怎么？你嫁了我，你还忘不了秦朴？那你为什么不追上火车，跟了他去呢？"菊英流下眼泪来，全身抖颤着说："不是，你没容我把话说完，我是说秦朴给你的信，大概没有什么要紧的话，所以我……"

章绍杰近前一步，握着拳头，瞪着眼睛问说："你怎么知道没有什么要紧的事？他算你的什么人？"

菊英被章绍杰这样无情的逼问，她实在是痛恨、悔恨，就一只手拉着章绍杰，顿着高跟鞋哭说："你别胡疑心行不行？我跟了你，早就不再理秦朴了，心里也早忘了他！拆这封信实在是我的不对，可是……绍杰，你原谅我这一次行不行……"说毕，她就扑在章绍杰的身上呜呜哭泣。

章绍杰赶紧把菊英推开，仔细看了看他的白西服并没弄脏，他就冷笑着说："我知道，你们女人都会使这种手段，可是要拿这手段对付我，哼！我可不受这个！"

章绍杰坐在椅子上，又燃了支吕宋，态度似比刚才缓和一点了，他说："你不必拿哭来软化我，咱们得把事情说明白了。你跟秦朴过去是怎么乱七八糟，我都不提，可是现在你既跟了我，你就得明白一点，我是为什么要跟你同居呢？"

菊英站在桌前，低头流着泪，惨凄凄地说："因为你爱我！"

章绍杰说："我不但是爱你，我还可怜你！你的家境我全都知道，秦朴的环境困难，我也对你说过，我真不忍得叫你跟他受一辈子的穷，又加上你母亲托于三太太恳求我，我这才叫你们在这儿住着，养活你们。这话我也跟秦朴商量过，他也不反对，如今忽然他临走又给我来这么一封信，全不认账！他妈的这算什么朋友？他这几年要不是我维持着他，他哪能有饭吃？现在这封信比骂我还厉害，还叫我老友，简直是无赖！”又说：“你可也得自己想一想，咱们的结合也并不是勉强的，也是你自己愿意！”

菊英一面拭泪一面还不胜悲哽，她点头说：“是我愿意，我在没有与秦朴分离时，我就爱你，所以后来我情愿舍了秦朴跟你结婚。我是无法拿出我的心来给你看，我实在跟你是真心，真希望你能够永久的爱我，可怜我们母女……”她也顾不得章绍杰的西服脏不脏，又一头扎在绍杰的怀里痛哭。章绍杰把菊英的脸抬起来，鉴赏着女人的眼泪，笑了笑说：“我是来告诉你，无论什么人的信不能随便拆。”菊英点头说：“我知道就是了！”

章绍杰又把脸色做得严厉些，问说：“可是，秦朴他怎么把信寄在这儿呢？”这话把菊英也问住了，她怔了一会，忽然脑筋一转，说：“前几天我婶母来，坐的是海淀的熟车，那拉车的大概他认得，他才打听出来的！”章绍杰听了，又微微冷笑说：“他的交际真广，连拉车的他都认得！”说毕，他又把烟燃着，徐徐地喷着浓厚的烟云，眼望着菊英那挂着泪的娇容，他又咬着嘴唇，像是笑，又像是发恨。

这时菊英见章绍杰的气消了一些，她就挨近了，又妩媚依恋地求章绍杰的欢颜，章绍杰也高兴了半天，然后他兴尽了，就起身要走。菊英便挽住他的胳臂，娇声说：“你不是没有别的事吗？就不用走了，因为你一走，我就觉得自己孤单可怜极了！”

章绍杰笑着说：“那可没有法子，我能净在家里陪着你？那什么事就都不用办了！”

菊英也倩然笑了笑，又问：“那么刚才的事，你还生我的气吗？”章绍杰说：“只要你从今以后改悔前非，我就不生你的气。”菊英委屈着点头说：“我都改了！可是你还真心的爱我吗？”说毕，将脸趴在绍杰的胳臂上。章绍杰却一夺胳臂，笑着说了声：“废话！”说完了，转身就出屋去了。菊英赶紧用手巾擦了擦眼睛，追出屋去，跑到前院，就见章绍杰连头也不回，他那高大的身影，便出门上了汽车走了。

菊英站在天棚底下发了一会怔，这时她母亲由东屋于家仆妇的房里走出，问说："姑爷走了吗？"菊英说："他才走。"又到北房前扒着窗子看了看，就见于三太太没在家，于三先生却在桌上摆弄什么神秘的照片。他一见菊英扒着窗子往里看，就两手捂着照片，点着头向窗子笑说："范小姐请进来坐呀？"菊英的脸一红，说："回头来！"便赶忙跑回小院。

菊英回到自己的房里，一看秦朴来的那封信不见了，大概是章绍杰带起来了。她想了想刚才邱亚男说的那些话，以及章绍杰对自己翻脸时的情形，就觉得章绍杰确实是很可怕的，不是什么好人。可是又想：刚才他虽然是很生气，可是后来又好了，可见他还是真爱我的，他对我一定是与对别的女人不同，他不能抛了我……咳！谁管他呢？反正我已走到这地步了，我不会也学黄凤贞那样吗？什么都不管，也不管他是真爱我还是假爱我，只要吃好的穿好的就行了……如此一想，她真要改变主意，真要立刻就换上新衣裳、新高跟鞋，拿上十几块钱，找黄凤贞家去玩乐。可是忽然又想：不行，我虽然嫁了一位很有钱的少爷，可是我哪有黄凤贞那么自由啦？

当日她忧思了一天，想着除了祈盼章绍杰永远怜爱自己之外，是再没有旁的一点办法。

到了晚间，簌簌的雨又落下，章绍杰再也没有来。外院传来广播歌曲的声音，那杂乱的调子更叫菊英心烦，想着大概是于三太太回来了，可是菊英也没心思过去与她谈闲话。范大妈是身体有些不舒服，很早就睡去了。菊英一个人闷闷地对灯坐着，她想想章绍杰，又想想秦朴，最后想到自己的悠悠身世；她的心里更难受了，觉得无论是穷富，男子总是好办，而女子却总是可怜……

窗外的雨越来越紧，电光在玻璃窗上一闪一闪的，接着就是惊人的雷声。屋中的一盏电灯也是那么朦胧的，像是很发愁的样子。菊英觉得这环境很恐怖，她就起身把屋门关好，又很无聊地由烟筒里抽出一支烟来。这是专为待客用的，菊英从来不吸烟，今天偶尔试着吸了两口，觉得很有点麻醉的力量，同时头也发晕。她不能再吸了，遂捏灭了纸烟，懒懒地到镜台前看了看自己的容貌，然后才一面想着心事，一面脱衣上床，就在这沉雷急雨、旧恨新愁之下，渺渺地入了梦境。

次日，雨还是没有住，章绍杰也一天没有来。菊英心里着急，到于三太太屋里借电话给章公馆打，那边是个男子的声音，很傲慢地问说："你贵姓？"菊英脸红了红，对着听筒说："我姓范，请你们章少爷说话！"那边说："你等一等吧！"

菊英就把听筒直挨在耳边，高跟鞋轻轻地碾着地，旁边于三太太却只管染指甲，并不理她。菊英等了足有十分钟，那边才说："喂！"菊英赶紧喜欢着问说："你是绍杰吗？"那边又说了声："喂！"菊英以为那边就是章绍杰，她娇声儿说："你猜我是谁？"那边却说："喂！喂！大少爷出去啦。"菊英一怔，心里觉着发冷，就皱着眉问："上哪儿去啦？"那边说："我们也不知道。"遂吧的一声，就挂上了。

菊英拿着听筒，咬着嘴唇发了一会怔，就慢慢地挂上了。于三太太手里拿着染蔻丹的小刷子，眼皮微抬起来，问说："怎么样？绍杰在家里没有？"菊英就有些发愁似的说："他出去啦，他们公馆里的人也不知道他上哪儿去啦！"

于三太太说："他们公馆里的那些佣人，个个是懒骨头，多说一句话都怕费力气。你瞧他们家里，我除了给章七太太常打电话，其余我都不理他们；真的，若打电话找他们家里的一个人，比找祖宗还难，有钱的人家么！"

于三太太随口说完了，又去低着头染指甲。菊英在旁边沙发上坐下，拿起报来看，其实她是在发着呆想心事。待了一会，于三太太染完指甲，又到镜台前去拢头发，看那样子，她是又要出门去了，菊英就站起身出屋，回到里院去。

午饭后大概于三太太就出去了，章绍杰仍然没有来。菊英便很担心，恐怕就是因为前天秦朴来信，自己拆开了的事，他恼了，他大概永远不来了！忧烦了半天，自己真恨不得出去到娱乐所场找找他去，可是又没有那勇气。

这天因为天还阴着，所以还不算太热。约莫三点多钟，忽然又来了两位客，原来是范三婶带着淑玲。菊英看见了婶母，心里又觉得很为难,因为准知道婶母来到这里没有别的目的,就是来要钱;她见了淑玲却不但是为难,且感到深深的羞愧,脸上红红的,恐怕淑玲要当着人,大骂自己一顿。可是淑玲却向她鞠了一躬,叫了一声:“菊姐姐!”并没说别的话。

范三婶到南屋里,与她的妯娌见了面。范大妈由床上坐起身来,皱着眉说:“这么热的天,你们还进城来干什么?”

范三婶脸红着说:“您兄弟叫我来瞧瞧您的!这玲姑娘她是一定要跟我来,瞧她菊姐姐!”

范大妈先问淑玲说:“你爸爸跟你的妈妈好呀?”淑玲说:“都好,还叫我问您好呢!”又伸着手拉住菊英,说:“菊姐姐,我到你屋里瞧瞧去!”范大妈说:“对了,你跟你姐姐到北屋瞧瞧去,你姐姐可比在家时享福了!”

菊英的心依然很惭愧的,就让母亲和婶母在这里谈话,她带着淑玲到北屋里。淑玲一看那镜台床帐,就说:“呵!你真阔啦!”菊英脸红了红,说:“你坐下,咱们说点正经话儿!”淑玲瞧了瞧那把黑漆藤屉的洋椅子,就冷笑着说:“哼!我可不敢坐,坐坏了我可赔不起你们;把我卖了,也值不了你们一把椅子的钱呀!”

菊英听淑玲这么讥讽自己,心里未免有点生气,可是又不敢惹淑玲;她就红着脸,上前拉着淑玲的手,悲痛婉转地说:“淑玲妹妹,你这不是骂我吗?”说时,她情不自禁地双泪落下。

淑玲也哽咽了一声哭了,她抹着眼泪,嘴里嘟囔着说:“依着我,我就永远也不理你了!那天下着大雨,我来找你,叫你到市场去跟秦先生见个面;人家秦先生又不是老虎,你怕什么?可是你怎么也不去,你多狠心呀!”

菊英流着泪,说:“你是不知道我的难处!”

淑玲说:“什么难处吧?你现在给章绍杰当了姨太太了,阔了,就不愿意理人家秦先生啦,告诉你,我都恨你!你别瞧你穿上好衣裳啦,可是你的脸丢啦!秦先生是傻子,他还劝我别恨你,可是无论谁说,我也瞧不起你啦!你本是一个顶好的人,都是跟黄凤贞她们学坏啦!”

说时她从身边掏出一张纸，说："这是秦先生走的时候，托我交给你的；要不是为这事，今儿你就是拿汽车请我，我也不来呀！还告诉你，你可别坐着汽车上我们海淀去，二秃子可憋着用砖头砸你们的汽车啦！"说完，她拿袖子一抹眼泪，把那张纸塞给菊英，说："给你，你爱看不看！"遂转身就走。菊英哭着，赶紧说："你先别走！"伸手要拉她，可是已来不及，淑玲气哼哼地往南屋去了。

这里菊英被淑玲大骂了一顿，心中万分的委屈、苦痛，她双手颤颤地展开那张信纸来看，只见是用毛笔写的几行字，却是：

> 我本来不应当再给你写信了，可是我对于你的将来，是十分的不放心！
>
> 你并没有过错，过错全在我，假如没有我的引导，你仍然在海淀度着平静的生活，不会使你受这许多的爱情折磨，你也不会堕入都市的深渊！——所以你的一生，我应当负责。
>
> 现在我只祈望你们好好的，比我所祈望的还要好，我虽不无痛苦但也快乐。以后我怕没有机会再到北京来了，可是如果你的身边发生什么不能解决的事，如你需我帮助，我必能赶来尽力。
>
> 我的永久通讯处是上海五马路秋月书局邢君转。
>
> 我走了！

此外再没有旁的字，她泪眼看着，泪流得更多，字迹也觉得模糊了。菊英又怕章绍杰这时候会来，他若看见这封信，一定更要大闹，遂就赶紧划了根火柴，把这信烧了。

秦朴的字迹虽已消灭，可是菊英心里仍然沉重的如压着一块铅。她赶紧拭净了眼泪，又走到南屋，就见她母亲跟婶母的话还没有说完。淑玲噘着嘴，催着范三婶快带她回去，范三婶却甩着手，说："你瞧你这孩子！来的时候闹着要跟我来，现在又闹着要走，以后我再也不带你瞧你菊姐姐来了！"淑玲撇着嘴说："我也不来了！"

这时范大妈像是很腻烦的样子，指着菊英对她三婶说："有什么话你跟姑娘说吧！跟我说是没用，我跟姑爷连一句话也说不上。你别瞧我享福，我现在就是吃人家这一碗现成饭，折受得我倒净是病，你说过，苦命的人是享不了福，大概我也快死了！"

范三婶的脸上也满是为难之色，就对菊英说："我就是不说，姑娘你也明白，我这回还是叫你三叔给逼的。你三叔也下工啦，整天在家里喝醉了穷闹。当着玲姑娘，我也不怕泄气，他还是叫我来找姑娘，叫你跟姑爷要三百块钱！"

菊英听了又是生气，又是作难，她说："这话我也跟绍杰提过，可是人家没有理，还叫我逼着闹着跟人家要钱吗？"

范三婶抹着眼泪，叹口气说："姑娘你的难处我也知道，本来谁没有脸？一张口就要跟人家要三百块钱，怎么也说不过去呀！可是你三叔他不管那一套，他天天逼着我……他现在又后悔了，他说早知道姓章的这么抠门儿，还不如当初就给姓秦的了；姓秦的虽说穷，可是还大方点啊……"

旁边淑玲又插言说："三叔他瞧见秦先生给的那翡翠蝴蝶，他就想答应秦先生，可是你不回去么！黄凤贞又拦着三叔，她非叫你给章绍杰当姨太太不行，好跟她一样……"旁边范大妈生气地说："玲姑娘你可别胡说！"淑玲却撇着嘴笑。

菊英又是伤心，又是生气，更怕婶母失望回去，叔父可能会趁着酒劲儿来这里大闹，那时绍杰一定更瞧不起我了！为难了半天，她又回到北房取了五块钱，交给她婶母，哀切切地说："您先拿着这五块钱回去，告诉我三叔别忙，那件事还容我慢慢地向他说，您还告诉我三叔，给我留着这条命……"说着她呜呜地痛哭，旁边范大妈生了气，说："姑娘你别给他钱，我跟你三婶回海淀，我跟他闹一场，要不然以后还有完呀？"菊英拭眼泪劝着说："妈您何必呀！我三叔那个人，您还能跟他闹的清楚吗？"

正在说着，忽然季妈隔着窗户叫道："范小姐！章少爷来啦，在太太屋里了。"菊英赶紧答应一声，跑回北屋里去擦眼泪抹胭脂，这里范大妈也催着叫范三婶和淑玲悄悄地走了。

菊英修饰好了，看他婶母已和淑玲走了，她赶紧又做出喜欢的样子，很快地走到北房。见章绍杰正跟于三太太谈天，菊英就向章绍杰媚笑着，问说："你来啦？"章绍杰点了点头，他却依旧笑着跟于三太太说话，并且像很巴结于三太太似的，也不知他是求于三太太给他办什么事。只见于三太太很拿架子地点了点头，说："等我慢慢给你办。"章绍杰笑迷嘻嘻的说："三嫂子千万替我快一点进行，明天我就要听你的回话！"于三太太不大高兴地说："好吧！"

章绍杰又坐在旁边说了几句闲话，今天他似乎特别高兴，同时对于三太太也是特别的奉承，奉承之中还显出许多轻浮的神态。菊英在旁边看着，心里就有点生气，但是表面上还不敢显露出来。

待了一会，于三太太就向章绍杰说："请你们两位到里院去吧！我要歇一会，还得出去啦！"章绍杰赶紧站起身来向菊英说："咱们走吧，人家下逐客令啦！"于三太太笑着说："我逐的是你，没逐人家范小姐！"菊英此时脸早红了，笑着说："于三太太回见！"她就跟章绍杰到了里院北屋里。

不知为什么，章绍杰一到这屋里来，仿佛就没有刚才当着于三太太时那样高兴了。菊英却是娇憨殷勤，脸上永远笑着，用两只求爱乞怜的眼睛看着章绍杰，可是想不出应当跟章绍杰说什么样儿的闲话。半晌，她才笑着低声问说："刚才是有什么事，你要托于三太太给你办？我可以打听打听吗？"章绍杰摇头说："你不用打听，反正与你不相干！"说完了他又续上一支烟，扬着头泛想，也不同菊英说话。

菊英见他这样冷冷淡淡的，心里觉着非常难受，便低下头去，希望章绍杰察觉自己不高兴了，会来安慰自己。可是当她一低头，忽然看见地下有一块纸灰，就吃了一惊，赶紧伸足，用鞋尖把那纸灰踏住。她脸上一红，很惭愧地扬起头来，又望着章绍杰，仿佛很不好意思地笑着说："你瞧，你一来就发怔！仿佛心里有什么不痛快的事情似的，我陪着你出去玩玩好不好？"

章绍杰摇头说："我没有什么不高兴，我是盘算着你们的事情。你们在这儿长住也不好,于三太太那个人没有长性,你们才一搬来的时候,她是很欢迎的,可是现在她就有点不耐烦了。她对于你还没有什么批评,就是对你们老太太实在不满意;她说你们老太太一天一天地长脾气,自己也不知道自重,整天扎在老妈子的屋里,什么都说,弄得阎妈、季妈她们都不听指使了!"

菊英听章绍杰这样说,心里非常难受,觉得自己的母亲太给自己招惹是非,于三太太的脾气也变得太快了。尤其是绍杰连说了两句"你们老太太",真使她难堪,她本想争辩几句,可是又想:何必为此事又伤感情呢!于是就叹了口气,拿手绢擦了擦眼睛,说:"我妈真不给我作脸!她因为跟于三太太说不上话,有时觉得闷得慌了,就到阎妈季妈的屋里说会儿闲话,这倒是真的;可是要说她长了脾气,调唆得老妈子不听于三太太的使唤,那可是冤枉!"说到此处,她的眼泪又纷纷而落。

章绍杰又吸了口烟,把头点一点,说:"你们老太太那个人,我看得出来,她不会那样的,所以于三太太说的那些话,我都不信。不过我觉得你们还是搬开好,在城里住着,你们不大相宜,我主张你们还是回海淀去!"

章绍杰的最末一句话,真如同在菊英的头上响了一个霹雳,她的脸色都变白了,认为章绍杰的意思简直是要驱逐她母女,她的眼泪更像雨一般的纷纷往下落,话也说不出了。

可是章绍杰立刻加以解释地说:"你别误会了,我完全是替你们着想。城里这些位阔太太们,你应付不了,要跟她们亲近,就能熏染坏了;要跟她们疏远,她们就能用法子破坏咱们的感情。再说,你要知道,我为你的事,现在正跟我的家庭奋斗,于三太太又跟我们家里那几个太太都通气;咱们在这儿的事,我家里没有人不知道了。现在他们还正在调查我,将来必有一天为这事我得跟家里交涉。所以我才想叫你们母女搬回海淀,那儿都是你们的熟人,你们也不至于寂寞;我也可以每天出城去看你们,咱们就是在海淀正式结婚,他们也没法知道。"

菊英听了,这才知道章绍杰的苦衷,她不但不疑惧了,反倒很感谢绍杰,不过只是想海淀那地方,自己实在无颜回去!而且自己回到海淀，章绍杰却在城里，不但自己放心不下，而且也舍不得他；何况城里的这些繁华已经把自己的性情改变了，不能再回到那穷僻的市镇上，度那清苦的生活了！于是菊英就摇摇头，把眉皱在一起，她说："海淀那地方我真不愿意回去，人家都知道我跟你结了婚，现在是阔少奶奶了，有的是羡慕我，有的是嫉妒我；我要回去，那里的一些人比城里这些太太们还难对付呢！"

章绍杰一听菊英不愿意回海淀去，脸上又现出不高兴的样子，他就点头说："那么你再考虑考虑，过两天再说，我现在还有别的事，还得赶紧走。"说着他又站起身来要走。

菊英却急得赶紧把他拦住，说："你先别走，我等了你半天才来，我还有好些话要跟你说呢！"

章绍杰站住身，笑了笑说："我还到别处有事去，所以要走，再说我刚跟你说了几句话，你就哭啼抹泪的，我在这儿坐着还有什么意思？"说着他又喷了一口烟，仿佛长者教训晚辈似地，说："菊英，我告诉你，你永远是这么眼里挂着泪，并不能得到人的同情。现代的青年都喜欢活泼健美的女人，那林黛玉式的女人已被时代淘汰了。菊英，我早先看你是很好的，现在，你实在叫我快乐不起来！"

菊英一听这话，心里实在是惊慌，同时又着急，她赶紧用手把章绍杰拉住，眼角虽还挂着泪，可是脸上却做出娇媚喜悦的样子，说："反正我现在不能让你走，冲你这话，我们倒得讲讲理！我问你，你哪天来了，我不是欢欢喜喜的，设法叫你快乐？"

章绍杰微笑着说："我也不需要那些虚情假意！"

菊英一听，气得眼泪又往出涌，浑身抽搐着说："我跟你好，就算是虚情假意？可是你呢？咱们同居才几天，你的心就变了；不但一天来不了几个钟头，并且一来就耷拉着脸子，还没有见着于三太太的时候高兴呢……"她随说随哭，将头偏靠在章绍杰的怀里，心里的悲痛已使她说的话不能再有所顾忌了。

这时章绍杰的态度倒是和缓了，他笑了笑，说："这可真是怪事！你别瞧于三太太年轻，可是她是我的老嫂子了，我跟她向来是什么话都说，有些事你还不知道呢！告诉你，你连吃醋都不会，你简直是个小傻蛋！"笑着骂出几句话之后，他就疯狂地粗暴地，像个怔小子摆弄玩偶似的，把菊英摆布了半天。菊英心中的幽怨又消失了，又乖乖地伏在他的怀里，然后章绍杰把菊英一推，站起身来笑了笑，就走了。

章绍杰走后，菊英就觉得头昏昏的，真测不出他对自己是有情还是无情，自己怎样才能得到他的欢喜，晚饭也懒得吃下去。晚间在屋中对着灯闷坐，她母亲又来跟她说了许多无味的话。母亲出屋之后，她又想起今天淑玲转给自己的那封信，想起秦朴，她至此时才确确实实地判断出来：秦朴是一个诚实多情的人，而章绍杰不过是一个浮华轻薄的阔少。自己一半是受环境的逼迫，一半是因心性不定，以至弃了良好的伴侣，而落到这么一个以女子为玩物的阔少手里。以往都是自己不好，自己也无颜再见秦朴的面了，可是将来怎么办呢？想了几遍，又觉得离开章绍杰实在是一点办法没有，只好还是设法博他的喜爱，感化他，使他明白自己对他的真心；为这些事，她又很伤感地思索了一夜。

次日，午饭后章绍杰就来了。菊英见着他，自然尽力地做出一种活泼的样子，说话也故意痛痛快快地，不再那么娇声细气，哄得章绍杰倒是没有发脾气。后来还是谈到搬家的事，菊英就说："我们娘俩在这儿住着，住人家的房子，吃人家厨房做好了的饭，用人家的老妈子，就是于三太太不说什么话，日子长了自己也觉得不好意思。搬家倒是对的，不过你说叫我们回海淀，那也不大好，先不用说我不愿回去，就是你，每天要出一趟城，也太麻烦，所以我想还是在城里找房子。一半天我到黄凤贞家里，叫她父亲给找几间房子就是了，你觉得在什么地方才好呢？"

章绍杰说："那倒随便，不过总是得找个僻静的地方，我就可以在那里长住。告诉你，你别瞧我整天整夜地在各处玩，那都是朋友拉着我，我不得不应酬，其实，我恨不得找一个清净的地方跟你住在一块，永远也不出门！"

这几句话真叫菊英感到从没有过的快慰，她才知道章绍杰原来是这么个心，这许多日自己对于他的猜疑原来都错了！于是她就高兴地连连答应，又很欢喜地跟章绍杰谈了半天话，然后她就撒着娇叫章绍杰同她出去玩。章绍杰却摇头说："不行，昨天我不是跟你说过了吗？我家里现在正调查咱们的行动，尤其是我叔父，他说我在外头租了小房子，结了婚。倘若咱们出去玩，遇见我叔父，他当面给咱们下不来，那可怎么办？"

菊英听了，默默地点头，心里却非常伤感，想着自己的婚事，实在是障碍太多了。早先秦朴爱我，是我的家庭作梗，不能使我们结婚；现在绍杰爱我，他的家庭又为难！菊英低着头发了一会儿愁，忽然想起自己的样子可能太忧郁了，所以又故意活活泼泼地跟章绍杰说笑。直到三点多钟章绍杰才走，临走的时候，他还留下了三十块钱。

菊英这时真欢喜，她把要搬家的事告诉了她的母亲，范大妈也说："搬开也好，在这儿住着，我也觉得怪别扭的，人说'亲戚远来香，街坊近了高打墙'，于三太太就是个好人吧，可是住长了也许要犯口舌！"又说："我这就找黄老九去吧？黄老九一定能给咱们找得着房子，他现在还常给人拉房纤。"

菊英说："妈你不用去，我还要去瞧瞧黄凤贞呢。"当下她就对着镜子重新打扮，又换上一件艳丽的旗袍，拿上手皮包，就出了小院，于三夫妇全都没在家，菊英叫季妈出去给雇了一辆车，就出门坐着洋车直到了石驸马大街吴家。

菊英一按电铃，里面胡妈就出来把菊英请了进去。才进了二门，就听见北屋里哗啦哗啦的洗牌声，胡妈就掀起了帘子。菊英进屋时，那黄凤贞刚碰了一副七饼，她扬起头来说："呵！你来了？你早来一步也凑个手呀！"

旁边的三位太太，一位就是那柳太太，另一位不认识，还有一位是在黄凤贞下首坐的；身穿浅红玻璃纱的旗袍，头发烫得跟鸡窝似的，描着柳叶眉，画着樱桃口，她一只手抓牌一只手捏着烟卷，抬了抬眼皮，笑着说："范小姐，真少见呀？"

菊英一听语声，再细看这人的容貌，才看出是那郝四太太，她就笑着说："哎呀！是郝四太太呀？我简直不认得你啦！"

郝四太太说："你们的眼睛都不行，我这个人的眼睛最毒！譬如范小姐，咱们才在一块玩过一天，可是过个十年八年，我也能认得你！"说时吧的一声打出一张九万去。

黄凤贞一边注意着别人打出去的牌，一边对菊英说："你等一等，我们这八圈牌还有三把就打完了，回头我让你。"菊英摇头说："我不是打牌来啦，我是找九叔有点事。"黄凤贞说："你九叔在家啦，你见他去吧！"菊英遂叫胡妈带着她到南屋里去见黄老九。

黄老九披着个小汗褂，光脚穿着拖鞋，正在屋里遛鸟儿。一见菊英，他就呲着金牙，笑着说："姑奶奶来啦？坐着，坐着。"胡妈把菊英送到屋里，她转身就走了。这里黄老九给菊英倒了茶，菊英坐在凳儿上，就说："九叔今天没出门儿？"黄老九一面扣小褂的纽子，一面摇头说："没出门！天热，我也没地方去。再说家里天天来客，两个老妈子招待不过来，我还得帮着，什么叫茶咧，雇车咧！"说时把他那柄折扇交给菊英，说："姑奶奶扇扇子吧！"菊英摇头说："我倒不觉着热。"

黄老九在那铺着凉席的床上坐下，燃了一支烟卷，叠着腿，探着头对菊英说："你母亲倒好呀？章绍杰对你们怎么样？一月给你们多少钱过日子呀？海淀你三叔要的那笔钱给了没有？还有……我上次给你出的那个主意，你进行了没有呀？"

这些话都使菊英不能答复，她的脸红了红，就说："我倒是都跟他说了，他还没有想好怎么办。九叔，我今儿找你来，是要托你给找几间房子，不用多，有三四间就行，地点最好清静一点。"黄老九问说："谁住呀？"菊英说："我们住，因为在于家住着，有好些不方便的地方，所以我们想搬出来。"黄老九又问说："章绍杰他知道吗？"菊英点头说："他知道，昨天他给了我三十块钱，就为是给房子的定钱。"

黄老九听了此话，便翻着小眼睛思索了半天，然后他说："房子倒是有的是，可是，上回我给你出的那个主意，叫他跟你正式结婚的事，你到底跟他提了没有？"

菊英脸一红，点头说："我跟他提了，他是十分的赞成，可就是他家庭中暂时还不能通过，得慢慢地说。"

黄老九默默地点了点头，又翻着眼睛想，半天他才说："菊姑娘，九叔告诉你的都是好话，你得跟他章绍杰使点儿手段，把那钱、首饰，值钱的东西，收起些个来；要没有地方放，就拿来交给我，放在我这儿你还不放心吗？我瞧章绍杰他没安着好心眼！"又说："房子倒好找，刘歪鼻子她们那胡同里，有一所很干净的小房子，租价也不大，回头我就替你问去；一半天你再来一次，听我的回话儿吧！"

菊英答应了一声，就说："九叔你费心啦！"遂站起身来说："我到北屋里瞧我姐姐她们打牌去。"黄老九又悄声嘱咐着说："我告诉你那话，你可千万留点心！"菊英点头说："我知道！"就心里很不痛快地又走到了北房。

第二十四回　路遇方车疑云生疑雨
家移僻巷秋扇怨秋风

这时黄凤贞她们的牌还没打完，菊英就坐在藤椅上，胡妈给她倒过一杯茶来。她呆呆地出神想着，觉着黄老九说的那些话很不错，就是章绍杰那个人靠得住，自己也应当留些贴己。不过这也很难，章绍杰花钱是有数儿的，向来他没给我们留过什么富余。就是他给我买的东西，也简直没有过什么值钱的东西；除了那个钻石戒指，后来他还给拿走了。即使我收起来两只手表、几件旗袍，那将来也不能当钱用呀！想到这里，她觉着非常为难。

这时人家那八圈牌已打完了，柳太太跟那另一位太太走了，黄凤贞和郝四太太就都吸着烟坐在藤椅上跟菊英来说话。郝四太太先笑着说："范小姐现在是章大少爷的太太了，你们结婚的时候，我不知道，我也没给你们贺喜。前天在中央公园我见着章大少爷，同他在一块儿的一个女的，后影儿像你极了，我想一定是你，我就叫了你一声；可是那个女的一回头，我一看，原来不是！"

菊英听了这话，心里一惊，脸上也变了色。黄凤贞便赶紧向郝四太太使眼色，她说："章大少爷可不是，他的女朋友多极了，他又娶了我妹妹是个好说话的人，也不去干涉他。"郝四太太笑着说："大概要换个你，就不行，是不是？"黄凤贞摇头说："我也不爱管男人这些事，男人都跟猫似的，你越看着它，它越偷嘴，不如由它去！"郝四太太笑说："你倒是个开通人，可是我瞧你把吴先生管的，不但不敢在外头偷嘴，连在家里都吃不饱。”郝四太太说这样的话不算什么的，可是菊英在旁听了，却不禁脸红。

黄凤贞又问她：“你来找你九叔有什么事儿？”菊英说：“我们要搬家，托九叔给我们找房子。”黄凤贞听了，似乎很觉惊异，就问：“你们娘儿俩在于三太太那儿住得好好的，为什么又要搬家呀？这是谁的主意？”菊英说：“是绍杰的主意，可是我们娘儿俩也是愿意的，因为在人家里住着总有些不方便，而且跟于三太太相处太长了也不好。”

黄凤贞还没有答言，郝四太太就在旁说了，她说：“于三太太那个人顶不好打交道了！表面上好，心里可净算计人。再说她跟章大少爷的事，谁不知道？这些日还没看见他们两人在一块儿走，去年还常到银宫饭店开房间呢。她跟章大少爷不清楚，可又给章大少爷拉皮条纤，我为什么不理她了？就是我瞧出她没安着好心，要叫我上章绍杰的当，我，才没那么傻呢！”

郝四太太这么脸厚，连黄凤贞都有点替她脸红了，菊英心里更说不出是什么滋味，因为章绍杰与于三太太这些事，都是自己闻所未闻的。若说郝四太太的话都是真的吧，可是章绍杰犯不上托于三太太来骗她；若说是假的吧，可是章绍杰跟于三太太的举动又像太随便了，而且关于拉拢女子的事情，于三太太确实能给章绍杰帮忙，自己本身还不就是一个例子吗？到现在，事实是叫傻子也明白了！因此心里又是悲痛，又是猜疑。

这时郝四太太就催着黄凤贞上公园，并叫菊英同着她们去。菊英却因为听章绍杰说过，郝四太太现在下了堂子，手里有几千块钱，整天在外面招蜂引蝶，名誉非常的不好，所以不敢同她们出去玩；就推说要回家去，还有别的事。黄凤贞和郝四太太也不勉强她，遂就由着菊英雇车走了。

菊英坐在车上，只想着刚才黄老九和郝四太太所说的那些话。黄老九的话还在其次，设法存点贴己钱的话，母亲也嘱咐过自己，只是郝四太太所说的，章绍杰爱着别的女人，都像确实有据。一种嫉妒的心理,使她十分难耐,若是正式的夫妻呢,自己回去见着章绍杰,就能向他大闹,可是现在自己就不敢;不要说这只是听别人说的,就是眼看着他跟别的女的亲昵,自己又有什么权利过问呢?想到这里,菊英的心里就觉得十分悲痛,看着大街上往来着无数的妇女,有坐车的有步行的,有的比自己的衣服华丽,有的比自己的衣服寒俭,但是最可怜的人恐怕就是自己了!

车行了许多时,便到了于家的门首,下了车,她便往门里去走。这时于三太太正在天棚下吩咐季妈做什么事,于三太太仍然穿着青纱的旗袍,白高跟鞋。平日菊英一见着她,心里就很尊敬,觉得于三太太是个最好的人,今天她的那种观念完全改变了;就因为郝四太太的话,她简直把于三太太看成为一个最不要脸的妇人了。

于三太太一见菊英回来了, 倒还像往日那样亲热, 她笑了笑,问说:"你上哪儿去啦?我还当是你跟绍杰一块出去的呢?"菊英用一种妒意的眼光看着于三太太, 可是嘴角不得不勉强带出一点笑容, 她说:"我上吴家去了!"说完了,就高跟鞋咯咯的紧响,进到了小院的北屋里。

菊英把手皮包往桌上一扔,就一头扎在床上哭了起来。哭了也不知有多少时候,季妈进屋来了,问说:"范小姐您是由石驸马大街来的吗?门口儿的车您还要不要啦?"菊英这才想起车钱还没有给呢,于是赶紧擦了擦眼睛,站起身,由手皮包里拿出了四毛钱,叫季妈去给车钱。

季妈出屋之后, 她依旧躺在床上哭泣, 这时她母亲走进屋来,问说:"你见着黄老九了吗?他说房子好找不好找呀?"菊英一边揉眼睛,一边坐起身来说:"房子一半天就能找着,咱们还是搬出去好,在这儿住着,非得把我气死了不可!"范大妈也不大明白女儿是因何说出这句话,她也就点头说:"可不是,我也觉着怪别扭的,前些日子的菜饭还好,这两天那些剩菜烂面,简直比狗吃的还不如。我瞧咱们要是搬出去,自己弄个小炉子做饭吃,比在这儿还方便呢,只要姑爷一个月能给咱们四五十块钱就够了。"

范大妈说了这话，却使菊英另起了一种打算，她暗想：反正我管章绍杰也是管不了，干生气，反倒伤感情，我为什么不往开了想呢？由他去，只要他每月准给我几十块钱，让我们母女能够生活着就是了！于是她又把自己的生活希望降得极低，决定回头章绍杰来了，也不问他那些事，并且对于于三太太也不可得罪。

当下她就在椅子上愁闷地坐着，她母亲又出屋去了。她坐了多时，眼泪又不住地往下落，因为她又想起秦朴来了，她想起过去那蜜一般的初恋滋味，反映着现在这惨痛的结局，真是不堪回首了！

这时季妈又进到屋里，笑着说："我们三太太请范小姐说话儿去！"菊英点头说："好吧，我这就去！"季妈走后，菊英就对着镜面擦胭脂，心里却想：刚才我回来时，因为生气，大概对于三太太没有好脸儿，后来季妈进来要车钱，又看见我哭着，所以于三太太才要找我说话，也许她要问我是什么原因。因此她又很恐惧，生怕为这件事就把于三太太得罪了。

当下她用胭脂遮住了脸上泪痕，就慢慢地走到了前院北屋，见了于三太太，她的脸上倒是一红，笑着问说："今儿您怎么没出门呀？"于三太太说："我也出去了一趟，到章公馆里跟他的那几位太太说了会儿话。章七太太要请我听戏去，我没有那精神，再说家里还有事儿，所以就回来了！"

于三太太说话的时候，虽然显着精神有点不好，靠在沙发上，似是头疼的样子，可是态度倒还像往日那么和蔼。菊英也做出很亲近的样子，可是很注意于三太太的容貌和装饰，心里有一种不自禁的嫉妒在撩动着。于三太太燃了一支烟吸着，忽然她问："刚才我在章公馆见着绍杰了，他说你们要搬家，搬到哪儿去呀？"

菊英脸红着，仿佛很对不起于三太太似的，就说："是绍杰的主意，因为他说我们在这儿住着，太麻烦您了，他觉着怪不好意思的，才想叫我们搬出去；可是合适的房子，一时还找不到。"

于三太太的态度忽然变得冷淡了一些，她吸着烟卷，慢慢地说："其实你们娘儿俩在这儿住着，也没有什么麻烦我的。可是你们若是在别处找到了房子，那也很好，因为我这儿，常有亲友们来往，你们娘儿俩不方便，绍杰他也一定觉着别扭。等你们找好了房子，我一定常去瞧你们！”

菊英笑着说：“以后我还许天天找三太太玩来呢！”

当时就这样把她母女搬家的问题通过了，但是菊英依然觉着很抱歉，怕于三太太误会了，她就坐在于三太太对面的椅子上，没话找话儿说；虽然心里仍然悲苦、妒恨着，脸上却总做出笑色。于三太太却不大说话，跷着她那虽然瘦但很洁白的腿，扬着头，不知是在想什么。

这时邱亚男又进屋来了，身后随进来阎妈，拿着几匣点心食品。菊英赶紧站起身，笑着问说：“邱小姐买东西去了？”邱亚男点头说：“对啦，因为明天我就要走了，这东西都是带回南京送人的。”菊英说：“是吗？明天您要走，我可得到车站送你！”邱亚男摇头说：“不必啦，我知道你也没有工夫。”

旁边于三太太说：“对啦，我也忘了告诉你啦，明天上午十点半的车，亚男就走。她这回到北京来，你们两个见面很投缘，她回到南京之后，也许不久就到美国去了，三五年之后才能回来，明天你也应该送一送她，这样吧，明天早晨咱们一块送她去。”

菊英笑着答应说：“好极了！”又问：“邱小姐有什么东西，我可以替你收拾收拾？”

邱亚男摇头说：“不用，我的行李很简单。”

当下菊英又在这里谈了几句话，便回到小院自己的屋里，心里就想：应当送给邱亚男点礼物，可是送她什么呢？现在手里虽还有三四十块钱，可是没得绍杰的同意，自己也不敢动。想了半天，忽然想起应当送她一张照片，于是就把那次跟着黄凤贞照的那张自己的半身相片取出；看了看，觉得几个月之前，自己虽然穿得很简朴的衣裳，头发也没有电烫，可是那时候仿佛比现在精神好得多，脸上也像比现在胖，因此心里又是一阵伤感。同时又想：这相片本想是多洗几张，其中一张还要送给秦朴，可是黄凤贞只给了自己这么一张，那两张不知她都给弄到哪儿去了。秦朴没有送成，想不到现在送给了邱亚男……她伤感得几乎又坠下泪来，本想应当在相片的旁边写两行字，可是因为手下连一支铅笔也没有，她只好就这样拿着，到了前院。

此时邱亚男在西屋里，收拾她自己的东西，菊英进屋来，就拿着相片笑着说：“我本应该给您买点东西，可是，又想您在路上一定不好带，这是我的一张相片，送给您，做个纪念吧！”

邱亚男接过相片看了看，说了声：“谢谢！我正想跟你要哩。”遂请菊英在椅子坐下。她一面收拾衣裳和书籍，一面说：“你真是太客气了，客气得叫我心里不安！譬如明天，你何必要送我呢？你的景况难道我还不知道？”

旁边菊英听了这话，被感动得眼睛一阵发热，又听邱亚男说：“就可惜我帮不了你！不过我希望你还是应当设法求自立。对于章绍杰的一切行动，不要太认真，自然就可以免去些烦恼，并且，他也不至把你很快的冷淡了。”这句话跟菊英心里所想的最低希望很是吻合，所以菊英就默默地点头，心里却不胜悲苦。

待了一会，于三太太又进到这屋里，三个人说了一会闲话，等到晚饭开了，菊英才回到里院。当晚章绍杰也没有来，菊英愁苦怨恨，一夜也未得安眠。

次日一早菊英就起来梳洗修饰，修饰完毕，就到前院去看邱亚男，邱亚男却都收拾好了。于三太太又打电话叫来了几样菜，就留菊英在一起吃早饭。早饭后才九点多钟，于三先生从外面回来了，还拿着一大捧鲜花，于三太太就笑着说：“喝！你可真像是个给人送行的。”于三先生笑着说：“什么话？咱们送的人过几天就要上美国去了，所以得学一点外国规矩！”又向菊英笑着说：“范小姐不是也送去吗？”菊英笑着说：“对啦，我跟着您送邱小姐到车站。”于三先生点头说：“好啦。”遂也交给菊英一束鲜花，菊英笑着接过来，放在旁边茶几上。

这时季妈进屋来说：“范小姐的电话，吴太太打来的！”菊英一听是黄风贞的电话，不知是什么事，赶紧到北房去接；在电话里她才知道是黄老九已给找好了房子，请她今天去看。菊英就向电话里说：“姐姐，今天上午我没有工夫，因为邱小姐是今天走，我跟于三太太送她到车站去！”

那边黄凤贞似乎不高兴地说：“你跟她们那么献殷勤干什么？……房子在太平湖，离着我们不远，我都瞧了；房子又紧凑，又干净，租价也不贵。你要是没工夫，就叫大妈来吧！要不快订下，人家就可给别人了！”说到这里，啪的一声电话就挂上了。

菊英赶忙到里院，催着她母亲快到吴家去，好跟黄老九去看房子，并说：“只要街坊好，房子干净，您就订下，绍杰若是看着不合适，将来再搬家都行。”她把昨天章绍杰留下的三十块钱都交给她母亲，然后就又到前院去了。

这时季妈电话把汽车雇来了，于三先生已然拿着邱亚男的行李先到车站去了，于三太太又到房里换上一件衣裳，然后就和菊英一起拿着鲜花，出门坐上汽车，就往车站驰去。

到了前门外东车站，于三先生正在站房里等她们，他已把月台票买好了，就说：“现在才九点五十分，还差半个多钟头呢，先到候车室里坐一会吧！”遂一同进到头二等候车室里，饮茶看报。

过了约莫十来分钟，又来了两个学生样子的女子，一个是徐小姐，一个是孟小姐，都是邱亚男中学时代的同学，现在也是来给她送行，邱亚男也给菊英介绍了。菊英对于这两位活泼快乐的女子，又很是羡慕；同时看候车室里一些旅客，有不少都是一男一女，不是情侣，便是夫妻，都似是很亲爱的，仿佛是故意在炫示他们的幸福。

过了些时，就听见火车的呜呜叫声，于三先生说：“到时候了，快上车去吧！”于是一同离了候车室，菊英随在于三太太的后面，凭着月台票进到站台上；于三先生提着邱亚男的手提包在前面走，邱亚男一面向列车去走，一面同着那两位姑娘絮絮地说着分别的话。菊英手里提着花，高跟鞋咯咯地踏在水门汀的站台上，眼睛看着那铁轨，和伏在铁轨上待发的火车。那火车头喷着黑烟，长长的挂着十多节车厢，仿佛一个身上有许多环节的爬虫似的；在每个环节里都装着许多旅客，有的旅客把头扒在窗上，跟站台上送行的人说话。

于三先生带着邱亚男上了二等车，那徐小姐、孟小姐也随着上去了，于三太太却向菊英说："车上太挤，咱们不必上去了。"又看了看手表，说："车快要开了。"菊英就站在站台的白线以内，眼望着车厢，看见许多男女旅客，提着随身的行李都往车上走。忽然一阵突来的悲痛扎到她的心里，她想起来，秦朴就是坐着这样的火车走的；当他上车时，也许有一两个同学给他送行，可是，那时他的心里是多么悲痛呀……

菊英这样想着，她难受得低下头去，眼泪滴在手中的那白花绿叶之上。于三太太看见了，就笑着说："你瞧你这个人，真爱哭！我是她的亲姐姐，她走了就走了，我一点也不觉着难受，你可为她流眼泪；这幸亏是她，要是绍杰走了，你得怎么样呀？"于三太太没有猜出菊英的心事，菊英就拭了拭泪水又扑哧地笑了。

这时站台丁零零一阵铃声，于三太太说："车要开了！"于三先生跟那两位姑娘都由车上下来了。邱亚男隔着车窗，从菊英手里接过去鲜花，说："范小姐谢谢你！"又向于三太太说："姐姐你们回去吧！"那孟小姐扬着头说："你见着淑清她们替我问好！"邱亚男点头说："好吧！我到南京就给你们来信！"

这时送行的人都站在站台上，车上只是一些长途待发的旅客，霎时，车身就慢慢地蠕动起来。车头又吼了两声，车行的速度就加快了，轰隆隆的向东走去，很快车影就消失了，只有一股浓烟飘浮回来，渐渐散于空际。

送行的人纷纷走了，菊英也怀着一颗莫名惆怅的心，跟着于三太太等人出了车站。那两位姑娘雇上洋车走了，菊英跟随于三夫妇上了汽车，汽车就开进了前门。菊英非常羡慕那走了的邱亚男，想着人家可以由这个地方到另一个地方去，将来还要到外国去呢，人家的生活是多么自由，多么有趣味？自己的生活却像一股死水，而且是很苦的水！

车行在东长安街上，忽然由前面的玻璃看去，对面来了一辆流线型的汽车，那车身是她所熟悉的那种豆绿色。菊英心里不由一惊，立刻把她心里的思绪完全抛开，专心注目地去看驰来这辆汽车，心想着：一定是绍杰！

此时于三先生也探着头往对面去看，两辆车很快地就走到碰头，于三先生在车里一招手，对面自己开车的章绍杰可没有看见，立刻交错过去而背驰了。菊英仍然扭着头，由车的后窗去看那车，就见那辆车的后车窗上嵌着一个卷发的女人背影。菊英在刚才两车交错的那一瞬间，似乎也看见了他们的正面；章绍杰依然穿着白西服，那女人是苹果绿的衣裳，面孔是非常美丽的。

这时于三先生忘形地笑了笑，说："小章他真行！"说时，又扭头看了菊英一眼。菊英的脸上不仅是胭脂色，简直是玫瑰色了。于三太太却直直地坐着，脸上一点表情没有，仿佛车窗外的东西她全都没看见似的。

汽车很快，转过了王府井大街，不一会儿就到了于家门前。车停住了，菊英下了车，也不顾于三夫妇，她就直进到小院。这时她母亲上黄凤贞家里看房子去了，她一进屋，连旗袍也不换，就扎头躺在床上。她的心里像凝固着一块铅，这块铅像有什么针刺，又像每个针刺上都往外冒火；假若这时章绍杰来了，她恐怕要不顾一切地向他哭闹，向他问说：你既然爱了我，为什么又去爱别的女人？今天跟你坐一辆车的，那是哪儿来的一个混账女人呀……

可是章绍杰没有来，她的妒气也慢慢地降了下去。又想起章绍杰翻脸时的可怕，还是不能逼急了他，因此菊英就极力忍耐着心里的痛苦，而期望着章绍杰快来，期望着他能来爱自己。

下午两点多钟，范大妈才回来，由她脸上的颜色看去，就可知她对于那屋子一定是很满意，她说："房子我看过了，是黄老九跟一个歪鼻子的刘老太太带我去看的。嘿，房子真好！三间北房，两间西房，东边一间灰棚，干净极了，棚都不用重新表糊，合共才租十块钱。我给了五块的订钱，回头你跟姑爷商量商量，他要是想再看一看呢，你就带着他找那黄老九，带着你们去看。那地方叫太平湖，都快到城根了，可是偏僻一点。"

菊英说："大概他也没什么不愿意，叫他跟我去找黄老九？那他才不干呢!不过也得等他来，跟他商量；咱们这里的家具都是于家的，搬过人去，还能搬家具去吗？"范大妈说："那一定都得置新的，有四五十块钱也就行了。”菊英却皱着眉，心里说：四五十块钱，章绍杰也不肯随便拿出来呀！

范大妈又走近两步，悄声对女儿说：“我告诉你一件事，你听了可别生气！刚才我也见着黄凤贞了，她说姑爷现在外头认得一个女的，叫什么魏六小姐，听说这个人的家里也阔极了！咱们姑爷现在正巴结她，可是还没有巴结得上，我想你应当劝一劝姑爷，别叫他荒了心！”

菊英听母亲这样说，不禁心中一阵酸楚，她脸上红着，咬着唇，眼泪在眼眶里乱转，她说：“我哪能劝得了他呢？刚说一句话，他就许跟我发脾气！”

范大妈似乎觉着女儿太软弱，就生着气说：“你也别净怕他！别的事管不着他，这件事还不准你问一问他吗？他要是跟你闹，他还能够一生气就永远不来了吗？他在这儿有家呀！他能够不要面子？”菊英烦得连连摆手，说：“得啦！妈您别说了！您再说我就死了！”说时落下泪来。范大妈又叨念了几句，就回南屋去了。

这里菊英又悲痛了半天，并猜出今天在东长安街看见的那个与章绍杰同坐一辆汽车的女子，大概就是什么魏六小姐。那个女的家里既有钱长得又很美，哪一点都比我强，他若是跟那女子感情深了，他还能够理我吗？如此，真觉得面前就是一片绝望的深渊，她想不出应当这样才能自救！

忧愁了一天，到晚间灯明时，章绍杰来了。章绍杰今天像是很烦恼，又像是很疯狂，菊英也不敢问他什么话，只是把找妥了房子的事告诉他，并问他还去看看不。章绍杰说：“我还看什么？只要没有什么坏街坊，你们就搬！我主张你们明天就搬，早一点离开这儿好；这屋里的家具都是我买的，你都叫人搬了去好了！”

菊英这才知道，原来这两间屋里的家具，都是章绍杰自置的，大概也就是为那被抛弃的吴姑娘置的，因此心中悲痛，可是她不敢露出忧愁的样子，还要强作笑颜地博章绍杰的喜悦。章绍杰也真因菊英的娇媚而喜悦了，不过他的喜悦是近于一种疯狂，又像是以菊英为一个假想的对象，而发泄他那不得畅遂的情欲。

这夜章绍杰就没走，夜深枕畔，菊英就将今天在东长安街上看见他跟一个女子同坐一辆车的事，露出来了一点。章绍杰不容菊英细说，他就说：“你可别胡猜乱想，那是我的妹妹，我们是到西城看我姨母去了！”章绍杰既是这样说，菊英也不能再表示怀疑，同时又感到章绍杰对自己原是很好的，更不忍问他与于三太太和那魏六小姐的事。

次日，章绍杰催着范大妈找黄老九去雇人搬家，他把菊英又玩弄了半日，留下了二十块钱，他才走。他在这里的时候，菊英对于什么都放心，他一走，菊英就又发起愁来。

午饭后，黄老九就带了人来搬家，到下午四五点钟左右，菊英和她母亲就满面惭愧地辞别了于三太太，往西城太平湖的新居去了。她们这次搬家最出力的就是那个黄老九和刘歪鼻子，晚间大致都收拾好了，范大妈和菊英就向这两个帮忙的人请安道谢，黄老九和刘歪鼻子才走。

这里房屋虽然干净，可是十分低小，菊英住的是北房，一出房门就望见那巍巍的城墙。屋里也没有装设电灯，就临时买来了两支蜡烛点上，晚饭也是范大妈亲自到附近的切面铺叫来的。今天菊英还希望章绍杰能够来，可是他并没有来，一夜菊英就在这孤单恐惧之下过去。

次日早晨，黄老九又来了，并跟范大妈要了钱，替她们买来小火炉、锅碗、煤油灯，于是范大妈又自己动手操作一切了。菊英自然也要帮助她母亲，因为有了些零碎事情，她的闲愁倒消解去了一些。

午饭才过，黄凤贞就来了，一进院子，她就用尖厉的声音说：“你们瞧，这儿是多么好！就是地方僻静一点儿吧，可也比在于三太太那儿受气强得多了！”然后她进到屋里，又指责屋子布置得不好，她又帮助菊英重新布置了一番。说了半天闲话，黄凤贞就要拉着菊英到她家里去打牌。菊英因为希望章绍杰能来，她就不愿意出门，她说：“姐姐，我今儿不能打牌，刚搬过来，难免有人来瞧我们，我不在家哪儿行？”

黄凤贞却说：“你合共才认得几个人，难道我还不知道？你搬到这个僻静地方来，谁还能来瞧你？走吧！没你我们凑不上手！”又说：“没有外人，就是郝四太太和柳太太，咱们又不打大牌，就是为凑凑热闹；

大热的天，省得出门满处跑去。”

菊英一听有郝四太太在一块打牌，她更不能去了。黄凤贞始而是极力勉强菊英，后来她都有点生气了，想要甩几句闲话走开，这时就听范大妈在院中说：“三太太来啦！”菊英往玻璃窗外去望，就见于三太太带来的一个三十来岁的老妈儿进了院。菊英刚要迎出去，范大妈已拉开门，请于三太太进屋来了。

于三太太一见黄凤贞，就说：“吴太太也在这儿了！”见于三太太今天穿了一件苹果绿的丝质旗袍，黄凤贞就笑着说：“三太太你真漂亮呀！穿了这件衣裳，说你十八也有人信。”于三太太并没说什么，她就从仆妇的手里接过一篮果子，向范大妈说：“你新搬过来，我也没给你买多少礼物，就是这点儿，给我妹妹吃吧！”范大妈赶紧请安说：“谢谢你啦！三太太你何必又花钱呢！”菊英也道了谢。

于三太太在黄凤贞对面的椅子上落座，菊英递给她一支烟，范大妈又给倒茶，于三太太就吸着烟说：“昨天你们娘儿俩搬走了这后，绍杰他又到我那儿去啦，他说你们这儿需要一个老妈子，托我给找一个；我就叫季妈回家，把她兄弟媳妇给找来了。”遂就指着站在旁边那个三十来岁的老妈儿，说：“她娘家姓萧，你们就叫她萧妈好了。”又说：“萧妈，你在这儿可勤俭着点，别瞧太太和范小姐都好说话儿，你就偷懒！”萧妈连声的答应，当下就给黄凤贞，于三太太等人倒茶换烟。于三太太又到院中看了看，连声夸奖这房子好，并说地方也清净。

待了一会，黄凤贞好不高兴地先走了，这里于三太太又悄声对菊英说：“范小姐，你可别觉着咱们不在一块儿住着了，就疏远了，以后我有工夫就来瞧你。你要是寂寞，可以天天到我家里去玩。这房子离着吴家近，黄凤贞以后一定常来，自然你们是从小儿在一块地长大了的姐妹，你不能得罪了她，可是千万别常跟她一块儿出去；她现在天天跟郝四太太在一块，那郝四太太顶不是东西了，绍杰最讨厌她们！”

于三太太的话没往下深说，但菊英心里明白，就点头说：“我知道，绍杰他也嘱咐过我，这儿离着大街也远，以后我除了看看三太太去，就不出门儿了！”于三太太点点头，似乎感慨地说：“我瞧你简直比我还幸福呢！你别瞧我仿佛比你自由似的，其实我的精神上痛苦极了，譬如那些交际、应酬，你当我是高兴呢？其实我是真没有法子，谁叫男人在外边做事呢！我向来不得罪人，可是有好些人都说我坏话……”菊英听于三太太说到这里，心中很同情，又忏悔不该因为听信了郝四太太的话，就对这位热心好意的于三太太产生许多嫉妒。

当日于三太太在这儿说了半天的话，五点多钟她才走。菊英这时心里很宽慰，只是期盼着章绍杰来。直盼到晚饭，门前有汽车响，菊英急忙推开屋门去听，果然外面有人打门。萧妈跑过去把门开开，章绍杰的皮鞋一响，就走进来了，菊英喜欢地迎到院中，娇声问道：“你怎么才来呀？”说时拉住章绍杰的手。

章绍杰进屋来就说：“这房子的局势还不错！”又看见屋里的煤油灯，他就说：“我今天叫人到电灯公司去了，明天就能接线来。”

当晚章绍杰就宿在这里，菊英对于他是百般的献媚，并做出极活泼欢乐的样子。章绍杰也很开心，可是有时他又像是有些冷淡，发着怔，似乎在想什么事。次日午饭前章绍杰走的，下午电灯公司就来装设了电灯，晚间章绍杰可没有再来。

由此，菊英和她母亲就在这里住着，章绍杰起先是一星期之内，总有四五天到这里来；有时待一会儿就走，有时他就住在这里。他对于菊英倒还有相当爱恋的，不过所谓爱恋也就是与玩弄差不多，尤其是他在外追逐某个女人尚未到手之时，他的情欲不能畅遂，便拿菊英来消遣。

菊英不单一点也看不出来，并且还认为他真是爱恋自己，不过有一个异点菊英也察觉出来了，那就是自从搬到这里来，章绍杰从来没有与她一同出门玩过。菊英也曾几次向章绍杰请求，可是章绍杰没有别的话，还是说怕在外面一块儿游玩，会被他家里的人看见。所以菊英的生活十分烦闷，黄凤贞那里自己也不敢去，她也不常来；于三太太自从她们搬过来的第二天来了一趟之后，就不再来了。菊英到于家去了两次，第一次于三太太没在家，第二次倒是见着了，可是于三太太对她的态度，已不像早日那样亲热了，所以菊英便没有再去。每天她只在家里闷坐着，有时也拿起针线，想做点什么，可是不知为了什么，心总是不安，才做了几针就又放下了。

菊英虽然如此，可是她母亲范大妈却整天高兴。黄老九几乎每天必要来，一来就要在范大妈的西屋里坐半天，什么话都谈。更加上那个歪着鼻子的刘大妈，因为住的离此不远，她的脚比黄老九还勤，屁股比黄老九还重；有时她跟范大妈摸起纸牌来，简直能够一天一夜也不走。虽然他们因为怕撞着章绍杰，不敢到北屋里去，可是这也够厌烦的了。

同时还有一件最可厌的事，就是自从她们搬到这里之后，醉鬼范三是常常来；他现在也不在大学做工了，拿着那卖了翡翠别针的一百来块钱，在家中坐吃山空，每十天至少要来这里三次，每次必要拿几块钱走。本来章绍杰就不给菊英多少钱，平均每个月也就拿出四五十块钱来，除去了房钱，实在没有一点富余，哪禁得住范三如此剥削？范三每次来的时候，必是喝得半醉，菊英和她母亲怕他闹酒疯，就是没有现钱，也得借给他一点当头，所以她们母女的手下，连衣裳、首饰都没有什么富余了。

章绍杰似乎也知道这种情形，他只是高兴了就来，兴尽了就走。如此一连过了两三个月，天气是一天比一天凉了，章绍杰也一天比一天来得少了。这时已过了中秋，是九月初旬的天气，明洁清朗的天空上，时常飘着几片秋云。树上的枝叶都枯了，落在地下被人脚踩着，喳喳的发出惨切的叫声；一阵旋风刮起来，落叶就在中庭乱转。尤其是晚间，那风吹叶响，简直使人心中悚然。

北京到这时候本来就算入了秋季，何况她们住在这空旷僻静的地面，更显得天寒风冷。一出屋门就看见的城墙上荒榛乱草，没有一点悦目的地方，到傍晚时，城墙上染着的一抹残照，颜色也是微弱得可怜。无数的寒鸦飞到城墙上，呱呱的乱噪，噪得人头都昏了，何况菊英这种心灵脆弱的人呢！

这天是星期日，章绍杰已五天没来了，五天之中菊英终日思盼，每夜失眠，容颜一天一天的见瘦。这天她实在忍耐不住了，就想到于三太太家中打听打听去。因恐于三太太午后不在家，所以她一早就起来，对镜修饰了一番,向她母亲说明白了,就拿上手皮包,向门外走去。

才一出门首,那顺着城墙吹过来的寒风就猛扑在她的身上,她几乎立足不住了,身上感觉透骨的寒冷。此时她穿的是一件咖啡色的丝绒夹袍,因为章绍杰没给她做大衣,她只披着一件自织的玄色毛线衫,下面是线袜和高跟的凉鞋,这一身衣服自然御不住这样的寒风。但她没有法子退避回来,只得低着头迎着寒风去走,她的眼泪都流出来了,头发也散乱了。

到了石驸马大街,她才雇了一辆洋车,往东走去。在街上,她看见许多提着书包的女学生们,全都穿着呢绒的大衣。可以说,街上走的妇女,只要是衣饰入时的,没有一个不穿大衣的了,只有她是这样单寒,单寒得直似一个乞丐,谁能相信她是有钱的章大少爷的爱人呢?她坐在车上,一半是怕风吹,一半是心里惨痛,便不住地用手绢捂着眼睛;拉车的人在这寒风里行走,似乎也觉得很吃力,好半天才到了王府井大街于家门首。

下了车,给了车钱,她就往门里去走。这时季妈正在院里晒菊花,一见菊英,她就说:"范小姐来啦,您在西屋坐吧!我们三老爷三太太还没起来呢!"

菊英笑了笑,就进了西屋,这就是邱亚男住过的那房子。她先对着墙上的一面镜子,用手理了理头发,拿手绢拭了拭脸上的土。季妈给她倒过一杯茶来,问说:"范小姐怎么老没到我们这儿来?"菊英说:"我总没有工夫,住的又远!"季妈也说:"对啦,您搬得太远了!"菊英在床头坐下,喝了一口茶,便试着问说:"章大少爷这两天也没上你们这儿来吗?"季妈说:"章大少爷昨天晚上还来啦。"说到这里,她又赶紧改嘴,说:"不是昨天,是前天吧?可是没待了多大会儿,就走了,说是看戏去,范小姐您会不知道吗?"菊英摇了摇头,心里却很悲伤,而且痛恨,就想:绍杰他可有工夫找于三太太看戏,我那儿他却连去也不去……季妈出屋去了,菊英就在屋里擦眼泪,看看手表这时已经九点半了。

直等到十点多钟,季妈才过来说:"我们三太太起来了,请范小姐那屋去!"菊英这才站起身,拿着手皮包到了北屋。就见于三先生穿着西服裤子毛线衣,正在外屋漱口,一见菊英,他就笑着说:“范小姐,您真早呀!我们今天可起晚了,昨天看夜戏,一点半才回来!”菊英笑了笑,向于三先生点点头,她就进到里屋。

于三太太还穿着睡衣,正在梳妆台前拢头发,见了菊英,却不像早先那么亲热,她只问了一句:“你今天怎么起得这么早呀?”菊英笑了笑,说:“我怕来晚了您就出去了,所以我一起来就来了。”紧接着她就问说:“三太太,这两天您没见着绍杰吗?”于三太太摇头说:“我有十多天没见着他了,他一天也不知忙些什么?”

这时季妈把一杯茶才拿到菊英的面前,听他们太太说的这话,跟她将才对菊英说的完全矛盾,她就脸上变了变色。

菊英心里冷笑着,咬了咬嘴唇,强忍下一口气,就坐在沙发上,抱怨着说:“绍杰也不知是什么事,有七八天没上我那儿去了,我很不放心,所以才到您这儿来,跟您打听打听!”

于三太太不自然地笑了笑,说:“范小姐你真是,你们是两口子,连你都不知道他这几天是干什么去了,我又怎能知道呢?自从你们搬走了之后,只是上个月,他到这儿来了一次,就再也没有来;有时在公园、在戏院里我遇见他,他总是同着人,我也不便招呼他。”

说到这里,于三先生忽然进屋来了,他说:“范小姐我告诉你一个办法,待一会,十一点钟的时候,你到栖凤楼的公馆去找他,他准在。要不然晚上十点钟以后,到银宫饭店去堵他,一堵一个准儿。”旁边于三太太赶紧拿眼睛瞪她丈夫,但于三先生还是不管不顾地说:“白天你可捉不着他,这些日子他天天跟魏六小姐在一块,有时在北海绕一绕,有时两人又坐汽车上西山去。”

旁边于三太太可真忍不住了,她瞪着眼睛说:“绍杰跟魏六小姐在一块,你怎么知道?你在外头听了些谣言,就来跟范小姐说,你这不是给人家两口子拆散感情吗?”

于三先生虽怕他的太太,可是心里像存着许多气,就愤愤地说:“本来么,绍杰那小子不是人,早晚我得跟他干干!”说着就回到外屋去了。

第二十五回　泪洒西风苍茫寻薄倖
灯昏子夜惨痛失慈亲

这里，于三太太气得脸上一红一紫的，她又装出笑容，走过去安慰菊英说："你别听他的，他是疯子！前两天他跟绍杰打架了，所以他才借这机会挑拨你们。那魏六小姐我知道，是个旧式女子，家里比绍杰他们还阔呢，人家早就订了婚啦，绍杰就是想巴结她也是枉想。你别着急，回头我到一趟章公馆，若见着他呢，就赶紧叫他到你那儿去；要是见不着他，我也得打听明白了，他到底这几天是净干什么了，然后我再告诉你去。"

菊英哭泣着说："其实他跟什么魏六小姐认识，我也不拦他，不过他也得到我那儿去，跟我说明白了啊！他难道就永远不照面儿，不管我们了吗？"

于三太太又劝着她，说："不能，不能，绍杰那人虽然荒唐，可是绝不能那么狠心！再说你们两人的感情并不错，前些日他在电话里还问我，哪家的女大衣做得好，他想给你做一件。你现在还是交给我办，我只要是见着他，一定催着他回去。可是你也别信我们先生的话，跟绍杰一闹僵可就坏了，假如你给他公馆里打电话，那是绝对找不着他；你到他门前去堵着他，他也许三天两天就没回家，至于饭店，你也知道，那么高的楼，那么多的房间，舞厅里那么多的人，你怎么能找得着他呀？"

于三太太末后这几句话似乎是在讽刺菊英，菊英的脸红了红，就拭净了眼泪，说："那么我就托付三太太了！请您叫他今天务必回去，哪怕他见我一面又走呢，也行。"

于三太太拍着菊英的肩膀，笑着说："你也真跟黄凤贞学会吃醋了！告诉你，千万别胡起疑心。你们绍杰那个人，他才精明呢！你别瞧他认得好些女的，到公园玩玩，看看电影倒行，若是想跟他套近，他才不干呢！这话我都不应当跟你说，你知道郝四太太那野鸡，她巴结绍杰足有两三年了，可是绍杰连理都不理，其实郝四太太长得也挺漂亮呀！"

菊英听于三太太说了这些话，便暗吞了一口气，又发了会怔，她就站起身来说："我要走了！"于三太太还假意挽留菊英，说："您忙什么？吃完午饭再走。"菊英却摇头说："我回去还有事呢，三太太回头累你一趟，千万见着绍杰叫他回去！"于三太太点头说："一定，一定，吃完午饭我就到章公馆去。"又捏了捏菊英的肩膀，笑着说："你真不怕冷！穿这么一点点衣裳，净顾了摩登啦！"菊英的脸又红了红，拿上她的手皮包就走了，也没再见着于三先生。

出了门，她就雇上一辆车回西城去。这时虽然将近正午了，可是风刮得还是那么冷，菊英冻得直打战，心情并不比来的时候舒展。尤其是因为刚才于三先生把章绍杰跟那魏六小姐的事情全都告诉了她，她的心更不禁燃起了妒意，浸透着悲哀，她很为难地想着：我怎么办呢？譬如今天章绍杰回去了，我是拿魏六小姐的事质问他，还是不管他呢？到了现在我可不能再忍了！可是他现在正找我的错处，假若我一质问他，他必定要翻脸，必定要借着这个茬儿就不理我了！因此想了几遭，她仍是无法宣泄自己的妒意，拢住章绍杰的心。

菊英坐着车回到家里，此时她母亲的屋里谈得正热闹，又是黄老九，又是刘歪鼻子，还有两个生疏的女人声音。菊英心中非常厌烦，到了自己屋里，就叫萧妈拿来菜饭吃了。她重新换衣裳换鞋，修饰打扮，把自己弄得极其艳丽漂亮，然后就什么事也做不下去了；听见一点响动声，她就往窗外去看，专期盼着章绍杰前来。可是，窗外的秋风落叶直响了整整一天，哪里有章绍杰的一点踪影呢？

晚饭菊英也没有吃，暮鸦噪过了，天色昏黑了，屋中开了明亮的电灯，但所照着的仍然是菊英的只影。烦丝愁绪扰得她头脑昏晕，四肢倦怠，但是心头还有着一线期望，想着章绍杰是会来的，所以她对灯愁坐，直坐到深夜两点。这时她母亲和萧妈都已睡去，她就低着头哭，哭了半天，才摘下手表来看了看，竟已三点了。她身上觉着寒冷，就站起身将屋门关好，然后转身呆呆地站着。忽然听见了城墙外的呜呜的火车叫声，她又心里一痛，连脚步都难以挪动了。

窗外一阵萧飒的风声，挟着落叶沙沙地响，她打了一个寒战，心里似乎又清爽了一点，她觉得眼前的事自己都明白了：于三太太不会为自己去找章绍杰的，章绍杰也不会再来了，自己得趁早想个办法。可是有什么办法呢？立刻，一种自杀的念头，又在心里闪过，她已经走到床边，将一条蒙头纱拿到手里了，可是手一软，身子也就倾倒在床上；她拉过棉被把身子和头全都蒙上，就在哭泣中迷迷糊糊地睡去。

到了次日，菊英心里又恢复了一点希望，想着昨天也许于三太太把话带到了，因为章绍杰没有工夫，所以他没有来，今天他大概可以来了，所以她又打扮得很漂亮，就在屋里等待着。

这天窗外的寒风似乎比昨日还要紧，院中的枯叶比昨天还堆积得多。菊英等到下午三点多钟，还不见章绍杰的影子，她就想再到于三太太那里问一问。可是又想，于三太太对自己也不像从前了，何必再去讨她那脸子看呢？更怕自己走后章绍杰就来了，所以她又焦急愁苦地盼着；直盼到深夜，章绍杰依然没有来，这一夜菊英就没有合眼。

到了第三天，午饭以后，章绍杰还没有来。范大妈都着急了，她就向菊英说："姑爷怎么还不来呀？你手里还有钱吗？今儿是交房钱的日子，回头就许来要；萧妈的工钱昨天就应当给。"菊英说："我倒是还有十块钱，可是也不够呀？只好先推推，等绍杰来了再说吧！"

范大妈急得变色，说："他是怎么回事呀？足有十天没来啦，这到底还算他的家不算呀？"菊英叹了口气，也不愿多与母亲说废话。范大妈便责备女儿说："你是太老实了！要换个别人，能叫他这样儿？无论在哪儿也得找着他，跟他大闹了。你说，他要是再几天不来，咱们连吃的都没有了！”说时她直跺脚，这时萧妈进屋来了，范大妈才没往下说。

母女坐着发了一会愁，范大妈就出屋去了，菊英又在屋里拭眼泪。待了一会，忽听外面打门，菊英倒觉着一惊，赶紧叫萧妈出去看是谁来了。她心里猜想着：绝不能是绍杰吧？绍杰他可以推门进来呀！

这时萧妈已把客人让进来了，皮鞋的声儿一响，菊英赶紧隔着玻璃窗往外去看；见来客是个瘦长个子，戴着呢帽，穿着西服大衣，拿着一根手杖，原来是于三先生。菊英心里倒很诧异，觉着他干什么来呀？又想：也许是于三太太叫他来的？

这时萧妈已把屋门打开，于三先生进屋来，摘下呢帽露出他那秃顶，就点了点头，笑着说：“这地方真难找！”菊英也笑着说：“可不是，我们这地方太僻了，差不多连拉车的都不认得！”又问：“三太太没来吗？”于三先生摇头说：“她没来，我今天看你来，她也不知道。”说着他连大衣也不脱，就在椅子上坐下。

萧妈给他敬烟倒茶，旁边菊英却满怀惊疑，不知道于三先生今天瞒着他太太来找自己是有什么用意，遂脸红了红，问说：“三先生，这两天您没见着绍杰吗？”于三先生喝了口茶，吸了两口烟，就说：“我就是为他的事才来的么！”他又转头向萧妈说：“你先出去。”萧妈回身出去了，菊英的心里更是惊疑，就听于三先生往外指着萧妈，说：“这家伙是章绍杰安下的探子，你们家里有什么事，她都出去偷偷地打电话报告章绍杰。”菊英听于三先生这么一说，吓得脸上都变了色。

于三先生又似乎很同情地向菊英说：“绍杰那小子简直不是东西！昨天我还在市场里，看见他跟着那魏六小姐在一块儿走。他冲我点头，要招呼我，可是我连理他也没理，他那个朋友，我是不交了。”于三先生似乎有许多牢骚，又说：“范小姐，你得想法子对付他！他都跟人说了，他对你们的钱也花够了。他说你有个叔父想要讹诈他，你们老太太净从外面往家里招野男人，他不愿意再认识你们了；打算这儿的家具都给你们，再给你一百块钱，就算完事了！”

菊英听到这里，泪就落下来了，她说：“我三叔倒是常来，可是不单没见过他的面，也没跟他要过一个钱，怎么能算是要讹诈他呢？常到我们这儿来的只有一个刘大妈，和一个黄九叔；黄九叔就是吴太太的父亲，都有五六十岁了，人家是看着我长大了的……”说着她便悲哽不语。

这时范大妈进屋来了，于三先生欠了欠身。范大妈见女儿哭了，她就急问说：“为什么事呀，你这么哭？”

于三先生说：“就是为绍杰的事！老太太你请坐，我对你说。章绍杰那个人是一点良心没有，现在他巴结上了一个魏六小姐；这魏六小姐是北京的名闺，也是北京交际场上著名的美人，章绍杰费了三四个月的工夫，托了很多人，花了无数的钱，才与这魏六小姐认识了。现在两人倒是有点爱情，可是魏六小姐提出两个条件来，第一是要正式结婚，做他家的大少奶奶；第二是不准章绍杰在外面另认识女人，人家有常年的法律顾问，现在正跟绍杰他们家庭交涉此事。

“章家虽然有钱，可是人家魏家比他还阔，结果章家是必须承认人家的条件不可。现在章绍杰对于魏六小姐是处处殷勤伺候，简直跟个听差的一样，这儿他自然不敢来了，再说他现在对于范小姐的新鲜劲儿也过去了，他早就打算不认范小姐了。昨天他叫人送了一百块钱给我的女人，托她来转交范小姐，这一百块钱就算把人退了，从此各干各的，再无关系；我的女人还不好意思把钱拿来，我可有点看不下去。范老太太你想，这不单是玩弄女性，简直是欺负人呀！虽然范小姐没跟他正式结婚，但人总是他的了，就这么说要就要，说不要就不要，良心上说得下去吗？所以我来了，告诉你们娘儿俩，得想法子惩治章绍杰才行！”说毕，他连气喷着烟，仿佛也很生气，并连声说着：“绍杰那小子，太不是东西！”

这时范大妈已气得浑身乱颤，呼吸急促，她就说：“他瞎了眼啦！他觉得我们娘儿俩好欺负，给个百十来块钱就行了，可是他也不打听打听，我们范家也是在海淀有名有姓的，别看现在穷了……”又说：“只要他敢这么办，我就跟他拼这条老命！”范大妈说着也流下老泪来，菊英更是哭得连话都说不出来。

于三先生摆手说：“你们娘儿俩光生气也没有用，章绍杰那小子更不懂得讲理，就是得拿厉害的对付他。今天晚上他准在银宫饭店跟魏六小姐跳舞，范小姐你找他去，当着许多人抓住他就大闹一场，他一定没有法子，并且他要是在交际场里一丢人，魏六小姐一定就不理他了。这是一个办法，还有一个办法就是每天正午十二点以前，范小姐你在栖凤楼他公馆的门前等着他，他一出来就把他的汽车截住，向他不依，他也就没有法子了……”

范大妈说：“也不用菊英去，我这就到他的公馆哭闹去，我一个穷老婆子他们还能把我弄死吗？”

于三先生摇头说：“那也没有用！他们公馆里那些仆人，个个不讲理，外人连他们的台阶都不能上去。就是得抓住章绍杰，只要把他抓住，跟他说什么他都得依，因为现在他正恋着魏六小姐，绝不敢闹出什么事来。”

范大妈气得浑身颤着哭，菊英却拭了拭眼泪，凄怆着对她母亲说：“妈您也不用管了，您就是见着了他也不行，还是我找他去，今儿晚上我就上银宫饭店！”

于三先生点头说：“对啦！还是范小姐你去，老太太去没有用。你见着他就得拉下脸来，他绝不敢跟你撒气，因为在那交际场，他跟着魏六小姐，他得装出绅士派头来。”

范大妈流着泪，又叹了口气，说：“晚上我一定叫菊英找他去！可是三先生你回头要是见着他，也劝一劝，无论怎么着也叫他回来再商量。他要娶那个魏六小姐，我们也不管他，可是菊英跟了他这些日子，哪一点也没得罪他，他要是不管，我倒是不要紧，可叫我们姑娘怎么办呀？他年轻轻的人，也得讲良心呀！”

于三先生笑了笑，说：“他还讲什么良心？”说着便站起身来，把呢帽扣在头上，拿起手杖来，说：“我要走了！因为我瞧你们娘儿俩很老实，早先又住过同院，我才来给你们出这个主意。我到这儿来，连我的女人都不知道，我们家里这几天也是为章绍杰，天天吵架！”说完他就出屋走了。

菊英同她母亲把于三先生送出门去，然后她就回到屋里，倒在床上呜呜痛哭。她母亲随进屋来，向女儿劝慰着，同时她也老泪纵横，说：

"这没有法子，他要娶那魏六小姐，你也拦不住他。就是今儿晚上得把他找着，揪住他，无论怎样也叫他回来商量办法，到时候我有话跟他说！"遂又生着气抱怨着。

这时院中就有人说话，原是黄老九来了，菊英就向她母亲说："您快去吧！别叫他上这屋来，这件事也不要跟他说！"范大妈擦着眼睛，点头说："我不能说，见着谁我也不能说。你也别着急，反正于三先生叫你到饭店找他去，准能够找得着；可是那饭店在哪儿，你认得吗？"菊英咬着嘴唇，点头说："我认得！妈您就别管了！"范大妈又叹息了一声，就出屋见黄老九去了，菊英就躺在床上哭泣，直哭了一天。

到了晚间，菊英草草地吃了一点饭，就开亮了电灯，对镜修饰；仍然穿的是那件丝绒夹袍，毛线外衣。她拿上手皮包，先到西屋里见她的母亲，就说："妈，我走了！您可听着门！"此时那歪鼻子的刘大妈在旁，就问："天都黑了，姑娘你上哪儿去呀？"范大妈说："她上西单牌楼买点东西去！"菊英也没理那刘歪鼻子，她就出了门首。

门外是一片漆黑，连只路灯也没有，也没有一个行人。菊英就穿着单薄的衣裳，冲着萧飒的秋风往东去走。走了半天方才到鲍家街，这里才有洋车，菊英上了车，就说："拉到银宫饭店。"车夫抄起车辆来，向东就跑。菊英心里就想着，少时见着章绍杰是应当怎样的向他交涉。

此时菊英倒有些胆怯，就想：那饭店里是个高尚的地方，若叫自己当着许多人抓住章绍杰，跟他大哭大闹，自己也是做不下去呀！还不如今天不去找他，明天到他公馆门前去等着他呢！虽然这样想着，可是车已走到西单牌楼了，她也不能再叫车拉回去，就想：回头见着章绍杰，还是跟他好好的交涉，不必把事情闹僵了，因为总还是希望他对自己好呀！

这时虽然秋风很紧，可是西单牌楼这一带，车辆、行人依然往来纷纭。大商店亮着各色的迷人的霓虹灯，放着浪漫的歌曲，长安戏院和新新戏院这两所大娱乐场的门前，电灯像繁星一般，许多欢乐的人都往里拥挤，但没有人知道菊英这一颗悲伤脆弱的心，正在秋风里颤抖着。她就像是一片孤零的落叶，漂流在汹涌的人海里，她要挣脱她这可怜的命运,但是她也感觉到了,这实在是太渺茫了,太无望了!

车走了多时,到了一所大建筑物的前面,车放下了。这门里有喷水池,有齐齐的常青树,还有几辆睡熟了似的一动不动的汽车;楼上有四个电气的红字,是“银宫舞厅”。菊英知道这就是银宫饭店,她下车给了车钱,便怯弱地往里去走。绕过了喷水池,上了台阶,忽然她觉着这路径似乎很熟识,像是自己曾来过似的,立时她的脸就红了;她想起几个月之前,自己在这里所发生的事情,心中就不由一阵憋痛。

走进了饭店,就见迎面有几个彩色大字:“化妆跳舞大会”,彩色的电光刺得她眼睛发疼。但是四周是很冷落的,柜台里有几个穿西装的在闷闷地抽着纸烟,大概是因为天色太早的缘故,所以还没有什么舞客来到。菊英的高跟鞋轻轻敲着水门汀的地面,她畏畏缩缩的,像一个鬼魂似的,先到那舞客留言处看了看。那牌子上留的话没有几条,而且掺和着许多英文,菊英看不明白,不过她晓得这上面没有章绍杰写的字,也没有别人给章绍杰留的字。

她转头向大柜台里望了望,心中有些惭愧,想着自己曾在这里住过一夜,他们这里的人恐怕还能认识自己吧?她脸红着,又惭愧自己的衣服单寒,就夹着手皮包慢慢走到柜台前。她向里面点了点头,有一个穿西服的办事员迎过来,问是有什么事,菊英就嚅嚅地问说:“有一位常到这里来的章先生章绍杰,他今天来了吗?”饭店的办事员把菊英打量了一下,就说:“章先生今天还没来呢,大概十点钟左右他总可以来吧!”

菊英笑着点了点头,心里很失望,看了看手表,这时才八点一刻,就想先到市场里玩一玩,到十点钟再来。于是她又出了饭店,坐车到了东安市场里。一进到市场里,那各色电灯和陈列柜里的珠光宝气,以及各种时髦的东西,又都刺激着她,同时使她的心中生出无限的感伤。她孤零零的游荡在人群里,无目的地走着。摆摊子卖果品的小贩,大概看着菊英也像一位有钱的太太,都招呼她说:“买点吧!香蕉,苹果!”菊英却不理睬。她挟着手皮包,紧闭着嘴唇,心头像是压着个沉重的东西,就脚随着人踪,随着灯彩,由市场的南花园到了正街。

这时忽然有个人一把将她拉住，同时一阵奇香扑入鼻中，就听这人说："你怎么一个人来了？"菊英吓了一跳，抬头一看，见是个穿着花呢大衣的女人，原来是郝四太太，她的身旁还有一个西装的女性化的少年男子。菊英脸红了红，笑着说："我来买点东西。"郝四太太说："你们真是有汽车了，住在西城可到东城来买东西，章大少爷呢？"菊英心里又一痛，说："他没有来。"

郝四太太说："回头银宫饭店有化妆跳舞会，你不去吗？章大少爷跟魏六小姐一定去，你为什么不去呢？就是不会跳也不要紧，化了妆谁还认得你呀？回头咱们在那儿见吧！"菊英点头说："好！回头见！"郝四太太放下菊英的胳臂，又笑着说："可一定去呀！"她就同那个女性化的少年并着膀子往南去了。

这里菊英心中又痛又妒，又对目前的事情为难，她脚步沉重地向北走了几步，就在一家商店的陈列柜前呆呆地站住了，她并没有看到柜里面陈列的货品，脑子里却在烦恼艰难地想着：现在的事情可怎么办呢？回头银宫饭店要开化妆跳舞会，不定有多少人去呢，郝四太太也去；我到那里就是见着绍杰，他若跟那魏六小姐在一块儿，他一定是不理我，难道我真像泼妇似的揪住他，跟他哭闹，那不是叫人耻笑我吗？将来就是章绍杰再跟我好，我还有什么脸儿见人呀？于三先生给我出这个主意实在不好……

当下她的脑筋似乎清醒了一些，就想：银宫饭店那里我是不能去的，闹出笑话来，不但于事无益，那时我还活不活呀？遂叹了口气。这时她才注意到面前的玻璃橱内，原来陈列着的是各种的金银礼物，银盾银杯之类，那银盾上都雕刻着字，什么"花好月圆""百年偕老"等等的字样，还有的干脆就刻上一颗红心，心的中间刻个"爱"字。菊英对此仿佛不忍得看，就赶紧转过身走了。

她出了市场门首，心里迷糊得竟辨别不出方向，有一个洋车夫问她："小姐要车吧？"菊英说："拉到太平湖！"那车夫却摇了摇头，说："那么远，我不去！"

菊英信步走着，路旁的霓虹灯照着她凄惨的红颜，寒风刺着她颤抖的肌肤。身边的汽车是一辆跟着一辆，就像结成串儿似的，全都瞪着那么凶的大眼睛，都是往银宫饭店去的。菊英这时忽然产生一种消极的念头，她要跑到马路当中，随便让哪一辆汽车把她撞死，那倒比什么都好……

菊英往马路当中跑去，果然有一辆流线型的汽车轰的一声从她身畔驶过去了，把她吓得几乎倒在地下。一个警察用指挥棒向她指着，说："快过去！快过去！"菊英于是身不由己地跑过了马路，心里不住地噗噗乱跳，两腿更觉得发软。

这时有一辆洋车又招呼她，说："要车不要？"菊英声音颤抖地说："拉太平湖。"车夫说："是西城的太平湖吗？得啦，您给三毛钱吧！"菊英也不争论，就上了车，身子无力地向车背上一仰，就觉得一阵寒风从脸上掠过。

两辆汽车，一辆从对面，一辆从身后都按着喇叭来了，菊英这辆车赶紧躲着靠了人行道，让汽车飞驶过去。走了不远，就又到了银宫饭店的门首，一排数十辆的汽车遂停在那门前，小姐少爷交际花们都跳下了车，欢乐地拉着手去参加化妆跳舞会，菊英扭着头注意地看那停放着的汽车，倒是没有豆绿色流线型的。

少时她坐的这辆洋车走到长安街上了，车是十分慢，而且晃动；洋车夫像是两只腿有病，怎么也跑不快，但他是很吃力的，急促的呼吸声使车上的菊英都听得见。菊英觉得此时她自己的呼吸也是很急促，很微弱的，夜色遮着她，使她可以尽情地流泪、悲泣。她闭着眼，像是昏晕过去了似的，由着车子向前走；风往身上吹，电车、汽车声，及种种杂乱的声音在她耳边响着。

也不知走了多少时候，不知车是走到哪里了，她睁开了眼睛，路旁的灯光映着她挂在睫毛上的泪水，晶莹明亮，像是两颗珠子似的；她用手绢擦了擦眼睛，这才知道又回到西单牌楼了。少时车进了胡同，菊英在车上暗暗叹了口气，借着路灯的光亮看了看手表，这时已是十点一刻了，心想：银宫饭店的化妆跳舞会一定开场了，这时章绍杰正跟魏六小姐在跳舞欢乐，他恐怕早已把我忘了，男子的心真狠呀……由此她又想起来秦朴,立刻更是痛楚和悔恨,想着:现在我的遭遇若叫秦朴知道了,他应当做何感想呢? 他能够同情我吧? 咳! 他一定不能同情我,他一定觉着很称愿,因为我早先对他也像是太心狠了! 想到这里,才拭干的眼睛就又沾上了许多热泪,她赶紧又随手拭去。

这辆迟缓的车子摇摇晃晃的,在寂静的小巷里又走了多时,方才到了太平湖她的家门前,菊英这时已经两眼被泪水浸得发疼,身上也冷得不由自己地颤抖。她下了车一面叫门,一面给了车钱,少时萧妈把门开了,菊英走进去,就听母亲的屋里还正说得热闹:不独是那歪鼻子刘大妈,并还有男人的声音。菊英就吃了一惊,悄声问萧妈说:“是谁来了? ”萧妈也悄声地说:“是那刘大妈的表侄费先生,来了半天了,也不知老太太是托他给办什么事! ”

菊英听了,更是伤心、生气,就想:本来这萧妈就是章绍杰安下的探子,黄老九和自己的三叔常到这里来的事,绍杰全都知道,今天又来了这么一个素不相识的男人;明天萧妈上街买菜的时候再给绍杰打个电话,他更不能来了! 他更得有理了! 到了屋中,她坐在椅子上又流眼泪,觉得自己还是死了好,萧妈在旁边给她倒了一杯茶,她都没有觉得。

又待了好多半天,外面的街门又响,大概是把那刘歪鼻子的表侄送走了。范大妈见着这屋里的灯光,就进屋来,问说:“你回来啦? 见着他了没有? ”

菊英看萧妈没在屋,就跺着脚向她母亲抱怨,说:“你真是……本来绍杰他就嫌咱们往家里招闲人,黑天半夜的,您又把刘大妈的什么表侄让进来,干什么呀? ”说完又掩着面痛哭。

范大妈就着急地走近两步,弯着腰低声争辩说:“不是我往家里招闲人,咳!是我真气急了!绍杰他要是永远不照面,咱们可怎么好呀?我忍不住就跟刘大妈一说,刘大妈又回去跟她表侄说了。她这个表侄叫费万德,在河南开着好几个大买卖,他才从河南来,听了咱们的事,人家就很不服气,叫他姑妈带着来见我,给咱们出主意;他说章绍杰要是过几天再不来,咱们就可以到法院递呈子告他弃养,费先生认得律师,能给咱们帮忙！”

菊英叹气说：“咳！咱们手里什么凭据都没有，跟谁打官司也是不行呀！再说，我还没见着绍杰啦！于三先生今天说的那些话也许靠不住，明天早晨我到公馆里找他去，见着面我一五一十地问他；他要是真翻脸不认得我了，咱们再想别的法子。”

范大妈说：“怎么，你刚才到饭店里没见着他呀？”菊英说：“饭店里那么大的地方，那么些个人，我哪儿找得着他？只好明天再说吧！”范大妈气愤愤地说：“明儿早晨我跟你找他去，他不是住在栖凤楼吗？我认得那个地方！”

菊英哭着说：“妈，您就别管了！您这么一胡搅，弄得谁都知道了！”

范大妈也抹着眼泪说：“他跟咱们这么无情无义，咱们还怕什么？人家费先生刚才都说了，咱们娘儿俩太老实，要不然他也不敢这么欺负！”范大妈说话时，又是生气，又是伤心。她觉得自己只有这么一个女儿，好容易跟着女儿享了几天福，忽然章绍杰又这样无情无义，眼看着章绍杰若是再不来，母女就必要挨饿；而且女儿嫁了这回人，将来要再遇见有钱的人也不能要她了。范大妈就抹着老泪，又骂章绍杰没有良心，又抱怨女儿脾气不好，不能得到男人的喜欢。

菊英虽然满心的悲痛和委屈，但也没精神再和自己的母亲争辩，就由着母亲说了一阵，哭了一阵。好容易盼得母亲回屋去了，才关上门就寝。她躺在床上辗转寻思，缠绵泣泗，真觉得万念俱灰；只有明天到章公馆附近去见着绍杰，哭泣着数说他一顿，他若仍是无情无义，那自己就死在他的眼前！一想到死，她的眼泪就流得更多，因为死了是干净了，可是死又太痛苦了，太难了！一夜也不知她是睡了没睡，不觉又到了天亮，鹊雀在萧飒的晨风里，不住地乱噪。菊英睁眼一看，窗帘作惨白色，就想：这几天的痛苦折磨，自己的脸色也与这差不多了吧？

菊英又在被褥之间，痛苦地想了一会，便很慵懒地起来。屋门一开，萧妈就端着洗脸水和漱口水进来了。这两天，她们母女天天发愁章少爷没有来，萧妈似乎也都明白，虽然她还照常做事，可是脸色总显得那么难看，菊英倒仿佛有点畏惧她似的。今天她一见着菊英，就说：“太太,您把工钱借给我吧！”菊英的脸一红,用微细地声儿说:“你再等一半天的,少爷来就给你开发工钱。”萧妈在嗓子里答应了一声,就拿起痰盂出屋去了。

这里菊英发了一会怔,然后就漱口洗脸,又仔细地修饰打扮了半天,她又想:回头见着章绍杰,还是应和婉地把他请了来,不要把他逼得太急了！修饰完毕,看看手表才不过八点钟,这时绍杰一定还没有起来。菊英对于回头到章公馆去的事,她是十分的发怯,便幻想着:这时候忽然他自己来了,那有多么好呢！省去了多少事呢！可是她虽然这样想着,门前仍是寂寂的连汽车喇叭声也没有,只有秋风呼呼的吹进院里来。

吃了一些早点,范大妈也起来了,到屋里见了女儿,她就说:“回头咱们两人一块去！”菊英急得要哭出来,顿着脚说:“您干吗跟我去呀?您在里面一搅,事情更坏了！”范大妈也急得眼里含着泪,说:“不是我要跟着你,我就是不放心你,你行吗?见了他,他要是跟你一瞪眼,你什么话也不敢说了！我见了他我也不跟他闹,我就叫他拍拍良心,问问他,咱们娘儿俩怎么错待了他?”

菊英急得一转脸,哭着说:“您要是去,我就不去了！我知道,您也是非得把我逼死才行……”

范大妈见女儿哭了,她的态度才和缓了一点,就也拭了拭眼泪,说:“你回头见了他,你是打算跟他怎么说呢?”菊英擦着眼泪说:“我都想好了,我见着他,什么话也不问他,就叫他跟着我回家来;到了这儿,我再细细问他！”范大妈说:“他要是不跟着你来呢?”

菊英说:“那我就拦住他的汽车,不放他走！妈,您也别净信于三先生的话,绍杰那个人我知道,他也不是个多么心狠的人,现在他是叫那个魏六小姐牵坠住了,他没有法子;他若是到咱们这儿来,叫那魏六小姐一知道,人家就不理他了。你瞧,早先他还常带着我出去玩,这两三月以来,我几次要跟他出去,他都说怕叫他家里人看见,不方便,其实就是怕我们一同出去,遇见那魏六小姐！”

范大妈听了女儿这话,发了半天的怔,就说:“其实他来不来倒不要紧，只要他一个月给咱们四五十块钱就行了；咱们娘儿俩在这儿好好过活着，他想来就来，他不想来咱们也不去找他。话说开了吧，你就算是他的一个外家，他那么阔的人，难道连个外家都养活不起吗？”范大妈说完了这话，又是连声叹气。菊英却更是伤心难过，因为她所需要的不仅是金钱和安定的生活，而且还需要温柔的爱情呀！可是那温柔的爱情，早被自己给弃绝了！

菊英流了几点眼泪之后，觉得脸上的胭脂粉一定被泪水给冲坏了，于是她又对镜重新整妆。挨到九点钟，她才又披上那件毛线外衣，拿上手皮包，出了门，走了不远就雇上一辆车，往东城去了。菊英坐在车上，心情是又紧张又急切，她揣着满心的幽怨，要等着回头见着绍杰时发泄。秋风似乎较昨天还要硬，冷得她这身衣服简直支持不住，她在车上打着颤，心都像要从喉间迸出来似的。

好容易才到了栖凤楼，在西口前她叫车停住，给了钱，便下了车，脚步发软地往东走。才走了几十步，就见有一座红漆大门，门框上都描着金，有一块朱漆金字的大牌子写着“章公馆”。大门的台阶就有四五层，扫得真是一点尘土也没有，一进门就是雕砖的照壁，旁边是门房，有几个穿得都很齐整的男女仆人出来进去。菊英一看这个势派，她的两条腿就更发软了，赶紧假作找错了门似的，又退步往回去走。

大门的右首是汽车房，车房的门开着两扇，房里并列着也不知有多少辆汽车，有几个人正在那里洗车，其中特别显眼的，就是那辆豆绿色流线型的汽车。菊英看见了这辆车，就晓得章绍杰此时尚没有出门，她心里立刻一阵紧张，仿佛眼前就见着了章绍杰似的，因想：他要出门一定是到大街上去，那么我就在西口外去等他，现在还先别叫他看见！

菊英的心乱跳，身子也有点抖颤，就走到西口。她又觉得像自己这样一个女的站在这里时间久了，也很招人注目，所以她就走到马路的西边，在对着胡同的一支电线杆旁站着，假作是在等电车，眼睛却直直地往胡同里去瞧。

那电车一辆一辆地驰过来走过去，但菊英仍然在这秋风里站着。待了许多时候，章绍杰的汽车还是没出来，可是这时忽然有一辆洋车走到胡同口,车上坐的是一个穿着灰色麻葛夹袄的老太太,原来正是她的母亲。菊英暗叹了一声,赶紧跑过了马路,叫道:“妈! 妈……”

范大妈此时已叫车站住了,她一面掏口袋里的车钱,一面转脸向着菊英,声音颤颤地说:“半天,你都没回去,我心里七上八下的,我怕你跟他闹出什么事来,我就赶紧来了! ”菊英皱了皱眉,说:“我瞧您还是坐着车回去吧! 我在这儿再待一会儿,他要是再不出来,我也就回去了! ”说毕,她咬着嘴唇,泪水在眼泡里含孕着,秋风自背后吹来,吹得她的身子都有些向前倾。她央求她母亲回去,可是范大妈却很执拗,她把洋车打发了,就气愤愤地说:“我也得见见他! 你是我养的,不能就叫他这么把你糟践了! ”

菊英觉着十分难为情,因为自己和母亲在这里徘徊,是太引人注目了。她刚要叫她母亲先到那边电线杆旁去站着,然后她再慢慢劝母亲回去,可是这时忽见胡同里驰来了一辆汽车,正是那辆豆绿色流线型的。菊英就向她母亲说:“绍杰他来了! ”遂说着,她遂心情紧张地迎着汽车走过去,范大妈也在后面气喘喘地半跑着跟随。隔着车前的玻璃,已看见章绍杰的那张白脸了,似乎章绍杰也看见了她们母女,可是汽车的速度却一点也减;霎时走到了对面。菊英急得连喊叫也没喊叫出来,汽车却直从菊英的身旁驰了过去。那边的范大妈气急了,叫了一声:“姑爷! 姑……”她张着两只手将车一拦,立刻就听轰的一声巨响,章绍杰的汽车停住了,范大妈也摔倒在车前。

菊英吓得赶紧跑上前,就见自己的母亲斜趴在地下,汽车左边的轮子正挨着胸部;范大妈被轧得几乎痛晕过去,她只是哎哟哎哟的惨叫。菊英抬起头来,瞧着章绍杰,她浑身颤抖,流着泪说:“你……你真狠心! ”

章绍杰却绷着脸,咬着牙说:“是她自己不小心,难道还是我故意撞的她吗? ”又冷笑着说:“我也知道你们的用意! 你们来到这里截住我,打算给我个脸下不来,哼,那你们真叫昏了心! ”说着,他一扭机件就要开车走。菊英不顾一切地将身拦住他的汽车,哭着说:“你别走!除非你把我撞死!”章绍杰在车里瞪着眼说:“怎么,你还要无赖吗?”说时他气愤愤地，仿佛要跳下车去打菊英似的。

这时有许多走路的人都过来看热闹，那边章公馆也走过来三四个男仆，一个把菊英拉开，两个把范大妈搀起。章绍杰就趁此时又向菊英恶狠狠地瞪了一眼，说了声："岂有此理！"他就开动机件飞似的驰去。范大妈双手捂着胸，哭喊着说："别叫他跑了！巡警！拦住他！把汽车拦住……"菊英只在旁边掩着面哭，却一点办法也没有。

两个章家的仆人一边搀着范大妈，一边劝着说："老太太！您就是把巡警叫来，人家也不能管，他又不是故意撞伤您的。"

范大妈急得仰面痛哭，说："他怎么不是故意的？他恨不得把我们娘儿俩撞死！我女儿嫁了他不到一年，他就不要了！他丧了天良！他糟践了我的女儿！我们也是好人家呀……"她又呻吟着，已说不出话来了。

另一个仆人就很和气地问菊英说："姑娘你在哪儿住？依我说，先雇车把老太太拉回家去，我们跟着您回去，有什么话回到您家里再说。我们都是在章公馆做事的人，我们大少爷绝不能跑，我们敢作保。您娘儿俩在这儿待着也没有用，再到家里商量商量，是叫他赔钱养伤，还是跟他打官司，那都好办！"说着，他们问明白了菊英是在太平湖住，就叫来了四辆洋车，两人把范大妈搀上车去，菊英坐第二辆，那两人在后面坐车跟着，就一同往西城去了。

菊英坐在车上，只将一块绸帕盖着脸，她藏在绸帕底下痛哭。她真想不到今天竟是这么一个结局，章绍杰是翻脸不认人！虽然自己母亲拦车的时候是太猛了些，可是他也不应当怔撞呀！想到自己的母亲，为自己的事受了这样的痛苦，不由得心里更是凄惨，尤其不知母亲伤得重不重……车走得很快，在寒风热泪之下，就回到了太平湖。到了家门前，菊英就叫车停住，只见她母亲仰着脸躺在车上，像是个死人一般；两个章公馆的仆人上前搀她，范大妈的头向前一倾，立刻哇的一声吐出一口血来，她哼哼地喘着气，脸色是煞煞的白。两个仆人也都变了色，菊英哭叫着："妈！妈……"

一个仆人上前打门，另一个仆人和拉车的就搀着受伤的人。少时里面萧妈把门开开，一见这种情形，她就吓得说："哎哟！老太太这是怎么啦？"章公馆的两个仆人，一个在门前开发车钱，一个就叫萧妈帮助，将范大妈搀到西屋，放倒在炕上。菊英拿着手巾，给她母亲擦了擦嘴角的血，哭着问说："妈，您觉得怎么样？"范大妈双手捂着胸，瘦脸上惨无人色，苍白的发上，一颗一颗黄豆大的汗珠子就滚了下来，她呻吟了半天，才说了声："疼……哎哟！"

旁边那个章公馆的仆人对她母女倒很表同情，就说："章绍杰那个人，那还算人？你们娘儿俩怎么单招惹他呀！"

菊英在旁拭了拭泪，她这时不能再怕什么羞涩了，遂就把自己与章绍杰的关系大概说了说，然后又哭哭啼啼地说："请你给评评理！他早先甜言蜜语，说是将来跟我正式结婚，赡养我的母亲，我们也就信了他，现在他竟变了心；不但不认我们了，还把我母亲轧伤了！"说时她哭得接不上气来。

那仆人又问菊英跟章绍杰结婚，有什么婚书证据没有，菊英只是摇头，她哭了半天，才说："什么也没有，谁想得到他是这么没有良心呀！"

那仆人便笑了笑，说："姑娘，这可没有法子了！婚书证据全都没有，您就是在法院递呈子告他，法院也不能给你做主呀？至于他的汽车撞了老太太，那算是误伤，顶多了他赔点医药费就完了！"

这时，在外面开发车钱的那个仆人也进来了，两个人又一齐说了一阵，先说她们母女没有什么充分的证据，就是打了官司也不能占便宜，又说章家是怎么有钱有势，惹不得他们。末后两个人商量好了，说是回去把这件事告诉章绍杰的老太太；老太太是个善心人，平日最为惜老怜贫，她虽然管不了她的儿子，可是若知道你们娘儿俩这样的可怜，一定能够帮助帮助你们。

菊英听两个仆人给自己出这样的主意，也看出来他们是愿意息事宁人，替章绍杰解脱。自己虽然不很甘心，但是现在母亲伤得这个样子，若不赶快医调治，恐怕真有危险，于是只得流泪说："好吧！劳你们的驾，回去跟章老太太说一说，就说绍杰有一个多礼拜没到我们这儿来了，我们现在一个钱也没有，请他先给我们点钱，给我母亲治治伤。还有……你们见着你们的大少爷，千万叫他再到我这儿来一趟，我们并不难为他，只是……跟他得说几句话！”菊英边哭泣边说着，两个仆人就连声答应。

这时，就听屋外有人来了，仿佛是很诧异地问说：“怎么回事？怎么回事？”门开了，黄老九穿着一件哔叽夹袍进屋来，萧妈也随着进来。黄老九翻着小眼睛，把章公馆这两个仆人打量了一番，然后才过去看了看那躺在炕上呻吟着的，像一只受了伤的老羊似的范大妈，他就跺着脚“咳”了一声，说：“这真是想不到的事！”

旁边章公馆的两个仆人，一看黄老九像是个做事的人，又仿佛与范家母女有很密切的关系，于是就先笑着招呼他，把刚才发生的事情都说了，然后他们又把想出来的办法告诉黄老九；话中自然提明白了，范姑娘跟章大少爷虽然同居，但没有一点证据，自然不能打官司告弃养罪，至于汽车撞伤了范大妈，那不过是误伤，跟他公馆里要点诊疗费也就行了，然后又把章家的财势说了一番，把黄老九说得直翻白眼。两个仆人说完了，就往外走，说：“我们得赶紧回去，跟公馆里要钱给你们送来，老太太受的这伤虽说不算重，可是也不可耽误了。”

黄老九唉声叹气地说：“可不是吗？你们二位还没瞧出来么，她们这家子人多可怜呀！老太太若真有个好歹，可叫姑娘一个人怎么办？我是这姑娘的九叔，我也不敢说什么话，可是，姑娘给了章绍杰，虽是没有什么婚书和证婚人，不过章绍杰他也得掏出点良心来呀！再说范老太太是他开车给撞的，他要是个明白的人呢，多拿出几个钱来，把老太太的伤养好了，什么事也就都好办了；要是打算像在街上撞死一条狗似的，随便拿出几块钱就了事，那可由我这儿就不行！”

两个仆人一听黄老九这话，知道他是要替那娘儿俩多跟章家要些钱，遂就都点头说：“好吧！”一个就说：“这儿的情景跟您说的这些话，我们回去都替您传到了，至于章公馆是打算怎样了结这件事，我们可也不敢说，反正回头我们准来一个人，给您个回话就是了！”说完了，两个章公馆的仆人就走了。

这里黄老九回到里屋，见范大妈还是呻吟不止，菊英还是哭着，他就连气跺脚，说：“你当初不听你九叔的话么，我早料到章绍杰那小子会有这一手儿！我叫你趁着他眼里还有你的时候，跟他正式结婚，可是你不，仿佛还嫌你九叔是多事，现在，你说这事可怎么办？他小爷花了几个小钱，就把你这么好的姑娘白玩了几个月，现在他掉头不管了，你们有什么法子？我就是想给你们出力，也没有法子出呀！”此时黄老九把什么话都说出来了，他的确心痛，想着菊英若是他的女儿，绝不能叫她这么傻！当下他又嘱咐菊英说：“回头章家若送钱来，百八十块的可别要，至少得跟他要五百！”

这时范大妈又呻吟了一阵，她惨切切地说：“黄九叔！您快找个大夫来，给我瞧瞧吧！哎哟！我真受不了啦……哎哟！哎哟！好狠心……要了我的命了！”黄老九说：“我这就给您请大夫去，鲍家街的葛大夫专治跌打损伤！姑娘，预备着车钱，我这就请大夫去。”说着，黄老九急急忙忙地走了。

这里菊英眼望着负伤呻吟的母亲，不禁哭泣，同时心中十分焦急，盼着黄老九快一点把大夫请来。萧妈就在旁边皱着眉，对菊英说：“太太，我们现在这事，您一个人也办不了，还是把于三太太请来吧！您净指着章家那两个人回去，也办不了什么事。”菊英这时自己是一点主意也没有，旁人说什么就是什么，遂就点头说：“好吧！你就赶紧去一趟吧！于三太太若没在家，把于三先生请来也行！”说时，便给了萧妈几毛钱叫她雇车。

萧妈回到她的屋里，换上一件新蓝布褂就赶紧走了。菊英跟着她出去把门关上，回到里屋，对着母亲又洒了几点眼泪，就悲切切地问：“妈！您这时候觉得怎么样？好一点了没有？”她母亲仰卧在炕上，两只臂像死人似的松懈地放在两边，闭着眼呻吟，喘着粗气，那脸色简直比窗纸还要惨白。菊英又哭着问了一遍，她母亲还是没有力气答言，她就一只手支在炕上，斜卧着，对着她的母亲愁泣。

这时忽听外面吧吧的一阵急促打门之声，菊英赶紧站起身来，跑出去开门一看，原来是黄凤贞来了。黄凤贞因为产期将近，她拖着个大肚皮，满脸急气之色，见着菊英连一句话也不说，就往里直走。菊英把门关上，跟着黄凤贞到了屋里，就哭着说："妈！我凤贞姐姐来啦！"范大妈这时才觉得稍好了一点，她睁了睁那惨白的瘦脸上两只无神的眼睛，迸出两股老泪来，有声无力地说："姑奶奶……我要死了……"

黄凤贞直着眼睛说："您死了，我递状子告章绍杰！他家就是有势力有钱吧，难道拿车把人撞死，就不抵命了吗？"又指着菊英说："不是你到了这步天地我还跟你打架，你的眼睛里但凡有你姐姐，也不至于这样！足有一个多月了，我就没见着你，你真至于那么忙吗？章绍杰他是跟你好，还是跟你不好，你从来没跟我说过！倒是你姐夫从公司里面来，告诉我章绍杰现在专巴结一个魏六小姐，别的女的他都一概不理了，我就有点替你担心；可是你既不看我去，我也犯不上找你来，刚才要不是我们老爷子跑回家去告诉我，我还不知道大妈是叫章绍杰的汽车给撞了呢！"

菊英受了黄凤贞这一番数落，她尤其觉得惭愧委屈，就哭泣着解释说："姐姐，不是我这些日不去看你，是绍杰他拦着我，怕我上您那儿去，见着那郝四太太……"

黄凤贞冷笑了一声，说："你也太贤良了！你倒真是个温柔听话的女人，可惜章绍杰不是那多情多义的男子！还有，并不是事到如今我又推干净儿，你跟章绍杰在一块过，可不是我的介绍人，什么都是你那个好朋友——于三太太的主意！"

范大妈又呻吟了两声，哭着对黄凤贞说："姑奶奶！我们上了人的当啦……"

这时外面又有人打门，菊英赶紧拭着泪跑出去开门，却是黄老九把专治跌打损伤的葛大夫给请来了。大夫进门来没有别的话说，看了看范大妈的伤势，他就开了几味草药和一种药酒，拿上诊费就走了。菊英追出去，向大夫问她母亲的伤势要紧不要紧，大夫却摇了摇头，说："吃完了我开的药，再拿药酒搓搓轧伤的地方，然后看看再说，明天要是见好你们再请我。"大夫说的话很含糊，她就更是提着心。

菊英回到屋里，拿出钱来托黄老九去给买药。黄凤贞又在这里说了半天气话,她因为是重身子,就赶紧回家去了。这里只抛下泪眼的菊英望着呻吟痛楚的母亲,盼着萧妈快把于三太太请来,可是萧妈也不回来。

过了有一刻多钟,黄老九提着药包和药酒瓶子回来了,一进门他就说:“姑娘快点给你母亲煎药!这药吃过之后,拿块布蘸上药酒搓那轧伤的地方。我刚才又见着葛大夫了,葛大夫说:你妈这一下轧得不轻,可是你也别着急,吃两剂药,拿酒擦一擦,也就好了;不过她是老年人了,有点经不住!”

菊英就流着眼泪,到东边厨房里去煎药。少时将药煎得,滤好,给她母亲服下去。黄老九又催着菊英找一块干净布来,叫菊英把她母亲的胸口解开,用布蘸上药酒,向她母亲的身上被轧之处,轻轻地去擦。

也许是一种心理作用,兼之药酒的刺激使血液循环加速,范大妈竟觉得舒服了点,呻吟的声音也越来越缓和,渐渐的就像是睡了似的,菊英这才稍微放了点心。见黄老九在旁坐着,抽着烟卷,两道稀稀的眉毛皱在一起,菊英就很感谢,想着:人家为我们的事这样着急,这样出力,他这个人实在不错!早先我还看不起人家,其实我若是早先就听了人家的话,用点手段使章绍杰与我正式结婚,哪里能到现在这个地步呀!想起章绍杰今天的凶狠无情,又连带而忆及秦朴那性情的温和诚恳,和自己对他的负义,又不禁地心痛眼热。菊英一面给她母亲擦着伤处,一面垂着泪;眼泪滴在了手中的那块布上,就与药酒混合在一起,擦在她母亲那青紫色的伤痕上。

正在这时,外面又有人打门,黄老九站起身来,说:“我出去瞧瞧!”就走出屋去了。

菊英想着一定是萧妈回来了,可是一听门开了,黄老九在门外仿佛跟个男人在说话;起先的声音还高些,可是说的什么,在屋中却无法听清楚,后来外面的声音渐低。待了好大半天,黄老九才回到屋里,他向菊英说:“章家的人送来了一百五十块钱,倒是收下不收下呢?”这时他仿佛也忘了刚才他曾说过,非五百元不收的话,并且那瘦窄的脸儿上有些发红,他就翻着眼睛等待着菊英的回话。

菊英皱了皱眉，说："他们回去见着章绍杰了没有？章绍杰他说什么话了没有？这一百五十块钱是他叫人给送来的吗？"

黄老九摇头说："不是，章绍杰他在本胡同惹了祸，这时候他还敢回去？这是刚才那两个人回去，跟他们宅里的老太太说了，章老太太这才叫人把钱送来；这算是疗养费，至于姑娘你跟章绍杰的事，那是另一个问题，以后再解决！"

菊英此时真没有主意，她就微叹着说："那么九叔您想，是把钱收下还是不收下呢？"

黄老九情不自禁地龇着金牙笑了，他又赶紧改作发愁思索的样子，半天才说："我瞧就收下吧！一百五十块钱也不算太少了，先拿着钱给你妈治病要紧！"菊英点了点头。黄老九便赶紧跑了出去，待了一会，拿进来一百五十块钱的钞票交给菊英，可是他的哔叽大褂的口袋也像是有点鼓鼓囊囊的。这时他的精神百倍，帮着菊英做饭吃了。

少时萧妈也回来了，说是于三太太患了感冒，病得起不了床，拿回二十块钱给老太太养病，菊英只得把钱也收下。

因为看着母亲吃过药，又用药酒擦过之后，还是不见好，并且呻吟声更显得微弱了，菊英就和黄老九商量，打算把母亲送到医院去治疗。黄老九听了却不住地摇头，他说："医院里可是好，又有女看护服侍着，什么都周到，不过住医院，一天至少也得十块钱。你妈这伤，十天半个月也未必就能出院，你手里这一百七十块钱，难道真个全都给你妈治病吗？钱花完了，章绍杰也未必能来，那时你们吃什么呀？"这话本来也有相当道理，菊英点了点头，但又呜咽起来。

黄老九又要到海淀去把范三找来，菊英却实在怕了自己那个叔父，就拦住黄老九，说："我三叔要是一来，事情更得弄乱了，还是等到明天，看我妈的病好不好再说吧！"

黄老九想了一想，也似乎怕把范三找来，范三就会喝上几杯酒到章公馆去不依；那时章公馆一翻脸，不但范三摸不着一个钱，连自己刚才收的那五十块钱的贿赂也得吐出来，所以他也同意说："先不告诉他也好！"

当日黄老九就没走，并且请来了歪鼻子的刘大妈，和刘大妈的内侄，那个白净脸，胖胖的，像是个体面商人似的费万德，都到这里帮忙，并且胡乱给出主意。菊英见人家都是好心，自己也不便拒绝。黄老九又跟菊英要了钱，出去买了酒，跟那费万德对饮着谈天。

晚间，费万德回他住的客栈去了，刘歪鼻子回了家。黄老九却最热心，他还是不走，可是天色一黑他就去睡了，萧妈也像是很不高兴干事。到了深夜，还是菊英一个人守着她的母亲，她垂着泪看着母亲那憔悴阴惨的瘦脸，听着母亲那微弱的呻吟和急促的呼吸声。

秋风在窗外狂啸着，像鬼嚎，像显示着这世路的崎岖，人心的可怕；屋中一盏愁灯，孤零而暗淡，仿佛菊英的命运一般。就在这夜里十二点以后，范大妈——菊英这个可怜的母亲，就气绝了！当范大妈弥留之时，她勉强睁开无神的眼睛，看了看身旁的女儿，但因被损伤的内脏已使她不能再说一句话。菊英看着情景不好，赶紧去叫："妈！妈妈！妈……"可是她母亲的眼睛已经翻上了，手脚已经冰凉了。菊英失声地哭叫了一声，就将头扎在她死去母亲的怀里，哽咽着悲泣，半天，她也像断了气似的，呼吸都觉着缓不过来。

这时萧妈听见了菊英的嚎叫声，她赶忙跑过来，连问："怎么啦？老太太怎么样啦？"菊英将头抬起来，泪似抛豆一般落下，她哭着说："妈！妈！您死了……抛了我……"萧妈一看人是已经死了，她就脸上挂着眼泪，劝菊英说："太太先别净顾着哭！把黄老爷叫醒了，叫他快点买寿衣去吧！"于是萧妈就去把黄老九叫醒。

黄老九趿拉着青礼服呢鞋，披着哔叽大夹袄，一进屋来就哭着说："老嫂子！您怎么死得这么早啊……啊！啊！"他赶忙又收住哭声，顿足说了句："真是想不到！"就一面提鞋扣纽子，一面又对菊英说："姑娘你净哭可也不行！赶叫找出来老太太的新衣裳换上，天这么晚，上哪儿买寿衣去呀？"菊英就流着泪，找着她母亲新做的一件麻葛的棉袄，和夹裤鞋袜等等，由萧妈帮助，给死人换上，她就裂肠碎腑的哭着，将她母亲的尸身看守了一夜。

次日早晨，黄老九跟菊英要了钱去买棺材，约莫八九点钟棺材就抬来了。刘歪鼻子那个内侄费万德也来了,他主张先不要入殓,应当先找章公馆去交涉;反正人是他们拿汽车给轧死的,验也验得出来。黄老九却不很赞成,他说:"打什么官司,咱们惹得起人家章公馆吗?现在人是得先搁在棺材里,棺材盖可别钉,我还得赶紧跑一趟海淀找范老三去呢!"

当下黄老九又跟菊英要了车钱,他急忙忙地又往海淀去了。菊英情知叔父范三不是个好惹的人,不知他来了之后是怎么个主意,所以就先不敢将死人往棺材里放,就专等着黄老九把叔父找来。菊英只顾哭泣,连午饭也没有吃。

直到下午一点多钟,黄老九才同着范三,坐着洋车来了。事情出乎菊英意料之外,他叔父来了并没闹气,也没主张跟章公馆打官司,只在范大妈的尸体前哭了几声嫂子,然后就回首向菊英说:"姑娘你也不用哭,你妈死了倒好,这年头儿活着也是受罪!章公馆他家的大少爷拿汽车撞死丈母娘,本应当跟他们起诉,可是人家有势力,闹了归结还是咱们吃亏。得啦!能忍就忍,把你妈发葬了之后,你也回海淀去吧!"遂叫萧妈出去打酒买菜,仿佛他刚才忽然也发了一笔财。

范大妈入殓之后,菊英穿孝跪灵。范三婶也由海淀来了,一进门就哭着说:"我的苦命的嫂子呀!你怎么倒先走到我头里了……"范三拦住他老婆,说:"得啦!得啦!哭两声就成了!你先劝劝姑娘去吧!"

范三婶遂就擦着眼泪,又向旁边跪灵的菊英说:"到底是怎么一回事呀?你妈是叫谁家的汽车给撞死的呀?今儿早晨黄九叔到了海淀,什么也没说,就把你三叔拉到酒铺去了。后来你三叔急急忙忙地回来,说是嫂子叫汽车撞死了,我听了就吓了一跳.你三叔抄起帽子来就走,也没容我问,我就着急了,直流眼泪,我想我这个嫂子怎这么命苦呀?受了半辈子的罪,好容易才享了几天福,又……这么死了!嫂子呀……"范三婶数数落落的又哭了起来。菊英只是跪在灵旁低着头哭,一句话也说不出来。

这时,歪鼻子的刘大妈走了过来,说:"你是范三嫂子吧?得啦,你就别烦恼啦!你这么一哭,可叫姑娘的心里怎么受呀?你到里屋歇会儿去吧！”说着，便拉着范三婶进到里屋。

范三又追进屋来，向他老婆瞪着眼睛说：“谁叫你也来啦？你来到这儿有什么用处？”

第二十六回　目触心伤不堪翻旧影
鸟飞巢落何处觅新枝

范三婶扬起头来，说："难道嫂子死了，你还不许我来探探丧吗？咱们街坊的张大妈跟刘二婶人家还都要来呢，人家是冲着菊英，不是冲着你！"

范三说："趁早儿那些人别来，来了我也概不招待。他妈的这儿的事多糟心呀？章大少爷撞死了丈母娘就不照面儿啦！打官司吧，又惹不起人家；你说忍了吧，可是，姑娘将来怎么办？"又指着刘歪鼻子说："这回事，多亏这位刘大嫂子跟黄九哥，还有刘大嫂子的亲戚费先生，人家也真帮忙，要不然能预备得这么齐全？这总算是嫂子有福，死后还能这么风光，将来咱们死了，他妈的不喂狗就是好事！"

这时黄老九在院里又喊叫着说："老三！你看看在这儿搭灶行不行啊？"范三在屋里高声应了一声，就跑出去了。

范三跟黄老九都是兴高采烈的，在园中支起一个布棚，摆了四张方桌，支了一个灶，又请来一个厨司，给大家做打卤面。菊英母女平常虽然都不善交际，可是这时也不知是从哪儿来的一批亲友，不等到接三，就齐来这里行人情。到了晚间，院中亮着汽灯，二三十人就赌博起来，又是牌九，又是摇摊。这伙人都是赌徒，有的还是从海淀赶来的，在这儿以帮办丧事为名而大过赌瘾，警察也不肯来抄他们。

黄老九往来忙着抽头儿，有时看哪边的风硬，便也押上一注。范三叫厨司务特做了两样菜，他尽兴地喝着酒，有时也喊一声："九哥！你也来一盅，歇一会儿！"心里却非常佩服黄老九：不怪他比我享福，真是有点本事！一夜之间，黄老九抽了五十多块的头儿钱，他与范三平分，其实他早已揣起了十多块钱。

次日，照北京的风俗是"接三送三"，叫冥衣铺糊的纸车、纸马、纸箱笼，到晚上送到城根一烧。夜间是七个和尚放焰口，昨天的那些赌徒又纷纷来到了，他们又借着帮忙熬夜为名，大赌而特赌。范三的手里仿佛有一百来块钱，他见人家赢了钱就有点眼热，便也过去押了两宝。起初倒是真赢了点钱，后来他就大注地下，不想越来赌风越弱，口袋也越来越瘪，结果他连老本儿都输出去了；他又跟菊英借了二十块钱，也都送在骰盆子里。他没有那剥掉小夹袄，作孤注一掷的勇气，便躲到一个桌角去喝闷酒，黄老九倒是输了五六块钱就不敢来了。夜间两点多钟，和尚才把焰口放完，可是外边的骰子声、牌九声，还是嚣扰嘈杂。

菊英两夜未得安眠，在屋中坐着忧伤烦恼，她婶母已躺在旁边睡着了。刘歪鼻子絮絮地向菊英说话，她的主意是叫菊英把丧事办完了，跟章绍杰打官司，说有她的表侄费万德做后盾，并说："你要是跟章家打官司，可别跟你三叔跟黄老九商量，要叫他们知道了可就坏了。你还没看出来吗？你三叔跟黄老九，一定背着你使了章家的钱，要不然他们怎么那么护着章家呀？办完了事，你就出名在法院递个呈子，章绍杰若不愿意打官司，一定要托人出来和解，那时咱们可就开口了，跟他要一万块钱。有了一万块钱，我替你存在我表侄开的工厂里，一个月至少有八十块钱的利息，你一个人还不够花吗？"

虽然刘歪鼻子这样极力劝着，但菊英却不愿意这样去做，并且知道即使跟章绍杰打了官司，也是不容易得到好结果的。现在她的心就像是一泓死水，一株枯水，她的眼前就像有一片黑雾，一股绝途，她不敢想明天自己应当怎样生活，尤其是不敢回忆过去，她只是悲泣、哽咽，这就是她现在所仅有的本能。

第四天算是伴宿，因为明天就要发引了。上午十点多钟，于三太太打发季妈来送了十块钱的奠敬，两篓烧纸。季妈见了菊英倒是说自己的话，她说："我们三太太现在病着，章少爷跟我们三先生打了架，这些日他也没到我们那儿去。这回的事情，我们三太太也很替范小姐难过，可是没有法子。听说章少爷现在气极了，他反倒说老太太跟范小姐拦他的汽车，是成心给他难看！这回给老太太养伤和给这里三爷的钱，全都是他母亲拿出来的，现在还不敢叫他知道，叫他知道了他还要不依呢！"菊英听说章绍杰现在还是这样的暴横，既愤恨又害怕，她只是流泪哭泣，却对季妈没有什么话说。

少时季妈走了，淑玲的父亲刘二叔又进城来行人情，并带来了几个米色封套，都是海淀的老亲旧邻，所送来的吊仪。晚间，本来约好了是那伙赌徒依旧前来，范三也预备再分一二十块钱的头儿，可是这天下午黄老九在门外见着了本地的巡官，巡官向黄老九下了警告，他便不敢再召集赌徒；只在北屋里摆了一桌麻将，请了几个比较熟识的人。

到了第五天，杠房的人来了，上午十点钟就出殡，菊英坐着一辆搭着素花球的马车，送她母亲的灵柩到海淀茔地里去下葬。出了西直门，菊英就隔着车窗看见了马路两旁的柳树，青绿的丝再也看不见了，蝉声燕影也不知都哪里去了，现在只有那枯瘦的树枝在寒风里萧萧作响。荒莽的大地滚起雾一般的烟尘，十月上旬的天空，凝结着一块一块的愁云，阳光也显得暗晦。

这短短一行的殡仪，前面是两个鼓手，吹着无力的悲哀曲调，中间是八个人抬着灵柩，压杠的是范三。范三穿着一件借来的不合体的孝袍子，本来倒是很干净，可是这几天他穿着睡觉，早已滚得成了灰色的了。破礼帽盖着他一张黑而透红的脸，酒气笼罩着愁闷，他倒背着手儿，一步一步向前轧。后面就是一辆马车和一辆洋车，马车上是菊英和她婶母，洋车上是黄老九。黄老九穿着一件洋布孝衣，戴灰呢帽子，他抽着烟卷，眼望着马车的后窗；那窗子上就嵌着菊英的半身背影，飞机头上蒙着个白孝箍，雪白的孝衣上露出黑丝绒的旗袍领子，倒是别有风韵，黄老九不由看呆了，几根小胡子被风吹得乱动。

灵柩送到离海淀街不远的范氏祖茔里入了土，菊英的母亲就与她那早已亡故的父亲合了穴，上面垒起了坟头。范三婶流着泪烧纸，菊英跪在地上呜呜地痛哭。黄老九把鼓手和杠夫全都打发走了，他脱下了孝衣，把一本账和几张钞票都交给范三，说："老三给你，我跟你报报账。姑娘给了我一百块，连进来的份子，统共是一百三十多块钱，现在刨出棚钱、杠钱，和尚、厨子钱，一切开销，还剩下五块二毛五，马车钱回头你再开发，好，你回头细看看吧！"

范三接过账和钱来，赶紧向黄老九道谢，并说："九哥，你回去到我们那儿歇会儿好不好？"黄老九说："回头去，我先看看我那老姐姐去。"菊英也起来，同范三婶向黄老九请安道谢，黄老九连连点头弯腰，夹着孝衣就走了。这里范三也上了马车，就叫马车赶到海淀街去。

菊英自从夏季五月间被黄凤贞用汽车接走，如今是第一次回到家里，房子还是那么低小，家具还是那么破旧，但菊英连这些东西仿佛都无颜再见了。她一进门时，大概街坊都在隔着玻璃看她，所以院中没看见一个人。到了屋里，她就呆呆地坐在床铺上，拿手绢拭眼泪，这张床铺还是早先她睡觉的地方，自己那条棉被可不见了。

范三婶婶脱下孝衣，又露出里面的破棉袄，她到刘二婶的屋里借点开水沏了一壶茶。范三打发走了马车，也回到屋里，他脱去了孝衣，拍了拍身上的土，倒了一杯茶喝着，喘着气说："这几天，真快把我累死了！多亏人家黄老九呀，要叫我一个人办，我可就抓了瞎啦，我哪儿办过丧事呀？你看人家，一切事情全都在行！"

他看菊英还是哭着，就说："姑娘，你就别哭啦！这不还是咱们的家吗？你进城住了几个月，也享了些日子的福，不过就是你妈倒霉，赔上了一条命。现在什么话也不必说了，你跟章大少爷的时候，三叔可没麻烦过你，没沾过你们什么光；现在你回家来了，得了，咱们照旧如初，你别看三叔现在没事做了，一年半载还养活得起你，咱们慢慢再想法子！"菊英却哭泣着，一声不语。

范三婶在旁还说傻话，她劝菊英说："姑娘你别净伤心，我想姑爷他一定有心回意转的那一天，他还得把你接回去。要不然，打听打听那秦先生，现在他在哪儿住着啦……"范三婶的话才说到这里，旁边范三就连连摆手，不耐烦地说："得啦！得啦！这些问题现在谈不到。咱们刚办完丧事先歇几天，以后的事情多极了，得大家慢慢讨论，也不能净听你一个人的主意！”范三婶叫丈夫给顶了回去，也就不再言语。

菊英依旧低着头，用手绢捂着眼和脸。她的脸觉得发热，心觉得憋痛，因为由婶母的话，她又想起了秦朴，她承认自己是把事情做错了。过去的事，虽然怨黄凤贞、于三太太那些人利用着自己，拉着自己堕下这没底的深渊，可是自己也实在是太懦弱了，太恋慕那些物质虚荣了！她深深地自省自责，所以并不希望章绍杰再与自己破镜重圆，并且觉得章绍杰若再来爱自己，由于环境所迫，自己或不能有毅力拒绝他，但那终究是一件可怕的事，因为章绍杰对自己的那凶暴的态度，和撞死母亲的残忍行为，将使自己永远也忘不了，永远要害怕、要怨恨的；至于秦朴，自己也没有脸再见他了！

菊英在这里悲痛地想着，范三就到里屋睡觉去了，范三婶在院子里生火。待了些时，忽然院中的范三婶说：“黄九叔来啦！”菊英赶紧擦擦眼睛，站起身来。黄老九就进屋来了，他先说：“姑娘坐着吧！”又问：“你三叔呢？”菊英说：“在里屋歇着啦！”

黄老九进到里屋，此时范三已由炕上爬起来，他睡眼蒙眬地说：“九哥，还没进城去啦？”黄老九说：“我还得找你，城里头还有一大堆没有了的事情啦！萧妈怎么办，是留下还是辞了？房子难道还不退，叫菊英一个人住着吗？再说那些个家具，是变卖了，还是抬回于三太太那儿去呀？”范三说：“九哥您先回去，房子今天不是有刘大妈跟萧妈两个人看着吗？就有什么事等到明天再说；明天一早我就带着姑娘回去，今天我也累啦！我瞧她也没有精神啦！”

黄老九却说：“姑娘今天不回去还可以，你无论怎么也得跟我坐车回去，哪怕回去你先抽口大烟呢，也得挣着点精神。你现在是范家的一家之主，什么事都得叫你负责任，我这帮的是范家的事，不是冲着姓章的！”说到这里，他又把头凑近了些，声音也降低了些，仿佛很秘密地对范三说：“回到城里咱们喝两盅酒儿，我还有好些话要对你说呢！”

范三听了这话，他就揉揉眼睛，点头说：“好吧！好吧！咱们这就走！”遂到了外屋，就问菊英说：“姑娘，你是现在就回去，还是歇一天，等明天再进城？”

菊英想了一想，也觉得城里的事，非得自己回去才能收拾，本来海淀这个地方，自己也无颜居住；但是这些日的剧烈刺激，又加上几夜未得安眠，此时真懒得再动一动了，遂就懒懒地说：“明天我再回去吧！”

黄老九说：“好啦，明儿姑娘你吃完早饭再进城都不晚，我们走啦！姑娘你可好好歇一天，千万别难受，什么事都有你三叔跟我，都好办！”说完话，等范三戴上顶破礼帽，两个人就走了。

这里菊英见叔父走了，她倒很觉得清静，就歪身躺在床上，想要睡觉。这时范三婶把火炉生好了，搬到屋里来，她问菊英说：“姑娘，我给你热点水，你洗洗脸好不好？”菊英躺着，懒懒地说：“不用啦！”范三婶又说：“你要是睡，可盖上点儿，你别看屋里有火，还是能冻着！”说着她就要进屋里去拿棉被。

这时忽然屋门一开，进来一个三十余岁的妇人，笑着说：“菊姑娘回来了？”菊英抬头一看，见是淑玲的母亲刘二婶，菊英立刻脸红，赶紧站起来鞠躬，说：“二婶，你这些日子好呀？我母亲故去，你还多礼。”刘二婶说：“咳！姑娘你就别臊人啦！本来那天我听说大妈故去了，我就很难过。真的，大妈那是多么好的人呀？想不到……我本来应该进城去帮帮你，可是，这当着你三婶儿说，你叔父那个人，我们简直跟他合不来！”范三婶也点头说：“可不是，你叔父常招人家二叔、二婶生气，人家就是不理他！”

刘二婶上前拉着菊英的手，很怜惜地说：“姑娘你到我们屋里坐会儿去。”菊英皱了皱眉，说：“我穿着孝，怎敢到您屋里去？”刘二婶拉着菊英的胳臂说：“不要紧，我们向来没有那些讲究！”范三婶在旁说：“你就把孝袍子脱下来吧！”于是菊英就脱下孝衣，露出里面的黑丝绒的夹袍，就跟着刘二婶出了屋；她心里却很害怕，恐怕淑玲若在家，见着一定是要骂自己的。

才到院中，就见李太太手拿着一个短杆烟袋正站在当院，菊英要上前招呼，可是那李太太却鄙夷地看了她一眼，转身就进屋去了，弄得菊英脸上飞红。

菊英被拉着到了刘二婶的屋里，淑玲一见菊英进屋，她就绷着一张小脸儿，转身向屋外走。刘二婶见这太让菊英的脸上下不来了，遂就生着气说：“淑玲！你怎么不认得你菊姐姐啦！”淑玲还是站在房檐下不肯进屋来。

这时菊英的心中充满了惭愧、悔恨、伤心，她就跑到屋外，一把将淑玲揪住，把她揪进屋来。淑玲的脸上滚着鼻涕眼泪，把嘴噘得跟瓢似的。菊英浑身乱颤，泪似雨点般纷纷落下，她一只手紧紧握着淑玲的胳膊，一只手搭在淑玲的肩上，歪着头，哽咽着问说：“妹妹你恼了我啦？”她心中充塞着许多忏悔的话，但是她说不出来，淑玲也只是抽搐着痛哭。

旁边刘二婶也淌出几点眼泪，就劝说：“你们姐儿俩早先不是顶好吗？淑玲你也常常跟我说菊姐姐好，虽说菊姐姐后来在城里住了几个月，你们不常见面，可是现在菊姐姐又回来了，你怎么倒跟人家疏远了？”

淑玲听她母亲说了这话，她忽然“哽”的一声哭了出来，两只胳臂紧紧抱住菊英的黑丝绒旗袍，将头扎在菊英的怀里痛哭。菊英也紧紧搂着淑玲，眼泪汪然滴在了淑玲的头发上，她的脸色惨白，全身抽颤，半天她才渐渐地松了手。淑玲却仍然紧抱着菊英，两脚乱跺，大声哭着说：“我不叫菊姐再进城了！我不叫菊姐再跟姓章的在一块了！”

刘二婶上前把她女儿拉开，笑着说：“你这傻丫头，招得你菊姐姐倒直难过！”

菊英这时哭得气儿都接不上了，因为她由刘二婶说的这“傻丫头”三个字，又联想起春天在颐和园中，秦朴对自己所说的“没心没肺的倒快乐”那句话，不禁心如针刺，自恨着想：为什么我不是淑玲呢？为什么……她哭得头都觉着晕，眼都觉着黑。

刘二婶拉着她到炕上坐下，和婉地劝着说：“菊姑娘你就别哭啦！小小的人儿可禁不住这样伤心，你坐下，听我跟你说话！”菊英惨切切地答应了一声，她用手绢拭着眼泪，身子却仍然抽搐着。刘二婶又向淑玲说：“给你菊姐姐倒一碗茶。”淑玲拿破袖子抹着脸上的鼻涕眼泪，走到茶几旁倒了一碗热茶，过来交到菊英的手中，她就倚着菊英站着，听她母亲说话。

刘二婶说："我把你请来，就是要跟你说，你们的事我也都听人说啦！那个姓章的，惹不得！你二叔早先在城里袁公馆当过厨子，袁公馆有两个小姐都是女学生，姓章的就常往人家里去跑；后来就是为他，袁大小姐吃过一回安眠药，虽说没死，可是人已然糟践得不像样子了。听说姓章的有点钱，专干这种事，你是个老实人，哪斗得了他？现在不是他说明了他不要你了吗？我瞧倒好，你倒算逃出来了！以后就是他再来巴结你，无论跟你说什么好话，你可也别理他了，回家里来住着，以后还是找点活计做，没事时跟淑玲玩一玩。你三婶是好人，你叔父可不是个东西，以后你就少理他；有什么事情你告诉我，要不然你就天天在我这屋里吃饭。我不是说，我真拿你当我的亲女儿一样看待，你二叔也是真心痛你，可就是你那个叔父不通情理，有什么话我们都不能说！"

菊英听了刘二婶婶这番话，心里真不胜感激，就流着泪说："我绝不能再理章绍杰啦！你想，他连我妈都给撞死了，我还能够理他吗？无论怎么我也不能那么没心呀？早先，是我傻，受人骗了，现在我明白啦，我还能再上当？"她拭了拭眼泪，又接着说："我现在也想开了，我也不怎么发愁了，明天我进城把东西收拾收拾，一半天再回来。以后呢，我还是在家里不出门儿，有活计做点活计，没有活计，我可以托人找点事做；或者上工厂去做工，或者给人家当老妈子。"

刘二婶点头说："对啦！你要能够在外头找个事那更好了，在家里你那个叔父也绝饶不了你……"往下的话，刘二婶没好意思深说。

旁边淑玲气哼哼地说："菊姐，你也别给人当老妈子去，咱们两人在一块儿，我天天出去卖花生，挣来钱养活你！"

菊英流着泪笑了笑，又同刘二婶母女说了一会儿话，刘二叔就一手提着菜篮子，一手抱着孩子由外面回来了，一见菊英他就笑着问说："事情都办完了吧？"

菊英站起身来，向刘二叔道谢，说："事情都完了，就是城里头还有点东西，我还得回去两天，收拾收拾。"

刘二叔点了点头，把孩子交给刘二婶，就似乎感慨地说："现在也很好，姑娘你也就别再难过了，有什么事情跟你二婶说，我就给你办。咱们是多年的老街坊了，你爸爸活着的时候跟我最为莫逆，我又是瞧着你长大了的，大事有你叔父拦着，我管不了，小事我还能不帮帮你吗？"菊英流着泪点头答应着，又在这里坐了一会，她就回到自己屋里去了。

刘二叔夫妇的温情安慰，和淑玲的真挚友情，使菊英的心中不觉舒展了些。此时她婶母已将她早先盖的那床棉被拿在床铺上，菊英脱了旗袍和鞋，躺在床上，盖上了被。这床棉被很干净，可能是新经婶母拆洗过，她下意识地伸手摸了摸上首的左角，见是软软的，里面什么东西也没有了。菊英并不失望，反倒觉着省心，那珠翠别针和几十块钱，是欺骗陷害自己的东西，即使现在尚在被里缝着，那自己也应当狠狠地把它踩碎了、撕毁了。一想到自己的被骗失身，母亲的因伤丧命，又觉得这是不可追悔的过错，无法宽解的痛苦，永远难愈的创痕，她卧在被里又哭了半天，方才迷离地睡去。

睡了也不知有多少时间，及至睁眼醒来，室中已点上那盏昏暗的煤油灯。婶母站在床前的小火炉旁烘手，一瞧见菊英动了动，把眼睛睁开了，她就问说："姑娘你起来吃饭吧，我把面给你热一热。"菊英答应了一声，遂慢慢翻身起来。她穿上鞋和夹袍，拿铁壶里的热水，倒在脸盆里，就用很脏的手巾将脸擦了擦，然后走到桌前去寻小镜子。忽然她发现桌上还像几个月前自己在家的时候一样，堆着那几本早先读过的小学教科书，她信手去翻了翻，见秦朴叫自己练习算术的那几张纸，还在书里夹着，心里立刻一痛。

她拿起一本书来，忽然吧嗒一声，由书里掉下一张相片，就是春天秦朴给自己在颐和园廊下照的那张。相片上的自己是亭亭玉立着，虽然那时穿的衣裳和鞋，现在看着是很可笑，可是那时自己的脸是那么丰腴，笑是那么天真；仿佛青春只印在相片上，现在自己的心里、脸上已经没有了那种可爱的青春了。她的心里不禁一阵凄然，又想：为这相片，自己还跟秦朴发生过一场误会，可是误会消解过去之后，我们的爱情就更加深了……

她咬着嘴唇，对灯回忆着几个月前的那段故事，眼前仿佛立刻浮现出千万条的柳丝，一片麦田，和自己的浅月白衫子，秦朴的灰色线呢夹袍，还有他那深深的目光、宽宽的肩膀、诚恳的态度，真挚而痛切的言语……那时自己的心情，是像一朵初放的鲜花一般的美丽，到了现在呢？菊英想到这里，不由眼泪又一双一双地落下来，手持着这张相片发颤。

范三婶端过一碗热面来，看见侄女这个样子，她就发了一会儿怔，又勉强笑着说："姑娘，你三叔没在家我才跟你说……其实他就是在家里也不要紧，顶多了他觉得腻烦，现在他也不反对了；真格的，那秦先生走了，咱们打听打听他在哪儿住，给他写一封信，再叫他回来好不好？"说完了，她就翻着眼睛望着菊英，菊英的眼泪却流得更多。

范三婶又叹了一声，说："可惜二秃子上月走了，他认识的那个刘副官给他在石家庄找了个事情；他要是还在这儿多好，他知道那秦先生的地点。"菊英却哽咽着凄恻地摇了摇头，把那张相片依旧夹在书里，放在一边。

她坐下拿起面碗来，用筷子挑着吃，眼泪却依然不住地涌。她一面用手绢擦眼泪，一面吃面，吃了几口，便放下筷子。范三婶在旁看着实在心痛，就皱着眉问说："姑娘你怎么吃这一点就不吃了？你可得保重点身子呀！可是我也知道，事情是够你受的，姓章的那么没良心，你妈又死得这么可怜；你跟秦先生两人很好的，生生叫你那混蛋的叔父给拆散了……可是，你才十几岁的人，难道为这些事就不活着了吗？依着我的主意，就是把秦先生找回来，我都听二秃子说了，那个人是个顶好的人！"

菊英叹了口气，拭拭眼泪，就说："我真不吃了！婶母你也别替我着急，你由着我哭两天也就好了，我今年才十六岁，我为什么不活呢？"

正说到这里，淑玲进屋来了，她瞧见菊英又哭了，就问说："菊姐姐你怎么又哭了？"遂走上前来，拉着菊英的手。范三婶就笑着说："对啦，你劝劝你菊姐吧！"淑玲撒了疯，用手就去胳肢菊英，菊英忍不住就笑了，赶紧将身子一躲，摆着手儿说："你别胳肢我，咱们好好说话儿！"范三婶说："对了，你们姐儿俩好好地说会儿话，我到李太太屋里道道谢去，因为人家也给咱们行了人情啦。"说着范三婶把衣裳揪平展了，就到李老太太屋去了。

这里菊英支起小镜子来，借着灯光拢头发，淑玲就说："你烫这飞机头干什么？净跟黄凤贞学，你都是跟她们学坏啦！"又悄声说："李老太太、张大妈，连公寓里的徐大妈，还有好些个人啦，她们都瞧不起你，都说你当了几天姨奶奶，现在人家又不要你啦！"菊英脸红了红，心里既生气又惭愧，就低着头拢头发，也不说什么。淑玲又说："早先我也是说你不好，可是现在我又跟你好啦！我不生你的气了，我倒觉得你可怜，你是个好人，都是叫那些人把你骗了！"菊英听到此处，忍不住眼泪又簌簌落下。

淑玲推了她一把，又说："你听我说呀！真的，菊姐姐你为什么不给秦先生写一封信，叫他来，你们再结婚呢？"

菊英拢完头发，拭着泪说："这些事我不能瞒你，虽说是我受了别人的骗，可是我自己也不好，有许多事情我也对不起秦先生。秦先生虽是个好脾气的人，可是现在他一定也是恨我极了，他给了我一个通信处，我也给忘了，就是现在有他的通信处，我也……咳！"说到这里，她又用手绢擦了眼泪。

淑玲直着眼瞧着菊英，着急地说："早先有姓章的管着你，你不敢给秦先生去信，现在他不要你了，你也回家来了，他还管得着你吗？秦先生他也不能生你的气。那天下着雨我披着他的雨衣去找你，叫你到市场里去见他，你可怎么也不去；我那回真气极了，跑回市场我就直骂你，秦先生他倒劝我，他说你是什么不得已啦，说了一大套话，我也听不懂。他把我送家来，第二天他就走了，听二秃子说他还在城里朋友家里住了两天，后来就上火车了。二秃子拉他上的车站，临走他还向二秃子流了几点眼泪，给了二秃子一个写信的地方，说是以后菊姑娘要是有什么为难的事情，就给他写信，他就来帮你的忙。可惜二秃子现在找着事出外去了，秦先生的地名我也没记住，是上海什么马路似的；干脆你就写上海就行了，秦先生接了信一定来，他不能恨你！"

菊英流着泪,听秦朴走时的光景,知道秦朴确实能原谅自己,倘若秦朴接了信重来北京,自己向他深深地忏悔一番,他一定能够还像早先似的爱我……咳!不必管他怎么爱我,只要他能怜悯我,我就知足了。因此她就尽力地思索秦朴的通信处,她只记得是上海,什么马路,什么书局某人转,至于是第几条马路,书局的名称和转信的人的姓名,她因为当时没有留心,已然记不清楚了。她又恨自己为什么那时候那么怕章绍杰,把那封信烧了呢?

她拭着眼泪叹了口气,就摇着头对淑玲说:"以后慢慢再说吧!就是他不恨我,我也真没有脸见他!"淑玲又说了一大套这几个月来海淀所出的新闻,菊英也没心去听。

待了一会,范三婶进屋来了,北房张家的钟又打到了九点,淑玲就说:"菊姐姐,明儿见!"她跑回层里去了。范三婶坐在小火炉旁,抽着一支由城里带回来的烟卷,菊英仍然坐在灯旁愁苦地思索前前后后的事情。又过了有半点多钟,范三婶问:"姑娘你不上茅房吗?"菊英摇了摇头,范三婶就把屋门关上,火炉盖好,替菊英把棉被铺好,又把一只破痰盂放在床铺前面。菊英偷眼看着,心里很是感动,就凄婉地说:"婶母,你歇着罢!这几天你也一定累着了!"

范三婶摇头说:"不要紧!我倒是不怕累,累点穷点都不要紧,咱们这苦命的人哪能净享福呢?我就愿意咱们一家人都好好的,能够天天有窝头吃就得了!像你叔父,永久是心高,想发财,他可又没修来那命;这几天他又天天跟黄老九在一块儿,我看不定又是要作什么祸了!"菊英听了,默默不语。

范三婶是进里屋睡去了,这里只是一盏昏暗的灯光,照着菊英呆板的影子。窗外吹来原野的寒风,卷着沙尘和枯叶,呼呼的、沙沙的乱响着。她呆呆地发着怔,心里想:章绍杰那边叔父是没有便宜可占了,他现在又没有事做,婶母也没有什么衣服可洗,收入毫无,以后的生活怎么维持呢?他那个人什么事都能做得出来,恐怕以后还是要在我的身上想法子吧?我已然因为懦弱才走到这个悲惨的地步,以后的事情我还能由着人摆布吗?因此就想,这家里也是不可多留,自己得另外想一条出路。

菊英凝神思索了一会，便暗暗地叹气，她随手又把那本教科书翻了几篇，找出那张相片来，带在内衣的口袋里，心想：这是秦朴给我留下的唯一纪念，也是我最初跟人恋爱时留下的身影，我应当永远保存着它！又伤心愁闷了些时，她便上床就寝，窗外寒风落叶的疾响，仿佛象征着她的前途似的，使得她一夜也不安宁。

到了次日，上午九点多钟她才起来。她婶母把昨天剩下的汤面给她热了，作为早点，然后菊英梳洗一番，就预备进城，她并问婶母说："我还到李老太太、张大妈屋里看看去吗？"她婶母却摆了摆手。菊英晓得那些街坊一定看着她是卑贱极了，因就暗暗生气，心想：我死在外头也不回来看你们那些脸子了！她暗暗忍着气，又向婶母说："我要进城去了，婶母你给我雇一辆车去吧！"范三婶答应了一声，遂就出去雇车。

这里菊英坐在床铺上生气、伤心，忽然门一开，淑玲进屋来了。淑玲拿着一块烤白薯，一边吃，一边暖着手，她见菊英是要走的样子，就进前来问说："菊姐，你进城去呀？几儿才能回来呀？"

菊英拿手绢擦了眼睛，悲伤地摇了摇头，低声说："我不想回来了……你看，李老太太、张大妈她们，见了我都是那么冷脸子，仿佛我做了什么丢人的事情，我干吗呀？回家来天天叫她们指脊梁！"淑玲瞪着眼睛说："你理她们呢！她们爱说什么就说什么。丢人？也没丢她们家里的人！不吃她们，不喝她们，可怕她们干什么？反正我跟我妈我爸没瞧不起你就完了，你犯得上为她们就不回来？"菊英咬着嘴唇默默不语。

这时范三婶进到屋里，说："姑娘，车雇来啦，你这就走吧。"淑玲把那被白薯暖得很热的手拉着菊英，急急地说："菊姐姐你进城去顶多住两天，后天可一定回来，要是不回来，我可就揪你去！"旁边范三婶笑着说："你这傻孩子！你姐姐能不回来？她不回来她可在哪儿住呀？"淑玲这才放了手，让菊英走了，她并送出门去，眼瞧着菊英上了车，还喊着嘱咐了一声："快回来！"菊英在车点了点头，对于淑玲这样的亲热，十分的感动，眼睛又一热；她便用手绢覆在脸上，作为是遮风。

拉车的也是熟人，走在海淀街上自然也有不少的熟人看见她，她却不敢揭开脸上的手绢，身上只觉得车在晃动，耳边只听见风声和枯枝的相击之声。她一任着车子去走，及至耳边听见电车的叮叮响声，才知道是进了西直门。偶尔掀开面上的手绢一看，又见电车、汽车、高楼、百货店……这就是城市，秦朴所厌恶的，自己所堕落的城市。

回到太平湖，风还是那么紧，菊英下了车一拍门，半天萧妈才出来开门，菊英就直头进到了西屋。这时西屋里可真是热闹，范三、黄老九、刘歪鼻子，全都在屋里了，当中升着一个白泥炉子，喷着半尺多高的火苗儿，使这小屋子温暖如春；炉旁烤着一把酒壶，炕上铺着一张报纸，报纸上面放着几个酒盅，一盘酱肘子，还有烧饼、花生米等等。

范三在炕中间盘膝而坐，已喝得红头涨脸，他咽下一大口酱肘子，打了一个大嗝儿，说："姑娘，这儿的一大堆事，我们都替你想好办法了，就等着你来了决定。我们是这个主意，萧大妈自然用不着了，给她几块钱叫她走，一切家具全都变价出卖；黄九叔昨儿都带来人看好了，两只箱子不算，其余的一切，人家给八十五块钱，要说可不算少。房子咱们退了，电表叫电灯公司拆走，零七八碎的东西都存在刘大妈家里。你呢，或者跟我回海淀，咱们还在一块，那么穷熬着去，以后慢慢再谋出路；你要是不愿意回去呢，黄九叔也跟你凤贞姐说好了，你就在她那儿住着。"

黄老九手捏着一支烟卷，又说："我想你在城里住惯了，回去也是受不了。你姐姐眼前就坐月子，那两个老妈子都不中用，你在我们那儿住着，照顾照顾你姐姐，总比佣人们靠得住呀！"

菊英点头说："好吧，一半天我就伺候我姐姐去。可是，这儿的一些家具，都是由于三太太那儿搬来的，咱就是要变卖，也得先问问人家！"

范三一听这话，立刻就斜着眼说："问她干吗？她做的媒，你才跟姓章的成了婚；这回出了事，他妈的，他们连头儿都不出，现在咱们要卖家具还得问她？"

旁边黄老九拦住范三，说："你先别急！"他翻着眼睛想了想，就说："这时候咱们也别得罪人，通知她一声！人家也许不能拦阻咱们卖，本来这里的家具都不是他们的么。"

菊英说:“咱们干什么要叫人家以后说闲话呢?卖了这点家具也不能过半辈子!”遂就叫萧妈出去给于三太太打电话,问这里的家具她们还要不要;她若要,就全都叫她搬去!萧妈答应了一声,就出去打电话去了。范三却十分着急,心说:他妈的,这八十五块钱多半要飞!遂气愤愤地又喝了一大杯酒。

少时萧妈回来了,她说:“给于三太太打了电话,是她自己接的,她说东西先都别动,下午她就来。”菊英一听于三太太下午要来,她就不禁又生出猜疑,范三也直了眼。

黄老九捏灭了烟,将一寸来长的烟头儿依然装在盒里,他就摸了摸小胡子,说:“我猜出来了,于三太太回头来,一定还有别的事,多半是章绍杰又托她来找辙。其实么,于三太太来,她若是再想给你们撮合,姑娘你也可以答应,无论怎么样,总是一日夫妻百日恩。章绍杰把你母亲撞了,也绝不是故意的,果然他要是认了错呢?你也可以不咎往事,他的错处,叫他慢慢在心里想去好了。要不然,不但你们这生拆硬散的太不像话,就是姑娘你以后这么漂泊着,也不是个长久的办法!”

菊英听了,眼泪落下,刚要说话,忽然她叔父又掺言说:“于三太太今天要是替章绍杰来找场,可不能像上回那么马马虎虎了,我得出头了,跟姓章的把条件都讲好了!”黄老九扬头说:“那是自然,哪能够还像上回那么马虎呀?他就是不明媒正娶,补行结婚仪式,也得有中人保人,叫他亲笔立个字据;规定出来每月的生活费给多少,假若他以后弃养了,是应当给多少赡养费。”范三点头,想了一想,就说:“那么一来,房子也就不必退了,我跟我们那口子都得搬到这儿来了。”

他们两人像做梦似的这样说着,刘歪鼻子却在旁一声也不言语,只捏着花生米吃。

菊英费了半天斟酌,才拭了拭眼泪,愁苦地说:“现在我真不愿意再见章绍杰了!因为我明白了,就是他再跟我怎么好,那也是假的,将来还是没有好结果!”

黄老九说:“那不怕他呀,有字据!他敢待你不好,就跟他打离婚,要赡养费!”

菊英摇头说:“那何必!”她拭了拭眼泪,说:“我现在对什么事全都灰心了,我不愿意章绍杰再理我,也不想再结婚。我就是打算伺候完了我凤贞姐姐的月子,我就想法找个事情做,虽然我不能当什么女教员、女书记,可是我也能上工厂去做工,要不然给人家当老妈子,当丫头都成,只要我能够挣几块钱自立,就行了。”

范三跟黄老九听了菊英发表的这篇未来的生活计划,都不禁大失所望,两人面面相觑着。旁边刘歪鼻子却喜欢了,她点头说:“对,姑娘你说的话我佩服,这年头儿依靠谁都不行,还是得靠自己;找个事儿挣点钱,够自己吃的穿的就行了,比在男人手底下要钱花强不强呀?等事情办完了,我可以给你想法子!我那表侄,你也见过,就是费先生,他现在开着两个绣花工厂,有一百多个做工的,都是十六七的大姑娘;分手快手慢,手快的一天可以挣两块多钱,管吃管住……可就是太远,在郑州呢!”

黄老九斜着眼看了刘歪鼻子一下,然后对菊英说:“慢慢再说吧,别着急,这年头儿年轻的姑娘,比大小伙子容易找出路!”当中盘膝大坐的范三,这时酒倒是喝足了,可是高兴劲却都没了,他摇头表示不赞成,说:“上工厂?我们范家祖祖辈辈没有姑娘上工厂的,再说,郑州还得坐火车去,那可不行!”黄老九拦阻他说:“慢慢再说,也不是说去立刻就去了。”当下他又点了一支烟,翻着眼睛看那飘浮的烟雾。

这时在菊英心里,却开启了一个新的生机,自己情知做工也是很苦的,可是最好的就是那工厂远在郑州。她想:我还有脸再在北京住着吗?海淀那些人都见了我就撇嘴,仿佛我是没有人格了;在吴家住着,黄凤贞跟郝四太太、于三太太、柳太太,又都是常来常往,我干什么在她们的眼前丢人呀?再说,除了我不出门,出门要遇着章绍杰的那辆汽车,不得把我气死!因此,她很想将来求求刘大妈,介绍自己到郑州工厂去,躲开这里的这些个人。但是她并没把心里所想的话说出来,便到北屋里,去收拾自己的东西。

午饭后于三太太就来了,于三太太穿着咖啡色的呢子大衣,里头是雪青丝绒夹袍,拿着个小皮包。菊英把她让在北屋,萧妈过来给倒茶点烟，于三太太就摘下茶色水晶眼镜，喘了喘气，说："外面的风真大！本来我早就想来，可是我病了，这两天才算好一点，回去我还得吃药呢！"说着叹了口气，又说："你跟章绍杰的事，我简直没法儿管，真是，我当初想不到你们弄了这么一个结局！不是人死了我倒抱怨，这回事情都怨你们老太太不好，那天若是你一个人去找他，绝不至于弄得这么僵。现在，你说可怎么办？绍杰的态度强硬极了！"

菊英听于三太太反倒抱怨自己母亲，心里就非常生气，又听说章绍杰现在还是那么不讲理，就忍不住冷笑了笑，流着泪说："让他强硬去吧！现在我还盼望他理我吗？反正我是明白了，当初我傻，我受人骗了！"她用手绢拭着眼泪，于三太太的脸上便红了红。

菊英又指着屋里的家具，说："现在，我一个人也不能住这房子了！就是这些东西，虽然绍杰他对我说过，这全是他置的，可是总算由你家里搬出来的，所以我们要想变卖，也得先问你一声；还有就是萧妈，现在自然得叫她回去了！"

于三太太点头说："萧妈我叫她回去，无论工钱欠不欠，你都不用管。"菊英说："也不欠她的工钱，就是这几天办丧事，她特别的累，我想多给她几块。"于三太太摆手说："那也不必，她跟我回去，该给她多少钱，我就开发了，现在你别为这几块钱跟我争！"

她吸了两口烟，又想了想，就说："这些东西，不错，是绍杰托我给他买的，那时他说他有一个女朋友，孤身一人在北京，打算在我那儿住，我才替他买了这些家具；买的时候我共花了二百多块钱，钱到现在他也没还我，现在你们要卖，恐怕连五六十块钱都不值。我想是这么办，东西我回头叫人来拉，还搬回我们家里去，我送给你一百块钱。你可听明白了，这一百块钱不是我给你的价钱，是算我送给你的；你收下算赏我的脸，咱们俩好了一场，当初我是为你好，现在想不到弄成这样儿，总算我对不起你！以后，你跟绍杰的事我没法儿管，可是你若瞧得起我呢，没事时你就还到我那儿去，有什么事我还照旧帮你的忙，日子长着呢，以后你就知道我是怎么个人了。"于三太太说到末后几句话，声音有点悲惨，她就由小皮包里拿出来十张十元的钞票，交给了菊英。

菊英这时被于三太太说得什么话也没有了，她就流着泪接过了钱。于三太太又劝慰了菊英半天，并问了菊英在海淀的住址，然后就说还要回家去吃药，遂走了。菊英又给了萧妈五块钱，嘱咐她说："回头三太太打发人搬东西来，你就跟他们回家去。"萧妈接过钱，道了谢，也流了几点眼泪。

菊英忍着悲痛，心里打算了一番，就到西屋去找她叔父，可是进到屋里一看，一个人也没有了，只有空酒壶和包肉的破报纸杂乱地扔着，火炉也快灭了。她又回到北屋，待了半天，范三才回来，满脸的酒色和欢容。菊英就告诉她叔父说："家具原来多半是于家的，现在人家给了八十块钱，把东西全都留下了，回头就叫人来搬。"遂把八张十元的钞票交给了范三。范三很喜欢地接过钱来，就说："成啦，现在也没有什么事了。你在吴家服侍完了黄凤贞的月子，赶紧就回海滨得了。有这八十块钱，我做个小买卖，无论怎么着，咱们也能够维持生活，以后呢……再慢慢给你想办法。千万别听刘歪鼻子的话，什么上郑州做工去，咱们知道他们是怎么回事呀？"菊英点头说："我知道！"

正在说着，黄老九又来了，他一进屋就问："怎么样了，于三太太来了没有？"菊英就把刚才于三太太来了的话说了，但仍说是给八十块钱。黄老九就点头说："这很好，和和气气地把事情办完了，以后彼此也好再见面。现在的事情都算完了，回头于家拉家具来，有我跟你三叔招呼他们，你现在就上我们那儿去吧，你姐姐等着你啦！"范三也说："对啦，你过去吧，这儿没有你什么事了！"于是菊英叫萧妈出去雇来两辆洋车，就交代搬着两只箱子和铺盖，往石驸马大街吴家去了。

从此菊英就住在吴家，寒风一天紧似一天，菊英也天天计划着自己的将来。她现在手里有七十块钱，她用十几块钱做了一件黑直贡呢面子，驼绒里子的冬衣，几块钱留着零花，其余的五十块钱她永远密密地随身带着，跟那张秦朴给她照的相片放在一起。她誓不随便动用这些钱，因为此时她的心里又活动了，她希望能寻回来自己的青春，她想着：只要打听明白了秦朴的确切住址，自己就拿着这钱做路费去找他，向他详尽地倾诉，向他深切地忏悔……

第二十七回　路转峰回喜投新门径
天寒岁暮黯别旧家乡

在黄风贞家里住了十几天，除了郝四太太和柳太太来过两趟，菊英全都躲到别的屋里不见之外，也再没有什么人来。不过这里发生了两件不幸的事，一件就是吴崇富近来特别烦恼，说是公司里要裁撤他，原因大概是大股东章绍杰看他不满意；另一件事，就是黄风贞养的那只猫——小花儿，平常是永不出屋子，这天忽然不见了，遍寻无着。据黄老九说："不定是谁把猫放出去，叫偷猫的给套走了。"为此，黄风贞哭骂了三四天，骂的时候虽然指着两个仆妇，可是夹枪带棒的，连菊英都包括在里面了。

菊英自然是很生气，可是又不得不隐忍着，因为黄风贞眼看着就要分娩，自己不能跟她怄气，再说只要一怄气，自己就得搬回海淀。海淀虽有刘二婶母女的温情，但是那些老亲旧邻们的冷笑和鄙视，自己实在不愿意忍受，何况自从自己住在这里，叔父时常进城来找黄老九，看那样子还是好吃懒做，等到他那点钱花完了时，不是还得在自己的身上想法子吗？她现在只好对什么事都隐忍着，每天她只注意看报纸，连广告都看，希望能有什么招女工、招女看护的事，同时梦想着能由报上得到秦朴的一点消息。

又过了一个礼拜，黄风贞已届产期，不幸又是难产，由家中移至医院，结果是施手术牺牲了胎儿。黄风贞在医院住了两个多礼拜方才回来，卧在床上，连大小便都叫菊英服侍。她还起疑心，永远不叫菊英离开她的身边，仿佛怕菊英会跟她丈夫勾搭上似的。

转瞬就到了隆冬腊月，菊英仍穿着那件驼绒旗袍，这时屋中虽然生着一只洋炉子，火旺时能使菊英的身上都有些发热，但是窗外却永远是狂风吼着。

这天风里又夹着雪花，雪花越来越密，越下越紧，映得屋中的人脸色都是惨白的。大地上的一切都好像消失了，连一声鸟儿叫也听不见，狂风也像渐渐被雪压下去了，更觉得四周宁静。菊英缩手缩脚地起了床，自己叠了被褥，开了屋门一看，外面像是换了另一个天地，银色浑然，地下积的雪已有寸许，房顶都像臃肿起来。柳絮般的雪花还在飘飘地向下落着，天空像是一张失了血色的病人的脸，凄惨而又忧郁。寒风钻进了菊英的驼绒旗袍，她不禁连声咳嗽了几下，赶紧回到屋里，向痰盂里吐了口稠痰，然后她拿上脸盆和漱口盂，就踏着雪跑到了厨房。

这时厨子还没来，可是汤罐里的水很热，她舀了脸水和漱口水，双手端着，踏雪又回到屋里。她身上觉得冷极了，尤其是脚下，她没有舍得买棉鞋，仍然穿的是一双半高跟的皮鞋和自己织的绒线长袜。这时脚面上都着了雪，跺了跺又觉得脚痛，她就将两手扎在热水里，暖和了一会，才洗了脸，然后搽雪花膏拢头发。突然，她一眼看到镜中自己的清瘦面容，一阵悲痛又从心头泛起，她赶紧抑制着，但眼泪已然溢了出来。

这时吴家新换的仆妇徐妈，拿着笤帚、簸箕进屋来，说："范大姑娘您起来啦？您怎么不言语一声儿呀？您叫我一声儿，我就给您打脸水啦。今儿的天真冷，雪比昨儿还大，可也是，今儿都十七啦，不到半个月就是年下啦！"

菊英听说快到旧历年了，心里顿吃一惊，最要紧的是她想着：到了年下，我还能在人家里住着吗？那有多么招人厌烦呀？

徐妈又说："范大姑娘你上北屋里去吧，太太屋里的火都着上来了。"菊英问："你们太太起来了吗？"徐妈摇头说："还没有起来，大概也醒啦。"菊英又问："你们老爷起来了吗？"徐妈说："早走了！"

说到这里，她停止了扫地，直起腰来悄声说："你还不知道？我们老爷跟太太昨儿又吵了一夜！今儿天一亮，老爷气恼烦腾地就出去了，也没夹着那大皮包。我在北屋扫地，看见地下扔着小镜子，雪花膏的瓶子也碎了，大概是我们太太给摔的。范大姑娘，回头你给他们劝一劝吧！就是你还说得上话。”

菊英也是觉得奇怪，这两天吴崇富夫妇的心绪都像是不大好，吴崇富早先对他太太唯命是从，可是近来他变了样，也长了脾气。因此，她就想回头得机会安慰安慰黄凤贞，要不然他们夫妇净打架，自己在这儿住还有什么意思？

因为身上冷，于是她就梳洗好了，冒雪走到了北屋。北屋西里间，就是黄凤贞新隔断出来的卧室，四壁全刷的是粉红色，墙上挂着丝织的风景镜屏，本来设置的很好，可是这时黄凤贞扎着头趴在床上，鬓发蓬松，身上盖着两床缎被，下面露出一只连丝袜子也没脱的肥腿；床下的绣花拖鞋倒是摆得端端正正，像是本来是东一只西一只，后来又被仆妇拾起来摆好的；榆木的梳妆台放着碎了的小镜子，和摔成两半的雪花膏瓶。

墙角的小书架上摆着一个小闹钟，这时短长针作九十度，已是整整的九点。菊英不敢惊动了黄凤贞，她就站在炉旁烤火。待了有十多分钟，胡妈进来擦玻璃，菊英就到外屋，把今天送来的报拿来，坐在炉旁的椅子上看。这时黄凤贞忽然一翻身，散乱的头发覆着她红肿的眼睛，颊上还有泪痕。她见菊英在屋里，就问：“什么时候啦？”菊英说：“还早呢，才九点一刻，姐姐你睡吧！”

黄凤贞又抬起头来看见胡妈，她就生着气说：“我还没起来，你忙着擦玻璃干吗？干完了事，你好跟徐妈闲磕牙去呀？我问你，老爷上哪儿去啦？”徐妈赶紧放下抹布，说：“老爷一清早出去的，多半是上班去了。”黄凤贞冷笑着说：“上班？哼！”又说：“你先打洗脸水去，洗好了脸我也走！”

胡妈说：“太太您吃完饭再出去好不好，这时候雪正下得大呢！”

黄凤贞一听外面还下着雪，她也怔了一怔，又气恼着说：“下雪我也得出去！他倒心静，清早他出去上澡堂子睡觉去了，丢人泄气的事情扔给我，我才不管呢，我也出去！”说着又哭。

黄凤贞向来还没有这么伤心过，此时菊英的心里倒是很害怕，不知道黄凤贞是因为什么这样气恼。她又不敢多说话，只问了一声：“姐姐，是为什么事呀？”

黄凤贞摇头说：“你不用管，你把报给我！”

菊英把报给她送过去，可是今天黄凤贞不看小说，也不看戏院的节目，她却翻着找广告。可能就被她找着了一条，见她看了，脸上气得煞白，把一张报又撕又搓，然后扔在床底下，倒头又脸朝里一躺，吓得菊英也不知道是怎么一回事。

过了一会儿，胡妈就把脸水漱口水送来，她翻着眼睛怯怯地问说：“太太你起来洗脸吧？”菊英在旁悄声说：“你放在那儿吧！”黄凤贞大概是又哭了一会儿，她就披上睡衣，下床洗脸，菊英就回到自己住的那屋里去了。这时雪已渐渐微了，只剩下精盐似的细屑自空中往下落，地下铺的雪却有二寸多厚，厨子老王和黄老九，每人拿着把长把笤帚，一起在扫院子的雪。

菊英在这冷气浸人的屋里坐了半天，觉得无事可做，不禁又勾起她心中的忧愁，赶紧要找点什么事岔开，遂又到北屋里。一看黄凤贞已然出去了，胡妈还在那儿擦玻璃，菊英就问：“怎么，你们太太就走啦？”胡妈说：“走啦，今儿也不知道是为什么，这么早，连点心也没吃就走啦！大概是去玉华饭店找郝四太太啦，可是郝四太太这时候也不能起来呀？”

菊英也不言语，把床下扔着的那张撕烂了搓成一个球的报纸拾了起来，等着胡妈到外屋擦玻璃的时候，她把报纸铺在床上，拼起来看，就见很醒目的广告栏里有一条是：

大杰公司紧要启事

本公司交际主任吴崇富君，已于即日起被本公司董事长解聘，此后吴君在外一切行动，与本公司丝毫无关，特此郑重声明。

菊英这才知道，原来吴崇富已被公司给裁下来了。公司的事全由章绍杰做主，章绍杰本来就看不上吴崇富，这回一定是到了年底，就不要他了。吴家景况自己也看出来了，他们并没有一点积蓄，完全倚赖着薪金生活；夫妻两个又都好浮华，好交际，平日就拉了不少亏空，这回失业了，又正赶到年关，他们可怎么办呀？因此不胜替黄凤贞他们发愁。又想：怪不得这两天黄凤贞不大爱对我说话了，夫妇俩打架，原来是为这事，也难怪她。不过她现在一定很恨章绍杰，并且恨我，因为假使我现在还跟着章绍杰，多少总能给他们托点人情呀！想到这里，菊英的心里又很难过，她有心要硬着头皮去找于三太太，求于三太太给他们疏通疏通。可是又想：托人转求章绍杰呀？我可真犯不上！不过她自知在这里是更难住下去了，这倒是个很严重的问题，为此事又忧虑了半天。

午饭后，雪还没有住，吴崇富黄凤贞夫妇两人全都没有回来。可是范三又来找他的侄女，一见着菊英，就开口要五十块钱；他都说明了，范大妈被汽车撞伤之后，章公馆是给了一百五十元的医疗费，后来办丧事，只用去了一百，剩下的五十块钱现在要借用一下。他说："现在年关已近，百债盈门，咱们家里的景况你也知道，我没处摘借去，只好来找你！"

菊英听了叔父的话，她不仅生气、厌烦、伤心，而且还觉得诧异，因为从母亲受伤到死，及在丧棚里聚赌，临完了时又卖家具，按理说他弄的钱也不少了；并隐隐听人说，他跟黄老九还都在暗中使了章家的钱，怎么才两个月就都花完了呢？就是天天喝酒，也不能喝这么些呀？她真不明白！要说叔父是装假，可是看叔父的那件斜纹布的大棉袄，像是在炕上滚了几夜也没脱；呢帽虽然是新的，可是一摘下帽来，头发挺长，简直像个囚犯，不过黑绒的棉鞋倒还干净，没沾了多少雪和泥水。

范三是真着急，一半央求地说："无论怎么样，你得给我凑上这笔钱，救救你叔父！我知道，你那五十块钱全都没动！"

菊英恨得暗暗咬牙，就说："我那五十块钱没动，我身上这件衣裳是哪儿来的？我在人家这儿住着，就是吃喝不花钱吧，难道自己的零用也跟人家伸手要吗?你是听谁说的,我那钱都没花?”菊英气得身子乱颤。

范三倒把头一摇晃,笑了,他说:“是谁跟我说的,你也不用打听。现在就是这句话,你得救我这一步,要不然,咱们爷儿俩这是最后一次见面,回去我就自杀!”

菊英经不住叔父这样纠缠,就叹了一声,说:“三十几块钱我倒是还有,可是上回我借给柳太太使了,一半天我要了来,再给你使吧!”

范三短促地笑了一声,说:“得啦,既然姑娘你肯救叔父这一步,等一两天也可以,可是,至少你得给凑上五十块;那对银瓶你留着也没用,再说也是个包银的,值不了几个钱,你先借给我当了得啦!”说着又表示出央求的样子。

菊英现在最讨厌那一对银瓶,也恨不得送给别人,听了叔父的话,就点了点头,说:“好吧,我这就取出来,你快点拿去吧!”于是她就拿钥匙打开箱子,范三赶过去瞧,就见菊英的箱里也真可怜,除了几件单夹衣服之外,再无别物,范三也不由灰了一半心。菊英取出银瓶,交给她叔父说:“你走吧!后天你再来!”范三连连点头答应,找了几张报纸,把一对银瓶包好,就挟着出了屋子。

菊英见叔父并没走,他却往黄老九屋里去了。待了一会,黄老九叼着一支烟在前,范三夹着包儿在后,两人才一同出去。菊英心里就非常忧虑,想着:叔父现在也不想法找个事做,却常跟黄老九在一块混,将来可怎么办呀?我几时才能躲开这个磨难呀?屋里很冷,因为黄凤贞没在家,菊英也不愿到她那屋子去,只是想着吴家的事,和自己年底是否回家的问题。

到了晚饭后,黄凤贞才回来,菊英赶紧过去见她,问说:“姐姐吃饭了吗?”黄凤贞微微点了点头,就坐在沙发上,抿着嘴儿泛想,脸上一点高兴的样子也没有。菊英便在火炉旁站着,两人沉默地待了一会,此时屋里已然黑了,黄凤贞就说:“你把电灯开开,咱们省那点儿电干什么!”菊英随手开亮了电灯,惊疑地看着黄凤贞,就见黄凤贞指着椅子说:“你坐下,咱们说几句话。”

菊英坐下了,黄凤贞又换上一支烟吸着,就说:“你大概也已经知道了吧？你姐夫现在已然没事了，章绍杰成心跟你姐夫找别扭，你姐夫一生气就辞职了。”说到这里，她冷笑了一声，又抽了一口烟，说：“顶是于三太太势利眼！今天我找她去，并不是想找他们的人情叫你姐夫回去，可是她一见面就跟我装头疼。我也好，我就跟她说：‘你头疼你快躺下歇着吧，我也走了。我今儿是跟你辞行来了，因为过年我要到上海去啦！’”

菊英赶紧问说：“姐姐，你真是要到上海去吗？”

黄凤贞悄声说：“你可别跟人说去！大概不过一个礼拜，我们就得走。依着你姐夫是要上天津，那里的朋友请他入政界做事，可是我不愿意，我愿意到上海去。到了上海，虽说当时没有事做，可是一二年之内，我们的生活绝不至发愁；在那儿容易认得阔朋友，将来一定能够发展。”

菊英听说黄凤贞要到上海去，她心里就不禁一动，又问：“我九叔也跟你去吗？”

黄凤贞摇头说：“不，他那么大年纪了，再说他手里又有几千块钱，一个人是足可以在这儿享福了。就是你……咳！你不知道，我是天天为你忧心。我本来给你想了几个办法，叫你自己挑，可是，现在我也顾不得了，只好你先回海淀，等我们到了上海，再给你想法子吧！”

菊英点了点头，对于黄凤贞又怀着一种伤别之意，并感到此后自己将更孤零。黄凤贞又嘱咐她千万不可把这些话告诉别人，但并不说他们为什么要这样严守秘密。晚上十点多钟，菊英就回屋就寝，却不见吴崇富回来。

到了次日，雪虽然住了，可是天色依旧阴沉，风刮得倒不甚紧。吴崇富昨天大概是半夜才回来的，也没跟他的太太再打架。午饭后，夫妇俩穿得特别阔绰，说是先到北海去看滑冰的，然后到长安戏院听戏。黄凤贞要叫菊英也去，菊英却不愿再涉足于那些娱乐场所，她只推说自己没有大衣，黄凤贞便没有勉强她。

吴崇富夫妇走后，菊英就开了箱子，把一只金镯子取出来；这是初与章绍杰同居时，他给菊英买的，手工虽很精细，但金质极轻，至多也不过三四钱重。菊英看了这东西，就不由一阵伤心、悔恨，她现在不愿留着这种东西，甚至于连章绍杰给自己置的那几件衣裳、鞋，她都想永远不穿了，毁了更好。当时她把这只金镯带在身边，就向胡妈说："我到西单牌楼去买点东西。"然后在脖子上绕了一条毛线围巾，就出门去了。

这时满地是冰雪，寒风逼人，她耐着冷走到西单牌楼，这条繁华的街道，虽在寒天之下，往来的车辆行人仍是不少。菊英将有两个月没到这里来，如今她倒很恨这些繁华紊乱，恨那些往来飞驰的汽车，和得意扬扬的男男女女，尤其怕有熟人看见她。她找着一家金店，把金镯卖了，得了四十八块钱，又到一家小洋货店买了几件应用的化妆品之类，然后就赶紧雇上车回吴家去了。

当菊英的这辆车才走进石驸马大街的东口时，忽见迎面来了一个身穿灰布面子皮袍的人，向她点了点头。她细一看，原来是前两月帮自己家里办丧事的那个费万德，她不由地也点头招呼了一下。费万德走过去了，菊英心里又想道：我为什么不赶快找个做工的地方呢？可是又想：现在是年底，人家工厂里也不需要人呀……

回到吴家，菊英把手中的钱算计了一下，统共有九十几块钱，她就决定在自己贴身的私蓄里又添进十元，三十元给叔父，其余的几块钱留着零用。又想：过几天只好先回海淀去住了，过了年，一定要设法去找工作。当日，吴崇富夫妇看完了夜戏才回来，菊英就盘算了一天自身的事情。

到了次日，才早晨七点多钟，范三就在凛冽的寒风之下又来了。菊英倒很惊讶，心说：叔父怎么这么早就进城来了？当时菊英并不废话，就把三十块钱给了叔父，说：那十几块钱我做了身上这件衣裳，现在钱都给了你，我可连零花的也没有了！

范三接过了钱，就说："你别发愁，我转开这一步儿就好了。现在我给人拉着一档子房纤，过年正月就可以成交，至少我得分一百来块钱，那时你要用三十五十的都行。"

他又把一双醉眼向菊英的脸上看了一下，就说："还有一件事，我得跟你商量商量。现在不是快到年底了吗？你一个穿着孝的人，在人家这儿住着也不像话；回海淀去吧，我瞧你在家里也怪别别扭扭的。前两天我到刘大妈那儿串了个门儿，看见那费先生又从河南来了，由闲话就说到你的事情。你不是要入工厂吗？费先生在郑州开的那工厂现在正需要人，你要愿意去呢，我就带你去见费先生；一半天就跟人家走，因为人家还得赶紧回郑州过年去哩。”

菊英听到了这条新出路，心里非常喜欢，但是还犹疑着，范三又说：“你要是去，还有个伴儿，刘大妈的干女儿也跟费先生去，人家比你还小一岁呢！你到了郑州，第一是先开开眼界，尝尝坐火车到底是什么味儿；过上两三年，手里攒下点钱，就是不愿意干了，回家来也足够花些日子的了，那时我的事儿也就缓过来了。”说时范三笑了，表示这是个好机会，不可错过。

菊英听说还有刘歪鼻子的干女儿同去，她就完全没有疑虑了，遂高兴地点头说：“好吧，我愿意去，您带着我见见费先生去吧！”于是叔父和侄女全都高高兴兴的，就到了刘歪鼻子家里。刘歪鼻子就住在太平湖菊英故居的附近，住的是一个杂院，街坊的好些个十五六岁的大姑娘，都是她的干女儿。菊英来了，许多穿红戴绿的姑娘，都争先挤进屋里来看她，仿佛菊英是个名人似的。

此时黄老九带着他那五个鸟儿笼子，也在这里，一见着菊英，他就笑着说：“菊姑娘来啦，郑州的事儿你愿意去吗？那地方很阔呀，听说跟上海差不多。”

菊英点头笑了笑，说：“我就希望有个事做，只要能维持生活就行了。”

这时刘歪鼻子笑着，叫菊英在炕上坐了，她就先进里屋去了，范三也跟了进去；菊英看着，仿佛叔父在这刘歪鼻子的家里是很熟的样子，里屋挂着红布门帘，从帘缝透出一阵阵的鸦片烟味。

待了半天那费万德才慢慢走出来，他还穿着那件灰布面子的皮袄，脸也像没洗，很没有精神的样子。菊英赶紧站起身，笑着说：“费先生你早起来啦？”费万德点了点头，说：“范姑娘请坐！”他自己在黄老九的对面坐下，从皮袄里掏出一盒烟卷，敬给黄老九一支，自己也吸了一支。

这时范三和刘歪鼻子也都掀开红布帘出来，范三就指着菊英说：“我们这姑娘要跟费先生到郑州做工去，费先生你看成不成？”

费万德听了，并不答话，他只是抽着烟卷，仿佛很作难地想着。半天他才弹了弹烟灰，微微点头说：“自然没有什么不成，范姑娘不是要跟我去吗？多带一个人也不要紧，她们正好做个伴儿。不过，郑州不是个近地方，坐火车也得走二十小时；到了我那工厂里，虽然管住处，每天能挣一两块钱，究竟也是个苦事情，再说一百多女工，好坏人都有，倘或姑娘将来有了什么小小的舛错，我可实在负不起那责任来！”

范三说：“那不要紧，我们姑娘是个最安分的人，到了工厂里，绝不能叫你操心。说开了罢，就假定有了什么事情，我们也问不着你！”黄老九也点头说：“费先生你放心，我由她小的时候看她长大了的，这姑娘最老实，绝不能叫你添麻烦；就是在路上，你多照应照应她就是了，因为她没出过远门儿。”费万德说：“那倒不用你托付。”

他又想了一想，就说：“既是这样，就请姑娘回去收拾收拾东西，明天晚车就走，因为我还得赶着年前回去结账。姑娘顶好是回去再商量商量，晚上再给我个回话。”

范三替菊英说：“也没什么再商量的了，就这么办吧！”菊英也笑了笑，说：“费先生这样费心，给我找工作，我还有什么不愿意的吗？”费万德说：“不客气！”遂又细细说他那工厂的组织，及对于职工的待遇。

刘歪鼻子又叫人把她那干女儿找来了。这个姑娘姓常，今年十五岁，黄瘦的脸儿上擦着很多的胭脂，烫着头发，她穿着一件紫红色麻葛的箍身棉袄，黄缎裤子镶着宽花边，一双绿漆皮的高跟鞋，完全是少妇型。进屋来刘歪鼻子就给向菊英介绍，菊英才知道这个姑娘没有学名，乳名叫小爱宝儿。菊英因为这是自己的同伴，将来要在一同做工，所以很对她表示亲近，可是小爱宝儿却不大跟菊英说话；她只跟刘歪鼻子嬉皮笑脸，并跟那到屋里专为瞧菊英的几个姑娘，打打闹闹，没有一点安娴。少时范三就叫菊英回去了。

菊英回到吴家，黄凤贞已经起床了，菊英就把自己明天要到郑州去做工的事对黄凤贞说了；说的时候还有点惭愧，想黄凤贞一定要笑话自己。不料黄凤贞也十分赞成，她说："本来么，你这么长久闲待着，也不是个办法！再说除非你不出门，只要一出门玩去，就许遇见章绍杰跟那魏六小姐，我都替你生气。现在你到郑州去，很好，无论是做工，或是做什么，也比在这儿强；过二年，手里攒点钱，找个相当的人，我在别处听说了，也是喜欢的呀！"

菊英脸红了红，笑着说："姐姐，咱们快离开了，你就别跟我闹了！"

黄凤贞笑着说："不是跟你闹，我跟你说的是正经话，你也嫁过一回人了，还怕羞干什么？有话咱们正应该公开地说。你到郑州去做工，难道就做工一辈子，将来，你永远不再嫁人了吗？"

这句话却勾起来菊英心底的幽情，她脸上又红了一红，就说："姐姐，你既说到这儿，我就托你一件事……你到上海去，得机会替我打听打听那秦朴的住址，他是在什么马路什么书局来着？他告诉过我，我给忘了……"说时，垂下几点眼泪，又拿手绢去拭。

黄凤贞扑哧笑了一声，说："我真没想到，你的小心眼里还存着这么个人呢？好吧！我们到了上海之后，先不做别的事，就先给你打听那秦先生，只要把他找着，我一定给你去信。我真盼望你们破镜重圆，因为我也很对不起你。你跟章绍杰那事，早先我也是很赞成，那时我只希望叫你享受做少奶奶的福气，却没料到后来竟是那样……咳！过去的事也不必再说了！"

菊英听了，越发引起她心里的那些悲哀、悔恨，又流了许多泪，黄凤贞劝了她半天，然后说好了是今晚请菊英看戏，作为给她践行。

菊英回到屋里，就着手收拾自己的行李，心里一细想倒转悲为喜，因为前途已有了光明。这时范三又来了，菊英就问："三叔你怎么还没回去？"范三说："我等明天看你上了火车，我再回去，要不然我不放心！"菊英问："那你今天晚上可住在哪儿呀？"范三略顿了一下，就说："我还不好办？费先生的客栈里我也可以歇一宵。"菊英也没往旁处想，依旧收拾自己的东西。

范三又说:“姑娘你可少带点行李,三等车上可不能多带东西!带上几件随身穿的衣裳就行啦,那些单衣裳现在也穿不着,过两天我拿邮包给你寄去好了!”菊英皱着眉说:“总共我有多少东西?我就带一只箱子,跟一个铺盖卷。”范三摆手说:“箱子不能带!要带得另起行李票,你凤贞姐姐她们许有小一点的手提皮箱,你跟她说说,借一只好不好?”

菊英心想:人家也快上路了,我何必招人厌烦呀?再说这些丝绒的、印度绸的华丽时髦的衣裳,我当女工还能穿吗?于是她只把些衬衣衬裤之类,打了一个大包裹,其余别的东西依旧锁在箱内,把钥匙也交给她叔父,说:“一半天你就把这两只箱子搬走得了,我明天就带这个包裹,跟一个被卷。”范三点头说:“好啦,好啦,反正你这些东西我都不给你动,你什么时候要,我什么时候给你寄去。”菊英点了点头,心里却不希望再要那些浮华的东西。

这时院中又是一种咯咯的笑语,夹杂着高跟鞋的声响,菊英隔着玻璃窗去看,见是郝四太太同着一个矮身材的妇人来了,她们全都披着狐皮大衣,说笑着进黄凤贞屋里去了。菊英向她叔父说:“你快走吧!”范三遂就悄悄地溜了。菊英收拾完了衣包,觉得心里很不安,仿佛立刻就上火车才好。那北房里也不知怎么凑上的手,少时就劈劈啪啪打起牌来了,菊英不愿意去见那些人,尤其不愿意听这可厌的牌声,她只在这冷清清的屋中,站一会,坐一会,憧憬着自己的前途。

晚饭菊英也是在这屋里用过的。北屋里亮了电灯,大概也开完了饭,可是黄凤贞,吴崇富,郝四太太和旁的女人的喧笑声,依然一阵阵的浮起,接着牌又响起来了。菊英倒很愿意他们这样,因为自己可以不必跟着黄凤贞听夜戏去了。不到九点钟,她就闭门就寝,但是也睡不着,她就想着自己的事情。此时心中的悲伤是减去了许多,不过想到将来,虽然是有几线光明,但是,若有那么一天自己能再与秦朴见面,却又是很值得痛哭一场的。

到了次日,菊英愈是行意匆匆,坐立不安,并且产生了一种矛盾心理,虽然自己急于离开这里,但是对于黄凤贞,尤其是对于在海淀的婶母和淑玲，总有些恋恋不舍。当日上午吴崇富夫妇快到十一点才起床，可是不到下午一点，他们又先后出去了。黄凤贞临行时，还对菊英说："我出去一会就回来，晚上我还许到车站送你去呢！"菊英说："姐姐你不用送我了，将来我们时常通信就得了！"说话的时候，她不禁落了几点眼泪。

到了下午五点来钟，菊英把铺盖都卷好了，少时范三就来了，他说："姑娘你收拾好了没有？六点半的车，先去好占座儿，费先生都上车站买车票去啦！"菊英说："我的行李都打好了，就是这两件，叔父你雇车去吧！"范三赶忙跑出去雇车。菊英赏了胡妈、徐妈每人两块钱。到北屋又看了看，吴崇富和黄凤贞都还没回来，菊英就想是不是让两个仆妇转几句话。

这时忽然黄老九由外面进来了，他手里拿着一盒点心，龇着金牙，向菊英笑着说："我也没给你买别的，就是这一盒点心，你在火车上吃吧！我还得看家，不能送你了。你到了郑州，千万好好做事，把心弄宽了点，没事时别净那么思前想后；冷热都得加小心，常给你三叔三婶来信。过一两年再请个假回来瞧瞧，那时九叔也许真不敢认你了！"说时他又笑了笑。菊英簌簌地流下泪来，接过点心盒，向黄老九鞠躬道谢，并说："我也不等我凤贞姐姐回来了，她回来，你替我说吧！我们姊妹俩将来再见面……我姐夫你也替我道谢！"黄老九连说："没有外道。你也别净难受，在路上还得打着精神呢，你姐夫姐姐也许上车站等你们去啦。"

这时范三把两辆车雇来了，胡妈跟徐妈给菊英拿着行李，送出门去。菊英跟她叔父都坐上洋车，黄老九站在门前说："菊姑娘一路平安！"两个仆妇也都向菊英说："范大姑娘，再见！"菊英在车上向黄老九点点头，说："你进去吧！胡妈徐妈也进去吧！再见！"范三又说："九哥，我回头还来呢！"当下两辆车就往东去了，出石驸马大街进绒线胡同，直去前门。

这时马路两旁已电灯齐明，街上的车辆不多，行人也很少，商店的陈列柜里射出惨淡颜色的灯光，似乎也没有人去过问。人行道上的积雪尚未消化，一阵寒风吹着哨子飞过，广播的歌曲也像是在寒风里颤抖着。菊英怀着一颗脆弱的心，黯然于这寒天薄暮之下，辞别了这座古城，就像一只有羽的小鸟逃出笼了。

车到了前门西车站，这里已有许多人提着行李往里走。脚夫们扛着皮箱、柳条包、被卷，去替旅客们过磅起票，旅馆里的伙计也来送客上车，警察们往来着，注意着每个人的行迹，匆忙、纷乱，交织成这一幕车站上的风景。

范三扛着铺盖，两眼东张西望地走了几十步，忽见费万德皮袍上套着件呢大衣，站在那里，说："你们来啦！车都开进站了，车票在我这儿拿着啦，范先生你再买一张月台票去。"

范三说："我也不进站台了，姑娘你自己拿着行李上车吧！"费万德替菊英接过铺盖卷，菊英自己拿着衣包和点心盒，就向她叔父说："叔父你回去吧！叫我婶母放心我就得了！"范三连连答应，那张黑脸上忽又现出一种羞愧悲惨之色，他吞吞吐吐地说："好吧！姑娘，咱们爷儿俩两年之后再见，到那时我只要有钱，我一定上郑州接你去！"

菊英还要说话，旁边费万德就掺言说："车快开了，快进站去吧！范先生再见！"菊英再看她叔父时，就见她叔父已掺在人群里了，她不禁生出些离别的悲哀，就跟随费万德顺着灯光黯淡的站台，杂在拥挤的旅客之中，挤上了三等车。

三等车上的人真多，座位全被人占满了，并且还陆续不断地往上上人。费万德在前喊着："借光！"菊英提着东西，侧着身跟着他往前走。挤过了几个座位，忽然有两个人站起身来招手叫他们，说："在这儿啦！"菊英抬起头来一看，见是刘歪鼻子和那个小爱宝儿，另外还有一个披着貂皮领子青绸斗篷的女人。

费万德挤近前去，笑着问那女人说："你怎么也来啦？"那女人笑着说："我给你送行来啦！你要发财了么，我得巴结巴结！"费万德笑着说："别说笑话！"又给菊英引见说："这是崔大姐。"菊英向这崔姓的女人鞠躬，只觉得这人不住地看自己的脸和身上。

刘歪鼻子站起身，说："范大姑娘坐下吧！"又拍着费万德说："要不是我们给你们占着座儿,你们连伸脚的地方都没有。”费万德笑着说:“得啦,谢谢您啦!”他随把行李全都放在了跳板上。菊英坐了下来,眼睛望着旁边的旅客,就见男男女女,有的喷着烟,有的喝茶吃点心,有的对面谈着话,十分的杂乱。

那刘歪鼻子、崔姓的女人和费万德说笑了半天,后来听见铃声响了,送行的人才下车去。那刘歪鼻子临走时,还笑着对菊英说:“范大姑娘,你到了郑州,别想家,好好地做事,咱们两年后再见!”费万德又把她们送下车去,半天也没回来。

这里菊英就笑着跟那小爱宝攀谈,她问:“你家里还有什么人?这次也是头一回出门儿吗?”小爱宝却似乎不大爱理菊英,她只摇了摇头,说:“我哪儿都去过。”说完这话,她就扒着车窗往外去看。菊英脸上一红,觉着很没意思。

这时车上渐渐宁静,有的一个人占着两个人的座位,呼噜呼噜地躺着睡觉;有的拿报纸遮着脸,闭目养神;有的还扒着车窗跟站台上的人说话。少时费万德回来了,他也不跟菊英她们说话,就靠着车窗一坐,拿出烟卷来,燃了吸着。这时,有穿着号衣的跟车人喊着说:“查票咧!查票咧!”费万德赶紧掏出那三张车票来。少时,一阵皮鞋的响声,来了两个查票员,身后还跟着两位全副武装的稽查,把眼睛直向菊英这边盯。费万德从容不迫地把票递给查票的看了,查票的走过,费万德依旧喷着他的烟。

汽笛呜呜地响了两声,菊英觉得车身在移动了,她隔着车窗去看,就见黑黝黝的城墙,和铁道旁的电线杆子,一段一段的往后退,并且退得越来越快;车轮摩擦着铁轨,轰隆轰隆地震心的响,夹着呜呜的怒吼声。旁边有人说:“离开北京了!”窗外的城墙消失了,一棵一棵的树木像鬼魂似的飞跑过去,菊英离窗回到了座位上,心里说不出是惆怅还是清爽,她想着:我现在是离开北京了,可是我更孤零了!

在这长途的火车上,菊英就觉得全身乏力,头昏脑涨,东西也吃不下,更不能睡眠,十分的痛苦。她也不知道已走过了多少站,多少路,更不知道这车身是往哪个方向走,但是她的心里却万虑俱消,她只默默地计划着：到了郑州，好好地做工，随时积蓄些钱，好预备将来打听出秦朴的地址，就找他去……

在她身旁的那小爱宝，却一点不晕车，她跟费万德抢了支烟吸，嘴里并嚼着糖果，哼哼着小调，费万德是躺在座位上睡了。

到了次日天明，车已开到了石家庄站上，费万德下车去买东西。晨风一吹，菊英觉得身子清爽一点，但她又咳嗽起来，向窗外吐了一口痰。小爱宝揪了她胳臂一下，说："你有钱没有？借我一块钱。"菊英想着日后就是同事了，自己不能得罪她，遂由内衣里掏出一块钱来，借给了小爱宝。小爱宝拿着钱跑下车去，少时就买来了瓜子、糖果、鸭梨，和烟卷，一大堆都放在搁茶壶的小架子上，她笑着向菊英说："喂，你吃呀'小姐儿们！"菊英点了点头，由上面取下来点心匣子，打开也让小爱宝吃；小爱宝是一点也不客气，一边吃点心，一边抽烟。这时费万德拿着一只烧鸡上车来了，同时车上又挤进不少的旅客，待了一会，车又向南开去了。

今天菊英晕得似乎轻些，小爱宝也不断地跟她谈话，不过她谈的话都很奇怪，她先问菊英嫁过几次人，又问菊英生过孩子没有。这都使菊英脸红耳热，不能回答她，同时心里又很诧异：十几岁的一个小姑娘，怎么什么话都说？自己还真没见过！

费万德便用眼瞪着小爱宝，他说："你可别跟人家说这些话！人家是头一次出来，比不了你！"小爱宝却嘻嘻地笑着，露出不很整齐的牙齿，一扭头，嘴里又哼哼着："二八的俏佳人，懒梳妆，崔莺莺得了病，躺卧在呀床……"费万德不由笑着说："不离呀，真有刘宝全的味儿！"菊英猜不出这小爱宝是在什么样的家庭里长大的，心说：到了工厂我可要少跟她接近。

火车依然向前飞奔着，走过了无数的原野、河流，菊英这才知道天地的广大，心里就盼着快点到郑州；可是郑州却总也不到，好像永远也不能到似的。黄昏时，车到了黄河北岸，车上的人都站起身来向窗外看黄河，菊英也向窗外看了一眼，只见一片黄茫茫的，什么也看不见。她才回到位子坐下，费万德就说："过了黄河，再有一站就到郑州了！咱们下车先到我嫂子家里去，等到过了年，你们再上工；现在工厂里也腾不出地方来，你们也没地方住。”

小爱宝在旁不理不睬，仿佛她根本不关心这些事情似的。菊英却觉得很诧异，她就笑着问：“费先生您的家没在郑州吗？”费万德摇头说：“没有，我的家里人全在天津，在郑州就是我一个人。我那嫂子也是个盟嫂，她家里有闲地方，又没有男人，你们住着正相宜。”菊英听了，却默默不语，她心里有点猜疑，可是已然走到这里，只好由着费万德安顿；无论在哪里都可以暂住几天，只要过年能进工厂就行了。此时暮色已扑上车窗，车顶上的电灯又射出微弱的光亮，有许多旅客都准备收束随身的行李了。小爱宝的一盒烟卷已然抽完，她把空烟盒由窗子扔出去，也向菊英说：“这就到了。”菊英看了看手表，这时已六点半。

又走了约两刻钟，车就进了郑州站。卖食品的小贩都在窗外嚷嚷，旅馆的伙计也提着灯笼上车来接人。费万德就叫菊英和小爱宝帮助拿着行李，他在前边领路，在人群中挤着出了车站。

来到郑州的大街上，菊英一看，这街上尽是两三层的高楼，电灯照着招牌，都是什么旅社旅馆。菊英也不辨方向，就随着费万德雇了三辆洋车，带着行李，顺马路走去。不多时进了一条昏黑的小巷，费万德就叫洋车在一家的门前停住，他先下了车跑进去。待了一会他又出来了，就叫洋车夫帮着拿行李，他带着菊英和小爱宝往里面走。

这座房子一进门就是又黑又窄的楼梯，菊英一手提着衣服包儿，一手提着衣襟，跟随费万德上了楼，进到一间屋里。屋子是里外间，全都有木板的小门，外屋就摆着几张破烂桌椅，和一张铁床，床上堆着大红花儿的被褥。屋里有一个四十来岁高身量的妇人，穿着小棉袄，上罩着月白短褂，下面是一条绿色的摹本缎的肥腿裤子，趿拉着绣花拖鞋，头发乱得像个鸟巢。她先把菊英浑身上下看了一遍，然后就拍了小爱宝的脑袋一下，撇嘴一笑，说：“你这小浪精！在北京混不了啦，又想跑到我们这儿发财来啦？一年多没见你，他妈的你还没长身量，把骨头肉儿都贴给哪个小白脸儿啦？”小爱宝扭头笑了笑，就跑到旁边去烤火，费万德却出去开发车钱就没回来。

菊英吓得脸色都变了，她站在自己的行李卷旁，借着朦胧的灯光看这神情可疑的妇人，刚要问："你贵姓？"就见这妇人又看了自己一眼，说："得啦，你到我们这儿来了，总算是咱们有缘。先歇一天，明天我就带着你们上捐，地方有现成儿的；今儿才二十一，在年头里混两天，拉上几个熟客，过年下车好有人给你捧大鼓。你虽说是才干这一行儿，可是三天没有力笨儿，慢慢儿的人缘财缘就全来啦。爱宝她不用我教给，她比我还是熟手，喂！小浪精！你别净搂着火炉子呀，过来，你们俩收拾收拾东西！"

菊英的耳朵里灌进了这些她从来没听过的话，可是她的心里完全明白了，知道这里是个无底的恐怖的深渊，她立刻急得脸色苍白，摇头说："不行！我不能在你们这儿住，我得找姓费的去！"说着，菊英就往门外急跑。那妇人赶了上去，一把就抓住了菊英的胳臂，用力往后一揪，扯着牝狼似的嗓子说："你要上哪儿去？"

第二十八回　香飘孽海洒泪强学讴
人感前尘临妆羞顾影

菊英哭着挣扎着，喊叫说："你们是骗子！把我骗来……你快放开我，要不我就喊巡警……巡警！巡警！"那妇人抖手就打了菊英两个嘴巴，骂着说："嘿，你还怪有本事的！还会这一手儿。他妈的你也昏了心啦，你是老太太花三百块大洋买来的，又不犯私，你喊巡警？喊你祖宗三代也不行呀！浪……"她抖手"吧吧"的又是两个嘴巴。菊英也回手打，并且拼命地嚷着："救人呀！巡警……"终于她的力气不胜，又加小爱宝上前帮助拉扯，就被按在了床上。

小爱宝用身子挡住菊英，她向那妇人摆手说："孙二妈你先别生气，她新来乍到，还什么都不懂得，得跟她慢慢说。打什么呀？骂什么呀？要都像你这么吃窑子饭的，整年得打人命官司了！"

菊英满面流泪，全身颤抖着，震得床都乱响，她哭得都接不上气儿，就说："你们要不放我走，我就死在你们这儿！"

那妇人一手捡她的拖鞋，一手指着小爱宝说："得，你给她提醒儿？她要是寻了死，我可找你，你看着她吧！"

小爱宝笑了笑，便一只胳臂搂住菊英，说："你先听她把话都跟你说明白了，要不然你就是现在一头碰死，还是个糊涂鬼。我告诉你吧！你叔父范三在刘歪鼻子的家里逛暗门子，花亏空了，使了姓费的二百块钱，押两年；姓费的又过了手，把你押在这儿，有凭有据，打官司人家也有理。现在没有别的话,人是到了哪儿说哪儿,前几年我爹妈把我卖了时,我比你的性子还别扭呢!可是现在,你要叫我去当千金小姐,我都不干。窑子的饭也没有什么难吃,你就得认头,好好地给领家儿挣钱;混个三年两载,找个熟客给你赎了身,那时你爱干什么干什么,谁还管你是什么出身?你要是一死儿犯牛脾气,那可是自己受苦,一点儿用也没有,他们把你打死了,咱们姐儿们光看着也救不了你,你想一想!"

菊英到现在才明白,原来是叔父把自己卖了!她不由痛心暗恨,拿手绢擦着眼泪说:"既然是我叔父使了你们的钱,我想法挣钱,还你们就是了!要叫我当妓女可不行,我是好人家的姑娘!"

小爱宝哼地冷笑了一声,说:"瞧你像是个聪明人似的,原来你净说糊涂话!你是好人家的女儿,谁又不是好人家的女儿?难道当妓女的都是一生下来身上的就凿着字?再说,我问你,你有什么法子挣钱还押账呢?"菊英哭着说:"本来我到郑州来,是找工厂做工来了;你们要能介绍我进工厂去做工,我挣了钱全都给你们,还完了你们的钱,我再走!"小爱宝听了就扑哧笑了一声。

旁边那妇人扔下烟卷,拿起来一条"懒驴愁",把小爱宝一推,说:"你跟她废什么话?都像她这样儿,当领家的全都要饿死了!"说着,瞪着眼睛抡起皮鞭子,一声风响,"吧"地打在菊英那穿着驼绒旗袍的身上。菊英痛得痉挛了一下,咬着牙,决定不作声,由着她打死。小爱宝便躲在一旁,去嗑她衣袋里的瓜子。

那妇人骂了声:"浪……"扬起鞭子来又要打第二下,这时外面就有人咚咚的捶门,那妇人手里扬着皮鞭子,向门外使着气问:"谁?"外面是个哑嗓音的男子,说:"是我,开门吧!"妇人叫小爱宝去把门开开,外面的男子一进来,妇人就骂着说:"你他妈的怎么才回来?这是你跟费三拿着我三百块洋钱办来的好货,他妈的光长了个浪脸子,气儿比你妈还大!打也不成,劝也不成……"

男子连连摆手,使眼色,说:"别着急,别着急!你交给我办!"说着,他慢条斯理地,摇着他那比妇人矮半截的身子,走近了菊英,哑着声音说："姑娘你擦擦眼泪，喘喘气儿，有什么话咱们慢慢研究。你出门在外的人不容易，我们花钱买人，指着这个吃饭的更不容易，咱们先说朋友话，总得叫彼此都过得去。刚才我都听费先生说了，你是北京章大少爷的如夫人，我们一定得想法叫你保住脸，不能低了身份。我呢，明儿你也可以出去打听打听，我姓孙，外号叫蝎虎子，郑州码头上站得起来的朋友，你也别叫人说我是个傻大头，三百块钱买来个闹家鬼！"

菊英咳嗽了几声，望着蝎虎子姜黄的脸，又哭泣着说："你听我说，我也不是说成心跟你们捣麻烦，反正我不能当妓女……"旁边那妇人撇着嘴说："哼！妓女？你倒真会几句新名词！"蝎虎子摆手说："你别言语，让姑娘说！"菊英又拭泪接着说："我的主意，就是你们把费万德找来，我跟他打官司，叫他还你们钱！"

蝎虎子一听这话，他就瞪了眼，把脑袋一摇说："那可不成！姓费的早换了火车走了，我们也抓不着他啦！就是抓着他，我们也不能依着你那么办。告诉你，刚才我跟你说的都是朋友话，你要是给我面子呢，明儿咱们就去上捐，地方是美凤院，二等茶室，不算下三烂；虽说卖红馆，可是留客不留客由你自己。混两天你就回家来过年，我们两口子若是错待了你，灯灭我们就灭！在这两年之内，只要你肯卖力气，给我们凑上饭钱，有好客人随你走，身价是照原价打八折，绝不留难你，交朋友么。可是要是你不懂得交情，那咱们什么话也不必说了，干脆一句话吧，进我这屋里来的就没有一个再出去的！别说你，还有满嘴自由平等的女学生呢，哪个也没跑出我的手心。得啦！多说话倒伤和气，你自己想一想去罢！"

说完了，他又向小爱宝笑着说："得啦！这回没别的了，得累累你，你搀着她先到里屋歇会儿去！"

小爱宝笑了笑，扒着菊英的耳朵说："到那屋我给你出个主意！"

菊英这时脸上痛得发烧，左耳嗡嗡的响，胳臂上那受了鞭打之处，也刺骨的疼痛。透过泪珠望去，就见那妇人一副凶狠的样子，手里还提着那条毒蛇似的皮鞭；那男子是绷着一张阴沉的姜黄色的脸，握着拳头，做出无赖的势派。火车在很近的地方狂叫，靠墙的一只小座钟像是不大管闲事似的摆着。

菊英流着泪呆坐了一会，便由着小爱宝把她搀到里屋去了。这屋里只有两张床铺，电灯比外屋更黯，小爱宝就拉着菊英，躺在床铺上说："你真傻！白挨那些个打干什么？你拧，还能拧得过他们去吗？他们就是把你打个半死儿，也没有人替你打不平，不等伤养好了，就得给他们挣钱去。没法子，你就得骂你那个叔父！再说，我真不冤你，当妓女真没有什么苦处受，二等窑子的屋里比有钱人家还讲究呢！去的也都是些体面的人，不能胡打乱闹。将来你再想法攒几个私钱，爱跟谁从良就跟谁从良，不从良自己赎身也行。你想想，为这事，犯得上挨他们臭打吗？"

小爱宝絮絮地说着，菊英只伏在床铺上，浑身颤抖地哭泣着；身子已陷入了没颈的泥坑，自知已不能挣扎得出，但一颗心却悲痛凄绝。她思前想后，觉得无论如何，这种最卑贱的妓女职业是不能做的，做了就什么全都完了！就是将来能得到秦朴的确实地点，自己更没有脸再见他了！他纵使能原谅我嫁章绍杰的事，还能原谅我做妓女吗？再说若叫章绍杰、于三太太那些人知道了，他们得怎样的笑话，怎样的趁愿呀……

这时蝎虎子把她们两人的行李送到了里屋。小爱宝先打开菊英的铺盖，替她覆在身上，又说："你本来就晕车，在车里都没吃什么东西，刚才又跟他们怄了半天气，病了还不要紧，真死了那才冤呢！人活一辈子，无论当窑姐也罢，当下三烂也罢，有吃有穿就行了，干吗自己跟自己过不去呀？再说刚才我跟你说的那话，真一点也不冤你。你要是怕当妓女不好听，可是你在这儿混事，北京城的人谁能知道？过二年，穿得阔阔地回去，谁敢瞧不起你？我再告诉你一句话……"她趴在菊英的耳边，悄声说："将来你也不必多攒钱，只要够打一张火车票就行了！这郑州是个四通八达的地方，只要你上了火车，爱往哪儿去就往哪儿去，他们上哪儿追去呀？你真傻！日子长了，什么主意不会想呀？"说完了，她从她的行李里又找出烟卷和剩下的瓜子来，坐在床旁边，自由自在地吃着，不再说话。

菊英依然侧卧在那里，眼泪还不住地流，她想着：谁叫我傻呢？又上了这回当，现在我死了也是白死；叫那人天天拿鞭子打我，我也受不了，我想不随着这个环境混下去哪儿行？因此她想好了，暂时就对付着蝎虎子和那妇人，反正自己的手里还有几十块钱，绝不叫别人知道，得空儿就跑到车站，买票去上火车……这时她已疲倦极了，身上也疼痛极了，虽然她还在悲痛地思来想去，恶劣的环境还在逼迫着她，火车还在很近的地方接连不断的怪吼，但是睡魔最终还是扑倒了她，把她和这痛苦的世界暂时隔绝。

次日醒来，麻雀在窗外吱喳地乱叫，窗上有一块碎玻璃，透进来的风像冷水一般的凉。那小爱宝紧靠在她的身旁，盖着被睡着，菊英的身子一动，小爱宝就醒了，她说："还早啦，起来又没有事。"

菊英连气地咳嗽了几声，小爱宝就问："怎么样了？你想好了主意没有？回头起来，孙二妈一定要问我。其实我也管不着你们的事情，我是自混自，这回不过跟他们借了几十块钱，不到一个月我就能还上；我管这事全都是为你，我瞧你顶老实，咱们都是薄命人，谁都得可怜谁！"

菊英想不到小爱宝竟能说出这样的同情话来，不由又滚下眼泪，她悲哽了半天，才红着脸说："到了这步田地，我还有什么法子？只好就先跟他们混吧！"小爱宝点头说："对啦，你这才是明白话，先跟他们虚情假意地混着，慢慢再想法子拔腿。"菊英叹了口气，又用被盖上头痛哭。

待了一会，小爱宝先起了床，上外屋去了，菊英一个人想着自己的身世，越想越觉凄惨，眼泪将棉被都湿透了。过了许多时，就听外面有个女人说话，声音很高地骂着："他妈的，昨晚上那个醉鬼……"接着又听小爱宝跟那妇人说话，也听不清他们说的是什么。

待了一会，只听门一响，那妇人进屋来了。她拉开菊英的棉被，冷脸笑着说："好女儿，起来吧！天不早啦，你姐姐也来了，我给你们姐儿俩引见引见。"说着就叫道："金宝！你来，我给你们引见！"

外边进来一个二十多岁的女人，穿着一件葱心绿的箍身棉袍；苍白的脸上长着许多红雀斑，头发蓬乱着，像是刚起来的样子，她说：

“呵,这位就是昨儿才下火车的那位姐儿们呀?贵姓?”菊英站起身来,用手绢擦着眼睛,说:“姓范。”那女人笑了笑,说:“以后可多照应着我点!”又问:“还没起名字吧?”

那妇人摇头说:“还没有起呢。”又对菊英说:“刚才小爱宝姑娘跟我说了,说是你想过味儿来了。得啦,昨儿晚上的事,你就别计较我啦!回头我们就带你上捐去,你的跟妈也找好了,以后咱们就和和气气地彼此帮助,就是想法子抓洋钱,我绝不能够错待你。”又指着旁边那女人说:“你这个金宝姐姐,她混三等下处,哪赶得上你,下车就是二等?她跟了我五年了,她知道我的脾气,我的脾气就是一阵风一阵雨的,过去了就什么也没有。得啦!我的金宝贝,你现在这么一回心,回头我真得给财神爷多上点供。”说着,很喜欢地拍了拍菊英的肩膀。

外面小爱宝脸上的胭脂还没有擦匀,就伸着两只紫红的手心,跑进来说:“孙二妈,你先别给财神爷上供,我先问你,你打算拿什么谢我呀?”那妇人笑着说:“你还不好谢?回头我叫蝎虎子给……”小爱宝装羞作笑地跳起来,打了那妇人一下,又跳到外屋去了。

旁边金宝也笑着,拿着一条红绸手绢给妇人擦那脸上的胭脂手印。妇人又很和婉地对菊英说:“回头我带你出去上捐,回来扯两件材料做衣裳,无论怎么着也得赶在年前下车,要不然过了年,你白瞧着别人家发财!”

菊英擦了擦眼泪,愁容满面地说:“你们叫我去当妓女也行,可是你们得答应我两个条件!”那妇人听了这话,把脸儿一沉,说:“我不懂得新名词,有什么话你就干脆跟我说吧!”菊英说:“第一,我虽然当妓女,可是要遇见讨厌的人,许我不理;第二,什么时候我还上你们那三百块钱,什么时候我就走!”

那妇人听了,她沉着脸想了一想,就说:“这没有什么的,在窑子里要是你舅舅去逛,难道老板还非得叫你去见吗?第二条那你更别担心,昨儿蝎虎子没跟你说吗?他还要大减价打八折呢,只要你能找得出好主顾来!”说完了转身就往外走,嘴里还漫骂了几句,然后吧地一摔门。

这里金宝又低声劝菊英说:“现在你跟她说什么也不行,翻了脸她就许打你！只要你下班了，混红了，那时你爱怎么着就怎么着，她又不能天天跟着你！”

菊英擦了擦眼泪，就被金宝拉到外头去梳头洗脸。待了一会，蝎虎子从外面回来了，他就带着菊英出去上捐，做衣裳。到了第三天，新衣裳做得了，于是菊英就以“小翠”的花名，在美凤院二等茶室树起了艳帜。

郑州，这仅仅有一条繁华马路的商埠，铁轨纵横，整天听着火车头在耳边唱歌，天空永远弥漫着煤烟。这时是年底，火车上的旅客虽未减少，可是能够有闲暇在这里驻足玩乐一天的实在不多，所以妓院里的生意就显着清淡；只仗着在本地做事的一些个异乡人，花几个钱来玩玩，以排遣游子的苦闷，所以菊英在美凤院五六天，接的客人并不多。

不过有一位朱老爷，据说是本地的一位商界巨子，他一听说美凤院新来了一个小翠，是北京什么公馆的太太，他就赶紧来打了个茶围。菊英忍痛做这种贱业，本来对于一切都生疏，脸上连假笑仿佛都做不出来，可是这位朱老爷一看，就知道她是个生手儿，便觉得很对口味；第二天就送来一副对联，应得过年给菊英捧大鼓，并给她做件狐皮大衣。

年底上车，姑娘都各回领家的家里，菊英当然也回到蝎虎子的家中。这几天菊英虽然没挣了多少钱，可是蝎虎子知道那位朱老爷是瞧上她了，将来的财源无穷，便对她非常的和气，并告诉她那位朱老爷在本地商界有多大的势力，开着多少大买卖，身份称多少万。孙二妈又教给她许多灌米汤、敲竹杠的手段，菊英只默默地由着他们去说，心里却伤感地想：现在我成个什么样子的人了！

到了除夕，蝎虎子的家里供上了财神爷，忌门了。除了他的女人孙二妈和菊英、金宝、搭伙寄居的小爱宝之外，别的女人一概不准出入。孙二妈分派菊英、金宝捏饺子，小爱宝却什么也不干，就躺在床上跟蝎虎子开玩笑。远处近处的火车依然呜呜地叫，并杂着噼啪噼啪的鞭炮声，菊英的心被震得一阵一阵地痛，但眼泪却不敢流出一滴，残年就这样度过了。

次日是新年初一，菊英又增加了一岁，但她倒觉得自己像是快死了似的，虽然不敢在人前吐露出内心的悲哀，但是一点也没有精神。金宝和小爱宝掷骰子、斗牌，抽烟、抢瓜子，打打斗斗，菊英却全都不参加。

次日初二，上午由孙二妈带她们到财神庙去烧香，回来后，蝎虎子就请来一位教曲的琴师，大家在一块吃过了元宝汤（馄饨），琴师就定起弦子来开始教曲。金宝和小爱宝两人都会几段，再学新的也很容易，菊英却皱着眉，摇头说："我咳嗽还没有好，不能唱！"

对面坐着的孙二妈立刻瞪眼，她说："你既干这行儿么，不会唱一两句，你还想混得红？"琴师说："姑娘学一段《拆西厢》吧，不过二十来句，不大费力气，一会儿就唱完。"蝎虎子也说："你学这么一段就是应酬事儿，过几天下车，朱老爷给你捧大鼓，你给他哼哼两口儿，至少他得开二十盘子才够面子。"小爱宝也说："你就唱吧，唱不会我慢慢再教给你。"于是菊英只好忍着咳嗽，吞着眼泪，学了一段《拆西厢》。

过了初六，菊英又到美凤院下车。果然朱老爷真捧场，听了短短的一段《拆西厢》，就花了四十块钱，皮大衣也给菊英送来了。再加上本地的一个评花小报的记者，来到这儿打了一个茶围，便给在报上登了一段：

> 美凤院小翠，芳年二八，秀丽可人，闻曾就读于故都某中学，故知书谙字，谈吐风雅；且闻曾藏于某巨室之金屋，下堂未久，故又雍容富丽，有大家气……此豸诚花国之翘楚也。

郑州这小地方，有人替菊英这样一宣传，于是就有些向来逛班的财神爷，都到美凤院来看这女学生出身的某巨室的下堂妾，因此菊英顿然成了美凤院的红姑娘，同院的姊妹都暗自嫉妒。

在这美凤院里，共有妓女十一个人，楼下的菊英不大熟识，只是楼上菊英屋子的东西隔壁，一个叫月仙，一个叫小黛玉的，在没有客的时候，还彼此往来谈话。

月仙是个三十岁上下，瘦长脸儿的女人，接客的时候不知她怎么样，但背地里谈起话来，她总是唉声叹气的，一支接着一支的抽纸烟。据她说，她的丈夫早先在火车上做夫役，后来由火车上摔了下来，把胳臂、腿都摔折了，在家趴了两三年，什么事也做不了；婆母和四个孩子，全都仗着她生活。

小黛玉的年岁跟菊英差不多，但她当妓女已有五六年了，走过许多地方，漂流浪漫的生活已把她的人性全都泯灭了；她不知道什么叫忧愁，什么叫痛苦，甚至不知道什么叫快乐。她自夸黄酒能喝二斤，一天见二三十个客人都不疲倦，两三天连夜不睡觉也行，不过她那脸色却是苍白的，没有一点儿血色，眼睛也永远发直；仿佛她的眼珠是特殊构造，永远没有转动过。据月仙对菊英说：她是扎吗啡针扎的，她有一个客人专供给她那烈性的毒品。

菊英自从进入了这种环境之下，这表面是轻颦倩笑、吹弹唱歌、酒绿灯红，而实地是悲泣呻吟的生活，倒教她长了许多见识。她知道了世间原来不尽是比自己环境好的女子，还有许多，可以说是无数比自己更不幸的人，这许多人，假若她们永远是那么脆弱的性格，多感的心灵，那她们就得天天哭泣时时忧伤了；也许她们也有烦恼的时候，也有极力挣扎出这火坑的愿望，只是自己不知道吧？

每当与月仙这样的人谈起话来，她就试探着问：“咱们几时才能逃出去呀？”

月仙却很世故地说：“到了咱们这个地方，就没法子逃出去了！你说怎么逃？自己想法赎身吧，你就是一天卖一百个客，钱还是都得交到柜上，由老板跟领家的他们去分，你一个子儿也弄不着；要指望家里拿钱来赎吧，家里若有钱，还不能卖你呢！到期限不赎，外头再背上几笔账，越套越深，谁还赎得起？除非你跑，可是跟妈永远拿眼盯着你，你走到哪儿她跟到哪儿。你就是趁着他们不留神，三步两步跑到车站，可是他们按着火车开的时候，早在那儿撒下网啦！你怎么去，他们就怎么把你揪回来，揪回来就给你个样儿瞧！你有什么法子？还得给他们认着头干！”菊英听她这样一说，心里完全冰冷，眼泪不禁暗落。

月仙又说："像你们这样的年轻人，还可以找个知心的客人从良，可是也不容易，第一，这年头儿真肯花钱的人少了，差不多都是一块钱打个茶围，十块钱开个铺，谁还肯花几百块钱由窑子里接个小老婆呢？第二，你知道谁都长的是什么心呀？他也许在这儿花二百块钱买一个人，运到别处又卖五百！"

菊英这才知道现在要想逃跑是太不容易了，而将来择人而嫁的事也很难。每天她听见火车头在耳畔有力气的嘶叫，就想着那东西拉着一大列车跑了几千里地，到此还不疲倦，但是它却没有力量将自己救走。有时她随着跟妈出条子，从银行的高楼之前经过，就想那里面有无数的银钱，然而人家却不肯拿出些来赎她这一条可怜的薄命。她只是终夕做出一些假笑，来应酬那些对她漠不关心而且还随意玩弄的人。

这天是下午四五点钟，她应酬走了两个像商店伙计似的客人，梳头的姨娘就来了。开亮了那一盏红纱罩的电灯，她坐在绿漆的梳妆台前，由着姨娘把她的头发用油搓过，卷好，然后跟妈帮着她穿上了一件高领短袖的玫瑰紫的丝绒旗袍。她到镜前去整整口红，忽然她又很惊异；多日来虽然终朝对镜，可是并没有仔细看过自己的容颜，今天是因为穿上了新做的这件衣裳，她简直不认得自己了！瘦窄的脸儿上，虽然擦着鲜艳的胭脂，但掩不住苍白憔悴，左颊那颗曾经向人矜夸的很深的笑靥，早不知在什么时候消失了；眉毛是又细又长，也不知梳头姨娘是根据什么画成的，简直连自己的模样全都改了；在那擦着白粉的颈上，竖着一条高领子，镜中的人是自己吗？倒很像自己早先所看不起的那个郝四太太了！她恨镜中的女人，恨自己：我怎么堕落成这个样子了，秦朴他怎么也想不到呀……

正在这里对镜感伤，忽听楼下的毛伙喊着："楼上的姑娘们，见客来！"菊英一听见这样的喊声她心里就一阵发堵，跟妈在菊英身后，又给她揪了揪衣裳，菊英就拖着倦懒的脚步出屋下楼。这时楼上的几个姐儿们，也一边打打闹闹一边跑往楼下去见客。

客人是让在楼下的一个姑娘的屋子，白布软帘高高掀起，一个毛伙在旁拉着长声儿唱名："小红！月仙！黛玉！香妹！玉卿……"一个个梳辫子的、烫头发的、挽着圆头的，各色刺目的衣裳，荡魂的飞眼，挑逗人的身段和脚步，就在客人的眼前展览，及至叫道："小翠！"菊英非常讨厌这个名字，她就像心里怀着一块铅，脚步像身后被人推着似的，低着眼皮，到那屋门口站了一站，然后转身就走。

可是才走了两步，就听身后的毛伙说："请你上楼吧。"又喊着："小翠屋里打帘子！"菊英才想着侥幸脱开，却不料又遇见了绊脚索，她心里非常厌烦，旁边的月仙却拍着她的肩膀，笑着说："你瞧你的财缘有多好！"菊英的脸一红，站住身子才一回头，就见一个身穿藏青西服的少年走了过来，冲着菊英笑了笑。

当时西服少年皮鞋使劲地敲着楼板上了楼，菊英也随着上去，跟妈已把帘子打开了。进了屋，客人就向茶几旁边的椅子上一坐，菊英照例是从跟妈手中的烟筒里抽出一支烟来，递在客人手里，并替客人点上，同时问了声："你贵姓？"这位西服少年客人，翻眼瞧着菊英，嘴边带着笑说："我姓孟。"遂又去瞧屋中挂着的两副对联。旁边跟妈送过茶来，问说："孟老爷早先没到这儿来过吧？"姓孟的客人摇摇头，跷着腿吸烟，说："今天早车我才到郑州，以前没来过。"菊英自然得想法找几句话说，她就问说："你从哪儿来？"姓孟的客人说："上海。"菊英立刻心里一动。

姓孟的客人从衣袋里取出一份报来，笑着对菊英说："这是我今天在旅馆里买来的一份报，看见上面夸你，我才特意来拜访。"说着，他又仰脸望着菊英。菊英走近前，低着头看报上的字，姓孟的客人又问："你能看报吧？"菊英说："马马虎虎的能认得几个字。"遂顺着客人手指之处往下看那一段，见是：

美凤院小翠，芳姿可人，慧质绝世，来郑未久，而走马章台者已不知倾倒几许矣。妮子本良家女，不幸堕于此中，故言谈忸怩，两颊常红，盖未离闺门女儿之娇态也。记者前夕至伊香巢小憩，微询身世，则伊人娇羞凄婉，若不胜情，想伊人芳心中必大有不堪对人言者，噫，亦可怜矣！唯愿东风有主，好花长护，则记者亦羡鸳鸯矣。

菊英看了，已略略明白文中的意思，不禁心里一阵难受，泪在眼中荧然欲出。她笑了笑，转过脸去，待了一会才回头来。姓孟的问说："你来到这儿有多少日子？"菊英说："前后还不到一个月。"姓孟的又问："你哪儿来？"菊英心里真觉不耐烦了，就说："从天津来。"姓孟的又换了一支烟，再问："你是北京人吧？"菊英点了点头。

姓孟的默然了一会，菊英微微注视对方一下，见这人也不过二十来岁，长得很清秀，像是个女人，她就觉着这人不甚讨厌，遂也问："孟先生是路过这儿吧？"姓孟的说："不是，我是来这儿做事，在商埠局。现在认识你了，以后我就常来了。"菊英说："以后您多照应。"姓孟的笑了笑，没有答什么，坐了一会，他连茶也没喝就走了。菊英把他送到楼梯口，笑着说了一声："可想着点儿来呀！"姓孟的回头笑着点了点头，皮鞋咚咚地下楼去了。

此时楼下的毛伙又长声儿喊着："小红！素仙！黛玉！俊宝……"月仙从屋里跑出来，笑着拉着菊英下楼去见客。这时楼下另一个毛伙，比那个嗓子还要尖，喊着说："楼上小翠姑娘屋里的客，打帘子！"声音特别的急，菊英就知道是那位财神爷朱老爷来了。月仙回手拍了菊英一下，说："你简直是财神爷挤破了门啦！"

月仙才跑下去，楼梯又咚咚地乱响，小黛玉跟一个姑娘上来，嘴里骂着说："他妈的装不认得我啦！又挑别人，冲他那疤痕脑袋，当他妈的我舍不得他啦？这辈子他逛窑子，下辈子他姐姐在窑子里叫人逛！"

小黛玉气愤愤地进她屋里之后，朱老爷拿手杖敲着楼板，就同着一个胖子上楼来了。一到屋里，跟妈先笑着说："朱老爷来啦！"紧跟着给朱老爷宽大衣。菊英也望着朱老爷笑了笑，又问那个穿着灰绸皮袄，青坎肩的胖子说："这位老爷贵姓？"那胖子笑着说："姓张。"朱老爷说："这是丽新金店的总经理。"旁边跟妈赶紧先给张经理倒过茶来，两位客人的肥胖身子便一同坐下。朱老爷虽然脱了大衣，可是手里还拿着那根手杖，他由怀里掏出吕宋烟来，先递给张经理一支。菊英皱着眉，勉强给这两位客人点上吕宋烟，然后退了两步，暗中掐着自己的手指。

朱老爷仰面喷着烟雾，问说："咳嗽好点了没有？"菊英点头说："好啦，叫朱老爷您惦记着。"朱老爷向张经理扭头笑着说："你听听，这是纯粹的北京话！"又问菊英说："你的河南话学会了几句没有？"菊英摇头笑着说："一句也没学会。"朱老爷说："你应当学学！其实河南话没有京话受听，可是你要打算学坠子，非得先学会了河南话不可，京调大鼓在郑州这地方行不开。凭你这模样儿，再会点河南坠子，一定比现在还红，我看你的嗓子还不错，要是唱坠子去，一定比这儿还能多挣钱。"菊英听了，默默不语，心中却黯然生出苍茫之感，觉得唱坠子跟当妓女还有多大分别？

朱老爷跟张经理在这里说笑了一会儿就走了，菊英把客送走，暗叹了口气，就坐在椅子上歇一歇。忽见桌旁放着了张小报，是那姓孟的忘下的，完全是些花讯和花评，兼有几段捧坠子鼓姬的文字，并且登着几幅女人的相片。翻到后页是广告，下面排着一幅"火车开行时间表"。菊英立刻心里一动，赶紧就着灯光去看，只见上面什么有"第一〇三次上行快车，自汉口经郑州到北京前门车站"，旁边附注着："七点半由郑州开"；还有别的时间，都是什么十三点，二十点，菊英就猜着七点半是在上午还是下午。

此时小黛玉又走进屋来，她撇着嘴说："你瞧楼底下那个香妹，她有一个银行里的客，就自觉得了不得啦，要是朱老爷看上她，她不定得怎么吹啦！瞧她那样儿，姥姥不疼舅舅不爱的，还说什么领家的要带着她到上海割双眼皮去啦，我瞧她怎么割也好看不了！"

菊英随手把那张报放在镜台后边，小黛玉还要说话，这时楼上又有人吵嚷起来，小黛玉就赶紧跑出去看。待了一会，她就惊慌慌地跑进屋来，瞪着两只眼睛，娇声儿说："哎呀！醉鬼！醉鬼！"又指着菊英说："你的客！"说完她就赶紧跑出屋去了。菊英也惊得变了颜色，这时跟妈已打起了帘子，外面就有人短着舌头说："你们不叫我来？大总统也拦不住我呀！"就见三个人架着一个醉鬼进屋来了。

这是菊英的客，上礼拜曾来打过一个茶围，自称姓张，别人可又叫他“老谭”，一进屋就酒气逼人。三个人把他推到床上躺下，他侧着头，望着菊英，哈哈地笑着说：“相好的！你想我了吧？今儿我可不走啦，可是我没钱，等我得了头奖再还账！”

旁边的三个人分坐着吸烟，就说：“你们别理他，他一死儿要来，叫他躺一会，我们就把他架走。”菊英勉强笑着说：“没有什么的。”醉鬼喷了两口臭气，又冲着菊英说：“喂，相好的！别不理我呀！瞧我没钱怎么着？明儿就发薪水，大洋二十五万，头奖，不信我把彩票给你看，号码准对。小姜，我有钱能借给你？我拿洋钱去垫火车道也不能给你呀……坠子沈儿直跟我飞眼，哈哈……”

菊英转过脸去皱着眉，气得要哭。醉鬼在这里闹了半天，直到十一点多钟，才被他那三个朋友给架走了，倒算是没在这里呕吐；跟妈把帘子打起来，半天才把屋中的酒臭气发散出去。接着又来了两个客，都是在铁路局做事的，倒没有怎么向菊英胡缠。

第二十九回　一夜烟尘惊慌逃只影 经年沦落愁病损华年

等到这两个客走后，就已十一点半多了，菊英这才喘了一口气，背身弹了几点眼泪。这时跟妈也到别的屋里谈天去了，菊英一个人对着一盏红纱罩的电灯，愁坐着，脑里怎么也猜不出由此开往北京的快车，是上午还是下午。她又取出那张报来细看，那上面还是并未注明。为了这个问题，菊英直想到十二点半钟，因为没有客来了，她才上床就寝，心里仍然计划着这件事。

次日，菊英很早就醒了，她把手表放在枕畔，看这时才不过六点多钟，她就头朝里，眼睛注视着表上的长短针。这时，清晨的凉风从布帘透进来，直钻到被褥里，软微微的已有点春意了。在妓院里，这是一天中最清静的时候，院中楼下什么声音也没有。菊英精神很兴奋地又翻过身来，往外去看，只见窗纸跟门帘都是苍白色，被风吹得微动。菊英呆呆地看了半天，刚要掀被坐起身来，忽然听得楼梯上轻轻作响。待了一会，那小脚的跟妈掀帘进屋来了，菊英赶紧又闭上眼。

待了一会，她又翻了个身，眼睛仍然看着那只手表。直到七点半，果然听见近处的火车连声的吼叫，她才知道每天上午这时候就有快车开往北京，她心里不禁怦怦的紧跳，仿佛火车在那里等候着她似的。这时跟妈却在慢条斯理地擦擦桌子，掸掸镜台，仿佛总舍不得离开这屋里似的。直等到火车又急吼了几声，渐渐地远了，消逝了，菊英才一赌气，连手表也扔在被里，她又蒙头睡去。

当日上午十点多钟她才起床，心里像永远悬着一个摆来摆去的东西，精神总是不安宁，眼睛永远看着那个一双小脚扭来扭去的跟妈。月仙在吃午饭的时候，到她屋里说了许多的闲话，但她仿佛一句也没有听见。

到了下午，忽然毛伙上楼来，说："小翠姑娘，全升旅馆孟先生叫你的条子，你让跟妈带着你去吧。"跟妈在旁替菊英答应了，回首向菊英说："一定是昨晚上来的那位穿西服的孟老爷。"菊英心里便想：那个人是从上海来的，我倒可以跟他打听点事情。遂就到镜台前，又把头发拢了拢。这时火车头又在耳边呜呜地吼叫，菊英精神一阵紧张，又想着：上哪儿去不行呀？何必专要回北京……

菊英修饰完了，就随着跟妈下楼。才一出妓院，已有两辆洋车停在门首，菊英就上了后边的那一辆。可是拉车的人仿佛早跟妓院订下了什么规章似的，那前面的拉车人，故意把后面的车让在前面，然后他才抄起车把来，就把跟妈的两只眼睛安置在菊英的后面了。

郑州的马路上，这时往来的车辆倒是很多。因为火车在那里叫着，每家旅馆的门首，都有洋车拉着柳条箱、行李卷往车站去，菊英就以羡慕的眼光，自伤的心情望着人家。走了不远，就到了全升旅馆，这是一家三层高楼的大旅社。菊英走在前面，一进门就看见旁边挂着的黑板上面，用白粉写着："开往北京车，快车上午七点半，普通车下午八点……"是很显明的几行字，菊英虽也到这旅馆出过一次条子，但今天才注意到。她还想往下边去看，可是旅馆伙计已带着上楼，就到了二楼上的一个小房间里。

那位孟先生今天系着很漂亮的领带，一见菊英来了，他就笑着说："你想不到我叫你的条子吧？"菊英发着怔笑了笑，跟妈倒是替她笑着答道："怎么想不到？我们姑娘认得的孟老爷，再没有第二位了。"那孟先生笑了笑，就用手一拉菊英，让菊英在他的身旁坐下，说："你别客气，也别应酬我，咱们谈谈话就行了。"菊英又笑了笑，脑里却还想着别的事情。

孟先生自己掏出烟盒来，菊英划了火柴给他点上，孟先生就徐徐喷着烟，说："大概你也不能笑话我，我真是不常在班子里玩，所以在上海时人家都叫我'阿木林'。这次我到郑州来，因为在此地没有什么朋友，一个人很是烦闷，所以才想认识个人儿，以后常在一块谈谈，好调剂调剂我这客居的生活。别的人我不敢招惹，因为我又不是什么阔佬，别人向我敲个竹杠我就经受不起；昨天我看报，知道你是个新进班子的，我才想起看你去。"

旁边跟妈又说："我们姑娘是个老实人，她什么都不知道，以后她要有什么不周到的地方，孟老爷还得多包含着点儿！"这孟先生微点了点头，吸着烟，并不再说什么。

少时跟妈出屋去了，这孟先生就很不高兴地说："我最恨这种做跟妈的，她在旁边插什么嘴，我叫你的条子，又不是叫她的条子！"菊英笑了笑，说："真的，无论我的什么客来，这个跟妈总在旁边多嘴，有时我一生气，我就索性不开口，叫她去应酬客人。"孟先生说："你也不能那么由着她，不然于你的事情很有影响，人家花了钱，跟她当跟妈的缠半天，下次谁还能来呀？"菊英却苦笑着说："其实我倒不怎么在乎，因为，事情好又当怎样？坏又当怎样？反正是……"

孟先生很惊讶地看着菊英那微颦的俊俏的瘦脸，和两只满含泪水的美丽的眼睛，他就握住菊英的手，很亲切地低声问说："你可以详细地告诉我，你是怎么到了这个地方的吗？"菊英笑着摇了摇头，旋即把头低了下去。待了一会儿，她又抬起头来，笑着说："别说这些话，咱们谈旁的吧。孟先生，你在上海住了多少时候？"

那孟先生说："我是上海生人，后来在南京念了几年书，大学毕业后，又回到上海做事，前后在上海住了总不下二十年。"

菊英笑着点头，似乎恳求地说："我认得一个姓秦的，他叫秦朴，在什么书局做事，你可听说过这个人吗？"

孟先生摇头说："不认得，上海统计有三百多万人，四马路一条街上的书店就有几十家，你若不知道那书局的字号，就恐怕很难找。"菊英默默地点了点头，心里非常失望，而且很悲哀。那孟先生又问这姓秦的是谁，是否是你的一个熟客？菊英却说是自己的表哥，孟先生半信不信地点了点头。

当日，菊英在这里与这孟先生谈了二十多分钟，她才走，跟妈在柜房正等着她，她临出门时又很注意地看了看那块黑板。坐车回到美凤院，她心里就设想着，最好到晚八点的时候有个什么特殊的机会，跟妈、毛伙、掌班的，那些人都看不见自己，自己便可以逃出这个没底的火坑了。可是没等到晚八点，就来了两批客人，后来朱老爷又来了，在菊英的屋里又足足坐了有一个多钟头，这时开往北京的普通车开行时间就早已过去了。

每天都是如此，一连过了四五天。菊英虽永远像一个企图潜逃的犯人似的，一听见火车响，她就心情紧张，观察着环境，可是跟妈永远不离身，客人总是接连不断，而且那些毛伙、掌班的，又仿佛安设下了许多重严密的关隘，因此，菊英不禁伤心失望，甚至有些绝望了。

在这几天里，全升旅馆住的那位姓孟的，每天必要来，有时一天还来两三次。日子一长了，菊英就知此人名叫孟稚清，今年才二十四岁。他父亲是一个过去的政客，家中很有钱，他是个庶出，母亲已死去了，所以他与家庭不和。此次他独自出来，来到郑州，是找一个在商埠局做科长的同学；事情倒是已内定了，可是还没有发委任状。菊英对于这个诚实的青年客人，很有些好感，觉得在一些客人中，只有这个人还不讨厌，所以有时他来得晚了一点，菊英还觉得心里有点不安似的。

这天，又下了一场春雪，雪还没住，屋檐上就往下流水，地下也成了一泥塘。天色阴沉沉的，压得菊英心里十分烦闷，屋里尤其黑暗，简直像是个土牢。菊英把那电灯开亮了，跟妈旋即又关上，说："屋里这时又没有客，咱们这么早就开灯，掌班看见了一定要不愿意！"菊英生着气，忍住要说出来的话，就走到那火力微弱的小洋炉旁去烤手。

过了些时，掌班的那个大黑麻子，忽然亲自上楼来了，他说："朱老爷刚才叫人送了个话儿来，说是七点钟在'长庆楼'有饭局，叫小翠去应酬应酬。我让人叫梳头的去啦，待会来了，就先给你梳头。回头去的时候，换一件好一点的衣裳，因为今天'长庆楼'是大请客，都是些阔佬爷,叫的条子也不少,听说都是班子里的红姑娘。”跟妈在旁替菊英完全答应了,菊英却坐在炉旁仍然不动。

跟妈随手把电灯开亮,她就笑着说:“回头这可是个大场面!小翠姑娘,不是我说,凭你的人缘儿,就是搁在班子里,哪个也比不了你,因为我在班子里伺候过么!姑娘,你这就洗脸吧,待会儿梳头的来了,把头上搓点油就行了。”

菊英却心里计划着旁的事情,跟妈说的这些话她全都没有听见。跟妈又问:“姑娘,你回头穿什么去呀?穿新做的那件玫瑰紫的好吗?”菊英却摇头说:“那有多么难看!在人群里穿那件衣裳有多么刺眼呀!”跟妈笑着说:“那么,穿哪件?”菊英说:“你把那件黑线绒的给我找出来。”跟妈说:“对啦,还是姑娘你会穿衣裳,衣裳越是黑的,越能衬着人脸上漂亮。”说着,她就高高兴兴地去找衣裳。

这时梳头姨娘来了,菊英坐在镜台前,由着姨娘给她理妆,心里却很紧张地想着自己的计划,并且时时看着腕上的手表。旁边梳头姨娘便说:“小翠姑娘你别忙,现在还不到六点呢,你六点三刻去都不晚!是个红姑娘,都得学着点儿摆架子。”

菊英笑着说:“我也不是不会摆架子,因为今天是朱老爷请客,他同不得别人,我不能不给他作点面子。”

旁边的跟妈,向来没见菊英说过这样高兴的话,当下她笑得闭不上嘴,就对梳头姨娘说:“张大姐,我不是说,我当了十五六年的跟妈,还没瞧见过这么聪明的姑娘,怪不得朱老爷天天来呀!”

那个张大姐一面给菊英梳头,一边问说:“不是听说朱老爷常在这儿住局吗?”跟妈熨着衣裳,摇头答道:“不,朱老爷就是不好那一手儿,可是因为朱老爷,我们姑娘也不能留别的客了,有人要问,就说卖的是清倌。”张大姐笑着说:“这么才好,要不然就不值钱了。小翠姑娘,将来你要做了一品夫人,可别忘了我呀!”菊英明白她们说的这都是些什么话,不禁脸上一阵发烧,心里也很生气,但继而她便暗暗地冷笑着,心想:我不能再那么前怕狼后怕虎了!我要……

半天,才理好了妆,菊英匆匆忙忙地换上了衣裳。此时那张大姐又往别的姑娘屋里梳头去了，菊英就向跟妈说："你叫柜上雇车去，嘱咐他们，雇两辆干净的车！"跟妈答应了一声，出屋下楼去了。这里菊英暗暗地摸了摸自己小衬衣的口袋，见那六十块钱和那张相片，还稳稳地在里面装着，她心情很紧张地，又在暗暗地计划。

待了一会，跟妈回到楼上来，说："车雇来了。"遂就替菊英披上狐皮大衣。菊英又就着灯光上看了看手表，说："还早呢，才六点半。"跟妈说："可是朱老爷是东道，人家一定早就去啦。"菊英便点了点头，先出了屋子。

这时楼下又热闹起来，三四间屋子里都嚷着见客。月仙跟小黛玉都往楼下跑，月仙就拍着菊英的皮大衣，羡慕地说："你出局去呀？哪儿呀？"菊英随便答复了一句："在饭庄子！"这时，跟妈关上灯出屋来，跟着菊英下了楼，菊英就在那些姐妹的嫉妒与羡慕的目光之下，出了美凤院，坐上车走了。

到了大马路的长庆楼，这饭庄的门前已停着一排二三十辆漂亮的人力车，楼窗里明亮的灯光一块一块地印在马路上。菊英一进门，跟妈就问柜上的人说："朱老爷来了吗？"柜上的人说："来啦！"遂喊着："楼上三号！"

菊英上了楼，到了那三号屋里，见五桌丰盛的筵席已经摆好，朱老爷同着两个人已经先来到了。一见菊英，朱老爷就笑着说："你真是一请就到，够面子！"菊英笑着说："您今天是主人么！无论我多么忙，也得赶着来。"朱老爷笑得圆脸上的胖肉都拱了起来。

菊英给客人一一敬烟，朱老爷又叫过来菊英，笑着说："今天我可对不起你，我还另外叫了两个人，一个是潇湘馆的弟弟，一个是金福班的燕娥老八。"菊英摇头笑着说："不要紧，人越多越能帮我的忙！"这时，接连着又来了十几位客人，有的一进屋就叫条子。少时那朱老爷认识的弟弟、燕娥，和四五个妓女就全都来到了，几个跟妈便都各自拿着姑娘的斗篷和大衣跑到别的屋里去谈天。

过了七点一刻，客人才来齐，满满地坐了五桌。客人们个个衣冠齐楚，欢呼畅谈；饭庄伙计来来往往地忙着上菜；五六个妓女花枝招展的，在灿烂辉煌的灯下袅娜地往来敬酒，娇细的笑语杂在老爷们的哈哈狂笑之中，这一通连的几间屋里，充满了笑声、菜香、酒气、烟云，和艳丽的身影。几个妓女都是班子里的，都穿着红紫的刺目颜色的衣衫，都会许多应酬的手腕，只有菊英是由二等叫来的，而且穿着一件暗色的黑衣衫，所以并不引人注目。她因为心里焦急、烦躁，并且有些惊慌，所以无心去与客人们谈笑，客人们也像不大注意她；连那朱老爷，也只顾了劝酒划拳，仰着醉脸大笑，也仿佛忘了菊英。

菊英一看手表，已经七点三刻了，她就惊恐地溜了出来，向饭庄伙计问说："女厕所在哪儿？"伙计说："在楼底下后院。"菊英赶紧咚咚地跑下楼梯。这时楼底下正有许多客人出入，菊英就像一条鬼影似的，躲避着众人的目光，走出了长庆楼。她惊慌急紧地走着，走了不远，就雇上一辆洋车，拉到了车站。

这时，天际有很明亮的月光，但站台上的电灯反倒稀稀的，并且一点儿也不明亮。人们黑乎乎的拥挤着，背后、腿旁轻一下重一下的被那些柳条包、皮箱、行李等等碰撞着。火车呜呜地吼着，仿佛等得不耐烦了。菊英的心里怦怦乱跳，她张着一只手，急叫着说："借光！借光！让我过去！"但前面的人还是挡着道，后面的人也仿佛故意拿身子来挤她。她嘴里吁吁地喘着，好不容易才挤到那有电灯指点的地方"售车票处"。但是那小窗子前又拥挤着一堆人，有警察喊着："别挤！别挤！反正都能买得着票！"

菊英看旁边还有个小窗子，那前面的人倒还不太多，写着是"二等售票处"，菊英心里不由一动，她赶紧走过去，身子乱颤地站在了后头。等候两个穿大衣的人买完了票，她才挤过去，向小窗里问说："二等票多少钱？"里面说："二十二块五，要卧铺不要？"菊英说："要！"随由内衣里掏钱。她掏了半天，才连那张相片都掏了出来，便拿了三张十元的钞票递在里面；里面却慢条斯理地，又半天，才把车票和卧铺票，连同找的钱一并递了出来，菊英接过来连看也不看，转身就走。她的心里虽像燃着一团火，但是却不敢走得太急了，她低着头，专找那电灯照不见的地方去走，就随着别人上了天桥，然后转下来，走到站台上。

这时列车里已挤满了人，车头在前面急躁地吁吁喘气，菊英找到二等车上，一个穿着白布衫的茶房，领她找了个有“堂客”的房间，让她进去。这里已有三个女子占据了一个上铺和两个下铺，菊英向人道了声：“劳驾！”就上了左边的上铺。她的胸头仍突突地跳，嘴里仍吁吁地喘，但心里却很庆幸，因为这是个很隐秘的地方；她就脸朝里躺下来，手里紧紧握着车票、钱和那张相片。

这时，火车头连声地叫着，但却不挪动，菊英始终浑身颤抖着，听着自己的心头紧跳。仿佛时间过了很久，才听见咣当、空咚的迟缓的响声，车身摇动了，菊英的一颗心才渐渐平放下去，又悲喜交加地流了两行眼泪。火车的响声越来越紧了，菊英把相片又看了看，就连同剩的钱，一并塞在内衣的口袋里，车票和卧铺票仍拿在手中，她想：明天就到北京了，我谁也不见，什么事也不提，只找刘二婶和淑玲去，她们不至于不收留我吧？见了我叔父，我也不必质问他，只要以后绝不与他接近，他再说什么话我也不信，就是了！我应当学得聪明一点了！她拿袖头擦了擦眼泪，又想：我手里还有三十几块钱和一只手表，暂时的生活可以不用发愁，以后我再找工作；但除了刘二叔给我介绍事，我也绝不答应……我，也没有脸再去找秦朴了！

这时，茶房给她送进一条线毯来，菊英忽然觉得自己连一只手提箱也没有，不像是个旅客，但是车已然开了，大概也没有什么人再来盘问了。少时票剪过了，也没有发生什么问题，菊英就完全放下了心。火车仿佛走了半天，但是一站也没有到，菊英翻过身来，见对面上下铺的客人，都是女学生样子的年轻姑娘；枕着手提箱，盖着毛毯，很安适地躺着，上面这个人手里还拿着一本洋装的书在看。朦胧的灯光，照着菊英泪迹未干的眼睛，窗子在下面，她也看不见外面是什么地方，只知道这时还没过黄河。

火车又走了多时，车轮就渐缓了，汽笛又猛烈的连声叫着。这时忽然有两个人进到这屋里，菊英心里一惊，赶紧往下去看，立刻她的心里又紧张地跳起来，她全身颤抖着，想要转身已来不及。下面的那个跟在茶房身后的蝎虎子，仰着他那张姜黄色的脸，带着胜利的笑色发话了，他说："小翠姑娘，你再歇会儿就下来吧！眼前就是黄河北岸，我们在站上再等半点钟，北边的车就来，我们就回去吧！"

菊英急得眼泪直往下流，她瞪着眼睛，颤颤地说："我……我凭什么要跟你回去？"蝎虎子还是笑着说："小翠姑娘你别生气，有什么话下车都好说，在这儿吵嚷起来，可叫人家笑话！"此时那对面上下铺的两个女学生，都坐起身来看着菊英，菊英赶紧拿袖头遮住脸，低着头呜呜哭泣。

这时茶房出去了，却又进来一个铁路巡警样子的人，一进来就板着脸说："回头到了车站，你们下车再讲理去，别在这儿吵了别人！"蝎虎子连连赔笑说："是，是，我绝不能在车上跟她吵，回头我们就下车，李站长也认得我……"那巡警冷笑着说："只要是车上的人，谁不认得你呀？连我都认得你，你比梅兰芳还有名。"

菊英哭求着说："先生！我不能下车！我不能跟他回去！我……"那巡警却连连摆手说："我没告诉你吗？有什么话等下了车再说，我们的责任就是不能叫你们在车上出事，别的事管不着。"菊英还伏在卧铺上哭求着说："先生……"

蝎虎子摆手说："姑娘你别着急，这回也不是我们要找的你；我们倒很放心，反正你回到北京我们也能找得着你，那不过多费点车钱，这是朱老爷叫我们来的。朱老爷请了半截客，你老人家就走了，人家找我们不答应，说是我们虐待你，你才跑了的；朱老爷把我大骂了一顿，叫我赶紧把你找回去，他要给你赎身，认你做干女儿。简直这么说吧，人家早先不知道你是不愿意干这行儿，所以这些话没提到，现在既然知道了，人家宁可拿出几百块钱来，光明正大的送你回北京，也不能就叫你这么跑了；要不然叫别人说朱老爷故意把个混事的放跑了，那于人家的名誉有碍，人家绝不能答应！"

旁边茶房也说："得啦！得啦！你先出去吧！这屋里净是堂客。"

蝎虎子一面退身出去，一面还说："不要紧，小翠你别发愁，回去央求央求朱老爷，人家一定能替你想办法，我们也是只要不太赔本，乐得乎把你出手呢！谁他妈愿意整天操这个心呀！"蝎虎子出去了，菊英心里于绝望中又生出些转机，她想：蝎虎子这话倒像是真的。因又拟想回到郑州见了朱老爷，应当用什么样的话去央求。此时，同屋里的三位女客，全都注意地看着她，她十分地羞惭、悲伤，又转头向里面去流泪。

不多的时间，车就停到站上了，蝎虎子领着菊英下了车，在月光比电灯还明亮的小站台上，右边就是苍茫无际的黄河，铁桥像一条怪蟒似的把身子搭在河上。菊英坐在候车的椅子上，仅穿着一件绒衬衣和一件夹旗袍，凉水一般的寒风浸着皮肤，她不住地颤抖，上下齿相击有声。

站上的小贩杂乱地吆喝着："烧鸡！""茶鸡蛋！"车上的旅客纷纷地下来，买了东西又回到车上。待了些时，喇叭响了，车头吐出了白雾，站上也渐渐冷落了。菊英被遗在这里，她低着头垂泪，月色染着她的衣襟，寒风助虐似地刺着她瘦弱的身体。

旁边站着的蝎虎子，倒是永远说着好话，他说："回去见了朱老爷，绝不成问题，只要他随便给我们一二百块钱，我们就把字据交出来；朱老爷是个正经人，他也绝不能把你安置在他家里，多半是给你买一张车票，叫你回北京。"他又问："二等车的票也得二十多块钱，你到底从哪儿来的钱呀？"菊英哭着说："我慢慢攒下的。"蝎虎子也没再问，并把他围在背上的一条毛线围巾递给菊英，说："这夜里冷，你围着罢！"菊英拿蝎虎子的围巾暖着手，垂泪暗想着：我也不管那朱老爷是不是真有心救我，难道我逃不了，还死不了吗？

等了约有一点多钟，这小站上又来了几个旅客，蝎虎子也买了两张短程票。少时北边的车开到，菊英拭净了泪，跟蝎虎子上了三等车；她低着头，像一个被押解的囚犯似的，又被火车送回了郑州。

到站下车，蝎虎子带着她直头回到了美凤院。一到屋里，跟妈和掌班全都赶过来，连劝带骂。月仙、小黛玉等人也进屋来，你一嘴我一嘴的，都说："小翠姐你真傻，你跑也是没用！别说你才跑过了黄河，就是跑回了北京，到了家，人家也能找了你去，白饶这一回儿；这要是叫客人知道了，人家可就都不敢来啦！"蝎虎子到此时也翻了脸，骂着说："别说他妈的你，才学会了坐二等车，就是你坐上飞机我也得把你抓回来！”菊英便躺在床上，哭得几次都失去知觉。

这一夜，菊英是在严密的监视之下度过的，次日就换了个高身量、大脚片，像个母夜叉似的跟妈。

菊英又病了，咳嗽，而且身上发热。月仙就在背地里劝她说：“你还是挣扎着点吧！千万别回良房去，那孙二妈绝饶不了你！”菊英只得勉强着照旧见客，心里却屡次想到死，但又觉得死仿佛比逃走还要难，因此她又另做打算，想要择客从良，以逃出这个火坑。

在她这一次图逃未成之后，那位财神朱老爷就再也不来了，现在常来的只有那个孟稚清。因为孟稚清来了没有别的话，只是不住地问菊英的身世，菊英忍不住，就弹着眼泪全都告诉了他；孟稚清也对她表示非常同情，因此菊英就把一颗哀怜无告的真心，完全掏给了孟稚清，并留他宿了几次，孟稚清就答应要设法接她出去。

可是孟稚清在这郑州住了一个多月，事情并没有找到，连生活都成了问题，又欠了旅馆许多钱，想走也走不了。菊英就把自己身边仅余的三十块钱，连同由北京带出来的一只手表，完全借给了孟稚清，并嘱咐他千万把旅馆里的账目还清，赶紧回到上海家里，凑到款项就来接自己。菊英又哭着说：“你放心，只要我逃出这儿，什么苦我都能受！”孟稚清也流着眼泪连声答应，就走了。

孟稚清去后，菊英日夜盼望着他来赎救自己。可是天暖了，柳树发了绿芽，桃花开了又落了，直到小燕子飞到楼栏杆上呢喃的细语；卖花的人担着些折枝芍药，到院里来问：“哪屋里的姑娘要花儿？”孟稚清还是一点影儿也没有。菊英晓得又受了一回欺骗，由此她的从良愿望也打消了。

残春去后炎夏又来，紧接着是凄惨的秋天，严酷的冬日，都相继而至，其间风雨苦度，灯酒消磨，菊英已不是早先的人了。她学会了吸烟，学会了喝酒，也学会了机械地笑，学会了她自己以前所不能理解的那些娼门术语。她把早先的事、早先的人，和早先的她自己，已都渐渐忘记，甚至于连眼泪也很少流了。她的心中已没有了任何的希望，任何的喜怒，有的，只是一种没有对象和理性的憎恨，仿佛她环境中的所有事物,连空气都算上,都使她非常的痛恨。

她的身体也是一天比一天坏了,镜里的她,黄瘦得连她自己都不认识了,而且咳嗽屡犯;每犯的时候,就十天半月也不能好,吐大口的带血稠痰,出那浑身像水洗一般的冷汗,她希望死,但却永远不死。

眼看又到了旧历新年,年底一算账,菊英已负了满身的债务。回到领家的家里过了几天的年,天天要受蝎虎子和孙二妈的辱骂,可是菊英现在已不能甘心忍受了,她也当面回骂过他们几句。过了初六,把美凤院那间屋子让给了别人,她只好降格而入了一家三等下处。

第三十回　苦海方舟异乡承援救
夕阳旷野故里愧归来

三等下处的情景，菊英初进来时都非常的惊讶，几间破烂的小瓦房，每个屋里都住着一个身穿红绿麻葛、脸上一点血色没有的所谓姑娘。她们连名字也没有，只是编号码：排一、排二、排三、排四……排小的；见客时的态度也颇为特别，有时简直是生拉硬扯。

来到这儿的嫖客，穿长衣裳的很少，西服是绝无。姑娘一瞧见熟客来了，必先要吧地捶一下，咧着那像是刚喝完人血似的红嘴，说："你还没死呀？倒好记性，还没忘了老太太！"客人走的时候，多半是用手一推，说："只要明儿你没枪毙，可想着点儿来呀！"嫖客也仿佛非得这样儿才算满足。这批嫖客走后，紧接着那一批又哼着极为难听的"窑调"来了。

院子里是又脏又乱，满地的残雪跟秽水搅在一起，结成了冰疙瘩。一到了晚间，更是什么人都来了，有盲目的弹弦子者；有背着大喇叭唱话匣子的；还有拿着一架破烂的小型放映机，背着个白布帐子，问各屋里姑娘瞧电影儿不瞧的，卖花报的小孩子也在院里大喊："看报吧！瞧瞧报上有姑娘的相片没有？"各种声音就这样杂乱地扰成一团。有的屋里的姑娘觉着腻烦了，就掀开红布门帘，探出个还没擦完粉的鬼似的脸儿来，骂着说："喂！喂！孙子们别吵啦！老太太都叫你们这群孙子给吵倒霉啦！"

因此菊英在二等茶室里所学的那些术语和动作，来到这里又完全不适用了。但是她那将近于麻痹的心灵，却因这更恶劣的环境刺激着，又频频地回想起往事。每逢在没有客的时候，她就悲伤流泪，觉着她自己是永远没有希望再逃出这火坑了，而且即使侥幸能够逃出来，但自己也已经不像是个人了……

两三个月之后，不觉着又到了春天。但春天却来不到这三等妓院里，菊英没看见一朵桃花、一枝杨柳，她只觉得身上的衣裳是穿得少了，而病势却又增加了。每天她都要有几次剧烈的咳嗽，要吐几口带着鲜红血丝的稠痰，并且一到了晚间就发热，同时身子疲惫，仿佛时时能得到睡眠才好。

这天的晚间，她勉强应酬走了两批客人，就已经支持不住了。她背着屋中那盏黯淡的灯光，侧卧在床上，很痛苦的用双手捂着前胸，觉着呼吸都很费力，她就想：我一定是得了痨病，不久就要死了！其实，死了不倒好吗？想到这里，眼泪又不禁从颊边滚落在床单上，脑里又翻起那梦一般的往事。

正在这时，忽听院中毛伙又喊道："见客来！"

菊英勉强站起身来，出了屋，在毛伙的一、二、三、四，仿佛点验牲口似的唱报之下，菊英在灯影里同两个穿制服的客人见了见，然后就要再回到屋里去躺着歇息。不想，这时毛伙就喊叫说："一排小的，两位老爷挑上你啦！"菊英心里又是一阵懊恼，但也不得不回身向那两个嫖客笑了笑，说："两个老爷请到屋里坐吧！"

这两个嫖客都是老粗，每人一身灰布制服。菊英凭着经验，对于这种客人她不敢慢怠，遂就强打着精神，敬茶、递瓜子，并做出一种媚笑，问说："是哪位挑的我？"

她这句娇媚流畅的话一说出来，左首坐着的一个脸上长着许多疙瘩的人就立刻惊异了，他咧着嘴一笑，向右首那个黑脸短脖的人说："嘿！想不到这儿，还有北京老乡！"遂就探着头问说："你是北京人不是？住在东城西城？我可以打听打听吗？"

菊英一听人提到了北京，心中就不由一阵紧憋的疼痛，她摇了摇头，惨笑着说：“都不是，我家住在城外头，离北京一二十里地呢！”说过后，本想着搪塞过去了，可是不料那脸上有疙瘩的人更惊诧了。他仿佛是一个老北京，又寻根刨底地问：“城外头？哪儿？是海淀还是挂甲屯？”菊英一听由别人的嘴里说出“海淀”这两个字，心中的悲痛实在忍不住了，她点点头，抿着嘴答应了一声，说：“差不多，就离那儿不远！”说完了，她赶紧转过头去，眼泪纷纷落下；旁边站着一个跟妈，不住用眼睛直瞪她。

这时那脸上有疙瘩的人，蓦地站起身来了，他说：“糟糕！这可真是我们三把弟的老乡！”那黑脸的也站起来，笑着说：“把老三拉来好不好？叫他认认他们的乡亲！”脸上有疙瘩的人也说：“对！拉他去！我们两人拉他去！走！走！”于是这两个汉子就像发现了什么珍宝似的，说笑着，跑出屋去了。

这时屋里的跟妈，直着两只眼，悄声抱怨菊英说：“你干什么跟他们说真话？他们都是做老爷的，窑子里谁也不敢惹他们！你看着吧，回头一定要出麻烦！”菊英却忍不住心头的悲痛，坐在旁边只是哭泣，心说：他们找来的那个人，若真是海淀的熟人，我可有什么脸见人家呀？

待了不多的时间，外面又是一阵大声的说笑声：“来！三把弟，我挑的人儿让给你啦！是你们的老乡……”又听有北京的男子口音说：“喂喂，慢着点儿，二哥你别拉我呀！”说话时，刚才那两个汉子就把他们的三把弟拉来了。

这也是个穿灰色制服的，秃着个脑袋，黑瘦的脸儿，身材也不高。进屋来一眼望着菊英，他立刻眼睛就直了，呆呆地站住，说：“啊？你……不是菊姑娘吗？”

菊英立时脸色突变，她神情紧张地，两眼直直地望着对方的脸，泪珠纷纷，比那最急的雨还落得紧，她失声叫道：“二……哥！”就一步扑了过去，紧紧地拉住对方的胳臂，把头低下去，呜呜哽哽的全身紧颤着大哭起来，这个被呼为二哥的也鼻涕眼泪一齐流出。

旁边的两个汉子全都怔了，那个脸上有疙瘩的人就说：“怎么回事呀？三把弟你告诉我，我们给她想个法子。”

他这个三把弟就先安慰菊英说:"菊姑娘,你先别哭了!坐下,我们细谈谈吧!"说着,他拿制服的袖子擦了擦眼泪,又擤出一把鼻涕来,就指着悲泣不胜的菊英对他那两位盟兄说:"她是我干妈的侄女,跟我的亲妹妹是一样!人家是好人家的姑娘,上过小学……"说着又流着泪,说:"我由海淀出来的时候,我干妈给我缝的破裤子,还把她洗衣裳挣来的两块钱给我……我今儿真想不到……咳!"

这时菊英把二秃子放了手,因哭泣又引起了一阵剧烈的咳嗽。她很费力地吐了两口痰,又紧揪住二秃子的手,流着泪说:"二哥!你得救我!"

二秃子擦着眼泪,说:"菊姑娘你放心!我们哥儿俩现在既然遇见了,我一天也不能看你在这儿!你先别伤心,听我说说办法。"旁边他那大把兄说:"老三,姑娘既是我们的妹妹,我们现在就把她带走!问问姑娘,是谁把她拐卖出来的?我们把那人找来办他!"那个短颈黑脸的二把兄就向跟妈瞪眼,说:"你个奶奶的!还看什么?快点把开窑子的叫来!"这时院子里也乱了,跟妈吓得跑出屋去。二秃子一面安慰菊英,一面向他那两个盟兄摆手,说:"我们也别不讲理!"

这时掌班的钻进屋来,向三个人弯腰赔笑,问说:"哪位老爷叫我?"

那个脸上有疙瘩的大把兄说:"你是开窑子的?好,听我告诉你!"说时用手一指二秃子,严肃地说:"你认得这位不认得?这是刘三爷,郑州保安处刘处长的干少爷。这屋里的姑娘是他的妹妹,人家兄妹认着了,现在就要把姑娘带走,问一问过去的情由,有什么话回头我们再说!"

掌班的连说:"那不要紧,三位老爷请把姑娘带回去吧!可是,三位老爷都是圣明人,这姑娘是在我们这儿搭伙,她还有领家的!"

短颈黑脸的人立刻瞪眼说:"是谁?"掌班的说:"是蝎虎子,这个人叫孙二。"黑脸的人立刻握着拳头,骂说:"他个奶奶,蝎虎子?一定不是个好人,把他叫来!"

二秃子赶紧拦住,就向掌班的说:"你可听明白了,我们不是拿势力压你,因为你们这儿不好说话,我们才把姑娘带到东边新郑旅馆去谈谈。现在你就找那蝎虎子去,叫他到旅馆里去见我们;告诉他别害怕,我们不是张大帅,不能打他,只要问明白了人是他花钱买的,该多少钱我就给多少,我们拿钱赎身!”

掌班的连连打躬点头,说:“老爷你说的这话圣明,回头我就找蝎虎子去,你这就带着姑娘走吧,我给你们雇车去!”二秃子摆手说:“几步儿,不用雇车。”又回首对菊英说:“菊姑娘,我们上旅馆再商量去吧!”菊英点头答应,于是出了屋,就在这昏暗灯光、杂乱的人影之下,毫无拦阻地随着二秃子等几个人,离开了下处;顺着马路走了不远,到了一家小小的旅馆里。

菊英这时悲痛倒是没有了,但心中却充满了羞愧,她低着头到了屋里,还不敢坐下,二秃子就说:“菊姑娘坐下吧!这都不是外人,是我的两位把兄。”于是就给引见,那个大把兄叫陈得胜,二把兄叫李夺标,菊英一一鞠躬道谢。两个刚才活泼泼的大汉子,这时倒都拘束起来,陈得胜笑着说:“别客气,今儿也是巧,我们要不是听见你说北京话,也绝想不起找老三去,咳!这也算是你的难满了!”李夺标却一句话都不会说了,连正眼看菊英都不敢看。

二秃子又说:“我们三人是磕头兄弟,不愿同生愿同死,只要有我们哥儿仨,菊姑娘你就放心吧!”遂就请菊英在方桌边一张椅子上坐下。他坐在对面,就皱着眉,仿佛很不好意思地,问说:“菊姑娘,你怎会……到这儿来呢?”菊英一只臂放在桌上,支着头,侧面低着脸,眼泪又纷纷落下,她呜咽着,抽搐着,一句话也说不出来。旁边陈得胜把李夺标一拉,两人就出屋去了,这里二秃子急得直皱眉。

半天,菊英才用手绢擦了擦眼泪,微抬起头来。屋中一盏暗淡的灯光斜照着她那憔悴而有些红晕的瘦脸,她就哭泣着,咳嗽着,身子不住地颤抖着,把她过去的一些事,从被章绍杰遗弃直到现在,都低声哭诉给二秃子。然后她把布满泪痕的正脸儿对着二秃子,悲切切地说:“二哥,无论怎么,你也得想法救我!我绝不能再回那个地方去了!”说完,她又把头伏在桌上呜呜地哭。

二秃子的制服袖头都湿透了，他站起来擤了两把鼻涕，又坐下来叹了口气，说："那些事，菊姑娘你也就别再记着了，早晚章绍杰那个小子遭不了好报！还有三叔的事情，菊姑娘你大概还不知道。去年我给我干妈汇了四十块钱，干妈给我回了封信，说是在去年夏天，三叔拿切菜刀把黄老九给砍了；虽没砍死，可是三叔叫法院判定了十二年的有期徒刑。"

菊英一听，倒吃了一惊，她赶紧抬起头来，问说："为什么事呀？"

二秃子摇头说："信上也没说明白，三叔那个人，喝醉了酒，他什么事干不出来呀？黄老九那孙子可也该！好在我现在还能挣几个钱，隔一两个月给我干妈汇几十块钱去，她老人家的生活总没问题。我是前年七月，从家里出来的，先给刘副官当差夫。刘副官早先是我的熟客座儿，人家待我很好；刘太太也觉着我这个人老实，后来就认我做干儿子，叫我当马弁。刘副官后来升了旅长，前一个月接来这郑州保安处长的差事，郑州地面全在他手里，我在他跟前是说一不二；所以菊姑娘你别着急，回头把蝎虎子叫了来，我一两句话就能了事。"

他又说："我是不知道你叫人害成这样儿！干妈给我来信，只说你出外做工去了，她也不知你在什么地方。要不然，别说你就在眼前，就是在广东，只要得了信，我也得立刻救你去！"

菊英感激涕零地说："二哥，幸亏有你！"她拭着眼泪，望着二秃子还是那么黑的脸儿，忽然想起在前年的春天，她初次去找黄凤贞，二秃子拉着她进城……咳！到如今已整整两年了！她一伤心，又不禁咳嗽了几声。

这时陈得胜、李夺标二人，像解犯人似的把蝎虎子架进屋来了。二秃子就说："你别害怕，人是你买的，我们给你钱，可是不能照原数儿给你；一年多，你也赚得差不多了。我还问你，那个姓费的小子他在哪儿住？"

蝎虎子的那张姜黄的脸，已吓得惨白，他磕磕绊绊地说："姓费的没有准家，他上省里去了，过两天就回来！"陈得胜在旁说："好，等他回来，你就把他稳住，到处里去报告我。"蝎虎子连连答应，他又由身边掏出一张纸来,说:“这是小翠姑娘的卖身字儿,现在我当面交给三位老爷,请三位老爷收下,钱随你赏,一块钱我也收下给你道谢;姑娘在我们那儿还存着几件衣裳,要呢,回头我就给送来!”

二秃子把字据接过来,递给菊英,问说:“菊姑娘你看看,对不对?”

菊英在灯光下接过了她自己这张卖身文契,眼泪又不住纷纷而落,就见纸上写着买主费万德,卖主范三,和中保人黄老九的名字,并有画的押。菊英气得喘了喘,就点头说:“是这张!”二秃子说:“好了。”接过来随手划了一根火柴,当面就把这文契烧毁了,菊英的心里才像是落下块石头。

二秃子就向蝎虎子拂手说:“你走吧,明天上午十点,你到处里去找我领钱。”蝎虎子连声答应着,又说那几件衣裳,回头就给菊英送来。菊英却摆手说:“我不要了!你也别送来了!”蝎虎子又答应着:“是!是!”遂向几个人恭敬地弯弯腰,就退身出去了。

这里二秃子就笑了笑,缓了口气,向菊英说:“现在把字据都烧了,菊姑娘你也就别再难受了!先在这儿住一晚,明天晚上我给你买车票,就送你上车。”旁边陈得胜说:“买张二等票吧,我瞧姑娘像有病,坐二等车还能够躺一躺。”二秃子说:“其实在这儿多歇几天也行,有我们哥儿仨,谁也不敢来欺负你。可是,干吗呀?在这儿受了一年多的欺负,好容易才逃出来,还不赶紧离开?”又对菊英说:“菊姑娘,你回到北京还照旧跟我干妈过日子,一个月我准能给你们汇二十几块钱,你们娘儿俩也就够了,以后的事情慢慢再说。”菊英感激地流着眼泪,点头答应。二秃子又把旅馆经理叫了来,嘱咐了一番,然后他请菊英歇息,盟兄弟三个人就走了。

这时房间里寂静无声,一盏白磁罩子的电灯暗淡地照着,近处的火车又呜呜乱鸣。菊英把眼泪拭净了,咳嗽也停止了,她就像是由一场噩梦之中刚醒来似的,过去的事非常可怕,现在却很值得喜欢。她想不到今天竟会遇见二秃子,而且二秃子又在此地有这么大的力量,她回忆着二秃子那慷慨的样子,心中不禁产生了一种感恩的情绪,眼泪又凄然地落下来了。

火车又在耳边呜的一声，她想：明天就可以坐火车回到北京，见婶母和淑玲去了！可是……北京我不能回去！虽然叔父已下了监狱，不至于有人再算计我，而且我现在也聪明了，但是，我可还有什么脸再回去呀？不，不，我绝不回去……于是她又流着眼泪，翻来覆去地想了半天，然后就上床掩被去歇息。此时她是疲倦极了，并且有点发热，但她脑里的思绪却总不能断，眼泪也一阵一阵的往被底去流；旅馆的一夜，就这样静悄悄地过去。

次日上午十时许，二秃子一个人来了。他还穿着昨天的那身灰色的制服，戴着一顶呢帽。一进屋，他就摘了帽子坐下，很高兴地说："全都办完了！蝎虎子的钱我也给啦，待会儿我就叫人买车票去，晚车你就走。"

菊英摇了摇头，说："二哥，你别叫人买车票去啦！"二秃子一听，不禁发怔，他想了一想，就点头说："在这儿多歇两天也好。"菊英却仍然摇头，同时眼泪已汪然下落，她就很坚决地说："不是，我不想再回北京去了，我没有那个脸……"

二秃子一听，急得他连话都说不出来，他皱着眉，半天才说："在……这儿，也不行呀！我们不……不定几儿就调走呀！"

菊英咬着嘴唇，苍白的脸上浮出来两块红晕，用手绢擦着眼泪说："二哥！我早先的事全都瞒不了你，这回又是你把我救出来的；你叫我回北京去，我也知道你是一片好心，叫我回去好跟我三婶团聚。可是，二哥你想想，我还有什么脸再回家？回家去，可又干什么？再说，我现在胆小极了，对什么事都怕，非得有一个人叫我依靠着才行！"

二秃子点头说："那好办，我早想出办法来了。"

菊英不等二秃子把办法说出来，她就摆手说："二哥，你也不用给我想办法，虽说我现在是想找个依靠，可是无论什么人，我全都不放心。昨儿晚上我早想好了法子……"说到这里，她的脸上更红，仿佛恢复了处女时的娇艳。她叹了口气，就低着头说："我告诉你，我要报你的恩！"紧接着，她又悲泣不胜地说："你调到哪儿，我跟你到哪儿去！我也不是看见你现在有了钱，才跟你，即使将来叫我跟着你挨饿，我也甘心愿意……你还别以为我堕落过，人就不好了，我现在都明白了，早先的坏处我一定全都改……你，容许我报一报你对我的……恩吧！”说完她就哭着将头伏在桌上，全身紧紧地颤动。

二秃子失声叫道：“哎呀！这可不行！”他赶紧站起身来，仿佛要跑似的，黑脸上通红，脑门子往下直流汗。他跺着脚着急地说：“那我成了什么东西啦？别说我对不起我干妈，我对得起老天爷吗？我二秃子要是那么个人，早就不得好死啦！菊姑娘，刚才你没容我把话说完，我早就给你想好了办法啦，写一封信给秦先生，叫他到北京跟你见面！”

“秦先生”这三个字，菊英许久没有听见人说了，她不禁心里一动，抬起头来，咬着嘴唇沉思了一会，泪珠愈往下滚。她又摇了摇头，抽泣着说：“我……还有脸见人家去吗？”

二秃子却摆手说：“不是……”他还不敢坐下，就站着说：“秦先生那个人，简直没地方找那么好的人去！前年他离开北京的时候一点儿也没抱怨你，他给了我一个永久通信处，说是以后你有什么事，只要一找他，他立刻就能来。这两年我也托人给他写了几封信，他给我来的信上，没有一封信不打听你。他现在上海中学里教书，事儿很不错，只要你给他写一封信，叫他到北京去跟你见面，我想你回去不几天，他也就找你去了。

“郑州的这些事，全都不用跟他提，北京城更没有人知道你的事；连我们在这儿见了面，都不用跟人去说。今儿晚上八点上车，第二天下午五点就到北京。回到了我们海淀，随便说在哪里做了一年多的女工，现在是回家养病来了，谁还能跑郑州来打听？等着和秦先生见了面，人家一定还跟早先似的那么看待你；旧事儿不提，重新和好，然后到上海一结婚，姑娘你不是就有依靠了吗？”

这一篇话说出来，二秃子就看着菊英，祈望她能把头点一点，只见菊英悲泣得几乎接不上气，手绢也全被泪水浸湿了。哭过之后，菊英又咳嗽了一阵，然后才点头说：“好吧！我给他写一封信！”

二秃子一听，这才放下了心，用袖头擦了擦汗，就叫伙计拿来旅客公用的信封、信笺，和纸笔等。二秃子把墨盒打开，菊英就身子抽搐着，

手乱颤着,提笔往信笺上写:

朴哥,你绝想不到我能给你写信吧?我是菊英,你还记得我吗?我们已有二年多没见面了!

我真不好!我都恨我自己,但是,我听人说你反倒不恨我。咳!你是个多好的人呀!

我受了两年多的苦,现在坐了一身病,但是我明白了;我早先是傻、是坏、是糊涂,我以后绝不了!我都改悔了!

写到此处,她悲泣不胜,泪水将纸笺都湿透了。二秃子在旁着急地说:"菊姑娘你先别哭,写完了再说,咳!"于是菊英又拭着眼泪往下去写:

我现在才知道天下只有你是真心爱我,但是我已不配再叫你爱我了!我的病怕好不了,但是我想在死以前能见你一面。

明天我就回北京去了,朴哥!你能到北京去见一见我吗?你要不能去,请你给我一张相片,成吗?咳!我的心中不知有多少的话,但我说不出来,朴哥,我不能往下再写了。祝你

平安!

妹菊英

在后面又注上:我还住在海淀原地方,现在我依靠婶母度日。

菊英写完了,自己又流着泪看了一遍,然后由二秃子说出秦朴的地址,她写好了信封,又走到痰盂旁去咳嗽挥泪。

二秃子把信封装好,带在制服口袋里,拿起帽子,就说:"菊姑娘你也别伤心了,马上我就上邮政局发信去;走航空,当天就到,两三天后,你跟秦先生准能在海淀见面。菊姑娘你歇着吧!回头我再来!"菊英点

了点头，二秃子就像办成了什么大事业似的，高高兴兴地走了。

这里菊英靠窗站着，眼泪还往下不住地流，忽然一想：到现在我还哭什么？两三天就能见着秦朴了！只是我太对不起他了，太不配叫他再爱我了，还有，我这病……菊英想到这里，心中又是一阵剧痛，泪水流得更多。又想起刚才自己对二秃子说的那些话，不禁羞得脸热，而对于二秃子更加感激。

这时玻璃窗外，有个旅馆的伙计不知从什么地方，折来了许多枝红灼灼的，开得正盛的桃花，正在给一个客人看。菊英蓦然想起春天又来了，两年前她跟秦朴初相识时就是在春天……近处的火车又在呜呜地吼，她默默地站立着，心中归思澎湃。

晚间，饭后七时许，二秃子披着一件夹大衣来了，手里拿着个帆布小提箱和一条线毯。一见了菊英，他就说："车票买好了，二等下铺。夜里可还是冷，车上那条毯子不行，我又给你买了一条。这手提箱里没别的，就是我给你买的点心，跟治咳嗽的药，预备你在车上用。"

菊英笑了笑，说："二哥你干吗花这么多的钱呀！"二秃子摇头说："没多少钱！我只要有钱就帮朋友，一个子儿也不留下；等到没钱时，至多我还回海淀拉车去。"菊英眼泪又簌簌往下落。

二秃子边说着话，边从身上掏出来车票、卧铺票，和一卷钞票，他先把车铺票交给菊英，说："菊姑娘你可带好了！"然后他又点了点那卷钞票，说："这是八十块钱，刘处长太太听说了你的事，她很可怜你，送你五十块钱，和路费三十块钱。你拿回去先治病，下月我还能给三婶寄几十块去。以后你若钱不够花的，自管给我写信，我手里虽没有富余钱，可是我有法子去摘借，这些我就给你搁在提箱里了！"

菊英流着泪，问说："我还用给人道谢去吗？"

二秃子摇头说："不用了，都是自己的人，我就替你道谢了。"遂看了看手表，说："这时候还早，车还没进车站。"

当时在这朦胧的灯光之下，二秃子又跟菊英说了些闲话，旅馆伙计就进屋来说："现在七点半了。"二秃子便向菊英说："我们到站里去吧？"遂叫伙计出去，雇来了两辆洋车，便一同到车站去了。

这时车站里还是那么拥挤，菊英也不晓得为什么每天要有好些人匆忙地往往来来。二秃子在前，给她打着道，她紧随着，就走过了天桥，到了二等车上。菊英倒很觉难为情，生恐这就是上次自己图逃未成的那辆车，茶房会认识自己。她就有点胆怯地望着二秃子，觉得他能够护送自己到北京才好。二秃子叫茶房给菊英找了个很安适的下铺，他就出去了，半天他也没有回来，菊英心里又有些疑虑。

又待了一会，二秃子才回来，他说："车快开了，在路上可小心一点，要买什么东西，喊茶房给你买去好了。这列车上的巡警都跟我认识，刚才我都托付他们照应你了。回到海淀千万给我来封信，我好放心，见了三婶也可以说我们在这儿见着啦，不过别提那些事就得啦！"

说着，站台上的铃声响了，车头又吼了起来。二秃子就向菊英一鞠躬，说："我下车去啦！菊姑娘再见吧！以后千万常给我来信！"菊英连连点头答应，眼泪不禁往下直流，也鞠躬说："二哥再见！我回去一定给你来信……"泪眼望着二秃子出了房间，她又回到铺位上，对二秃子生出无限的感激和惜别之意。少时，车身动了，隆隆撞撞的声音愈来愈紧，经过一日一夜的安适平稳的旅途生活，就回到了北京。

火车开进前门西站时，天色尚早，金黄色的阳光斜铺在站台上，旅客们舒舒服服地提着箱子下了车，穿着号坎的脚行们都跑来接行李。在这里等着接人的都迎了过来，有的跟朋友握手，有的帮着亲戚拿箱子。还有年轻的少妇，艳丽衫子飘飘地跑过来，笑着迎上了她久别的丈夫，欢喜而又亲切地把手挽住，二人斜脸相望着，一边笑着谈话，一边往站外走去。更有碧眼黄发的情人们，一见面就相抱接吻，说着婉转的外国话。火车哧哧地放着气，很舒服地把它肚子里所存的东西排放出来，春风抚着人们的脸，并撩散了那冉冉的乌烟。

菊英怀着一颗紧张的心，脸上带着些愧色，孤独地一手提着帆布小箱，一手搭着线毯，便匆匆地出了车站。右边站着一排客栈的伙计，哦哦的招呼客人，洋车夫也过来招呼座儿："我拉去吧！""小姐，拉你回去啦！"但菊英却想坐电车，她冲开这嘈杂的人群，半跑着过了马路，向旁边一个像是在等车的老太太问说："有到西直门去的车吗？"老太太说:“这就来啦!”

菊英就在这电车站上很不安地站着,身后就是那座沐在晚照里的巍然壮丽的箭楼,旁边几颗洋槐树都已长满了绿叶,眼前的洋车、汽车纷纷往来。少时,从南边来了一辆电车,横额上写着“西直门”三个字。菊英急急地走下人行道,等着电车驶到临近,她挤上了车,电车就敲着当当的有节奏的铃声,进了前门,转过司法部街,又往西去了。

菊英在电车上很怕遇见熟人,她有时低着头,有时又往车外去望。这时车已走到西长安街,“新新”、“长安”两家戏院的门前,依旧悬着彩色的招牌,上写着“程砚秋”……一转弯就是西单大街,人还是那么拥挤,车还是那么多,百货店还放送着那些杂乱的歌曲,陈列柜上的霓虹灯也已经亮了。菊英赶紧转回头来,又低着头,翻忆起一年以前的生活,心想:以后,我绝不进城来了!

由西单牌楼到新街口这一条长街上,电车要有许多站,每到一站就下去许多人,而又上来许多人。车下的洋车夫争着叫座儿,卖报的孩子乱喊着:“晚报!晚报!黄河开了口子了!大姑娘跟人跑了!”菊英心里既厌烦又着急,及至车停到西直门,菊英下了电车,就觉着有点头晕。此时又有一个洋车夫,拉了一辆破车,过来问说:“小姐上海淀去吗?我拉去吧!”菊英问:“多少钱?”洋车夫就笑着说:“还能跟你多要?得了,你就给我两毛钱吧!”菊英坐上了车,线毯和手提箱放在膝上,车夫将车拉起,跑出西直门过了关厢,就来到往西山去的那条平坦的柏油路上。

这时路旁的两行柳树,又像往年似的垂下了长丝,被斜阳染得和金线一样,在软风里摆动,像是在懒懒地迎接着车上的故人。柳丝外的田野里,麦苗也很高了,平镀着一层难以形容的颜色,微微地起伏着,像波浪在滚动着。无边的天空中铺着一块块的晚霞,有的像血一般的红,有的像鞭痕一般的紫,接连着一道远山,山后的夕阳射出火一般的红光,返照着这大地上的一切。菊英顿然伤感地想:这世界是太可爱了,但人心太可怕,而自身又太可怜了!

车子边走边吱吱地响着,距离海淀越近,菊英的心就越紧张,越惭愧，幸而阳光渐微，霞光也渐晦，仿佛是在故意为她遮掩住羞颜，回到故里。

此时，海淀街整个浸在薄暮中，路旁的灯朦胧的亮着，街上往来的人也很少。及至回到旧居的门前，在黑暗之中望见了那座狭窄的门儿，菊英立时心中一阵悲痛，眼睛也潮湿了。她怔怔地下了车，给过了车钱，便手拿着帆布小箱和线毯，轻轻地进了门，来到这狭窄的小院里，就见各屋的纸窗上都铺着黯淡的灯光，她婶母的那间屋，灯光尤其昏黯。

这时院中无人，菊英就像一条鬼影似的来到屋门前，把门一拉，就见她婶母坐在灯旁，正在缝补什么。菊英立时眼泪汪然，胸中被悲痛拥塞着，说不出来一句话。范三婶扭着头，惊讶地看着屋里进来这么一位姑娘，就问说："谁呀？"菊英扔下了手里的东西，跑过去就把她的婶母抱住，说："婶母！我回来了！"她满面泪痕地望着她的婶母，哭得全身抽搐。

范三婶呆呆地借着灯光细一看，就说："哎呀！是菊英啊！你回来啦？哎呀！姑娘啊……"她也紧紧地把侄女抱住，身子抽动着哭泣，半天才说："我的侄女！我还想着我们这辈子见不着啦！咳！一年多啦，你走后连个信儿也没有啊……"

范三婶这儿数数落落的一哭，旁的屋里也都听见了，立刻脚步咚咚地跑来了许多人。头一个进屋的就是淑玲，她先瞧着菊英的后影发怔，及至菊英一回头，她立刻就扑过去，哭叫了一声："菊姐姐！"也紧紧地把菊英抱住。她把脸贴在菊英的胸上，哭着说："菊姐姐！你怎么才回来呀？你在外头净干什么啦？"范三婶把侄女放了手，她把煤油灯挑了挑。菊英又与淑玲紧紧地抱着，相对痛哭。淑玲跺着脚，哭说："我天天想你，你可老不回来，我想你一定是死在外头啦……"

第三十一回　旧雨倾谈人间惊俱变 名园养疾心底系相思

这时刘二婶和张大妈也都进到屋来，刘二婶说:“菊姑娘回来了?我说三婶怎么会在屋里哭起来了！你在外头倒好呀?咳！你走了,快有两年了吧?”说话时她也落下眼泪。张大妈就劝着范三婶说:“三嫂子您也别哭啦！菊姑娘回来啦,这不是大喜的事儿吗?”范三婶擦着眼泪,点头说:“我真想不到她还能回来！”

刘二婶流着泪,把她的女儿拉开,又过去握着菊英的手,仔细地看着,说:“姑娘你可比早先瘦多啦！咳！你就别哭啦！回来不是一件喜欢事儿吗？你不知道,自从听说你出外了,我们这院里的人都想你,天天谈说你;可是后来,你婶母一听我们说到你,她就哭,我们也就不敢再向她提你啦！姑娘你坐下吧,歇一会,是坐火车回来的吗？”菊英点点头,坐在凳子上,依然抽泣着。淑玲又过去拉着菊英的手,问说:“菊姐姐你还走吗?”菊英摇头说:“我不走啦！”淑玲一听,喜欢得擦着眼泪直笑,又回头瞧着她的母亲。

张大妈这时不住打量着菊英,她问:“菊姑娘,你这些日子净在什么地方啦？是在工厂里吗？能挣不少的钱吧？”

菊英点头说:“我在郑州工厂里……”说时她又不禁泪下。

旁边她婶母惊讶地问说:“你在郑州？没见着二秃子吗？”

菊英拭泪点头说:“我见着他了,是他给我买的车票,还送我上的车……"旁边刘二婶啧啧地说:"那孩子真有良心,他干妈没白疼了他!姑娘你还许不知道,你三叔打了人命官司啦!现在你婶母就仗着二秃子寄钱养活着了!"菊英点头说:"我都听二秃子说了。"

范三婶这时拿衣襟把眼泪擦净,就说:"姑娘你也幸亏出外这一趟,要不然,在家里你也是受不了!自打前年你妈死后,你那个叔父就不常在家,也不知他那儿弄来的那些个钱,天天在城里跟黄老九一块儿混,黄老九又把他带到一个暗门里去花钱。你走后两三个月,你叔父手里就一个钱也没有了,一回家来就跟我闹气,说是要找你去;我问过他你到底在什么地方做工啦,他也不告诉我。我不放心你,想要托人打听打听,可是你想,我还能认得谁?去年夏天,你叔父穷得真过不去了,酒也没有钱喝,整天瞪着两个红眼睛跟我说,他上了人家的当啦!黄老九把他的钱都诓去啦!他说他要拿刀去杀黄老九,吓得我就拦着他,天天提着一颗心。后来他到底进城去了,也不知怎么跟黄老九说岔啦,他就把黄老九砍了好几刀!"

说到这里,范三婶的脸上已满是泪水,她接着说:"你叔父打官司,得十二年才能出来,我倒是不着急,谁叫他做出凶事了呢?也该叫他受受罪;就是死在监牢里,那也是他的命,我也救不了他。就是你,我真不放心!你走后不几天,黄凤贞跟她男人就跑啦,扔下一大堆账,把人家好些家大买卖都坑啦!也不知他们是跑到哪儿去啦。黄老九虽说没跟走,可是他跟人家撒赖,说是他姑爷家里欠的账,问不着他。有好些人就造出谣言来,说是你也跟着黄凤贞她们跑啦,又有人说是你叔父把你卖啦。后来二秃子给我寄了几回钱,我就托张大叔给他写回信,托他打听你;可是他回信也说,不知你在哪儿,很不容易打听……"

刘二婶在旁劝道:"得啦!三嫂子您也不必难受啦!菊姑娘现在既是平平安安地回来了,这比什么都喜欢呀!菊姑娘你吃了饭了没有?要没吃,我们那儿有新蒸的包子,给你拿几个来!"菊英摇头说:"谢谢二婶啦!我在车上吃过饭啦!"

这时,张大妈已出屋去了,刘二婶又拉着她的女儿,说:"淑玲,叫你姐姐歇会吧!明儿咱们再跟你姐姐说话儿!"淑玲却摇头,舍不得离开菊英。菊英就说:“叫我妹妹先在这儿吧！我不累,我们姐儿俩还要说会儿话儿啦！”刘二婶于是把淑玲放了手,说:“我看看孩子去,回头再来。”菊英跟她婶母把刘二婶送出屋去,然后进屋来,拭净了眼泪,又咳嗽了几声,淑玲还紧紧地拉着菊英的手。

范三婶往灯里又添了点煤油,灯光比刚才亮了,她就叫淑玲拿着灯,自己提着菊英的小箱和线毯,连菊英一同到了屋里。菊英这时才在灯光下细看,就见她婶母的脸上,比早先更加苍老了,可是倒显着胖了一些;而淑玲这一年多也长了身量,穿的衣裳也比早先干净整齐。这狭小的屋子里虽然比早先还要破烂,并且有几件东西此时都没有了,但是却平静而温情。菊英心上觉着很安慰。她脸上红了红,说:“我是回家养病来了！”

淑玲赶紧扬着脸,问说:“你得了什么病啦？菊姐！”

范三婶说:“我瞧你的脸上也比早先瘦得多了么,大概是累的,你一进了门就咳嗽,也许在火车上受了点风寒吧？”

菊英一听这话又不禁流下泪来,她点了点头,凄惨地说:“我咳嗽有半年多了！早先还不要紧,近些日子天天要咳嗽,在工厂里……我也真支持不了！那天……在郑州街上遇见二秃子,他的事情倒很好,他劝我回家来养病;他就给我买的车票,还给了我几十块钱……”

范三婶说:“是呀！二秃子跟的那个刘副官,现在做了处长啦。”淑玲也说:“二秃子是好人,他阔了还不忘了他干妈,三婶早先给他缝破袜子、洗破裤子,亲妈也不能那么疼他呀！他也应该报报恩啦！”范三婶也赞叹着说:“可不是,这几个月我不是净仗着他养活了吗？老天爷有眼睛,他越是这么有良心,才能够走运呢！”

范三婶又问说:“姑娘你明儿可得看看病去,进城上医院看看去吧！你别怕花钱,治好了病受点穷都不要紧,要不然弄个女儿痨,那可怎么好呀？”

菊英擦了擦眼泪,说:“也许不是痨病！我先在家歇上几天,买两服药吃,过几天要再不见好,那时再上医院看去。现在还有一件事……”说到这里,她的脸更发红了,心里也更是凄惨。

菊英的话还没往下说，淑玲忽然想起一件事来，她就说：“菊姐姐，菊姐姐，街上有一个人打听你！”菊英听了这话，不由得一怔，赶紧问：“是什么样的人？男的？女的？是最近的事吗？”淑玲摇头说：“我没瞧见这个人，我听小杜说的，是一个女学生，在颐和园里头住。去年年底，她坐着小杜的车进城，她就跟小杜打听你，小杜说你是出外去啦。”

菊英听说，心里非常纳闷，就问淑玲说：“你没听小杜说，这个女学生姓什么吗？在什么学校念书？”淑玲摇头说：“我问来的，小杜他也说不明白。”范三婶说：“你想一想，你不认得这个人吗？”菊英摇头说：“我不认得。”心里却想：也许是秦朴的朋友，秦朴托她来打听我吧？因又心里一阵悲伤和惭愧，又夹杂着一些欢喜。

菊英脸红了红，又说：“婶母，我还有一件事情要跟你提……”她看了看身边握着她的手的淑玲，脸上更红了，同时垂下几点眼泪来，就说：“当着淑玲妹妹，我说也不要紧！就是……早先那个秦先生，他跟二秃子时常通信，每封信上必要打听我；现在他知道我回家了，大概，一两天他就来了！”

淑玲一听立刻喜欢得跳起脚来，笑着问说：“真的吗？秦先生要找你来吗？”

菊英点点头，拿手绢掩着脸，抽泣着。旁边范三婶也笑了，说：“这可是好事，姑娘你怎么倒伤心起来啦？明儿我把屋子收拾收拾，好让人进来坐。你就别哭啦！我听了这事都替你喜欢，只要人家不嫌弃咱们就行。咳！都怨你那坐监牢的叔父，要不是他，你妈也不能死，你也用不着出这趟外！”说得菊英更是伤心，更是哭泣不止。

淑玲却捶了菊英一下，笑着说：“你还哭什么？快坐花汽车啦！我告诉我妈去！”说着，转身就跑出屋去了。

这里范三婶向侄女劝慰了半天，菊英方才止住眼泪，但心中仍然悲痛。范三婶在炕上铺好了被褥，就叫菊英先歇息。菊英脱了衣服，掩被躺在炕上，这时淑玲又跑进屋来，她笑着摇头晃脑地说：“我跟我妈说了，我妈说要给菊姐姐道喜啦！我明儿一清早就到门口儿等着秦先生去！”菊英一阵羞涩和欣喜，赶紧用被蒙上头，但同时又自惭、伤感地想:我还怕什么羞?我……

淑玲隔着被听见菊英又哭了,她就要过去掀被,范三婶却笑着向淑玲摆手,轻声说:“你别掀她的被卧,要是着了凉,可是更得咳嗽了!”淑玲点了点头,又望着范三婶笑。待了一会,菊英的被不动了,也没有抽搐之声了,淑玲就悄悄地告诉范三婶说:“菊姐姐睡啦!我也走啦,三婶,明儿见!”说毕,她就压着脚步儿,一点声息也没有地出屋去了。

少时,北房张家的钟打了九下。范三婶又坐在炕头抽了半截烟,她就到外屋把门关好,然后慢慢再回到里屋;又轻轻地把手探进被里,摸了摸菊英的头,觉着不发热,她才放了点心,又到桌前把灯捻缩下。她慢慢地躺在炕上,才将被盖好,忽然菊英就咳嗽起来;起始还在被底咳嗽,后来竟爬起身来,咳嗽还带着气喘,并仿佛有一口痰,在喉间咕噜咕噜地响,怎么使力也咳不出。范三婶吓得赶紧又下了炕,把灯捻起,愁眉苦脸地瞧着菊英,就见菊英使着全身的力气探着身子咳嗽,把脸憋得煞煞的白。

范三婶惊惶得手脚失措,赶紧走过去给菊英去捶背,半天,菊英才咳出一口痰来,含在嘴里,不住地气喘。范三婶赶紧把一个破瓦盆端在菊英的眼前,菊英将痰吐在盆里,然后深深地喘了一口气,倒下身子去歇息,并用凄惨的声音说:“不要紧,婶母,您别着急!过两天我就好了……”

这时,范三婶端着破盆近灯一看,便哽的一声,眼泪落下。她赶紧又止住悲声,把盆放在炕下,又过去伸手摸了摸菊英的脸,只觉得有点发热,并且觉着菊英的身子还在抽搐,她就流着泪说:“菊英,你可得保重点你自己的身子呀!别再思前想后的了!明儿千万听我的话,进城上医院看看去吧!要不然……秦先生不是快来了吗?人家看着你这样儿,也是得焦心呀!好孩子,千万听我的话!”

菊英哭着应了一声,说:“婶母你歇息吧!您别着急!不要紧的!”说着,她又仿佛很娇地笑了一声。范三婶怔了一会,又慢慢地把灯捻下去,上炕去躺下,却隐隐听得菊英还在被底哭。这一夜,菊英咳嗽了三四阵,发了两次热,每次都把范三婶惊醒。

到了次日，一早淑玲就跑进屋来，很着急地说："昨儿晚上我妈听菊姐姐咳嗽了好几回，我妈真不放心，我妈说千万叫菊姐姐请大夫看看去，不是玩的！"范三婶说："可不是吗？"遂就趴在炕上，向躺着的菊英说："姑娘，你看二婶都这么替咱们着急，你挣扎着起来，雇辆车，进城上医院看看去吧！"

菊英沉思了一会，就和婉地说："不要紧，我先买点药吃，过两天再到医院看去。"范三婶说："也好，我上街给你买药去吧？"菊英摇头说："不用，我这就起来。我跟着淑玲上街，我还要买点别的东西呢！"范三婶点头说："对啦！"菊英慢慢地起来，穿衣裳，想要找自己的一件旧时的衣裳换上，但是看屋里连一只箱子也没有了，就想着：大概自己的东西，都叫叔父给当卖了！

这时淑玲匆匆忙忙地给菊英倒来了漱口水，又拿着脸盆咚咚咚地跑到她们屋里，打了洗脸水。菊英就洗脸漱口。淑玲还在旁说："咱们买了东西，还得赶紧回来，要不然秦先生就许来啦！"菊英赧颜地笑了笑，一边擦着胭脂，一边说："他也不能说来就来呀！火车也得走两三天呢！"

淑玲说："菊姐！秦先生要是来了，你就跟他一同到上海去吗？"菊英脸红了红，半晌才答道："不，他来了，我们不过是见见面，过两天他还回去，我还在这儿。"淑玲笑着，把嘴唇往上一拱，说："哼！我不信！"旁边范三婶的苦脸上也迸出笑纹来，说："秦先生在上海也不知是做什么事？"淑玲说："我知道，开书局。"菊英却不言语，对镜凄然了半晌，修饰完毕，带上钱，就拉着淑玲说："咱们走吧。"

走出门去，来到海淀街上，菊英仿佛看什么都觉着生疏，对什么都怀着羞惭。遇见几个老街坊都过来招呼她，说："菊姑娘回来啦？在外头好吧？还走吗？"菊英便赧颜地回答说："不走啦。"徐大妈的那个大儿子，现在也拉上洋车了，一见菊英他就赶忙跑过来，把嘴拱到鼻头上，说："菊姑娘，你出外挣了不少钱吧？二秃子现在可抖起来啦，我还要叫他给我找事呢！喂，喂，菊姑娘，颐和园住的那个小姐，打听过你好几回了！小杜常拉她，昨儿还起这儿过去啦……"菊英又不由一怔，刚要问那位小姐姓什么,淑玲却拉着她很快地走了。

菊英先到小药铺里买了几丸子成药,又到布店里,撕了十几尺浅月白的阴丹士林,并买了一件很朴素的棉织的夹袍材料,然后又给淑玲挑了一件衣料,就顺便拿到了裁缝铺里。然后淑玲拉着菊英的手往回走,她还说:“菊姐姐你怎么不做几件漂亮的衣裳呢?等秦先生来……”菊英拉了她胳臂一下,说:“别说啦!”淑玲便笑了笑。这时呜呜地又有几辆大汽车由南边来了,车上都是些穿着月白制服的女学生,淑玲就说:“人家又都逛山去了,菊姐姐,等秦先生来了,还叫他带着咱们上颐和园啊?”菊英只凄然笑了笑。

回到了家,范三婶就生火做饭。菊英坐在炕头,将身上穿的粉红旗袍的高领子改矮了一些;淑玲却很不安地跟菊英说了会话,又跑到外面去望望,菊英的心里也怦怦地直跳。衣领改好了,午饭也做得了,才要吃午饭,这时忽听外面吧吧地打门,淑玲赶紧跑出去看,连门槛都差点忘了迈。菊英也穿上衣裳,掠掠头发,急忙走出屋去。

外面来的不是秦朴,却是个脸很瘦,穿着西服的女子,这人一见了菊英,就招手笑着说:“范小姐,你还认得我吗?”菊英定眼看了看,说:“哎哟!邱小姐,您不是上美国去了吗?”邱亚男笑着说:“我去年就回来了!”淑玲站在旁边直发怔,邱亚男就握着菊英的手进到屋里,菊英给邱亚男向婶母介绍说:“这是邱小姐,这是我婶母。”邱亚男向范三婶鞠了一躬,范三婶赶紧拉过来破凳子,说:“您可别笑话我们这屋子!”邱亚男笑着说:“您客气什么,我跟范小姐是姐妹一样。”

邱亚男遂向菊英笑着说:“我在美国住了不到一年,因为我的身体不好,所以回国来了;去年十月间到的北京,就在颐和园里租了一间房子休养。我知道你在海淀住,就想来看看你,可是跟别人一打听,都说你是出外做工去了;直到今天,我才听人说你回来了,我就赶紧来看你。你这许多日子是在什么地方做工?我看你比早先瘦了!”

菊英脸上红了红,说:“昨天晚上我下火车,就听说你来打听过我,我想到颐和园看你去,可是又怕你已然搬走啦!”说着咳嗽了两声,又说:“我在郑州工厂里,做了一年多的事,现在是因为病才回来的。”邱亚男赶紧又问:“你是什么病? 我看你的脸色太不好啦! ”菊英摇了摇头,说:“也没有什么大病,不过是常常咳嗽,有时发点烧。”说话时,眼角微微潮湿。

邱亚男却惊得变色,说:“哎呀! 那可不好,如果真是肺病,那可就太危险了! 尤其你这年岁。你得赶紧想个办法,我现在就要进城去,我带你到协和医院检查检查去吧,千万不要耽误了! 这种病如果不治,是一天比一天加重,到了第三期,可是不好医治! ”

菊英一听,心里十分的害怕,眼泪簌簌落下,但她还是犹豫,不肯随邱亚男去进城。旁边范三婶听了,也十分着急,就催着菊英说:“趁着天还早,你就跟这位大姐进城上医院看看吧! 带上钱! ”淑玲在旁也说:“菊姐姐你快进城看看吧! 我在家里不出门。”

邱亚男依旧很着急地说:“肺结核就是俗话说的痨病,只要得了这种病,早一点发现还容易治,要是到了第三期,就很难治好了! 我有几个同学都是生肺病死的,现在西山疗养院还住着我一个同学。自然,你也许不是肺病,不过总是早一点检查检查才好。假若你经济方面不大宽裕,也不要紧,我可以负担你的一切费用,不然,我们这样的青年人,若真让结核菌给杀死,那有多么可惜! ”

范三婶也流下了泪来,说:“幸亏这位小姐来,要不然真许耽误了! 昨儿夜里你咳嗽,我瞧见痰里带着血丝,我就心说,多半要把孩子糟践了……姑娘,你快跟着这位邱小姐到医院里看看去吧! ”菊英却还不肯走,只是掩面痛哭。

邱亚男叹了一声,说:“范小姐,你千万不要伤心,即使真是肺病,那更应当宽心静养才会好。你的过去,我完全知道,那都是我姐姐的不好,为你的事,我们姐妹的感情至今还很冷淡,我来到北京住在颐和园里,也快到半年了,她也没来看过我一回;我有时进城,也是看我的几个同学,很少与她见面。人生在这个世界上,难免不受些打击,打击就是教训,过去的事想它也无用,伤心就是更傻。章绍杰,自去年他与魏小姐离婚后,现在香港,还是很高兴地度着他那骄奢淫逸的生活。你只是在他手下牺牲的几十、几百人中的一个,他早就忘了,你可是还想那旧事干什么？你在外面也做了有一年多的事，似乎应当坚强些了！”

菊英痛哭着，摇头说：“不是，我才不想那些旧事呢！我是……”淑玲在旁边也流着眼泪，说：“我知道我菊姐的心，她是觉得秦先生快来了，她有点对不起他。其实，哼！秦先生才不是那样的人啦！你跟姓章的时候，你连理人家也不理，可是人家直到上火车走的时候，也没抱怨过你一声儿！”菊英听了淑玲这话，越发哭得厉害。

邱亚男起先是一怔，后来她似乎也要落下泪来了，她走过去握着菊英的手，笑着说：“你别哭了！你这样哭一回，三天也恢复不过来。既是你旧日的爱人将要来看你，你更应当爱护自己的身体，走，我们这就到协和医院去吧！”

范三婶又向邱亚男说：“这位小姐，在我们这儿吃饭吧？你尝尝我们做的热汤儿面！”邱亚男笑着摇摇头，说：“不啦，我们在医院检查完了，就在外边吃午饭，以后我一定时常来。”当时，菊英又对镜拢拢头发，用脂粉将泪痕遮掩了，就随着邱亚男走了。淑玲还追了出去，向菊英说：“快点回来！”

到街上雇了两辆洋车，就顺着柏油路往城里走。路旁碧绿的小草柳丝，映着车上菊英的浅红衣裳，色调倒是很娇艳，可是菊英心里惭愧极了，她想：这样的衣裳，我怎能还穿呢？怎能穿着这个见秦朴呢？

这条路上的行人不大多，游春的大汽车也很少，两辆洋车就并排走着，邱亚男和菊英轻轻地谈着闲话，邱亚男说：“听我姐姐说，黄凤贞现在上海生活很堕落，她与那郝四太太在一起，她的丈夫吴崇富也不知道哪儿去了……”因为有两个拉车的在前面，邱亚男的话不能细说，但菊英的心中已然感慨不止。进了西直门，渐渐又走入了繁华区域，菊英第一是伤感往事；第二是惭愧自己身上这件粉红色的娼女式的旗袍，所以她简直不敢抬头去看路旁的人。

走了许多时，方才到了协和医院这座宫殿式的大建筑物。此时候诊的人已然不少，菊英挂了号，邱亚男把她带到候诊室里，她自己就在外面那汉白玉石阶上散步。差不多由十点多钟直等到正午十二点钟，菊英方才由里走出来，她泪流满面，随走随用手绢擦着。邱亚男赶紧迎过去,问说:“怎么样?检查完了没有?”

菊英哽咽着说:“检查完了……大夫说是肺病……第二期……”邱亚男赶紧握住她的手,安慰她说:“不要紧,肺病第二期还可以治疗,只是,你更不可以伤心了!”菊英哽咽着点了点头。邱亚男说:“咱们到市场里吃饭去吧!”菊英就拭着泪,跟着邱亚男走出了医院,雇车到了东安市场里。

菊英已有一年多没到这里来了,但这里还是那样的繁华,各商店的陈列柜里,还摆着那么多珠光宝气的东西,但菊英只随着邱亚男,愁苦地低着头走。到了南楼经济食堂上,邱亚男要了两客饭,菊英却手里拿着筷子,吃不下饭去,只伏在桌上哭泣。

邱亚男十分着急,说:“范小姐你这样可不好,肺病虽然很可怕,但也不是绝对治不好的;外国历史上有许多名人,早先都是患过肺病,可是后来他们也能做出很大的事业。现在你第一须要宽心;第二须要静养,不可以随便就动感情。西山有一处天然疗养院,明天我可以带着你去,所有的费用都有我替你担任;你能够静养上三五个月,大概也就可以好了。”

菊英却哭着摇头说:“西山那个地方我不愿意去!”邱亚男说:“那么你到我那里去住,颐和园也是个很好的休养肺病的地方,我们若在一起住,还可以互相安慰。”菊英仍然摇头说:“不。”她感激得流着泪说:“您的意思我很感谢,可是……我听说肺病能够传染人!”

邱亚男摇头说:“不要紧,肺病对别人的传染,并不像天花、猩红热那么容易。我在颐和园租的是两间房子,现在一间我住,一间是我雇的一个老妈子住;你要去了,可以叫老妈子搬到我的屋里,我们把喝茶吃饭的器具分开就行了。总之,我看你是个诚实而不幸的人,早先我没有力量帮助你,现在,第一是我可以帮助你养病;第二……因为我现在也很苦闷,我们若能天天在一起散散步、谈谈话,日久,我的苦闷、你的肺病就全都能好了,不然你在家里不但不能好,还许能传染了婶母。你现在并不是个希望完全断绝,死生无虑的人,你的爱人不久就要来到,你若不赶紧找好了养病的地方,他来了如何能心安?请你千万听我的话,今天回去就搬到我那里去吧！”菊英感激地拭泪点了点头。

两人吃过了饭，便一同出了食堂。到了书店里，邱亚男买了两本书，菊英买了信封、信纸，和钢笔、墨水等，邱亚男就说：“你何必买？我那里全都有。”菊英却笑了笑，自己给了钱。她又到鞋店里，买了一双平底鞋，到瓷器摊上买了饭碗茶碗等，然后就一同出了市场，雇了一辆汽车，直回海淀去了。

到了海淀街上，邱亚男向菊英说：“你先回去收拾收拾东西，然后就到颐和园找我去。”并嘱咐说：“不要跟婶母说医生证明了是肺病，免得她老人家忧心！”菊英点了点头，下了车，向邱亚男说：“邱小姐，回见吧！”便以感激悲痛的目光将邱亚男坐的汽车送走。

她忍着悲痛回到家里，这时淑玲正在屋里跟范三婶说闲话，一见菊英回来了，她就跳着脚儿说：“秦先生来了一封快信！”菊英蓦然感到一种从未有过的欣喜，赶紧接过那封已经拆开了的信去看，见是：

菊英：你在郑州发的航空信，我已收到了，我真欢喜，恨不得即刻到北京去与你见面。但是我现在教着书，同时又上着学，须向两个学校方面请假和托人代庖，故此，非下星期一不能成行，但我焦急极了！想要给你打电报，但又怕你此时尚未回到北京，并且电报上的寥寥几个字，也说不尽我要说的话，才写了这一封信，想也用航空寄去。但是，不知为什么，我提起笔来，话聚在喉间，反倒写不出来，也许是因为我太喜欢太兴奋的缘故吧！

我简捷扼要地告诉你，今天就是前年我们在玉泉山谈完了话的第二日！我们的爱情是接连着的，中间的那些日子都是梦，不必说、也不想的梦。我再明白些说，就是，你还是早先的你，我也还是早先的我，见了面就可以证明了；我们当本着初心，更深的相爱而求我们永远的幸福！

当我发出这封信时，距离我们见面的时间至多还有五六日，但是我需要你快点写信回答我，你到底患的什么病？千万急往医院去诊治，并且要宽心，要自慰。还应当告诉你的就是，我现在上海，生活方面不至于艰窘，假若你身边没有什么困难的话，我至北京后，我们就可以连同婶母一同来沪居住。我不往下写了，请你安心等候我吧，见面时再细谈。婶母安好！（附款五十元）

祝你平安！

秦朴

菊英看了，心中又喜又悲，眼泪不住簌簌地滚。旁边淑玲拍着手儿笑着，说："秦先生快来啦！"又叫菊英把信讲给她听。菊英擦着眼泪，把信上的大意说了，淑玲又跺着脚说："这个秦先生，真慢性儿！还得五六天才能来，多叫人心里着急呀！"范三婶说："人家现在做着事情，哪能说来就来呀？"又说，"上海我怎么能去呀？我走不动，爬不动的。"淑玲嚷嚷着说："您不会坐火车吗？在火车睡觉都行。三婶儿！您和菊姐，要是都跟秦先生到上海去，可千万把地儿告诉我，我好攒下钱坐火车找你们去！"范三婶喜欢得直笑，又拿着那张汇票，向菊英说："姑娘，这是取钱条儿，你上邮政局取去吧！"

菊英说："交给淑玲吧，托刘二叔给我刻个图章，取来就是了。还有……我告诉您！刚才我跟邱小姐到医院里去，大夫给我检查了，说是……不要紧，不过得找个清静的地方休养些日子，所以邱小姐叫我今天就搬到颐和园，跟她住在一块儿。"

范三婶说："那敢则好极啦！你看咱们这屋子，秦先生要是来了，咱们怎么把人家让进来呀？你到颐和园里去住，又有邱小姐给你做伴，宽宽心，病也许就好了！"

旁边淑玲也很高兴，她说："菊姐姐，你要在颐和园住，我天天找你去，上里头找人不用买票。"

菊英擦着眼泪，笑了笑，就到桌前，用刚才买来的纸笔写信。她先给郑州的二秃子写了一封信，说自己已平安回到海淀，秦朴已有信来，及许多感谢的话。然后她才流着眼泪，给秦朴写道：

朴哥：回信收到了，我也像你似的，心里有很多的话，全写不出来！我的病不要紧，但是需要个清静的地方休养。我认识一位邱小姐，人很好，她住在颐和园里，叫我今天就搬了去，和她同住。朴哥，你一定觉得很好吧？

颐和园是前年春天我们游玩的地方，现在那里的桃花又开了！虽然我急盼着跟你见面，但是我又好像怕见你似的，因为我早先是太对不起你了！可是你一定能知道我的心，当初我并不是不爱你，实在是许多人把我弄成那样子的！

咳！想起了旧事，我就要流泪，我知道你能够宽容我，因此我更难受。你快来吧！只要我们能再见一面，那就是我的幸福了！（五十元收到了）

祝你平安！

你的菊英

菊英写完了这两封信，封好了，就擦了擦眼泪，叫过淑玲来，微笑着说："妹妹我都托付你吧！这两封信你替我买邮票发了，款票托二叔给我去取；不忙，我现在倒是不急着用钱。我这就搬到颐和园去了，秦先生若是来了，你就叫他赶紧找我去。顶要紧的就是请你到一趟裁缝铺，催着他们把我那两件衣裳快点做得，你看我这件衣裳像什么样子！"淑玲连点头，说："你都交给我办吧！"又笑着说："真是，你怎么在郑州做了这么件衣裳啊？"菊英的脸又一红，真比身上的衣衫还红，她就说："可不是，做完了我也后悔了！"

菊英找出一床比较干净的被褥，拿了小提箱和棉毯，先到刘二婶屋里说了几句话，她就出门雇车，往颐和园去了。

到了颐和园的门首，一提说找里边的邱小姐，就有人领着她进去，到了东面的一所院落里。邱亚男此时都为她预备好了，叫老妈子搬了出去，在屋中支了一张小铁床；旁边是一张两个抽斗的小桌，桌上摆着一只小瓶，上插几枝娇红嫩绿的榆叶梅，旁边摆着一瓶鱼肝油，和刚才买来的碟碗等。邱亚男笑着说:“这儿很好吧?这院里轻易也没有人来。南屋住的是一位很有钱的老孀妇,人也很和蔼;东屋住的也是养肺病的一位女音乐家,钢琴打得很好。”

菊英笑着说:“真的,我算走运,想不到有您帮忙!”说完了,自己又后悔,这样村俗的话,在妓院里熏染出来的话,怎可以在一位留学生的面前说呢? 于是脸红了红,又把秦朴给她来的信,拿出来给邱亚男看。邱亚男看了,就点头说:“这位秦先生的确是个很难得的人!”说话时,她的瘦脸上浮出了一点悲惨的笑,却不知道为了什么缘故。

这天菊英就安适的睡在这里,虽然仍是咳嗽发热,但心里却充满着希望,同时相信自己的肺病是可以好的。

次日,淑玲就来了,说:“菊姐姐,我爸爸替你把钱取出来了。”说着话就东瞧西瞧的,又说:“这地方多清静呀! 你天天逛颐和园都行。”菊英由淑玲的手里接过五十块钱,又给了她二十块,说:“我还托二叔给我买一床被褥和两条床单,什么的都行,只要是新的。”淑玲点头说:“好吧,明儿我就给你送来。”

她又要拉着菊英到湖边去玩。菊英却因为秦朴没有来,也没有什么兴致,而且这时湖畔的游人必是很多,她就摇头说:“你一个人玩去吧,我身上没劲儿!”淑玲便自己到昆明湖边逛了逛,她才走。第三天下午,刘二婶带着淑玲,就把被褥、床单,和菊英新做的两件衣裳送来了,并带来秦朴的一封信,又谈了一会话才走。

第三十二回　病骨羞颜欢欣来旧地
香飘絮落寂寞去残春

菊英便在这里，很舒适地、心里又很不安地住着。每天清早起床，院中小鸟啁嘈，春风骀荡，柳色自墙外飘来，给予人们无限心愈。南屋里的老孀妇，每天必要唱几首"颂主诗歌"。黄昏后，东屋那位女音乐家，又锵锵地打着很好听的钢琴，使菊英一颗饱受伤害、久历风尘的心，完全融化在诗一般的优美而幽静的境界里。

不过据她观察，现在的邱亚男的确与前年在于家的时候不同了，邱亚男现在不常看电影，也不常到园外去，连园内的谐趣园和昆明湖畔她都不去。她的书架上，现在只有几本英文书，和《三国志》《水浒传》之类，一本电影杂志也见不到了。有一次由外国寄来了一封信，当着菊英的面，她连看也不看，哧哧地就扯碎扔了。每天她什么事也不做，除了偶然出外一趟，或是有一两个女友来访她，她就默坐或睡眠。有时她随便拿起一张纸来，画个盲目地弹弦子的人，给菊英来看，并惨笑着说："我们两人过去的生活就跟这差不多！"菊英也不了解她是什么意思，不过也略略地猜出来，邱亚男这次到美国去，找她那留学的爱人，结果一定是很失意伤心的。

几日之后，菊英的病势并未稍减，同时她也有点失望了，想着：也许秦朴已经知道了我在郑州做妓女的事，他不肯来了吧？因此又时常背着人哭泣；有时她又想着能有一盒烟卷来吸着才好，可是又怕被邱亚男看见。

这天是菊英搬来的第六日了，早晨起来，天气晴和，菊英就在院中散步，微风儿轻轻撩着她的短发和月白单衫，她觉得稍微有点寒冷。小麻雀在枝头喳喳地叫着，有时又飞到庭中跳跃着，见人来了都不知道躲避。各屋中此时静悄悄的，大概都尚未起床。明净的天空就像一幅翠蓝色的绸子，橙色的阳光已洒在屋宇之上。菊英慢慢地在院中走了一遭，觉着身体很舒服，但是心里仍很难过，想着：秦朴也许真不能来了吧？但是他也应当来信，对我说明了呀……

这时，南屋里发出一种神秘的语声，菊英侧耳静听，就听是那老孀妇，用很低沉的声音说着："主呀！望你救我们脱离灾难……你可怜的羔羊……饶絮我们的过错……"菊英心里很觉凄惨，眼泪又簌簌落下。

忽然耳边又一阵急剧的皮鞋响声，她心里怦然一动，赶紧扭过头去，就见一个男子已走进院中。菊英立刻张着手跑过去，悲喜交加地叫了一声："秦……"双手将秦朴的胳膊紧紧揪住。她仰着脸，脸上滚着泪，笑窝又在颊上微露，她颤颤地说："你……你是才下火车吗？"

秦朴的脸上也充满了紧张、亲切之色，深深的两眼仔细地看着菊英，他抚着菊英那很瘦的手，笑了笑才问道："你跟邱小姐住在一间屋里吗？"菊英摇头说："不，咱们到屋里说话去吧！"他俩拉着手进到屋内，蓦地菊英就将头贴在秦朴的怀里，不住呜咽着痛哭；秦朴的眼泪也纷纷落下，都滴在了菊英的头发上。半天，菊英忽然一阵剧烈的咳嗽，声嘶力竭地足有十多分钟，才将一口很浓的白痰吐在痰盂里。秦朴惊慌得手足失措，他赶紧抚慰菊英说："你不可再难过了！我们现在已然见面了……你到底是什么病呀？"

菊英咳出痰来，才觉得舒服一点，但听了秦朴这话，越发心中悲痛。她眼泪汪汪的，抬起头来望着秦朴，她觉得对面站着的这可怜的人，当初被自己遗弃过的诚实男子，自己实在不忍再叫他伤心。于是她流着眼泪，又扑哧地笑了，她拉住秦朴的手，温柔地说："你不让我难过，可是你为什么伤心呢？"

秦朴笑着，由西服的小口袋里掏出手帕，把眼泪拭净，又郑重地问说:“到底,你得的是什么病? 千万快告诉我! ”

菊英眼泪又往下流,心里像是被缠绞着似的,紧咬着嘴唇忍抑着痛苦,但是她看见秦朴已注意到那桌上的鱼肝油瓶子了,而且还扭着头看地下的痰盂。菊英立时把秦朴抱住,仰着脸,故意显出不很悲痛的样子,颤颤地说:“我告诉你,你可别难过! 邱小姐带着我到协和医院检查过了,是……肺病第二期,但……不要紧! ”说时眼泪又滚滚落了下来,她赶紧把头低下去。

秦朴的脸色变了变,短促地叹息了一声,赶紧又安慰菊英说:“那你更不应当再发愁了! 肺病也不是绝对治不好的病症,只要能安心休养,就可以好,我有两个同学都患过肺病,现在都好了! ”

菊英拭着泪,点了点头说:“我并不发愁! 邱小姐叫我在这里住着养病,对我什么事都很关心。人家是美国留学生,虽然没学过医,可是对于肺病的疗养法她都知道;现在我每天吃鱼肝油,牛奶从明天起就送了。”

秦朴就问:“你跟邱小姐是最近才认识的吗? ”菊英脸上一红,摇头说:“不,早就认识。”她遂拉着秦朴的手,说:“人家还都没起来啦,咱们到园子里玩玩去好不好? 这早晨,昆明湖边也没有什么人,空气也好。”秦朴点了点头,说:“你应当再穿一件衣裳! ”菊英笑着说:“我一点儿也不觉得冷! ”于是两人就出了屋子,往园里走去。

秦朴一手轻轻搭在菊英肩上,同时不住地望菊英那毫无血色的消瘦的脸。两人顺着回廊,默默地走着,虽然心中全都堆满了别后两载的苦痛衷情,恨不得吐出来方才痛快,但却仿佛不认得似的,故意避免着不说出来。

此时已走到一座小砖门前,忽然一阵料峭的春风吹来,吹拂着菊英的发,吹动了秦朴的紫色领带,耳边听得到清脆嘹亮的鸟鸣,眼前已展开了广漠的昆明湖;那清澈的湖水被长天映得碧绿,风过处便泛起锦一般的涟漪。两人不禁都想起了前年春天的往事,秦朴的手仍然搭在菊英的肩上,菊英也紧紧依着秦朴,两人就斜着眼儿相互笑了一笑。这是一个会心的甜蜜的笑,但菊英忽然又像被什么刺了一下似的,心中发出一阵剧痛,她黯然低下头去,又踏着那青帆布的提梁平底鞋,紧跟着秦朴的皮鞋去走。

往南去走,就见地下的青草已长得很高,夹杂着紫色的牵牛花,和种种不知名的各色野花;花草上面都沾着细密的小水珠,像小女孩似的,乖乖的受着春风的抚慰。堤畔柳树飘拂着长条,仿佛偷眼看着他们这对居然又凑到一起的情侣。此处一个游人也没有,只有小鸟在树梢乱飞乱叫。水面上有一群野鸭,掠着碧浪,嘎嘎地几乎来到了岸边,忽然又转身漂了回去,渐走渐远;蓦地惊起,就像是水面上飞起来许多小黑点,但不久又纷纷落下,依旧漂浮在水面之上。

两人在岸旁止足,环视着园中的优美风景,菊英又偷眼观察秦朴,细看他的脸、头发和肩膀,半晌,忽然笑着问:“你还记得前年,咱们带着淑玲,在这儿玩……”秦朴温和地笑着说:“我都记得,这两年来,我时时像身临其境似的回忆那时的事情。菊……过去的事,有的我们是永远忘不了,但有的我们应当竭力忘掉它……”

菊英不待秦朴说完,她就蓦然双手掩面,扑在秦朴的怀里,说:“可是,我总忘不了……早先我对不起你的事……”接着她又哽咽、抽搐着,接不上气儿地痛哭。

秦朴抚摸着她的柔发,低声地劝慰着,半天,菊英才拿手绢拭了拭泪,秦朴又和婉而伤感地说:“过去,你并没有什么错误,是怪我,我把那时环境中的事情看得太简单了!而且在我们计划婚事时又想得太不周到,因为我那时并不太知道你家庭中的情形,没有预料到种种阻难。后来……真的,菊英你不要伤心,容我说一说,过去的事以后就不再提了。后来我知道你进城去了,听淑玲说,因为你叔父反对,你很痛苦,我就想由我这方面向叔父去疏解。但是我托人去请了他几次,他都不见我;我到你家门前去拜望他,他却不许我进门,并拒绝和我谈话。

“我只好在公寓里住着,等你回海淀之后再说,但我等了几天,也不见你回去。后来淑玲就告诉我,说是你已与章绍杰同居了。我那时并不相信,见着章绍杰,我也曾从正面、侧面问过他两次,他是完全否认,可是你就再未回到海淀;最后还是二秃子他告诉我,你与章绍杰的详细情形，他并且知道你住的地点。确实说，我那时也曾很悲痛了几天，我仍然不相信你会安心与章绍杰同居，所以那天我才在东安市场里等你，叫淑玲去叫你，我想我们能当面谈几句话才好；可是那天因为下雨，你没有去找我。由那天回海淀之后，我才决定，我应当离开北京，不应当再给你增加痛苦。

“可是没想到在我离开北京的前一天，我们两人又在中央公园里见了一面。那时我见绍杰对你很好，我实在希望他能永远对你好，不过我知道他，并且常听人说关于他的事情；他确实不像我们同学的时候，已变为一个极端骄横、专门利用金钱玩弄女性的人了。所以我对于你的前途很不放心，除了临行时寄给章绍杰一封信，请他善待你之外，我并托淑玲送给你一张字条；临上火车时我又把我的通信处也告诉了二秃子，就为的是将来有什么事，我好赶来帮助你。咳！这都是过去的不必重提的事，不过我要说出来，以忏悔那时我没有勇气补救，竟眼看着你受了半年多的折磨；现在你的肺病未必不是那时种下的根！

“我到了上海之后，赋闲数月，后来才在朋友开设的书店里帮忙，并考入吴淞大学；第二年，我又在春申中学谋了几点钟的课。经济方面渐渐宽裕了，我就按月储蓄些钱，预备你这里有事时，我好来帮助，但是那时我对于你的事情完全无从打听。去年夏天我接到二秃子由石家庄寄来的一封信，才知道你母亲已经惨死，章绍杰将你遗弃，你独自出外做工去了。那时我真伤心，我虽预料到将来必有不幸的事发生，但没想到竟惨到这个地步。但我同时也更敬爱你，因为你终于能挣扎出那个环境，而毅然走到外省去做工，去自立……”

秦朴说到这里，他的精神十分兴奋，但菊英却趴在秦朴的怀里，哭得头都抬不起来；因秦朴这话，她更感到惭愧，她真希望这时湖水忽然涌上岸来，将自己卷了去。

秦朴又抚慰菊英说：“事情说过了，我们就永远不提也不想了。我自从接到二秃子的信之后，我就时常给他写信，托他打听你的地点。但是他由石家庄调到南阳，由南阳又到郑州，回了我几封信，都说无法打听你做工的地点，并说你叔父打了官司，连你婶母都向他探询你的处所,所以我又很着急。直到前几天接着你由郑州发的那封航空信,我才知道你近来很好,而且更欣喜的是,我们可以再见面了!”

菊英哭着抬起头来,泪水已将秦朴的那身藏青哔叽西服湿了一大片。她拭着泪,身子颤抖着说:“我凭良心说,我始终是爱着你,后来,章绍杰……那是因为许多坏人合起来骗我,我傻,没法子!可是我就是跟章绍杰在……一块儿的时候,我也没把你忘下。我知道他坏,但是生米已成熟饭,那时候我又有什么办法呢?直到最末了,我跟他感情破裂,虽然原因很多,但是也有点是因为我时常想你,他就对我不愿意。后来我离开他,本想立刻就找你去,但是我觉着很没有脸见你。直到我离开北京的时候,我才想了主意,打算将来我做工攒下点钱,作为路费,我好到上海找你去,可是不想我一到了郑州……”说到此处,一阵奇羞剧痛涌上她的心,她又扎在秦朴的怀里,呜呜地痛哭。

这时有三个顽皮的孩子,也不知他们是怎么进到园里来的,每个人手里都折了些柳枝,一见这里有一个大姑娘趴在一个洋学生的胸前痛哭,他们就都大笑起来,齐声喊着:“哦!哦!”及至菊英惊得离开了秦朴的身,秦朴也转回头去看,三个孩子才抡着柳枝,一面跳着脚儿往北去跑,一面还回着头大笑,像受过训练似的齐声嚷着说:“大姑娘,真不赖,说自由,讲恋爱;上公园,吃大菜,追着男子当太太……”跑得很远还嚷嚷着,惹得那边一个钓鱼人也直往这边来看。菊英红着脸,擦了眼泪,她斜眼瞧着秦朴,扑哧地笑了,跺着脚说:“咱们走吧!”

二人相挽着,擦着那拂拂的柳丝,向南又走了几十步,就见湖畔孤零零的生着一株桃树。此时花儿已经残落,但上面还存着稀稀的可怜的几朵,像是病美人的笑靥,又像是个久历风尘的女子媚而不娇的脸儿;随时因风吹落几片,便落入湖水中了。

秦朴到这里又站住了脚,说:“我好不容易地请了朋友代我去教课,我才赶了来见你;我预定是在这里至多住三天,然后我们一同回去,连婶母也随我们去。到上海住处不成问题,朋友之处也可以借两间房子……”

菊英不待秦朴说完,就连连摇头,她转过脸去,倚着桃树,对着湖水垂泪。秦朴非常的惊讶，赶紧近前一步握住菊英的手，问说："为什么？莫非现在你还有别的困难事情吗？"菊英又低头摇了摇头，不说什么。

秦朴又问："莫非是顾虑你的身体？其实，这倒是一个很重要的问题，在上海绝找不出这样适于养肺病的地方。这样办吧，我们可以先在一块儿玩两三天，然后你就在这里安心养病，我先回上海，每月你给寄几十块钱来。等到了暑假，我再来北京，那时你的病若好了呢，我们就一同到上海去；若是病还未完全好，我可以在北京再谋事做，就不回南方去了，你以为怎样？"

菊英仍然摇着头，听见秦朴微微叹气，她才流着泪，又带着点笑说："我们今天见了面就算得了！刚才，也把我们两人心里的话全都说出来了。过两天，你回去安心做事，我在这儿安心养病，以后咱们时常通信就得了！"

秦朴低声问说："那么，我们在玉泉山廊下所计划的那事，就不再谈了吗？"

菊英决然地摇头说："不，我们不能结婚了！"看见秦朴皱着眉，低着头，极端懊烦的样子，她心里又很痛楚，就很不安地赶紧拉着秦朴的手，流着泪，但又娇媚地笑着说："我告诉你，我们不能结婚，但并不是我不爱你，我……"

秦朴叹气说："到底为什么不能？你千万不要以为你这肺病就永远不能好！假使真不能好，我们也应当先订下婚，我永远承认你是我的妻子！"

菊英流着泪，仍摇头说："那倒不要紧，譬如今天我死了，可是今天我们已见了面，我也算有了安慰了！"

秦朴着急地跺脚说："那么你是因为什么呢？"遂说着遂直眼望着菊英，就见菊英倚着桃树，拿着手绢，掩面哭泣，她的身子不住地颤抖，可是还摇着头。秦朴就叹道："菊英，你怎么跟早先不一样了呢！"菊英听了这话，她心里一惊，赶紧拿开了手绢，仰着泪眼问说："是吗？你是觉着我跟早先不一样了吗？"秦朴怔了一怔，心中先想好了适当的词句,才说:“那是当然的,一二年来的人事变迁,谁能跟早先一样?连我都自觉得比早先增加了许多生活经验。”

菊英又用手绢捂住脸,哭泣了一会,才说:“你是不知道,我不忍得告诉你!我……实在不是早先的我了!早先,我可以跟你结婚,现在我虽然还愿意,但……我觉得我是太不配了!我不能再做那对不起你的事了!”

秦朴冷冷地笑着说:“什么对不起我?我没说过吗,过去的事,我始终不认为你有错处!咳!假定是你有错处,我也都能原谅你,我们把它忘记就是了!”

菊英哭着摇头说:“不是,那事不要紧,这是另一件事!”秦朴问:“什么事?”菊英悲哽得已接不上气,她就颤颤地说:“我,我这两年在郑州……堕落过……”

秦朴紧紧地把菊英抱住,洒着泪轻声安慰她说:“你堕落也不要紧,那不是你的堕落,而是社会的堕落!放心!我是永久爱你的!病好了,我们结婚。”

秦朴温和地安慰了多时,菊英方才止住了悲泣,她又咳嗽了一阵,才拉着秦朴的手,媚笑着说:“你要是真没有工夫,住一两天就回去得啦!我在这里你放心,大概总可以好的;好了病,我们再结婚。”说着,她咬着嘴唇,拿眼睛撩着秦朴。秦朴这时也很高兴,便笑着说:“我们今天只谈这一回,也只哭这一回,此后谁若是再谈,再哭,那就……”

两人相望着笑了笑,遂又相挽着慢慢地走,就过了十七孔桥,进到龙王庙里。这龙王庙是建筑在昆明湖南部蓬莱岛上的一座庄严美丽的庙宇,数十株古柏凌空,铺展开葱茏的绿云。阶下有许多小鸟儿正在乱跳着玩耍,一见有人来了,齐都扑噜噜地飞起。这庙里是这么清静,仿佛比前年他们去玉泉山的那个小院还要清静,两人停驻足,似乎都能听见彼此的心跳声。

秦朴那稍胖了一点的脸上,满浮着温和的笑容;两只深深的眼睛可能是因为流过几点泪,仿佛更显得明亮,而且蕴含着无限的情意,两人的手相互紧紧地握着。秦朴低声说:“菊……”他的心里是非常热烈而紧张的,但菊英忽然夺了手跑开。秦朴发着怔望着她,笑问说:“为什么?”菊英却轻倩地跑出几步,扭着身子低下头去。接着她又扬起头来,浅浅的笑靥对着秦朴,摆摆手儿说:“我跟你不能接近!”秦朴趋近几步,又笑着问说:“为什么?”菊英依恋地低着头,拿鞋尖擦着地,半天,她才抬起头来,眼角挂着泪珠,笑问说:“你不知道若是跟有肺病的人接近,是很容易传染的吗?”秦朴感动地笑了。

在这里谈了一会话,两人又转到庙前,就见那清澈明洁的水面上,驶来了一只采莲船。秦朴向菊英说:“我们等着这只船来,叫他把我们渡到北岸去,走多了路于你很不好。”菊英点头笑说:“好吧。”两人就在湖畔等船,就见水里满是碧绿的杂藻,好像遮蔽着下面的神秘世界,小鱼儿悠悠如意地在绿藻中穿来穿去。

采莲船渐渐近了,船上有四五个人,唱着悠扬的歌曲,秦朴点头说:“这歌声很好听!”菊英也笑着说:“是唱得不错。”忽然她想起自己也曾学过唱,但唱的不是这种歌,而是为给朱老爷唱的,为钱而唱的曲子,立刻又感到一种羞愧和伤感;她紧紧拉住秦朴的手,偷眼望着这诚恳多情的人。

此时秦朴等着船拢了岸,让船上那两位西装青年和两位穿旗袍的少妇下了船,他才同菊英上去,菊英还不住回首看那两个比她的衣裳漂亮的少妇。这时两个船夫鼓起桨来,采莲船悠悠地划破了平静水面,又向北走去,一对一对的野鸭在船前惬意地漂浮着。不知从哪里飘来的几片白云,很真切地印在青色的水底,仿佛跟船在一起悠然地走。两人在船上只谈了几句话,船已拢到了石舫。忽然菊英心里一惊,想起最初与章绍杰见面就是在这个地方,她又偷眼望着秦朴,见秦朴的脸上倒没有什么异样的表情。

菊英一上岸,就笑着说:“咱们快走吧!邱小姐一定快起床了,我叫你见一见她!”她忽然又觉得这个“见”字不好听,脸一红,赶紧改口说:“走,我给你们介绍介绍!”于是两人顺着廊子又往东走。

在廊外,楼阁掩映的万寿山之下,数十颗榆叶梅繁花似锦,像一片红云上遮掩了一层薄薄的绿雾,各色的小蝴蝶在花中翻飞,逗闹。秦朴扭头看着,脸上带出无限欣喜。菊英这时却觉得头有点昏晕,气也喘得厉害。她极力地挣扎着,同时又观察着秦朴,心里想:他知道我堕落过,可是他能想得到我曾做过三等下处的妓女吗?他真是对那毫不介意吗?他能不详细追问我吗?走了不远,看见茶社摆着个纸烟摊子,菊英心里又一动,仿佛能得到一支纸烟吸才好,但她立刻就矫正了自己这一年多来养成的浪漫习惯,并觉着一阵羞惭,一阵难受。

太阳渐高,春风渐暖,这对在园里徘徊许久的身穿藏青西服和月白旗袍的身影才消逝了,他们回到了菊英养病的那屋里。此时邱亚男已起了床,菊英亲自到那屋里,把她请过来,给她向秦朴介绍。秦朴对邱亚男说了许多感谢的话,然后又提到自己与菊英商量好的办法,就是叫菊英还在这里暂住。

邱亚男笑着点头说:“这个办法很好,这里是个很好的养肺病的地方。她的病又已到了第二期,若到上海去住,就怕没有什么希望再好了,而且若再经一次长途旅行,于她也不相宜。东屋住的一位女子音乐学院的学生,也是肺病,因为她这几天打钢琴的次数太多了,今天的病就显出恶劣的情状,直到现在她还没有起床。”菊英一听,脸上立刻现在一种凄惨的颜色。邱亚男又说:“她在这里,请秦先生放心。我是要长时期在这里住着的,将来她的病好了,或者我还不走,经济方面也不用秦先生担负。”

谈了一会,秦朴就要走,说是还要进城去看几个朋友,菊英便要跟着秦朴回海淀去。邱亚男在旁见菊英有点喘息,就说:“你在园里走了半天,我看你应当休息休息,明天你再去吧!”秦朴也说:“你是应当多休息,明天午后两点钟,你可以雇一辆车回海淀,我到家里去找你。”菊英点头说:“好吧!”秦朴遂向邱亚男鞠了一躬,走出屋去。

菊英送他到门口,秦朴又回身说:“你应当好好地休息,同时心里应当平静。其实我在北京只能停留三天,我也很愿意在这三天之内,我们尽兴地谈谈笑笑,但是我又怕因此伤损了你的病体。你不要再往外送我了,回去吧,明天下午准在海淀家里见面就是了!”菊英背倚着屋门,眼里含着泪,招手笑着说:“明儿可在家里准见呀!”她眼望着秦朴的身影走后，心里说不出是欣喜还是惆怅。

菊英站着发了半天的怔，然后回身走进了屋门，不想才一迈进门槛，忽然觉着一阵头晕，两腿发软，眼前无论什么东西都在旋转，而心头却很热，就像堵着什么东西似的，她赶紧坐在了石阶上。

这时南屋那个伺候老妇的仆妇看见了，便惊讶地喊道："哎呀！范小姐是怎么啦？"

邱亚男和仆妇齐都闻声由屋中跑出来，过来惊慌地扶住菊英。菊英却脸憋得煞白，吁吁地喘息，接着又咳嗽；咳嗽了许多时，头上涔涔地出了很多的汗。邱亚男赶紧叫邻居那个仆妇帮着，把菊英搀起。不想菊英才一站起身来，她又使力的咳了两声，脸色忽然一青，吐出来两口浓痰，痰中的血丝红得怕人。邱亚男皱了皱眉，便叫两个仆妇把菊英搀到屋里，放在床上。

菊英惺忪地躺着，仿佛身子上的力气是一点也没有了，双目紧紧地闭着，眼角垂着点泪痕。半天，她的苍白的两颊，又转为桃红色，邱亚男问说："你觉得发烧吧？"菊英微微摇头，刚要说话，忽然又咳嗽起来，又向痰盂里吐了两口痰。她喘了喘，微微睁开两眼，惨凄凄地向邱亚男说："我一生就遇见了两个好人，一个是您，一个是秦……"

邱亚男说："你别再兴奋了！本来你一个病人，过去就缺欠休养，现在哪能禁得住这么兴奋？在园子里跑了多半天……"菊英的脸色仿佛好了一点，她喘了喘气，就说："真的，刚才在园子里，我并不觉得怎么样。"邱亚男说："那时倒并不是你不觉得，是你顾不得了！好吧，你休息吧！我们别再多说话了。"

邱亚男出屋之后，菊英又叫仆妇倒了一杯开水，仆妇服侍菊英喝完了水，又给菊英靠上枕头，盖上棉被，就也出屋去了。这里菊英眼泪又纷纷滚出，她凄惨地想：我这个病，多半是不能好了！我何必要叫人家陪着我难受呀？因此就愿意秦朴再来时，自己要挣扎着病体，叫他赶快回上海去安心做事，暑假再来。但是又想：这还是不妥当，因为自己也仿佛不愿意叫他走似的，顶好是自己今天或明天就死了，死的时候叫秦朴在自己的眼前，那自己才能得到永远的安慰；但是，他却太可怜了……

菊英又没次序地翻忆着过去的那些残情旧根：玉泉山上私谈婚事，叔父作梗；淑玲替秦朴传情书，大雨之下他到于家去找自己；章绍杰的贼亮眼睛、大饭店、豆绿色汽车；蝎虎子和孙二妈，美凤院，逃到火车中途又被截回……以及三等下处里的杂乱情景，黄凤贞的花猫，于三太太的假亲热等等，都像破碎的电影片段似的凌乱地在她脑中映演。

一想到了于三太太她忽然很生气，心说：我得搬回海淀去！死也死在家里。这儿，邱亚男虽是个好人，可是于三太太不定哪时就许来，章绍杰也能来，我死了叫他们高兴？我，不能这样！于是她就要挣扎着站起身来，到那屋去找邱亚男，跟她说明了自己要回家去。

这时窗外的皮鞋声又响，邱亚男穿着平底皮鞋进屋来了，还没容菊英说话，她就说："你好好躺着吧！我进城去！我有个熟识的大夫，我把他请来给你看看。虽然肺病不是医药所能治疗，但是我怕你还有什么别的病，总是请他来看看才好；顺便我到海淀，把你婶母请来。"

菊英见人家这样关心自己，想要离开这里的话就不能说出了，遂就用微弱的声音答应着，然后又说："不用叫我婶母来了，就叫刘家的淑玲来就是了！"

邱亚男点头说："好吧！我一会儿就回来。"她走出屋去时，又嘱咐仆妇说："我刚才又打电话了，牛奶回头就送来，给范小姐热着吃了好了。"

仆妇答应着，拿着才灌好了的热水瓶进到菊英屋里。菊英就微微抬起头来，问说："邱小姐走了吗？"仆妇说："还没走啦，范小姐您还有话说吗？"菊英点了点头，仆妇就出屋又把邱亚男请进来。

邱亚男问说："你叫我有什么事？我进城去，你还有什么要买的东西吗？"

菊英摇头说："没有，我是……"她仿佛很难为情的，就笑了笑，说："您要是见着于三太太，千万别说我病了！"邱亚男摇头说："我不能跟她说，她也不会到我这里来，她连你回北京的事都不晓得。你放心，你的心思我全都明白，你只要不费脑筋去想那些陈旧的事，病就能好了。”菊英垂泣着点头。

在邱亚男出屋之时，她又看着那身穿西服的背影，想起了前年自己拿着花儿到东车站送邱亚男的事情，由此又联想到火车，立刻仿佛火车呜呜地在耳边叫了，又仿佛自己仍在郑州似的。她又胡思乱想了半天，不觉迷迷糊糊地睡去。

也不知睡了多时，忽然她又因一阵急剧的咳嗽醒了，只觉得眼前有一个人给她端着痰盂。她咳嗽了半天，又吐出几口痰来，然后痛苦地捂着胸口，哎呀了一声，就像受伤了似的又躺在床上。站在床旁的淑玲，把痰盂放在地下，着急地说：“你是怎么啦？病倒厉害啦！你瞧你吐这一痰桶，哪儿是痰呀？简直是血！你要是死了，秦先生他是白来啦！”说时淑玲的眼泪往下直流。

菊英也哭了一会，然后她躺着，拿手绢擦了擦眼泪，又笑着低声问说：“你知道秦先生来了吗？”淑玲揉着眼睛说：“我怎么不知道？秦先生刚才到家去了，跟三婶儿说了半天话。”

菊英听了，心里很喜欢，却又流着泪，笑说：“你看，我能够死吗？”淑玲说：“我不跟你说话！邱小姐刚才叫我来的时候，还嘱咐我，叫我千万别跟你说话。你睡吧，我在旁边看着你，说多了话你可伤气！”菊英遂又闭上眼睛。

淑玲在床旁坐了一会，她就出屋去了。屋里很岑寂，只有菊英偶然咳嗽一阵，此外再无声息，院中的小鸟啾啾叫着，似永远没有停止。隔着几重墙，那里就是大汽车在嘶叫，春游的人们在湖边欢歌笑语，但似与这个世界隔绝着，连春风都吹不到菊英的病室里。

少时，淑玲也不知从那里掐来几朵可爱的野花，放在一个瓷茶碗里，摆在插着榆叶梅的小瓶旁。菊英也醒了，仆妇热了牛奶给她喝过，又拿来点稀饭给她吃。这时菊英腕上的手表又指到一点多了，这半天她倒是没有咳嗽，只是心跳、脸烧，觉着有些昏晕。两小时之后，邱亚男回来了，同来了一位大夫，给菊英仔细地听了听，就往邱亚男的屋里开处方谈话去了。

等到大夫的皮鞋声咯咯的走后，邱亚男又进屋里，手里拿着一小包药，说："这是分两天吃的药，大夫说你没有别的病，就是这两天你太兴奋了！你应当多休息，这药不过是为镇定你的神经。"遂眼看着淑玲倒了开水，给菊英服下去。

菊英吃过药之后，闭目静卧着，淑玲坐在她的身旁，用张报纸折小人儿。此时夕阳的淡影已染上纸窗，作惨黄色，忽然外面的鞋声一响，门一开，吹进来一股微凉的春季晚风，秦朴随着进来了。淑玲轻轻叫了一声："秦先生！"又向床上努了努嘴。秦朴点点头，就轻轻地把手中的两瓶鱼肝油和两筒饼干放在桌上。这时菊英并没有睡，她听见一点响动，就赶紧翻身起来，说："你怎么又来了？"说时她微笑着，两颊烧得像桃花一般的红。

秦朴转身望着菊英，笑着说："你没睡呀？我因为不久就要走，所以想一天来看你两次。"菊英笑了笑，又像小孩子撒娇似的说："你别走了！"秦朴听了不禁一怔，随又笑着点头说："也行！"

刚说到这里，忽然菊英又咳嗽起来，秦朴赶紧把她扶住，淑玲拿起痰盂；菊英青着脸使着力咳嗽，约有十余分钟才咳出来。她喘着气，仰着脸，闭着眼向秦朴说："快放下我！哎……哟！"秦朴轻轻地把她的头放在枕上，皱着眉看了看她，又惊慌慌地看了看痰盂里的血。旁边淑玲就悄声说："秦先生，你别走啦！"秦朴点头说："是，我不能走了！"

忽然菊英又抬起头来，她睁开两只无神的眼睛，簌簌地流着泪说："不，你还是走吧！你天天看着我，我也不能就好了！现在找个事情不容易，为我，你把事情丢了，我更对不起你了！本来我就是对不起你，假使没有我……真的，你这么爱我，我究竟给了你什么好处？给你的就是些伤心、着急……"

秦朴叹息着说："你怎么又说这些话？我看见你这样子，我怎能走呢！"旁边淑玲也说："刚才人家大夫来了，说是不叫她多说话！"秦朴说："是呀！菊英你应当多加休养！"菊英流着眼泪，温和地向淑玲说："淑玲妹妹！请你先出去玩一会，我跟秦先生说两句话。"淑玲擦着眼泪，嘴里咕噜着说："你就说吧！快说死啦！"

淑玲出屋之后，秦朴就弯着腰对着菊英，说："你有什么话，就直接告诉我好了，千万不可太兴奋了！"菊英摇着头说："兴奋也不要紧……"她一手紧紧揪着秦朴的胳臂，悲泣着说："早晨，我还觉着我的病能够好，可是现在我知道了，我是不能好了。"说时她凄惨地摇着头。秦朴刚要再劝慰她，菊英的脸上却又做出惨笑来，说："真的，我自己觉得，我也听人说过，肺结核是没法治，不能好的病！你也别伤心，你对我总算尽到了心啦，人跟人没有这么好的！"秦朴长叹了一声，说："你怎么净说这样的话！"

菊英又惨笑着说："趁着我这时还能说，我都得把话说明白了。我跟你说实话，我作了这一身病，不全是章绍杰给害的，后来我还受了一回骗；我的三叔把我卖了，在郑州……"说到这里，她已哽咽得再也说不下去。

秦朴却皱着眉说："你不要再说了！这样，你让我的心里怎么受得了？我没对你说过么，过去的事什么都不成问题，什么都不必再想，你现在只是应当好好地养病！"

菊英摇着头说："养也好不了啦！"说着她就解开衣扣，伸手向里面的衬衣掏，费了半天的力，出了许多汗才掏出来一个东西；她就塞在秦朴的手里，喘着气说："给你！"说完就仰着头闭着眼休息，胸头一起一落的喘着气。

秦朴还不明白是怎么一回事，他把这东西接到手中一看，却是一张相片：在雕栏画槛之间，菊英穿着碎花的旗袍、高跟鞋。那时她的头发还没烫，脸上也很丰腴，隐隐看得出来笑窝，一种少女的美丽完全呈现在这张有许多皱纹，并且都脏了的相片上。秦朴笑了笑，就说："难为你保存！"遂由自己的衣袋里取出一本日记簿，抽出一个挑花的小口袋，递给菊英，笑着说："你看！"

秦朴眼睛直看着菊英，祈望她会快慰一点的，不想菊英一接过来这个她当初赠给秦朴的小东西，心里反倒像针刺一般地痛，她立刻坐起身来，把秦朴紧紧抱住，哭着说："朴哥！当初我既然跟你那么好，我可是为什么又……"秦朴赶紧又用极温和宽慰的言语来安慰她。

许多时，菊英才松了手，又躺下身，有声无力地说：“你都收拾起来吧！我们保存这个东西都不容易，尤其是我……”说到这里，泪似泉水一般流在秦朴的臂上。秦朴也不禁用手拭泪，然后轻轻将她的头放在枕上，又将两张相片全都放在那挑花的小口袋里，珍重的收了起来。

此时窗上的阳光只剩了淡淡的一抹，像病人的脸色那般黄，暮鸦已在天空上飞噪了。东屋里那另一个的肺病患者，无力地打了几下钢琴，尚没有人听出音调来，就停止了。淑玲在园子又玩了半天才回来，邱亚男也把她屋里的两个女同学送走了。

当日菊英就不能起床了，直到屋中点上了灯，秦朴方才走，淑玲就留在了这里。

过了两天，菊英虽然仍是咳嗽吐血，并按时的发热，但可以起床慢慢地走动了。秦朴是每天清晨必要由城内他寄居的处所到这里来，非得等到黄昏之后，他才走。淑玲是宿在这里，晚间，她就在菊英的旁边搭上三把椅子睡觉。菊英的心里很不安，常劝秦朴回上海去，秦朴总是说：“再过两天，索性等你病大好了，我再走，不然我就是回到上海，也不能安心做事。”可是他的神情总像是很不安，仿佛上海那里有人几次催他回去似的。

淑玲便说：“菊姐姐你想，你病得这个样儿，我们怎能回去？倘若我们前脚儿走了，你后脚儿就死啦，那可怎么办呀？”

菊英惨笑着说：“你净给我说丧气话！我哪儿就能死呀？”她嘴里虽然如此说着，但心中却非常难受。因为她自己已经感觉到了，这病不过是在迟延时日，早晚是要有那么一天的，痊愈是不会的了。于是她就勉强挣扎着病体，只要秦朴一来到，她就有说有笑的，并时时催着秦朴快走；秦朴也认为她的病已渐愈，心也渐渐地放了下去。

这天，是秦朴到北京与菊英见面后的第九日，一早起他就接到了上海那代他上课的朋友寄来的第三封快信，措辞很是严重，说：“君如此失信，弟实不能再为君尽力矣。”秦朴寄寓处的那个朋友，也劝他赶快回去，不可因为爱情耽误自己的事业，并且得罪了朋友。秦朴没有法子，只得雇了汽车，来到颐和园见菊英。菊英这时还没有起床，秦朴就似乎很抱歉地说："菊英，我今天就要走了，因为代我上课的那位朋友，又来了一封快信催我。没法子，我只好先回去一趟，至多两个月我必要再来！"

菊英用全身仅有的力气，压抑着内心的悲痛，笑着说："你走吧，别不放心我，我在这儿好好的养病就是了！"

秦朴说："我走后一定会常来信，你就好好的养病，心宽些，乐观些，千万别再想那些陈旧没用的事情。"

菊英笑着说："得啦！你这话我都听俗啦！你就放心吧！"又问："你什么时候上火车？反正我也不能起来去送你。"秦朴说："我坐十点半的车走。"菊英问："没有什么人到站上送你吗？"秦朴说："没有人送我，我的行李也很简单。"菊英点了点头，看了看手表，此时已然九点十分了。

秦朴虽已没有什么话再说了，但是他还徘徊着不忍即去，菊英趁着秦朴没瞧见的时候擦了擦泪眼，就催着说："你还不快走！不是还得先回去收拾收拾东西吗？"秦朴说："东西倒没有什么可收拾的，只是我要去见婶母辞辞行。"

菊英说："咳，你就别去啦！淑玲大概又到园里玩去啦，等她回来，叫她回家告诉一声就行了，你走吧！"秦朴黯然笑了笑，遂又和菊英紧紧地握了握手，然后手拿着呢帽，发了一会儿呆，才笑着说了声："再见！"鞋声橐橐地走去。到鞋声消逝了之后，这里菊英又把被蒙上头，呜呜地痛哭，同时又想着：秦朴这一走，我们恐怕永远也见不着了，我这病还能等得到暑假吗？

这样一想，她忽然一狠心，就坐起身来，虽然头还晕，但她勉强挣扎着下了床。她将暖壶里的水倒在脸盆里，草草地洗过；又怕淑玲由园里回来，或是邱亚男起床，她就匆匆地拢了拢头发，换了件衣裳，然后带上了钱，悄悄地走出屋去。

这时只有南屋的老孀妇在做早祷，别处一点声音也没有。可是一到园门前，就见大汽车在那里呜呜地叫，许多活泼泼的男女学生，都拥挤着，欢笑着，跑进园里来游玩。菊英就脚软软地，飘飘荡荡地走出了园门，雇上了一辆洋车往城里去。她这时就穿着那件新做的月白旗袍，走在柏油路上，被春风吹着，还是有点寒冷，但她的心里却像火一般的热。沿途的柳色草香，郊野的春景，以及经过海淀街时是否遇见了熟识的人，她都没有细心理会，她只将身子瘫坐在车上，垂着头，时时看着腕子上的小表。

到了九点四十分时，车才进了西直门。菊英本想在这里换乘电车，但是一看，这里竟是一辆电车也没有，她便想：我要在这儿等着，得等到什么时候电车才能来呀？再有五十分钟，火车就开了！而且这时她身上仿佛没有一点力气，也懒得下车，于是她就对拉车的人说："你拉我到东车站吧，一刻钟能走到吗？"拉车的人回着头说："一刻钟可走不到！快着点有二十分钟许成了。"菊英就说："那你就快着走，我一定多给你钱！"于是拉车的人就鼓足了力气飞跑。

转过了新街口，一直往南，此时马路的两旁已十分热闹，但菊英也无暇、也不愿去看，她只由车颠动着走，而她的头也更晕了。走得快到西单牌楼的时候，忽听身后有女人的声音叫着她："范小姐！范小姐！"菊英很惊讶地转回头去看，就见身后是两辆很漂亮的人力车，车上都坐着衣着很漂亮的女人。头一辆车上的穿着元青丝绒的旗袍，就是招手叫菊英的那一个，菊英细认了认，才想起来，这是那位柳太太，遂也笑着点了点头。柳太太笑着说："范小姐怎么老没瞧见你呀？"

菊英没有回答，眼睛却看着后面的那辆车上。那车上原来是于三太太，于三太太还戴着茶色保目镜，穿的是咖啡色印花的橡皮缎旗袍，雪白的风衣，修饰得仿佛比先前更漂亮了。她手里捏着象牙的长烟嘴，向菊英笑着问说："你是什么时候回来的？"菊英的心中立时生出一种仇恨，她就理也不理，转回头去，催着拉车的快走。此时心中的愤恨和悲痛纏成一块，堵得她十分难受，但随后又一想：我恨于三太太干吗？当初是怨我自己的意志薄弱，再说我现在已与秦朴又恢复了旧好，只要我不死，将来倒应当向她们炫耀炫耀！

这时菊英的手表差十分就十点半了，但还没走到前门，拉车的人已满头是汗，气喘吁吁的，菊英也不忍得再催，就由着车慢慢去走，心说：我到车站看看去，若是车已开走了，那也没有法子了！又想：刚才于三太太仿佛在车上问我是什么时候回来的，莫非她也知道我在郑州这一年多的事情吗？大概不能！她们许是听说我跟黄凤贞一同走的……

胡乱地想了一会，她就觉得头更昏晕了，这时已到了前门东车站，原来菊英的手表太快，车站高楼上的大表才指到十点二十分。菊英挣扎着病体，勉强打着精神，下了车，就叫车在这里等着。她晃晃摇摇地走进票房，穿过了人群，隔着小窗户买了一张月台票，然后就心头紧跳，脚步费力地往前去走。

站台上的人真多，那火车也像得了肺病似的，哧哧地喘气，又蓦然震耳地叫了一声。车上的人此时都已坐好，送行的人也陆续下了车，有的还在向车里招着手。菊英不知秦朴坐的是几等车，她就侧着脸，眼睛直直地往车里看，几次都撞在了别人的身上。这时忽听耳边有人大声喊叫说："菊英！菊英！"菊英顿住脚步，张着两只手，惊喜地答应着："啊……"赶紧往车里仔细地去看，只见车里有许多的人头在蠕动，车窗上也都趴着人，竟没看见秦朴是在哪里叫她！菊英的眼睛缭乱了，胸前像燃着一把火似的焦急。

这时琅琅琅一阵紧急的铃声，车头又震耳地吼了，车身渐渐地动了。忽然菊英看见了三等车上，秦朴将头探出窗外，两手拢住口大声叫着："菊英！菊英……"菊英喜欢得扬着手，追着车跳着叫着："秦朴哥……"那车上的秦朴也笑着向她扬手，又似乎喊了几句什么话，因被火车的响声所掩没，菊英无法听得清楚了。

巨蛇似的车身很快地由铁轨上滑过，菊英喘着气，耳边听着那哐轧哐轧的火车回音，眼望着滚回来的一团一团的烟雾，她就失神地发了半天怔。此时站台上的人都已走了，她也只好拖着沉重费力的脚步往外走去。

她茫然走出了车站，那拉她的车夫赶紧跑过来，问说："小姐，您还上哪儿去？"菊英这时仿佛连话都说不出来了，靠在车上之后，她才使力的说出一句："回海淀。"拉车的人抄起车把，就又跑进城去了。

菊英这时身上极为难过，一口痰在胸中堵着，咳了几次，全都吐不出；同时身上发烧，烧得头更晕、眼更眩，耳边也哄哄地响，几次她都几乎由车上摔下来。及至出了西直门,她才往手绢里吐了几口痰,心里倒真害怕了,暗想:如果我真死了,那不是更把人家秦朴害了吗?以后我真应当好好地养病,也许还可以好吧?因此她又设想着病好之后,与秦朴结婚之后的快乐和幸福。

菊英就摒去了一切杂乱的想法,只静静地由着车夫拉着她走。到了海淀的时候,她又说:“索性你还把我拉到颐和园去吧!”车夫答应了一声,拉着车慢慢地跑。及至回到颐和园的时候,天色已过中午了,菊英给了车夫两块钱,便身子晃晃悠悠地回到院里。淑玲正在院里着急,一瞧见菊英回来了,她就跺脚说:“你找死呀?这半天你一个人跑到哪儿去啦?”菊英笑了笑,无力地说:“我送秦先生去啦。”

此时邱亚男也由屋中出来了,一见菊英的苍白脸色,就暗暗向淑玲摆手,遂叫仆妇和淑玲搀着菊英,到屋里去歇息。菊英喘息了半天,才迷迷糊糊地睡去。

由此菊英就安心在这里养病,可不料又连绵落了几天春雨,天气骤然寒冷,菊英的病势更转为严重,只好由颐和园移回家中去治疗。

春光一天一天的逝去,两个月之后,邱亚男依旧独自住在颐和园里。范三婶也一个人在海淀家中,时常犯牙痛,时常挥着老泪哭她那苦命的侄女。淑玲是天天跟她母亲撇着嘴,拭着眼泪说:“我想我的菊姐姐!”绿衣的邮差拿着由上海寄来的信,来到这里,竟没有人收,只好又退回去了。

这时已是五月的天气,柏油路旁边的柳树已把青翠的长丝拂到地面,绒一般雪一样的絮花,飘飘荡荡地扑满了天,落满了地。汽车还是整天的往来飞驰,小河里的水仍懒懒地流淌着。这北京,虽然还是春天的北京,但已不再像早先那般美丽了

附录一

为《王度庐武侠言情小说集》而作

张赣生

我第一次读度庐先生的作品，是四十多年前刚上中学的时候，做梦也想不到今天为《王度庐武侠言情小说集》写序。

度庐先生是民国通俗小说史上的大作家，他的小说创作以武侠为主，兼及社会、言情，一生著作等身。最为人乐道的，自然首推以《鹤惊昆仑》《宝剑金钗》《剑气珠光》《卧虎藏龙》《铁骑银瓶》构成的系列言情武侠巨著，但他的一些篇幅较小的武侠小说，如《绣带银镖》《洛阳豪客》《紫电青霜》等，也各具诱人的艺术魅力，较之"鹤-铁五部"并不逊色。

度庐先生以描写武侠的爱情悲剧见长。在他之前，武侠小说中涉及婚姻恋爱问题的并不少见，但或作为局部的点缀，或思想陈腐、格调低下，或武侠与爱情两相游离缺少内在联系，均未能做到侠与情浑然一体的境地。度庐先生的贡献正在于他创造了侠情小说的完善形态，他写的武侠不是对武术与侠义的表面描绘，而是使武侠精神化为人物的血液和灵魂；他写的爱情悲剧也不是一般的两情相悦、恶人作梗的俗套，而是从人物的性格中挖掘出深刻的根源，往往是由于长期受武德与侠道熏陶的结果。这种在复杂的背景下，由性格导致的自我毁灭式的武侠爱情悲剧，十分感人。其中包含着作者饱经忧患、洞达世情的深刻人生体验，若真若梦的刀光剑影、爱恨缠绵中，自有天道、人道在，常使人掩卷深思，品味不尽。

度庐先生是一位极富正义感的作家，这在他的社会言情小说中表现得格外鲜明。《风尘四杰》《香山侠女》中天桥艺人的血泪生活，《落絮飘香》《灵魂之锁》中纯真少女的落入陷阱，都是对黑暗社会的控诉，很能引起读者的共鸣。度庐先生自幼生活在北京，熟知当地风土民情，常常在小说中对古都风光作动情的描写，使他的作品更别具一种情趣。

度庐先生是经受过“五四”新文化运动洗礼的人，他内心深处所尊崇的实际上是新文艺小说，因而他本人或许更重视较贴近新文艺风格的言情小说和社会小说创作。但从中国文学史的全局来看，他的武侠言情小说大大超越了前人所达到的水平，而且对后起的港台武侠小说有极深远影响的，是他创造了武侠言情小说的完善形态，在这方面，他是开山立派的一代宗师。几十年来出版的中国现代文学史，无例外地排斥通俗小说，这种偏见不应再继续下去，现在是改写中国现代文学史的时候了。

附录二

已知王度庐小说目录

1926—1937

作品名称	始载时间	连载报刊/署名/备注
半瓶香水	1926.9之前	小小日报/王霄羽
黄色粉笔	1926.9之前	同上
红绫枕	1926.9	小小日报/王霄羽/同年报社出版单行本
残阳碎梦	1926.12	小小日报/王霄羽
侠义夫妻	1927.1	同上
琪花恨	1927.3	同上
孀母孤儿	1927.4	同上
飘泊花	1927.5	同上
红手腕	1927.8	同上
护花铃	1927.8	小小日报/霄羽
青衫剑客	1927.10	小小日报/王霄羽
蝶魂花骨	1928.3	同上
疑真疑假	1928.4	小小日报/ 葆祥
双凤随鸦录	1928.7	小小日报/王霄羽
战地情仇	1929.6	同上
自鸣钟	1930.4	同上
惊人秘柬	1930.4	同上
神獒捉鬼	1930.6	同上
空房怪事	1930.7	同上
绣帘垂	未详	同上
玉藕愁丝	1930.7	小小日报/香波馆主
烟霭纷纷	1930.7	同上
鳌汉海盗	1930.8	小小日报/霄羽
缠命丝	1931.8	小小日报/王霄羽
触目惊心	1931.8	同上
燕燕莺莺	1931.8	小小日报/香波馆主
黄河游侠传	1936.10	平报/霄羽
燕赵悲歌传	1937.4	同上
八侠夺珠记	1937.7	同上

1938—1949

作品名称	起止时间	连载报刊署名	出版时间、出版社/署名
河岳游侠传	1938.6-1938.11	青岛新民报 王度庐	
宝剑金钗记	1938.11-1939.7	青岛新民报 王度庐	1939年青岛新民报社，1948年上海励力出版社（改题《宝剑金钗》）/王度庐
落絮飘香	1939.4-1940.2	青岛新民报 霄羽	1948年上海励力出版社，分为四册：《落絮飘香》《琼楼春情》《朝露相思》《翠陌归人》/王度庐
剑气珠光录	1939.7-1940.4	青岛新民报 王度庐	1941年青岛新民报社，1947年上海励力出版社（改题《剑气珠光》）/王度庐
古城新月	1940.2-1941.4	青岛新民报 霄羽	1949-1950年上海励力出版社，分为四册：《朱门绮梦》《小巷娇梅》《碧海狂涛》《古城新月》/王度庐
舞鹤鸣鸾记	1940.4-1941.3	青岛新民报 王度庐	1941年（？）青岛新民报，1948年（？）上海励力出版社（改题《鹤惊昆仑》）/王度庐
风雨双龙剑	1940.8-1941.5	京报（南京） 王度庐	1941年南京京报社/王度庐，1948年上海育才书局/王度庐
卧虎藏龙传	1941.3-1942.3	青岛新民报 王度庐	1948年上海励力出版社（改题《卧虎藏龙》）/王度庐
海上虹霞	1941.4-1941.8	青岛新民报 霄羽	1949年上海励力出版社，分为二册：《海上虹霞》《灵魂之锁》/王度庐
彩凤银蛇传	1941.5-1942.3	京报（南京） 王度庐	
虞美人	1941.8-1943.10	青岛新民报 霄羽	1949年上海励力出版社，分为数册：《琴岛佳人》《少女飘零》《歌舞芳邻》《暴雨惊鸳》等/王度庐
纤纤剑	1942.3-1942.10	京报（南京） 王度庐	
铁骑银瓶传	1942.3-1944.?	青岛新民报 王度庐	1948年上海励力出版社，改题《铁骑银瓶》/王度庐
舞剑飞花录	1943.1-1944.1	京报（南京） 王度庐	1949年上海励力出版社，改题《洛阳豪客》/王度庐
大漠双鸳谱	1944.1-1944.7	京报（南京） 王度庐	

（接上表）

寒梅曲	1943.10-？	青岛新民报 霄羽	1948年（？）上海励力出版社，分为数册：《暴雨惊鸳》等/王度庐
紫电青霜录	1944-1945	青岛新民报 王度庐	1948年上海励力出版社，改题《紫电青霜》/王度庐
春明小侠	1944.7-1945.4	京报（南京） 王度庐	
琼楼双剑记	1945.4-1945（？）	京报（南京） 王度庐	
锦绣豪雄传	1945.5-？	民民民 王度庐	
紫凤镖	1946.12-1947.7	青岛时报 鲁云	1949年重庆千秋书局/王度庐
太平天国情侠传	1947.5-?	民治报 鲁云	
清末侠客传	1947.4-1948.?	大中报 鲁云	1948年上海励力出版社，分为二册：《绣带银镖》《冷剑凄芳》/王度庐
晚香玉	1947.6-1948.1	青岛时报 绿芜	1948年上海励力出版社，分为二册：《绮市芳葩》《寒波玉蕊》/王度庐
雍正与年羹尧	1947.7-1948.4	青岛时报 鲁云	1948年上海励力出版社，改题《新血滴子》/王度庐
粉墨婵娟	1948.2-1948.7	青岛时报 绿芜	1948年元昌印书馆，分为二册：《粉墨婵娟》《霞梦离魂》/王度庐
风尘四杰	1948.2-？	岛声旬刊 佩侠	1949年上海励力出版社/王度庐
宝刀飞	1948.4-1948.9	青岛时报 鲁云	1948年上海励力出版社/王度庐
燕市侠伶	1948.7-1948.10	青岛时报 绿芜	1948年上海励力出版社/王度庐
金刚玉宝剑	1948.9-1949.2 1949.2-？	青岛公报 联青晚报 王度庐	1949年上海励力出版社/王度庐
香山侠女			1949年上海励力出版社/王度庐
春秋戟			1949年上海励力出版社/王度庐
龙虎铁连环	1948.9-1948.10	军民晚报 王度庐	1949年上海励力出版社/王度庐
玉佩金刀记	1949.1-1949.?	民治报 王度庐	

附录三

王度庐年表

徐斯年 顾迎新

说明:

1.本表曾在《西南大学学报》刊出，此为补订本，包括增补史料及其说明、考证，并订正了个别疏误。

2.本表包含许多新发现的资料，特别是在辽宁省实验中学档案室发现的王度庐档案，从而补正了徐斯年《王度庐评传》的一些误判和部分欠缺。

3."度庐"实为1938年启用的笔名，为了统一，本表用为表主正名。

4.由于史料不全，历年行状、著述依然详略不一，有待继续挖掘、补充史料。

5.表中所记日期，阳历用阿拉伯数字，清、民国年份及旧历日期用汉字。

6.表中所系年龄均为虚岁。

7.由于旧报缺失严重，所以连载作品肯定不全。表中所录者，始载时间和结束时间多难确认，一般仅记月份，有线索可资考证者在按语中加以说明。

1909年(清宣统元年，己酉)　1岁

正月，清帝爱新觉罗·溥仪改元"宣统"。清廷决定消除"旗""民"界限，旗人不再享受"俸禄"。是年七月廿九日(9月13日)，王度庐生于北京

"后门里"司礼监胡同四号一户下层旗人家庭，原名葆祥（后曾改为葆翔），字霄羽。父亲"在清宫管理车马的机构里当小职员"。家庭成员除父母外还有一位姐姐、一位未嫁的姑母和一位叔祖父。一家六口，全靠父亲薪金维持生计。

按：后门即地安门，后门里位于地安门内，属镶黄旗驻地。司礼监胡同，得名于明代位于该地之司礼太监署；后改称"吉安所左巷"，则得名于清代宫中嫔妃、宫女卒后停尸之"吉祥所"（后改"吉安所"）。毛泽东青年时代曾租寓于本胡同8号。

关于父亲职务的记述引自王度庐手写简历，其父任职机构当系内务府下属之"上驷院"。内务府为管理皇家事务的机构，成员均为满洲上三旗（镶黄、正黄、正白）"从龙包衣"。"包衣"，满语，意为"自家人"，一定语境下也指"奴仆""世仆"。据此，王氏当属编入满洲镶黄旗的"汉姓人"（不同于"汉人""汉军"），这一族群不仅属于"旗族"，而且也被承认为满族。

1912年（民国元年，壬子）　4岁

1月1日孙中山宣誓就任中华民国总统。2月2日，清宣统帝宣告退位。根据清室优待条件，宫内各执事人员照常留用，王度庐父亲依然可以领受部分薪金，家庭生计勉得维持。

1916年（民国五年，丙辰）　8岁

1月，王度庐父亲病故。2月，遗腹弟出生，名葆瑞，字探骊。家境日蹙，主要靠母亲为人缝补浆洗维持生计。

是年2月2日，王度庐夫人李丹荃生于陕西周至。

按：葆瑞出生时间据人民日报社1991年1月3日印发之《谭立同志生平》。葆瑞（即谭立）为遗腹子，由此可知其父当卒于1月份。周至，离西安甚近。

1918年（民国七年，戊午）　10岁

是年王度庐始入私塾读书。曾与姐、弟同染重症，母亲变卖家当为之治

疗，终得转危为安，而家庭经济更加贫困。

1919年（民国八年，己未）　11岁

五四运动爆发。王度庐仍在私塾就读，至1920年。

1921年（民国十年，辛酉）　13岁

是年王度庐入景山高等小学就读，至1924年。

1925年（民国十四年，乙丑）　17岁

是年1月，宋心灯在北京创办《小小》日报（后改《小小日报》），自任社长、主笔。王度庐从景山高等小学毕业，先在精精眼镜店当学徒，后在《平报》和电报局任见习生，可能已经开始向《小小》日报投稿。

按：宋心灯（？—1949），字信生，原籍河北大兴（析津）。新闻专科学校毕业，也是北京早期足球运动和羽毛球运动的发起者之一。《小小》日报即注重刊载体坛信息，后来发展为综合性小报。

又按：辽宁实验中学所存退休人员档案中的王度庐登记表，“文化程度”一栏填为“九年”，当系虚数。

1926年（民国十五年，丙寅）　18岁

是年《小小日报》先后刊载王度庐所撰侦探小说《半瓶香水》《黄色粉笔》和“实事小说”《红绫枕》，均署“王霄羽”。《小小日报》馆印行《红绫枕》单行本，标类改为“惨情小说”。12月，《小小日报》连载社会小说《残阳碎梦》，亦署“王霄羽”。12月24日，《小小日报》刊出宋信生所撰《本报改版宣言》，“将旧有之八小版易为四大版”。

按：由于存报缺失严重，《半瓶香水》《黄色粉笔》未见，不知确切发表时间。因《红绫枕》内文提及它们，故知连载于《红绫枕》之前。由此亦不排除其一已于上年开始见报的可能。又据李丹荃女士回忆，早期作品还有《绣帘垂》《浮白快》两种，均未见。《残阳碎梦》，现存第十次载于是年12月20日，由此推知当始载于12月1日；现存第三十三次载于次年1月21日，末注“（未完）”。

1927年（民国十六年，丁卯）　19岁

是年王度庐始在宽街夜授计民小学任职，先当会计，后任教员，直至1929年。同时继续卖稿和自学，包括到北京大学旁听，往三座门北京图书馆、鼓楼民众图书阅览室阅读。

1月，《小小日报》连载武侠小说《侠义夫妻》，署“王霄羽”。3月，《小小日报》始载社会小说《琪花恨》，署“王霄羽”。4月，《小小日报》连载社会小说《孀母孤儿》，署“王霄羽”。5月，《小小日报》连载社会小说《飘泊花》，署“王霄羽”。 6月，《小小日报》连载侦探小说《红手腕》，署“王霄羽”。8月，《小小日报》连载侠情小说《护花铃》，署“霄羽”。10月，《小小日报》连载武侠小说《青衫剑客》，署“王霄羽”。

按：《侠义夫妻》，现存第八次载于1月31日，当始载于《残阳碎梦》结束后；连载结束时间当在《琪花很》始载之前。《孀母孤儿》仅存5月2日第十一次，由此推知始载时间在4月（《琪花梦》结束之后）。《飘泊花》，现存第六次载于5月30日。《红手腕》，现存第十一次载于7月9日，可知始载于6月末。《护花铃》仅存十四、十七次，载于9月2日、5日，是知始载于8月，标类“侠情小说”，写当时题材。《青衫剑客》，第四次载于10月9日，至11月9日犹未结束。

1928年（民国十七年，戊辰）　20岁

是年北京改称“北平”。3月，《小小日报》连载侦探小说《疑真疑假》，署“葆祥”。3月，《小小日报》连载社会小说《蝶魂花骨》，署“王霄羽”。5月，《小小日报》连载社会小说《揉碎桃花记》，署“王霄羽”。7月，《小小日报》连载“讽世小说”《双凤随鸦录》，署“王霄羽”。

按：《疑真疑假》，第四次载于3月12日，当始载于8日。《蝶魂花骨》，第三十四次载于4月11日，当始载于3月9日，与《疑真疑假》同时，故用两个笔名。《双凤随鸦录》，第四十二次载于8月21日。

本年存报缺失严重，当有不少连载作品至今未知。以下类似情况不再逐一说明。

1929年(民国十八年,己巳) 21岁

6月,《小小日报》连载社会小说《战地情仇》,署"王霄羽"。

按:《战地情仇》,仅存7月4日一次(序号未详)。本年几无存报。

1930年(民国十九年,庚午) 22岁

是年王度庐离开宽街夜授计民小学,改任家庭教师,不久认识李丹荃。

按:李丹荃在所遗手稿《王度庐小传》中说:"我在北京读中学时,在一个同学家里认识了王度庐。那时,他正给我的同学的弟弟补习功课。记得他曾送过我两本书,一本是纳兰容若的《饮水词》,另一本是《浮生六记》。我不喜欢《浮生六记》,却很喜欢那本词,有些句子至今仍能记得,如'摇落尽,有发未全僧,风雨消磨生死别,似曾相识只孤灯;情在不能醒……''瘦狂那似肥痴好,任他肥痴好,笑他多病与长贫,不及衮衮诸公向风尘……'"(按文中所记纳兰词句与原作略有出入。)

3月,《小小日报》连载侦探小说《自鸣钟》,署"王霄羽"。

按:《自鸣钟》残存连载文本至三十一次告"全卷终",次日接载《惊人秘柬》第一次。故暂系于3月。

是年,王度庐始用笔名"柳今"在《小小日报》开辟个人专栏"谈天",每日发表短文一篇,纵论国事、民生、世态、人情、风习、学术、艺文等。"柳今"在这些短文里经常述及"自己"的"经历",多属杜撰;但是,这位论说者的心态、性格、气质又与当时的王度庐十分相符。

按:因存报缺失,"谈天"开栏、终结时间未详。所载杂文均署"柳今",以下不作逐篇标注。

4月1日,《小小日报》"谈天"栏刊出杂文《世态》。4月4日,《小小日报》"谈天"栏刊出杂文《荒芜的青年》。

按:4月2日、3日报纸缺失,或漏杂文两篇。以下类似情况不再加注按语。

4月5日,《小小日报》"谈天"栏刊出杂文《中等人》。4月6日,《小小日报》"谈天"栏刊出杂文《架子》。4月7日,《小小日报》"谈天"栏刊出杂文《性的广告》。4月8日,《小小日报》"谈天"栏刊出杂文《笑》。4月9日、10日,《小小日

报》“谈天”栏连续刊出杂文《永垂不朽》(一)(二)。4月11日,《小小日报》“谈天”栏刊出杂文《女性的教育与生育》。4月12日,《小小日报》“谈天”栏刊出杂文《一位平民文学家》,赞赏满族鼓词作者韩小窗。文中说:“世界本来是平民的世界,尤其是文学家,更要有一种平民化的精神,他才能够用文学的力量,来转移风化,陶冶民情;否则琢句雕章,自以为是,至多不过只能得到少数的文蠹的几遍诵读罢了。”韩小窗“这人确实是位有天才、有词藻、有思想的文学家。他能把他这种才学,不去作八股,不去批试帖,而能用来编大鼓,他的平民思想可见了,他的环境可见了,而他的清高也可见了。”

按:韩小窗(约1828—1890),辽宁开原人,满族,子弟书(即鼓词)作家。其代表作有《露泪缘》《宁武关》《长坂坡》《刺虎》《黛玉悲秋》《红梅阁》及影卷《诱可笑》《金石语》等。

4月13日,《小小日报》“谈天”栏刊出杂文《绝顶聪明》。4月14、15日,《小小日报》“谈天”栏连续刊出杂文《道德》(一)(二)。

4月17至23日,《小小日报》“谈天”栏连载杂文《伦理与中国》。全文分为五节:一、伦理的产生;二、伦理的优点;三、伦理被利用以后;四、伦理存亡与中国之存亡;五、伦理的蟊贼。

4月25日,《小小日报》“谈天”栏刊出杂文《小难》。4月26日,《小小日报》“谈天”栏刊出杂文《女招待》。4月27日,《小小日报》“谈天”栏刊出杂文《落子馆》。4月29日,《小小日报》“谈天”栏刊出杂文《麻醉剂》。4月30日,《小小日报》“谈天”栏刊出杂文《万寿寺》。

4月,《小小日报》连载侦探小说《惊人秘柬》,署“王霄羽”。

按:《自鸣钟》残存连载文本至三十一次告“全卷终”,次日接载《惊人秘柬》第一次,具体日期均难考定。

5月1日,《小小日报》“谈天”栏刊出杂文《赘泽品》。5月2日,《小小日报》“谈天”栏刊出杂文《童子军》。5月3日,《小小日报》“谈天”栏刊出杂文《女腿》。5月4日,《小小日报》“谈天”栏刊出杂文《颠倒雌雄》。5月5日,《小小日报》“谈天”栏刊出杂文《歌舞剧》。5月6日,《小小日报》“谈天”栏刊出杂文《招与待》。5月7日,《小小日报》“谈天”栏刊出杂文《恢复北京》。5月8日,《小小日报》“谈天”栏刊出杂文《野鸡》。5月9日,《小小日报》“谈天”栏刊出杂文《女招打》。5月13日，《小小日报》“谈天”栏刊出杂文《署名》。5月14日，《小小日报》“谈天”栏刊出杂文《迷》。5月15日，《小小日报》“谈天”栏刊出杂文《恶五月》。5月16日，《小小日报》“谈天”栏刊出杂文《送春》。5月17日，《小小日报》“谈天”栏刊出杂文《哭》。5月18日，《小小日报》“谈天”栏刊出杂文《雨天》。5月19日，《小小日报》“谈天”栏刊出杂文《名士派》。5月20日，《小小日报》“谈天”栏刊出杂文《小算盘》。5月21日，《小小日报》“谈天”栏刊出杂文《自行车》。5月22日，《小小日报》“谈天”栏刊出杂文《穷北京？》。5月23日，《小小日报》“谈天”栏刊出杂文《服从》。5月24日，《小小日报》“谈天”栏刊出杂文《奴隶性》。5月28日，《小小日报》“谈天”栏刊出杂文《澡堂里》。5月29日，《小小日报》“谈天”栏刊出杂文《安慰》。5月30日，《小小日报》“谈天”栏刊出杂文《中国剧》。5月31日，《小小日报》“谈天”栏刊出杂文《游民》。5月，《小小日报》连载侦探小说《触目惊心》，署“王霄羽”。

按：《触目惊心》未见，据《空房怪事》前言列入，连载时间在《神獒捉鬼》之前，故系入5月。

6月1日，《小小日报》“谈天”栏刊出杂文《端午节》。3日，《小小日报》“谈天”栏刊出杂文《打麻雀》。4日，《小小日报》“谈天”栏刊出杂文《谋事》。5日，《小小日报》“谈天”栏刊出杂文《无聊的北平》。6日，《小小日报》“谈天”栏刊出杂文《病》。同日开始连载侦探小说《神獒捉鬼》，署“王霄羽”。

按：《神獒捉鬼》共连载二十五次，当结束于6月30日（7月1日始载《空房怪事》，参见《空房怪事》引言）。

7日，《小小日报》“谈天”栏刊出杂文《造化儿子》。8日，《小小日报》“谈天”栏刊出杂文《疯人》。9日，《小小日报》“谈天”栏刊出杂文《阔事》。10日，《小小日报》“谈天”栏刊出杂文《骗术》。11日，《小小日报》“谈天”栏刊出杂文《财神　阎王》。12日，《小小日报》“谈天”栏刊出杂文《画中人》。13日，《小小日报》“谈天”栏刊出杂文《醉酒》。14日，《小小日报》“谈天”栏刊出杂文《夫妻间》。15日，《小小日报》“谈天”栏刊出杂文《不开壳》。16日，《小小日报》“谈天”栏刊出杂文《憔悴》。17日，《小小日报》“谈天”栏刊出杂文《伤心人》。18日，《小小日报》“谈天”栏刊出杂文《情书》。

19日，《小小日报》“谈天”栏刊出杂文《琴声里》。20日，《小小日报》“谈天”栏刊出杂文《☯》。21日，《小小日报》“谈天”栏刊出杂文《什刹海》。22日，《小小日报》“谈天”栏刊出杂文《凶杀案》。23日，《小小日报》“谈天”栏刊出杂文《关于裤子》。24日，《小小日报》“谈天”栏刊出杂文《三件痛快事》。25日，《小小日报》“谈天”栏刊出杂文《诗人》。26日、27日，《小小日报》“谈天”栏连续刊出杂文《贵族学校》（一）（二）。28日，《小小日报》“谈天”栏刊出杂文《穷　住》。29日，《小小日报》“谈天”栏刊出杂文《妙影》。30日，《小小日报》“谈天”栏刊出杂文《罪恶场中之未来者》。6月，《小小日报》连载社会小说《烟霭纷纷》，署“香波馆主”。

按：现存《烟霭纷纷》第三十六次连载文本复印件上有副刊“编余”一则，云“今天这版算作‘七夕特刊’”。查1930年七夕为阳历8月30日，由此推知《烟霭纷纷》当始载于6月27日。

7月1日，《小小日报》“谈天”栏刊出杂文《吃饭问题》。5日，《小小日报》“谈天”栏刊出杂文《平民化》。6日，《小小日报》“谈天”栏刊出杂文《面子》。7日，《小小日报》“谈天”栏刊出杂文《醋　忌讳》。8日，《小小日报》“谈天”栏刊出杂文《文士与蚊士》。9日，《小小日报》“谈天”栏刊出杂文《人品与装饰》。12日，《小小日报》“谈天”栏刊出杂文《消夏》。13日，《小小日报》“谈天”栏刊出杂文《财神爷》。同日，《小小日报》始载惨情小说《玉藕愁丝》，署“香波馆主”。

按：《玉藕愁丝》始载日期据预告图片背面报头推知。

14日，《小小日报》“谈天”栏刊出杂文《妓女问题》。15日，《小小日报》“谈天”栏刊出杂文《杨耐梅　朱素云》。

按：杨耐梅，生于1904年，中国早期影星，曾出演《玉梨魂》《奇女子》《上海三女子》《空谷兰》等无声片。当时北平讹传她已“香消玉殒”，作者故撰此文悼念。实则杨在1960年卒于台湾。朱素云，京剧小生演员朱沄之艺名，生于1872年，卒于1930年。

16日，《小小日报》“谈天”栏刊出杂文《难民返国》。17日，《小小日报》“谈天”栏刊出杂文《灯下人》。18日，《小小日报》“谈天”栏刊出杂文《捧》。19日，《小小日报》“谈天”栏刊出杂文《快乐人多？》。20日，《小小日报》"谈天"栏刊出杂文《西游记》。21日,《小小日报》"谈天"栏刊出杂文《火警》。22日,《小小日报》"谈天"栏刊出杂文《人体美》。23日,《小小日报》"谈天"栏刊出杂文《穷　光　蛋》。24日,《小小日报》"谈天"栏刊出杂文《抵抗力》。25日,《小小日报》"谈天"栏刊出杂文《香艳文章》。26日,《小小日报》"谈天"栏刊出杂文《雨夜柝声》。27日,《小小日报》"谈天"栏刊出杂文《爱河》。28日,《小小日报》"谈天"栏刊出杂文《调戏》。29日,《小小日报》"谈天"栏刊出杂文《"嫁"的问题》。30日,《小小日报》"谈天"栏刊出杂文《阎罗王》。31日,《小小日报》"谈天"栏刊出杂文《知音》。7月,《小小日报》连载侦探小说《空房怪事》,署"王霄羽"。

按:《空房怪事》共连载二十九次,残存文本图片均无报头,难以确认具体时间。(第一次疑载于7月3日,见图片背面;结束于第二十九次,当为8月1日。)

8月2日,《小小日报》"谈天"栏刊出杂文《战》。

3日,《小小日报》"谈天"栏刊出杂文《时髦》。4日,《小小日报》"谈天"栏刊出杂文《人逛人》。5日,《小小日报》"谈天"栏刊出杂文《跳舞场里》。6日,《小小日报》"谈天"栏刊出杂文《奸杀案》。7日,《小小日报》"谈天"栏刊出杂文《阴阳电》。8日,《小小日报》"谈天"栏刊出杂文《办白事》。9日,《小小日报》"谈天"栏刊出杂文《眼光》。10日,《小小日报》"谈天"栏刊出杂文《无与偶　莫能容》。11日,《小小日报》"谈天"栏刊出杂文《喜新厌旧》。12日,《小小日报》"谈天"栏刊出杂文《洋化的话》。13日,《小小日报》"谈天"栏刊出杂文《发财学》。14日,《小小日报》"谈天"栏刊出杂文《儿童　成人》。15日。《小小日报》"谈天"栏刊出杂文《英雄难过美人关》。16日,《小小日报》"谈天"栏刊出杂文《交际》。17日,《小小日报》"谈天"栏刊出杂文《呻吟》。18日,《小小日报》"谈天"栏刊出杂文《枇杷巷里》。19日,《小小日报》"谈天"栏刊出杂文《捕蝇》。20日,《小小日报》"谈天"栏刊出杂文《殉情》。21日,《小小日报》"谈天"栏刊出杂文《人死不值钱》。22日,《小小日报》"谈天"栏刊出杂文《癞蛤蟆　天鹅肉》。23日,《小小日报》"谈天"栏刊出杂文《作时评》。25日,《小小日报》"谈天"栏刊出杂文《马路》。26日,《小小日报》"谈天"栏刊出杂文《女朋友》。27日,《小小日报》“谈天”栏刊出杂文《跳楼者》。28日，《小小日报》“谈天”栏刊出杂文《蟋蟀》。29日，《小小日报》“谈天”栏刊出杂文《古城返照》。30日，《小小日报》“谈天”栏刊出杂文《惹气》。31日，《小小日报》“谈天”栏刊出杂文《活得弗耐烦》。8月，《小小日报》始载武侠小说《鳌汉海盗》，署“霄羽”。

按：《鳌汉海盗》连载文本基本完整，但原件图片无报头，难以确认日期。共连载四十二次，当结束于9月间，时《烟霭纷纷》仍在连载。

9月1日，《小小日报》“谈天”栏刊出杂文《由线订书说起》。2日、3日，《小小日报》“谈天”栏连续刊出杂文《“娶”的问题》（一）（二）。4日，《小小日报》“谈天”栏刊出杂文《罂粟味》。5日，《小小日报》“谈天”栏刊出杂文《忏悔》。6日，《小小日报》“谈天”栏刊出杂文《想当然耳》。7日，《小小日报》“谈天”栏刊出杂文《标奇与仿效》。8日，《小小日报》“谈天”栏刊出杂文《复古》。9日，《小小日报》“谈天”栏刊出杂文《野草闲花》。同日同报又载影评《看了〈故都春梦〉》，署“柳今投”。10日，《小小日报》“谈天”栏刊出杂文《倡门》。12日，《小小日报》“谈天”栏刊出杂文《乞丐》。13日，《小小日报》“谈天”栏刊出杂文《心》。9月15日，《小小日报》“谈天”栏刊出杂文《短　小　经济》。9月16日，《小小日报》“谈天”栏刊出杂文《性的文章》。9月17日，《小小日报》“谈天”栏刊出杂文《逢场作戏》。9月18日，《小小日报》“谈天”栏刊出杂文《浮云变幻》。9月19日，《小小日报》“谈天”栏刊出杂文《敲钗小语》。20日，《小小日报》“谈天”栏刊出杂文《俗礼》。21日，《小小日报》“谈天”栏刊出杂文《何不当初》。22日，《小小日报》“谈天”栏刊出杂文《醋的考证》。23日，《小小日报》“谈天”栏刊出杂文《劲秋》。28日，《小小日报》“谈天”栏刊出杂文《柴　米　油　盐　酱　醋　茶》。30日，《小小日报》“谈天”栏刊出杂文《烛边思绪》，叙述阅读《朝鲜义士安重根传》的感受，抒发爱国情怀及对国内现实的愤懑。

10月1日，《小小日报》“谈天”栏刊出杂文《吵嘴》。29日，《小小日报》“哈哈镜”栏刊出杂文《团圞月照破碎国家》，署“柳今”。

1931年（民国二十年，辛未）　23岁

是年，王度庐应聘担任《小小日报》编辑员。5月，《小小日报》连载哀情

小说《缠命丝》，署“王霄羽”。同时连载社会小说《燕燕莺莺》，署“香波馆主”。9月18日，沈阳发生“九一八”事变，日本加紧侵华。

按：《缠命丝》仅存第九〇次，内文曰“全卷终”，图片有“31, 8, 1”标注，据此倒推，当始载于5月；《燕燕莺莺》仅存第六二次，未完，图片注“31, 8”。

又按：耿小的在《我与〈小小日报〉》中说，自己进入《小小日报》任编辑是在“1933年后”，“之前似乎赵苍海编过很短时期”，却未提及王霄羽。若其记忆无误，则王之去职，当在赵前。

1934年（民国二十三年，甲戌） 26岁

是年，李丹荃随父亲离北平去西安。不久王度庐亦往西安，任陕西省教育厅编审室办事员，《民意报》编辑员。

3月10日，陕西省教育厅在西安民众教育馆举办西安中小学讲演竞赛会；28日、29日，又在西安民乐园举办西安中小学第二届唱歌比赛，均派王霄羽任记录。

3月20日，西安《民意报》“戏剧与电影周刊”第一期刊载《中国戏剧生命之革新》第一节“九一八后的中国戏剧界”，署“柳今”。文中慨叹中国剧坛进步缓慢，以至“今日远东国际纠纷之病菌集于中国，而我国之戏剧仍然如沉睡，如枯死，反使他人——俄国——高呼曰：‘怒吼吧中国！’”27日，“戏剧与电影周刊”第二期续载《中国戏剧生命之革新》第一节“九一八后的中国戏剧界”，署“柳今”。文中续论中国戏剧的觉醒与“推翻”“旧剧势力”之关系。同期又载《电影是应合大众所需要 真不容易利用它》，署“潇雨”。文中说：“艺术只要不是‘自我’的而是‘大众’的，那就当然要被利用成为一种工具。电影尤其要首先被人利用的，不过常常又见人们弄巧成拙，利用影片作某种宣传，结果倒被观众利用，”从而形成与国外影片亦步亦趋的种种题材热，当前已由伦理片、武侠侦探片演进为民生片。当局于“九一八”后号召影界多制作“关于唤起民族精神的片子”固然不错，但是“现在的民众，只是恐慌他们的经济穷困，生活惨淡，实在没有充分的力量去供给到民族上。或者，现在的电影也只走到了替穷人呼吁，次一步，才是民族精神”。

4月3日，西安《民意报》“戏剧与电影周刊”第三期未见，当续载《中国戏剧生命之革新》第二节“新旧戏剧之检讨”。10日，“戏剧与电影周刊”第四期续载《中国戏剧生命之革新》第二节“新旧戏剧之检讨”，署“柳今”。文中认为，“中国旧剧虽然不能追随时代，但确能利用科学，亦缘近代科学文明多供给于资产阶级之享乐，旧剧靡靡之音当愈适合于人之享乐。新剧□□□□，自难免在比较之下落后也”。（原件有四字无法辨认。）同期并载《伦敦公演〈彩楼配〉的问题》，署“潇雨”。文中认为，在伦敦由中国人与外国人用英语同演旧剧《彩楼配》，只能像《蝴蝶夫人》那样，迎合一部分外国人的扭曲了的东方观，“但是歪曲的东西在现代剧坛上实在没有它的地位，何况这《彩楼配》国际性质的公演”。

按：（1）王度庐档案中的履历表填：“1934—1935年 西安民意报 编辑员”，“1935-1936年 陕西省教育厅 办事员”。而从文章刊出情况判断，任《民意报》编辑员应该在后（报馆编辑不可能受厅长派遣去任竞赛记录），或者同时兼任二职。

（2）西安《民意报》“戏剧与电影周刊”仅存一、二、四期，日期据打印稿说明（周刊第四期为4月10日）向前推算而得。4月3日报缺失，内容可据前后两期推知（不排除3日还有其他文章刊出）。4月10日以后报纸缺失，当有其他未知史料。

5月，《陕西教育月刊》第五期发表《陕西省教育厅举办西安中小学讲演竞赛会经过》和《陕西省教育厅举办西安中小学第二届唱歌比赛会经过》记录，均署“王霄羽”。

10月，《陕西教育旬刊》第二卷第廿九、卅、卅一期合刊“论著”栏刊出《民间歌谣之研究》，署“王霄羽”。全文五章：第一章“歌谣之史的发展”；第二章“歌谣的分类法”；第三章“歌谣价值的面面观”；第四章“歌谣技巧的研究”；第五章“结论”。文中有这样的论述：“贵族化的文学在‘五四’时就已被人打倒，现在一般人都提倡大众文学。真正的‘大众文学’在哪里？我们离开了歌谣，恐怕再没有地方寻找了罢？”

1935年（民国二十四年，乙亥） 27岁

是年，王度庐与李丹荃在西安结婚。婚后李父卒于三原，王度庐前往料理丧事，曾遭歹徒劫持。

按：王度庐后来在《〈宝剑金钗〉序》中写及“频年饥驱远游，秦楚燕赵之间，跋涉殆遍”当有所夸张，实则未离陕西。

1936年（民国二十五年，丙子） 28岁

是年王度庐夫妇返回北平。10月13日，《平报》刊载《献于〈平报〉——十五周年》，署“王霄羽”。同日，《平报》开始连载武侠小说《黄河游侠传》，署“霄羽”。12月12日，发生“西安事变”。

按：李丹荃在遗稿中回忆返京前后的生活说：“我有晕眩症，那时常犯，昏迷中常听到王叨念：‘谢家有女偏怜小，自嫁黔娄万事乖……’后来我知道了这是元稹的悼亡诗。我就说：‘你老叨念什么，我又没有死呀！’现在回想当时情景，如在目前。”

1937年（民国二十六年，丁丑） 29岁

是年春，王度庐夫妇应李丹荃二伯父伊筱农召，同赴青岛。4月17日，《平报》连载《黄河游侠传》结束。18日，《平报》开始连载武侠小说《燕赵悲歌传》，署“霄羽”。4月末，王度庐回北平料理“文债”，于端午节后返青岛。不久，弟探骊与北平进步青年同来青岛，王度庐夫妇送他们取道上海奔赴陕北参加革命。

按：李丹荃在所遗手稿中说：“弟弟到了青岛，我们大家分析了当时的形势，都赞成他去内地找出路。他们兄弟一向感情很好，分手时不无留恋。最后王度庐慨然说：‘你就放心走吧，我们以后会团聚的，母亲的生活，家里的一切，有我呢。’他把自己的怀表给了弟弟。”

7月7日，卢沟桥事变爆发。9日，《平报》连载《燕赵悲歌传》结束。10日，《平报》开始连载武侠小说《八侠夺珠记》，署“霄羽”。30日，北平、天津失守。

12月底，青岛守军撤离。

按：伊筱农（1870—1946？），广东法政及警察速成学校毕业。1912年

来青岛，创办《青岛白话报》（后改名《中国青岛报》），在当地颇有影响。“伊”为满族所冠汉姓，可知李丹荃家族亦有满族血统。

《八侠夺珠记》殆未载完。

1938年（民国二十七年，戊寅） 30岁

1月10日，日寇全面占领青岛。伊筱农博平路宅第被日军作为“敌产”没收，王度庐夫妇与伯父同往宁波路4号租屋居住。生计陷入极度困难之时，王度庐偶遇在《青岛新民报》任副刊编辑的北平熟人关松海，应约向该报投稿。

5月30日、31日，《青岛新民报》发布《本报增刊武侠小说预告》，称“已征得名小说家王度庐先生之精心杰作长篇武侠小说《河岳游侠传》”，即将刊出。是为“度庐”笔名首次见报。

按：《青岛新民报》和后来的《青岛大新民报》在刊出王度庐作品之前都先发布预告，下不一一列载。

6 月1日，《青岛新民报》开始连载武侠小说《河岳游侠传》，署“王度庐”。2日，《青岛新民报》刊载散文《海滨忆写》，署“度庐”。

11月15日，《河岳游侠传》连载结束。共20回，未见单行本。16日，《青岛新民报》开始连载武侠悲情小说《宝剑金钗记》，署“王度庐”。配图：刘镜海。

按：刘镜海，时在海泊路23号开设“镜海美术社”，除为王氏作品配插图外，在生活上与王度庐夫妇也经常互相照顾。

1939年（民国二十八年，己卯） 31岁

是年春，王度庐长子生于青岛。4月24日，《青岛新民报》开始连载社会言情小说《落絮飘香》，署“霄羽”。配图：许清（刘镜海笔名）。7月29日，《宝剑金钗记》在《青岛新民报》载毕。30日，《青岛新民报》开始连载武侠悲情小说《剑气珠光录》。

是年，青岛新民报社印行《宝剑金钗记》单行本，前有王度庐自序，谓

“频年饥驱远游，秦楚燕赵之间跋涉殆遍，屡经坎坷，备尝世味，益感人间侠士之不可无。兼以情场爱迹，所见亦多，大都财色相欺，优柔自误。因是，又拟以任侠与爱情相并言之，庶使英雄肝胆亦有旖旎之思，儿女痴情不尽娇柔之态。此《宝剑金钗》之所由作也”。

按：《宝剑金钗记》自序仅见于青岛新民报版单行本，也是至今所见王度庐为自己著作所写申述创作意图的唯一自序（其他著作连载时虽或亦加引言，均系说明性文字，出版单行本时皆被删除）。

1940年（民国二十九年，庚辰）　32岁

2月2日，《落絮飘香》在《青岛新民报》载毕。3日，《青岛新民报》开始连载社会言情小说《古城新月》，署“霄羽”，配图：许清。22日，《青岛新民报》刊载《〈落絮飘香〉读后》，作者傅琍琳系关松海之夫人。文中介绍霄羽“曩在北京主编《小小日报》时，以著侦探小说知名”，并且透露“霄羽”“度庐”实为一人。

4月5日，《剑气珠光录》载毕，随后亦由报社印行单行本。7日，《青岛新民报》开始连载《舞鹤鸣鸾记》，署“王度庐”，配图：刘镜海。此日所载为该书“序言”，出单行本时被删却，全文如下：“内家武当派之开山祖张三丰，本宋时武当山道士，曾以单身杀敌百余，因之威名大振。武当派讲的是强筋骨、运气功、静以制动、犯则立仆，比少林的打法为毒狠，所以有人说‘学得内家一二，即足以胜少林。’此派自张三丰累传至王咸来，咸来弟子黄百家，又将秘传歌诀，加以注解，所以内家拳便渐渐学术化了。可是后因日久年深，歌诀虽在，真功夫反不得传。自清初至近代，武当派中的侠士实寥寥无几，有的，只是甘凤池、鹰爪王、江南鹤等。甘凤池系以剑术称，鹰爪王专长于点穴，惟有江南鹤，其拳剑及点穴不但高出于甘、王二人之上，且晚年行踪极为诡异，简直有如剑仙，在《宝剑金钗记》与《剑气珠光录》二书中，这位老侠只是个飘渺的人物，如神龙一般。而本书却是要以此人为主，详述他一生的事迹。又本书除江南鹤之外，尚有李慕白之父李凤杰，及其师纪广杰。所以若论起时代，则本书所述之事，当在李慕白出世之前数十年了。”

8月16日，南京《京报》开始连载《风雨双龙剑》，署“王度庐”。配图：

刘镜海。

按：南京《京报》为汪伪时期出版的四开小报，原系三日刊，1940年8月16日改为日报，终刊于1945年8月16日。该报约得王度庐文稿，当亦出诸关松海之绍介。

介绍王度庐去市立女中代课的是潘思祖，字颖舒，河北邢台人，1930年毕业于河北大学国文系，时在青岛市立女中任教。李丹荃在回忆手稿中说："潘先生常来我家，一坐就是半天。他善谈吐，知道的事情多，打开话匣子什么都说。""潘先生是王度庐那时唯一可以谈得来的人，只有和潘先生在一起，王度庐才肯毫无顾忌地说话。在有些言情小说里，故事情节也是取自潘先生的谈话资料。"王子久则在《王度庐和他的小说》（载于1988年1月9日《青岛日报》）中说，"下课后学生常常把他包围起来"，要求他别把《落絮飘香》《古城新月》里女主人公的下场写得太惨。

1941年（民国三十年，辛巳） 33岁

是年王度庐任青岛圣功女中教员。3月15日，《舞鹤鸣鸾记》在《青岛新民报》载毕，随后亦由报社印行单行本。16日，《青岛新民报》开始连载《卧虎藏龙传》，配图：刘镜海。4月10日，《古城新月》在《青岛新民报》载毕。11日，《青岛新民报》开始连载《海上虹霞》，署"霄羽"。配图：许清。5月9日，《风雨双龙剑》在南京《京报》载毕，共17回。随后即由报社印行单行本。10日，南京《京报》开始连载《彩凤银蛇传》，署"度庐"。配图：刘镜海。8月27日，《海上虹霞》在《青岛新民报》载毕。28日，《青岛新民报》开始连载社会小说《虞美人》，署"霄羽"。配图：许清。

按：《风雨双龙剑》连载本与后来的上海育才书局重印本相比，在回目、内文上都略有差别，后者当经作者修订。

1942年（民国三十一年，壬午） 34岁

是年王度庐曾任青岛市立女中代课教员一个多月。

按：青岛王铎先生之母当年为市立女中教员，他听母亲说，王度庐担任的是培训社会人员的课程，上课地点在市立女中附小（即位于朝城路5

号的今朝城路小学）。

3月1日,《彩凤银蛇传》在南京《京报》载毕，共13回。2日，南京《京报》开始连载《纤纤剑》，署“王度庐”。配图：刘镜海。3日,南京《京报》刊载读者傅佑民来信《关于〈彩凤银蛇传〉鲁彩娥之死》，对《彩凤银蛇传》女主人公因伤重死于中途而未见到自幼失散之生母的结局提出异议。该报副刊编辑在《编者谨按》中说：“王先生写鲁彩娥之死，才正是脱去中国武侠小说的旧套……给读者一种‘此恨绵绵无绝期’的尾巴……这才是全书的力量。”“读者越是这样着急，气愤，越是著者的成功，越见王先生文笔感人之深。6日，《卧虎藏龙传》在《青岛新民报》载毕。同日，南京《京报》又载读者陈中来信，再次对《彩凤银蛇传》写鲁海娥之死提出商榷，以为固然“不必‘大团圆’或带‘回令’”，而“‘见娘’似为必要”。信中还提及“某日路过平江府街，闻一擦皮鞋者与一少年，亦在津津然预测鲁海娥之未来”，可见读者关心之一斑。7日，《青岛新民报》开始连载《铁骑银瓶传》，署“王度庐”。配图：刘镜海。17日，南京《京报》再载读者王德孚来信，认为虽然鲁海娥之死写得好，但是还应加上一些交代后事、劝导爱人走正路的临终遗言。24日，南京《京报》刊出王度庐《关于鲁海娥之死》一文，回答读者批评，说明“在写该书的第一回之前，我就预备着末了是一幕悲剧。”“向来‘大团圆’的玩意儿总没有‘缺陷美’令人留恋，而且人生本来是一杯苦酒，哪里来的那么些‘完美’的事情？‘福慧双修’的女子本来就很少，尤其是历史或小说里的‘美人’。古人云：‘自古美人如名将，不许人间见白头。’西施为千古美人，原因是她后来没有下落；林黛玉是读过了《红楼梦》的人一定惋惜的，原因也是她早死。近代的赛金花就不够‘绝代佳人’的条件，她是不该后来又以老旦的扮相儿再登台。‘好花不常开，好景不常在’，美与缺陷原是一个东西。本此种种理由，于是我更得叫我们的‘粉鳞小蛟龙’死了。”“因为这样的女人决不可叫她去与人‘花好月圆’，度那庸俗的日子；尤其不能叫她跟十三妹一样去二妻一夫的给男子开心。”

10月31日，《纤纤剑》在南京《京报》载毕，共10回。

是年，《青岛新民报》与《大青岛报》合并，更名《青岛大新民报》。

1943年（民国三十二年，癸未） 35岁

是年王度庐曾任《治平月刊》编辑员一个多月。1月23日，南京《京报》开始连载《舞剑飞花录》，署“王度庐”。配图：刘镜海。

10月5日，《青岛大新民报》刊出《寒梅曲》广告，其中说：“名小说家王霄羽先生自为本报撰《落絮飘香》《古城新月》《海上虹霞》《虞美人》等数篇之后，篇篇脍炙人口，远近交誉，百万读者每日争先竞读，投来赞誉之函件无数。盖王君文学湛深，复精研心理学，对于社会人情，观察最深；国内足迹又广，生活经验极为丰富；并以其妙笔，参合新旧写法，清俊流畅，细腻转宛；描写之人物，皆跃跃如生，令人留下深深印象。其所选之故事，又皆可悲可喜，新颖而近情合理，章法结构，亦极严谨，无懈可击。即以现刊之《虞美人》言，连刊二年余，若换他人之著作，恐早已令人生倦，然王君之文，日日有新的描写，故事有新的发展变幻，令人如食橄榄，越嚼其味越长；如观大海，久望而其波澜无尽。是以每日每人争相阅读，并常有向本社函电相询者。此均系事实，凡读者皆能信而不疑者也。故虽饱学之士，极富人生阅历之人，对王君之著作亦莫不称誉，谓之为当代第一流之小说家。今《虞美人》即将终篇，新作已由王君开始动笔，名曰《寒梅曲》。系由民国初年北京极繁华之时写起，先述女伶之生活，但与一般的俗流写法迥异；次叙一好学上进的女子，于艰苦环境之中不泯其志气，不失其天真。渐展为一段恋爱，男主角为一音乐家，于是《寒梅曲》遂写入本题矣。其后则此女主角遭境改变，如寒梅之遇风雪，花片纷落，然不失其皓洁。中间穿插许多新奇而合理之故事，出现许多面貌不同、心情各异之人物，但人物虽多而不杂乱，每个人又都是在前几篇中未见过的，可也就许是读者眼前常见的。写至中段，则情节极为紧张，能不下泪、不感动者恐少；斯时又写一洁身自爱、有为之少年人，排万难立其身，颇富伦理知识，且有教育意味。至篇末结束之时，写得尤为高超，读者到时自然赞佩。并且此书与前几篇不同，王君之作风稍加改变，简洁流丽，不作繁冗之藻饰，不用生涩的字句，更以悲哀与滑稽相衬而写，非但令人回肠荡气，有时亦令人喷饭。总之，王君之作品早已成熟，已至炉火纯青之候，已有挥洒自如之才力，此《寒梅曲》尤最，不待多加介绍也。” 6日，《虞美人》在《青岛大新民报》载毕。7日，《青

岛大新民报》开始连载《寒梅曲》，署“霄羽”。配图：许清。

按：因存报缺失，《寒梅曲》连载结束时间未详。

1944年（民国三十三年，甲申） 36岁

是年《铁骑银瓶传》在《青岛大新民报》载毕（具体月、日未详）。1月18日，《舞剑飞花录》在南京《京报》载毕，共19章。19日，南京《京报》开始连载《大漠双鸳谱》，标“侠情小说”，署“王度庐”。配图：镜海。7月3日《大漠双鸳谱》载毕，共6章。4日，南京《京报》开始连载《春明小侠》，标“侠情小说”，署“王度庐”。

按：《舞剑飞花录》后由上海励力出版社印行单行本，改题《洛阳豪客》，被压缩为16章。连载本之章题与单行本完全不同，文字出入也较大。

又，本年上海《戏世界》报曾刊出武侠小说《铁剑红绡记》，署“王度庐”，现仅存4030、4031、4032、4033、4034、4035、4036、4038、4039、4040十期（即十段连载文本，分别属于第一、二章，时间为3月20日至30日）。待辨真伪。

1945年（民国三十四年，乙酉） 37岁

2月18日，王度庐之女生于青岛。25日，《春明小侠》载至第20章。5月1日，南京《京报》连载《琼楼双剑记》第二章，署“王度庐”。同日，青岛《民民民》月刊连载《锦绣豪雄传》，署“王度庐”。是年夏秋之际，《青岛大新民报》停刊。8月15日，日本正式宣布投降。10月25日，青岛举行日军受降典礼。《青岛时报》等老报复刊，《民治报》《民众日报》等新报创刊。

按：《春明小侠》于本年2月25日载至第二十章，改标“武侠小说”，以下报纸缺失，连载结束时间当在4月末。《琼楼双剑记》亦因报纸缺失而不知始载时间；至5月27日，所载内容仍为第二章，以后殆未续载。《锦绣豪雄传》亦未载完。

1946年（民国三十五年，丙戌） 38岁

是年王度庐为维持生计，曾任赛马场办事员，于周日售马票。12月2日，

《青岛时报》开始连载王度庐所著武侠小说《紫凤镖》，署名“鲁云”。

1947年（民国三十六年，丁亥） 39岁

5月1日，青岛《民治报》开始连载王度庐所撰武侠小说《太平天国情侠传》，署“鲁云”。19日，青岛《大中报》开始连载王度庐所撰武侠小说《清末侠客传》，署“鲁云”。6月11日，《青岛时报》开始连载王度庐所撰社会言情小说《晚香玉》，署“绿芜”。7月18日，《紫凤镖》在《青岛时报》载毕。19日，《青岛时报》开始连载王度庐所撰武侠小说《雍正与年羹尧》，署“鲁云”。是年王度庐收到弟弟来信，得知中共即将获得全面胜利。

按：《太平天国情侠传》仅见一节，未知是否载毕。《雍正与年羹尧》《清末侠客传》当于次年载毕。

李丹荃在回忆文中说：“1947年，我们忽然收到分离多年的弟弟的信，那信是经过几个人辗转捎来的。信中大意是：我在外买卖很好，我们不久即可团聚，望你们放心。信虽很短，但却是莫大喜讯。信中真实的含义，我们是明白的，知道多年的战争是将结束了。只是这时他们在北平的母亲已故去，没有来得及知道，是终身遗憾。”

1948年（民国三十七年，戊子） 40岁

是年王度庐曾任青岛摊商工会文牍。1月31日，《晚香玉》在《青岛时报》载毕。2月1日，《青岛时报》开始连载《粉墨婵娟》，署“绿芜”。4月29日，《青岛时报》开始连载武侠小说《宝刀飞》，署“鲁云”。6月，上海育才书局出版增订本《风雨双龙剑》。7月10日，《粉墨婵娟》在《青岛时报》载毕。15日，《青岛时报》开始连载侠情小说《燕市侠伶》，署“绿芜”。9月17日，《宝刀飞》在《青岛时报》载毕。9月20日，《青岛公报》开始连载武侠小说《金刚玉宝剑》，署“王度庐”。

按：《金刚玉宝剑》之“玉”字当系“王”字之误，参见丁福保主编之《佛学大辞典》：【金刚王宝剑】（譬喻）临济四喝之一，谓临济有时一喝，为切断一切情解葛藤之利剑也。《临济录》曰：“师问僧：有时一喝如金刚王宝剑，有时一喝如踞地金毛狮子，有时一喝如探竿影草，有时一喝不

作一喝用，汝作么生会？僧拟议，师便喝。”《人天眼目》曰：“金刚王宝剑者，一刀挥断一切情解。”又：【金刚】（术语）梵语曰缚罗。……译言金刚，金中之精者，世所言之金刚石是也。…… 又（天名）持金刚杵之力士，谓之金刚。……【金刚王】（杂语）金刚中之最胜者，犹言牛中之最胜者为牛王也。……

9月24日，青岛《军民晚报》开始连载武侠小说《龙虎铁连环》，署“王度庐”。10月，上海励力出版社将《清末侠客传》分为两册印行，分别改题《绣带银镖》《冷剑凄芳》。11月，上海励力出版社出版《宝刀飞》。同年，上海励力出版社还出版或再版了王度庐的以下作品：《鹤惊昆仑》（即《舞鹤鸣鸾记》），《宝剑金钗》（即《宝剑金钗记》），《剑气珠光》（即《剑气珠光录》），《卧虎藏龙》（即《卧虎藏龙传》），《铁骑银瓶》（即《铁骑银瓶传》），《紫电青霜》，《新血滴子》（即《雍正与年羹尧》），《燕市侠伶》，《落絮飘香》《琼楼春情》《朝露相思》《翠陌归人》（此为《落絮飘香》连载本的四个分册），《暴雨惊鸳》（此为《寒梅曲》连载本的第一分册，以下分册未见），《绮市芳葩》《寒波玉蕊》（此为《晚香玉》连载本的两个分册），《粉墨婵娟》《霞梦离魂》（此为《粉墨婵娟》连载本的两个分册）。

按：《燕市侠伶》之后集为《梅花香手帕》。后集未见连载，励力版《燕市侠伶》亦未见，该版当不包括后集。

1949年（己丑）　41岁

是年，王度庐之弟谭立（即王探骊）出任中共大连市委副书记。1月1日，青岛《民治报》开始连载《玉佩金刀记》，署“王度庐”。未完。2月，《金刚玉宝剑》改由《联青晚报》连载。4月，上海励力出版社出版《金刚玉宝剑》，共三册。6月29日，王度庐幼子生于青岛。

是年秋，王度庐夫妇携长子、女儿同由青岛迁往大连（幼子暂留青岛）。王度庐任旅大行政公署教育厅编审委员。李丹荃先在市教育局初教科任科员，后任教于英华坊小学和大同坊小学。

本年，重庆千秋书局出版《紫凤镖》。上海励力出版社还出版了王度庐的下列作品：《朱门绮梦》《小巷娇梅》《碧海狂涛》《古城新月》（此为《古城新月》连载本的三个分册),《海上虹霞》《灵魂之锁》(此为《海上虹霞》连载本的两个分册),《琴岛佳人》《少女飘零》《歌舞芳邻》(此为《虞美人》连载本的前四个分册,以下分册未见),《洛阳豪客》(即《舞剑飞花录》),《风尘四杰》,《香山侠女》,《春秋戟》,《龙虎铁连环》等。

1950年(庚寅) 42岁

王度庐在旅大行政公署教育厅任编审委员。

1951年(辛卯) 43岁

王度庐调入旅大师范专科学校任教员。

1953年(癸巳) 45岁

是年夏,王度庐调入沈阳东北实验学校(现辽宁省实验中学)任语文教员,李丹荃任该校舍务处职员。

1955年(乙未) 47岁

5月,《人民日报》公布《关于胡风反革命集团的材料》。在清查"胡风分子"时,王度庐曾经受到无端怀疑。

1956年(丙申) 48岁

1月13日,文化部发出《关于续发处理反动、淫秽、荒诞图书参考目录的通知(56)(文陈出密字第9号)》,其第二条称:"有一些人专门编写反动、淫秽、荒诞的图书,如徐訏、无名氏、仇章专门编写政治上反动的、描写特务间谍的小说,张竞生、王小逸(捉刀人)、蓝白黑、笑生、待燕楼主、冷如雁、田舍郎、桑旦华专门编写含有反动政治内容或淫秽、色情成分的'言情小说',朱贞木、郑证因、李寿民(还珠楼主)、王度庐、宫白羽、徐春羽专门编写含有反动政治内容或淫秽、色情成分的神怪、荒诞的'武侠小说'。为了肃清反动、淫秽、荒诞的图书,请各省市文化局在审读图书时,对于徐訏……徐春羽等二十一人编写的图书特别加以注意。但决定是否处理和如何处理，仍应按书籍内容而定。”（见中国出版科学研究所、中央档案馆编：《中华人民共和国出版史料》第8辑，中国书籍出版社，2002。）

同年，王度庐加入中国民主促进会，并任该会沈阳市第五届市委委员；又曾被选为皇姑区政协委员和沈阳市第六届人民代表大会代表。

按：以上政治身份据辽宁省实验中学所存退休人员登记表及李丹荃回忆文。加入民进当在本年，其他事项或在其后，因无法查实年份，姑均暂系于本年。

1957年（丁酉） 49岁

实验中学也掀起“反右”运动，王度庐没有受到大冲击。

1966年（丙午） 58岁

“文化大革命”爆发。王度庐受到冲击，被贬入“有问题的人学习班”，接受“清队”审查。

1968年（戊申） 60岁

王度庐仍处于“逍遥”状态。

1969年（己酉） 61岁

王度庐当在是年被结束“审查”，获得“解放”，即被宣布没有查出问题，恢复原来的政治身份。

按：依照“文革”程序，“有问题的人”被“解放”之前，仍需召开一次表示“结案”的批判会。李丹荃在回忆文中写道：“……开了一个小型批判会。也不知从什么地方找来一本《小巷娇梅》，批判者念一段，批判一番……当批判者念到生动有趣处，听者笑了，王度庐也忍不住笑了，当然要招来申斥：‘你还笑？你要端正态度！’批判者们又从我们家拿走了我们的一本相册，里面有两张全家照片。一张中有我抱着1949年初生的幼子；另一张是我穿着在旅大行政公署发的女干部服装，王度庐穿着他兄弟给他的呢子干部服装。批判者举着照片说：'你们穿得这么好，可见你们过去生活多么优越！你爱人还穿着裙子！'……对他的批判只是一种虚张声势的形式。那些老师并未认真对待。"

1970年（庚戌） 62岁

是年春，王度庐以退休人员身份，随李丹荃下放到辽宁省昌图县泉头公社大苇子大队，不久转到泉头大队。

按：王度庐幼子在一封信里这样回忆父母被"下放"的情景："……我在农村'接受再教育'，得知后立即赶回家。前往农村时，年迈的父母坐在卡车顶上，一路颠簸。爸爸当时身体就很不好，加上这一折腾，半路解手时，站了半天也解不出来。妈妈晕车，走一路吐一路。那情景我现在回忆起来都止不住要流泪。"

其女则曾在一封信里回忆到昌图看望父母的情景："听说他们下乡了，我很急,不久就请假找去了。他们一辈子住在城里,父亲更是年老体弱,手无缚鸡之力,忽然到了农村,借住在人家的半间小屋里,怎么生活?""我还没走到家,就远远地看见父亲坐在一棵繁茂的大树下(很像一幅中国山水画),我的心顿时平静下来了。他永远是那么心平气和,不知是怎么修炼的。""我女儿小时候跟我父母在农村住过。有一次闹觉(困了,不睡,哭闹),我很烦,可我父亲说:'世界多美好啊,她是舍不得去睡觉啊。'""有时,父亲用手比成一个取景框,东照一下,西照一下,对我的小孩说:'快来看,这边是一个景,那边也是一个景。'（父亲原本喜欢摄影，在小说《海上虹霞》中曾写到购买'莱卡'照相机，就颇内行。）他还常让母亲下地干活回来时带些野花野草。那时父亲走路已不太方便了。"

1972年（壬子） 64岁

王度庐在昌图。其幼子考入迁至铁岭的沈阳农学院农学系。

1974年（甲寅） 66岁

1月14日，长子突然亡故，王度庐夫妇不胜哀痛。

同年，幼子毕业于迁至铁岭的沈阳农学院农学系，留校任教。李丹荃于下放人员"落实政策"时也被安排退休。

1975年（乙卯） 67岁

王度庐夫妇迁往铁岭与幼子同住。

1977年（丁巳） 69岁

2月12日，王度庐因病卒于铁岭。

按：李丹荃在回忆手稿中这样记述丈夫逝世的情景："儿子工作的学校已放了寒假，这天正是旧历年末。晚上儿子去办公室值夜，女儿远在几千里外工作。我们住在一间很小的宿舍里，暖气不热，电灯不亮，风吹得屋外树枝簌簌地响，偶然能听得到远处一声声犬吠。他病已重危，该说的话早已说完，他静静地合上双眼去了。我不愿惊动他，也不想叫别人，坐在床前陪伴着他，送他安静地走完了人生最后的旅程，时年六十八（周）岁……我遵从他的遗嘱，没有通知很多人，没有举行一切世俗的仪式，没有哀乐，没有纸花，悄然地由他的儿子和几位热情的青年同事用担架（把他）抬到离我家很近的火葬场。"

（承张元卿博士协助查阅南京《京报》并发现、提供有关陕西教育月刊、旬刊资料，特此致谢！）

2016年1月修订

《王度庐作品大系》书目一览表

武侠卷第一辑（2015年7月已出版）

1.鹤惊昆仑（上、下） 2.宝剑金钗（上、下） 3.剑气珠光（上、下） 4.卧虎藏龙（上、下） 5.铁骑银瓶（上、中、下）

武侠卷第二辑（2016年3月-7月已出版）

1.风雨双龙剑 2.彩凤银蛇传 3.纤纤剑 4.洛阳豪客 5.大漠双鸳谱 6.紫电青霜 7.紫凤镖 8.绣带银镖 9.雍正与年羹尧 10.宝刀飞 11.金刚玉宝剑

社会言情卷

1.落絮飘香 2.古城新月 3.海上虹霞 4.虞美人 5.晚香玉 6.粉墨婵娟 7.风尘四杰 8.香山侠女

早期小说与杂文卷（待出版）

1.杂文 2.早期小说：红绫枕 鳌汉海盗 黄河游侠传 3.散佚作品精选集：燕市侠伶 虞美人 春明小侠 春秋戟 寒梅曲